Johanna Benden

Splitter im Nebel – Gegen den Wind muss man kreuzen

Sowohl Robert, der gut betuchte Aufsichtsrat von Storm Energie, als auch Erik, Annas ehemaliges Babysitterkind, haben sich in die Unternehmerstochter verliebt und lesen ihr jeden Wunsch von den Augen ab. Robert investiert eine ordentliche Stange Geld in Annas wiederentdecktes Lieblingshobby, die Kunst, und Erik versucht mit originellen selbstausgetüftelten Geschenken zu punkten. Doch die junge Frau überfordert es, dermaßen umgarnt zu werden, zumal ihr beide Männer wichtig sind. Für wen soll sie sich bloß entscheiden? Jung oder alt? Arm oder reich? Für den impulsiven Bauchmenschen oder den überlegenen Strategen?

Zu allem Überfluss fällt Anna ein alter Brief in die Hände, der ihr Weltbild in Stücke reißt. Plötzlich erscheinen ihr die letzten Jahre wie eine große Lüge. Als dann noch weitere schockierende Wahrheiten aufgedeckt werden, gerät die Zukunft von Storm Energie in Gefahr. Die Unternehmerstochter blickt fassungslos auf einen Scherbenhaufen und wird von der Last der Vergangenheit fast erdrückt.

Zum Glück stehen Robert und Erik an Annas Seite und unterstützen sie nach Kräften dabei, die weitreichendste Entscheidung ihres Lebens zu treffen: Resignation oder Rebellion?

Wird Anna den Kampf wagen?
Und welchem Mann schenkt sie ihr Herz?

Johanna Benden, 1976 geboren, lebt mit ihrer Familie in Norddeutschland. Nach zwei abgeschlossenen Fantasy-Reihen ist Johanna mit diesem zweiten Glückstadt-Roman nun nochmals „vegan“ unterwegs, das heißt: keine Drachen und keine Magie, sondern Romantik und norddeutscher Humor pur.
Infos zur Autorin gibt es unter: www.johanna-benden.de

JOHANNA BENDEN

Splitter im Nebel

Gegen den Wind muss man kreuzen

Entscheidungen treffen kann schwer sein.
Wenn dein Kopf nicht weiterkommt,
frag den Bauch!

Glückstadt-Roman

Kiel-Reihe (Romantische Fantasy, 3 Bände, 2012-14)
Lübeck-Reihe (Romantische Fantasy, 4 Bände, 2016-18)
Eine weitere Reihe aus der Nebelsphäre ist in Planung.

Glückstadt-Romane
Salz im Wind – Nach der Ebbe kommt die Flut (2019)
Splitter im Nebel – Gegen den Wind muss man kreuzen (2019)

Für meine Eltern!
Ohne Eure Bodenständigkeit
wäre Fiete wohl stumm geblieben.
Ihr habt mir gezeigt, dass man manchmal
einfach „machen" muss,
selbst wenn man keinen Schimmer hat,
wie genau etwas funktionieren kann.

„Sabbel nich, dat geiht!"

1. Auflage 2019

Rolande-Thaumiaux-Str. 15
25348 Glückstadt
Email an: info@johanna-benden.de
Umschlaggestaltung und Design: Imke von Drathen
Chef-Lektorat: Gabriela Anwander, Christine Westphal
Lektorat: Niklas de Sousa Norte, Corinna Kahl, Elisabeth Schwazer,
Rita Kenntemich, Melanie Scharfenberg-Uta,
Ebba Okkens-Theuerkauf
ISBN: 9781712375143
Imprint: Independently published

Vorwort

Moin moin, lieber Leser! November 2019

Jetzt geht es in die zweite Runde meines Glückstadt-Romans und ich freue mich sehr, dass Du wieder mit von der Partie bist!

Tatsächlich war ich ziemlich überrascht, wie gut mein erster „veganer" – also (fast) fantasyfreier – Roman bei Euch angekommen ist, und das nicht nur in unserer wunderschönen Hafenstadt. Hach, ich bin stolz wie Bolle. Also keine Bange, es stört nicht, wenn Ihr mich beim Einkaufen darauf ansprecht, wann die Geschichte endlich weitergeht, im Gegenteil, die Frage zaubert mir ein Lächeln auf die Lippen. Und dass einige von Euch sogar so verrückt waren, hunderte von Kilometern in den Norden zu reisen, bloß um Annas Welt mit den eigenen Augen zu sehen, macht mich immer noch sprachlos.

Ach, Ihr Lieben! 1.000 Dank für Eure Begeisterung. Da macht mir das Schreiben gleich doppelt so viel Spaß! So viel, dass ich diesmal beinahe kein Ende finden konnte. Grins. Deswegen ist der zweite und letzte Teil von Annas Geschichte mehr als anderthalbmal so lang wie der erste.

Natürlich sind auch in diesem Roman die Figuren frei

erfunden. Es gilt: Ähnlichkeiten sind Zufall und nicht beabsichtigt. Im Gegensatz dazu entsprechen die meisten Hintergründe der Wahrheit. Wer mehr über DKMS, den GroWiAn, Wasserstoffautos oder zielführende Entscheidungsverfahren wissen möchte, schaut hinter dem Ende gern ins Nachwort. Dort habe ich einige meiner Recherchelinks für Euch zusammengestellt.

An meinem norddeutschen Schnack hat sich nichts geändert, darum vorab ein paar Übersetzungen:

schedderig	:	schmutzig
beetkaufen	:	leerkaufen
Frauenslüüd	:	Frauen
Dat geiht los!	:	Los geht es!
Dösbaddel	:	Dummkopf
Schnute	:	Grimasse
kommood	:	bequem
Kerls	:	Kerle
Bregen	:	Hirn
bregenklöterig	:	verwirrt
auf Zinne sein	:	wütend sein
Denn man tau!	:	Dann los!
Mors	:	Hintern
Sabbel nich, dat geiht!	:	Hör auf zu lamentieren, das wird funktionieren!

So, genug gesabbelt – nu‘ geiht dat los mit Anna und ihren „Jungs“. Auf nach Glückstadt und viel Spaß beim Lesen.

Deine Johanna

Erinnere Dich!

Falls es schon eine Weile her ist, dass Du „Salz im Wind“ gelesen hast, kannst Du mit diesem Kapitel Deine Erinnerungen auffrischen. Ansonsten blättere gern vor zum Prolog.

Anastasia Elisabeth Storm (32)

Anna war mutig. Sie hat ihrem Vater die Stirn geboten und ihre Hochzeit abgesagt. Anstatt den zukünftigen Vorstand von Storm Energie zu heiraten, entdeckt sie sich selbst und ihre lange vergessene künstlerische Ader wieder. Endlich klappt es auch mit dem Abnehmen: 15 Kilo sind schon gepurzelt und weitere werden folgen. Das ist zumindest der Plan.

Robert Wieck (42) ist der Hauptaktionär bei Storm Energie und hat im Aufsichtsrat des Unternehmens das doppelte Stimmrecht. Er und Anna mochten sich auf Anhieb und so besuchte Robert Anna jedes Mal, wenn er bei Storm vor Ort war. Durch ein besonderes Geburtstagsgeschenk (das handaufgeflitzte Barometer für Robert – Du erinnerst Dich bestimmt an das Teil, oder?) vertiefte sich die Freundschaft zwischen den beiden. Heute coacht Robert Anna in Bezug auf Verhandlungstaktiken. Aber seien wir mal ehrlich: Der Aufsichtsrat steht auf Anna und macht ihr galant den Hof.

Erik Niehuus / Ritter Kunibert (22) ist der kleine Bruder von Annas Schulfreundin Julia. Als Jugendliche mussten die Mädchen auf ihn aufpassen. Derzeit studiert Erik Maschinenbau in Hamburg und arbeitet parallel dazu im Laden von seinem Opa, der Bootsausrüstung Friedrich Sievers, in Glückstadt. Dort haucht er alten Messinginstrumenten neues Leben ein. Als Ritter Kunibert nennt Erik Anna gern Elfenprinzessin und tut alles dafür, ihr Herz für sich zu erobern.

Fiete (Friedrich Sievers) ist Eriks Opa. Der alte Seebär ist ein wortkarger Brummelkopf, der mit Pfeife und Krückstock durch seinen verwinkelten Laden schlurft. Wenn er trotzdem mal den Mund aufmacht, hat er auch was zu sagen.

Claus Jürgen Storm ist Annas Vater und Vorstand von Storm Energie. Sowohl das Windenergie-Unternehmen als auch seine Familie führt er wie ein Patriarch. Claus Jürgen war es, der die Verbindung von Anna und Oliver Weber eingefädelt hat.

Oliver Weber (Olli) ist der Ex-Verlobte von Anna. Er behauptet nach wie vor, dass er Anna aufrichtig liebt. Vielleicht erinnerst Du Dich noch, dass Olli die Firmenanteile, die er von Claus Jürgen als «Verlobungsgeschenk» bekommen hatte, verkauft und den Erlös für wohltätige Zwecke gespendet hat? Oder war das nur Berechnung?

Auf alle Fälle ist Olli mit Leib und Seele Geschäftsmann und setzt alles daran, Storm Energie in eine erfolgreiche Zukunft zu führen. Aus diesem Grund hat Anna ihren Vater daran gehindert, Olli zu kündigen.

(Kaspar) David Storm ist Annas Bruder. Er wurde von seinem Vater als Nachfolger für Storm Energie großgezogen, entschied sich dann jedoch, nicht in das Familienunternehmen einzusteigen, sondern sich in Friedrichshafen am Bodensee ein eigenes Leben aufzubauen. Er ist mit Cathrin Rosenkranz-Storm verheiratet. Die beiden haben zwei Kinder.

Angelika Storm ist Annas Mutter. Sie hat sich in den vergangenen Jahrzehnten vor allem um Kinder, Enkelkinder, Haus und Garten gekümmert und ist bislang nur am Rande in Erscheinung getreten.

Petra Karstens (46) ist die Sekretärin von Claus Jürgen Storm und seit den Gründerjahren bei Storm Energie. Anna lernte Petra bereits als kleines Mädchen kennen. Seitdem die Unternehmerstochter selbst dort arbeitet, hat sich zwischen den beiden Frauen eine Freundschaft entwickelt.

So, das waren die wichtigsten Personen. Bist Du nun wieder im Bilde? Prima, dann kann es jetzt losgehen.

Prolog

Die Umgebung verblasste. Anna war es, als würde Nebel um sie herum aufziehen. Nur noch der Brief in ihren Händen war klar zu erkennen.

Das Logo!

Ihr Magen drehte sich um, denn dieses Logo kannte sie viel zu gut.

Die Geräusche um sie herum verstummten, der Nebel wurde dichter. Schockiert ließ Anna das Papier sinken.

Was macht dieses Schreiben hier?

Ihre Finger begannen zu zittern und ihr Herz wurde gläsern. Es wusste nicht, ob es losrasen oder stehen bleiben sollte. Anna fröstelte. Die Buchstaben auf dem Brief verschwammen, so sehr bebten ihre Hände nun. Ihr Gehirn arbeitete schwerfällig. Das, was dort schwarz auf weiß stand, war unmöglich.

„Das kann nicht wahr sein."

Bitte, das DARF nicht wahr sein.

Annas Magen fühlte sich an, als wäre er in einem Schraubstock eingequetscht. Der Boden unter ihren Füßen wankte. Hilflos sah sie sich um, doch da war nur noch Nebel.

Wie konnte er das bloß tun?

Ein Schluchzen kratzte ihre Kehle empor.

Ich will das nicht! Bitte nicht!

Das Papier glitt aus ihren Händen.

Wattiges Weiß wirbelte um sie herum. Anna taumelte, sie spürte, wie sie stürzte.

Aus weiß wurde grau und dann verschlang ein schwarzer Abgrund die junge Frau mit Haut und Haaren. Lediglich ein Gedanke blieb übrig:

Er hat meinen Traum geraubt!

Annas Herz zersprang in tausend Scherben. Die Splitter verschwanden geräuschlos im Nebel ihrer Fassungslosigkeit.

Sie würde sie niemals wiederfinden.

Ein paar Tage zuvor:

Herzklopfen

Anna lehnte sich gemütlich auf dem Beifahrersitz zurück und schaute in die Dunkelheit der A23. Der Porsche 911 schnurrte wie Kater Carlo, wenn er tiefenentspannt war.

Herrlich! Das ist der passende Ausklang für diesen Abend.

Anna schloss die Augen und träumte sich zurück in das Musical. Robert hatte sie an diesem Abend zum «König der Löwen» entführt.

Was für eine Show! Die Farben, die Musik, die Dynamik – hach! Zauberhaft. Und dann die Freude der Darsteller ... es war so mitreißend.

„Na, habe ich dich heute etwa mit meinem Programm geschafft?"

Anna konnte das amüsierte Lächeln in Roberts Worten hören. Sie öffnete ihre Augen und lächelte ebenfalls. „Nein, ich genieße nur und lasse alles noch einmal auf mich wirken. Es war herrlich! Vielen Dank für den großartigen Abend."

„Ach", winkte Robert ab, „das war purer Eigennutz. Ich wollte mir das Musical schon seit Jahren ansehen, aber Silke ist Disney zu kindisch."

„Kindisch?" Anna runzelte die Stirn. „Also, ich fand es einfach nur toll! Wenn das kindisch ist, bin ich gern kindisch."

„Mir geht es genauso." Robert seufzte. „Silke hätte das Drei-Sterne-Essen im «The Table» mitgenommen und beim Nachtisch Kopfschmerzen bekommen."

„Tja, Pech für sie! Da hat deine Ex-Frau echt was verpasst", meinte Anna. „Vielleicht bin ich ein Banause, aber für mich hätte es auch eine einfache Pizzeria oder ein Steakhouse getan."

„Silke wäre entsetzt", schmunzelte Robert.

Anna schaute ihn von der Seite an. War das Enttäuschung in seiner Stimme? Ein entgegenkommendes Auto tauchte sein Gesicht in fahles Licht.

Hmm. Weiß nicht genau. Ich und meine Fettnäpfchen mal wieder.

Schnell ergänzte sie: „Versteh mich nicht falsch, das Essen war ein Gaumenschmaus und hat garantiert jeden einzelnen seiner Michelin-Sterne verdient, aber wenn ich zwischen Restaurant und Musical hätte wählen müssen – ich hätte mir das Musical ausgesucht! Die Melodien werden noch tagelang durch meinen Kopf tanzen."

„Das freut mich."

Die Wärme in seinen Worten beschleunigte Annas Herzschlag. Sie klangen zärtlicher, als sie es in den letzten Wochen von ihm gewohnt war.

Und da ist noch etwas ... war da ein leichtes Zittern?

Oder hatte sie sich das nur eingebildet?

Keine Ahnung. Es gibt keinen Grund für ihn, nervös zu sein.

Die Scheinwerfer des Porsches ließen das Autobahnschild der Ausfahrt Hohenfelde blauweiß aufleuchten.

„Gleich sind wir zu Hause", murmelte Robert.

Doch! Er IST nervös. Was ist da im Busch?

Anna wusste, dass nachfragen keinen Sinn machte.

Robert ließ sich nie in die Karten gucken. Das war nicht seine Art.

Wenn er soweit ist, rückt er schon mit der Sprache raus.

Neugierig war Anna trotzdem.

Um einen leichten Tonfall bemüht, meinte sie: „Und? Hast du schon Pläne fürs Wochenende?"

„Ja, wahrscheinlich."

Robert sah kurz zu ihr herüber. Unsicherheit spiegelte sich in seiner vom Gegenverkehr erhellten Miene.

Was ist das denn? So kenne ich ihn ja gar nicht!

Anna zog die Nase kraus. „Wahrscheinlich? Also steht es noch nicht fest."

„Richtig." Er lächelte, doch das wirkte leicht verkrampft. „Meine Pläne fürs Wochenende hängen von jemand anderem ab. Ich ... wir sind gleich in Glückstadt."

Das war korrekt, tat aber eigentlich nichts zur Sache. In Annas Kopf schrillten die Alarmglocken.

Sehr merkwürdig!

Roberts Hände schlossen sich fester ums Lenkrad. Im nächsten Moment setzte er den Blinker und ging vom Gas.

Auch wenn das Fahrmanöver ihn hätte verstummen lassen können, so ahnte Anna, dass dem nicht so war.

Es hat etwas mit mir zu tun. Wetten?

Ihr Verstand schnaubte spöttisch und riet ihr, sich nicht so wichtig zu nehmen. Robert Wieck war ein bedeutender Geschäftsmann und milliardenschwer. Sie selbst war bloß eine einfache Controllerin.

Na gut, sie war außerdem Unternehmerstochter. Aber bei Storm Energie hatte sie nichts zu melden. Für die Firma war sie so entscheidend wie ein Blatt im Wind.

Trotzdem marschierte nun eine Ameisenkolonne durch

Annas Bauch und sorgte für ein Kribbeln, das ihre Knie weich werden ließ. Ein Glück, dass sie saß.

Sie schluckte beklommen. Vor ungefähr einem Monat, als sie die Verlobung mit Olli gelöst hatte, hatte Robert angedeutet, dass er mehr für Anna empfand als nur Freundschaft.

Gleichzeitig hat er versprochen, mir Zeit zu geben, damit ich das Chaos hinter mir lassen kann.

Das hatte er auch getan. Genau wie Erik.

Ist diese Zeit jetzt abgelaufen?

Robert steuerte den Wagen auf die Abfahrt. Der Porsche schien dabei fast zum Stehen zu kommen, so langsam zogen die Katzenaugen der Begrenzungpfähle nun an der Seitenscheibe vorbei. Dennoch wurde Anna in der sanften Kurve spürbar an die linke Seite des Sitzes gedrückt. Ein Blick auf den Tacho verriet, dass sie immer noch mit 80 Stundenkilometern unterwegs waren.

Meine Herren! In meinem Corsa habe ich bei Geschwindigkeiten über 100 den Eindruck, dass der Gute gleich explodiert. Pffft – Dieser 911er läuft bei Tempo 200 ruhiger als meiner mit 30.

Robert bremste weiter ab und rollte zur Kreuzung neben der Autobahnbrücke hinauf. Am Himmel glommen die roten Lichter des angrenzenden Windparks synchron auf und erloschen kurz darauf wieder.

Gespenstisch.

Anna fröstelte. Dieses Glühen in der Nacht war ihr nicht geheuer. Es war natürlich Blödsinn, aber irgendwie musste sie bei dem Anblick stets an fiese auflauernde Dämonen denken.

„Soll ich die Sitzheizung für dich anmachen?“, erkundigte sich Robert.

Typisch er! Aufmerksam wie eh und je.

„Nein, danke. Alles gut.“

Erneut breitete sich Schweigen zwischen ihnen aus. Normalerweise fühlte sich das wie ein Becher warmer Kakao an einem kalten Wintertag an – heute war es eher zu heißer Kaffee im Sommer.

Kein Zweifel, hier stimmt was nicht.

Anna ergriff die Flucht nach vorn. „Und? Verrätst du mir, was du «wahrscheinlich» am Wochenende vorhast?"

„Nein."

Nein?

Ihr Herz stolperte. „Oha! Du hast Geheimnisse vor mir."

„Korrekt."

Die Straßenlaternen von Steinburg erhellten Roberts Lächeln. Es wirkte angespannt.

„Aha." Anna wusste nicht, was sie davon halten sollte. *Wo ist Mr Pokerface hin?!*

„Wir sind gleich in Glückstadt", wiederholte er. „Ich …"

„Ja?"

Stille. Nur der Wagen schnurrte vor sich hin.

Plötzlich war sich Anna nicht mehr sicher, ob sie wirklich wissen wollte, was los war.

Nee! Ich bin noch nicht fertig mit meinem Chaos!

Am Ortsausgangsschild trat Robert aufs Gas. „Ich habe ein kleines Attentat auf dich vor."

„Ohauaha!"

Die Beschleunigung presste Anna in den Sitz. Unruhig rutschte sie auf dem haltgebenden Polster umher. „Muss ich Angst haben?"

„Das kommt drauf an", erwiderte er vage.

Boa! Nicht hilfreich. Das kann alles heißen!

Vor allem aber klang Robert nun wie ein Jäger auf der Pirsch. Und sie würde die Beute sein, so viel war klar.

„Obwohl …“ Er schüttelte den Kopf. „Nein, eigentlich nicht.“ Scheinwerferlicht ließ sein Grinsen selbstironisch aufleuchten. „ICH bin es, der Angst haben muss, nicht DU. Ich war übermütig.“

„Na, denn bin ich ja beruhigt“, behauptete Anna, obwohl das Gegenteil der Fall war.

Normalerweise gab es nichts, was Robert Wieck Angst machte. Dieser Mann wusste immer, was zu tun war – weltgewandt und souverän in allen Lebenslagen. DAS war Robert!

In der Hoffnung, dass er einen Hinweis spendierte, schob Anna hinterher: „Neugierig bin ich trotzdem.“

„Und ich erst“, brummte er.

Heißer-Kaffee-Stille.

War ja klar. Er lässt sich nicht aus der Reserve locken. Das tut er nie.

Anna verdrehte innerlich die Augen.

Sie waren bereits in Grevenkop – nur noch eine Viertelstunde und Robert würde sie vor ihrer Wohnung absetzen. Wenn er weiter so forsch fuhr, vielleicht auch schon in zehn Minuten.

Ob er mir vorher erzählt, was los ist?

Langsam wurde ihr die Situation unangenehm.

Wehe nicht! Was hat er bloß verzapft?!

Äußerlich gelassen setzte Robert den Blinker und bog in die Hauptstraße nach Krempe ein. Auf der langen Geraden beschleunigte er so hart, dass Anna erschrocken nach dem Haltegriff der Beifahrertür fasste.

Prompt ging Robert wieder vom Gas. „Entschuldige. Ich …“

Noch mehr Kaffee-Schweigen.

Demonstrativ wechselte er das Thema: „Ich wollte mal hören, ob du dich schon mit der Galerie in Hamburg in Verbindung gesetzt hast?“

„Das hat Petra mich heute beim Frisieren auch gefragt“, seufzte Anna.
„Und?“
„Ja … nee.“
„Wie jetzt?“ Robert lachte. „Ja oder nee?“
„Nee.“ Sie wand sich unbehaglich. „Davor habe ich mich bislang gedrückt.“
„Warum?“
Anna holte tief Luft. „Weil die Galerie Weit-Blick eine ECHTE Galerie ist. Ich habe mich im Internet schlau gemacht: Die verkaufen da richtige Kunst.“
„Dann passt es doch“, stellte Robert gelassen fest.
„Ich weiß nicht.“ Sie zuckte mit den Schultern. „Das ist ein anderes Kaliber als Fietes Bootsausrüstung.“
„Genau, deine Bilder passen im Weit-Blick noch viel besser“, beharrte Robert. „Lorenz Jessen ist ein ehrlicher Kerl. Ich habe ihm ein paar Sachen von dir gezeigt und er hat wirklich Interesse. Wäre es anders, hätte er mir das offen gesagt.“
„Ja, aber …“ Anna gingen die Argumente aus.
„Nichts «aber»!“ Robert warf ihr einen kurzen Blick in der Dunkelheit zu. „Du musst es nur tun.“
„Doch «aber»! Ich … habe keine großen Formate“, fiel ihr ein. „Meine Wohnung ist für so etwas einfach zu klein. Außerdem ist da ja auch noch Carlo. Eine XL-Leinwand bemalt sich nicht an einem Tag und ich kann den Kram nicht stehen lassen. Was, wenn mein Kater da rangeht? Ich möchte nicht, dass er sich was tut – Ölfarben sind nicht gerade gesund. Und alles wegräumen … das ist nicht praktikabel.“
„Ja, das erwähntest du vor ein paar Wochen.“ In Roberts Stimme schwang ein amüsiertes Lächeln mit.
Och menno! Jetzt denkt er bestimmt, dass ich nach Ausreden suche.

Zu einem kleinen Teil hatte er recht damit. Einem winzig kleinen!

Anna dachte nach und erklärte: „Ich möchte das wirklich, Robert. Und ich finde es großartig, dass du den Kontakt für mich hergestellt hast. Aber … ich bin noch nicht soweit. Wenn, dann will ich es richtig machen.“

„Wie meinst du das?“

„Ich …“, sie suchte nach Worten, „… ach, das geht alles so schnell. Ich hatte jahrelang weder Stift noch Pinsel in der Hand. Nun habe ich das Gefühl, mich selbst zu überholen. Von außen betrachtet sieht das alles ganz toll aus: Anna, die Künstlerin, die beim Weit-Blick ausstellt und verkauft. Sehr verlockend.“

„Eben.“

„Das bin ich nicht.“ Anna seufzte erneut. „Ich weiß, was in mir steckt – oder besser gesagt, in mir gesteckt hat – doch das ist noch nicht wieder da. Alles ist in Bewegung, ich bin noch nicht angekommen. Ich bin gerade erst auf dem Weg. Ich möchte mich ausprobieren und meinen Stil finden, bevor ich damit zu einer renommierten Galerie gehe. Verstehst du, wie ich das meine?“

Robert nickte langsam. „Ich glaube schon.“

Erleichtert atmete Anna auf. „Ich möchte einfach «machen» können, ohne darüber nachdenken zu müssen, ob das, was dabei herauskommt, gut ist oder für den Verkauf taugt. Ich habe Angst, dass ich mich sonst gar nicht finden kann, sondern nur nach der Anna suche, die andere in mir sehen wollen. Das geht nicht.“ Sie schnaubte. „DAS habe ich in den letzten Jahren gemacht.“

„Du möchtest experimentieren“, fasste Robert zusammen. „Ohne Druck.“

„Genau.“ Anna nickte energisch. So fühlte es sich

richtig an. „Aber du hast recht. Ich sollte langsam mal Butter bei die Fische geben und mir einen Raum suchen, wo ich Platz und Ruhe zum Ausbreiten habe. Meine Dachgeschosswohung gibt das echt nicht her."

Vor ihrem geistigen Auge wuchs ein lichtdurchfluteter Raum mit hoher Decke empor, an einer Wand ein Regal für Farben, Pinsel und anderes Material, an der anderen eine Auswahl verschiedener Leinwände und schräg im Raum eine Staffelei.

Ja, so müsste es sein!

Ihr kribbelte es in den Fingern. Neulich hatte sie eine kleine Segeljacht beim Auslaufen mit dem Handy geknipst. Der Wind hatte das Boot eilig durch die Elbe pflügen lassen: Bugwellen, spritzende Gischt, geblähte Segel, dynamische Schräglage des Rumpfes und darüber ausdrucksstarke Wolkentürme, die ein paar Sonnenstrahlen hatten durchblitzen lassen. Die grüne Vegetation der Rhinplate und davor der Fluss mit glitzernden Reflexionen auf dem schlickigen Wasser waren der perfekte Hintergrund gewesen. Dazu noch ein paar Bojen und das kleine Leuchtfeuer am Ende der Elbinsel. Fertig.

Dieses Bild schlich sich immer wieder in ihre Gedanken.

Das würde ich gern in Öl oder Acryl versuchen – mit den Maßen ein mal zwei Meter.

Am liebsten würde sie sofort mit dem Projekt loslegen. Sehnsüchtig murmelte sie: „Ich muss mir dringend einen Raum organisieren."

„Das ist eine gute Idee", stimmte Robert zu, wobei das Licht der Krempdorfer Straßenlaternen lauernd in seinen graugrünen Augen funkelte.

„Hmm", brummte Anna, „ich muss gucken, wo ich was Günstiges bekomme. Die Farben und Leinwände kommen ja auch noch dazu."

Das konnte teuer werden, wenn sie gute Qualität wollte. In ihrer Jugend hatte sie häufig ihr ganzes Taschengeld für Material auf den Kopf gehauen.

Ach, was soll's? Der Hausbau mit Olli ist gestrichen, da werde ich mein Geld ja wohl in mein neues altes Hobby investieren können!

Sie wusste, dass ihr Vater das schwachsinnig finden würde, aber sie hatte nicht vor, ihn nach seiner Meinung zu fragen.

Pah! Noch besser: ich gehe gleich an die Dividenden meiner Storm Energie Anteile ran.

Trotzig reckte Anna ihr Kinn vor.

Paps wird ausrasten, wenn er erfährt, dass sein Windpark meine Kunst finanziert. Hehe!

Der Gedanke füllte ihren Bauch mit Genugtuung. Dass Claus Jürgen sie an Olli verschachert hatte, würde sie ihm so schnell nicht verzeihen.

„Im Provianthaus gibt es Ateliers", meinte Robert beiläufig. „Wäre das was für dich?"

„Das wäre natürlich optimal, ist ja direkt gegenüber von mir." Anna machte sich gerade. „Ich werde morgen mal bei der Verwaltung anrufen."

„Mach das." Robert hörte sich an, als würde er breit grinsen.

Verwundert schaute Anna zu ihm rüber, doch sie hatten bereits das Ortsausgangsschild passiert und nun war es zu dunkel, um sein Gesicht zu erkennen.

Mist. Was läuft hier?

Als hätte er ihre Gedanken gelesen, lachte Robert leise. „Du musst noch ein paar Minuten durchhalten. Dann sind wir beide erlöst."

„Witzbold!", schimpfte Anna. „Mann, Herr Wieck, du schaffst mich echt!"

Wenig später stellte Robert seinen Porsche auf dem Parkplatz am Ende der Königstraße ab. Anna schaute angespannt auf den Deich, der sich unmittelbar vor ihr erhob und von den Scheinwerfern grell angestrahlt wurde.

„Jetzt wird es ernst“, murmelte Robert. Er schaltete den Motor aus, woraufhin das grüne Gras in der Dunkelheit verschwand. Die funzelige Straßenlaterne hinter ihnen brachte nicht viel.

Robert schnallte sich ab und knipste die Innenbeleuchtung des Wagens an. Anschließend griff er in seinen Smoking und holte zögerlich ein flaches Etui heraus.

Oh! Was passt in so ein kleines Teil rein?

Spontan fiel Anna bloß eines ein: ein Ring.

Das macht er ja wohl nicht, oder?

„Also“, hob Robert an, „ich war vorhin nicht ganz ehrlich.“

„Nicht?“

Annas Stimme versagte fast, dafür legte ihr Puls einen Spurt hin. Ein Ring passte nicht. Sie waren schließlich im Wir-Sind-Nur-Freunde-Modus.

„Nein.“ Er lächelte und fuhr sich über seinen gepflegten Dreitagebart. „Kann sein, dass ich über die Stränge geschlagen bin.“

O Gott!

Annas Knie wurden weich.

„Zwei Mal“, brummte Robert.

Zwei Mal? Wie jetzt?

Anna hatte keinen Schimmer, was das bedeuten sollte, und rang sich ein „Oha!“ ab.

„Genau.“ Robert schaute ihr prüfend in die Augen. „Ganz wichtig: Du darfst bei beidem ein Veto einlegen! Alles kann, nichts muss.“

„Okay“, antwortete Anna gedehnt.

„Also …“

Er holte tief Luft.

Du liebe Güte! So befangen habe ich ihn noch NIE erlebt! Ist es am Ende doch ein Ring?

Das konnte sie sich nicht vorstellen, aber heute war alles anders. Sie hatte es deutlich auf der Rückfahrt gespürt.

Anna schluckte und unterdrückte den Wunsch zu fliehen. Stattdessen fragte sie: „Und wobei sollte ich ein Veto einlegen?“

„Hierbei.“ Robert gab sich einen Ruck und entleerte das Etui. Zwei Schlüssel fielen klimpernd in seine linke Handfläche.

„Schlüssel.“ Anna atmete auf. „Wofür sind die?“

Er schob die beiden Exemplare auseinander und deutete nacheinander auf sie. „Der hier ist für dich. Und dieser ist für mich. Jedenfalls, wenn du keinen Einspruch einlegst.“

Neugierig betrachtete Anna die Schlüssel. Ihrer war alt und abgegriffen, seiner brandneu und glänzend.

„Aha.“ Sie grinste. „Warum bekomme ich den alten?“

Robert lachte. „Weil du ihn viel besser gebrauchen kannst als ich! Mit welchem möchtest du anfangen?“

„Hmm.“ Sie legte den Kopf schief. „Mit … meinem, glaube ich.“

„Eine gute Wahl!“ Er drückte ihr den alten Schlüssel in die Hand. „Bitte sehr.“

Anna spürte, dass seine Finger kalt waren.

Ohauaha! Mein Mr Weltgewandt ist definitiv nervös. Aber Holla!

Robert stieg aus, ging ums Auto herum und half Anna galant aus dem Wagen. „Wenn Sie mir bitte folgen wollen, Frau Storm.“

„Gern!“, erwiderte Anna. Sie wunderte sich, wo er um diese Uhrzeit zu Fuß mit ihr hinwollte.

Kurz darauf standen sie vor dem Eingang des Provianthauses. Eine abgewrackte Sparbirne verteilte gelblichgrünes Licht von der über der Tür eingelassenen Glaslaterne aus. Die 1960er ließen grüßen. Die Scheibe des Türblatts war durch Sperrholz ersetzt worden. Kein Zweifel, das gute Stück brauchte dringend eine große Portion Farbe und Liebe.

Robert zeigte auf das Schloss. „Da passt er rein.“

„Was?“ Anna keuchte: „Du bist ja verrückt!“

„Sieh es dir erstmal an“, winkte er ab. „Vielleicht ist es ja auch Murks, was ich mir überlegt habe.“

Ha! Bestimmt nicht. In deinem Kopf gibt es keinen Murks.

Anna wollte protestieren, doch Robert ließ das nicht zu. „Na los, schließ auf!“

Mit zitternden Fingern steckte Anna den Schlüssel ins Schloss und drehte ihn um. Es klackte, die Tür war offen. Beklommen drückte Anna die Klinke herunter.

„Oh Mann!“, wisperte sie. Die alten Scharniere knarrten beim Öffnen, als wollten sie sich über die nächtliche Störung beschweren. Im Gebäude war es finster. Das Gefunzel der Sparbirne konnte man maximal als Notbeleuchtung bezeichnen.

„Ich geh wohl mal lieber vor“, meinte Robert und tastete links neben der Tür nach einem Lichtschalter.

Schon wurde es hell. Mehrere Spots leuchteten die kleine Eingangshalle aus. An den weiß getünchten Wänden hingen Bilder mit abstrakter Kunst, in der Ecke hinten rechts stand eine Büste. Der Fußboden war mit ockerfarbenen Fliesenziegeln von creme bis braun belegt. Es roch muffig.

„Komm mit.“ Robert winkte sie herein. „Hier entlang.“

Fragen wirbelten bunt durch Annas Kopf. Was erwartete sie in diesem Gemäuer? Hatte er ihr tatsächlich ein Atelier organisiert?

Das wäre unglaublich!

Schweigend führte Robert sie die geschwungene Treppe links neben dem Eingang herauf.

Oha. Die Stufen sind mit PVC belegt – Wabenmuster in schedderigem Braungrün.

Hier war die Zeit stehen geblieben. Oben ging es weiter durch einen langen Flur, der an einigen Stellen so eng war, dass sie hintereinander gehen mussten. Hier und da blätterte die Farbe von den Mauern.

Anna blickte sich mit großen Augen um. Obwohl sie gegenüber wohnte, war sie noch nie im Provianthaus gewesen. Alles wirkte ziemlich verkommen.

Robert warf ihr über die Schulter einen prüfenden Blick zu. Offenbar konnte er sehen, was in ihr vorging.

„Ich weiß, das Gebäude braucht dringend eine Sanierung."

„Absolut", bestätigte Anna beklommen. Das historische Gemäuer so heruntergekommen zu sehen, machte sie traurig. „Nach dem Krieg hat hier eine Farbenfabrik gewirtschaftet. Wilckens. Aber die sind weg, als ich noch ein Kind war. Jetzt produzieren sie am Stadtrand Richtung Elmshorn."

„Ich weiß", seufzte Robert. „Leider hatten die Initiativen für eine alternative Nutzung bislang keinen Erfolg."

Der Gang schien endlos. Tür um Tür passierten sie, bis sich der enge Flur schließlich in eine weite Halle öffnete. Diese erstreckte sich über die gesamte Breite des Gebäudes.

„Oh!", rief Anna.

Die ehemals weißen Wände waren mit bräunlichen

Flecken übersät, der Boden mit einer dicken Sandschicht bestreut. In der Ecke rechts von ihnen stapelten sich verloren ein paar Stühle und dahinter standen vergessene Tische mit Gläsern, einer Flasche und zwei Rollen Küchenkrepp.

„Als wäre eben noch jemand hier gewesen. Und doch muss es Jahre her sein. Das ist ein bisschen wie im Dornröschenschloss."

Annas Pumps sanken im Sand ein.

„Stimmt. Das dachte ich auch, als ich hier zum ersten Mal hinkam. Aber gleich wird es besser, versprochen!" Robert bot ihr seinen Arm als Stütze an. Zerknirscht fügte er hinzu. „Ich hätte dir zu anderem Schuhwerk raten sollen. Entschuldige."

„Halb so wild." Dankbar hakte sie sich bei ihm ein.

Weitere Hallenabschnitte folgten. Sie wurden von spärlich verteilten Neonröhren erhellt.

Irgendwann bog Robert nach rechts ab. Gemeinsam verließen sie das Hauptgebäude und wandten sich im Flur dahinter nach rechts. Hier waren die Wände großflächig mit ausdrucksstarken Formen und Figuren verziert.

Annas Puls beschleunigte sich.

Wenige Meter später stoppte Robert vor einer bunt bemalten, doppelflügeligen Holztür.

„Hier sollte dein Schlüssel ebenfalls passen."

„Oh!"

Mehr brachte Anna nicht raus. Mit klopfendem Herzen öffnete sie das Schloss.

Anna im Wunderland

In nächsten Moment breitete sich Finsternis vor Anna und Robert aus, lediglich das Licht des Flurs warf einen hellen Keil auf einen blauen Industriefußboden. Der Beton sah mitgenommen, doch neu versiegelt aus. Es roch nach Farbe.

„Warte." Robert schob sich an ihr vorbei. „Ich glaube, der Schalter war links. Ja!"

Im nächsten Moment flammte über ihnen die Sonne auf.

Erstaunt legte Anna den Kopf in den Nacken.

„Tageslichtlampen", erklärte Robert. „Ich habe mich informiert. Gute Lichtverhältnisse sind beim Malen elementar."

Anna nickte stumm. Staunend erforschten ihre Augen den Raum. Sie schätzte ihn auf fünf mal zwanzig Meter, bei einer Deckenhöhe von bummelig drei Metern.

Wow! Mauern und Decke müssen frisch gestrichen sein!

Sie leuchteten ihr in gebrochenem Weiß entgegen. An der langen Wand links war ein großes Regal aufgestellt. Soweit Anna es erkennen konnte, beinhaltete es alle möglichen Farben, Pinsel jeglicher Größe, Spachtel, Kellen, Lösemittel und, und, und.

Robert holte neben ihr tief Luft und murmelte: „Ich habe mir von Lorenz einen Künstler vermitteln lassen und den einkaufen geschickt. Ich hoffe, die Sachen passen für dich."

Anna schüttelte überfordert den Kopf.

Heidewitzka, Herr Kapitän! Der Typ muss im siebten Himmel gewesen sein. Ganz offensichtlich hatte er kein Limit.

Gegenüber vom Eingang befand sich ein riesiges Sprossenfenster. An der endlosen, rechten Wand gab es sogar zwei noch größere. Davor erhob sich ein fünfzehn Meter langer und einen Meter tiefer, gekachelter Arbeitstisch.

Oha! Der scheint noch aus der Farbenfabrikzeit zu stammen.

Zögerlich ging Anna näher an das Ungetüm heran und strich mit den Fingerspitzen über die graubraunen Kacheln. Einige stachen seltsam hervor.

Hmm. Sie sehen neu aus.

Robert trat neben sie. „Wir mussten die alte Arbeitsfläche ein wenig ausbessern. Außerdem habe ich Wasser und Strom für dich reinlegen lassen."

Er deutete auf das großzügige Doppelwaschbecken, das mittig auf der Arbeitsfläche positioniert war. Es war mit einem hohen, schwenkbaren Wasserhahn ausgestattet.

„Hat der eine Brause?", stutzte Anna.

„Jep!" Robert nickte stolz. „Und die kannst du sogar ausziehen. Für Michel war die Pinselreinigung ein wichtiges Thema. So bist du flexibler, meinte er."

Neben dem Waschbecken stand eine Minikaffeemaschine im Siebzigerjahre-Retrodesign.

„Die ist aber lütt!", staunte Anna.

Auf dem Wandregal darüber prangten eine edle

Kaffeedose, ein Paket Zwergenfiltertüten sowie zwei Becher und zwei Gläser.

Robert lächelte. „Dieser kleine «Aromaboy» macht fast so guten Kaffee, als würdest du das Pulver per Hand aufbrühen. Da gelingt auch Kopi Luwak perfekt." Er zwinkerte.

„Du bist verrückt", schimpfte Anna.

„Ja, das erwähntest du heute schon mal."

Er grinste und wandte sich um. „Damit du gleich loslegen kannst, habe ich ein paar Leinwände besorgen lassen. Ich hoffe, du hattest solche Formate im Sinn."

Verblüfft folgte Anna ihm. An der Wand rechts neben dem Regal lehnten vier bespannte Keilrahmen in der Größe von fünfzig mal siebzig Zentimetern bis zwei mal drei Metern.

Rechts von ihm drängte sich eine Staffelei in Annas Blickfeld. Das Prachtstück stand schräg in der Ecke neben der Fensterwand. Auf ihm thronte eine Leinwand mit den Maßen ein mal zwei Meter.

Ahhw! Die ist perfekt für die auslaufende Segeljacht von neulich. Als hätte er es gewusst!

Anna krauste die Nase und linste zur anderen Seite ins Materialregal.

Hammer! Die richtigen Farben und Pinsel sind auch da. Ich könnte heute noch anfangen.

Prompt kribbelte es in ihren Fingern.

Das hier ist ... der Wahnsinn!

Sie drehte sich im Kreis, ihr Blick irrte durch den Raum. Dieses Atelier kam verdammt nah an ihren Wunschtraum heran.

Nein, falsch. Es ist besser!

„Du bist echt verrückt!", schnaufte Anna und schüttelte abermals überfordert den Kopf.

Robert lächelte schief und fuhr sich durch die braunen

Haare. Prüfend guckte er ihr ins Gesicht. „Gut verrückt oder du-hast-einen-Psychopaten-Dachschaden-verrückt?"

„Ich …" Anna starrte ihn an.

Alles vom Feinsten. Allein die Materialien mussten Unsummen verschlungen haben.

So viel hätte ich nicht ausgeben können.

In ihrem Bauch braute sich ein ungutes Gefühl zusammen. Gleichgültig, ob dieser Raum gekauft oder gemietet worden war, Umbau und Ausstattung hatten garantiert eine vier-, wenn nicht gar fünfstellige Summe verschlungen.

Auf alle Fälle war es teuer! Ein Päckchen Kaffee ist was anderes – selbst wenn es Kopi Luwak ist. Das hier kann er nicht einfach mal so für mich tun.

Ihr wurde flau im Magen.

Oder erwartet er eine Gegenleistung von mir?

Das Kribbeln in ihren Fingern ebbte ab. Sie schluckte verunsichert.

„Anna!", flehte Robert. „Nun sag endlich was!"

„Das … geht nicht", wisperte sie und schaute ihm aufgewühlt in die Augen. „Das kann ich unmöglich annehmen."

Seine Hand tastete nach ihrer, die Finger zitterten. „Bevor du über Geld nachdenkst: Gefällt es dir?"

„Ja." Anna nickte. „Sehr. Dieses Atelier ist ein Traum."

Ihre Worte glätteten die besorgten Falten in seinem Gesicht. Robert atmete hörbar auf.

„Es gefällt dir. Ich wusste es!"

Über seine Lippen huschte ein Siegerlächeln.

He! Er will meine Zweifel überbügeln.

„Halt!" Energisch ließ sie ihn los. „Ob es mir gefällt, ist nicht der Punkt! Der Punkt ist, dass das alles hier ein

Vermögen gekostet hat."

„Nicht für mich", widersprach Robert breit grinsend. „Es mag prollig klingen, aber den Betrag zahle ich aus der Portokasse, ohne dass es jemandem auffällt."

„Angeber!", schimpfte Anna und knuffte ihm mit der Faust auf den rechten Oberarm. „Meine würde es bis ans Lebensende sprengen. DAS ist mein Maß. Ich will und muss auf dem Teppich bleiben. Ich kann nicht …"

Robert ließ ihre Tirade geduldig über sich ergehen, doch in seinen graugrünen Augen funkelte es belustigt.

„Hey! Das ist nicht witzig", unterbrach Anna sich selbst. „Nimm mich ernst! Der Geschäftsmann, der mich aktuell in Sachen Verhandlungsgeschick coacht, hat immer wieder betont, dass ich mich nicht abhängig machen darf. Und der Knilch sieht dir verdammt ähnlich, Mr Ich-Mach-Hier-Mal-Eben-Einen-Auf-Dicke-Hose. Ich habe vor, seinen Rat zu befolgen!"

Sie verschränkte resolut die Arme vor der Brust. „Ergo kann ich dieses Atelier– so großartig es auch sein mag – unmöglich annehmen. Deswegen sage ich: Veto!"

„Recht hat der Knilch!" Robert zwinkerte vergnügt. „Denn kann ich jetzt ja mit meinem Angebot loslegen."

Anna hob verwirrt die Brauen. „Welches Angebot?"

„Na das hier." Er strahlte sie unverschämt an. „Zufällig muss ich eine neue Immobilie einrichten und bin auf der Suche nach Bildern, gern auch große Formate. Deine Werke gefallen mir. Das ist genau das, was ich suche, Frau Storm."

Anna bekam große Augen. „Du willst, dass ich für dich male?!"

„Nein." Beschwichtigend hob Robert die Hände. „Ich möchte, dass du für DICH malst. Du kannst mit deinen Bildern machen, was du möchtest. Du musst nicht an mich verkaufen, doch ich bekunde hiermit großes

Interesse."

„Du bist total verrückt!", schnaufte Anna.

„Du wiederholst dich", feixte Robert. „Aber ja, ich bin verrückt nach deinem Stil. Außerdem bin ich ungeduldig." Er lächelte schief. „Deine Geburtstagskarte steht immer noch gerahmt auf meinem Schreibtisch. Jedes Mal, wenn ich sie ansehe, freue ich mich. Und auch an deinen anderen Zeichnungen und Aquarellen kann ich mich kaum sattsehen. Für die neue Wohnung hätte ich zu gern mehr von der Elfenprinzessin."

„Dafür musst du mir kein Atelier einrichten", protestierte Anna. „Ich mach zu gern etwas für dich."

„Ich weiß. Aber DAS kann wiederum ICH nicht annehmen."

Robert grinste, dann setzte er eine finstere Miene auf. „Erst recht nicht, seitdem ich weiß, was du für das Material ausgibst. Das hier", er deutete mit einer ausladenden Geste um sich herum, „ist purer Eigennutz! Und meine neue Immobilie ist großzügig geschnitten. Dort würden größere Formate hervorragend wirken. Ich habe die Hoffnung, dass ich das eine oder andere Werk bei dir ergattern darf. Doch das ist natürlich kein Muss."

Anna hob misstrauisch eine Braue. „Hast du deine neue Butze etwa gekauft, damit meine Bilder irgendwo rumhängen können?"

„Nein."

„Sei ehrlich!" Streng schüttelte sie ihren rechten Zeigefinger vor seinem Gesicht.

„Bin ich." Robert nickte ernst. „Von meinem Faible für deine Bilder mal abgesehen, ist das hier eine risikoarme Investition."

„Soso." Sie glaubte ihm kein Wort.

Er spinnt total!

„Doch, glaub mir." Auf seiner Miene breitete sich der

raubtierhafte Zug aus, den Anna bereits in geschäftlichen Verhandlungen bei ihm kennengelernt hatte. „Ich habe etliche Freunde, die Kunst als reine Wertanlage betrachten. Je unbekannter der Künstler am Anfang, desto größer der Gewinn am Ende.“

Anna schnaubte spöttisch: „Ja, falls es denn funktioniert.“

„Richtig.“ Die hellgrünen Sprenkel im Grau seiner Augen begannen zu funkeln. „Was das betrifft, gehe ich kein Risiko ein, denn unabhängig vom Verkaufswert liebe ich das, was du tust. Ich kann also nur gewinnen.“

„Schleimer“, schalt Anna ihn.

„Was denn? Ich sage nur die Wahrheit.“

Schweigen füllte das Atelier.

Anna furchte demonstrativ die Stirn.

Roberts lässiger Blick wurde gefühlvoll. „Bitte, sag nicht nein.“

Erneut fasste er nach ihren Händen. „Du musst dich zu nichts verpflichtet fühlen. Falls das eine oder andere Bild dabei für mich herausspringt, ist es klasse. Wenn nicht, auch gut. Und nur nebenbei: Sollte sich Lorenz vom Weit-Blick in meiner neuen Wohnung austoben dürfen, wird es deutlich teurer für mich. Du musst also wirklich kein schlechtes Gewissen haben. Im Gegenteil! Du tust mir einen Gefallen.“

Anna schaute in sein lächelndes Gesicht. Schräg hinter ihm lockte die Staffelei. Die großformatige Leinwand auf ihr lechzte förmlich nach der auslaufenden Segeljacht vor der Rhinplate.

„Na gut.“ Anna gab sich einen Ruck. „Ich ziehe mein Veto zurück. Aber“, sie sah unbeugsam zu ihm auf, „ich bestehe auf meiner Unabhängigkeit. Du wirst mir eine Miete für dieses Atelier berechnen. Und FALLS dir eines meiner Bilder gefällt, können wir meine

Arbeitszeit davon abziehen.“

„Einverstanden!“ Robert strahlte von einem Ohr zum anderen. „Deal?“

„Den Arbeitslohn lege ich fest!“

„Och nö“, maulte Robert.

„Och doch! Ich kenne dich, du Bagalut!“ Anna blieb stur. „Nicht, dass mit einem popeligen A4 Bild ein ganzes Jahr Miete abgegolten wird.“

„Okay“, gab Robert sich geschlagen. „Aber dafür darf ich weiterhin das Material besorgen – nach deinen Wünschen natürlich. Ich möchte, dass du dich frei entfalten kannst. Und meine neue Wohnung kann große Formate gut vertragen.“

„Na super!“ Anna rollte mit den Augen. „Das hört sich voll nach Proll-Bude an.“

„Mhmm.“ Robert nickte fröhlich. „Hast recht. Passt auch. Irgendwie ist die Immobilie schon prollig.“

„Siehste!“ Unwillig stemmte sie die Hände in ihre Hüften.

„Sie wird dir gefallen“, versprach er und schenkte ihr ein gewinnendes Lächeln.

„Also, ich weiß nicht, ob mein Gepinsel in eine Proll-Bude passt“, murrte Anna. „Aber wenn du die Bilder für konkrete Räume haben willst, sollte ich mir deine «Investition» vor dem Malen vielleicht mal ansehen.“

„Ein großartiger Vorschlag!“ In Roberts Augen blitzte der Schalk. „Kommen wir dann zu Schlüssel Nummer zwei.“

Die Proll-Bude

Kurz darauf spannte sich über Anna und Robert der sternenklare Nachthimmel auf. Für den 19. April war es verhältnismäßig warm, so dass Anna in ihrem Kostüm auf dem Weg zum Auto nicht frieren musste.

Sie hatte keinen Schimmer, wie spät es war, ging jedoch davon aus, dass es bereits nach Mitternacht sein musste.

Hoffentlich ist seine Butze nicht so weit weg. Morgen wollte ich wieder früh zur Arbeit.

„Und?“ Anna schaute zu Robert auf. „Wohin fahren wir jetzt?“

„Wir fahren nicht, wir laufen.“ Erneut schwang Nervosität in Roberts Stimme mit. „Es ist gleich um die Ecke.“

„So nah?“

„Ja.“

Um die Ecke?

In Annas Kopf arbeitete es.

Wo gibt es hier denn bitte eine Proll-Bude?!

Die meisten Gebäude in ihrem Viertel waren alt und selbst die jüngeren eigneten sich ganz bestimmt nicht zum Angeben für jemanden gut Betuchten wie Robert Wieck. Außerdem steuerten sie direkt auf den Parkplatz am Deich zu.

Obwohl ... hat er etwa ...

„Hier entlang, Frau Storm."

Er hat!

Robert bog hinter den Reihenhäusern nach links ab. Der gesamte Bereich hinter dem Provianthaus war brandneu und erst vor Kurzem fertiggestellt worden.

Spöttisch stichelte Anna: „Ich nehme an, es musste ein Penthouse mit Elbblick sein?"

„Na logen", imitierte er ihren Schnack. „Danke übrigens für den Tipp. Es war das letzte, was noch zu haben war."

„Du hast recht", brummte Anna, „die Bude IST prollig."

„Ich versichere dir, man kann noch erheblich dicker auftragen." Robert schmunzelte amüsiert. „Du wirst mir zustimmen, sobald wir mal Renard in Berlin besucht haben."

Was?

Anna horchte auf. Renard war einer von Roberts engsten Freunden.

Ich soll mit ihm nach Berlin fahren und Renard kennenlernen?

Das waren ganz neue Töne! Er hatte den Satz nur so am Rande dahingesagt, doch Annas Magen reagierte darauf ähnlich wie auf eine Fahrt in der Achterbahn und tat, als würde er durchgeschüttelt, wobei er aufgekratzt kribbelte.

Alles ist anders.

Sie schluckte.

Offensichtlich hatte Robert einen Gang zugelegt, was ihre Beziehung betraf.

Bin ich schon so weit?

Anna wusste es nicht. Als Petra ihr am Nachmittag die

Haare fürs Musical hochgesteckt hatte, war ihr Leben noch in schönster Ordnung gewesen.

Und jetzt?

Jetzt galt das nicht mehr. Oder interpretierte sie zu viel in seine Worte hinein?

Man darf doch auch mal mit einer Freundin einen anderen Freund besuchen. Oder nicht?

Vielleicht.

Der Weg zu den Wohnblöcken am Deich war neu angelegt und die Beete daneben noch eine Matschwüste mit heraussprießenden Erdkabeln. Eine provisorische Bauleuchte baumelte an einem schief eingeschlagenen Stahlpfahl.

„So, da wären wir." Robert zückte seinen Schlüssel und öffnete die Tür zum ersten Haus. Der Eingangsbereich war ultramodern und edel: viel Glas, Edelstahl und hochwertige Fliesen. Dazu verbreiteten elegante Lampen warmes Licht, ohne zu protzen.

Dieser Nobel-Wohnblock bildete einen harten Kontrast zum heruntergekommenen Proviantshaus von eben.

Anna pfiff anerkennend. „Sehr schick."

„Nicht wahr?", grinste Robert und ging voraus. „Das Beste ist: Es gibt einen Fahrstuhl."

Demonstrativ drückte er auf den entsprechenden Knopf.

„Hast du es gut!", schnaufte Anna. „Ich muss meine Getränkekisten immer die endlosen Treppen hochschleppen. Da kann man direkt neidisch werden."

„Ach", winkte Robert ab. „Wenn du was zum Schleppen hast, sag einfach Bescheid. Ich trage es dir gern hoch."

Er schaute zu ihr herab. Die grünen Sprenkel schimmerten zärtlich in seinen grauen Augen und sein Lächeln nahm Anna gefangen.

Plötzlich flatterten Schmetterlinge durch ihren Bauch. Die Viecher erkundigten sich provozierend bei Anna, ob der galante Herr Wieck mit EINER Freundin zu Renard nach Berlin wollte oder mit SEINER Freundin?

Oh Mann!

Ein Zischen, gefolgt von einem dezenten «Dong», riss Anna aus den Gedanken. Verwirrt bemerkte sie, dass der Aufzug da war.

„Denn wollen wir mal, was?" Roberts Stimme klang ungewöhnlich rau. Gentlemanlike ließ er ihr den Vortritt. „Bitte sehr."

Anna Pumps klackerten über die Fliesen.

Ich habe mich also nicht getäuscht. Es IST etwas anders.

War das gut? Wollte sie das?

Bis zu diesem Nachmittag war alles einfach gewesen. Anna drehte sich zu Robert um.

Er folgte ihr. Sein harmloses Lächeln stand im Widerspruch zu seinem prüfenden Blick.

Die Türen schlossen sich. Aus dem Augenwinkel sah Anna sich und Robert im Spiegel. Ein hübsches Paar – er im Smoking, sie im pastelfarbenen Kostüm mit verspielt hochgesteckten Haaren. So, wie sie heute Nacht angezogen waren, passten sie perfekt in diesen exklusiven Neubau.

„Ab nach oben." Robert wählte die oberste Etage und zwinkerte ihr über den Spiegel zu.

Ohne es zu merken, hielt Anna die Luft an. Er ließ sie nicht aus den Augen. Durch ihre Gedanken pirschte ein Panther.

Als sich der Raubtierkäfig in Bewegung setzte, füllte erneut Heißer-Kaffee-Schweigen den engen Raum.

„Nicht vergessen", erklärte Robert in die drückende Stille hinein, während er sie nun wieder direkt anschaute. „Du hast ein Veto."

Veto? Hä?

Wovon redete er? Von ihrer Beziehung?

Anna nickte unbeholfen.

Natürlich merkte er sofort, dass sie auf dem Schlauch stand und meinte belustigt: „Ich würde gern dein Nachbar werden, Frau Storm, aber falls ich dir damit zu sehr auf die Pelle rücken sollte, leg bitte ein Veto ein."

Ach so! DAS meint er.

Die Option auf ein Wohnungs-Veto entspannte Annas Puls. Erleichtert überspielte sie ihre Unsicherheit: „Ich denke darüber nach, Herr Wieck, doch vorher will ich mir deine Proll-Bude erstmal ansehen."

Sie furchte die Stirn. „Paps hat mich damals bei seiner Besichtigung nämlich nicht mitgenommen. Nicht mal das Exposé hat er mir gezeigt!"

„Frechheit!", lachte Robert. „Aber aus erster Hand ist es eh besser."

Über ihren Köpfen ertönte eine angenehme Frauenstimme: „Zum Öffnen bitte läuten oder autorisieren."

„Dein Fahrstuhl redet mit uns", staunte Anna.

„Sehr eloquent, oder?"

„Das auch." Sie schnaubte: „Meine Herren! Wenn das nicht prollig ist, weiß ich auch nicht."

„Ich habe nie behauptet, die Immobilie sei bescheiden."

Feixend steckte Robert seinen Wohnungsschlüssel in das Schloss neben dem Knopf für den dritten Stock und drehte ihn um.

Prompt flötete die Aufzugstante: „Willkommen zu Hause, Herr Wieck!" und öffnete die Fahrstuhltür.

„Sehr höflich", lobte Anna. „Aber irgendwie auch langweilig. Oder sagt sie jedes Mal was anderes?"

Robert schüttelte den Kopf. „Nein, leider nicht."

„Oha. Geht dir das nicht auf den Senkel?“

„Ach, ich kann sie auch abstellen“, erwiderte er gelassen. Dann machte er einen auf Makler und betrat die Diele. „Wenn Sie mir nun bitte folgen wollen, Frau Storm.“

Anna tat wie ihr geheißen und schaute sich um. Weiße Wände, weiße Kassettentüren und großformatige Fliesen in einem mittleren Betongrau.

Als hätte Olli ihm beim Aussuchen geholfen. Pfft.

Die Tür des Aufzugs schloss sich zischend hinter Anna. Sie wandte sich um. Von dieser Seite war das Stahlungetüm mit satiniertem Glas verkleidet.

Schick! Sieht gar nicht mehr nach Fahrstuhl aus.

Annas Blick glitt nach oben. In die Decke waren Spots eingelassen, die die Wohnung in warmes, allerdings auch sehr strahlendes Licht tauchten.

„Ganz schön hell bei dir“, murmelte sie.

„Hast recht. Ich habe die Starteinstellung noch nicht konfiguriert.“ Robert hob die Stimme. „Jean Luc, dimm das Licht!“

Im nächsten Moment wurde es eine Nuance dunkler.

„Was denn?!“, rief Anna. „Die Bude redet auch mit dir?“

„So sieht es aus.“ Besitzerstolz flutete sein Gesicht. „Nun ist es gemütlicher, oder?“

„Ja.“

„Ich steh auf technischen Schnickschnack.“

Er zuckte mit den Achseln, wobei seine Augen begeistert leuchteten. Das ließ ihn zehn Jahre jünger wirken.

„Komm mit.“ Robert deutete auf einen Durchgang links neben dem Aufzug. „Hier ist Platz für die Garderobe. Und hinter der Tür am Ende gibt es einen Abstellraum.“

„Wie praktisch.“ Anna nickte zur Kassettentür gegenüber. „Was ist dort?“

„Der Ausgang zum Treppenhaus.“ Robert öffnete die Tür und grinste. „Die werde ich wohl normalerweise nehmen, aber heute wollte ich richtig angeben.“

„Ja, das merke ich schon“, schimpfte Anna. „Sag mal, wie viele Quadratmeter hat dieser Palast eigentlich?“

„Bummelig 190. Die Dachterrassen kommen natürlich noch dazu.“

„Natürlich!“ Sie grunzte ironisch. „Alles andere wäre jetzt auch winzig.“

„Nicht wahr?“ Robert lachte. „Da entlang.“

Er ging am Aufzug vorbei und bugsierte Anna in den Raum am Ende der großzügigen Diele. „Das wird wohl mein Schlafzimmer. Hinter der Schiebetür ist ein Ankleidezimmer.“

„Wow!“

Die halbe Wand zur Terrasse bestand aus einem bodentiefen, dreiteiligen Fenster, das jede Menge Tageslicht beim Aufwachen versprach. Selbst wenn Robert ein Kingsizebett hineinstellen würde, wäre hier immer noch jede Menge Platz.

„Das ist groß!“

„Stimmt. Zusammen 28 Quadratmeter.“ Er zwinkerte. „Irgendwie muss die Angeber-Grundfläche ja zusammenkommen.“

„Unfassbar!“ Anna schüttelte den Kopf. „Ich glaube, meine ganze Wohnung ist grade mal so groß wie dein Schlafzimmer plus zweimal die Ankleide und ‘n Keks.“

„Das könnte hinkommen.“

Robert lächelte freundlich. „Ich schätze, das Haus, in dem du lebst, ist hundert Jahre alt. Damals hat man einfach anders gebaut. Außerdem hast du Dachschrägen …“

„Stimmt!", trumpfte Anna auf. „ICH habe AUCH ein Penthouse!"

„Zwei Leute, ein Geschmack!" Er strahlte sie an. „Nur, dass deine Bude erheblich gemütlicher ist als meine."

Unwillig furchte er die Stirn und tippte mit der Schuhspitze auf den betongrauen Bodenbelag. „Die Fliesen waren leider schon verlegt, als ich die Immobilie gekauft habe. Diese Betonoptik ist mir eigentlich zu kühl, aber raushauen wäre Sünde."

Anna nickte. „Was hättest du dir denn ausgesucht?"

„Irgendwas Wärmeres." Robert hob die Schultern. „Vielleicht Parkett oder Fliesen, die wie Holzbohlen aussehen. Die wären etwas unempfindlicher. Bei der Küche und dem Bad konnte ich noch Wünsche äußern", er schaute sie mit leidender Miene an, „aber ob das besser war, ist die Frage!"

„Warum?" Anna krauste die Nase.

„Ach", winkte er ab, „das zeige ich dir später. Es … gehört zu den Dingen, bei denen ich über die Stränge geschlagen habe."

„Oha!"

Sie spürte, dass er nicht mehr verraten würde.

So ein Lump! Mich neugierig machen und dann am langen Arm verhungern lassen. Das ist nicht fair!

Plötzlich fiel ihr eine Ungereimtheit auf. „Du hast eben gesagt, dass du die Wohnung gekauft hast, oder habe ich mich verhört?"

„Nein, das ist richtig", bestätigte Robert und schmunzelte. „Die Proll-Bude gehört tatsächlich mir."

„Aha." Anna runzelte die Stirn. „Wenn das Teil bereits dir gehört, wobei habe ich denn ein Veto?"

Das ergab keinen Sinn.

Robert schaute ihr aufmerksam in die Augen. „Du darfst entscheiden, ob ich hier einziehe oder nicht."

„Und was, wenn ich «nö» sage?“

Verdammt! Ihre Zunge war mal wieder fixer, als es das gute Benehmen erlaubte. Schnell ruderte Anna zurück: „Ich meine, willst du es etwa leer stehen lassen?!“

„Nein.“ Er lächelte amüsiert. „Dazu ist die Immobilie selbst mir zu teuer. Aber ich könnte sie wieder verkaufen oder vermieten.“

Robert holte tief Luft und wurde ernst. „Anna, das mit dem Kauf ging sehr zügig über die Bühne. Ich hätte lieber vorher mit dir gesprochen, doch in den letzten Wochen war immer irgendwas und ich wollte dir damit nicht zwischen Tür und Angel kommen.“

„Warum? Wo liegt das Problem?“

Er zeigte schräg hinter sich. „Von meiner nordwestlichen Dachterrasse habe ich einen direkten Blick auf deine Wohnung. Wenn bei dir Licht brennt, sogar IN deine Wohnung.“

Oh.

Schweigen.

Stört mich das? Hmm. Weiß nicht recht.

Seufzend hob Robert seine Hände. „Ich möchte dich nicht stalken. Sei bitte ehrlich, Anna, wenn dir das zu nah sein sollte, sag es. Das ist okay für mich. Dann wohne ich noch eine Weile in Husum und suche eben weiter.“

„Warum suchst du überhaupt was Neues?“, wunderte Anna sich. Immerhin hatte er eine Villa an der Nordsee.

Er lächelte schief. „Das hat zwei Gründe. Erstens: meine Mutter.“

„Ich dachte, die ist nett.“

„Das ist sie auch. Allerdings wohnen meine Eltern nur zwei Kilometer von mir entfernt und seit Elfriede von meiner Scheidung weiß, ist sie sehr besorgt um mich. Außerdem hat sie nun wieder Hoffnung auf Enkelkinder und schleppt mir andauernd irgendwelche Damen im gebärfähigen Alter an, die ich «unbedingt» kennenlernen müsse."

„Oje!" Anna kicherte. „Und ich habe immer geglaubt, dass man mit über vierzig als erwachsen gilt und vor solchen Verkupplungsversuchen sicher ist."

„Sollte man meinen. Jedoch nicht bei Elfriede. Ich könnte fünfzig sein – es würde nichts ändern."

„Du Ärmster!" Anna lachte. „Dann bist du quasi auf der Flucht?"

„Genau." Er setzte ein leidendes Gesicht auf. „Ich hoffe, dass die 110 Kilometer zu weniger Eheanbahnungsversuchen ihrerseits und mehr Privatsphäre meinerseits führen werden."

„Na, da drücke ich die Daumen!"

Anna schüttelte amüsiert den Kopf. „Du liebe Güte! Nachdem ich meine Hochzeit abgesagt habe, hat mich meine Mutter zwar mehr betüdelt als sonst, aber sie hat mich mit Alternativ-Verlobten verschont."

„Darum möchte ich auch sehr bitten", erwiderte Robert. „Schließlich muss ich mir die Elfenprinzessin bereits mit Ritter Kunibert teilen. Und ICH stehe als Knappe ganz unten in der Hierarchie."

„Willst du mir damit sagen, dass mein Gefolge groß genug ist?", erkundigte Anna sich hoheitsvoll.

„Definitiv!"

Das Wort kam ihm scherzhaft über die Lippen, doch in seinen Augen funkelte Sehnsucht und diese scheuchte die Schmetterlinge in Annas Bauch auf.

Schweigen.

Grüne Sprenkel leuchteten in aufrichtigem Grau. Roberts Blick war intensiv, zärtlich und irgendwie besitzergreifend.

Er will mich nicht teilen.

Anna spürte, wie ihr Hitze in die Wangen schoss. Sie hatte das Gefühl, etwas sagen zu müssen.

„Äh … und … zweitens?“

Sie wollte es laut sagen, aber aus ihrem Mund kam nur ein Wispern.

„Zweitens?“, echote er, ohne seine Augen von ihr zu lassen.

„Ja, zweitens.“ Anna räusperte sich. „Vorhin hast du von zwei Gründen gesprochen, warum du herziehen willst.“

„Richtig.“

Robert zögerte und fuhr sich mit der Hand über seinen Dreitagebart.

Nanu? Mr Pokerface ist verlegen. Was kann denn jetzt noch kommen?

„Zweitens.“ Er holte tief Luft, als müsse er sich sammeln. Dann gab er sich einen Ruck. „Zweitens mag ich dich sehr, Anna. Ich genieße es, etwas mit dir zu unternehmen oder einfach nur zu schnacken. Von Husum hierher sind es neunzig Minuten. Selbst wenn ich auf dem Gaspedal stehe, brauche ich mindestens eine Stunde. Ich mag den 911er, aber meine Zeit möchte ich lieber mit dir verbringen als auf der Autobahn.“

Er seufzte. „Meine Tage sind so voll. Nur wenige Dinge kann ich delegieren oder streichen. Da bleibt mir zum Optimieren bloß der Fahrweg.“

Er zieht nach Glückstadt, weil er MICH öfter sehen will?!

Annas Mund klappte auf.

Alter Schwede. DAS ist ja was!

Nicht einmal ihr Ex-Verlobter hatte das in Erwägung gezogen. Dieser Schritt machte deutlich, wie viel Robert an ihr lag.

Warmes Glück füllte Annas Herz.

Er machte sie ganz verlegen, so dass sie nicht wusste, was sie sagen sollte.

Meinetwegen umziehen – ist das nicht ein bisschen übertrieben?

Als hätte er ihre Bedenken gehört, relativierte Robert: „Außerdem habe ich viel in Hamburg zu tun. Husum ist ziemlich weit ab vom Schuss. Glückstadt liegt deutlich dichter. Und mit der Elbfähre bin ich auch ganz fix in Niedersachsen."

Schweigen.

Hoffnungsvoll lächelte er auf sie herab. „Als ich den Kaufvertrag unterschrieb, dachte ich: Wenn ich um die Ecke wohne, ist es kein großer Akt, dich abends auf ein Glas Wein zu treffen."

Erwartungsvolle Stille.

Ich sollte was sagen.

Das erste, was Anna einfiel, war: „Lieber auf ein Glas Wasser."

Schon deutete ihr Zeigefinger auf die noch weiter abzuspeckenden Hüften.

Boa, ich bin so peinlich!

Robert lachte. „Egal, ob Wasser, Kaffee, Tee oder was immer du willst – ich bunkere einfach alles in meiner Küche."

Anna grinste glücklich. *Peinlich oder nicht: Ich bin ihm wichtig.*

Daran konnte es keinen Zweifel geben.

Obwohl ... Bei Olli habe ich das vor ein paar Monaten auch gedacht.

Ihre Stirn legte sich in Falten.

Aber bei Robert ist es anders. Meine Position als Unternehmerstochter hat für ihn keine Bedeutung. Er mag mich um meinetwillen und nicht bloß, weil ich irgendwann mal einen Haufen Aktien erben werde.

Die Freude in ihrem Herzen schwoll zu einem wohligen Flirren an, woraufhin die Schmetterlinge applaudierten.

„Herzlich willkommen in Glückstadt, Herr Nachbar!"

Roberts Gesichtszüge entspannten sich merkbar.

„Kein Veto", flüsterte er erleichtert und strahlte. „Vielen Dank, Frau Nachbarin! Denn kann ich dir jetzt ja meine anderen Sünden beichten."

„Ohauaha!", kicherte Anna. „War ich etwa vorschnell?"

„Kann sein." Er wog seinen Kopf hin und her. „Ach, wir werden sehen …"

Erst einmal zeigte Robert Anna zwei weitere Zimmer mit betongrauen Fliesen, weißen Wänden, schicken LED-Spots in der Decke und bodentiefen Fenstern. Als er zum dritten Mal zur Klinke einer Kassettentür griff, murmelte er: „Jetzt wird es ernst."

Was immer das heißen mag …

Neugierig folgte Anna ihm, nur um wie angewurzelt stehen zu bleiben und die Augen aufzureißen. „Oh!"

„Ja. Oh."

Robert kratzte sich unbehaglich am Hinterkopf. „Das war keine gute Idee, was?"

„Nein." Anna schaute ihn vorwurfsvoll an. „Warum hast du das gemacht?"

„Ich …" Hilflos hob er seine Hände. „Ich weiß es nicht. Du hattest mir so begeistert von den Dingern vorgeschwärmt, dass ich dachte: «Hey, warum denn nicht?»"

„Das sind die Jugendstilkacheln, zu denen ich Olli für unsere Küche überredet hatte", stellte Anna fest.

„Genau. Das hätte ich nicht tun sollen, oder?" Zerknirscht verzog Robert sein Gesicht. „Ich bin ein

Esel! Deine Wohnung ist so gemütlich. Du hast ein Händchen für Farben und Einrichtung. Ich habe bloß an mich gedacht."

„Na, das ging wohl nach hinten los!", schnaufte Anna.

„Es tut mir echt leid. Ich wollt nicht …"

„Was für ein Farbton soll das bitte sein?"

Anklagend zeigte sie auf die Wand über den halbhoch verlegten Kacheln.

Verwirrt drehte er sich zu ihr um. „Olivgrün, wieso?"

„DAS ist KEIN Olivgrün! Das ist … maximal …", empört suchte Anna nach Worten, „… ein pieschiges, viel zu helles Lindgrün."

„Ähm …"

Robert schaute sie irritiert an.

Anna bekam davon nichts mit, sondern beäugte kritisch die Wände. „Olivgrün? Nie im Leben. Also wirklich, Herr Nachbar, der Farbton ist furchtbar!"

Schweigen.

„Warte mal." Robert stellte sich in Annas Blickfeld, so dass sie kurz zu ihm aufsah. „Du bist gar nicht sauer, weil ich mir deine Favoriten-Fliesen an die Wand geklebt habe."

„Kacheln", korrigierte Anna.

„Kacheln?"

„Ja, sobald sie an der Wand verlegt sind, nennt man die Fliesen Kacheln." Sie nickte energisch. „Und warum sollte ich deswegen sauer sein? Dieses Jugendstilmuster ist traumhaft! Allerdings ist deine Wandfarbe echt ein Albtraum. Tschuldigung, aber die löst Brechreiz aus. Gefällt dir das Grün etwa?"

Robert zuckte perplex mit den Achseln.

Kopfschüttelnd nahm Anna erneut die Wand unter die Lupe. „Mein erster Gedanke war «Böarks» – sorry, wenn ich das so deutlich sagen muss. Dieses

Dünnpfiffgrün kannst du den göttlichen Kacheln doch nicht antun!"
Er lachte auf.
„Das ist nicht lustig", murrte Anna.
„Doch, das ist es." Robert rieb sich mit der rechten Hand über sein Gesicht. „Mensch, Anna, ich zerbreche mir seit Tagen den Kopf darüber, wie ich dir gestehen soll, dass ich deine Lieblingsfliesen – Verzeihung, Kacheln! – «gestohlen» habe und du machst mich lang, weil ich die falsche Wandfarbe aussuche?!"
„Das Grün geht halt gar nicht", mäkelte Anna. „Warum sollte ich mich wegen der Kacheln aufregen? Die sind cool."
„Weil das in meinen Kreisen so ist." Robert wischte sich eine Lachträne aus dem Augenwinkel. „Silke hat mal eine komplette Schrankwand rausreißen lassen, bloß, weil sich eine entfernte Bekannte dieselbe gekauft hatte."
Ungläubig schaute Anna zu ihm auf. „Deine Exfrau hat einen an der Klatsche."
„Ja, auch. Allerdings nicht deswegen." Er lächelte. „Wir reichen Schnösel legen Wert drauf, uns mit Unikaten zu umgeben. So in der Art: «Das, was ich besitze, darf kein zweiter sein Eigen nennen.» Dieses ungeschriebene Gesetz gilt insbesondere für Abendkleider, Häuser, Möbel oder Schmuck."
„Dann war Silke wohl nicht so oft bei IKEA, was?", brummte Anna trocken.
„Nein, nicht wirklich."
„Selbst schuld. Die Mandeltorte dort zergeht einem auf der Zunge."
Robert schmunzelte. „Nimmst du mich mal mit? Ich fürchte, ich brauche professionelle Begleitung. Nicht, dass ich dort noch unangenehm auffalle …"

„Klar!“

Anna grinste hinterhältig. „Aber nur, wenn wir bei der Gelegenheit Deko und Tüdelkram für deine Proll-Bude shoppen. Einen ganzen Einkaufswagen voll. Mindestens! Immerhin ist diese Wohnung riesig. Da müssen wir klotzen, sonst verliert sich der Kram.“

Seine Miene war skeptisch, doch er sagte: „Okay.“

Anna reichte das nicht. Sie pikste ihm ihren Zeigefinger in die Smokingbrust. „Kannst du damit leben, Herr Wieck, dass KNUBBIG und Co. ihr Licht noch in Millionen anderen Haushalten verbreiten und nicht nur in deinem Palast?“

„Ja, ich kann.“ Robert hob feierlich die linke Hand und legte seine rechte über sein Herz.

„Denn ist ja gut“, murmelte Anna. „Ich fahre. In deinen Porsche kriegen wir ja nix rein.“

„Abgemacht.“

Robert streckte ihr seine Hand entgegen, sie schlug ein.

Plötzlich schien die Zeit stillzustehen. Roberts Berührung ließ Annas Puls stolpern. Der Händedruck fühlte sich wie eine Umarmung an: fest und zärtlich zugleich.

Oh.

Beklommen sah Anna zu ihm auf. Seine Augen zogen ihren Blick magisch an.

Wow. Jede Menge Lachfältchen!

Das Graugrün nahm sie gefangen, beschleunigte ihren Herzschlag und verwandelte ihre Knie in Wackelpudding. Anna war es, als würde sie schwebend vom Boden abheben.

Ohauaha!

Die Wackelpuddingbeine waren ihr nicht geheuer. Mühsam riss sie ihren Blick los und löste die Hand aus seiner.

Was mache ich bloß?

Selbstlos bot sich das Lindgrün neben ihr als Ablenkungsmanöver an.

Anna nickte mit betont finsterer Miene Richtung Wand. „Nun erzähl mir mal, was du dir bei der Farbe gedacht hast. Warum ist die so pieschig?“

Robert seufzte: „Ich hatte Angst.“

„Angst? Wovor das denn?“

Er zuckte mit den Achseln. „Dass ich es übertreibe.“

„Ach, Quatsch!“, grunzte sie. „Mit Farben kann man es nicht übertreiben. Aber wenn man keinen Arsch in der Hose hat, dann kommt sowas dabei raus.“

Erschrocken hielt Anna inne. War ihre Ausdrucksweise zu derbe?

Robert starrte sie an.

Scheiße! ... Ähh. Halt! Öhm ... Mist.

Seine Augen wurden schmal. „Aha. So tickst du also.“ Dann warf er den Kopf in den Nacken und lachte aus vollem Hals. „Oh Mann! Bei der Wandgestaltung versteht Frau Storm keinen Spaß, was?“

Anna schüttelte erleichtert den Kopf. „Nee. Bei Pieschgrün ist Feierabend.“

Sie bemühte sich, ihre durcheinanderflitzenden Emotionen wieder einzufangen. „Gefällt dir das etwa?“

„Hmm.“ Robert nahm die Badezimmerwand ins Visier. „Sagen wir mal so: Nach deiner Begeisterung bei McDonalds hatte ich mir diesen Raum irgendwie großartiger vorgestellt.“

„Der Raum kann nichts dafür“, murrte Anna. „Die Kacheln auch nicht – nicht mal das arme, pastellige Lindgrün! Es ist die Kombination aus allem.“

„Aja.“ Robert schaute sie fragend an. „Und was schlägst du vor?“

„Ein sattes Olivgrün.“ Anna tippte sich mit dem

Zeigefinger an die Schläfe. „Oder, nein! Das hier ist dein Badezimmer. Nimm besser gleich ein stumpfes Petrolblau. Nicht so intensiv wie das von Storm Energie, sondern ein paar Nuancen ausgeblichener und mit höherem Blauanteil. Schau hier“, sie deutete auf eine der Musterkacheln. „Diesen Farbton würde ich wählen – nur einen Ticken heller. Und die Decke würde ich weiß streichen und drei bis fünf Zentimeter nach unten auf die Seiten runterziehen. Dann ist es perfekt.“

„Soso.“ Robert grinste.

Anna nickte. „Ja, genau so.“

„Vielleicht solltest du das mit dem Maler klarmachen.“

„Ich?“

„Ja, du.“ Er zuckte mit den Schultern. „Wenn ich mit dem Mann schnacke, kommt sowas dabei raus.“

Ohne hinzusehen zeigte er mit dem Daumen auf die zartgrüne Wand. Seine Körperhaltung drückte Gleichmut aus, aber das eindringliche Funkeln in seinen Augen schien zu wispern: „Mir ist das wichtig. Ich möchte, dass du dich hier wohlfühlst.“

Er will, dass ich seine Wohnung gestalte.

Annas Gedanken schlugen absurde Kapriolen: *Hofft er etwa, dass ich hier einziehe?*

Sie hatte sich doch gerade erst entlobt.

Der Wackelpudding in ihren Knien verflüssigte sich und auf einmal waren die Pfennigabsätze ihrer Pumps viel zu wackelig.

He! Das geht nicht.

Unbeholfen tastete Anna nach dem Türknauf der gläsernen XL-Duschkabine. Sie behielt gerade so ihr Gleichgewicht.

Oh nee! Und ich Dussel dränge mich ihm auf, ihn mit zu IKEA zu schleppen. Bin ich verrückt? Was sende ich bloß für Signale?!

Anna öffnete den Mund, aber es kam nichts heraus. Sie suchte nach dem Rückwärtsgang.

Vergebens.

„Meine Küche braucht ebenfalls Hilfe“, schob Robert hinterher. „Die hat das gleiche Pieschgrün abbekommen wie dieses Bad.“

Anna schaute noch immer stumm in sein Gesicht. Er lächelte freundlich. Mehr nicht.

Oder interpretiere ich da zu viel rein?

Immerhin hatte sie selbst darum gebeten, seine neue Wohnung sehen zu dürfen.

Genau! Er wollte bloß Bilder von mir. ICH war es, die sich die Bude unbedingt angucken wollte.

Anna atmete auf.

Außerdem habe ich ihm die Farbe madig gemacht. Dann ist es nur fair, wenn er nach Gegenvorschlägen fragt.

Richtig. Sie sah Gespenster. Der Tag war lang und ereignisreich gewesen. Kein Wunder, dass sie zu dieser späten Stunde überreizt war.

Ich sollte ins Bett gehen. In MEIN Bett. Allein.

Seufzend guckte Anna auf die Wand und murmelte: „Ich rede mit deinem Maler. Allerdings nicht vor morgen.“

„Danke! Du bist meine Rettung.“ Robert strahlte.

„Das wird sich zeigen“, meinte sie und gähnte hinter vorgehaltener Hand. „Tschuldige. Der Abend war herrlich, doch nun bin ich echt alle.“

„Das kann ich verstehen. Ich zeige dir den Rest ein anderes Mal.“ Lächelnd deutete er eine Verbeugung an. „Komm, ich bringe dich nach Hause.“

„Nicht nötig“, winkte Anna ab. „So weit ist es ja nicht.“

„Stimmt, aber ich muss eh zum Auto.“

Er zwinkerte. „Und wenn ich meine guten Manieren der Elfenprinzessin gegenüber vergesse, zieht mir Ritter Kunibert beim nächsten Mal die Ohren lang.“

Die Uhr läuft

Am nächsten Tag stand Petra zur Mittagspause bei Anna im Büro auf der Matte und wollte genau wissen, wie das Musical war und noch viel genauer, was sich sonst so mit Robert ergeben hatte.

Anna erzählte ausführlich vom Essen im „The Table“ und vom «König der Löwen» und ließ schließlich die Sache mit dem Atelier im Provianthaus und Roberts neuem Penthouse aus dem Sack.

„Ahw“, schwärmte Petra. „Die Idee mit den Schlüsseln ist ja so romantisch! Und er kann echt von seiner Wohnung aus in deine gucken?“

„Ja, kann er. Und ich in seine.“

Dieser Aspekt füllte Annas Bauch mit mulmiger Wärme. „Von meinem Schlafzimmerfenster aus habe ich seine nordwestliche Dachterrasse im Blick. Welche Zimmer dort angrenzen, weiß ich nicht. Zu dem Teil der Besichtigung sind wir gestern nicht mehr gekommen.“

„Na, auf alle Fälle könnt ihr euch Taschenlampenlichtzeichen geben, falls mal der Strom ausfällt“, kicherte Petra. „Wenn du mich fragst, da geht was!“

Diesen Eindruck hatte Anna letzte Nacht auch gehabt. Sie seufzte tief: „Ja, vermutlich.“

„Vermutlich?“ Die Sekretärin lachte. „Nana. Begeisterung sieht anders aus. Was ist los? Ich dachte, du magst ihn."

„Das tu ich. Sehr sogar! Robert ist großartig, aber … Ach, ich weiß nicht …"

Hilflos zuckte Anna mit den Schultern. „Gestern um diese Uhrzeit war ich noch sicher, dass ich alle Zeit der Welt habe, und heute soll ich mich verlieben? Irgendwie geht mir das zu schnell."

Petra nickte, doch ihr Blick war nachdenklich. „Was sagt denn dein Herz?"

„Mein Herz ist stumm wie 'ne Fischklingel", beschwerte sich Anna. „Dafür fühlen sich meine Knie an, als wären sie aus Wackelpudding und mein Magen behauptet, ich hätte eine Horde Schmetterlinge verschluckt." Sie schaute zu ihrer Freundin auf. „Oder Ameisen."

„Igitt! Dann lieber die Flatterviecher", scherzte Petra und tätschelte Annas Schulter. „Du bist nervös. Das ist normal, schließlich steht einiges auf dem Spiel – und damit meine ich nicht das Vermögen von Herrn Wieck. Es ist gut, dass du dein Herz nicht leichtfertig verschenkst. Gerade nach der Geschichte mit Olli bin ich froh, dass du vorsichtig bist, aber …", ihre Stimme wurde traurig, „unsere Zeit auf diesem Planeten ist endlich. Süße, lass nicht zu, dass diese schlechte Erfahrung dir die Chance auf ein neues Glück vermiest."

Anna horchte auf. Solche Töne kannte sie von Petra nicht. Normalerweise sah ihre Freundin vor allem den Spaß im Leben und nicht die Gefahr, diesen zu versäumen. «Unsere Zeit auf diesem Planeten ist endlich» – der Spruch wollte so gar nicht zu ihr passen.

Verwundert krauste Anna die Nase. „Ist alles gut bei dir?"

„Ja, ja", winkte Petra ab, „alles prima."

Ihre Miene war das Gegenteil von prima, nämlich niedergeschlagen.

„Blödsinn. Mir kannst du nichts vormachen."

„Nein, alles gut." Die Sekretärin hob beschwichtigend ihre Hände. „Wirklich."

„Ich durchschaue dich, Frau Karstens", drohte Anna. Sie rollte ihren Schreibtischstuhl zurück und stand auf. „Das Prima-Märchen kannst du vielleicht meinem Vater auftischen, aber nicht mir."

Bei der Erwähnung von Claus Jürgen Storm verfinsterte sich Petras Gesicht noch weiter.

„Ha!", triumphierte Anna. „Was hat Paps angestellt? Los, raus mit der Sprache!"

„Ich …"

Schweigen.

„Komm schon", drängelte Anna. „Ich behalte es auch für mich."

Die Sekretärin verzog unwillig den Mund, blieb jedoch still.

„Du kennst mich." Anna grinste. „Ich gebe nicht auf!"

„Also gut." Petra holte Luft. „Du erinnerst dich an Lasse, oder?"

„Na logen."

Lasse Berends war vor einigen Wochen wegen einer Lappalie von ihrem Vater gekündigt worden. Seine wenige Monate alte Tochter hatte einen Herzfehler und seine Frau war bei der Geburt des Kindes fast gestorben.

Wie könnte ich den Mann vergessen?!

„Emilia hat ihre erste OP zwar gut überstanden", fuhr Petra fort, wobei ihre Stimme von Wort zu Wort immer dünner wurde, „aber bei einer der Untersuchungen wurde festgestellt, dass die kleine Maus an Blutkrebs leidet."

„Blutkrebs?!", keuchte Anna. „Das ist ja furchtbar!"

„Es kommt noch schlimmer“, flüsterte Petra. „Die Ärzte sagen, dass eine Stammzelltherapie helfen könnte, doch in der Familie gibt es keinen geeigneten Spender. Sie wurden alle getestet. Niemand passt für Emilia.“

„O Gott.“ Anna schlug sich die Hand vor den Mund und sank auf ihren Stuhl zurück. Sie hatte keinen Schimmer, wie es sich anfühlte, Kinder zu haben, aber allein die Vorstellung, sie würde ihr Baby im Arm halten und wissen, dass es dem Tode geweiht wäre, schnürte ihre Kehle zu. Wie brutal musste das erst für die Eltern sein?!

„Kann man da nichts machen?“, krächzte sie und spürte, wie ihr die Augen feucht wurden. „Ich meine, es gibt doch diese Spenderdateien, wo Tausende von Menschen gelistet sind, oder nicht? Passt von denen keiner?“

Petra schüttelte den Kopf. „Bis jetzt haben sie niemanden gefunden.“

„Verdammt.“ Anna presste die Lippen aufeinander. Sie selbst wollte sich eigentlich schon längst registriert haben, hatte es aus Termingründen allerdings jedes Mal wieder auf später verschoben. Irgendwas Wichtiges lag ja immer an.

Das schlechte Gewissen lag wie ein Stein in ihrem Magen. Sie schluckte.

ICH habe Termindruck? Falsch. Ich war einfach nur zu bequem, aber den Kranken läuft wirklich die Zeit davon.

Betroffen schaute sie zu Petra auf. „Bist du registriert?“

Ihre Freundin schüttelte den Kopf. „Ich habe vorhin die Unterlagen angefordert.“

„Wo?“

„Bei der DKMS.“

Anna notierte sich den Namen auf einem Notizzettel.

„Das geht alles ganz fix und unkompliziert“, berichtete

Petra. „Du kannst dich im Internet anmelden und bekommst dann Post von denen. Für die Typisierung wird um eine kleine Spende gebeten, aber du musst nicht zahlen, wenn du nicht kannst oder willst.“

Ich hätte das echt längst tun sollen!

Doch sie hatte ihren Hintern nicht hochbekommen. Der Stein in Annas Bauch wurde schwerer. „Was meinst du, wollen wir andere Kollegen zum Mitmachen überzeugen?“, sinnierte sie. „Ich bin bestimmt nicht die Einzige, die bislang zu faul war.“

„DAS habe ich mir auch überlegt“, knurrte Petra. „Ich habe heute früh sogar bei der DKMS angerufen und mich erkundigt, was man tun muss, wenn man eine Massenregistrierung organisieren möchte.“

„Ja, und?“ Anna schaute verwundert auf.

Ihre Freundin verschränkte die Arme vor der Brust. „Nichts «und»! Dein Vater hat das Telefonat mitbekommen und die Aktion im Keim erstickt.“

„Bitte?!“

Da lag also der Hase im Pfeffer. Deswegen war sie so angefressen.

„Du hast richtig gehört!“, motzte Petra. Sie imitierte die Stimme ihres Chefs: „So eine Registrierung ist Privatsache. Da mischt sich Storm Energie nicht ein.“

Anna hob die Brauen. Normalerweise betonte Claus Jürgen bei jeder Gelegenheit, wie sehr ihm das Mitarbeiterwohl am Herzen lag. Und hier ging es um ein Baby und seine Familie!

„Das muss ein Missverständnis sein.“

„Ist es nicht“, schimpfte Petra. „Ich habe genauso geguckt wie du. Als ich nachgehakt habe, ist er aufgebraust und hat was von Ex-Mitarbeiter, Arbeitszeit, Datenschutz und Gruppenzwang gefaselt. «Storm Energie ist kein Wohlfahrtsverein!» – das war sein letztes Wort zu dem Thema. Echte Gründe kamen nicht über seine Lippen, stattdessen hat er mir ausdrücklich VERBOTEN, irgendwas in der Beziehung anzuleiern."

Anna schüttelte zweifelnd den Kopf. „Das kann nicht Paps' Ernst sein!"

Die Sekretärin schnaubte: „Glaub mir, es ist sein voller Ernst. Er war regelrecht wütend. Hätten wir einen Betriebsrat, hätte ich dem das gesteckt. Die können solche Aktionen nämlich auch organisieren." Schnippisch fügte sie hinzu: „Aber bei Storm geht es ja «so familiär» zu, dass wir keinen Betriebsrat brauchen."

Oha. Petra ist ja RICHTIG sauer.

Und das hieß was, denn ansonsten war die Sekretärin die Ruhe selbst. Vor allem jedoch war Petra absolut loyal der Firma und ihrem Chef gegenüber. Offene Unmutsäußerungen wie diese kamen so gut wie nie vor.

Das ist nicht gut. Ich sollte was tun.

Vorsichtig bot Anna an: „Wer weiß, welche Laus meinem Vater über die Leber gelaufen ist. Wenn du möchtest, rede ich mal mit ihm. Es kann nicht sein, dass er deinen Vorschlag so rüde abbügelt."

„Ach, um mich geht es dabei nicht", erwiderte Petra. „Mir ist die kleine Emilia wichtig. Ich finde nämlich, dass Lasse und seine Familie schon genug ertragen mussten."

Wenig später klopfte Anna an die große Doppelflügeltür von Claus Jürgens Büro.

„Herein", brummte es drinnen.

Beklommen drückte Anna die Klinke herunter. Seit dem Storno-Dienstag, an dem sie ihre Hochzeit abgesagt hatte, war sie nur noch selten hier. Ironischerweise besprach sie die meisten geschäftlichen Dinge nun mit ihrem Ex-Verlobten und nicht mehr mit ihrem Vater.

Paps geht mir aus dem Weg.

Claus Jürgen hatte in den ersten Wochen nach der Entlobung bei jeder Gelegenheit betont, dass er nur das Beste für seine Tochter gewollt hatte.

Er war kein schlechter Mensch, vielleicht sah er langsam ein, dass es keine gute Idee gewesen war, sie dermaßen zu übergehen.

Immerhin ist er mein Vater. Er liebt mich und jeder trifft mal miese Entscheidungen.

„Ah, Anna, du bist es. Moin."

Der Firmenchef rang sich ein Lächeln ab, er wirkte müde. „Komm rein. Haben wir einen Temin?"

„Nein." Sie grinste schief. „Ich wollte einfach so mit dir schnacken. Hast du eine Minute?"

„Warte ...", ihr Vater klickte ein paar Mal mit der Maus, „ich habe sogar fünfzehn. Was gibt es denn?"

„Also ... Ich ..."

Anna kam vor dem klotzigen Schreibtisch zum Stehen. Der riesige Monitor darauf wirkte fast schon klein. Er passte perfekt zum martialisch anmutenden Chefsessel. Von der Wand und dem Sideboard darunter strahlten dem Besucher diverse Preise und Auszeichnungen entgegen. Alles in allem verliehen diese Gegenstände dem Arbeitsplatz des Firmengründers etwas herrschaftlich Erhabenes. Es gab keinen Zweifel: Claus Jürgen Storm hatte in seinem Leben viel erreicht.

Er weiß, was er tut. Offensichtlich. Und er tut das Richtige.

Anna hatte das Gefühl zu schrumpfen.

Verdammt! Warum lasse ich mich einschüchtern? Ich möchte doch auch nur das Richtige tun.

Der Gedanke half ihr nicht.

Verunsichert knetete sie ihre Hände und starrte auf den Schreibtisch, der wie eine Mauer zwischen ihr und ihrem

Vater emporragte. Natürlich gab es noch immer keinen Besucherstuhl, so dass Anna wie eine Bittstellerin stehen musste.

Claus Jürgen rollte seinen Ledersessel ein Stück nach rechts und tauchte vollständig hinter dem Monitor auf. Jetzt schenkte er seiner Tochter die ungeteilte Aufmerksamkeit.

„Na, was gibt es?"

„Ähm, ja", stammelte Anna. Unbeholfen räusperte sie sich.

Ihr Vater faltete seine Hände und taxierte sie.

„Ich höre."

Sein Blick erinnerte an einen lauernden Tiger.

Bin ich naiv! Warum sollte er mir etwas anderes sagen als Petra?

Sie kannte ihn doch! Eine einmal gefasste Meinung änderte er so gut wie nie.

Das ist sinnlos.

Was sollte sie ihm sagen? Einfach so wieder gehen ging gar nicht.

Ich könnte irgendwelche Alibi-Controlling-Sachen aus dem Hut zaubern.

Ausweichen war feige.

Außerdem habe ich es Petra versprochen.

Tapfer hob Anna an: „Können wir eventuell …"

Vor ihrem geistigen Auge schüttelte Robert seinen Kopf und meinte aufmunternd: „Frau Storm, das kannst du besser."

Er hatte recht. So ging das nicht. Das hatte er ihr in den letzten Wochen anders beigebracht. Sie brach ab.

„Raus mit der Sprache, meine Uhr läuft." Claus Jürgen zwinkerte amüsiert. „Ich fresse dich schon nicht."

Nach Petras Bericht war Anna sich da nicht so sicher, denn immerhin neigte ihre Freundin nicht zu Übertreibungen.

Boa. Am Storno-Dienstag hatte ich mehr Arsch in der Hose.

Aber damals hatte sie auch mit dem Rücken zur Wand gestanden.

Die Sonne warf einen Strahl in die Chefetage und ließ den Nachhaltigkeitspreis von 2017 funkeln.

Das hier war nicht Annas Kampf. Unsicher verlagerte sie ihr Gewicht von einem Bein aufs andere. Dabei spürte sie ihr Portemonnaie in der Gesäßtasche. Noch immer steckte Ritter Kuniberts Schutzrune darin.

Wärme und Sicherheit füllten ihr Herz.

Doch! Das IST mein Kampf, entschied Anna stumm und machte ihren Rücken gerade. „Paps, ich habe von Lasses Tochter gehört. Die kleine Emilia hat Blu…“

„Hat Frau Karstens sich etwa bei dir ausgeheult?“, unterbrach Claus Jürgen. Er lehnte sich in seinen Chefsessel zurück und verschränkte genervt die Arme vor seiner petrolblauen Seidenkrawatte.

„Nein“, stellte Anna klar, „sowas hat Petra nicht nötig und das solltest du eigentlich wissen. Glückstadt ist ein Dorf – solche Nachrichten machen von allein die Runde.“

Ihr Vater grunzte und gab ihr mit einer ungeduldigen Handbewegung zu verstehen, dass sie weitersprechen sollte.

„Mir ist bewusst, dass Herr Berends kein Storm-Mitarbeiter mehr ist“, fuhr sie fort. „Aber er hat hier seine Ausbildung absolviert und uns über Jahre hinweg seine Arbeitskraft zur Verfügung gestellt.“

Claus Jürgen verzog den Mund. „Wofür wir ihn gut bezahlt haben!“

„Ja, zu Recht“, bekräftigte Anna. „Herr Berends war ein kompetenter und fleißiger Mitarbeiter. Er hat angepackt, wenn Not am Mann war. Ich erinnere dich nur an den Sturmschaden vor drei Jahren. Das dürfen wir nicht vergessen."

„Das tue ich nicht", fauchte der Tiger.

„Gut." Anna setzte ein Lächeln auf. „Denn jetzt ist bei ihm Not am Mann: Seine Tochter braucht Hilfe. Und wir KÖNNEN helfen. Ich habe mich vorhin selbst bei DKMS informiert: Der finanzielle und logistische Aufwand ist überschaubar."

Claus Jürgen nickte minimal.

„Mir ist das wichtig", erklärte Anna nachdrücklich. „Von mir aus organisiere ich die Aktion in meiner Freizeit."

„Und was ist mit den Registrierungskosten von 35 Euro pro Person?" Der Tiger fixierte sie drohend. „Bei einer Mitarbeiterregistrierung werden diese den Firmen aufs Auge gedrückt."

Nanu. Er hat sich informiert?

Anna reckte ihr Kinn vor. „Im Zweifelsfall trage ich die Kosten persönlich. Das ist es mir wert, dieser Familie zu helfen."

„Falls alle Mitarbeiter mitziehen, so, wie du es dir ja anscheinend erhoffst, sind das mal eben 7.000 Euro, Töchterchen." Claus Jürgen grinste hinterhältig. „Wenn du die Summe rumliegen hast, bezahlt Storm dich zu gut. Oder hat Wieck dir etwa was zugesteckt?"

So ein Blödmann!

Das wurde ja immer besser. Anna kräuselte die Lippen.

Paps will mich aus der Reserve locken. Na warte, das kann ich auch.

Sie zwang sich ein honigsüßes Lächeln auf den Mund und meinte leichthin: „Ach, die 7.000 Euro kann ich von meinem Dividenden-Konto nehmen. Wenn nötig, erstatte ich dir ebenfalls den Arbeitszeitausfall der

Mitarbeiter, der durch die Aktion entsteht."

Schweigen.

Anna war sich bewusst, dass dieser Vorschlag eine Provokation darstellte. Das ungeschriebene Gesetz der Storms lautete: «Verpulvere niemals deine Dividenden, sondern spare sie, damit du später neu ins Unternehmen investieren kannst.»

7.000 Euro waren bei den Beträgen Peanuts, doch ihrem Vater ging es ums Prinzip. Mit klopfendem Herzen beobachtete Anna Claus Jürgens Gesicht.

Eigentlich müsste jetzt seine linke Schläfe zu pochen beginnen.

Aber erstaunlicherweise tat sie es nicht. Stattdessen gönnte sich der Firmenchef ein amüsiertes Lächeln und breitete seine Hände aus.

„Kind, ich bin kein Unmensch. Was denkst du denn von mir? Natürlich werden wir der kleinen Emilia helfen."

„Ja?" Anna hob die Brauen. Mit der Antwort hatte sie nicht gerechnet. „Ähh …Und warum hast du mich so in die Mangel genommen?"

„In die Mangel? Nein, das hätte anders ausgesehen", erklärte er lachend. „Ich wollte nur wissen, ob dein Unterricht was bringt."

„Unterricht?", echote Anna perplex. „Was für Unterricht?"

Claus Jürgen lehnte sich demonstrativ auf dem Ledermonster zurück. In seinen Augen funkelte väterliche Belustigung.

„Deine Mutter hat mir erzählt, dass du dir von Wieck in Sachen Verhandlungstaktiken auf die Sprünge helfen lässt. Ich wollte bloß mal testen, ob da was dran ist."

„Wie bitte?! Du hast das geplant?"

Empört stemmte Anna die Fäuste in ihre runden Hüften. Sie musste an Petra denken. Die hatte das Theater an diesem Morgen nämlich echt geknickt. „Für so einen Quatsch machst du deine Sekretärin lang? Im Ernst?!"

„Ach!" Ihr Vater grinste entspannt. „Und ich dachte, sie hätte sich NICHT bei dir ausgeheult."

Mist!

„Hat sie nicht", unterstrich Anna. „Ich habe gemerkt, das was nicht stimmt und so lange gebohrt, bis sie mir ein paar Fakten genannt hat."

„Ja, ja, bohren kannst du ganz gut, Töchterlein. Offenbar ist Wiecks Mühe bei dir nicht völlig vergebens", brummelte er und beugte sich zu ihr vor. „Wegen Frau Karstens tut es mir leid. Das war schlechtes Timing. Ich hatte heute Morgen ein sehr ärgerliches Gespräch mit der Behörde wegen des Offshore Projektes – da passte diese DKMS-Sache einfach nicht in meinen Kram."

Mit den Behörden stand ihr Vater schon immer auf Kriegsfuß.

Ja, nach solchen Telefonaten sollte man Paps besser aus dem Weg gehen. Weiträumig!

Trotzdem war das kein Grund, seine Leute langzumachen. Anna krauste die Nase.

„Für deinen Behördenärger kann Petra nichts."

„Nein, da hast du recht", meinte Claus Jürgen und schaute ihr gelassen ins Gesicht. „Ich kann dich beruhigen: Mein Test war natürlich NICHT geplant. Aber erfolgreiche Unternehmer erkennen Optionen, wenn sie sich ihnen bieten. Und sie nutzen diese. Das habe ich getan."

Damit war das Thema für ihn vom Tisch. „Also was ist? Hättest du Lust, das Projekt «Hilfe für Emilia» gemeinsam mit Frau Karstens zu organisieren?"

„Klar." Anna nickte. „Und die Kosten?"

„Selbstverständlich übernimmt Storm Energie den Betrag“, antwortete ihr Vater großzügig.

Was für eine Wende!

Vor wenigen Minuten hätte Anna noch ihren Hintern darauf verwettet, dass ihr Vater die Registrierung tatsächlich verhindern wollte.

So kann man sich täuschen. Egal! Hauptsache wir machen das.

„Es gibt dabei allerdings eine Bedingung“, schob Claus Jürgen hinterher.

„Und die wäre?“

Misstrauisch legte Anna den Kopf schief.

Pfft. Es ist wohl zu simpel, Petra und mich machen zu lassen, was?

Ihr Vater schaute sie streng an. „Niemand darf dazu gezwungen, genötigt oder überredet werden, bei der Registrierung mitzumachen. Es darf KEINEN Gruppenzwang geben. Wenn jemand sich nicht beteiligen möchte, lasst ihr die Person in Ruhe.“

Mahnend schüttelte er seinen Zeigefinger. „Kein «Nachbohren», hörst du, Kind?“

„Das ist doch klar.“ Anna runzelte die Stirn. „Warum sollten wir sowas tun?“

„Ich wollte es nur deutlich sagen“, betonte der Firmenchef. „Und damit bei diesem Punkt erst gar keine Diskussionen aufkommen, werde ich mich offiziell NICHT registrieren lassen. Damit dürfte die Freiwilligkeit der Aktion außer Frage stehen.“

Anna rollte innerlich mit den Augen.

Das halte ich für übertrieben, aber gut. Wenn er es so haben will ...

„Sind wir uns einig?“ Claus Jürgen warf ihr einen fordernden Blick zu.

„Sind wir“, versprach Anna schnell. Nicht, dass ihr

Vater sich die Sache anders überlegte. „Kein Nachbohren. Ich kümmere mich mit Petra um alles."

„Wunderbar. Danke, Anna."

Lächelnd faltete der Firmenchef die Hände über seinem Bauch.

„Gern, Paps."

Er wirkte zufrieden.

Sehr zufrieden.

Offenbar hatte ihr Vater genau das bekommen, was er wollte.

Moment ... was ist mit Petra?

So durfte das nicht stehen bleiben.

„Ich mache das. Aber DU", Anna zeigte energisch mit dem Zeigefinger auf die petrolblaue Krawatte über den gefalteten Händen, „du erzählst Petra das selbst. Bei der Gelegenheit kannst du dich gleich für den Anranzer von heute Morgen entschuldigen."

Claus Jürgen brummte unwillig.

„He!", schimpfte Anna. „Das ist eine Option, die sich dir hier bietet. Davon hast du mir gerade erst erzählt, Herr Ich-Bin-So-Ein-Erfolgreicher-Unternehmer Storm! Die solltest du nutzen. Schließlich ist deine Sekretärin eine Spitzenkraft. Jemanden wie Frau Karstens musst du dir warmhalten."

„Hm. Vermutlich hast du recht."

Ihr Vater seufzte und setzte eine leidende Miene auf. Dann zwinkerte er jedoch. „Mann, Mann, Mann. Du wirst deiner Mutter in diesen sozialen Dingen immer ähnlicher. Die macht mir wegen solcher Kinkerlitzchen auch des Öfteren die Hölle heiß."

„Tja, Mama weiß eben Bescheid", erwiderte Anna. Das versteckte Lob gab ihr Oberwasser. „Versau es nicht, Paps, sondern hör auf uns Storm Frauen."

Funkelwellen-Spezial-Picknick

Obwohl ihr Schreibtisch noch voll war, machte Anna an diesem Freitag pünktlich Feierabend, denn Erik hatte sie um 18 Uhr zu einem Picknick an der Hafenmole eingeladen. Sie wollte sich vorher noch frisch machen, Kater Carlo füttern und dem alten Knaben ein paar Streicheleinheiten gönnen.

Mein kleiner Mitbewohner ist in letzter Zeit so richtig schmusebedürftig.

Lächelnd packte Anna ihre Sachen zusammen und sah aus dem Fenster. Die Sonne strahlte vom Himmel; lediglich hier und da zogen einsame Schäfchenwolken durch das tiefe Blau.

Herrlich! Das Wetter ist schon seit ein paar Tagen so traumhaft. Und warm. Meine Herren, zwanzig Grad Mitte April! Das muss man nutzen.

Anna grinste.

SIE hätte sich das Picknick in dieser wechselhaften Jahreszeit nicht getraut, aber da Fiete für seinen Bootsausrüstungsladen ein tägliches Profi-Wettervorhersage-Fax abonniert hatte, war ihr Ritter ziemlich sicher, dass das Hoch zumindest noch an diesem Abend halten würde.

Eine dicke Jacke nehme ich trotzdem mit.

Ansonsten brauchte sie nichts vorzubereiten.

„Bring nur dich und gute Laune mit“, hatte Erik gestern Morgen am Telefon gesagt.

Er betüdelt mich von vorn bis hinten. Genau wie Robert.

Ein nervöses Kribbeln flatterte durch Annas Bauch. Ihre «Jungs» lasen ihr jeden Wunsch von den Augen ab. Neulich hatte sie in einem Nebensatz vermutet, dass ihr angerostetes Fahrradlicht einen Wackelkontakt hatte. Eine Stunde später war Ritter Kunibert dem Problem mit seinem Schraubendreher und einem nagelneuen LED-Scheinwerfer zu Leibe gerückt. Jetzt strahlte das Licht heller als je zuvor.

Pfft. Ich durfte ihm nicht mal das Material erstatten, dabei ist Erik Student und immer knapp bei Kasse.

Sie seufzte.

Und wenn ich erwähne, dass ich keine großen Formate in meiner Wohnung malen kann, besorgt mir Robert ein komplett ausgestattetes Atelier.

Anna schüttelte den Kopf. Das Engagement der beiden Männer konnte man nicht mehr unter normaler Freundschaft verbuchen.

Nee. So langsam artet das zu einem Wettstreit zwischen ihnen aus. Lädt mich der eine zum Musical ein, will der nächste sofort mit mir picknicken.

Irgendwie war das ja ganz süß, aber warum plumpsten dann piksige Steinchen durch das flattrige Kribbeln in ihrem Bauch?

Anna verzog den Mund. Dem Unbehagen sollte sie besser mal nachgehen.

Aber nicht jetzt!

Ein Blick auf die Uhr verriet ihr, dass sie sich sputen musste, wenn sie Erik nicht warten lassen wollte.

Denn man los.

Mit einem mulmigen Gefühl schulterte sie ihren Rucksack und verließ das Büro.

Pünktlich um sechs stieg Anna die Deichtreppe beim Molenkieker hinunter und bog in die Kopfsteinpflasterstraße Richtung Hafenkopf ein. Stolz leuchtete ihr der weiße Leuchtturm entgegen.

Schon von Weitem sah Anna, dass jemand mit blonden Haaren bei einer Bank am Werkeln war.

Oh, das muss Erik sein.

Er stand mit dem Rücken zu ihr.

Was macht er da? Und vor allem, was ist das für ein riesiges Ding?

Auf die Entfernung konnte sie es nicht erkennen. Es schien, als würde ihr Ritter vor einer nicht ganz hüfthohen, weißen Kiste stehen.

Hmm. Komisch ...

Neugierig beschleunigte Anna ihre Schritte. Fünfzig Meter weiter begriff sie, was Erik aufgebaut hatte.

„Moin, Ritter Kunibert!“, rief sie amüsiert. „Ich dachte, ich wäre zu einem Picknick eingeladen.“

Erik drehte sich zu ihr um und verneigte sich vor ihr.

„Elfenprinzessin.“

Als er sich wieder aufrichtete, grinste er von einem Ohr zum anderen. Die Sommersprossen wirbelten über sein von der Schönwetterwoche gebräuntes Gesicht. „Ja, du bist zu einem Picknick eingeladen. Einem Spezial-Picknick!“

„Soso.“ Anna runzelte die Stirn. „Und ich dachte immer, zum Picknicken braucht man bloß eine Decke.“

„Also, ‘ne Art Decke habe ich dabei“, antwortete er und trat beiseite. „Schau! Ich habe ein altes Segel aus Fietes Lager zweckentfremdet.“

„Oha!“ Anna schüttelte lachend den Kopf. „Und ganz

nebenbei hast du noch einen kompletten Tisch hierher geschleppt."

„Ach", winkte Erik ab. „Das ist ein Campingtisch. Der ist nicht schwer. Nur 'n büschn sperrig. Aber ging."

„Du bist verrückt." Endlich war sie bei ihm angekommen. „Erstmal hallo und herzlichen Dank für die Einladung."

„Sehr gern."

Eriks herrlich blaue Augen strahlten innig auf sie herab.

Prompt pochte Annas Herz schneller.

Für eine Sekunde schien es, als wolle der Ritter sie zur Begrüßung umarmen, doch dann kratzte er sich bloß am Hinterkopf, so dass seine Haare wie üblich strubbelig abstanden.

„Meine Mutter meinte, dass der Boden in dieser Jahreszeit noch zu kalt sei. Besonders hier am Hafen."

Er hob altklug den Zeigefinger und erklärte mit verstellter Stimme: „Nicht, dass Anna sich eine Blasenentzündung wegholt. Wir Frauen sind da wesentlich empfindlicher als die Männer."

„Ohauaha!" Anna kicherte. „Beate hat immer noch alles voll im Griff, was?"

„Ich kann dir sagen", schnaufte Erik. „Ich musste sogar die Gartenstuhlauflagen mitnehmen, sonst hätte sie mir die Ohren langgezogen." Anklagend fuhr er fort: „Ist das zu fassen? Ich bin 22. Laut Gesetz bin ich seit vier Jahren erwachsen, aber in ihren Augen werde ich immer der Lütte bleiben."

„Tja, so ist das bei uns Zweitgeborenen", seufzte Anna. „Wir sind die Nesthäkchen. Das wird sich nie ändern."

„Auch nicht mit 32?"

„Nee. Keine Chance." Sie schüttelte betont leidend den Kopf. „Ich glaube, selbst mit 40 werde ich für meine

Mutter die Kleine bleiben."

„Jo." In Eriks Nacken saß der Schalk. „Bei dir hat das allerdings nichts mit dem Alter zu tun."

„He!" Empört boxte Anna ihm auf den Oberarm. „Nicht frech werden, Herr Ritter!"

„Was denn? Ich doch nicht." Er schmunzelte spitzbübisch. Dann wurde er ernst. „Ich hoffe, du hast Appetit mitgebracht."

„Hab ich."

Sie ließ den Blick über sein Werk schweifen. Erik hatte den Campingtisch vor der dem Hafen zugewandten Bank aufgebaut. Das zweckentfremdete Segel diente als bodenlanges Tischtuch und verlieh der kleinen Tafel ein festliches Aussehen. Zwei kleine Porzellanteller standen einträchtig nebeneinander und waren jeweils mit einer dunkelroten Miniserviette geschmückt. Schräg darüber befanden sich zwei Rotwein- und zwei Wassergläser. Auf dem Rest des Tisches verteilten sich diverse Tupperschüsseln mit in Streifen geschnittenem Gemüse und selbstgemachtem Dipp.

„Ich habe uns Brot gebacken", erklärte Erik und zauberte eine Tüte aus seinem Rucksack hervor. „Aber nur ein kleines, wegen der Kohlenhydrate." Er zwinkerte. „Aus demselben Grund müssen wir beide auch mit einem Piccolo Dornfelder auskommen. Zum Ausgleich habe ich jede Menge Wasser mitgebracht."

„Du bist unglaublich", staunte Anna. Ihr Ritter hatte sogar eine kleine Blumenvase mit Hornveilchen auf den Tisch gestellt.

Erik bemerkte ihren Blick und grinste frech. „Die habe ich Mama aus dem Kübel vorm Haus geklaut. Quasi als Wiedergutmachung für das Genörgel wegen der Sitzkissen. Aber das Beste ist das hier."

Er holte eine graublaue Blechdose hervor und stellte

sie zwischen Gemüse und Dipp.

„Ist das ein Windlicht?“, fragte Anna.

Erik nickte. „Jo. Hab ich vorhin noch eben gebastelt.“

„Wow. Das ist ja schick! Darf ich mal?“

„Na logen.“ Er reichte ihr die Dose. „Da war mal Bootslack drin. Ich habe sie einfach angepinselt und ein paar Löcher in die Wandung gebohrt.“

„Einfach?“ Anna schnaubte. „Das ist die Silhouette der Hafenzeile. Dieses Teil ist der Hammer!“

„Ach“, winkte Erik ab. „Für das Schicke an dem Ding bist du selbst verantwortlich.“

„Ich? Wie das?“ Verwundert krauste Anna die Nase. „Ich habe doch gar nichts gemacht.“

„Doch, doch. Hast du.“ Seine Augen funkelten. „Ich habe deine Zeichnung in meiner Werkstatt fotografiert, das Bild auf die olle Dose übertragen und meinen kleinen Handbohrer die Arbeit machen lassen. Dann noch ein paar Pinselstriche und eine Kerze rein. Fertig is.“

„Du bist krass“, erwiderte Anna lachend. „Das Windlicht ist wunderschön. Hoffentlich wird es bald dunkel, damit ich es leuchten sehen kann.“

„Bis zur Dämmerung sind es noch …“, Erik warf einen Blick auf seine Uhr, „zwei Stunden und 25 Minuten. Ich hoffe, bis dahin bleibt es warm genug.“

„Ich habe meine Winterjacke dabei.“ Anna hielt das gute Stück hoch.

„Hervorragend. Frau denkt mit.“ Erik grinste glücklich. „Außerdem ist es heute fast windstill.“

Das mit dem Wind war Anna noch gar nicht aufgefallen. Sie drehte sich um. Tatsächlich, die Flaggen beim Campingbereich hinter dem Leuchtturm hingen schlaff an den Masten herab.

„Aber hier ist sonst immer Wind“, murmelte Anna und wandte sich wieder ihrem Ritter zu. „Wie hast du das gemacht?“

„Ich kann zaubern“, behauptete Erik.

„Echt? Ich dachte, ICH bin die Elfe. Du bist der Schwertschwinger.“

„Jo. Stimmt.“ Er zwinkerte. „Aber einer, der Fietes Wetterfaxe lesen kann. Von Tagen wie diesen haben wir maximal eine Handvoll im Jahr. Deswegen musste es unbedingt heute sein.“

Anna lächelte zu ihm auf. „Der perfekte Tag für ein Picknick am Hafen. Das wird großartig.“

„Das hoffe ich.“ Er lächelte zurück und fuhr sich durch seine blonden Haare. „Für den Notfall habe ich noch zwei Wolldecken eingepackt.“

Er hob eine große Tasche hoch, die bislang vom Tisch verdeckt worden war.

„Wolldecken auch noch!“, rief Anna fassungslos. „Sag mal, wie oft bist du gefahren?“

„Och, nur einmal. Ich hab mir Fietes Firmenwagen ausgeborgt.“ Er schmunzelte. „Aber ich war faul. Ich habe die Stühle zu Hause gelassen. Deswegen müssen wir jetzt nebeneinander auf der Bank sitzen, wie die Mecker-Opas von der Muppetshow in ihrer Loge.“

„DU kennst die Muppetshow?“, frotzelte sie. „Bist du dafür nicht ein bisschen zu jung?“

Eriks Miene verdüsterte sich.

„Nein, Anna, ich bin nicht zu jung.“

Sein Blick wurde eindringlich, das Blau intensiv. Anna konnte sich ihm nicht entziehen, selbst wenn sie es gewollt hätte.

„Ich bin alt genug für die Muppets und auch für so manch andere Dinge.“

Sein Gesicht rückte näher.

Wie zum Beispiel küssen!, schoss es durch Annas Gedanken.

Sehnsucht verschleierte seine Augen.

Der Duft von Messingpolitur mischte sich unter den typischen Schlickgeruch der Elbe.

Anna schluckte. Ritter Kunibert war kein Kind mehr. Nein, Erik war ein erwachsener Mann. Ein attraktiver, erwachsener Mann.

Wie seine Lippen wohl schmecken?

Innerlich schlug sich Anna vor die Stirn. Was tat sie denn hier? Das konnte sie nicht machen!

Das Schlimme war, ein Teil von ihr WOLLTE, dass er sie in seine Arme schloss und küsste! Sie WOLLTE herausfinden, wie sich seine Lippen auf ihren anfühlten.

Das Blut schoss durch Annas Adern, ihre Wangen wurden heiß.

„Tja." Erik lächelte schief und entfernte sich wieder von ihr. Mit jedem Zentimeter Distanz sickerte mehr Bedauern in Annas Bauch.

Energisch schob sie ihre Emotionen beiseite.

Na super, bestimmt sehe ich aus wie ein Feuermelder!

„Was die Muppets betrifft", meinte Erik spöttisch. „In der Oberstufe hatte ich diverse Kurse gemeinsam mit Philipp, dem Filmfreak. Er stand auf die Sendung. Es ist unmöglich, mit dem Kerl Abi zu machen und die Muppets NICHT zu kennen."

„Na, denn ist ja gut", antwortete Anna.

Verdammt! Warum klingt meine Stimme so heiser?

„Das ist es." Erik grinste merkwürdig zufrieden und deutete auf die Bank. „Wenn ich die Elfenprinzessin nun bitten dürfte, Platz zu nehmen. Es ist angerichtet."

Beim Essen entspannte sich die Stimmung wieder. Anna genoss den Blick auf den Hafenausgang und Eriks Nähe. Gemeinsam beobachteten sie die wenigen reinkommenden und rausfahrenden Boote, die wegen der

Flaute heute allesamt mit Motor unterwegs waren.

Die Luft war mild, der Wein köstlich. Anna und Erik aßen, lachten und schnackten über Gott und die Welt.

Langsam sank die Sonne Richtung Rhinplate und schickte ihre schwächer werdenden Strahlen in die Hafenöffnung, fast, als wolle sie Glückstadt mit einer Reserve für die Nacht füllen. Funkelndes Glitzern tanzte überall auf den Wellen.

Hach, was für ein zauberhafter Anblick!

Anna lächelte. Die Abendsonne streichelte ihre Haut und wärmte die rechte Seite ihrer Fleecejacke.

Ich liebe dieses Gefühl!

Die linke Seite übernahm Erik. Er hatte darauf bestanden, den Schattenplatz auf der fest installierten Bank zu nehmen. Ihr Ritter war ein echter Kavalier.

So war er schon als Kind gewesen.

Anna schaute ihn von der Seite an und Zuneigung flutete ihr Herz. Alles an ihm war ihr vertraut und doch gleichzeitig neu.

Ich sollte mich an den Gedanken gewöhnen, dass mein kleiner Schietbüddel zum Mann geworden ist.

Und was für ein schmucker!

Ohne feste Freundin.

Prompt kribbelte aufgeregtes Glück durch Annas Bauch.

Oha! Er macht mich nervös.

Erik stippte eine Karotte in den Curry-Mango-Frischkäsedip und guckte sie an. „Und? Wie gefällt dir dein Atelier?“

Anna hob erstaunt die Brauen. „Du wusstest davon?“

„Na logen.“ Erik grinste. „Mein Knappe wollte wissen, ob die Aktion übertrieben ist, bevor er den Raum im Provianthaus gemietet hat.“

„Aber das IST übertrieben“, rief Anna. „Und zwar

volle Kanne."

„Naja", meinte Erik. „Wenn man die Ausgaben für Atelier und Material ins Verhältnis zu Roberts finanziellen Möglichkeiten setzt, dann ist es allenfalls eine nette Geste auf Portokassenniveau."

„Aha!" Anna ließ ihr Gurkenstück sinken. „Das Argument hat er also von dir."

„Jo. Schuldig im Sinne der Anklage", schmunzelte Erik. „Ich habe außerdem die Ansicht vertreten, dass du die Kunst brauchst, wie ein Segelboot das Wasser. Ein Boot auf dem Trockenen macht genauso viel Sinn wie du ohne Stift oder Pinsel. Herzlichen Glückwunsch, Prinzessin, jetzt kannst du endlich nach Herzenslust schwimmen."

Ihr Ritter zwinkerte vergnügt.

Anna starrte ihn an. „Ihr habt das gemeinsam ausgeheckt?"

Davon hatte Robert gestern nicht eine Silbe erwähnt.

„Nee", winkte Erik ab. „Der Herr Millionär hat bloß die Idee mit mir diskutiert und mir die möglichen Räume gezeigt. Der Rest war sein Ding."

Er seufzte resigniert und fügte hinzu: „Ich hätte mich bei dem Projekt unmöglich finanziell beteiligen können. Allein von der Kohle, die er für die große Leinwand hingeblättert hat, muss ich mir einen Monat lang mein Essen kaufen."

Betroffene Stille.

„Aber egal." Ritter Kunibert bemühte sich um ein Lächeln. „Wie gefällt dir dein Reich?"

„Es hat mich umgehauen." Anna biss nun doch von ihrer Gurke ab und nuschelte: „Umgehauen und überfordert."

„Ach, daran gewöhnst du dich ganz fix. Sobald du das erste Bild gemalt hast, kriegt man dich nicht mal mehr mit ‘ner Kneifzange raus. Wetten?“

Das Regal mit den Pinseln, Spachteln und Farben schlich sich in Annas Erinnerung.

Da könnte er richtig liegen. Verflixt!

„Hmm“, brummte sie vage und angelte sich eine Paprika, um Zeit zu gewinnen.

Erik feixte: „Du kannst es kaum abwarten, dort loszulegen, stimmt‘s oder habe ich recht?“

Natürlich konnte sie ihm nichts vormachen. Ritter Kunibert hatte den Nagel mal wieder auf den Kopf getroffen.

Anna kaute demonstrativ, um nicht antworten zu müssen, und machte nur: „Hmm hm hmm.“

„Wusste ich‘s doch!“ Er lachte. „Welche Wandfarbe hat er denn gewählt? Weiß oder schietwettergrau?“

„Wie jetzt?“ Erstaunt würgte Anna die Paprika herunter. „Du hast das Atelier noch nicht fertig gesehen?“

„Nein.“ Erik zuckte mit den Schultern. „Wie gesagt, war ja sein Ding.“

Irrte sie sich, oder war Ritter Kunibert enttäuscht, dass Robert ihn nicht bis zum Ende miteinbezogen hatte?

Er sieht ein bisschen geknickt aus.

„Die Wände sind weiß“, erklärte Anna und schaute nachdenklich zu ihm auf. „Was hältst du davon, wenn wir uns das Atelier nachher noch mal ansehen? Gestern war ich ziemlich überrumpelt. Ich habe bestimmt bloß die Hälfte von dem mitbekommen, was Robert mir gezeigt hat. Wir könnten es gemeinsam erkunden.“

Der Vorschlag brachte Eriks Lächeln zurück. „Das hört sich nach einem guten Plan an, Prinzessin.“

Anna nickte, doch plötzlich fiel ihr etwas auf.

„Sag mal, wo steckt dein Knappe eigentlich? Wollte er nicht ebenfalls längskommen?“

„Nee.“

Schweigen.
„Wie «nee»?“, hakte Anna nach.
„«Nee» im Sinne von «nein, er kommt nicht»“, erklärte Erik überflüssigerweise.
Na, das habe ich auch so verstanden.
Anna nahm Kunibert ins Visier. „Was ist da bei euch los? Gibt es einen Knappenaufstand oder ‘ne Ritterrevolte?“
„Weder noch“, brummte Erik und schaute seufzend auf seinen Porzellanteller. Ein paar verlorene Brotkrümel lagen darauf.
„Was dann?“
„Ach, ich bin …“
Er brach ab.
Stille.
Lediglich eine Möwe kreischte über ihnen.
Anna ließ nicht locker. „Spuck es aus. Habt ihr Zoff?“
„Nein, keinen Zoff“, widersprach Erik. Er rang sich ein unechtes Grinsen ab und fuhr sich durch die blonden Haare. „Nicht wirklich.“
Jemand, der so viel Geld wie Robert hatte, konnte einschüchternd sein, das wusste Anna nur zu gut. Sanft legte sie Erik die Hand auf den Arm. „Was ist dann los? Muss ich dem Knappen die Ohren langziehen?“
„Nein.“ Ein Lächeln huschte über sein Gesicht.
Immerhin was.
„Ich mach das“, behauptete Anna. „Echt! Als Elfenprinzessin kenne ich kein Pardon. Aufmüpfige Knappen müssen in ihre Schranken gewiesen werden.“
„Stimmt“, schnaufte Erik. „Bloß, dass sich mein Knappe nicht aufmüpfig, sondern höchst ritterlich verhält.“
„Oha. Was hat er getan?“
Erik drehte sich zu ihr um. „Er hat mich heute Morgen angerufen und abgesagt. Er meinte, dass er die Zeit, die

er allein mit dir verbringt, sehr genießen würde und es unfair wäre, wenn er mir nicht das Gleiche zugestehen würde."

„Oh!" Anna krauste die Nase. „Hast recht. Das ist ritterlich."

„Mhmm", brummte Erik. „Verdammt ritterlich. Dabei bin ICH doch der Ritter. Er ist bloß der feine Pinkel mit dem fetten Bankkonto."

Niedergeschlagen ließ er seinen Blick über den Picknicktisch schweifen. „Wie soll ich mit einem Robert Wieck mithalten? Wenn er ein arroganter Arsch wäre, könnte man ihn wenigstens scheiße finden, aber so?"

Er schüttelte den Kopf, Resignation schimmerte in seinen Augen.

So kenne ich ihn ja gar nicht.

Anna schluckte betroffen.

Was sollte sie sagen? Erik hatte recht: Menschen wie Robert waren in Sachen Geld, Bildung, Netzwerk, Eloquenz und souveränem Auftreten ganz weit vorne. Diese Liste konnte man endlos fortführen.

Wo war der Haken beim Herrn Wieck?

Anna holte Luft.

Hat er überhaupt einen?

Wenn sie ehrlich war, musste sie zugeben, dass sie noch keinen Makel an ihm entdeckt hatte – von seinem unvollkommenen Gefühl für Farben und Muster mal abgesehen. Charmant war Robert auf alle Fälle. Und großzügig.

Er legt mir die Welt zu Füßen.

„Immerhin hat der olle Knappe graue Haare", grunzte Erik und lächelte schief. „Aber ob das ein Nachteil ist? Hmm. Die halbe Damenwelt steht auf Typen wie George Clooney. Mindestens."

„Tja, was Clooney und die Damenwelt angeht, kann

wohl keiner widersprechen. Ich gehöre allerdings zur anderen Hälfte“, log Anna. Notlügen waren erlaubt, um traurigen Rittern zu helfen, oder nicht?

Das Funkeln auf den Wellen erlosch. Die Sonne war endgültig hinter der Elbinsel verschwunden und tauchte den Himmel nun in signalfarbenes Pink und flammendes Rot.

Wow! Tolle Farben.

Anna lächelte. Kurz überlegte sie, Ritter Kunibert seine einlaminierte Schutzrune zurückzugeben, aber Mitleid würde er garantiert keines wollen.

Brauchte er auch nicht.

„Warum?“ Erik schaute ihr forschend ins Gesicht. „Was stört dich an Alle-Lieben-Clooney Clooney?“

„Die Kaffeekapseln“, meinte Anna trocken. An seinem Aussehen hatte sie nichts auszusetzen.

„Oha.“ Eriks Mundwinkel zuckten. „In geschmacklicher oder ökologischer Hinsicht?“

„Sowohl als auch.“ Roberts Kopi Luwak hatte sie verdorben. „Es gibt definitiv bessere Kaffees und mit dem Aluminium, das durch die schnöseligen Kapseln innerhalb nur eines Jahres verschwendet wird, könnte man mehrere Jumbojets bauen. Außerdem ist der Clooney echt ganz schön alt.“

Erik strahlte. Das Blau seiner Augen wirkte dunkel in der Dämmerung. „Das wollte ich hören, Prinzessin!“

Anna grinste, doch in ihrem Bauch grummelte es. Sie fühlte sich, als würde sie zwischen zwei Stühlen sitzen. Das war nicht bequem. Bevor es schlimmer wurde, wechselte sie das Thema: „Zeit fürs Windlicht, oder?“

Zwei Stunden später verabschiedete Anna Erik an ihrer Wohnungstür, nachdem dieser ausführlich Kater Carlo gekrault hatte.

„Du alter Genießer“, schalt Anna ihr Haustier. „Wenn ich komme, stellst du dich schlafend, aber bei Kunibert kommst du angesprungen! Wo bleibt da bitteschön die Gerechtigkeit, mein Freund?“

„Mau.“ Carlo legte den Kopf schief und schaute sie an.

Ach nee! Katzen beherrschen also auch den Hundeblick.

Anna lachte und streichelte den Kater ihrerseits. „Ich verstehe schon. Ich bin das Eh-Da-Frauchen und Kunibert ist was Besonderes – das ist okay, Kleiner. Komm, wir zwei machen es uns noch eine Runde auf dem Sofa gemütlich. Ich bin viel zu aufgekratzt zum Schlafen.“

Sie richtete sich auf und ging ins Wohnzimmer. „Kunibert wird vielleicht bald mein Kollege. Hättest du das gedacht, Carlo?“

Der Kater folgte ihr auf leisen Sohlen.

„Aber erstmal nur auf Zeit.“ Anna ließ sich aufs Sofa plumpsen. „Kunibert hat von seinem Professor grünes Licht fürs Thema seiner Abschlussarbeit bekommen. Mit Rudi von der Technik ist auch alles geklärt. Nach diesem Semester kann es losgehen.“

Bei dem Gedanken, Erik täglich auf der Arbeit zu sehen, kribbelte es in Annas Bauch.

Carlo ließ das kalt. Er setzte sich vor ihr auf den Boden und sah fordernd zu ihr hoch.

„Na, mein Kleiner“, schmunzelte Anna. „Bei ihm machst du große Sprünge, aber ich muss Fahrstuhl für dich spielen, hm?“

Pikiert schaute Carlo in der Gegend herum, als würde ihn der Tadel nichts angehen.

Mein Kater ist wirklich schon alt.

Anna wurde das Herz schwer. Sie hob das Tier auf den Schoß und stubbelte ihn hinter den Ohren, dort, wo er es besonders gern mochte.

Carlo schloss genüsslich die Augen und begann leise zu schnurren.

Kein Vergleich zu eben, als Erik ihn gekrault hat. So ein Bagalut!

„Ach, egal", wisperte Anna. Sie nahm jedes Schnurren, das sie von ihm bekommen konnte. Die Stunden mit ihrem kleinen Mitbewohner waren abgezählt, das war ihr nur allzu klar.

Seufzend schob sie die düsteren Gedanken beiseite und erzählte dem Kater von ihrem Abend mit Erik: „Dein Kunibert ist von meinem Atelier genauso begeistert wie ich. Ich muss mir übrigens unbedingt einen Tritt besorgen, ansonsten komme ich bei den großen Leinwänden gar nicht oben an. Ich bin einfach zu kurz. Frechheit, findest du nicht?"

Carlo streckte behaglich seine Pfoten aus und ließ sie kurz darauf wieder erschlaffen.

„Genau. Strecken hilft nicht", pflichtete Anna kichernd bei. „Außerdem muss ich mir noch was für den Transport der Großformate überlegen. Mann, Mann, Mann – Robert hat richtig Geld ausgegeben. Die Leinwände haben eine hervorragende Qualität, aber dafür sind sie so schwer, dass ich sie nicht allein auf die Staffelei bekomme, geschweige denn runter. Naja, da wird sich schon was finden. Im Zweifelsfall funke ich Erik an. Er hat angeboten, dass er längskommt und mir beim Tragen hilft. Zu zweit sollte das machbar sein."

Annas Blick streifte die Wohnzimmeruhr. Es war bereits halb eins. Wenn sie mit Erik zusammen war, flog die Zeit nur so dahin.

Genau wie mit Robert!

Ächzend murmelte sie: „Weißt du, Carlo, jahrelang interessiert sich kein Schwein für mich und nun sind es gleich drei. Olli will ich nicht. Bleiben noch zwei. Was mache ich denn nur?“

Erik und Robert überboten sich gegenseitig mit Aufmerksamkeiten.

„Aufmerksamkeiten?“ Anna schnaubte ironisch. „Also, DAS ist mal grob untertrieben. Die beiden überschlagen sich mit Großartigkeiten.“

So langsam wurde ihr das zu viel. Vor allem bei Robert.

Ein Essen im Nobelrestaurant und ein Musicalbesuch – das ist ja gut und schön, aber ein volleingerichtetes Atelier? Das geht echt nicht!

Auch wenn Erik recht hatte und Robert das aus seiner Portokasse zahlen konnte, war das für Anna viel Geld.

Erwartet er wirklich keine Gegenleistung?

Ihr Bauch stimmte für «Ja», doch ihr Kopf war unsicher.

Nachdenklich strich Anna über Carlos ergrauten Rücken. Sein Fell war immer noch seidig.

Mit dir ist es einfach, kleiner Kumpel. Du willst bloß Futter und Streicheleinheiten, nicht wahr?

Sie war gerade erst dabei, sich freizuschwimmen. Abhängigkeiten waren gefährlich. So nett sie Robert auch fand, wollte sie ihm tatsächlich etwas schuldig sein?

Anna schüttete energisch den Kopf.

„Ich werde Robert Miete für das Atelier zahlen, ob er das nun will oder nicht.“

Gleich morgen würde sie sich über die Preise im Provianthaus informieren und dann noch einen angemessenen Betrag für die Renovierung draufschlagen.

Allein die Überlegung trug dazu bei, dass Anna sich besser fühlte.

„Sehr schön.“ Sie lächelte. „Das Material kann er von

mir aus bezahlen. Dafür werde ich ihm Bilder schenken, bis er keine Wände zum Hinhängen mehr hat. So, Basta!“

Für Erik musste sie sich auch etwas einfallen lassen.

Genau! Mein Ritter gibt zwar keine Unsummen für mich aus – das kann er ja gar nicht – aber stattdessen investiert er seine Zeit und das reichlich!

Wenn Anna es recht bedachte, war das eigentlich noch mehr wert, denn Zeit konnte man weder anhäufen noch sparen. War sie weg, dann war sie weg.

Hmm. Was mache ich für Erik?

Tatendrang kribbelte durch ihre Adern. Trotzdem fiel ihr nichts ein.

Ich muss schauen. Irgendwas werde ich für ihn finden.

Anna war kein Püppchen, das sich von vorn bis hinten betüdeln und hofieren ließ.

Nein, so war ich nie. Und jetzt fange ich bestimmt nicht damit an. Es wird Zeit, dass ich mich bei meinen Jungs revanchiere. Ich will etwas zurückgeben.

Das fühlte sich richtig an. Glücklich kraulte sie Carlo hinter den Ohren.

Oh! Für Robert weiß ich was. Der bekommt eine Farbberatung für seine Proll-Bude, die die Welt noch nicht gesehen hat.

Ihr Lächeln wuchs zu einem breiten Grinsen.

He! Ich kann ja mal Arne anschnacken.

Arne war mit ihr zur Schule gegangen. Mittlerweile hatte er seinen Meister gemacht und den Malerbetrieb seines Onkels in Glückstadt übernommen.

Oh ja! Das ist eine super Idee. Arne hat viel mehr Ahnung von den Materialien und Möglichkeiten. Außerdem habe ich noch einen gut bei ihm.

Sie klatschte fröhlich in die Hände.

„Jungs, nehmt euch in Acht! Ab morgen wird

zurückbetüdelt!“

„Mau!“

Ihr Kater hatte den Kopf gehoben und sah sie vorwurfsvoll an.

„Stimmt“, seufzte Anna und stubbelte Carlo weiter. „Das Zurückbetüdeln ist überfällig, aber es löst nicht das eigentliche Problem. Mensch, Kumpel, was mache ich bloß? Ich mag sie doch beide! Sehr sogar. Für wen soll ich mich denn entscheiden?“

Carlo schloss seine Augen und legte seinen Kopf schnurrend auf Annas Bein ab.

„Du bist mir hier keine Hilfe!“, schimpfte sie. „Naja, du würdest eh den Ritter wählen, was?“

Keine Reaktion.

Es lag allein bei ihr.

Liebe ich einen der beiden?

Sie war sich nicht sicher. Sowohl bei Erik als auch bei Robert flatterten nervöse Schmetterlinge durch ihren Bauch und die konnte man laut Petra als Zeichen für Verliebtheit deuten.

Da es bei beiden kribbelt, fällt der Indikator als Entscheidungskriterium raus. Mist.

Robert hatte Geld, Erik nicht. Doch war das wichtig?

Nee. Ich verdiene selbst genug und werde später sogar einen Teil von Storm Energie erben. Wenn ich Paps ärgern wollte, könnte ich jetzt schon mein Dividendenkonto plündern. Da schlummern Millionen für die Kapitalerhöhung wegen des Offshore Parks. Außerdem ist der Gedanke bescheuert! Ich werde bestimmt nicht anfangen, meine Liebe nach dem Bankkonto auszusuchen.

Gab es sonst noch sinnvolle Kriterien?

„Robert ist zehn Jahre älter als ich und Erik zehn Jahre jünger.“

War 22 wirklich reif genug für eine ernsthafte Beziehung?

Anna dachte an Eriks eindringlichen Blick, als er ihr vorhin erklärt hatte, dass er alt genug sei für die Muppets und für noch manch andere Dinge.

Erneut flirrte ein erotisches Prickeln durch ihre Mitte und im nächsten Moment lief in ihrem Kopfkino der Streifen «Eine heiße Nacht mit Erik»: Starke Arme, ungestüme Küsse und seine nackte Haut, die sich gierig auf ihre presste.

Für Sex war ihr Ritter alt genug.

Die Vorstellung fühlte sich verflixt gut an und ließ Annas Körper mit noch mehr Prickeln reagieren.

Boa, ich wieder!

Sie stöhnte peinlich berührt.

Kann ich das machen? Er war mal mein Babysitterkind!

Es war zwar ein halbes Leben her, aber trotzdem.

Außerdem sieht Robert auch gut aus!

Freundlicherweise tauschte das Management ihres Kopfkinos den Hauptdarsteller und änderte den Titel in «Verführt vom Milliardär».

Champagner auf der Dachterrasse, zärtliche Hände, die über ihre Brüste strichen und ein Mann, der genau wusste, wie er eine Frau in den siebten Himmel der Lust schickte.

Das machte es auch nicht besser, denn natürlich prickelte das Prickeln sinnlich weiter.

Anna wollte mehr – am liebsten von beiden. Das machte sie ganz kribbelig.

Um nicht zu sagen: heiß. Oh nein, ich steh auf beide!

Ja, daran konnte es keinen Zweifel geben.

„Na toll!“, schimpfte Anna. „Super Erkenntnis. Die hilft mir jetzt so gar nicht weiter! Schluss mit dem

Kopfkino."

Sie brauchte ein anderes Entscheidungskriterium.

Kinder! Was ist mit Familie?

Das Prickeln ebbte ab. Dankbar verfolgte Anna das Thema weiter.

Für Olli war Familie kein Thema gewesen. Hätte sie darauf bestanden, hätte er sich vermutlich auf Nachwuchs eingelassen, aber scharf war er nicht drauf gewesen.

Will ICH Kinder?

Sie war sich nicht sicher.

JETZT auf alle Fälle nicht.

Eines war allerdings klar: Ihre biologische Uhr tickte. Mit 32 war noch alles prima, doch in zehn Jahren würde die Sache anders aussehen.

Wird Erik in absehbarer Zeit Kinder wollen? Er ist ja selbst gerade erst erwachsen.

Und was war mit Robert? Würde er nächstes Jahr Vater werden, wäre er bereits über 60, wenn sein Kind Abitur machte. Wie lange würde er noch warten wollen?

„Wundervoll." Anna rollte mit den Augen. „Die Überlegung bringt auch nichts."

Aber sie musste sich entscheiden.

Bald, das spürte sie.

„Und egal, mit wem ich mich einlasse", brummte Anna. „Gerede wird es bei beiden geben. Erik wird den Leuten zu jung sein und Robert zu reich. Ein Traum! «Und für DEN hat sie Oliver Weber in den Wind geschossen», werden sie sagen. «Typisch Storm!»"

Ganz toll! Glückstadt wird sich das Maul über mich zerreißen.

Tja, das Leben in einer Kleinstadt konnte anstrengend sein, insbesondere wenn man Unternehmerstochter war.

Splitter im Nebel

Am nächsten Montag steuerte Anna abends auf Ollis Büro zu. Obwohl es bereits nach 19 Uhr war, stand seine Glastür noch offen.

„Moin!“, begrüßte sie ihren Ex-Verlobten. „Nanu? Schon so spät und du noch bei der Arbeit?“

„Du ja auch“, scherzte er.

„Jo. Aber im Gegensatz zu dir bin ich auf dem Sprung“, entgegnete Anna fröhlich und deutete auf Jacke und Rucksack.

„Das ist gut. Moin, Anna.“ Er schenkte ihr ein Lächeln. „Ich mache nur ausnahmsweise so lange. Dein Vater ist nicht da und heute beginnt die Zeichnungsfrist für die Kapitalerhöhung wegen Storm Offshore.“

„Oha!“ Anna lächelte zurück. „Gab es viele Rückfragen?“

„Das ging eigentlich.“ Müde fuhr er sich mit der Hand übers Gesicht. „Aber Donnerstag ist die Sitzung mit den Großinvestoren. Dafür habe ich noch einiges vorzubereiten und leider noch nicht alle Unterlagen zusammen.“

„Hier kommen zumindest die Mitarbeiterzahlen der letzten zehn Jahre.“ Anna wedelte mit dem Ausdruck in ihrer Hand.

„Ich dachte, Luke Saul hat Urlaub?“, wunderte sich Olli. „Zumindest hat mir das die Personalabteilung gesagt, als ich die Auswertung letzte Woche angefordert habe.“

„Hat er auch. Lena hat mich gefragt, ob ich das erledigen kann. Bei denen ist mal wieder Land unter, weil Betty seit einer Woche krank ist.“

„Du bist meine Rettung“, seufzte er dankbar.

Anna zuckte mit den Schultern. „Ach was.“

„Doch, doch! Das rechne ich dir hoch an“, unterstrich er mit Nachdruck. „Zumal Personal gar nicht dein Fachbereich ist.“

„Stimmt.“ Anna grinste. „Aber ich war neugierig. Außerdem habe ich Vollzugriff auf alle Unternehmensdaten.“ Sie zwinkerte. „Man muss seine Vorteile als Tochter des Chefs auch mal ausnutzen, oder? Ich habe so richtig schön in den alten SAP-Daten rumgewühlt.“

Olli lachte. „Also quasi wilde Sau im Datenarchiv, was?“

„Korrekt“, bestätigte sie äußerst würdevoll.

„Oh Mann, Anna. Andere würden die Diva raushängen lassen, doch du machst mal eben eine komplexe Datenanalyse.“

Sein Blick füllte sich mit bittersüßer Sehnsucht. „Du bist echt was Besonderes.“

„Ich weiß.“

Anna hatte nicht vor, sich noch einmal von ihrem Ex-Verlobten einwickeln zu lassen und überreichte ihm gelassen den Ausdruck.

„Das hier ist die Zusammenfassung für die Großaktionäre. Reicht dir das so, oder möchtest du die Daten noch weiter aufgedröselt haben?“

Olli blätterte durch die Unterlagen. „Das ist super so. Du hast genau die Faktoren rausgestellt, auf die es ankommt. Perfekt." Dann runzelte er die Stirn. „Oh! Das war mir gar nicht klar. Storm hatte mal 250 Mitarbeiter?"

Anna nickte. „Ja, wir waren mal größer. Aber vor ein paar Jahren – das war vor deiner Zeit – gab es hier erhebliche Probleme. Damals stand die Firma auf der Kippe. Wir mussten umstrukturieren und drastisch Mitarbeiter abbauen. Die Entwicklungsabteilung haben wir zum Beispiel ganz schließen müssen, und auch sonst ist seitdem alles knapp auf Kante genäht."

„Ja, die Personaldecke ist ziemlich dünn", bestätigte Olli. „Doch immerhin hatte Storm in den letzten zehn Jahren durchgehend über 200 Mitarbeiter."

„Für unsere Region ist das schon eine Hausnummer", meinte Anna. Plötzlich kam ihr Petras Kommentar vom Freitag in den Sinn. 200 war nämlich die Mindestzahl, ab der ein Betriebsrat im Unternehmen freigestellt werden musste. Sie schaute Olli an. „Warum hat Storm eigentlich keinen Betriebsrat?"

„Ach", brummte er halbherzig, „bei Storm geht es so familiär zu, da braucht man keinen Betriebsrat."

„DAS ist Paps' Erklärung." Anna ließ ihn nicht aus den Augen. „Ich erinnere mich dunkel, dass es ab und zu Bestrebungen gab, einen zu gründen. Allerdings kam es nie dazu. Warum?"

Sie hatte ihren Vater darauf angesprochen. Seine Erklärung hatte ihr eingeleuchtet, schließlich hatte sie Storm Energie selbst immer als eine Art Familie empfunden. Die Ereignisse der letzten Wochen und Petras Kommentar ließen diesen Eindruck nun jedoch bröckeln.

Olli sah ihr nachdenklich ins Gesicht und schwieg.

„Was steckt da wirklich hinter?", bohrte Anna nach. „Sind wir tatsächlich so familiär, dass ein Betriebsrat überflüssig ist? Irgendwie kommt mir das nach den Entlassungen von Lasse Berends und Torben Lange wie Hohn vor."

„Du hast keine Ahnung, oder?"

Ollis Blick wurde mitleidig.

Diesen Ausdruck in seinen Augen habe ich mal für Liebe gehalten!

Anna schüttelte den Kopf. „Ahnung? Wovon?"

Etwas Lauerndes schlich sich in Ollis Körperhaltung. „Dein Vater empfindet Betriebsräte als Bremsklotz. Er ist der Meinung, dass sich der Aufsichtsrat schon genug in seine Geschäfte einmischt. Da will er sich nicht auch noch von einer Mitarbeitervertretung Vorschriften machen lassen müssen."

„Und das haben die Leute einfach so hingenommen?", wunderte sich Anna. „Laut Gesetz ist in Unternehmen ab fünf Mitarbeitern ein Betriebsrat möglich."

„Richtig." Olli setzte ein undefiniertes Lächeln auf, seine Augen erreichte es nicht. „Aber unsere Initiatoren verloren dann doch die Lust dazu."

„Aha." Anna verstand nicht, worauf er hinaus wollte. „Warum?"

„Sagen wir es mal so", sein Lächeln wurde zu einem gefährlichen Grinsen, „dein Vater hat den Betreffenden deutlich gemacht, dass sich die Gründung eines Betriebsrats negativ auf die berufliche Karriere bei Storm auswirken würde."

„Was?" Anna riss die Augen auf. „Paps hat mit Kündigung gedroht?"

„Nicht doch", widersprach Olli spöttisch. „Das wäre nicht rechtens. Betriebsräte sind unkündbar. … Aber irgendwann wird so ein Betriebsrat ja vielleicht mal nicht wiedergewählt …"

„Dann darf er immer noch nicht gekündigt werden",

knurrte Anna.

„Ja, schon. Aber ein Anrecht auf seinen alten Job hat er deswegen noch lange nicht. Es gibt für jede Qualifikation einen ätzenden Job, den der Betreffende nicht machen will. Dein Vater ist da sehr erfinderisch, musst du wissen. Und der Arbeitsmarkt hier in der Region war lange nicht so arbeitnehmerfreundlich wie heute."

„Er hat unsere Leute erpresst?", keuchte sie.

„Erpressung ist so ein negatives Wort", erwiderte Olli mit einem sarkastischen Lächeln. „Drücken wir es lieber so aus: Der Storm-Vorstand hat die Motivation der Mitarbeiter auf andere Themenschwerpunkte gelenkt."

„So geht das nicht!"

Empört stemmte Anna ihre Hände in die Hüften. „Wenn der demographische Wandel voll zuschlägt, lässt sich das niemand mehr bieten."

Olli hörte auf zu lächeln und nickte ernst. „Das siehst du so, das sehe ich so, aber erzähl das mal Claus Jürgen Storm."

„Oh, das werde ich!", fauchte Anna. „Wir bekommen unsere offenen Stellen jetzt schon nicht mehr alle nachbesetzt, was übrigens haarklein in meinem Bericht nachzulesen ist." Sie zeigte auf die Unterlagen in seinen Händen. „Wenn wir so weitermachen, richten wir Storm Energie mittelfristig zu Grunde, weil wir niemanden mehr finden, der für uns arbeiten will."

Olli hob beschwichtigend seine Hände. „So schnell geht das nun auch nicht. Aber du hast recht. Das Thema Betriebsrat sollten wir mit auf unsere To-Do-Liste setzen. Ich bin sofort dabei."

„Wie konnte Paps nur sowas tun?" Anna schüttelte enttäuscht den Kopf.

„Dein Vater ist kein schlechter Mensch", entgegnete er

versöhnlich. „Er ist immer bestrebt, das Beste für Storm Energie rauszuholen."

„Offenbar ohne Rücksicht auf Verluste!", schimpfte sie.

Olli zuckte mit den Schultern. „Du hast selbst gesagt, dass das Unternehmen harte Jahre hinter sich hat. Wenn man finanziell mit dem Rücken an der Wand steht, kann man sich solche Rücksicht nicht mehr leisten."

Seine Miene wurde weich. „Du bist auf der letzten Hauptversammlung in den Aufsichtsrat gewählt worden. Jetzt kannst du dich ganz offiziell für einen anderen Führungsstil starkmachen."

„Das werde ich", versprach Anna.

Dass sie seit zweieinhalb Wochen Teil des Kontrollgremiums war, hatte sie noch nicht so richtig auf dem Schirm. Bisher hatte es keine Sitzung gegeben und irgendwie war sie skeptisch, ob sie der Aufgabe überhaupt gewachsen sein würde.

Nervös krauste sie die Nase.

Olli schien ihr anzusehen, was in ihr vorging. „Ich unterstütze dich natürlich und so, wie ich deine Mutter und Herrn Wieck einschätze, werden die beiden das ebenfalls tun. Zusammen können wir da echt was bewegen!"

„Das hoffe ich", murmelte Anna unsicher, doch der Gedanke an Robert zauberte ein Lächeln auf ihre Lippen.

„Kaum sage ich Wieck, schon strahlst du", seufzte ihr Ex-Verlobter und verzog den Mund. „Wie ich höre, will unser Hauptaktionär nach Glückstadt ziehen."

Anna nickte eifrig. „Ja, er hat sich ein Penthouse hinter dem Proviantshaus gekauft. Am Samstag haben wir die Wandfarben ausgesucht."

„Wir? Ziehst du etwa mit ein?"

„Nein.“ Sie lachte. „Aber ich konnte nicht zulassen, dass er das allein macht. Er hätte es voll verrissen.“

„Oha.“ Olli runzelte amüsiert die Stirn. „Und jetzt bekommt Herr Wieck eine knallbunte Wohnung, was?“

„Farbig, ja“, gab Anna zurück und machte den Rücken gerade. „Knallbunt? Nein. Es wird edel und geschmackvoll, denke ich. Arne Theede hat uns beraten.“

„Theede?“ Olli hob die Brauen. „Malermeister Theede?“

„Genau.“

„Aber die sind auf Monate ausgebucht“, rief er ungläubig. „Theede wollten wir für die Renovierung der Chefetage haben. Die machen echt gute Sachen.“

„Sag ich doch.“ Anna gönnte sich ein lässiges Grinsen.

Olli starrte sie an. „Wie bist du da rangekommen?“

„Och“, meinte sie, „ich kenne Arne noch von der Schule. Ich habe damals das neue Logo von denen gebastelt. Für mich hat Arne immer Zeit. Außerdem hatten wir viel Spaß am Samstag.“

Sie schmunzelte bei der Erinnerung daran. Arnes Humor war köstlich.

„Spaß. Bei der Farbberatung für eine Wohnung.“ Olli verdrehte demonstrativ die Augen. „Da gehe ich lieber für eine Wurzelbehandlung zum Zahnarzt.“

„Ich weiß.“ Anna grinste breit. „Der arme Robert beim nächsten Mal wohl auch.“

Die Stimmung zwischen Robert, Arne und ihr war von Anfang an locker gewesen. Als das Grundkonzept stand, waren sie Raum für Raum durchgegangen und beim dritten bereits beim «Du» angekommen.

Nach dem Betreten des Badezimmers hatte Arne bloß trocken gemurmelt: „Ohauaha. Wer hat das Grün denn verbrochen?“

Anna kicherte bei der Erinnerung daran. Ihr Kumpel

nahm kein Blatt vor den Mund.

Herrlich! Endlich mal einer, der mich richtig versteht.

Robert hatte grinsend die Hand gehoben und spöttisch gestichelt, ob die Glückstädter Maler keinen Respekt hätten.

„Nee. Nicht bei der Kombination", hatte Arne gebrummt, woraufhin Robert eine Absprache zwischen Anna und dem Maler vermutet hatte.

„Hier ist keine Absprache nötig", hatte Arne mit großem Ernst erklärt. „Ich habe AUGEN im Kopf. Und bei dem Farbton zu den Fliesen wird man AUGEN-krank."

„Oje", riss Olli Anna aus den Gedanken. „Du und Herr Theede, ihr scheint ja ordentlich Spaß gehabt zu haben. Lasst ihr euch denn gar nicht von Menschen wie Herrn Wieck beeindrucken?"

Anna grinste breit. „Sowas in der Art hat Robert Arne auch gefragt."

„Und, was hat dieser Arne gesagt?"

„Nee", zitierte sie ihren Schulfreund, „wir in Glückstadt lassen uns nur schwer beeindrucken, wenn du schneller Matjes filetieren kannst als der Plotz oder mehr Cola-Rum verträgst als die Handballer vom MTV Herzhorn. DANN bist du weit vorne. Aber bloß wegen dem schnöden Mammon? Nee, nee."

Grinsend fügte Anna hinzu: „Arnes Haltung könnte allerdings auch damit zusammenhängen, dass seine Auftragsbücher bereits jetzt für das nächste Jahr voll sind. Er ist halt ziemlich angesagt."

„Seine Arbeit ist außergewöhnlich", bestätigte Olli. „Das Ergebnis würde ich ja zu gern sehen."

Die Anerkennung ihres Ex-Verlobten war mit einer Prise Neid gewürzt.

„Ich bin auch schon gespannt", freute sich Anna.

„Besonders auf Roberts Wohnzimmer. Da wird die längste Wand einen changierenden Metalleffekt in dunkelgrau mit einem Stich ins blaugrün bekommen. Arne meinte, dass das besonders gut zu maritimen Großformaten passt."

Olli runzelte die Stirn. „Hat Herr Wieck denn entsprechende Motive in seiner Kunstsammlung?"

„Noch nicht." Sie strahlte über das ganze Gesicht. „Aber da ich seit Donnerstag ein eigenes Atelier habe, das zudem auch noch hervorragend mit Material ausgestattet ist, dauert es bestimmt nicht mehr lange."

Bei ihren letzten Worten schlich sich Skepsis in Ollis Miene.

«Eine gelungene Geburtstagskarte macht noch keine malende Künstlerin», schienen seine Augen stumm zu sagen, doch stattdessen erkundigte er sich laut: „Was kostet denn so eine Farbberatung aus dem Hause Theede?"

Anna zuckte enttäuscht die Schultern. „Keine Ahnung. Wie ich schon sagte, ich hatte noch einen gut bei Arne."

Stolz richtete sie sich auf. Als Robert nach der Rechnung gefragt hatte, hatte Arne nur den Arm um sie gelegt und erklärt, dass das ihretwegen aufs Haus ginge.

Ha! Endlich konnte ICH mal was aus dem Hut zaubern. Außerdem will Arne sich persönlich um Roberts Wohnung kümmern. Er wollte es irgendwie in seinen Kalender reinquetschen.

Die Ausführung der Arbeiten würde Robert natürlich etwas kosten, aber allein die Tatsache, dass Arne das Penthouse zeitnah dazwischen schieben würde, war unbezahlbar.

Robert hat sich ehrlich darüber gefreut. So kann er in wenigen Wochen einziehen. Sie lächelte. *Er hat sich hinterher noch mehrfach bei mir bedankt.*

Ja, die Aktion Jungs-Zurückbetüdeln lief prima an.

„Du hast gute Kontakte“, lobte Olli mit unwillig gerunzelter Stirn. „Warum war Herr Theede eigentlich nicht für unser Haus im Gespräch?“

„Du wolltest weiße Wände“, meinte Anna. „Das kann jeder. Dafür braucht man keinen Arne Theede.“

„Stimmt.“ Er seufzte tief. „Ich habe einiges falsch gemacht, das ist mir heute klar. Es tut mir aufrichtig leid.“

Mag sein, aber es ist zu spät!, dachte Anna, blieb jedoch stumm.

„Der Zug ist wohl abgefahren“, vermutete Olli. Leise Hoffnung funkelte in seinen Augen.

„Jo.“ Anna nickte. Die Richtung, die das Gespräch nahm, gefiel ihr nicht. Sie schaute zur Tür. „Ich muss denn auch Feierabend machen. Carlo hat Hunger.“

„Ja, alles klar.“

Ihr Ex-Verlobter schaute bedröppelt aus seinem Designerhemd, aber dann kam Bewegung in sein Gesicht. „Warte! Würdest du mir eventuell einen Gefallen tun? Geht auch ganz fix.“

Anna krauste die Nase. „Was denn?“

„Ich brauche noch die Absichtserklärung bezüglich der Investition für Storm Offshore, die wir vor Kurzem mit Wieck geschlossen haben.“

„Dann hol sie dir doch“, Anna zeigte auf das Nebenbüro. Die Verträge mit den Aktionären wurden alle in einem abschließbaren Schrank bei Petra Karstens aufbewahrt. Sowohl Petra als auch ihr Vater und Olli hatten den Schlüssel dazu.

Ich bin doch nicht sein Dienstmädchen. JETZT nicht mehr!

„Nein, nein!“ Schnell hob Olli seine Hände. „Von dort hätte ich sie mir ja selbst besorgen können. Die

Unterlagen von Herrn Wieck hat dein Vater in seinem Safe eingeschlossen und vergessen, mir eine Kopie davon rauszulegen. Claus Jürgen kommt erst morgen Abend zurück."

Er zuckte entschuldigend mit den Achseln.

Stimmt. Paps ist mit Mama nach Berlin gefahren. Soweit ich weiß, geht es um die Verhandlungen mit dem Hersteller der Offshoreanlagen.

„Ich habe morgen einen Termin mit Herrn Wieck", erklärte Olli. „Ich wollte nur eine Kleinigkeit nachschauen, damit mir kein Fehler unterläuft. Die Kombination vom Safe kenne ich leider nicht." Er zwinkerte ihr unsicher zu. „Ich kenne bloß die Frau mit dem Vollzugriff."

„Okay", brummte Anna. Sie stellte den Rucksack ab und hängte ihre Jacke über einen der Besprechungsstühle. „Bin gleich wieder da."

Im Büro ihres Vaters klappte sie das gerahmte Werbeplakat mit der ersten Storm Energie Kampagne beiseite; dahinter verbarg sich der Safe.

Nicht gerade originell, aber es ginge schlechter.

Sie drehte das Rad zum Öffnen hin und her. Die Zahlenkombination kannten außer ihr lediglich ihre Mutter und ihr Bruder. Olli hätte die Nummer bei der Hochzeit bekommen.

Tja, mit dem Ding ist Paps ungefähr so eigen wie mit seinem Chefsessel.

Als sie die dicke Tresortür öffnete, offenbarte sich ihr ein chaotischer Stapel aus unregelmäßig geschichteten Mappen und losen Blättern.

„Was für ein Saustall", murmelte Anna. Der stählerne Innenraum war groß genug für vier breite Aktenordner und bot damit ausreichend Platz für das Papier-Sediment von Jahrzehnten.

Aufräumen wäre hier auch mal nicht schlecht. Mensch, Paps, sonst bist du so penibel! Du kannst doch nicht immer bloß obendrauf schmeißen.

Aber so eine finstere Ablageecke brauchte wohl jeder. Kopfschüttelnd blätterte Anna durch den Stapel. Hier lag alles Mögliche – sogar irgendwelche handschriftlichen Notizen. Nur nicht der Vertrag mit Robert.

„Mist."

Anna nahm das obere Drittel des Stapels ab und legte es auf den Schreibtisch, um es dort Blatt für Blatt durchschauen zu können.

Kaum hatte sie dem Tresor den Rücken zugewandt, da ertönte hinter ihr ein Rauschen, gefolgt von einem satten Klatschen.

Fluchend drehte Anna sich um und sah, dass sich ein weiteres Papier-Sediment-Drittel erdrutschmäßig aus dem Safe verabschiedet hatte. Nun lagen Mappen und Zettel großzügig auf dem Teppich verteilt.

„So viel also zu meinem Feierabend", stöhnte sie und machte sich daran, die Unterlagen wieder zusammenzusammeln – halbwegs in der Reihenfolge, in der der ganze Mist aus dem Tresor gerauscht war.

„Mann eyh! Und wegen dem Schiet muss Carlo warten", nörgelte sie.

Obwohl ... eigentlich bin ich ja selbst schuld. Nächstes Mal weigere ich mich, diese Büchse der Pandora zu öffnen.

Schicksalsergeben sortierte und stapelte sie weiter, bis plötzlich ein Brief ihre Aufmerksamkeit erregte.

Die Umgebung verblasste. Anna war es, als würde Nebel um sie herum aufziehen. Nur noch den Brief in ihren Händen konnte sie klar erkennen.

Das Logo!

Ihr Magen drehte sich um. Das Logo gehörte der Hochschule für bildende Künste in Hamburg, Empfänger war sie selbst mit der Adresse ihrer Eltern.

Die Absage.

Die Geräusche um sie herum verstummten, der Nebel wurde dichter. Anna ließ das Papier sinken.

Was macht dieser Brief hier? Er steckt doch zu Hause in meiner Dokumentenmappe!

Ihre Finger begannen zu zittern. Anna hob den Brief wieder hoch und las den Betreff: «Zulassung zu Ihrem Studium an der HFBK».

Zulassung?

Ihr Herz wurde gläsern.

Wieso Zulassung? Die haben mich doch gar nicht genommen.

Übelkeit flutete ihren Magen. Sie musste sich verlesen haben. Erneut glitt ihr Blick über die fett gedruckte Zeile unter ihrer alten Adresse: «Zulassung zu Ihrem Studium an der HFBK»

Weiter war geschrieben: „Sehr geehrte Frau Storm, wir freuen uns sehr, Sie im kommenden Wintersemester an unserer Hochschule begrüßen zu dürfen. Bitte kommen Sie am …"

Aber ich habe eine Absage bekommen!

Ungläubig las sie den Brief ein drittes Mal.

Kein Zweifel, dort stand es schwarz auf weiß: «ZULASSUNG».

Unfassbar! Ich halte tatsächlich eine Zusage der Hochschule für bildende Künste in Hamburg in meinen Händen.

Ihr Herz wusste nicht, ob es losrasen oder stehen bleiben sollte. Anna wurde kalt. Die Buchstaben auf dem Papier verschwammen, so sehr zitterten ihre Hände nun. Ihr Gehirn arbeitete schwerfällig.

In der Dokumentenmappe ihrer Dachgeschosswohnung lag eine Absage der Hochschule. Da war sie einhundertprozentig sicher.

HIER im Safe ihres Vaters hatte offenbar all die Jahre eine ZUSAGE gelegen.

Das passte nicht zusammen.

Es sei denn ...

NEIN!

Diese Tatsache ließ nur einen Schluss zu: Claus Jürgen hatte die Zusage abgefangen und ihr stattdessen eine Absage gegeben.

„Das ist unmöglich“, keuchte sie gepresst.

Er ist doch mein Vater.

„Das kann nicht wahr sein.“

Bitte, das DARF nicht wahr sein.

Annas Magen fühlte sich an, als wäre er in einem Schraubstock eingequetscht.

Ihr Gehirn weigerte sich, den Schluss zu akzeptieren, aber sie konnte es drehen und wenden wie sie wollte: Es gab nur diese eine Erklärung. Ihr Vater hatte dafür gesorgt, dass sie eine Absage bekam, obwohl sie angenommen werden sollte.

Der Boden unter Annas Füßen schwankte. Hilflos sah sie sich um, doch da war nur noch Nebel.

Wie konnte er das tun?

Ein Schluchzen kratzte ihre Kehle empor.

Ich will das nicht! Bitte nicht!

Das Papier glitt aus Annas Händen.

Wattiges Weiß wirbelte um sie herum. Anna taumelte, sie merkte, wie sie stürzte. Aus weiß wurde grau. Ein schwarzer Abgrund verschlang die junge Frau mit Haut und Haaren. Nur ein Gedanke blieb übrig:

Paps hat meinen Traum geraubt.

Annas Herz zersprang in tausend Scherben. Die

Splitter verschwanden geräuschlos im Nebel ihrer Fassungslosigkeit. Sie würde sie niemals wiederfinden.

„Anna!“

Dumpf drang eine ritterliche Stimme durch den Nebel.

Anna wollte aufsehen, doch ihr Körper versagte den Dienst. Sie war gefangen im wattigen Weiß. Taub vor Schmerz konnte sie sich selbst nicht mehr spüren.

„Sie reagiert nicht.“ Der Ritter klang besorgt.

„Nein“, bestätigte eine zweite Stimme. Der Mann klang weit entfernt. „Weder auf Ansprache noch auf Berührung. Ich habe alles versucht. Seit ich sie gefunden habe, sitzt sie einfach nur regungslos auf dem Boden. Ich wollte schon den Notarzt rufen, aber dann fand ich das hier.“

Papier raschelte.

Stille.

Die zersplitterte Leere in Anna sehnte sich nach ritterlicher Nähe.

Bitte, ich will hier raus.

Im nächsten Moment keuchte Kunibert: „Was …?!“

„Ja“, schnaubte der andere. „Der Brief muss im Tresor gelegen haben. Als ein Teil der Unterlagen rausgefallen ist, wird sie ihn gefunden haben.“

„Das ist … unfassbar!“, knurrte ihr Ritter. „Kein Wunder, dass sie das umgehauen hat.“

Vertraute Schritte näherten sich.

War da eine Hand auf ihrer Schulter?

„Hey, Prinzessin …“

Ritterliches Mitgefühl strömte durch die rechte Schulter in Annas tauben Körper.

Das tat gut, davon brauchte sie mehr.

„Ich bin bei dir.“

Zärtlich wurde sie von starken Armen an eine

männliche Brust gezogen. Der latente Duft von Ammoniak stieg ihr in die Nase und triezte ihre Lebensgeister.

„Komm schon, Elfenprinzessin“, murmelte es an ihrem linken Ohr, „rede mit mir!“

Als wäre das das Stichwort gewesen, lichtete sich endlich der Nebel. Anna wollte einatmen, doch stattdessen füllte ihr Schluchzen die Stille.

„Willkommen zurück“, wisperte Erik erleichtert. Er hockte neben ihr auf dem Boden, seine Arme drückten sie fester an sich. „Dir kann nichts mehr passieren, Prinzessin.“

Ja, jetzt nicht mehr.

Ihr Ritter beschützte sie. Er würde alles Üble von ihr fernhalten, auch ohne Kettenhemd und Rüstung.

Bei ihm bin ich sicher.

Dankbar flüchtete Anna sich in seine Umarmung.

Erik streichelte ihren Rücken und wiegte sie sanft hin und her. Wieder und wieder flüsterte er: „Es wird alles gut. Dir kann nichts passieren.“

Die Zeit verlor in seinen Armen ihre Bedeutung.

Eriks Nähe war Geborgenheit pur – wie eine magische Medizin. Sie vertrieb den Nebel endgültig und füllte die fassungslose Leere in Annas Brust mit Anteilnahme und Zuversicht. Jedes liebevoll geflüsterte Wort kam einem Suchzauber gleich, es ließ einen der zahllosen verstreuten Herzsplitter im Dunklen schimmern und schweben. Eriks Berührungen vollbrachten das Unmögliche: in einem lichtfunkelnden Glitzern ließen sie die Scherben gemeinsam tanzen, bis jede an ihrem Platz war.

„Dein Vater hat keine Macht über dich“, wisperte Erik. „In dir steckt viel zu viel großartiges Talent, als dass dich eine gefakte Absage kleinkriegen könnte.“ Er hauchte einen Kuss auf ihre Schläfe. „Du bist wundervoll, Anna, er kann gar nicht gewinnen.“

Noch ein zärtlicher Kuss.

Die tanzenden Splitter begannen zu strahlen, heller und heller, und verschmolzen in einem Regenbogengleißen miteinander.

Kogong.

Anna spürte das Pochen in ihrer Brust. Die Leere war fort, ihr Herz schlug wieder.

Erstaunt schaute sie zu ihrem Ritter auf.

Erik lächelte und strich ihr behutsam eine Strähne aus dem Gesicht. Nichts konnte mehr Hoffnung verbreiten als das Augustblau seiner Augen.

Kogong, kogong.

Annas Herz fühlte sich wund an. Ob es jemals wieder das alte werden würde, war fraglich, doch ihr Ritter hatte recht: Es würde alles gut werden, denn etwas anderes würde er gar nicht zulassen.

„Danke“, krächzte sie.

„Jederzeit wieder, Prinzessin.“

Sein Lächeln wurde intensiv und die herrlichen Sommersprossen wirbelten über seine Wangen, so, wie Anna es liebte.

Auf der Suche nach Wahrheit

Benommen sah Anna sich um. Sie war im Büro ihres Vaters. Der Tresor stand offen, war jedoch lediglich zu einem Drittel gefüllt. Den Rest hatte jemand in zwei feinsäuberlichen Papier-Akten-Stapeln auf Claus Jürgens klotzigem Schreibtisch aufgeschichtet. Hinter einem von ihnen stand Olli. Er war blass, seine Miene betroffen und ungewöhnlich unsicher.

Als ihre Blicke sich trafen, breitete sich Erleichterung auf seinem Gesicht aus, gefolgt von einem zögerlichen Lächeln.

Neben ihr fragte Erik leise: „Geht es wieder?“

Keine Ahnung.

Trotzdem nickte Anna.

Warum sehen die mich so an?

Ihr Ritter entließ sie aus seiner Umarmung.

Sofort trat einsame Kälte an seinen Platz. Anna fühlte sich nackt und begann zu frösteln.

„Komm, ich helfe dir hoch“, murmelte Erik und reichte ihr seine Hand.

Was soll das hier alles?

Anna wünschte sich an seine Brust zurück, doch offensichtlich musste nun seine Hand reichen. Mit Wackelpuddingknien richtete sie sich auf.

Was ist passiert?

Vom Schreibtisch aus stach ihr das Logo der Kunsthochschule in die Augen und brachte die Realität mit brutaler Gewalt zurück. Neben den beiden Dokument-Sediment-Stapeln lag die unschuldige Zusage, die nie bei Anna angekommen war.

Ihr Magen rebellierte. Gepresst wisperte sie: „Wie konnte Paps das nur tun?“

„Ich habe nicht den blassesten Schimmer“, erwiderte Erik und drückte ihre Hand. „Du wirst ihn danach fragen müssen.“

Der Gedanke ließ ihr Splitterherz klirren.

Am Rande bemerkte Anna, dass Olli nach Claus Jürgens Telefon griff.

Sie schaute hilfesuchend in die Augen ihres Ritters. „Wie soll ich das denn fertig bringen? Wie kann ich …“ Sie brach ab.

„Du hast nichts falsch gemacht!“, antwortete Erik fest. „Claus Jürgen hat das verbrochen und das Mindeste, was er dir dafür schuldet, ist eine Erklärung.“

„Ja, Weber hier“, hörte sie ihren Ex-Verlobten sagen. „Ich kann Entwarnung geben: Anna ist wieder zu sich gekommen.“

Pause.

Anna schaute verwundert zu Olli.

Der nickte mit dem Hörer am Ohr. „Alles klar. Ich komme gleich runter und lasse Sie rein.“

„Robert?“, erkundigte sich Erik.

Olli nickte. „Herr Wieck war in Hamburg. Gerade hat er Krempe passiert. Ich werde ihm die Tür öffnen.“

Anna starrte ihn mit großen Augen an. „Du hast sie beide angerufen?“

„Musste ich.“ Olli grinste schief. „Da Frau Karstens montags um diese Uhrzeit beim Sport ist und bei Erik anfangs bloß die Mailbox ranging, habe ich mich an Herrn Wieck gewandt. Deine Mutter anzufunken, wäre wohl wenig zielführend gewesen, oder?" Er drehte sich zur Tür. „Bin gleich wieder da."

Anna schaute beschämt zu Erik. „Was für ein Aufriss. Und das alles meinetwegen."

„Dafür sind Freunde da." Ihr Ritter lächelte. „Hätte dein Ex Robert nicht angerufen, dann hätte ich es getan. Anderenfalls würde mir der verehrte Herr Knappe wohl morgen das Fell über die Ohren ziehen und das zu Recht."

Zehn Minuten später näherten sich eilige Schritte dem Vorstandsbüro. Anna und Erik sahen synchron vom Anschreiben der Kunsthochschule auf, als Robert in den Raum hineinrauschte.

„Anna!"

Das Gesicht des Aufsichtsrats war fahl, die Krawatte hing auf halb acht und er trug nicht mal ein Sakko.

„O Gott, du hast mir vielleicht einen Schrecken eingejagt."

Ihr Ex-Verlobter trottete hinter dem Gast her. „Ich sagte Ihnen doch, dass es ihr bereits wieder besser geht."

Robert ignorierte Olli und lief Anna entgegen. Sein Blick huschte unruhig über ihren Körper, bis er bei ihren Augen hängenblieb. Endlich flutete Erleichterung seine Miene und die Anspannung wich aus seiner Haltung.

Mit mulmigem Gefühl trat Anna hinter dem Schreibtisch hervor. Sie war es nicht gewohnt, dass sich andere Menschen dermaßen um sie sorgten.

Robert breitete seine Arme aus. Für eine Sekunde hielt er inne – Unsicherheit flackerte durch seine grauen Augen – aber dann warf er alle Bedenken über Bord und schloss sie in seine Arme.

„Ich bin auf der Fahrt hierher fast verrückt geworden“, flüsterte er eindringlich. „Mach so was nie wieder, hörst du, Kleines?“

„Das habe ich nicht vor“, wisperte Anna. Seine Zuneigung war wie eine wärmende Decke im tiefsten Winter. Sie hüllte Anna herrlich kuschelig ein.

„Das beruhigt mich sehr.“ Robert schmunzelte und rückte ein Stückchen von ihr ab, um ihr ins Gesicht sehen zu können. Bedächtig schüttelte er seinen Kopf. „Ich bin so froh, dass du die Starre überwunden hast.“

Himmel! Was muss ich bloß für ein Bild abgegeben haben?

Anna schluckte. Es war ihr unangenehm, so ein Chaos verursacht zu haben.

„Das bin ich auch“, murrte Erik an ihrer rechten Seite. „Nun erdrück unser Mädchen man nicht gleich wieder.“

„Nein, bloß nicht!“ Robert lachte und gab sie unwillig frei.

Kabbelige Stille schwappte durch die Chefetage.

„Möchte jemand einen Kaffee oder etwas Stärkeres?“, erkundigte sich Olli von hinten. „Ich kann Whiskey, Cognac, Champagner und Co. anbieten.“

„Kann ich ein Wasser haben?“, fragte Erik.

„Wasser klingt super“, schloss sich ihm Robert an. „Für dich auch, Anna?“

Sie nickte.

„Einmal Wasser für alle“, bestätigte Olli und verließ das Büro.

„Ich denke, wir sollten uns erstmal setzen“, schlug Erik vor. Er schnappte sich die Zusage vom Schreibtisch und nickte zur Sitzecke rüber. „Vielleicht finden wir ja auch ein paar Kekse für Anna.“

„Ich mach doch Diät!“, krächzte Anna abwehrend.

„Heute darf die Diät Pause machen“, bestimmte

Robert. Er hakte Anna ein und bugsierte sie zu einem der klobigen Ledersessel. „Gib es zu, du hast seit Mittag nichts mehr gegessen!“

Anna zuckte mit den Achseln. „Ich war auf dem Weg nach Hause.“

Erik ging zur Tür und rief: „He, Herr Weber! Haben Sie auch Tagungsgebäck oder sowas für Anna?“

Olli gab etwas Unverständliches zurück.

„Super.“ Erik grinste selbstgefällig. „Da kann ich meinen Chef noch vor Praktikumsbeginn fürs Catering durch die Firma schicken – das hat man auch nicht alle Tage.“

Kurz darauf saßen sie zu viert in der Designersitzecke. Auf dem halbhohen Tisch in der Mitte hatte Olli vier Gläser, mehrere Wasserflaschen und eine große Packung edles Gebäck platziert.

Oha! Die Kekse werden bei Storm sonst nur für die oberwichtigen Gäste rausgerückt.

So viel Rebellion hätte Anna ihrem Ex-Verlobten gar nicht zugetraut.

Robert schenkte ihr stilles Wasser ein und schob das Gebäck näher an sie heran.

Zögerlich angelte Anna sich eine schokoladenüberzogene Kokosmakrone und biss hinein. Die Hülle knackte. Als Kontrast dazu war das Innere herrlich weich und saftig.

Perfekt!

Exotisch süß tanzte der zartbittere Kokosgeschmack über ihre Zunge.

Zum Niederknien! Boa, wie habe ich das vermisst.

Das edle Gebäck drängte die finsteren Gedanken ein Stückchen zurück. Anna seufzte.

Wenn ich die Schachtel leerfuttere, ist meine Welt

wieder in Ordnung.

Tja, Naschkram war für sie jahrelang der ultimative Tröster gewesen. Zumindest oberflächlich.

Kein Wunder, dass ich bis vor Kurzem noch so viel auf den Rippen hatte ... Halt! In die Falle tappe ich nicht wieder rein.

Nein, jetzt hatte sie ihre Jungs.

Und die trösten viel besser. Basta.

Links neben ihr hielt Erik die Zusage der Kunstakademie hoch. „Was genau hat dieser Brief zu bedeuten?“ Er legte das Papier in die Mitte und schaute Anna an. „Und was willst du nun tun?“

Was ich tun will?

Anna schluckte das köstliche Kokos-Schoko-Gemisch herunter und legte den Rest der Makrone neben ihrem Wasserglas ab. Sie hatte keine Ahnung, was sie tun sollte. Sie war ja kaum dazu im Stande zu begreifen, was sie da gefunden hatte.

„Diesen Brief“, sie zeigte auf die Zusage, „habe ich heute zum ersten Mal gesehen.“

Die Ungeheuerlichkeit der Wahrheit bohrte sich schmerzhaft in ihr Herz, so dass ihre Finger zitterten. Schnell ließ Anna die Hand wieder in ihren Schoß sinken.

„Das glauben wir dir“, erklärte Erik und berührte sie mitfühlend an der linken Schulter. „Ich weiß noch genau, wie überrascht Juli damals von dir nach Hause kam. Du hattest ihr die Absage der Hochschule gezeigt und dabei geweint. Leichenblass sollst du gewesen sein. Juli hat deinen Schock geteilt. Immer wieder sprach sie bei Tisch davon, dass sie die Heinis in Hamburg nicht verstehen könne.“

„Und was hast du gemacht?“, wollte Robert von ihm wissen.

„Ich?“ Erik zuckte mit den Achseln. „Ich war zu klein. Ich ging gerade mal in die Grundschule. Zu der Zeit habe ich die Tragweite der Absage nicht verstanden.“ Er lächelte traurig. „Ich habe Juli gefragt, ob die Hochschulfuzzis Anna verbieten würden zu zeichnen. Sie hat den Kopf geschüttelt – da fand ich es nicht mehr so schlimm.“

„Wer hat dir den Brief damals übergeben?“, wandte sich Olli an Anna. „War der Umschlag verschlossen?“

Anna nickte hölzern. „Ja, er war zugeklebt.“

Sie erinnerte sich noch genau an den Abend, an dem Claus Jürgen ihr das Schreiben überreicht hatte. Seine Wangen waren gerötet gewesen. Voller Unruhe hatte er seine Hände gerieben und seiner Tochter zugesehen.

Er wollte, dass ich den Umschlag aufreiße, aber ich hatte Angst, das Schreiben zu beschädigen.

Sie hatte den Brieföffner aus dem Stiftbecher neben dem Telefon im Flur geangelt und das Papier am Falz aufgeschlitzt, so, wie es sich gehörte. Währenddessen war Claus Jürgen nervös von einem Bein aufs andere getreten.

Was bin ich bloß für ein naiver Esel? Pah! Ich dachte, Paps wäre genauso aufgeregt wie ich, weil er mit mir auf eine Zusage hoffte.

All die Jahre über hatte sie das geglaubt. Sein Mitfiebern beim Brieföffnen hatte sie hinterher sogar getröstet.

Dabei hatte er bloß Muffensausen, ob seine Fälschung auffliegen würde!

Annas Kehle wurde eng vor Enttäuschung.

Wie konnte ich mich so dermaßen in ihm täuschen?

Oder lag sie falsch und das alles war nur ein riesengroßes Missverständnis?

Hoffnung breitete sich in ihrem geschundenen Herzen

aus.

Genau. Er ist mein Vater! Welcher Vater tut so etwas schon seiner Tochter an?

Wieder drohte Nebel aufzuziehen, doch dann spürte sie Roberts Hand auf ihrem rechten Arm.

„Hey, Kleines, nicht wieder abdriften!“ Ihr Freund setzte sich zu ihr auf die Lehne des klobigen Sessels und schenkte ihr ein aufmunterndes Lächeln. „Weißt du, wer dir den Brief damals gegeben hat?“

Anna schaute zu ihm auf, seine grauen Augen hielten sie im Hier und Jetzt.

„Ja“, würgte sie hervor, „es war Claus Jürgen.“

Mühsam unterdrückte sie die aufsteigenden Tränen.

Die drei Männer sahen einander an und verzogen grimmig ihre Gesichter.

„Was ist passiert, nachdem du den Brief geöffnet hast?“, fragte Erik und beugte sich schützend zu ihr herüber.

Anna kam es vor, als hätte sie zwei Bodyguards: rechts Robert, links Erik. Ihr Ritter und sein Knappe würden jeden platt machen, der ihr was Böses wollte.

Die Vorstellung vertrieb die Tränen und ließ ein unpassendes Kichern durch ihre Brust kribbeln. Gegen ihren Willen musste Anna grinsen.

Besser als heulen!

Sie holte tief Luft. „Ich habe den Brief gelesen. Es war nicht dieser hier, sondern eine Absage.“

„Hast du die noch?“, erkundigte Olli sich.

Anna nickte. „Ja, selbstverständlich. Ich habe sie in meiner Dokumentenmappe direkt hinter dem Abizeugnis abgeheftet.“

Und seit jenem Tag nie wieder angesehen.

Das hatte sie einfach nicht ertragen.

Robert drückte ihre Hand. „Was hat dein Vater damals

gemacht?“

„Er hat mich in den Arm genommen“, erinnerte Anna sich und schluckte. Sie war ihm unendlich dankbar für seine Anteilnahme gewesen. „Ich war so geschockt, ich habe nicht mal geweint. Wir standen im Flur, bis er irgendwann meinte: «Die haben ja keine Ahnung, was ihnen entgeht. Nicht traurig sein, Töchterlein. Du wirst etwas Neues finden, ja? Wir Storms schauen nicht zurück. Nur nach vorn!» In den Tagen danach hat er gemeinsam mit mir nach Alternativen gesucht.“

Sie presste die Lippen aufeinander. Sein Engagement bei der Berufswahl hatte sie ihrem Vater stets hoch angerechnet. Claus Jürgen hatte nie viel Zeit für seine Familie, aber für seine Tochter hatte er sie sich genommen.

Sonst hat er immer bloß auf David geschaut und plötzlich war ich ihm wichtig. DAS war es, was mich getröstet hat.

Ohne ihren Vater hätte sie sich garantiert nicht schnell genug zur Berufssuche aufraffen können und dann wären alle Studienplätze an der Nordakademie vergeben gewesen.

Er hat mich da noch mit reingemogelt.

„Die Hamburger Hochschule hatte tatsächlich keine Ahnung, was ihnen da vorenthalten wurde“, knurrte Erik. „Wetten, dass die keinen Schimmer davon haben, warum du den Platz nicht angetreten hast?!“

Robert runzelte die Stirn. „Und von den anderen Kunsthochschulen hast du ebenfalls Absagen bekommen?“

Anna schüttelte den Kopf. „Es gab keine anderen Hochschulen. Ich habe mich nur in Hamburg beworben.“

„Nur eine Bewerbung?“ Robert hob die Brauen. „Ich dachte, es war dein Lebenstraum?“

„Ich …“ Sie zuckte hilflos mit den Schultern.

Hier und jetzt schien sein Erstaunen mehr als angebracht.

Aber damals nicht.

„Ich habe nie in Frage gestellt, dass ich angenommen werde. Mein Kunstlehrer, meine Eltern, ja, all meine Freunde auch nicht. Erst in dem Moment, als ich den Brief öffnete, bekam ich Zweifel.“

Robert hatte recht, sie hätte sich bei mehreren Hochschulen bewerben sollen.

Ich komme mir so dumm vor.

Beschämt senkte Anna ihren Kopf.

„Und warum hast du dich nach der Absage nicht noch einmal woanders beworben?“, hakte Robert nach.

„Es war mir peinlich“, flüsterte Anna. „Was, wenn ich noch eine Absage bekommen hätte? Diese eine hat mich ja schon vollkommen aus den Latschen gehauen. Außerdem hatte ich ziemlich schnell einen Studienplatz an der NAK. «Schau nach vorn, Mädchen», hat Paps immer gesagt.“

Erik schnaubte abfällig. „So, wie ich deinen Vater einschätze, hat er dich voll und ganz für die Firma in Beschlag genommen.“

Anna nickte. „Das hat er. Er war so stolz, dass ich bei Storm Energie angefangen habe. Wochenlang hat er mich «Lieblingstochter» genannt.“

„Er hat dich gekauft“, brummte Erik. „Gezahlt hat er mit Aufmerksamkeit und Anerkennung. Und als Claus Jürgen sicher sein konnte, dass du bleiben würdest, war der Zauber vorbei. Richtig?“

Damit könnte er recht haben.

Blei ergoss sich in ihre Adern. Anna schloss die Augen und wisperte: „Ich bin echt zu blöd.“

„Unsinn“, widersprach Robert und drückte nochmals

ihre Hand. „Du warst kaum erwachsen. Da orientiert man sich an seinen Eltern. Aus Erfahrung weiß ich, wie überzeugend dein Vater sein kann, wenn er sich etwas in den Kopf gesetzt hat. Deswegen ist er so erfolgreich und bekommt meist genau das, was er will.“

Anna sah zu ihm auf. Die Nachsicht in seinen Augen war echt. Das Blei in den Adern verlor an Gewicht.

„Du hattest keine Chance gegen Claus Jürgen“, unterstrich Robert. „Mach dich wegen damals bloß nicht fertig.“

„Wusste Angelika davon?“, fragte Olli.

„Wovon?“ Anna schaute zu ihm rüber.

Ihr Ex-Verlobter zeigte auf den Brief. „Von der getürkten Absage.“

Die Worte fraßen sich mit Eiseskälte durch Annas Körper zu ihrem Herzen. Hatte ihre Mutter bei der Lüge mitgemacht?

O Gott! Bitte nicht.

Das würde sie nicht ertragen. Schwindel erfasste Anna.

„Sie kennen Angelika besser als ich, Herr Weber“, erklärte Robert neben ihr. „Aber ich kann mir beim besten Willen nicht vorstellen, dass sie ihrer Tochter so etwas antun würde.“

Noch immer gab seine Hand der ihren Halt.

„Ich auch nicht“, entgegnete Olli, „aber mal im Ernst: Claus Jürgen traue ich das da“, er deutete auf den Brief, „genau so wenig zu. Unternehmerischer Ehrgeiz in allen Ehren, aber falls er Anna tatsächlich eine Fälschung untergeschoben haben sollte, wäre er definitiv zu weit gegangen.“

„Falls?“, knurrte Erik und beugte sich drohend zu Olli rüber. „Was wollen Sie damit sagen?“

„Es gibt zwei Briefe“, meinte der unbeeindruckt. „Warum, wissen wir nicht. Vielleicht ist es ganz anders, als wir vermuten. Claus Jürgen könnte sich beispielsweise mit der Hochschule in Verbindung gesetzt haben, bevor die Bewerbungsfrist ablief. Was, wenn er wusste, dass sie Anna nicht nehmen würden? Er könnte für eine Zusage eine großzügige Spende in Aussicht gestellt haben."

Gelassen schaute er in die Runde.

Paps hat für meinen Traum gekämpft?

Anna atmete auf. Dieser Hergang fühlte sich viel besser an als eine gefälschte Absage.

„Es wäre möglich", fuhr ihr Ex-Verlobter fort, „dass er später Gewissenbisse bekam, weshalb er dann doch von der Spende abgesehen hat. Deswegen lag die Zusage im Safe."

Erik warf Olli einen angewiderten Blick zu. „Das ist krank!"

„Vorsicht, Herr Niehuus!" Die Augen des stellvertretenen Storm Energie Chefs wurden schmal. „Ihr Praktikantenvertrag liegt auf meinem Schreibtisch. Er ist noch nicht unterschrieben."

„Und?" Erik ließ sich nicht einschüchtern. Er lehnte sich demonstrativ in seinem Sessel zurück. „Meinen Sie, Herr Weber, die Konkurrenz hätte kein Interesse an meiner Masterarbeit? Ich kann das gerne mal testen ..."

„Besprecht das hinterher", forderte Robert in geschäftsmäßigem Ton. „Jetzt interessiert mich vielmehr, ob wir die Theorie von Herrn Weber widerlegen können."

„Pah! Das dürfte einfach sein", murrte Erik. „Damals war das Internet nicht so weit wie heute und die Bildbearbeitung garantiert auch nicht. Halten wir doch beide Briefe mal nebeneinander."

„Guter Vorschlag", lobte Robert. Er sah neben sich zu Anna und schenkte ihr ein Lächeln. „Was meinst du?

Dürfen wir bei dir einfallen oder möchtest du das lieber allein machen?“

Bloß nicht allein!

Sie guckte ängstlich zwischen ihren Bodyguards hin und her. „Ihr könnt gern mitkommen.“

„Gut, aber du musst was essen, Prinzessin.“ Erik schaute auf seine Uhr. „Mist! Schon nach acht. Edeka hat dicht, aber ich kann dir einen Salat aus der Dönerbude besorgen, wäre das was?“

Anna nickte dankbar.

„Guter Hinweis“, ächzte Robert und zückte sein Handy. „Ich könnte auch was vertragen. Was dagegen, wenn ich für alle etwas beim Kleinen Heinrich bestelle?“

„Beim Kleinen Heinrich?“, echote Olli. „Die liefern doch gar nicht.“

Robert grinste. „Wenn ich höflich darum bitte, schon.“

„Echt?“

„Mann, er bezahlt sie dafür!“, Erik verdrehte spöttisch die Augen. „Sehr gut, wie ich vermute.“

„Na dann …“, Olli zuckte mit den Schultern. „In dem Fall nehme ich gern etwas.“

„Was denn?“ Erik setzte eine verwunderte Miene auf und stichelte: „Sie kommen mit, Herr Weber? Sie haben doch eine Katzenhaarallergie!“

Carlo!!!

„Ach“, winkte Olli ab. „Für ein paar Minuten halte ich das aus.“

Anna sprang auf. „Ich habe ihn ganz vergessen!“

Sie hatte ihren Kater viel zu lange warten lassen. So ging das nicht.

„Ich muss los.“

Täter, Opfer und Optionen

Eine halbe Stunde später hatte sich Carlo von Ritter Kunibert füttern und vor allem ausführlich hinter den Ohren kraulen lassen. Natürlich erst, nachdem er Anna die kalte Schulter gezeigt hatte. Danach verkrümelte sich der Kater satt und zufrieden ins Schlafzimmer.

Olli, Robert, Erik und Anna hatten sich um den Wohnzimmertisch der kleinen Dachgeschosswohnung versammelt und begutachteten Zu- und Absage mit einer Lupe.

Erik grinste spitzbübisch. „Nur alte Männer brauchen Vergrößerungsgläser. Kommt schon Leute, die Zusage ist das Original und die Absage die Kopie.“ Er deutete auf verschiedene Stellen der Schriftstücke. „Schaut hier beim Logo: Die Ränder sind leicht unscharf. Und bei der Hochschuladresse verschwimmen die Buchstaben etwas. Genau wie dort, da und hier auch noch. Im Gegensatz dazu ist der eigentliche Text der Absage gestochen scharf, das sieht doch ein Blinder mit ‘nem Krückstock.“

„Lass Fiete da raus, du Jungspund“, brummte Robert und folgte dem ritterlichen Finger mit der Lupe. „Werde du erstmal 42, dann sprechen wir uns wieder.“

„Recht hat er trotzdem“, stellte Anna fest. Sie konnte die Unterschiede ebenfalls ohne Vergrößerung erkennen.

„Damit ist meine Theorie widerlegt.“ Olli seufzte.

Er wirkte ehrlich betroffen, als er sie ansah. „Herzlichen Glückwunsch zur Annahme an der Kunsthochschule, Frau Storm.“ Kopfschüttelnd fügte er hinzu: „Unfassbar, dass Claus Jürgen das getan hat.“

Stille.

Die Wahrheit sackte betonschwer und unverdaulich in Annas Bauch. Sie schluckte.

„Unfassbar. Unverzeihlich.“ Robert saß rechts neben ihr auf dem Sofa. Grübelnd kratzte er sich am Dreitagebart. „Ich frage mich, ob er das allein gemacht hat?“

„Du meinst, dass Petra …?“ Anna konnte den Satz nicht zu Ende sprechen. „Nein! Das hätte sie nicht getan. Nicht Petra! Nie und nimmer.“

Das Entsetzen trieb ihr die Tränen in die Augen. Sollte ihre Freundin DAS getan haben, dann …

Oh bitte, bitte nicht!

„Frau Karstens traue ich das nun wirklich nicht zu“, warf Olli ein. „Die hat mehr Rückgrat, als mir manchmal lieb ist.“

„Und mir hat sie neulich nicht mal deine Privatnummer rausrücken wollen.“ Robert lächelte Anna an. „Nein, bei so einer Aktion würde sie nicht mitziehen.“

Zögerlich wagte Anna ein Aufatmen.

„Mit einem guten Scanner und einer simplen Bildbearbeitung könnte Claus Jürgen das auch allein hinbekommen haben“, mutmaßte Erik. „Da genügen Grundkenntnisse. Man muss bloß die nicht benötigten Bereiche löschen und das Ergebnis als Hintergrundbild in ein neues Textdokument einfügen. Fertig is.“

Die Worte legten Erinnerungen bei Anna frei.

Scheiße!

Erneut wurde ihr Magen durch die Mangel gedreht. Sie würgte gepresst hervor: „Während meiner Abiprüfungen hat Paps selbst noch mal die Schulbank gedrückt und eine Office-Fortbildung gemacht. Mama hat ihn damit aufgezogen, weil er sich vorher immer geweigert hatte."

Annas Splitterherz knirschte bedenklich.

„Außerdem hat er damals einen hochauflösenden Scanner für Storm angeschafft – für irgendwelche Dokumenten- oder Urkundenarchivierung oder so." Ihre Kehle wurde eng. „Ich habe das Gerät selbst kurz nach der Anschaffung getestet und einige meiner Bilder eingescannt. Die Ergebnisse waren überraschend gut."

Schweigen.

„Tja, also hatte Claus Jürgen sowohl das technische Equipment als auch das Knowhow", murmelte Erik. „Wenn man das Original nicht gerade daneben legt, geht die Fälschung selbst für meine Jungspund-Augen als echt durch." Er zwinkerte halb im Scherz.

„Das kann doch nicht sein", flüsterte Anna. „Hat mein Vater das wirklich von langer Hand geplant?"

„Vielleicht war es auch Zufall", meinte Robert, aber es klang nicht überzeugt.

Dann lächelte er traurig. „Wie dem auch sei. Wichtig ist vor allem, wie du mit dem Wissen umgehen willst."

„Na, wie wohl?!", rief Erik. „Sie macht ihren Vater lang!"

„Mit welchem Ziel?" Robert schaute dem Jüngeren ruhig ins Gesicht. „«Langmachen» ist eine Option. Doch wie alles, was wir tun, zieht sie Konsequenzen nach sich. Über die sollte sich Anna im Klaren sein, bevor sie sich dafür entscheidet."

„Echt jetzt? Das ist dein Ernst?!" Erik ballte seine Fäuste. „Den Scheiß kann Anna ihm nicht durchgehen lassen. Claus Jürgen hat ihren Traum erwürgt!"

„Herr Storm hat die Zukunft seines Geschäfts gerettet", widersprach Robert kühl. „Und Anna hat es zugelassen."

„Hast du deine Takelage verheddert?!“ Erik schüttelte entgeistert den Kopf. „Auf wessen Seite stehst du eigentlich?“

„Auf Annas.“ Robert drückte ihre Hand und sah ihr eindringlich in die Augen. „Und damit kein falscher Eindruck entsteht, sage ich es ganz deutlich: Das, was dein Vater dir angetan hat, ist ein unverzeihlicher Vertrauensbruch. Es war grundverkehrt, gleichgültig, was auch immer ihn dazu motiviert haben könnte. So eine Behandlung hat niemand verdient, Kleines.“

Sie nickte beklommen.

„Die Frage ist“, fuhr Robert fort, „welchen Schluss DU daraus ziehst?“

Anna krauste die Nase. Sie begriff nicht, worauf er hinauswollte.

„Ich fasse mal Fakten und Vermutungen zusammen.“ Seine Miene wurde nüchtern. „Ich weiß noch, dass dein Bruder eigentlich der nächste Vorstand werden sollte. Wenn ich es richtig erinnere, hat er kurz vor seinem Master hingeschmissen. So etwas in der Art wurde damals im Aufsichtsrat diskutiert.“ Er drückte ihre Hand. „Du wolltest Künstlerin werden und hattest eine Bewerbung dafür am Start.“

Robert warf Anna einen entschuldigenden Blick zu. „EINE EINZIGE Bewerbung – wie ernst kann es einem dann sein? Ist das ein Lebenstraum oder ist das halbherzige Traumtänzerei?“

Erik zog scharf Luft ein, doch der Ältere sprach bereits weiter: „Im Allgemeinen können Künstler mehr schlecht als recht von ihrer Kunst leben. Tut man seinem Kind mit dieser Berufswahl einen Gefallen oder sollte so eine Leidenschaft nicht besser Hobby bleiben?“

Robert schaute fragend in die Runde.

Annas Herz geriet ins Trudeln.

Aus seinem Mund hört sich alles widerlich nachvollziehbar an.

Robert wartete keine Antworten ab. „Wahrscheinlich ist: Claus Jürgen suchte einen Nachfolger und sah eine Möglichkeit, zwei Fliegen mit einer Klappe zu schlagen. Eine Absage, und schon war sowohl der Fortbestand von Storm Energie innerhalb der Familie in trockenen Tüchern als auch die eigene Tochter beruflich abgesichert." Ironisch fügte er hinzu: „Kinder in dem Alter wissen eh nicht, was gut für ihre Zukunft ist, oder? Als Vater greift man da gern helfend unter die Arme."

„Du denkst, er hat es nur gut mit mir gemeint?", flüsterte Anna und starrte ihn mit großen Augen an. „So wie mit der gekauften Hochzeit?"

Robert zuckte mit den Achseln. „Ich weiß es nicht. Es könnte sein."

Falls ja, fühle ich mich dann besser?

Anna wusste es nicht.

„Claus Jürgen Storm ist kein schlechter Mensch", ergänzte Olli zurückhaltend. „Er ist Geschäftsmann."

Robert nickte. „Einer, der mit seinem Unternehmen schwere Zeiten durchlitten hat. Mir ist bekannt, dass unser Vorstand schon vor der Gründung von Storm Energie viel hat einstecken und kämpfen müssen."

„So eine Haltung geht einem irgendwann in Fleisch und Blut über", pflichtete Olli ihm bei.

Haben sie recht damit?

Anna schaute unschlüssig zwischen den beiden hin und her.

Konnte Paps am Ende gar nicht anders handeln? Bin ich vielleicht im Unrecht?

Auf ihrer Zunge regte sich das Verlangen nach Schokolade.

„Stopp!" Erik sprang auf. „Das hört sich ja an, als wäre

ihr Vater das Opfer. Nee, Freunde, da mach ich nicht mit! Auf keinen Fall!“

Er sah zu Anna. „Lass dir keinen Blödsinn einreden. Dein Vater ist der Arsch und du das Opfer. Nicht anders!“

„Opfer oder Täter“, seufzte Robert. „Ist das heute noch wichtig?“

„Ja!“ Erik stemmte empört die Hände in die Hüften. „Das geht gar nicht, was Claus Jürgen gemacht hat.“

„Stimmt“, entgegnete Robert ruhig. „Aber bringt Anna diese Einschätzung weiter?“ Er sah sie an, in seinen grauen Augen schimmerten Wärme und Anerkennung. „Ich hab dich als jemanden kennengelernt, der seinen Beruf liebt und hundertprozentig hinter Storm Energie steht. Liege ich da richtig?“

Anna nickte, woraufhin sich viele kleine Lachfalten um seine Augen herum ausbreiteten.

„Na und?“, motzte Erik. „Sie kann Claus Jürgen trotzdem den Marsch blasen. Er hat das verdient.“

„Das hat er“, bestätigte Robert, ohne seinen Blick von Anna zu nehmen. „Es kommt allerdings darauf an, wie hoch die Verluste sein dürfen, die du für dieses Konzert in Kauf nehmen möchtest.“

„Verluste?“ Anna runzelte die Stirn. „Wie meinst du das?“

„Heute bist du verletzt und fassungslos“, erklärte Robert, „aber spätestens, wenn deine Eltern aus Berlin zurück sind, wirst du stinkwütend auf deinen Vater sein.“ Er guckte kurz zu Erik. „Absolut zu Recht, da sind wir zwei uns einig.“

Der Jüngere schnaubte und ließ sich zurück in seinen Sessel plumpsen.

Robert wandte sich wieder an Anna.

„Du könntest übermorgen direkt in das Büro deines

Vaters stürmen, ihm die Zusage auf den Schreibtisch knallen und ihm all seine Verfehlungen um die Ohren hauen."

„Ja, genau", brummte Erik. „Das wäre total legitim."

Annas Mundwinkel hoben sich gegen ihren Willen. Die Empörung ihres Ritters tat ihr gut.

Und Paps für den Mist, den er mit mir verzapft hat, mal so richtig auszuzählen, ist echt verlockend.

„Legitim ja", Robert grinste, „und vielleicht sogar befreiend. Zumindest im ersten Moment." Seine Miene wurde wieder ernst. „Doch was kommt dann?"

In dem kleinen Wohnzimmer wurde es still.

Erik hob verwirrt die Schultern, Olli hingegen verzog seinen Mund.

„Korrekt, Herr Weber", lobte Robert freudlos. „Wir wissen alle, wie gut Claus Jürgen Storm mit Kritik umgehen kann, gleichgültig, wie berechtigt die auch immer sein mag."

„Nämlich gar nicht", seufzte Olli. „Erfahrungsgemäß lässt er die an sich abprallen. Er wird sich rausreden. Das Argument von der «brotlosen Kunst» wird er garantiert bringen."

„Ach!", ätzte Erik. „Und weil der verehrte Herr Vorstand nicht mit Kritik umkann, soll Anna die Klappe halten? Das ist Schwachsinn!"

„Ich bin noch nicht fertig", sagte Robert und drehte sich wieder zu Anna. Mitfühlend fasste er nach ihrer Hand. „Wie wird es dir gehen, wenn dein Vater sich nicht entschuldigt? Wie, wenn er sich zum Helden macht und dich zum kleinen Mäuschen, dass keine Ahnung vom Leben hat?"

„Mies." Sie horchte in sich hinein. *Nein, das ist nicht genug.*

„Das würde mich erst recht zornig machen."

Robert nickte. „Ich nehme an, dein Frust wird größer sein als vorher. Also muss er eben woanders raus."

„Petra", flüsterte Anna. „Die wird mich verstehen."

„Frau Karstens ist ein verschwiegener Engel", pflichtete Robert ihr bei, „aber einen Denkzettel hat dein Vater deswegen noch lange nicht."

„Das müsste in der Firma die Runde machen", knurrte Erik angriffslustig. „Oder besser noch in ganz Glückstadt. Ha! Danach ist Claus Jürgens Saubermann-image Geschichte!"

„Korrekt. DAS würde ihn treffen." Robert lächelte kalt. „Und dann?"

„Na, dann entschuldigt er sich endlich bei Anna", hoffte Erik. „Das wäre das Mindeste."

„Das macht er nicht", widersprach Olli. „Im Gegenteil. Ein Claus Jürgen Storm geht in solchen Situationen zum Gegenangriff über."

„Genau das befürchte ich auch", bestätigte Robert. „Falls es dazu kommt, wird das unschön."

Er schaute von einem zum anderen. „Es ist ein Wunder und lediglich der Verschwiegenheit der Beteiligten zu verdanken, dass die Wahrheit über die geplatzte Hochzeit bislang nicht ans Licht gekommen ist. Aber das wird sich ändern, sobald die Sache mit der Kunsthochschule öffentlich wird."

Robert sah Anna eindringlich an. „Willst du das? Alle Kollegen und halb Glückstadt wüssten über die gefakte Absage und den gekauften Ehemann Bescheid."

Allein die Vorstellung jagte Anna einen ekligen Schauer über den Rücken.

„He!", protestierte Olli. „Ich musste nicht gekauft werden. Ich liebe Ann…"

„Unwichtig", unterbrachen die Bodyguards synchron.

Robert drückte ihre Hand. „Würdest du unter den

Umständen weiter bei Storm Energie arbeiten wollen? Würdest du noch in Glückstadt wohnen wollen?“

Nein, das könnte ich nicht!

Entsetzt schüttelte sie den Kopf.

„Also verlierst du Wohnung und Job“, schloss Robert.

Olli ergänzte: „Und Storm verliert eine hervorragende Mitarbeiterin.“

„Schleimer“, zischte Erik und verdrehte die Augen.

Robert überhörte den Kommentar. „Ich würde sogar noch weitergehen: Storm Energie verliert ein Stück Zukunft. Immerhin hat Anna sich aktiv bei wichtigen Themen wie Mitarbeiterzufriedenheit und Personalbeschaffung engagiert.“ Er lächelte sie an. „Ungeachtet dessen: DU wärst frei. Vielleicht nimmst du ein Kunststudium auf, oder du suchst dir einen neuen Job.“ Sein Lächeln wurde zu einem Strahlen. „Wofür auch immer du dich entscheidest, ich habe keinen Zweifel daran, dass du deinen Weg gehen wirst.“

„Ach nee“, lästerte Erik. „Startet hier ein Bonze etwa einen verkappten Rekrutierungsversuch?“

„Das sollte ich vermutlich“, erwiderte Robert ernst. „Jemand mit Annas Fachkompetenz und Weitblick ist schwer zu finden. Aber nein, heute nicht. Was ich damit sagen möchte, ist: Um Annas Zukunft mache ich mir keine Sorgen.“

„Schön“, brummte Erik. „Und worum MACHST du dir Sorgen? Komm mal auf den Punkt!“

„Um Storm Energie.“

„Pfft. Hast du Angst um deine Kohle, oder was?“

„Nein.“ Robert gönnte sich ein entspanntes Lächeln. „Ich habe genügend Insiderinformationen, um mein Kapital rechtzeitig abziehen zu können. Darum geht es mir nicht.“

Anna krauste die Nase. „Worum dann?“

„Um Folgendes." Robert bedachte Olli mit einem mitleidigen Blick. „Sobald die Sache mit der gekauften Hochzeit bei Storm rum ist, können Sie, Herr Weber, ihren Schreibtisch dort räumen. Ihre Kompetenz wird irrelevant sein, ebenso wie die Gefühle, die Sie Anna entgegenbringen. Sie werden in dem Unternehmen keinen Fuß mehr auf den Boden bekommen."

Ollis Lippen wurden schmal, er antwortete nicht.

„Sehen Sie das anders?", hakte Robert mit hochgezogenen Brauen nach.

„Nein."

Olli war blass geworden und schüttelte den Kopf.

„Gut. Damit fehlen Storm Energie schon zwei wichtige Mitarbeiter." Der Aufsichtsrat sah in die Runde. „Claus Jürgen wird aus der Sache bestenfalls angeschlagen hervorgehen. Kurzum: Die Führung des Unternehmens hat Schlagseite. Viel schlimmer ist allerdings die Rufschädigung nach außen. Wer möchte für so einen Chef arbeiten?" Robert seufzte. „Bereits jetzt können nicht alle Stellen wiederbesetzt werden, da geeignete Bewerber fehlen. Der demografische Wandel wird das Problem noch verschärfen. Wenn in dieser Situation das Arbeitgeberimage weiter beschädigt wird, kann es mittelfristig zu echten Engpässen kommen. Diese könnten den Betrieb der Windenergieanlagen stören. Eine WEA, die stillsteht, produziert keinen Strom. Sinkende Gewinne wären die Folge."

„Unsere Personaldecke ist jetzt schon dünn", bestätigte Olli. „Und die Stimmung, insbesondere unter den Wartungsmitarbeitern, gedämpft, um es mal positiv auszudrücken. Falls die Leute noch ein größeres Pensum leisten müssen, wird es zu Fehlern kommen. Die führen zu Frust und noch schlechterer Stimmung." Er schüttelte den Kopf. „Auch andere Windparkbetreiber suchen

Personal. Die kürzlich von uns entlassenen Techniker sind woanders untergekommen. Sie könnten ihre ehemaligen Storm Kollegen abwerben.“

Robert nickte. „Das bedeutet noch weniger Personal und dafür noch mehr Probleme – eine Abwärtsspirale.“

„Ist das wirklich realistisch?“, fragte Erik und schaute skeptisch von einem zum anderen.

Schweigen.

„Also … weit hergeholt ist es nicht gerade.“ Olli setzte sich unbehaglich auf seinem Stuhl zurecht. „Das könnte der Tropfen sein, der das Fass zum Überlaufen bringt. Wir haben im Bereich Personal eine Baustelle. Unser Arbeitgeberimage ist angekratzt. Es sollte nicht noch mehr Schaden nehmen.“

„Oha.“ Erik kratze sich am Hinterkopf. „Und alles nur, weil Anna bei ihrem Alten auf den Tisch haut.“

Robert lächelte grimmig. „Ich könnte mit meinen Mutmaßungen noch einen Schritt weiter gehen und den Teufel mal tiefschwarz an die Wand malen.“

„Was denn noch?“, keuchte Anna und sah mit bangem Blick zu ihm auf.

„Ich sprach eben von sinkenden Gewinnen. Zusammen mit einem Großprojekt wie dem Offshore Park, bei dem niemand so genau weiß, wie es einschlagen wird, kann das zu Unruhe unter den Anlegern führen.“ Er zuckte mit den Achseln. „Bei Storm Energie investieren viele Privatleute aus der Region. Die werden garantiert Wind von den Querelen in der Chefetage bekommen. Sobald sich miese Betriebsergebnisse dazugesellen, werden die nervös und verkaufen. Das könnte sich negativ auf die Kauffreude anderer Aktionäre auswirken – schlimmstenfalls sogar auf die Großinvestoren.“

„Selbst wenn nicht“, stöhnte Anna. „Das führt zu Problemen, die Storm aktuell nicht gebrauchen kann.

Der Offshore Park ist eine heikle Sache. Es wird dauern, bis er fertig ist und erst recht, bis da alles rund läuft."

„Dann muss Claus Jürgen raus aus der Chefetage!" Erik schaute Olli herausfordernd an. „Das ist doch eine Aktiengesellschaft – gibt es da keine Möglichkeiten?"

Anna hielt den Atem an. *DAS ist Hochverrat!*

„Doch, die gibt es", erwiderte Olli überraschend nüchtern. „Der Aufsichtsrat – in dem sitzen unter anderem Herr Wieck, Angelika und ich. Ach ja, Anna jetzt auch. Wir könnten tatsächlich dafür sorgen, dass der Vorstand entlassen wird."

„DAS wollte ich hören." Erik grinste von einem Ohr zum anderen. „Worauf wartet ihr?"

„Erstens", holte Olli aus, „benötigen wir dafür einen triftigen Grund. Ein Vater, der vor über zehn Jahren das Kunststudium seiner Tochter verhindert hat, ist, so verwerflich das auch sein mag, keiner. Und zweitens bringt das nichts."

Erik furchte die Stirn. „Warum nicht?"

„Weil mein Vater mehr als 50 Prozent der Aktien hält." Anna seufzte und lehnte sich im Sofa zurück. „Die Hauptversammlung wählt den Aufsichtsrat. Paps kann sich quasi aussuchen, wer da drin sitzt und wer nicht. Der Aufsichtsrat bestellt dann den Vorstand."

Sie warf Erik einen frustrierten Blick zu. „Selbst wenn wir ihn rauswerfen, ist er – schwubs – nach der nächsten Hauptversammlung wieder da. Mein Vater IST Storm Energie."

Sie schüttelte traurig den Kopf. „Nein, damit schaden wir höchstens dem Unternehmen und das möchte ich nicht."

„Genau das ist der Punkt, auf den ich hinaus wollte." Robert drückte Annas Hand und lächelte unglücklich. „Du kannst deinen Vater langmachen. Aber falls du es richtig machst, hat das einen Preis. Willst du den wirklich zahlen?“

Unbehagliche Stille breitete sich in dem kleinen Wohnzimmer aus.

Es klingelte an der Wohnungstür.

„Diese verquere Kosten-Nutzenrechnung kann mein neunmalkluger Knappe später aufmachen“, grunzte Erik und stand auf. „Jetzt wird erstmal gegessen! Los, Robert, rück mal ein paar Kröten rüber, damit ich den Typen vom Kleinen Heinrich bezahlen kann.“

Sturm im Herzen

Anna bewölkte den Himmel und ließ blauschwarzen Sturm aufziehen. Mit einem breiten Borstenpinsel und reichlich unheilversprechenden Farbtönen braute sie ein Unwetter zusammen, welches ihre Gefühlslage zumindest ansatzweise wiedergab. Und das bedeutete jede Menge lichtverschlingende, sich düster wälzende Wolkentürme, denen man ansehen konnte, dass sie in Kürze sintflutartigen Regen durch die Luft peitschen würden.

Mehr Kraft, mehr Drama, mehr Finsternis!

Grimmig lächelnd trat Anna zwei Schritte zurück. Sie zückte ihr Handy und verglich das Foto von der auslaufenden Segeljacht mit ihrer Leinwand. Tatsächlich war das Wetter an dem Tag bei Weitem nicht so furchtbar gewesen, wie sie es jetzt über das kleine Boot hereinbrechen ließ.

Tja, Pech für die gemalte Besatzung ... hmm ... vielleicht sollte ich die Jungs alle wie Paps aussehen lassen.

Ja … doch ... Die Idee war gar nicht mal so übel. Eine merkwürdige Befriedigung kroch durch Annas Bauch.

Aber dafür brauche ich hier eindeutig noch mehr Schwarz! He he.

Sie ging zum gekachelten Arbeitstisch hinüber und drückte einen ordentlichen Klecks Acrylfarbe auf ihren Pappteller.

Und daneben noch ein bisschen Hellblau.

Das würde sie mit Schwarz abdunkeln und so den Wolkenwirbeln eine bedrohliche Struktur verleihen.

Oh ja! Die Claus Jürgens auf der Jacht sollen schließlich sehen, was da auf die zurollt!

Und das war nichts Gutes. Es ging definitiv in Richtung «Jüngstes Gericht».

Wunderbar! Die Typen werden ihre Hosen gestrichen voll haben.

Anna schnappte sich Pappteller und Pinsel und machte sich daran, Gott zu spielen.

Ursprünglich hatte sie das auslaufende Boot in Öl malen wollen, doch bei der Farbe brauchte jede Schicht eine halbe Ewigkeit, bis sie trocken war, und so viel Zeit hatte Anna nicht. Ihr Inneres war randvoll mit Sturm. Der musste raus, sonst würde sie daran ersticken.

Und ich will ihn nicht mit Schokolade oder Pralinen zukleistern.

Am liebsten würde sie zu ihrem Vater ins Büro fahren und ihm den ganzen Mist um die Ohren hauen, doch Robert hatte recht: Claus Jürgen würde sich rausreden.

Und wenn ich mich dann am Ende aus seinem Büro schleiche, glaube ich ihm womöglich, dass er mir mit der gefakten Absage einen Gefallen getan hat. Sie lächelte sarkastisch. *Oh ja, mein Paps ist ein wahrer Wahrheitsverdreher!*

Aus Erfahrung wusste Anna, dass sich diese verdrehten Wahrheiten nur mit Unmengen von Süßem verdauen ließen, und auch das eher schlecht als recht.

Na, dann lieber mehr Weltuntergang!

Bitsch. Schwungvoll klatschte sie die schwarze Farbe

auf die Leinwand und verteilte sie anschließend mit schnellen Pinselstrichen.

Wo ich wohl heute wäre, wenn ich Kunst in Hamburg studiert hätte?

Als was würde sie arbeiten? Wo würde sie leben?

Könnte ich mit meinen Bildern meine Miete bezahlen?

Es war müßig, sich diese Fragen zu stellen. Anna wusste nur zu gut, dass sie darauf keine Antworten erhalten würde. Dennoch waberte der verhinderte Lebensweg wie ein glückfressender Dämon in ihrem Kopf herum und gab ihr das Gefühl, etwas Wertvolles verpasst zu haben.

Und das kann ich nicht zurückbekommen.

Noch mehr schwarzes Acryl landete auf der Leinwand.

Was hat Erik am Montag gesagt? Claus Jürgen hat meinen Traum erwürgt ...

Mord. Ja, so fühlte es sich an.

Anna stippte den Pinsel ins Hellblau und begann damit, den schwarzen Himmel über der Segeljacht in eine gefährlich aufquellende Sturmwalze zu verwandeln.

Hmm.

Irgendwie wirkte das unnatürlich.

Mist.

Anna trat einen Schritt zurück und furchte die Stirn.

Pah! Er hat mir ja nicht einmal die Möglichkeit gegeben zu scheitern.

Erneut langte sie nach ihrem Handy, diesmal, um nach Bildern zum Stichwort «Wolkenformation» und «Unwetter» zu googeln. Einige ausdrucksstarke Fotografien füllten ihr Display.

Na, wer sagt es denn? So geht das also!

Sie holte sich Dunkelblau, Grau und einen Tupfen aggressives Orangerot.

Violett geht auch prima! Ha! Und Weiß gemischt mit

Türkis für das unheilige Leuchten.

Zusätzlich schnappte sie sich einen feineren Pinsel und vergrößerte einhändig das krasseste Bild auf ihrem Telefon.

Wundervoll. Wenn das kein Weltuntergang ist, weiß ich auch nicht.

Die Claus Jürgens auf dem Boot verdienten genau das.

Robert hatte Recht. Anna WAR wütend. Aber vor allem deswegen, weil ihr Vater ihr keine Wahl gelassen hatte. Mit einer zweiten Sache lag Robert nämlich ebenso richtig:

Ich mag meine Arbeit. Und mir liegt Storm Energie am Herzen.

Seit sie mit ihrem Ex-Verlobten zusammenarbeitete und der ihre Berichte und Einschätzungen ernstnahm, hatte sie zum ersten Mal im Leben das Gefühl, dort etwas bewegen zu können.

Ein Lächeln huschte über Annas Gesicht.

Ich kann die Zukunft mitgestalten.

Das wollte sie tun. Für die Mitarbeiter, für die Umwelt und für sich selbst.

Als Künstlerin hätte ich diese Möglichkeit nicht.

Die bedrohlich aufgetürmte Wolkenwalze nahm langsam Form an.

Muss ich Paps deswegen dankbar sein?

Anna entschied sich dagegen. Die Absage der Kunsthochschule hatte ihr schwer zugesetzt – schwerer, als sie es sich in den vergangenen Jahren eingestanden hatte.

Auf einmal wurden Annas Augen feucht und der Pinsel in ihrer Hand zitterte.

Ich muss endlich ehrlich zu mir sein! Die Absage hat mich in den Boden gestampft. Sie tat mir so weh, dass ich weder malen noch zeichnen konnte. Ich habe mich geschämt. Und ich habe mich nicht damit auseinandergesetzt, sondern einfach aufgegeben. Ich bin geflüchtet.

Auch in diesem Punkt hatte Robert recht: Sie hatte nicht für ihren Traum gekämpft.

Hätte das etwas geändert?

Sie hatte keinen Schimmer.

Egal. Paps hätte das nicht tun dürfen!

Die finstere Wolkenwalze mutierte zu einem Strudel, welcher den Himmel noch dramatischer wirken ließ. Anna beschloss, dass die Claus Jürgens auf der Jacht damit ausreichend drangsaliert wurden.

Was sie ansonsten tun wollte, wusste sie nicht.

Erschöpft stellte Anna den Pappteller mit der Acrylfarbe ab. Seit Montag drehten sich ihre Gedanken im Kreis. Gemeinsam mit Erik, Robert und Olli hatte sie nach dem Essen alle möglichen Optionen diskutiert.

Keine fühlt sich richtig an.

Gar nichts zu tun ging für Anna ebenso wenig wie Claus Jürgen öffentlich an den Pranger zu stellen und damit eine Beschädigung des Images von Storm Energie zu riskieren. Und alles, was dazwischen lag, war ebenfalls unbefriedigend.

Immerhin habe ich mir Zeit erkauft.

Erik hatte gegen Mitternacht den Vorschlag gemacht, die Zusage zu kopieren. Das Duplikat sollte in den Tresor zurückgelegt werden, so dass Claus Jürgen nichts bemerken würde und Anna die Zusage behalten konnte.

Das habe ich gestern gemacht.

Danach hatte sie sich direkt bei Petra krank gemeldet.

Ich sah so mies aus, dass sie keine Fragen gestellt hat.

Ein schlechtes Gewissen hatte Anna trotzdem. Sie hasste es zu lügen und außerdem ging Blaumachen für sie gar nicht.

Aber so kann ich auch nicht in meinem Büro sitzen.

Seufzend machte sie sich daran, ihre Pinsel auszuspülen.

Auf die Arbeit bei Storm konnte sie sich im Moment eh nicht konzentrieren und außerdem war ihr Vater seit heute wieder im Haus.

Und DEM will ich jetzt nicht begegnen.

Sie hatte keine Ahnung, wie sie ihm gegenübertreten sollte. Allein die Vorstellung beschleunigte ihren Puls und ließ ihre Finger erneut zittern.

So zu tun, als wäre nichts – das schaffe ich nie im Leben!

Nein, sie musste sich klar darüber werden, was sie wollte, und dafür brauchte sie Zeit.

Hmm. Wie lang kann ich krankspielen? Das geht nicht ewig.

Kündigen hingegen ging immer.

Zur Not könnte ich das tun, wenn es mir zu viel wird. Sogar ohne eine riesen Schlammschlacht zu veranstalten.

Storm Energie würde dabei keinen Schaden nehmen.

Annas Herzschlag beruhigte sich. Diese Option fühlte sich gut an.

Die wird mein Rettungsanker, beschloss Anna und lächelte.

Es klopfte.

Verwundert schaute sie zum Eingang. „Es ist offen!"

Ein Jutebeutel, gefolgt von einem blond strubbeligen Sommersprossengesicht schob sich durch die Tür. „Moin, Elfenprinzessin!"

Erik!

Annas Herz wurde in warmes Glück getaucht, so dass die verschmolzenen Kristallsplitter sehnsüchtig vibrierten. Für einen Wimpernschlag hallte ein Echo des Schocks durch ihre Brust.

Er hat mich gefunden, als ich im Nebel verloren war. Und er hat mich gerettet.

Es war alles wieder präsent. Tiefe Dankbarkeit füllte Annas geflicktes Herz.

Er ist für mich da.

Bei der Was-Wäre-Wenn-Diskussion war Eriks aufrichtige Entrüstung Balsam für ihre Seele gewesen. Der Ritter war am Montag bereits genauso zornig gewesen wie sie heute.

Er möchte Paps genauso gern eins auswischen wie ich!

Das tat gut. Anna hatte das Gefühl, in einen Spiegel zu schauen. Tränen stiegen in ihr auf.

Sein Lächeln ließ ihr Herz überlaufen.

O Gott, gleich heul ich!

Um dem Emotionschaos Herr zu werden, grinste sie frech.

„Moin, Ritter Kunibert! Wir haben erst Mittag. Hast du gar keine Uni?“

„Doch, schon“, meinte Erik gedehnt und kratzte sich am Hinterkopf. „Aber so spannend sind meine Kurse am Mittwochnachmittag nicht.“

„Soso!“ Anna bemühte sich um eine tadelnde Miene. „Und deswegen schwänzt du?“

„Nö. Das hat mich große Überwindung gekostet.“

In den Augen ihres Ritters funkelte ein Lausbub.

„Da ich gestern Abend allerdings praktische Studien betrieben habe, kann ich es mit meinem Gewissen vereinbaren – so gerade eben.“

„Bagalut“, schimpfte Anna und lachte. Das löste die aufgestauten Gefühle. Erleichtert atmete sie auf.

„Och, ich doch nicht.“ Erik zwinkerte fröhlich. „Außerdem habe ich dir was zu futtern mitgebracht. Oder hast du schon gegessen?“

Er schaute sich suchend um, aber außer einem

benutzten Kaffeebecher standen weder Geschirr noch verräterische Verpackungen im Atelier herum.

„Gestern Nachmittag kam Robert hier mit frischem Sushi von einem Hamburger In-Japaner an.“ Anna krauste die Nase. „Habt ihr euch abgesprochen?“

„Könnte sein.“ Erik grinste unschuldig. „Wäre das schlimm?“

Annas Magen antwortete mit einem Knurren. Es war kurz nach zwei und bei dem ganzen Nachgedenke und Wettergottgespiele war ihr gar nicht aufgefallen, wie viel Kohldampf sie hatte. Dennoch stichelte sie: „Findest du nicht, dass ich noch genug Reserven auf meinen Hüften habe?“

„Essen ist nicht nur Nahrung für den Körper, sondern auch für die Seele“, klugschiss ihr Ritter. „Deswegen habe ich Mama angebettelt, ihren berühmten Tomatensalat zu zaubern.“

Ahw, lecker!

Den machte niemand so gut wie Beate. Anna lief das Wasser im Mund zusammen. „Na, dann bist du natürlich entschuldigt.“

Übertrieben erleichtert wischte sich Erik mit der linken Hand über die Stirn und stellte seinen Beutel auf dem gekachelten Arbeitstisch ab. „Besteck habe ich auch am Start. Du kannst gl…“, er drehte sich um und erstarrte abrupt. „Oooha!“

Mit großen Augen betrachte er die Segeljacht unter dem weltenverschlingenden Wolkenwirbel. „Ohauaha! Was hat die denn geritten, bei DEM Wetter auszulaufen?!“

„Größenwahn“, schlug Anna trocken vor und zuckte mit den Schultern.

„Meinst du?“ Erik fuhr sich mit der Hand durch die Haare. „Sieht mir mehr nach Todessehnsucht aus.“

„Beides soll vorkommen bei Männern, die glauben, die Weisheit mit Löffeln gefressen zu haben“, motzte Anna. Die Idee, die Mannschaft wie ihren Vater aussehen zu lassen, gefiel ihr immer besser. Wenigstens der Skipper sollte Ähnlichkeit mit ihm haben.

„Ob das gutgehen kann?“, erkundigte sich Erik vorsichtig.

„Keine Ahnung.“ Anna stellte sich neben ihren Ritter und nahm nun selbst ihr Bild unter die Lupe. Der Himmel war wirklich furchterregend geworden. Die Wolken schienen das Boot erdrücken zu wollen. „Manche Leute halten sich für allmächtig und steuern ihre Crew sehenden Auges ins Unglück.“

„Tja, von solchen Typen habe ich auch gehört.“

Erik grinste und schaute mitfühlend auf sie herab. „Dein Skipper muss aufpassen, dass er sich keine Meuterei einfängt.“

„Das muss er.“

Anna hatte es nicht geplant, doch im übertragenen Sinne passte die Jacht zu Storm Energie wie eine wütende Faust aufs Auge ihres Vaters. In Bezug auf die Personalsituation konnte sich über dem Unternehmen ebenfalls leicht ein Unwetter zusammenbrauen.

„Leider hat sich der Skipper vorm Auslaufen die Aktienmehrheit gesichert“, seufzte sie. „Deswegen kann ihm niemand ans Bein pinkeln. Der Knilch darf machen, was er will. Frechheit, oder?“

„Der Sturm wird ihn schon zurechtstutzen“, meinte Erik und legte seinen Arm um ihre Schulter.

Anna ließ den Kopf an seinen Brustkorb sinken. „Ach, ich weiß nicht …“

Gemeinsam betrachteten sie die Leinwand. Erik drückte sie fester an sich, fast, als wolle er sie beschützen. Seine Nähe war Medizin.

„Fiete sagt immer“, er verstellte die Stimme: „Wer anderen aufs Deck spuckt, muss aufpassen, dass er nicht selbst auf seiner Rotze ausrutscht.“

Amüsiert schaute Anna zu ihm auf. „Ja, das klingt nach dem alten Brummelkopf.“

Erik lächelte sie an und streichelte ihren Arm. „Meistens hat der alte Kauz recht mit seinen Sprüchen.“

„Willst du damit sagen, dass sich mein Problem von allein löst?“

Das wäre zu schön.

„Ich will damit sagen, dass ich an eine gewisse Gerechtigkeit im Universum glaube“, erklärte Erik grinsend. „Es ist wie im Landbau. Wer Unkraut sät, darf nicht erwarten, dass er Weizen ernten kann.“

„Hmm“, grübelte Anna. Das klang schlau, aber es half ihr nicht weiter. „Und was soll ich jetzt machen?“

„Du könntest“, er imitierte Ollis Stimme, „«echte Größe zeigen, indem du für das Wohl von Storm Energie über die Taten deines Vaters hinwegsiehst.»“ Erik verzog skeptisch den Mund und nickte dem Acrylsturm zu. „Doch wenn ich mir das da so angucke, ist das wohl nicht die gesündeste Option für dich.“

„Nee, eher nicht.“

„Oder du hältst die Augen offen“, schlug Erik in Roberts Tonfall vor, „«bis sich dir eine sinnvolle Möglichkeit für einen Gegenschlag bietet.»“

„Geduld gehört nicht gerade zu meinen Stärken“, stöhnte Anna. „Und wenn ich Pech habe, dauert es Jahre, bis es soweit ist. Oder es passiert nie!“

„Jo, das könnte sein.“

„Was würdest DU tun?“ Anna stupste ihm mit dem Zeigefinger an die Brust.

„Ich?“ Erik lachte. „Ich würde Claus Jürgen langmachen, aber sowas von!“

„Echt?“

Er nickte. „Volle Lotte auf die Zwölf.“ Schmunzelnd fuhr er fort: „Und wenn später das eintritt, was dein Ex und Robert am Montag so mega geistreich prophezeit haben, und Storm Energie tatsächlich Probleme bekommt, dann würde ich mir bis ans Lebensende in meinen unbeherrschten Hintern beißen und mich darüber ärgern, dass ich nicht auf meinen Knappen gehört habe.“

Er seufzte. „Ich gebe es nur äußerst ungern zu, Anna, aber Robert Wieck ist ein heller Kopf. Er hat eine Menge Ahnung von dem ganzen Wirtschaftskram.“

„Also tue ich erstmal nichts“, resümierte Anna und schnaufte frustriert. „Ich weiß nicht, ob ich Paps so entgegentreten kann.“

„Es muss ja nicht heute sein. Beweg du man erstmal die Optionen und besonders die Zusage der Kunsthochschule in deinem Herzen.“ Sanft tippte Erik auf eine Stelle kurz unter ihrem linken Schlüsselbein. „Hey, die Experten wollten dich. Genieße das Gefühl! Und nebenbei: Dein Ex hat nicht ganz Unrecht. Innere Größe kann sehr befriedigend sein. Zu wissen, man könnte, aber man tut es nicht, weil man klüger ist als ein absagenverteilender Honk, hat doch was für sich, findest du nicht?“

Das Augustblau seiner Augen leuchtete auf Anna herab und füllte ihr Inneres mit sommerlicher Leichtigkeit. Auf einmal war alles nur noch halb so schlimm. Sie würde das hinbekommen.

„Ja, das hat was“, bestätigte sie mit belegter Stimme. „Besonders der Honk.“

Das Augustblau lachte und wirbelte Eriks Sommersprossen über sein Gesicht.

Wow. Wie macht er das bloß? Das konnte Kunibert schon als Kind.

Herrlich vertraute Zuneigung flutete ihr Herz, aber da war noch mehr.

Es ist anders als damals.

Anna horchte in sich hinein und schaute gebannt zu ihm auf.

Ihr Ritter war nicht nur groß geworden, er war erwachsen. Und er vermittelte ihr Sicherheit und Geborgenheit in einem Maße, das sie nicht für möglich gehalten hätte.

Bei ihm kann mir nichts passieren.

Glück ließ Annas Herz überlaufen, woraufhin das Augustblau noch intensiver strahlte.

Ich bin so froh, dass er bei mir ist!

Liebe schimmerte in den Augen ihres Ritters und plötzlich wusste Anna nicht mehr, ob das seine oder ihre Gefühle waren.

Eriks Lächeln wurde zärtlich, sein Gesicht kam langsam näher.

Ob seine Lippen so weich sind, wie sie aussehen?

Sie sollte sie kosten. Ein verboten heißes Kribbeln schoss in Annas Bauch. Sie schloss die Augen.

Es war Wochen her, dass sie jemanden geküsst hatte. Ungebeten huschte Ex-Olli durch ihre Gedanken, gefolgt von einem souveränen Aufsichtsrat im Smoking. Beide wurden von Klein-Kunibert mit einem Holzschwert traktiert.

Anna riss die Augen wieder auf.

Oah nee!

Erik hielt inne, was der Robert in Annas Kopf sofort ausnutzte, um spielerisch zum Gegenangriff auf den Knirpsritter überzugehen. Dabei folgte ihm Ex-Olli mit äußerst trauriger Miene.

Anna wurde schwummerig. Eriks Gesicht war ganz nah, so dass sie seinen Atem auf ihren Wangen spüren konnte. Es stand außer Frage, was sein Ziel war.

Will ich das?

Ihre Knie wurden zu Pudding.

Will ich ihn?

Oder Robert?

Anna wusste es nicht. Sie wusste gar nichts mehr.

Hektisch suchte sie nach einem Ausweg. Ihr Blick zuckte über die sommersprossige Haut vor ihrer Nase, welche heute mit jeder Menge drei Millimeter langen, blonden Bartstoppeln durchsetzt war.

„Rasierst du dich nicht mehr?“, krächzte Anna unbeholfen. Beim Picknick an der Mole war da nicht mal ein Hauch Stoppel gewesen.

Enttäuschung bewölkte Eriks Miene. „Das wird ein Bart.“

Noch immer war er nah. Furchtbar himmlisch nah! Anna konnte kaum atmen.

„Warum?“

„Männer tragen Bärte“, seufzte Erik und wich ein Stückchen zurück. „Aktuell ist das modisch angesagt. Ich dachte, ich probiere es mal aus.“

Männer tragen Bärte, echote es durch Annas Geist. Das Wort «Männer» hatte er besonders betont.

Oje, er will älter wirken!

Seine Sehnsucht drehte ihr Herz durch die Mangel und das Augustblau erlosch. Anna fröstelte.

Bitte, ich will das Strahlen zurück.

Sie hatte keinen Schimmer, was sie tun sollte, blöderweise plapperte ihr Mund bereits drauflos: „Piekst das nicht …?“

«Beim Küssen» konnte sie gerade noch aus der Frage streichen.

Boa. Ich bin so … ahhhh!

„Och, nicht mehr lange“, erwiderte Erik. Verwunderung furchte seine Stirn. „Ich habe mich Donnerstag das letzte Mal rasiert, langsam werden die Barthaare weicher.“

Von Annas Zunge rollte ein überfordertes „Aha“.

Alter Schwede! Was stammle ich mir da zusammen?

„Doch, wirklich“, bekräftigte er.

Schweigen im Wettergottatelier.

Er sah sie an und sie ihn, während sich die Stille um die beiden kaugummimäßig ausdehnte.

Jede Zelle in Anna zog es zum Ritter. Sie brauchte seine sommerliche Leichtigkeit, um weiteratmen zu können. Dennoch stand sie regungslos vor ihm, erstarrt wie ein Kaninchen vor einer Schlange.

Die Schlange grinste. „Kannst ja mal fühlen.“

Hä?

In Annas Kopf herrschte neblige Leere.

„Na, meinen Bart.“ Zögerlich griff Erik nach ihrer Hand und legte sie auf seine Wange.

Warm, stoppelig, männlich, markant.

Die Berührung schickte einen erlösenden Schauer durch Annas Hand, der verführerisch ihren Arm hinaufkribbelte.

Herrlich!

Davon könnte sie mehr vertragen.

„Nächste Woche sind die Haare lang genug, um weich zu sein“, erklärte er.

Anna nickte. „Ach so.“

Ihre Antwort war kaum ein Flüstern, doch mehr bekam sie nicht raus.

Noch immer hielt Erik ihre Hand an seine Wange. Nun grinste er spitzbübisch. „Dreitagebärte sehen zwar cool aus, aber auf zarter Frauenhaut sollen sie sich wie ein Kaktus anfühlen.“

Prompt schob sich Roberts Gesicht in Annas Gedanken. Würden dessen gepflegte Stoppeln beim Küssen piksen?

Das kann ich mir nicht vorstellen.

Daraufhin tanzte ein neugieriges Vibrieren durch ihre Mitte und forderte umgehende Umsetzung.

Ahh! Ich bin echt unmöglich.

Ihr Gehirn fuhr Karussell, sie sollte schleunigst aussteigen.

Anna räusperte sich.

„Wie ein Kaktus? Wer sagt das?"

„Meine nervige große Schwester." Erik lachte. „Aber die war schon immer ein Prinzessinnenweichei, oder?"

„Öhm. Ja."

„Im Gegensatz zu gewissen Knappen bin ich lieber ein Gentleman", erklärte Erik und ließ ihre Hand sinken.

Sofort vermisste Anna die stoppelige Wärme.

Ihr Ritter zwinkerte. „Außerdem sieht man einen Dreitagebart bei meinen blonden Haaren eh erst, wenn man so nah ist", seine Stimme wurde rau, „wie du jetzt."

Er schaute ihr prüfend in die Augen. Es fühlte sich an, als suche er in ihrer Seele nach einer Antwort auf die unausgesprochene Frage, ob er sie küssen durfte.

Anna konnte sich weder seinem Blick noch seinem Wunsch entziehen. In ihrem Hirn tobte Chaos, ihr Bauch wurde von Schmetterlingsschwärmen heimgesucht.

Was soll ich tun?

Erik schien seine Antwort gefunden zu haben, denn er nickte kaum merklich und brummte: „Und das setzt den Coolnessfaktor deutlich herab."

Stille, Bahnhof.

„Wie?"

„Na, der Dreitagebart." Erik drückte ihre Hand, bevor er sie losließ. „Der bringt nichts fürs Aussehen, wenn man so blond ist wie ich. Mann, Anna! Du stehst ja vollkommen auf dem Schlauch. Hast du heute überhaupt schon was gegessen?"

Sie schüttelte den Kopf.

„Denn ist es ja kein Wunder, dass du unterzuckert bist." Er nickte demonstrativ zum gekachelten Arbeitstisch. „Du futterst jetzt eine Runde Tomatensalat und ich führe dir das Ergebnis meiner praktischen Studien vor."

„Welche Studien?" Der Bahnhof in Annas Gedanken wurde größer.

Erik lachte. „Die von gestern Abend. Sie sind der Grund, warum ich mir heute erlaube zu schwänzen! Ich habe nämlich etwas für dich gebastelt."

Er bugsierte sie zum Tisch und holte eine aufgerollte Serviette mit Besteck sowie eine rote Tupperschüssel aus dem Jutebeutel. Beides drückte er ihr in die Hand. „Hier, iss! Ich bau das Teil eben zusammen."

„Aha."

Anna schaute auf die rote Schüssel und die hellgrüne Serviettenrolle in ihren Händen und dann auf Erik, der in diesem Moment mit langen Schritten zur Tür ging. Nun, da die Kuss-Ja-Nein-Problematik vertagt war, knurrte ihr Magen.

Er hat recht, ich muss was essen.

Schulterzuckend zog sie Gabel und Löffel aus der Rolle und öffnete die Tupperdose. Der würzige Duft von Beates Tomatensalat ließ Anna das Wasser im Mund zusammenlaufen.

Lecker!

Sie schob sich einen Löffel klein gewürfelten Salat in den Mund und kaute genüsslich, wobei sich das Aroma von sonnengereiften Tomaten, frischen Kräutern und scharfen Zwiebeln sowie einem wohldosierten Spritzer gutem Balsamico auf ihrer Zunge ausbreitete.

Boa, ist der gut!

Plötzlich war sie wieder sechzehn und saß bei Familie Niehuus zum Grillen im Garten.

Diesen Salat habe ich ewig nicht mehr gegessen.

Mit jedem weiteren Löffel fiel die Anspannung der letzten Minuten mehr und mehr von Anna ab. Sie atmete auf.

Währenddessen rumorte Erik hinter der Tür. Ab und an erklang ein metallisches Klirren und danach schnarrte es, als würde er etwas mit einem Ratschenschraubendreher festmachen.

Die Fragezeichen in Annas Kopf wurden immer größer, aber noch war Tomatensalat in der Schüssel.

Erst futtern, dann gucken.

Sie grinste und aß weiter.

Kurz darauf öffnete sich die Tür und ein langes Etwas mit kurzen Beinen schwebte in den Raum.

„Ich nenne es ein Trittbankpodest", verkündete Erik und trug das 1,5 Meter lange, 60 Zentimeter tiefe und 30 Zentimeter hohe Bankdings zu Anna. Stolz klopfte er auf die Planken.

„Ich habe einen alten Anhänger recycelt. Das Material ist Aluminium und damit leicht und robust. Du kannst das Podest problemlos zu einer der großen Leinwände tragen, wenn du oben nicht ankommst."

Staunend stellte Anna die fast leere Tupperschüssel hinter sich. „Das ist ja der Hammer! Hundert Mal besser als ein Tritt oder Hocker. Mit denen kann ich bloß auf der Stelle malen!"

„Jetzt kannst du spazieren gehen. Zumindest ein kleines Stückchen." Erik grinste. Für einen Moment taxierte er sie und fügte hinzu: „Falls die Höhe bei den ganz großen Formaten nicht reichen sollte, kann ich dir zwei Unterlegfüße dazu bauen. Aber vorher muss ich mir Gedanken wegen der Sicherheit machen, damit die

Konstruktion nicht wegrutschen kann. Und falls wir zu hoch kommen, bräuchten wir außerdem eine Art Geländer. Nicht, dass du mir da am Ende runterfällst."

„Du bist unglaublich!" Anna strahlte ihren Ritter an. „Genauso ein Teil habe ich gebraucht. Klar, mit einem Tritt ginge es auch, aber da wäre ich immer so eingeschränkt. Nun kann ich richtig dráuflos malen!"

„So war mein Plan." Erik lächelte sie innig an. Das Augustblau leuchtete wieder in seinen Augen und ließ Annas Herz schneller schlagen. „Über den Transport der Leinwände habe ich mir ebenfalls Gedanken gemacht."

Er warf einen Blick zur Decke. „Ich könnte dir da oben ein Schienensystem mit Flaschenzug montieren, aber vorher muss ich noch gucken, ob die Bausubstanz dafür stabil genug ist."

„Was denn?", stichelte Anna und setzte eine enttäuschte Miene auf. „Du willst nicht persönlich zum Schleppen längskommen?"

„Ähh …" Der Ritter kratzte sich am Hinterkopf. „Doch, natürlich." Er beäugte die Decke betont skeptisch und zwinkerte ihr zu. „Wenn ich es recht bedenke, würden die Anker da ohnehin nicht halten."

Anna nickte. „Ja, das glaube ich auch."

Warmes Glück gesellte sich zum Tomatensalat in ihrem Bauch. Sie betrachtete den Weltuntergangssturm mit den verlogenen Claus Jürgens auf dem Boot darunter und hatte den Eindruck, dass das Bild verblasste.

Ist das wirklich alles so wichtig?

Nein. Für einen befreiten Moment spürte Anna, dass es das nicht war.

Vielleicht ist Abwarten ja doch eine Option …

Sie beschloss, das Gefühl einfach mal wirken zu lassen.

Heldendemontage

Annas Gelassenheit in Bezug auf ihren lebenstraum-abwürgenden Vater war für den Rest des Tages ungefähr so beständig wie das Wetter im April. Sie hatte keine Ahnung, was es mit ihr machen würde, wenn sie ihm persönlich in die Augen sah. Würde es ihr gelingen, ruhig zu bleiben? Auf keinen Fall wollte sie das in Gegenwart der Großinvestoren ausprobieren und sagte ihre Teilnahme an der Sitzung am Donnerstag ab.

Olli hatte dafür Verständnis. Er besuchte Anna am Mittwochabend in ihrer Dachgeschosswohnung und ließ sich von ihr am Notebook die Datenauswertungen und deren Handhabung erklären. Erstaunlicherweise machte seine Katzenhaarallergie keine nennenswerten Probleme und das, obwohl Carlo die Wohnung nicht einmal verlassen hatte.

Langsam dämmerte Anna, dass Ex-Olli wohl weniger gegen die Vierbeiner als viel mehr gegen kleine, buntgestrichene Wohnungen mit Dachschrägen allergisch war. Sie überlegte, ihren Ex zu den Claus Jürgens auf das Weltuntergangsboot zu verbannen, doch sein Verhalten an diesem Abend war so wertschätzend und anerkennend, dass sie vorerst davon absah. Er hörte ihr mit echtem Interesse zu und ließ sich sogar die

Bedienung der Pivot-Tabellen im Detail erklären.

Schließlich lächelte er Anna zufrieden an. „Klasse! Jetzt kann nichts mehr schiefgehen. Vielen Dank für deine Unterstützung. Ohne dich würde ich bei der Sitzung nicht so gut dastehen."

„Gern geschehen." Anna lächelte zurück. „Falls doch noch Fragen aufkommen, ruf mich einfach an. Dann logge ich mich von hier aus ein und sehe, was ich tun kann."

„So machen wir es", freute sich Olli. „Ich finde es trotzdem schade, dass du morgen nicht dabei sein wirst, auch wenn ich dich selbstverständlich verstehen kann."

Das meint er wirklich so.

Eine angenehme Wärme breitete sich in Annas Herz aus.

Warum ist er nicht von Anfang an so mit mir umgegangen?

Olli schenkte ihr einen mitfühlenden Blick. „Hast du schon mit deiner Mutter gesprochen?"

Annas Herz stolperte und ihr Magen drehte sich um.

„Über die gefälschte Absage?"

Olli nickte.

„Nein." Sie schüttelte den Kopf. „Wenn ich das tue, kann ich meinem Vater gleich stecken, dass ich Bescheid weiß."

„Warum? Angelika ist doch keine Plaudertasche."

Anna seufzte. „Das nicht, aber wenn sie ansatzweise so empört ist wie ich, dreht sie ihrem Gatten den Hals um. Täte sie das nicht, wäre ich enttäuscht, was auch nicht besser ist."

Sie holte tief Luft. „Ach, Olli! Ich habe keinen Schimmer, wie ich damit umgehen soll, ja, umgehen KANN. Es war so schwer, mich nicht bei Mama auszuheulen und sie um Rat zu fragen!"

Kleinlaut fügte sie hinzu: „Meine Mutter hat mich angerufen, als sie hörte, dass ich krank sei. Ich habe ihr was vorgeflunkert und musste mir permanent auf die Zunge beißen, um ihr nichts von meinem Tresorfund zu erzählen. Das war voll mies."

„Das glaube ich."

Aufmunternd drückte Olli ihren Arm. Seine Berührung fühlte sich vertraut und trotzdem neu an.

Anna unterdrückte ein Schaudern. „Mama hat natürlich gemerkt, dass was nicht stimmt. Aus lauter Verzweiflung, und um sie abzulenken, habe ich dann nach Paps Verhandlungen mit dem Offshoreanlagen-Hersteller gefragt."

„Und?" Olli grinste. „Hat es funktioniert?"

„Einigermaßen", brummte Anna. „Aber bloß, weil es bei Paps in Berlin offenbar nicht gerade rosig lief. Was war da eigentlich los? Ich dachte, er wäre so dicke mit dem Herrn Jürs."

„Herr Jürs war krank", erklärte Olli und verzog seinen Mund. „Stattdessen haben sie Frau Martje geschickt und laut Claus Jürgen hatte die Haare auf den Zähnen."

„Na und?" Anna zuckte mit den Schultern. „Wenn es danach geht, hat Paps einen Vollbart auf seiner Kauleiste. Er ist der Letzte, der sich die Butter vom Brot nehmen lässt."

„So kann man es auch ausdrücken." Ein freudloses Lächeln huschte über das Gesicht ihres Ex-Verlobten. „Dein Vater sagt, die Chemie hätte nicht gepasst."

Anna runzelte die Stirn. Olli klang so, als hätte er eine andere Meinung dazu.

Nanu?

Vor einem halben Jahr hätte sie seinen Kommentar so stehen lassen, aber jetzt nicht mehr. Sie sah Olli fest in die Augen. „Was soll das heißen?"

Verwundert hob er eine Braue, antwortete jedoch: „Ich glaube nicht, dass die «Chemie» das Problem war …“, er zögerte, „… sondern … vielmehr das Geschlecht der Verhandlungspartnerin.“

„Bitte?!“

„Wach auf, Anna!“ Olli bedachte sie mit einem mitleidigen Blick. „Hast du das noch immer nicht durchschaut?“

Hä?

Verwirrt starrte sie ihn an. „Was denn?“

„Dein Vater ist ein Chauvinist. Er nimmt Frauen nicht ernst. Er glaubt, dass er ihnen so überlegen ist, dass er sie locker über den Tisch ziehen kann. Ist dir das nie aufgefallen?“

„Was? Nein! Das ist Quatsch“, protestierte Anna.

Ja, ihr Vater hatte seine Ecken und Kanten und ganz bestimmt auch jede Menge Macken, aber die hatte doch jeder! Claus Jürgen war ein angesehener Geschäftsmann. Er zog niemanden über den Tisch. Er holte lediglich das Beste für Storm Energie heraus, um das Unternehmen nach vorn zu bringen. Als Chef eines mittelständischen Unternehmens konnte man es eben nicht allen Recht machen, wenn man das Wohl der Firma verfolgen musste.

Oder nicht?

Anna musste an die Kündigungen der beiden Wartungstechniker denken. Die hielt sie für falsch, aber jeder machte mal Fehler.

Und was ist mit dem Betriebsrat, den mein Vater anscheinend seit Jahren gezielt verhindert? Laut Olli hat er den Leuten sogar gedroht!

Das war moralisch bedenklich. So etwas hätte sie ihrem Vater vor einem halben Jahr im Leben nicht zugetraut.

Nein, Paps war für mich immer einer von den Guten.

Sie hatte stets zu ihm aufgesehen. Er war ihr Held gewesen und nun bekam sein makelloses Image hässliche Risse.

Kann Olli recht haben? Ist mein Vater ein Chauvinist?

Anna schluckte. Erinnerungen wirbelten durch ihren Kopf und sortierten sich wie von Zauberhand zu einem neuen Bild zusammen.

David war Paps' Kronprinz. Als mein Bruder im Süden blieb, war ich nicht die zweite Wahl, sondern lediglich ein Faustpfand.

Konnte das angehen?

Anna wurde kalt.

Mein Abschluss war besser als der von David, aber ich sitze seit zehn Jahren in meinem Controllingbüro und arbeite anderen zu oder suche mir selbst Aufgaben.

Paps hat mir nie einen eigenen Bereich übertragen. Offensichtlich war das irrelevant für ihn. Er hat mich hier in der Firma geparkt wie ein Auto, das er nicht wirklich braucht!

Ihr Hals wurde eng.

Ich war bloß sein Notnagel. Fürs Catering oder für Geburtstagskarten.

«Frauen haben in Männerberufen nichts zu suchen!», das hatte er ihr erst im Frühjahr an den Kopf geworfen.

Pah! Controlling – ein Männerberuf? Das kann nicht sein Ernst sein!

Traurige Gewissheit wuchs in Annas Bauch. Wäre David bei Storm Energie geblieben, säße er längst neben ihrem Vater in der Chefetage.

Und für mich gibt es nur das Abstellgleis. Dabei bin ich gut in meinem Job! Robert sagt das immer wieder und jetzt auch Olli.

Plötzlich erinnerte sie sich an das Erstaunen in Claus

Jürgens Blick, nachdem sie in der Gegenwart von ihm, Olli und Robert die Daten über die Altersstruktur der Firma analysiert hatte.

So eine Auswertung hat er mir gar nicht zugetraut. Verdammt! Warum sieht mein Vater mich nicht?

Anna bebte. Zorn wucherte über die Gewissheit.

Paps ist kein Held! Er ist ein Arsch.

„Na", brummte Olli und drückte abermals sanft ihren Arm. „Glaubst du mir doch?"

„Ja." Sie ballte ihre Fäuste und flüsterte: „Wie konnte mir das bloß entgehen?"

„Ach, Anna, wir Menschen stellen unsere Eltern nicht in Frage."

Na ganz toll! Sie kam sich wie eine Idiotin vor. *Vielleicht hat Paps ja recht und ich bin einfach blöd.*

Tränen stiegen in ihr auf.

„Nicht!" Olli lächelte schief und versuchte es mit einer holzklotzigen Aufmunterung: „Evolutionär betrachtet mag es sogar sinnvoll sein, dass wir die Lebenseinstellung unserer Eltern als richtig ansehen, denn immerhin haben sie so lange überlebt, um Nachwuchs produzieren zu können. Also können deren Ansichten ja nicht ganz verkehrt gewesen sein."

Anna erinnerte sich dunkel, dass sie und Olli einmal gemeinsam einen entsprechenden Bericht im Fernsehen gesehen hatten. Staunend hatte sie damals die Praxisbeispiele verfolgt und sich gewundert, wie die Menschen so blind sein konnten.

Ha! Die Theorie fand ich logisch. Trotzdem habe ich für mich keine Schlüsse daraus gezogen. Alter Schwede, offensichtlich stimmt der Kram!

Olli lächelte schief. „Um das Verhalten unserer «Erzeuger» zu hinterfragen, benötigen wir andere Leute. So brauchte ich DICH, um zu erkennen, dass es mich nicht glücklich macht, mein Leben auf meinen Kontostand und den beruflichen Erfolg zu reduzieren. Nach diesem Grundsatz leben meine Eltern. Ich dachte, sie hätten recht damit, aber du hast mir gezeigt, dass es so viel mehr gibt, was wichtiger ist."

Aufgewühlt griff er nach ihrer Hand. „Deswegen wollte ich dich heiraten: mit DIR wollte ich die Welt neu entdecken." Seine Lippen standen still, doch seine Augen sagten: „Das möchte ich noch immer."

Anna zitterte.

Claus Jürgens Heldenstatue lag zusammengebrochen vor ihren Füßen und ihr Ex-Verlobter kniete in den Trümmern und machte ihr eine Liebeserklärung. Oder war das schon ein zweiter Antrag?

Was erwartet er? Was soll ich tun?

Anna wurde alles zu viel. Wut, Trauer, Sehnsucht: Ihr Herz war voll mit widersprüchlichen Emotionen, die von einer seltsamen Leere aufgefressen wurden. Sie wollte hier raus, aber sie konnte nicht.

Wohin auch? Ich wohne hier!

„Anna …", hob Olli behutsam an und drückte ihre Hand. „Ich …"

Pling!

Das Smartphone neben dem Notebook vibrierte.

Das ist meins.

Anna löste sich aus ihrer Starre. Sie drückte entschuldigend Ollis Hand, entzog ihm dann die ihre und griff nach dem Handy.

„Vielleicht ist Mama das", murmelte sie betäubt. „Da sollte ich mal eben …"

Doch es war nicht Angelika, es war Erik.

Der Gedanke an ihren Ritter vertrieb die finstere Leere aus Annas Herz und brachte die Sonne zurück.

Ein Licht im nachtschwarzen Dunkel.

Erleichtert atmete sie auf und öffnete das Chatprogramm.

21:53

Erik:

Moin, Elfenprinzesin!

Das habe ich heute Mittag ganz vergessen :

Fiete hat schon wieder alle Bilder verkauft. Hast Du vielleicht noch ein paar Zeichnungen für uns? Um neue Rahmen brauchst Du Dich nicht zu kümmern, die besorge ich, damit Du mehr Zeit zum Malen hast.

Seine Worte wärmten Annas Seele. Plötzlich fühlte sie sich weder dumm noch überflüssig.

Erik ist mein Retter in der Not! Eben ein echter Ritter. Hihi.

Die Leichtigkeit war zurück. Grinsend tippte Anna:

21:53

Anna:

Noch nicht, aber da ich morgen nicht zur Arbeit fahre, habe ich Zeit.
Spätestens am Samstag bring ich sie Euch längs, einverstanden?

21:54

Erik:

Perfekt! Du bist die Beste!

Als Anna wieder aufsah, runzelte Ex-Olli seine Stirn. „Das war nicht deine Mutter, oder? So, wie du strahlst, muss es Wieck gewesen sein.“

„Nein, das war Erik“, stellte Anna richtig.

„Der Praktikant?“ Olli schaute ihr skeptisch ins Gesicht. „Was läuft da eigentlich bei euch dreien?“

„Nichts.“ Beim Gedanken an Robert vertiefte sich ihr Grinsen. „Wir mögen uns. Das ist alles.“

„Mögen? Soso!“, schnaubte Ex-Olli. „Und wen von den beiden wirst du heiraten?“

Schweigen.

„Keine Ahnung.“

Genau das war ja Annas Problem. Sie mochte beide viel zu gern, um sich für einen ihrer Jungs entscheiden zu können.

Selbstbewusst reckte sie ihrem Ex das Kinn entgegen. „Außerdem, wer sagt, dass ich heiraten will? Bloß, weil mein Vater sich einen Thronfolger wünscht, lasse ich mich noch lange nicht wie ein treudoofes Schaf zum Traualtar führen.“

Anna verschränkte die Arme vor der Brust.

Nö! Das kann Paps voll vergessen. Und überhaupt! Warum setze ich mich nicht lieber selbst auf den Thron?

Die Vorstellung fühlte sich gut an.

Oha! Der Größenwahn lässt grüßen.

Leider würde das nicht passieren. Anna war eine Frau und deswegen würde Claus Jürgen es ums Verrecken nicht zulassen.

Würde er Führungspotenzial in mir sehen, hätte er mich nicht ins Controlling abgeschoben und mir keinen Geschäftsführer als Verlobten besorgt.

Die Wut richtete sich in ihrem Bauch häuslich ein.

Verflixt! Warum hat mein Vater bloß die Aktienmehrheit?

Dieses Problem war nicht lösbar, doch dafür wurde Anna eines nun endlich klar: Sie wollte das Unternehmen nicht verlassen, sondern es mitgestalten. Sie wollte beweisen, was sie wert war. Ein Kunststudium war heute keine Option mehr und ihren chauvinistischen Vater wegen der gefälschten Absage langzumachen, würde sie nicht vorwärtsbringen.

Pah! Es würde mir nicht einmal Luft verschaffen, denn Paps hat noch ganz andere Leichen in seinem Keller.

Nein, sie musste Ruhe bewahren und sich bei Storm Energie positionieren. Ihr Vater würde nicht ewig den Vorstandsposten bekleiden können.

Noch sind mir die Schuhe drei Nummern zu groß, aber wenn ich mich anstrenge, werde ich bereit sein, wenn er sich zurückzieht. Und dann soll er sich ansehen, wozu seine TOCHTER fähig ist!

Was im Leben zählt …

Als Anna sich am Samstagvormittag mit neuen Skizzen auf den Weg zum Bootsausstatter machen wollte, regnete es in Strömen. Laut Wetterbericht würde es den ganzen Tag so weitergehen, also verpackte Anna ihre Mappe sorgfältig in einer Plastiktüte und schnappte sich einen Regenschirm.

Die Straße am Hafen war menschenleer. Schwere Tropfen prasselten auf den gespannten Stoff über Annas Kopf und der Wind trieb das Wasser unten gegen die rechte Seite ihrer Jacke und gegen ihre Jeans.

Boa, was für ein Schietwetter! Da jagt man nicht mal einen Hund vor die Tür.

Der Regen tanzte auf den kleinen Wellen im Hafenbecken und verlieh ihnen eine selten matte Oberfläche.

Interessant.

Es tropfte in langen Fäden von den Zweigen der Büsche und Bäume und ließ deren neue Blätter noch frischer wirken. Die Luft war rein und frei von Staub und Pollen.

Anna atmete tief durch. Es war zwar nass, aber nicht kalt. Leise Freude plätscherte in ihr Herz.

Irgendwie hat das Wetter was. Es riecht nach Aufbruch.

Sobald der Mai in der nächsten Woche mit der Sonne zurückkäme, würde alles wie verrückt wachsen. Anna stellte sich vor, dass sich Blüten und Blätter im Zeitraffer entfalteten. Ja, im Frühling erwachte die Natur mit Macht.

Ich liebe diese Jahreszeit. Alles ist so üppig, so bunt, so voller Farben!

Übermütig kippte sie den Regenschirm nach hinten und ließ sich ein paar Tropfen auf die Nase fallen.

Ach, herrlich!

Das Wasser rann über ihr Gesicht den Hals hinunter und kitzelte sie am Dekolleté. Kichernd versteckte sie sich wieder unter dem Schirm und hüpfte über die Pfützen, die sich zu Hauf auf dem roten Backsteinpflaster des Bürgersteiges gebildet hatten. Sie fühlte sich so lebendig wie schon lange nicht mehr.

Schade, dass ich keine Gummistiefel anhabe.

Ihr Verstand mahnte sie zur Ordnung. Sie sollte lieber aufpassen. Nicht, dass ihre Zeichnungen noch nass wurden.

Kurz darauf bimmelte die Messingglocke von Fietes Bootsausrüstung über Annas Kopf und machte ihr Wohlgefühl perfekt. Davon abgesehen war sie pitschnass und tropfte wie einer der ausschlagenden Büsche da draußen.

„Nee, mien Deern, keins mehr da“, hörte sie Fiete an der Kasse sagen. „Ich wurde beetgekauft.“

Oha! Der Seebär hat Kundschaft.

Anna blieb auf der Fußmatte stehen und sah sich um. Wenn sie dem alten Brummelkopf nicht alles nass machen wollte, sollte sie Schirm und Jacke besser nicht quer durch den Laden schleppen.

„Oh, wie schade“, antwortete eine junge Frau. „Eine

Nachbarin hat meiner Mutter von den Motiven vorgeschwärmt. Zu Recht, wie ich sehe."

„Jo", brummte Fiete. „Aber das da ist unverkäuflich."

Reden sie über meine Bilder?

Anna klappte ihren Schirm zusammen und stellte ihn in den Messingständer neben dem Eingang.

„Natürlich!", bestätigte die Kundin lachend. „Das sind unverkennbar Sie, Herr Sievers! Das muss hierbleiben."

Hmm. Die Stimme kommt mir irgendwie bekannt vor.

„Eben." Der Alte schmatzte an seiner Pfeife. „Nachschub ist geordert. Bis wann brauchst du das Bild?"

„Bis morgen", erklärte die Frau.

„Denn bist du ja früh dran, Mädchen", grunzte Fiete.

„Ja, meine Mutter hat Jaro und mich spontan zum Essen eingeladen. Ich wollte ihr eine kleine Freude machen."

Anna zog ihre Jacke aus und hängte sie provisorisch an den Türgriff hinter sich.

„Klein?", knurrte der Seebär. „So ein Bild kostet 100 Euro."

„Das macht nichts", erwiderte die Kundin mit einer seltsamen Melancholie in der Stimme. „Das Leben ist so kurz. Und wer weiß, was kommt? Wenn ich meiner Mutter schon mal etwas Gutes tun kann, dann muss ich das auch machen, finden Sie nicht, Herr Sievers?"

„Doch, doch", murrte Fiete fast schon versöhnlich.

Die Frau muss er echt mögen!, dachte Anna. Grinsend trat sie in den Laden hinein, so dass sie um die Mauer herum zum Kassentresen schauen konnte. „Moin!"

„Moin, Anna!", begrüßte der Alte sie und kratzte sich mit der Pfeife unter der Schiffermütze. „Du kommst gerade richtig. Hast du …?"

Anna hielt die Tüte hoch. „Ich habe!"

„Na, denn ist ja gut“, seufzte Fiete und wandte sich wieder an seine Kundin. „Nachschub ist eingetroffen.“

Das Gesicht der jungen Frau erinnerte Anna an die Prinzessin Victoria von Schweden, bloß dass die langen Haare fehlten und die Frau leicht ausgemergelt wirkte.

Moment! Mit ihr bin ich doch zur Schule gegangen, oder nicht?

In den Augen der Kundin flackerte ebenfalls Erkenntnis. „Anna? Anna Storm?“ Sie lachte. „Na, das hätte ich mir ja eigentlich denken können, dass DU die Elfenprinzessin bist!“

„Und du bist …“, Anna kramte hektisch in ihrem Gedächtnis nach dem Namen, „Vici, richtig? Victoria Abendrot?“

Sie nickte lächelnd.

Vici war nur drei oder vier Jahrgänge unter Anna gewesen, sah aber immer noch aus wie Anfang zwanzig. *Meine Güte! Sie muss auch bald dreißig sein.*

Ob das an der frechen Kurzhaarfrisur liegt, die sie heute trägt?

Vici hatte einen zehn Jahre älteren Professor geheiratet. Es hatte eine Riesenhochzeit in Kiel gegeben, was wochenlang DAS Thema in Glückstadt gewesen war. Dafür hatte die hochzufriedene Brautmutter gesorgt.

Egal.

Anna grinste. „Was für ein Motiv suchst du denn für deine Mutter?“

„Ich weiß nicht genau.“ Vici zuckte mit den Schultern. „Ich weiß nur, dass sie eines deiner Bild bei ihrer Nachbarin gesehen hat und ganz begeistert war.“

Fiete schob einen Stapel Kataloge zur Seite und klopfte mit seiner Pfeife auffordernd auf den Tresen.

„Das freut mich.“ Stolz öffnete Anna die Tüte und holte ihre Mappe hervor. „Heute habe ich zwei Skizzen vom Leuchtturm beim Fähranleger dabei und ein paar Segelboote."

Sie breitete die Bilder nebeneinander aus.

„Ohauaha!" Fiete deutete auf die Versuchsskizze für Annas Weltuntergangssegeljacht.

Sie zuckte mit den Schultern. „Kann ja nicht immer nur die Sonne scheinen, oder?"

„Nee." In den Augen des alten Mannes glänzte Mitgefühl. „Sturm muss auch mal sein. Danach ist die Luft besser."

Offensichtlich hatte Erik seinem Opa von ihrer Zusagen-Absagen-Misere erzählt.

„So ist es." Anna lächelte den alten Seebären dankbar an.

„Die sind alle toll!" Vici ließ ihren Blick über die Skizzen schweifen. „Sehr ausdrucksstark. Das gefällt mir."

„Dankeschön", freute sich Anna. „Wenn ich Papier und Stift dabei hätte, könnte ich dir auch was Individuelles zeichnen. Aber ..."

„Material ist da", brummte Fiete. Er langte unter seinen Tresen und legte einen Block hochwertiges Zeichenpapier sowie eine Schachtel mit Bleistiften unterschiedlicher Härten neben die Skizzen. „Hat dein Ritter angeschleppt."

„Ritter?" Vici hob die Brauen.

„Ritter Kunibert", erklärte Anna. „Als er klein war, hat er Drachen getötet."

Vici schmunzelte: „Drachen? Oha!"

„Jede Menge", bestätigte Anna zwinkernd. „Er hat mich vor ihnen gerettet. Ich war die Elfenprinzessin."

„Ah! Deswegen deine Signatur."

„Genau." Anna lächelte, warmes Glück füllte ihren Bauch und vertrieb die Kälte, die nun langsam durch ihre nassen Hosenbeine kriechen wollte. „Jedenfalls darfst du dir was wünschen, wenn du möchtest. Vielleicht bekomme ich es ja hin."

„Wow. Das wäre toll." Vici grinste. „Dann kann meine Mutter richtig vor ihrer Nachbarin angeben."

„Frauenslüüd!", murrte Fiete und schüttelte seinen Kopf.

„Jo!" Anna lachte. „Nicht nur Männer können höher, schneller, weiter. Wir Mädels brauchen allerdings keine Autos oder Jachten dafür."

„Na denn ...", brummte der Seebär gutmütig. „Geht man in die Werkstatt."

„Ist Erik nicht da?" Enttäuschung sickerte in ihr Herz.

„Nee. Der fummelt auf Hinnerks Boot am Motor rum."

Schade.

Anna beschloss, sich Zeit mit der Skizze zu lassen. Vielleicht bekam sie ihren Ritter dann doch noch zu Gesicht.

Sie schnappte sich Papier und Stifte. „Okay. Komm mit, Vici. Hast du schon eine Idee?"

Kurz darauf stand Anna vor dem Zeichenblock an Eriks Werkbank und holte die Bleistifte aus der Schachtel.

Mein Ritter hat auf Qualität geachtet. Guter Mann!

Neugierig sah sie zu ihrer alten Schulkameradin auf. „So, Frau Abendrot, was darf es für die Frau Mama sein?"

Vici guckte zur Balkendecke und tippte sich an die Schläfe. „Gar nicht so einfach ... Hmm. Vielleicht was aus meiner Kindheit?"

„Oh ja!" Anna langte nach dem HB-Bleistift. „Leg los."

„Max und ich, wir haben es geliebt, uns bei Sturm auf

den Deich zu stellen."

Victoria lächelte, ein verträumter Ausdruck huschte über ihr Gesicht und machte ihre Miene weich. „Wir haben die Arme ausgebreitet und uns gegen den Wind fallen lassen. Manchmal hat er uns sogar getragen. Das ist fast wie fliegen." Sie schaute Anna an. „Weißt du, was ich meine?"

Die nickte eifrig. In ihrem Geist vermischten sich eigene Erfahrungen mit Vicis Beschreibung: Gummistiefel, Regen, aufgebauschte Kinderjacken und Lachen, das der Wind von den Mündern fortriss.

„Ja, das haben David und ich auch gemacht. Wo habt ihr gestanden?"

„Ungefähr da, wo früher das Sägewerk war. Ein Stückchen weiter Richtung Fähranleger." Vici zeigte Richtung Docke. „Max war auf unserer Schule. Erinnerst du dich an ihn? Er müsste einen Jahrgang unter dir gewesen sein."

„Stimmt." Ein Gesicht mit dunklen Augen und braunen Haaren flackerte undeutlich durch Annas Kopf. „Ich versuche mal was, einverstanden?"

„Prima."

Anna schloss die Augen und stellte sich vor, sie würde mit dem Rücken zur Elbe am Fuße des Deichs stehen und nach oben zur Kuppe schauen. Drei Schafe trotteten mit stoischer Ruhe durch den schräg fallenden Regen.

Auf einmal rieselte herrlich vertrauter Diamantstaub durch Annas Körper und schon erklommen zwei Kinder schnaufend und rennend den Deich. Gelbe Gummistiefel im sattgrünen Gras. Junge und Mädchen warfen sich lachend gegen den Sturm. Von hinten lugten die Dächer einiger Häuser über die Deichkrone und hoch oben am Himmel kreischte eine Möwe im Wind.

Perfekt!

Wenn sie keine Vorlage hatte, waren ihre Vorstellungen selten so greifbar wie heute, aber vermutlich lag das daran, dass sie und David selbst mehrfach dort gestanden hatten.

Und bestimmt gibt es irgendwo ein Foto davon.

Anna öffnete die Lider und ließ den Bleistift über das Papier sausen. Das angenehme Rieseln in ihrem Körper verstärkte sich.

Zeichnen ist das Größte!

Als sie die Umrisse grob fertig hatte, winkte sie Vici heran. „So in etwa?"

„Wow!" In den Augen der jungen Frau funkelte es begeistert. „Genau das hatte ich im Kopf!"

„Na, denn mache ich mal weiter", meinte Anna und wandte sich wieder dem Block zu.

„Meine Mutter wird stolz wie Bolle sein. So etwas hat sonst keiner."

Vici lehnte sich an die Werkbank und schmunzelte: „Ich fürchte bloß, meine Mum wird wirklich ohne Ende damit angeben."

„Ach, das schadet ja nicht."

Anna grinste und deutete die Gesichter der Kinder an. Vici war einfach, die stand gerade vor ihr. Aber Max?

Mit ihm hatte ich auch früher nichts zu tun.

Ihr Bleistift schwebte zögernd über dem Papier, bis plötzlich eine Schultüten-Zahnlückenerinnerung durch ihren Geist schoss.

Stimmt! An diesen Tag habe ich seit Jahren nicht mehr gedacht: Als Zweitklässler haben wir bei der Einschulung der ABC-Schützen gesungen. Und Max, der kleine Bagalut, hat dabei ständig in seine Schultüte gelinst.

Glückstadt war ein Dorf. Wenn man dasselbe Alter hatte, war es unmöglich, sich nicht über den Weg zu laufen.

Lächelnd ließ Anna den Stift über die Seite gleiten. Der Rest vom Bild malte sich fast von allein.

Als sie so gut wie fertig war, fragte Vici in die emsige Stille der Werkstatt hinein: „Wolltest du damals nicht Kunst studieren?“

Annas Magen fiel in ein Luftloch, das Rieseln in ihrem Körper erlosch.

„Doch“, antwortete sie und stockte. Das mit der Absage würde sie nie wieder erzählen, denn es war einfach falsch. Stolz hob sie den Kopf. „Mein Bruder ist bei seiner Freundin im Süden hängengeblieben. Ich wollte meinen Vater in der Firma unterstützen.“

Das ist zwar nur die halbe Wahrheit, aber wenigstens nicht gelogen.

„Eine wichtige Aufgabe. Storm Energie ist in aller Munde“, bestätigte Vici. „Seid ihr eigentlich schon am Thema Strom-Speicherung dran? Ich kenne da jemanden aus der Batterie-Branche …“

„Danke, Vici. Derzeit stecken wir bis über beide Ohren in unserem Offshore Projekt“, winkte Anna ab. Vor allem aber wollte sie sich erstmal schlaumachen, was die Ökobilanz anging. Batterien gehörten nicht gerade zur umweltschonenden Technologie.

„Verstehe.“ Vici lächelte zurück. „Melde dich einfach, falls ich Kontakt herstellen soll. Meine Daten stehen im Primanerbericht, sie sind aktuell.“

„Super. Das mache ich, wenn wir Bedarf haben.“ Anna nickte freundlich.

Äußerlich war ihre ehemalige Schulkameradin wirklich jung geblieben, doch irgendetwas an ihr wirkte deutlich älter.

Ob es daran liegt, dass ihr Mann bereits um die Vierzig ist?

Nachdenklich sah sie zu Vici auf. „Du, darf ich dich was fragen?“

Vici grinste. „Na klar! Was gibt es?“

„Also …“ Anna holte Luft. „Ich … du musst natürlich nicht antworten.“

„Geht es um Jaro?“

„Ja.“ Anna tat beschämt und hob ihre linke Hand vor die Augen. „Er ist zehn Jahre älter als du, oder?“

„So ungefähr.“ Vici schmunzelte. „Und du möchtest wissen, ob es Probleme mit dem Altersunterschied gibt, nicht wahr?“

Anna dachte an Robert. „Genau.“

„Für Jaro und mich spielt diese Differenz keine Rolle.“ Eine tiefe Zuneigung leuchtete in den Augen der jungen Frau auf. „Er liebt mich und ich liebe ihn. Es könnten auch hundert Jahre zwischen uns liegen – das ist irrelevant.“

„Echt?“ Anna runzelte die Stirn. „Und wie hat euer Umfeld auf eure Beziehung reagiert? Was haben deine Eltern gesagt?“

„Oje, die Frage!“ Vici verzog amüsiert ihr Gesicht. „Willst du das wirklich wissen?“

Anna nickte stumm.

„Okay. Als ich Jaro meiner Mutter vorgestellt habe, wollte sie, dass wir uns lieber heute als morgen trennen.“ Victoria schaute sie eindringlich an. „Von sowas darf man sich nicht bange machen lassen, Anna. Das gibt sich mit der Zeit. Heute lässt meine Mum jedenfalls nichts mehr auf ihren Schwiegersohn kommen.“

Anna krauste die Nase. „Und SEINE Familie?“

„Ach, seine Tanten sind richtige Drachen.“ Vici zwinkerte. „Ich glaube, einige von ihnen hätten mich anfangs am liebsten gefressen.“

Annas Augen wurden groß. „So schlimm?“

„Ja, tatsächlich." Vici lachte. „Mittlerweile wissen sie allerdings, was sie an mir haben. Ich staune selbst, aber heute werde ich von seiner Verwandtschaft sogar regelmäßig nach meiner Meinung gefragt."

Sie kicherte. „Und das Beste ist, dass sie meistens auf mich hören."

„Das klingt, als hätten sie dich akzeptiert." Anna atmete auf.

„So ist es. Ich gehöre nun zu Jaros Sippe. Manche seiner Leute mögen mich sogar."

Ihr Blick wurde weich und sie berührte Annas Schulter. „Weißt du, das Alter ist zweitrangig. Und das Umfeld, wie du es nennst, ist auch nicht wichtig. Was zählt, ist einzig die Verbindung zwischen euch. DIE muss stimmen. Solange es zwischen dir und ihm funktioniert, ist alles andere gleichgültig."

„Meinst du?", murmelte Anna. Sie war nicht überzeugt. *Paps sähe das garantiert anders.*

Vici nickte nachdrücklich. „Du kannst es der Welt eh nicht rechtmachen. Irgendwer wird sich immer von dir auf den Schlips getreten fühlen, besonders in deiner Position als Unternehmerstochter. Da schauen die Menschen gleich doppelt kritisch hin."

Oha. Verwundert hob Anna eine Braue. *Sie scheint zu wissen, wovon sie spricht. Ihr Professor muss Bedeutung in seinem Fach haben.*

„Wenn die Leute eh nörgeln", fuhr Vici fort, „kannst du es wenigstens DIR rechtmachen, findest du nicht?"

Zögerlich nickte Anna. Die Sichtweise gefiel ihr.

Es sollte mir egal sein, ob die Welt Robert für zu alt hält. Oder zu reich.

„Na also!" Vici schenkte ihr ein Lächeln und wirkte auf einmal deutlich entspannter. „Und? Du hast wieder jemanden gefunden?"

Das war keine Frage, sondern eine Feststellung.

„Wieder?“, echote Anna.

Moment, ich habe ihr gar nichts von meinem Liebesleben erzählt! Was weiß sie von mir?

„Ach“, seufzte Vici, „meine Mutter hat mir von deiner abgesagten Hochzeit berichtet.“ Sie setzte eine leidende Miene auf. „Giesela ist stets bestens informiert. Glaub mir, ich werde morgen mit mehr «Neuigkeiten»“, sie malte Gänsefüßchen in die Luft, „versorgt, als mir lieb ist. Die Gerüchte EINES Familienessens decken meinen Insider-Info-Bedarf bis ans Lebensende. Glückstadt ist … so …“ Sie zuckte hilflos mit den Schultern.

„… ein Dorf!“, vollendete Anna den Satz. Manchmal wurde es ihr in dieser Stadt fast zu eng.

„Ganz genau. Anonymität gibt es hier nicht. Erst recht nicht für euch Storms.“

So sah es wohl aus.

Leider.

Stille füllte die Werkstatt.

Anna kam ein Gedanke, sie grinste lauernd.

„Und? Welche Gerüchte kursieren über «meinen Neuen»?“

Sie selbst hatte zwar keinen Schimmer, für wen sie sich entscheiden sollte, doch wer weiß? Vielleicht hatten Glückstadts Klatschtanten ja einen Tipp für sie.

„Noch ist mir nichts zu Ohren gekommen“, erklärte Vici, „aber ich bin ja auch erst morgen bei meiner Mum eingeladen.“ Sie kicherte. „Allerdings bin ich die Tochter meiner Mutter und damit neugierig: Verrätst du mir, wen du dir ausgeguckt hast? Kenne ich ihn?“

Normalerweise war Anna nicht sehr freigiebig mit solchen Informationen, doch ihre alte Schulkameradin hatte was und das Gespräch tat ihr gut.

Sie senkte ihre Stimme. „Er ist Aufsichtsrat bei Storm

Energie. Ich glaube nicht, dass du Robert Wieck kennst."

Sofort drohte Ritter Kunibert empört mit seinem nicht existenten Schwert. Nur weil Vicis Mann zehn Jahre älter war, musste es Annas Liebster noch lange nicht sein.

Seufzend fügte sie hinzu: „Außerdem weiß ich nicht, ob er der Richtige ist. Es gibt da noch jemand anderen …"

Vorn im Laden bimmelte die Messingglocke.

Erik!

„Fla... Frau Abendrot?", erkundigte sich eine fremde Stimme.

Nicht Erik. Och menno!

„Moin", murrte Fiete. „Meinst du Vici?

„Ja", erwiderte der Mann. „Ich darf sie abholen."

„Schön", motzte der Seebär und schlurfte mit seinem Krückstock durch den Laden. „Denn komm man mit."

Anna schaute erstaunt zu ihrer Schulkameradin. „Du wirst abgeholt?"

„So ist es."

Auf einmal war die jugendliche Unbeschwertheit aus Vicis Gesicht verschwunden.

„Oh!", rief der Mann im Laden. „Wie interessant! Was sind das denn für tolle Instrumente?"

„Renoviertes Gerümpel", knurrte Fiete, ohne dass das Tocken seines Krückstocks verstummte. „Zu Frau Abendrot geht das da lang."

Anna runzelte die Stirn. „Das ist aber nicht dein Jaro, oder?"

„Nein, es ist ein … Freund." Vici lächelte mütterlich.

Fietes Krückstock schob sich auf Brusthöhe durch den Vorhang und schob den Stoff beiseite. „Einmal da durch, mien Jung."

Ein Mann um die Dreißig trat ein. Er trug ein

rinderschädeliges W:O:A-T-Shirt, eine verwaschene, dunkelgraue Jeans und lange schwarze Haare, die im Nacken mit Kabelbinder zusammengehalten wurden.

Fiete betrachtete den Besucher kopfschüttelnd von hinten und nuschelte in seinen weißen Bart: „Kinners, wusste gar nicht, dass Wacken dieses Jahr schon im April ist.“

Vici nickte dem schrägen Neuankömmling zu. „Danke, Bill. Prima, dass du da bist.“

„Ähh … ja.“ Der junge Mann schien verunsichert und zog ein Smartphone hervor. „Für unvorhersehbare Absprachen habe ich immer ein Telekommunikationsgerät.“ Er strahlte. „Sehr praktisch, so ein Teil.“

Oh! Was ist das denn für ein Typ?

„Stimmt“, bestätigte Victoria gelassen. „Ich bin hier gleich fertig.“

Anna sah verwundert zwischen den beiden hin und her.

Bill nickte eifrig. Dann legte er den Kopf schief und bekam glänzende Augen. „Uii. Eine Werkstatt. Mit echtem Werkzeug.“

„Richtig.“ Vici warf ihm einen beschwörenden Blick zu, woraufhin Bill erneut nickte und seine Lippen aufeinander presste.

Vici wandte sich an Anna. „Wie schade, dass ich los muss. Ich hätte gern länger mit dir geschnackt. Signierst du mir das Bild noch?“

„Klar!“

Fiete runzelte die Stirn und meinte zum Wacken-Fan: „Bis die Mädels fertig sind, zeige ich dir das renovierte Gerümpel. Ist das ‘ne Idee?“

„Au ja!“ Bill strahlte begeistert und gemeinsam verließen die Männer den Raum.

Erstaunt starrte Anna auf den zufallenden Vorhang.

Meine Herren, Fietes Kern ist sehr viel weicher, als

seine spröde Schale vermuten lässt!

Sie horchte auf die Schritte, die sich Richtung Vitrine entfernten, und stellte fest, dass sich zwischen den Männern ein Gespräch entwickelte.

Boa. Ich habe den Seebären noch nie dermaßen in Laberlaune erlebt.

Vici seufzte laut.

Vorsichtig schaute Anna zu ihr auf und fragte leise: „Ist Bill … ich meine, hat er …?"

Verdammt, ich kann ihn doch nicht «unterbelichtet» nennen!

„Nein." Vici schüttelte den Kopf. „Er ist hochintelligent. Es fällt ihm lediglich schwer, sich in unserer Gesellschaft zu bewegen. Das kann manchmal etwas … anstrengend sein."

„Das glaube ich sofort", platzte Anna heraus.

„Ach, das erscheint auf den ersten Blick heftiger, als es tatsächlich ist." Vici lächelte und ihr Lächeln war echt. „Bill ist ein herzensguter Kerl, ich bin gern mit ihm unterwegs. Jaro hat noch mehr solcher Freunde. Zum Glück!"

Glück?

Anna wusste nicht, was sie davon halten sollte.

Würde ich die Nähe zu solchen Typen suchen? Ihr Bauch meinte, nein. *Aber sie scheint diesen Bill ehrlich zu mögen ...*

Vici warf ihr einen eindringlichen Blick zu. „Weißt du, Anna, wenn jemand nicht der Norm entspricht, dann eckt er an. Wir Menschen sollten uns um mehr Offenheit bemühen, sonst verpassen wir das Beste."

Sie zwinkerte. „Wie du siehst, bekommt man beim Heiraten die ganze Bagage des anderen an die Backe. Ich kann dir sagen! Mit Jaros Leuten haben sich mir völlig neue Welten eröffnet. Im ersten Moment ist das nervig und stresst einen, weil die so fremd und anders sind. Du musst Geduld aufbringen und dich auf sie einlassen. Wenn du das tust, kann daraus etwas Zauberhaftes entstehen."

Ihr Lächeln wurde warm. „Deswegen höre auf dein Herz, wenn es um deinen Lebenspartner geht. An seine Verwandtschaft wirst du dich gewöhnen und sie sich an dich. Egal, wie ungewöhnlich deine Beziehung ist, Lästermäuler dürfen bei deiner Wahl nichts zu melden haben."

„Okay", antwortete Anna gedehnt.

Vici legte ihr den Arm auf die Schulter und erklärte mit einer überraschenden Dringlichkeit: „Das Leben ist zu kurz, um nicht zu lieben oder irgendwelchen schwachsinnigen Normen genügen zu wollen. Verschiebe die wichtigen Dinge nicht auf morgen, Anna! Keiner weiß, wie viel Zeit ihm bleibt. Wir …"

Sie schien noch mehr sagen zu wollen, doch dann trat sie einen Schritt zurück und schwieg.

Ein Schauer kroch über Annas Rücken.

So viel Spiritualität hätte ich ihr gar nicht zugetraut.

Dunkel erinnerte sie sich, dass Vici in der Schule ein Mathe-Ass gewesen war.

Trotzdem hat sie recht. Und offensichtlich ist es ihr wichtig.

«Folge deinem Herzen!», hallte es durch Annas Geist. Es fühlte sich nach Wahrheit an. *Sei mutig!*, dachte sie. *Lebe!*

Sie versuchte den Moment festzuhalten, doch er verflüchtigte sich wie der Frühnebel an einem sonnigen Augustmorgen.

Vici lächelte mit disziplinierter Unbeschwertheit und zeigte auf die Deichkinder. „Das Bild ist übrigens großartig geworden, so unfassbar lebendig. Ich bin ein echter Glückspilz. Meine Mum wird es lieben."

„Klasse."

Leuchtende Dankbarkeit kribbelte durch Annas Adern.

Anderen Menschen mit ihren Zeichnungen eine Freude machen zu können, war wundervoll.

Beschwingt unterschrieb Anna mit «Elfenprinzessin» und skizzierte aus einer Laune heraus dahinter noch ein kleines Krönchen.

Paps würde das prollig finden, aber mir gefällt's. Warum auch nicht? Hihi.

Sie war fest entschlossen, mit den Normen der Storms zu brechen.

Und eine Thronfolgerin braucht schließlich eine Krone, oder nicht?

Ein verbotener Verdacht

Am Mittwoch der folgenden Woche fand die große DKMS-Registrierungsaktion bei Storm statt. Anna hatte ein schlechtes Gewissen, weil Petra in ihrer Abwesenheit bereits alles Notwendige vorbereitet hatte, aber von einer Entschuldigung wollte die Sekretärin nichts hören.

„Wenn man krank ist, ist man krank“, hatte Petra gesagt und mitfühlend ihren Arm gedrückt. „Das hast du dir bestimmt nicht ausgesucht. Hauptsache, es geht dir wieder gut.“

Das Verständnis ihrer Freundin machte Annas Gewissen noch schlechter, zumal sie ihr nicht erzählen konnte, was wirklich los war, sondern einen grippalen Infekt als Notlüge vorschob.

Mit dieser Geheimniskrämerei fühlte Anna sich unwohl, doch sie hatte sich nun endgültig dazu durchgerungen, erst einmal nichts wegen der gefälschten Absage zu unternehmen. Wie Petra auf die ganze Sache reagieren würde, konnte sie nicht abschätzen, aber so, wie Anna sie kannte, würde ihre Freundin ähnlich empört sein wie Erik. Könnte Petra das in der täglichen Zusammenarbeit vor ihrem Chef verbergen?

Robert hatte mehrfach betont, dass es ungünstig wäre, wenn sie sich in Bezug auf ihren Vater in die Karten gucken lassen würden. Für einen Gegenschlag war es besser, wenn Claus Jürgen diesen nicht kommen sah.

Gegenschlag! Pfft. Es hört sich an, als wäre ich im Krieg.

Anna schnaubte. Es war 17:30 Uhr, sie machte ihren Rechner aus und rollte ihren Bürostuhl zurück.

Will ich einen Rachefeldzug?

Ihr Bauch stimmte für „JA! Aber Holla!" und präsentierte ihr damit eine ganz neue Seite.

Will ich so sein?

Anna wusste es nicht. Seufzend packte sie ihre Sachen zusammen. Der Tag war anstrengend gewesen, wenngleich erfolgreich.

„Du bist noch da, wie schön!"

Petra trat mit einem breiten Lächeln in ihre Bürotür und trällerte: „Wir haben 43 Registrierungen."

„43? Wow!", staunte Anna. „Das ist viel, oder?"

„Absolut." Die Sekretärin strahlte. „Laut DKMS liegt die Beteiligungsrate für solche Firmenaktionen normalerweise bei zehn bis 15 Prozent. WIR haben 21!"

„Krass." Anna warf ihrer Freundin einen dankbaren Blick zu. „Das ist dein Verdienst. Du bist ein Engel!"

„Ach was", winkte Petra ab. „Ich habe bloß ein paar Info-Mails geschrieben und Zettel an die schwarzen Bretter gehängt."

„Und Telefonate geführt", ergänzte Anna, „und Mitarbeiter persönlich angesprochen und Kaffee gekocht und bei jeder Gelegenheit die Werbetrommel gerührt und Tische aufgebaut und unsere Helfer eingewiesen und, und, und!" Sie lachte. „Wenn sie in unseren Reihen einen Spender finden, liegt das an deiner Hartnäckigkeit!"

„Ich hoffe nur, sie finden tatsächlich jemanden", entgegnete Petra. „Die kleine Emilia braucht so dringend

Hilfe."

„Wir haben unser Bestes gegeben", antwortete Anna. „Sogar Erik und Robert waren hier und haben Speichelproben abgegeben."

„Stimmt." Die Sekretärin schmunzelte versonnen. „Herrn Wieck war das ein echtes Anliegen."

Annas Herz stolperte.

Robert war bei Storm Energie eingetroffen, während sie kurz auf der Toilette gewesen war. Entsprechend hatte er sich von Petra registrieren lassen. Die beiden hatten offensichtlich Witze gemacht, denn als Anna zurückkam, hörte sie das Gelächter ihrer Freundin schon auf dem Flur. Wenige Schritte später hatte Anna Petra über das ganze Gesicht strahlen sehen.

Und Robert ebenfalls.

Was war da los?

Und vor allem: Warum pikste diese Erinnerung in ihrem Herzen?

Hallo?! Sie haben nur gescherzt!, rief Anna sich zur Ordnung. Und selbst wenn nicht. Robert war lediglich ihr Freund – EIN Freund. Sie hatte kein exklusives Anrecht auf ihn. Außerdem kannten Petra und Robert einander seit Jahren. Da durfte man ja wohl mal gemeinsam lachen!

Blöderweise beeindruckte diese Überlegung das Piksen nicht im Geringsten.

Mist. Hmm. Vielleicht sollte ich mir langsam eingestehen, dass Robert mir was bedeutet.

Dieser Gedanke rief einen sehnsüchtig dreinschauenden Ritter mit attraktivem Stoppelbart auf den Plan.

Ja doch! Und Erik genauso! Herrje, wo soll das enden? Ich kann unmöglich beide für mich haben!

„Oder, Anna?"

Verwirrt schaute sie zu Petra rüber, die sie erwartungsvoll ansah.

„Tut mir leid, ich habe nicht zugehört“, seufzte Anna zerknirscht. „Was hast du gesagt?“

„Ich freue mich, dass sogar dein Vater da war“, wiederholte Petra. „Damit hatte ich nicht gerechnet.“

„Ich auch nicht.“ Anna schüttelte den Kopf. „Er hat sich sogar persönlich bei allen Helfern bedankt. Und Mama sagt, dass er darauf bestanden hat, dass sie eine Registrierungsstation übernimmt.“

„Ohne deine Mutter hätten wir heute Mittag deutlich länger gebraucht“, meinte Petra. „Sie ist wirklich eine patente Frau.“

„Das ist sie.“ Anna lächelte. „Paps und sie haben sich im Studium kennengelernt. Ihr Abschluss war sogar besser als seiner.“

Warum hat sie eigentlich nicht wieder angefangen zu arbeiten, als David und ich groß waren? Hmm. Ob Paps dagegen war?

Anna merkte, wie sich Wut in ihrem Bauch zusammenbraute, und zwang sich, nicht weiter darüber nachzudenken. Stattdessen erkundigte sie sich: „Hat mein Vater sich registrieren lassen? Nach der eigentlichen Aktion, meine ich.“

Petra schüttelte den Kopf. „Nein. Aber er hat sich immerhin in Anwesenheit deiner Mutter bei mir für die «hervorragende Organisation» bedankt. Das ist mehr, als ich erwartet habe.“

„Stimmt“, brummte Anna.

Pah! Das hat er garantiert bloß getan, weil Mama ihm heute Abend sonst einen auf den Deckel gegeben hätte.

Seit Claus Jürgens Heldenstatue zerbröselt war, sah Anna ihren Vater deutlich kritischer. Es war, als wäre sie zeitlebens mit einer verdreckten Brille herumgelaufen und nun hatte ihr endlich jemand die Gläser geputzt.

Plötzlich sehe ich scharf und hinterfrage Paps' Handlungen.

Es fühlte sich merkwürdig an, Claus Jürgen normal zu begegnen. Das «Brilleputzen» hatte die Verbindung zu ihm zerstört. Dort, wo Anna früher Vertrauen und Respekt für ihren Vater empfunden hatte, schwelten nun Zweifel und Groll. Ihre bedingungslose Liebe hatte sich in distanzierten Argwohn verwandelt.

Einzig ihr Ziel, das Beste für Storm Energie erreichen zu wollen, ließ Anna weiterhin die brave, naive Tochter spielen.

Es nützt nichts! Ich muss mich erst vernünftig einarbeiten, bevor ich auftrumpfen kann. Jetzt würde bloß heiße Luft bei mir rauskommen.

Und das brachte nichts.

Zum Glück kann ich auf Olli zählen.

Ihr Ex-Verlobter unterstützte sie nach Kräften und erklärte ihr bei jeder Gelegenheit die Hintergründe von Entscheidungen und nicht offensichtliche Zusammenhänge. Zusätzlich zum Tagesgeschäft hatten sie fürs erste drei Termine pro Woche verabredet, bei denen es ans Eingemachte ging: Wie ticken die Storm Kunden, wie die Lieferanten und natürlich auch die Konkurrenz. Welche Personen sind wichtig, welche nicht und wer ist wofür zuständig.

Warum Ex-Olli das tut? Keinen Schimmer! Ich habe ihm am Montag deutlich gesagt, dass er sich keine Hoffnung mehr machen soll, was eine Beziehung mit mir angeht.

Vermutlich tat er es trotzdem, aber das konnte Anna nicht ändern.

Hmm. Vielleicht geht es ihm ja tatsächlich um Storm Energie.

Das musste die Zeit zeigen.

„Alles gut bei dir, Anna?“ Petra zog besorgt ihre Stirn in Falten.

„Ja, ja“, seufzte Anna. „Alles prima.“

„Wirklich? Du wirkst so abwesend. Und das schon seit Tagen.“

Anna zuckte entschuldigend mit den Schultern. „Ach, ich bin wohl noch nicht wieder ganz fit.“

Petra nickte. „Na, dann schleunigst ab mit dir nach Hause und Füße hoch!“

„Das mach ich“, antwortete Anna zerknirscht. „Und dir noch mal tausend Dank für die Orga! Das lief großartig heute. Ich wollte dich echt nicht hängen lassen.“

„Das hast du nicht.“ Petra lächelte. „Nun aber raus mit dir! Erhol dich.“

„Danke!“ Anna schulterte ihren Rucksack. Sie hatte die Nachsicht ihrer Freundin wirklich nicht verdient.

Kurz darauf stand Anna an der Käsetheke bei Edeka Frauen. Am liebsten hätte sie sich das Einkaufen gespart, doch wenn sie das tat, würde sie sich zum Abendessen eine Pizza aus dem Froster holen und das wollte sie auf keinen Fall.

Nee! Ich bin mit dem Abnehmen gerade so gut davor.

„Moin, Anna“, grüßte die Käsefachverkäuferin. „Was kann ich für dich tun?“

„Moin, Natascha. Ich hätte gern ein Stück Ziegenkäse mit Kräutern.“

Zusammen mit einer Handvoll schwarzer Oliven und frischem Salat würde sich der Käse prima machen.

Und dazu noch ein bisschen Kresse ... lecker! Viel besser als meine olle TK-Pizza.

Zufrieden angelte Anna ihre Kunststoffdose aus dem Rucksack und steckte sie in den dafür vorgesehenen

Rückgabebehälter.

„Heute also mal die Kräuterziege. Dat geiht los!“ Natascha stellte eine saubere Dose neben die Waage und holte den entsprechenden Käse aus der Auslage. Sie deutete mit dem Messer die Schnittposition an. „So groß wie immer?“

Anna nickte. „Perfekt.“

Die Verkäuferin begann zu schneiden und plauderte nebenbei: „Übrigens, ich habe von eurer Registrierungsaktion für die kleine Emilia gehört. Finde ich super, dass ihr das macht! Besonders, weil Lasse ja gar nicht mehr bei euch arbeitet.“

„Danke.“ Anna lächelte. „Für Storm Energie gab es da kein Überlegen.“

Dass ihr Vater sich eingangs gesperrt hatte, würde sie der Öffentlichkeit nicht auf die Nase binden.

Natascha legte den Käse in die Dose und schaute Anna fragend an. „Noch etwas? Vielleicht ein kleines Stückchen vom Norwegischen Karamell?“

Oh ja! Der ist oberlecker.

Letzte Woche hatte Anna wenig gegessen, da konnte sie sich das heute mal gönnen. Der Käse würde ihr Nachtisch werden.

Anna nickte. „Aber bitte wirklich nur ein kleines.“

„Gerne.“ Die Verkäuferin strahlte, dann wurde sie nachdenklich. „Sag mal, ist das eigentlich aufwändig mit dieser Registrierung?“

„Nee, überhaupt nicht.“ Anna kramte in ihrem Rucksack und fischte eine Broschüre von DKMS heraus. „Da kann jeder mitmachen, das geht ganz fix.“

„Toll! Kannst du den Flyer für mich am Lottotresen hinterlegen? Wegen der Keime darf ich hier nichts von draußen annehmen.“

„Klar, kein Problem.“

Anna steckte den Flyer wieder zurück. „Ich habe noch ein paar mehr. Vielleicht könnt ihr sie dort ja auslegen."

„Gute Idee!", bestätigte Natascha und schnitt ein Stückchen Karamellkäse ab. „Ich kläre das mit unserem Marktleiter. Das macht er bestimmt. Vielleicht kann ich ihn sogar zu einer Aktion ähnlich wie bei Storm Energie überreden … Wir Glückstädter müssen doch zusammenhalten, oder?"

„Unbedingt!"

Glücklich nahm Anna ihre Käsedose in Empfang. Es war richtig gewesen, sich bei ihrem Vater für DKMS einzusetzen. Wenn Petras Initiative Kreise zog, würden sich nun vielleicht noch deutlich mehr Menschen typisieren lassen.

So unwahrscheinlich es auch sein mag, ich hoffe so sehr, dass einer für Emilia dabei ist!

„Denn tschüss, Anna! Bis zum nächsten Mal."

„Ja, bis denn, Natascha."

Als Anna nach ihrem Einkaufswagen griff und durch die Kühltruhen Richtung Teeregale fahren wollte, wurde sie von einer Fremden angesprochen.

„Entschuldigen Sie, bitte. Sind Sie Frau Storm? Die Tochter von Claus Jürgen Storm?"

„Ja, das bin ich."

Verwundert schaute Anna zu der Frau auf. Sie war bummelig 1,70 groß und hatte kinnlange, rote Haare, die von einigen silberfarbenen Strähnen durchzogen waren.

Wer ist das? Ich kenne sie nicht.

„Ich bin Anke", erklärte die Fremde freundlich.

Anke? Da klingelt nichts bei mir. Obwohl … hmm. Irgendwie kommt sie mir bekannt vor.

„Moin", grüßte Anna verhalten. Sie schätzte ihr Gegenüber auf um die 50. Ehemalige Kameraden aus Schule, Vereinen und Ähnlichem konnte sie also ausschließen.

„Ja, moin. Ich …" Die Fremde zögerte.

Sie schien etwas abzuwägen, dann gab sie sich einen Ruck. „Ich habe zufällig mitbekommen, worüber Sie eben geredet haben."

„Die DKMS-Registrierung?" Anna lächelte. „Möchten Sie auch eine Broschüre?"

„Nein, nicht nötig." Die Frau schüttelte den Kopf. „Ich bin schon registriert. Ich möchte mich einfach bloß ganz herzlich für Ihr Engagement bedanken, Frau Storm." Tränen traten in ihre Augen. „Ich bin Emilias Oma, Anke Berends. Wir …"

Sie brach hab und presste ihre Hand auf den Mund.

„Oh nein!", flüsterte Anna. „Es tut mir so leid für Ihre Familie! Wie geht es der Kleinen?"

„Entschuldigen Sie", schluchzte Anke. „Ich bin zurzeit ziemlich nah am Wasser gebaut."

Umständlich fummelte sie ein Taschentuch aus ihrer Jacke und schnäuzte sich.

„Das ist verständlich." Behutsam berührte Anna die Frau am Arm. „Wir fühlen mit Ihnen."

„Danke." Anke rang sich ein Lächeln ab, was mehr nach Weinen aussah. Entschieden wischte sie sich mit dem Handrücken die Tränen aus den Augen. „Emilia ist eine tapfere Kämpferin, ganz im Gegensatz zu ihrer Oma." Sie lachte hilflos.

Anna wusste nicht, was sie darauf antworten sollte und drückte verlegen den Arm der Frau.

„Die Ärzte machen uns Mut", erklärte Anke gefasst. „Emilia hält noch ein paar Monate durch, vielleicht sogar länger, aber wir brauchen definitiv einen Stammzellenspender."

„Ich hoffe so mit Ihnen, dass sich jemand findet!" Anna wurde das Herz bleischwer. „Frau Karstens und ich haben die Werbetrommel gerührt, so gut wir konnten, und tun es auch weiterhin."

Sie nickte zur Käsetheke rüber. „Und nicht nur wir. Sie haben es ja gehört: Die Hilfsbereitschaft ist groß, Frau Berends!"

„Dafür bete ich", wisperte Anke.

Kurz schwebte ein verzweifeltes Schweigen zwischen den Kühltruhen.

Anke schien noch etwas sagen zu wollen, doch wieder rang sie mit sich.

Schließlich schenkte sie Anna ein mütterliches Lächeln. „Aus Ihnen ist eine bemerkenswerte Frau geworden, Anna Storm. Mit dem Herzen am rechten Fleck! Sie können stolz auf sich sein."

Verwundert schaute Anna zu Emilias Großmutter auf. „Ähm. Danke für das Kompliment, aber ich habe nur getan, was jeder getan hätte."

Sie wurde das Gefühl nicht los, dass diese Frau ihr noch viel mehr sagen wollte, sich jedoch zurückhielt – warum auch immer.

„Nein, glauben Sie mir, das hätte NICHT jeder getan", widersprach Anke verbittert. „Darum weiß ich Ihr Engagement umso mehr zu schätzen. Haben Sie …?" Sie stockte.

„Ja?" Anna krauste die Nase. Woher kam bloß der gehetzte Ausdruck in den Augen dieser Frau?

Als würde sie etwas Verbotenes tun …

Anke gab sich einen Ruck und holte tief Luft. „Haben Sie sich ebenfalls registrieren lassen?"

Anna nickte. „Selbstverständlich!"

„Und Ihr Vater? Und Ihr Bruder?"

Die Dringlichkeit in Ankes Blick überraschte Anna.

„Mein Bruder wohnt nicht mehr hier", erwiderte sie, „aber soweit ich weiß, hat er bereits für sich und seine

Frau die Unterlagen angefordert." Sie lächelte beruhigend. „Wir wissen, dass jede Person zählt, Frau Berends."

„Ja, stimmt", murmelte Anke fahrig. „Und was ist mit Ihrem Vater? Hat er sich registrieren lassen?"

Paps? Pah! Also den könnte ich jetzt prima erwürgen!

Dennoch hatte Anna nicht vor, schlecht über ihn zu reden. Das half niemandem.

Sie seufzte. „Er wollte nicht, dass sich unsere Mitarbeiter unter Druck gesetzt fühlen. Um die Freiwilligkeit der Aktion zu betonen, hat er darauf verzichtet, selbst eine Speichelprobe abzugeben."

Anke wurde blass. „Oh nein."

„Er ist nur einer", beschwichtigte Anna. „Dafür haben wir von unserer Belegschaft überdurchschnittlich viele Menschen überzeugen können!"

Sie drückte aufmunternd Ankes Arm. „43, Frau Berends! Plus meinen Bruder und seine Frau." Sie deutete mit dem Daumen über ihre Schulter zu Nataschas Arbeitsplatz. „Und bestimmt zieht das noch weitere Kreise. Wir geben alles für Emilia."

„Können Sie vielleicht trotzdem noch einmal mit Ihrem Vater sprechen?" Ankes Augen füllten sich erneut mit Tränen.

„Aber natürlich", versprach Anna. „Das mache ich gleich morgen früh."

Sie würde ihm von diesem Gespräch erzählen. Das konnte ihn unmöglich kalt lassen. „Es wäre doch gelacht, wenn wir ihn nicht mit ins Boot holen könnten, oder?"

Anke schluckte und nickte schicksalsergeben. „Danke, Frau Storm. Und bitte entschuldigen Sie meine Hartnäckigkeit. Es ist nur so: Die Vorstellung, dass wir Emilia verlieren, die …" Nun waren die Tränen nicht mehr zu halten.

„Das ist vollkommen okay, Frau Berends“, erwiderte Anna bewegt. Obwohl sie Emilia nie gesehen hatte, wollte sie am liebsten mitweinen. „Ich kann sie so gut verstehen. Mir würde es nicht anders gehen. Verlieren Sie nicht den Mut! Ich spreche auch weiterhin Freunde und Bekannte an.“

„Und Ihren Vater?“

„Den besonders.“ Anna zwinkerte.

„Das wäre wirklich großartig.“ Anke rang sich ein Lächeln ab. Hölzern schob sie hinterher: „Es zählt ja wirklich jeder einzelne!“

Das Gespräch mit Emilias Oma ließ Anna den ganzen Abend nicht los. Ständig kreisten die Worte und vor allem das tränennasse Gesicht von Frau Berends in ihrem Kopf.

Die arme Frau! Ich möchte nicht mit ihr tauschen. Die Sorgen um ihre Enkeltochter müssen erdrückend sein.

Dennoch war die Begegnung merkwürdig gewesen. Anke Berends war einerseits sehr offen mit ihren Emotionen umgegangen, andererseits wurde Anna den Eindruck nicht los, dass die Frau mehr über sie und ihre Familie wusste, als es für die Mutter eines Arbeitskollegen normal war.

Sie schien mich zu kennen! Und meine Familie.

Das war ihr erst zu Hause aufgefallen. Frau Berends hatte gewusst, dass Anna einen Bruder hatte.

Dabei habe ich beruflich nie direkt mit Lasse zu tun gehabt.

Nachdenklich setzte sie sich auf ihr Sofa. Prompt kam Carlo angetigert und mauzte.

„Na komm, Kumpel!“ Anna hob ihn auf ihren Schoß. „Es ist Zeit für deine Streicheleinheiten, was?“

Der Kater schloss genüsslich die Augen, was eindeutig „Ja!“ heißen sollte. Grinsend kraulte Anna ihm den Bauch.

„Was meinst du denn dazu, Carlo? Sind wir Storms so bekannt? Oder hat Lasse seiner Mutter ausführlich von uns erzählt?“

Aus dem Brustkorb des Katers kam ein zufriedenes Schnurren.

Anna fand es befremdlich, dass Frau Berends so gut Bescheid wusste.

Wie viel weiß man als normaler Angestellter über die Familie des Firmenchefs, wenn man nicht persönlich mit ihm zusammenarbeitet? Und wie viel erzählt man davon seiner Mutter?

Erst recht, sofern diese nicht im selben Ort wohnte. Dass Anke Berends nicht aus Glückstadt kam, daran hatte Anna keinen Zweifel.

Wäre es anders, wäre ich ihr in den vergangenen Jahren garantiert begegnet.

Es kam regelmäßig vor, dass sie in der Stadt von Mitarbeitern oder deren Verwandten angesprochen wurde. Die Themen reichten von Krankmeldungen über Praktikumsanfragen bis hin zu Jobgesuchen. Häufig grüßten die Menschen auch einfach bloß höflich. Storm Energie war eben eine große Familie. Selbst wenn sie nicht mit den Leuten sprach, kannte sie viele vom Sehen her.

Und Anke Berends bin ich vorher noch nie begegnet. Hmm. Dafür, dass sie ortsfremd ist, wusste sie erstaunlich viel über uns. Und sie scheint mich von früher zu kennen.

Anders konnte Anna sich die Bemerkung «aus Ihnen ist eine bemerkenswerte Frau geworden» nicht erklären.

In ihrem Kopf rumorte es. Da waren noch mehr

Ungereimtheiten.

Sie hat nach der Registrierung von mir, David und Paps gefragt. Bei Claus Jürgen hat sie sogar mehrfach nachgebohrt! Der schien ihr besonderes wichtig. Warum nur? Komisch. Nach Mama hat sie nicht ein einziges Mal gefragt.

Wenn es lediglich um die Anzahl der Registrierungen ging, machte dieses Verhalten keinen Sinn.

Ein ungutes Gefühl kroch Annas Nacken hinauf. Sie krauste die Nase.

„Carlo, da stimmt was nicht!“

Nur was?

Sie hatte sich mit Petra über die Wahrscheinlichkeit unterhalten, in den Reihen von Storm Energie tatsächlich einen passenden Spender für Emilia zu finden. Bedauerlicherweise standen die Chancen dafür unterirdisch mies.

„Petra sagt, dass Übereinstimmungen am häufigsten innerhalb der Familie entdeckt werden.“

Gedankenverloren stubbelte Anna Carlo hinter den Ohren. Diese Zahl lag bei 30 Prozent.

Frau Berends war es sehr wichtig, dass David, ich und Paps uns registrieren lassen. Der Rest hat sie kaum interessiert. Hmm. Das würde nur dann Sinn machen, wenn ...

In Annas Hirn ratterte es.

Wie alt ist Lasse Berends eigentlich? Und von wo stammt er?

Gab es verwandtschaftliche Beziehungen zwischen den Storms und Familie Berends?

Nicht, dass ich wüsste. Wäre es so, hätte Paps das erzählt. «Blut ist dicker als Wasser», das ist einer seiner Wahlsprüche.

Und doch musste es eine Verbindung geben, ansonsten

wäre Anke Berends nicht so hartnäckig gewesen. Ein verbotener Verdacht regte sich in Anna.

Paps hatte schon mal eine Affäre.

Ihr Magen stürzte ab, ihr wurde eiskalt.

Was, wenn das nicht seine erste war?

Was, wenn daraus ein Kind entstanden ist?

Ein Lasse!

In diesem Fall war die Vehemenz von Frau Berends nur zu verständlich.

„Und Paps' Ausraster, als Petra mit der DKMS-Aktion um die Ecke kam ebenfalls", wisperte Anna. „Verdammt, was läuft da?!"

„Mau!"

Kater Carlo schaute vorwurfsvoll zu seinem Frauchen auf. Die Hand hatte mit dem Streicheln aufgehört.

„Schon gut, Kumpel!"

Anna kraulte weiter und starrte aufgewühlt aus dem Fenster.

Was soll ich tun?

Ihren Vater anzusprechen, würde nichts bringen, soviel war klar.

Und Mama? Nein, das geht nicht. Ich möchte sie nicht verrückt machen. Vielleicht sehe ich ja bloß Gespenster. Allein so ein Verdacht kann unendlich viel zerstören. Das darf ich nicht tun.

Trotzdem musste sie der Sache auf den Grund gehen, ansonsten würde sie keine Ruhe haben.

Wo kann ich Informationen herbekommen, ohne jemandem auf den Schlips zu treten oder schlafende Hunde zu wecken?

Ihre Hand fuhr rastlos durch das weiche Fell ihres Katers. Sie brauchte eine Lösung, oder sie würde bekloppt werden.

„Ha! Ich hab's! Morgen hole ich mir Lasses

Personalakte aus dem Archiv. Vielleicht finde ich da einen Anhaltspunkt …“

Anna schluckte.

Sie hatte keine Ahnung, worauf sie hoffen sollte.

Das Team vom GroWiAn

Am nächsten Morgen führte Annas erster Weg ins Archiv in den Keller. Mit klopfendem Herzen suchte sie im Schrank der ehemaligen Mitarbeiter nach Lasses Akte und wurde schnell fündig. Ob seine Daten etwas bringen würden, war fraglich.

Bei seinen Eltern wird ja wohl kaum Claus Jürgen Storm als Vater eingetragen sein!

Egal. Anna setzte sich mit der Akte an den kleinen Tisch neben dem Kopierer.

Jetzt gilt es.

Ihre Finger zitterten, als sie die Mappe aufschlug. Sie weigerte sich, darüber nachzudenken, was es bedeuten würde, falls Claus Jürgen tatsächlich Lasses Vater war.

Bitte lass es eine andere Erklärung geben!

Anna atmete tief ein und blätterte bis zum Lebenslauf vor. Ein junger Mann mit rotblonden Haaren und braunen Augen lächelte ihr freundlich entgegen. Anna grinste.

Also, dass er mit Anke Berends verwandt ist, kann er jedenfalls nicht leugnen! Die Haarfarbe ist unverkennbar, ebenso der sympathische Zug um seinen Mund.

Lasse hatte nach dem Abi direkt seine Ausbildung bei Storm begonnen, also musste er auf dem Bild bummelig zwanzig Jahre sein.

Geboren war er am 13. September 1986. Anna rechnete.

Damit ist er exakt ein Jahr und vier Monate jünger als ich.

Nachdenklich tippte sie sich an die Schläfe.

Was hat Paps zu der Zeit eigentlich gemacht?

Storm Energie wurde erst 1994 gegründet. Davor hatte Claus Jürgen verschiedene Jobs als Wirtschaftsingenieur gehabt. Unter anderem bei der ersten Großwindanlage, dem sogenannten GroWiAn im Kaiser-Wilhelm-Koog bei Marne.

Das war definitiv in den Achtzigern. Mama hat David und mir damals immer erzählt, dass Paps mithilft, eine riesige Windmühle zu bauen.

Anna grinste. Als kleines Mädchen hatte sie sich vorgestellt, dass das Teil bunte Flügel hatte, so wie ihr Spielzeugwindrad. Irgendwann durfte sie ihren Vater dort besuchen und war sehr enttäuscht gewesen, dass seine Windmühle bloß zwei Rotoren hatte und diese dann auch noch langweilig weiß gewesen waren!

Egal. Konzentriere dich auf die Bewerbung!

Sie schaute auf den Geburtsort: Heide. Das war nicht allzu weit von Marne entfernt, musste aber nichts heißen. Als Eltern hatte er Anke und Jochen Berends angegeben.

Alles normal.

Die Grundschule hatte Lasse in Meldorf absolviert, ebenso wie das Gymnasium.

Hmm. Nichts Auffälliges, was ihn mit Paps in Verbindung bringen würde.

Anna seufzte erleichtert. Wahrscheinlich hatte die Verzweiflung von Anke Berends sie angesteckt und emotional so aufgewühlt, dass sie Gespenster sah.

Pfft. Seit ich die Zusage gefunden habe, steht Paps bei mir unter Generalverdacht.

So ging das nicht. Bloß, weil ihr Vater einmal Mist gebaut hatte … – naja, die gekaufte Verlobung war auch nicht gerade eine Glanzleistung gewesen. Also gut. Claus Jürgen hatte zweimal Mist gebaut. Aber das gab Anna noch lange nicht das Recht, ihm ein uneheliches Kind anzudichten.

Ich muss aufpassen, dass ich nicht unfair werde! Sonst bin ich keinen Deut besser als er.

Sie brachte die Personalakte zurück und fühlte sich irgendwie fast erleichtert.

Aus einer Laune heraus machte sie auf dem Rückweg einen Abstecher zu den eingelagerten Bildbänden.

Paps ist stolz wie Bolle, dass er beim GroWiAn mitarbeiten durfte. «Das war die Wiege der Windenergie!», behauptet er stets. «Und ich bin ein Teil davon.»

Sie lächelte. *Tja, die eigenen Wurzeln lässt man nie los. Vermutlich liegt ihm Storm Energie deswegen so am Herzen.*

Anna ließ ihren Blick über die Regale schweifen. Eigentlich müssten hier ein oder zwei Exemplare über den GroWiAn herumstehen.

Tatsächlich!

Andächtig zog sie eines der Bücher heraus und betrachtete das Titelbild.

Ich finde immer noch, dass er mit rosafarbenen Rotoren viel schicker gewesen wäre. Hihi!

Anna kicherte und blätterte durch die ersten Seiten.

Was für ein beeindruckendes Projekt! Die Windanlage konnte zwar nie rentabel betrieben werden, aber ohne sie würde es heute keine Windparks geben. Wir haben unfassbar viel aus den Fehlern und Problemen des guten alten GroWiAns gelernt.

Auf der nächsten Seite entdeckte sie ein Foto von ihrem Vater. Er strahlte glücklich in die Kamera.

Wow! Wie jung er damals war. Da muss er Mitte dreißig gewesen sein.

Anna blätterte um und betrachtete weitere Bilder von Ingenieuren und Bauarbeitern.

Toll! Man kann die Aufbruchstimmung förmlich riechen. Die Leute waren echte Pioniere. So ein riesiges Windrad hatte niemand vor ihnen gebaut. Die Herausforderungen bei diesem Projekt waren so groß wie die Anlage selbst, meint Paps häufig. Hmm. Ob diese Männer und Frauen in jenen Tagen geahnt haben, dass sie mit ihrer Arbeit ein neues Zeitalter einläuten würden?

Vielleicht.

„Was für eine Leistung!", murmelte Anna und seufzte. Sie sollte das Buch zurückstellen. Davon, dass sie in fremden Erinnerungen schwelgte, würde ihre eigene Arbeit auch nicht fertig werden.

Eine letzte Seite noch!

Sie schlug willkürlich ein paar Blätter um. Wieder lächelte ihr ihr Vater entgegen.

Anna lächelte zurück, nur um im nächsten Moment zu erstarren. Der Boden unter ihren Füßen schwankte.

Dort stand eine Frau neben dem jungen Claus Jürgen und schaute zu ihm auf. Die Dame war deutlich jünger als er, maximal Mitte zwanzig.

Und sie hat rote Haare!

Annas Hände zitterten.

Das Gesicht war weniger faltig, als Anna es von gestern in Erinnerung hatte, aber es konnte keinen Zweifel daran geben, dass es sich um Anke Berends handelte, die hier ihren Vater anhimmelte. Emilias Oma!

Bitte nicht!

Hektisch las Anna die Bildbeschreibung.

„Claus Jürgen Storm und seine Projektassistentin Anke Ott sind häufig gemeinsam unterwegs.“

NEIN!

Das Buch fiel klatschend auf den Boden. Anna schloss die Augen.

Bleib ruhig, Mädchen!, beschwor sie sich. *Das beweist gar nichts. Nur, dass Anke ihn kennt.*

Der Gedanke half.

Genau! Deswegen wusste sie von David und mir. Bestimmt hat Paps ihr von uns erzählt. Jetzt ergibt auch ihr Kommentar, was aus mir geworden ist, einen Sinn!

Prompt mischte sich Annas schlangenzüngiger Argwohn ein: Wenn Claus Jürgen Lasses Mutter so gut kannte, wie konnte er ihren Sohn dann wegen einer bekloppten Lappalie rauswerfen?

Scheiße!

Die Argumentation brach kartenhausmäßig zusammen. Anna schluckte.

Ich brauche Gewissheit.

Sie hob das Buch vom Boden auf, zückte ihr Handy und knipste das verräterische Foto.

Wie betäubt schob sie den Bildband zurück ins Regal und holte sich ein zweites Mal Lasses Personalakte.

Klick! Anna fotografierte den jungen Herrn Berends ab.

Das Misstrauen in ihrem Bauch verklumpte sich zu einer kalten Matsche, die ekelhaft aufquoll. Sie fühlte sich elend.

Kann das wirklich angehen? Habe ich all die Jahre einen Halbbruder gehabt?

Sie konnte es nicht glauben.

Dennoch hätte ihr Vater die Möglichkeit gehabt. Und zuzutrauen war es ihm ebenso.

Das reicht nicht. Mir fehlt ein Beweis!

Falls sie den fände, würde es gruselig werden.

Ich will das nicht zu Ende denken!

Heißer Zorn zerfraß die kalte Matsche in Annas Bauch, ihre Gedanken ließen sich nicht anketten.

Verdammt! Wenn Lasse wirklich mein Halbbruder ist, bedeutet das, dass Paps sich weigert, seiner eigenen Enkelin beim Kampf gegen den Blutkrebs beizustehen!

Alles war verzeihbar: Gekaufte Hochzeiten, gefälschte Absagen, Affären, verschwiegene, uneheliche Kinder.

Alles.

Aber DAS nicht!

Anna hatte sich auf der Firmentoilette eingeschlossen und starrte auf ihr Handy.

8:31

Anna:

Moin, Mama!
Kannst Du bitte mal schauen, ob Du ein Foto von Paps findest, wo er bummelig zwanzig ist? Vielleicht aus seiner Abizeit oder so.

Leider hatte es im Intranet keine aktuellen Bilder von Lasse gegeben, auf denen man sein Gesicht klar erkennen konnte.

Annas Hände waren schweißnass. Für die paar popeligen Zeilen hatte sie zwanzig Minuten gebraucht. Nervös umklammerte sie ihr Smartphone.

Hoffentlich findet Mama ein Foto.

Familienähnlichkeit war etwas, das man nicht wegdiskutieren konnte. Sofern die zwischen den Männern gegeben war, würde Anna ihre Mutter mit der Sache konfrontieren. Anderenfalls musste sie sich etwas Neues überlegen.

Boa, diese Situation macht mich fertig!

Ihre Verdächtigungen waren widerlich und die sich daraus ergebenden Schlussfolgerungen noch abartiger.

Und wenn nichts dran ist, was sagt das dann über mich aus? Oh Mann! Das kann doch alles nicht wahr sein!

Fast wünschte sie, sie wäre Anke nie begegnet.

Pling!

Vor Schreck ließ Anna beinah ihr Handy fallen.

08:37

Angelika:

Guten Morgen, Anna!

Fotos? Oha! Was hast du vor?

Das hatte Anna befürchtet. Sie hasste es zu lügen, also blieb sie vage.

8:38

Anna:

Nichts Großes. Nur eine kleine Überraschung für Paps.

Sofern ich recht habe, wird das definitiv eine Überraschung. Und was für eine!

Anna lächelte grimmig. Ansonsten würde sie einfach behaupten, dass die Bilder sich nicht für ihre Idee geeignet hätten.

Da fällt mir schon was ein ... Na toll! Noch mehr Lügen.

08:38

Angelika:

Ich schaue gleich mal und schicke Dir eine Auswahl aufs Handy. Falls ich eins für Dich einscannen soll, sag Bescheid.

8:39

Anna:

Perfekt. Danke, Mama! ♥

Die nächsten Minuten zogen sich endlos hin. Anna fühlte sich so furchtbar wie lange nicht mehr. Bei der gefälschten Absage war es nur um sie selbst gegangen. Hier war die Tragweite viel größer!

Bitte, bitte, lass keine Ähnlichkeit da sein!

Aber würde das etwas bringen?

Innerlich schüttelte Anna den Kopf. Ihr Misstrauen hatte sich abgrundtief in ihr Herz gefressen. Es würde sich nicht durch ein Foto zerstreuen lassen.

Also lieber doch eine Ähnlichkeit?

Sie schnaubte: „Pah! Ich bin doch bescheuert."

Annas Gedanken drehten sich im Kreis und ihr Magen fuhr mit in dem Karussell, bis ihr speiübel war.

Warten. Warten. Warten!

Pling!

Endlich erlöste eine Nachricht Anna. Sie atmete tief durch und öffnete das erste Bild.

Scheiße!

Erschüttert presste sie die linke Hand auf den Mund und unterdrückte ein Schluchzen.

Vorsichtshalber schaute sie sich noch einmal Lasses Bewerbungsfoto an. Das änderte allerdings nichts an den Fakten: Die beiden Menschen waren einander wie aus dem Gesicht geschnitten, bloß dass Claus Jürgens dunkelblonde Haare bei Lasse rotblond waren.

Tränen liefen über Annas Wangen.

Was hast du nur getan, Paps?!

Sie starrte auf das Jugendfoto ihres Vaters. Der junge Claus Jürgen lächelte offen und freundlich zurück.

O Gott! Mir war gar nicht bewusst, wie unschuldig und mitfühlend er früher aussah.

Was war bloß aus ihm geworden?

Pling!

Pling!

Pling!

Ihre Mutter schickte noch drei weitere Bilder. Sie konnte ja nicht wissen, dass die überflüssig waren.

Anna schluckte.

Was mache ich jetzt?

08:53

Angelika:

Ist etwas Passendes dabei?

Ja, aber sowas von! Leider.

8:53

Anna:

Ja. Das reicht. Und einscannen ist nicht nötig, danke.

Sie musste mit ihrer Mutter reden.

Am besten jetzt gleich.

Und nicht am Telefon.

8:54

Anna:

Was hast du heute Schönes vor? Kann ich bei Dir vorbeikommen?

08:54

Angelika:

Gerne. Aber erst heute Nachmittag. Ich will gleich zum Sport und danach habe ich noch einiges auf dem Zettel.
Oder wir treffen uns zum Mittagessen im Kleinen Heinrich.

Boa! Bis zum Nachmittag kann ich das nicht mit mir herumschleppen!

Nein, auf keinen Fall. Sie musste das loswerden.

8:55

Anna:

Mittagessen hört sich prima an. Um 12?

08:55

Angelika:

Passt! Ich freu mich auf Dich!

Immerhin was. Anna hatte keinen Schimmer, wie sie den Vormittag rumkriegen sollte, aber irgendwie würde sie das schon schaffen.

Um Viertel nach elf hielt Anna es nicht mehr in ihrem Büro aus und machte sich auf den Weg in die Stadt. An Arbeiten war an diesem Vormittag eh nicht zu denken gewesen, denn Annas Kopf war verstopft mit Anke, Claus Jürgen, Lasse und der kleinen Emilia.

Wie hängen diese Menschen zusammen? Tun sie es überhaupt?

Trotz aller Beweise hoffte sie, dass dem nicht so war.

Beklommen schloss Anna ihr Fahrrad auf und schob es aus dem Unterstand.

Weiß Mama was davon? Oder ahnt sie es zumindest? Wie wird sie auf die Bilder reagieren?

Anna stieg auf und trat in die Pedalen. Die Bewegung tat gut und ordnete ihre Gedanken mit jedem Meter.

Hmm. Solche Bilder sollte ich Mama eigentlich nicht im Kleinen Heinrich zeigen.

Gab es einen besseren Ort?

Bei meinen Eltern geht es auch nicht.

Seit ein paar Jahren kreuzte ihr Vater in der Mittagspause ab und an unangekündigt zu Hause auf.

Ob er Mama kontrolliert?

Anna rollte mit den Augen. Ihr Misstrauen schlug absurde Kapriolen.

Egal. Wenn Paps in unser Gespräch platzt ... Nee, das geht gar nicht!

Und sie selbst hatte nichts für ein Mittagessen in der Wohnung.

Mal ganz davon ab, dass ich jetzt nichts runterkriege. Was soll's? Für eine Planänderung ist es eh zu spät.

Nein, sie würde sich im Kleinen Heinrich eine ruhige Ecke geben lassen und gut.

Vielleicht hat Mama ja auch eine simple Erklärung für die Ähnlichkeit. Irgendeinen Verwandten dritten Grades oder so. Dann habe ich mich ganz umsonst verrückt gemacht.

Oh, wie sehr hoffte Anna darauf!

Viel zu früh und ziemlich durch den Wind betrat Anna das Gasthaus am Marktplatz und ließ sich einen abgeschiedenen Tisch geben. Noch war der Kleine Heinrich leer, doch das würde sich schnell ändern.

Die Minuten krochen dahin; eine Schnecke war schneller als der Sekundenzeiger auf der Uhr.

«Annas Karte» war sie schon zehn Mal durchgegangen, ohne zu begreifen, was sie da las.

Mir ist schlecht.

Zudem war Annas Magen wie zugeschnürt. Resigniert überlegte sie, ob sie überhaupt etwas zu essen bestellen sollte.

„Moin, Anna!“, begrüßte sie die warme Stimme ihrer Mutter. „Du bist ja früh dran heute.“

„Moin, Mama“, würgte sie hervor und plötzlich krabbelten aggressive Ameisen in ihrem Bauch.

„Oh“, entfuhr es Angelika. „Ist alles gut bei dir?“

Anna schüttelte den Kopf, während die Krabbelviecher ihren Körper fluteten. Eigentlich hatte sie ihre Mutter vorsichtig auf ihren Verdacht vorbereiten wollen und sich ein paar einleitende Sätze überlegt, die Raum für alle möglichen Erklärungen ließen, doch nun fiel ihr kein einziges Wort mehr ein.

„Hey, was ist denn los?“ Angelika hängte ihre Handtasche an die Stuhllehne, setzte sich zu ihrer Tochter und griff nach deren Hand. „Menschenskind, du bist ja ganz aufgelöst.“

Anna nickte. Sie schaltete ihr Smartphone an und legte es auf den Tisch. Lasse lächelte ihre Mutter von seinem Bewerbungsfoto an.

„Okay?“ Verunsichert betrachtete Angelika das Display. „Offensichtlich hast du noch ein anderes Bild gefunden. Wo hast du es her? Ist das von einem Fasching oder hast du es digital bearbeitet?“ Sie runzelte die Stirn. „Ich habe Claus Jürgen nie mit roten Haaren gesehen, aber damals kannte ich ihn ja auch noch nicht.“

Aufmunternd grinste sie ihre Tochter an. „Ich finde, er sieht ganz nett aus auf der Aufnahme. Hat er sich darüber aufgeregt?“

„Das ist nicht Paps“, krächzte Anna.

„Nicht?“ Angelika hob die Brauen.

Anna schüttelte stumm den Kopf.

„Wer ist es dann?"

„Lasse Berends", wisperte Anna. Ihr Magen befand sich im freien Fall, die Ameisen kreischten entsetzt auf – den Krabblern hatte wohl niemand erzählt, dass sie das gar nicht konnten.

„Lasse Berends?" Angelikas Augen wurden groß. „Der Herr Berends, der vor Kurzem bei Storm Energie gekündigt wurde?"

„Ja."

Wortlos wischte Anna über das Handy. „Das ist Paps mit zwanzig. Und hier", sie schluckte, „habe ich ein Bild von ihm mit Mitte dreißig." Erneut wischte sie über das Display. Als das Foto von Claus Jürgen und Anke erschien, beschlossen die Ameisen, sich lieber in Luft aufzulösen. Zurück blieb eiskalte Leere.

„Oh!"

Mehr sagte ihre Mutter nicht. Stattdessen richtete sie sich hanseatisch auf und nahm Annas Smartphone vom Tisch. Mehrfach wechselte sie zwischen den Bildern hin und her.

„Moin moin, Frau Storm. Moin, Anna. Darf ich den Damen schon etwas zu trinken bringen?", erkundigte sich die Bedienung höflich.

„Ja, bitte, Kati." Angelika nickte hölzern. „Kremper Bitter. Einen doppelten." Sie schaute Anna fragend an, doch die zuckte bloß hilflos mit den Achseln. Normalerweise trank ihre Mutter nichts Hochprozentiges, nur ab und zu mal etwas Wein zum Essen.

„Zwei", korrigierte Angelika.

„Kommt sofort."

Falls Kati die Bestellung merkwürdig fand, ließ sie es sich nicht anmerken.

Schweigen breitete sich im noch spärlich besuchten

Gastraum aus. Anna hatte das Gefühl, in einer wabernden Seifenblase zu schweben, während ihre Mutter mit unbewegter Miene die Fotos betrachtete.

Das ist surreal!

Anna hatte keine Ahnung, was sie tun oder sagen sollte.

Schließlich brachte Kati den Kräuterschnaps. Angelika legte das Handy weg, griff nach ihrem Glas und prostete Anna lächelnd zu. „Auf die Familie!"

Was?!

Anna klappte der Mund auf. So viel Sarkasmus hatte sie ihrer Mutter nicht zugetraut!

Die schmunzelte bloß. Dann leerte sie das scharfe Getränk in einem Zug und erschauderte. „Uh! Das war nötig."

Boa. Das ist alles?!

Anna schüttelte innerlich den Kopf. Sie hatte mit Entsetzen gerechnet oder Wut oder zumindest mit Enttäuschung. Aber nicht mit einem «Uh! Das war nötig.».

Dreht sie jetzt durch?

Angelika tätschelte die Hand ihrer Tochter. „Trink, Mäuschen, sonst wird er warm."

Mechanisch langte Anna nach dem zweiten Glas, führte es zu ihren Lippen und kippte den Inhalt hinunter. Erst spürte sie Kälte, danach kroch ein Brennen ihre Kehle herauf und verwandelte sich in ein unangenehmes Kratzen.

Oha! Das Zeug sticht ja selbst in der Nase!

Sie japste nach Luft und musste husten.

Grinsend klopfte Angelika ihr den Rücken. „Der schüttelt einen durch, was?"

„Aber Holla!", ächzte Anna und schlug sich mit der Faust auf den Brustkorb. Im Gegensatz zu ihr hatte ihre

Mutter kaum mit der Wimper gezuckt. „Sag mal, trinkst du so‘n Zeug öfter?“

„Nur zu besonderen Anlässen“, erwiderte Angelika trocken und orderte eine große Flasche stilles Wasser für sie beide.

„Zu besonderen Anlässen?“ Anna schnaubte. Endlich nahm der Hustenreiz ab. „Du bist gut.“

Ihre Mutter hob die Schultern. „Ich habe damals bereits geahnt, dass zwischen ihm und seiner Assistentin was läuft. Wirklich überrascht bin ich also nicht.“

„Das ist alles?“ Anna konnte es kaum glauben. „Mehr hast du nicht dazu zu sagen?“

„Was SOLL ich denn sagen? Es ist dreißig Jahre her. Gefühlt liegt zwischen jenen Tagen und heute ein ganzes Leben. Wenn ich das richtig sehe, warst du gerade erst geboren und David noch nicht aus dem Gröbsten raus.“

„Eben!“, empörte sich Anna.

Angelika lächelte nachsichtig. „Ach, Mäuschen. Mit Kleinkind und Neugeborenem setzt man seine Prioritäten anders.“

„Bitte?“ Anna schüttelte den Kopf und zischte mit gedämpfter Stimme: „Gerade dann sollte ein Vater ja wohl seiner Frau treu sein! Wie konnte er nur?!“

„Sein Alltag und meiner hatten zu der Zeit nur wenig gemein“, erklärte ihre Mutter. Sie nahm das Smartphone ihrer Tochter, öffnete die Fotogalerie und betrachtete das Bild von Claus Jürgen und Anke.

„Während Claus Jürgen all seine Energie in den GroWiAn steckte, versank ich zwischen Windeln, Spucktüchern, Wäsche und Davids Kindergarteneingewöhnung“, murmelte sie gedankenverloren. „Wenn ich es schaffte, mich selbst alle zwei oder drei Tage unter die Dusche zu stellen, war ich gut. Mit einer Anke Ott konnte ich nicht mithalten. Sie war jung, schön und vor allem ungebunden. Diese Frau vergötterte deinen Vater. Und Claus Jürgen gab sich als der große Macher."

„Mann, Mama! Warum hast du dir das gefallen lassen?" Anna starrte ihre Mutter entgeistert an. „Du hast es GEAHNT! So einen Blödmann hast du nicht verdient. Und dich dermaßen ätzend behandeln zu lassen, hast du nicht nötig! Wieso hast du deinem Mann nicht die Hölle heiß gemacht?"

„Kinder drehen das eigene Leben auf links."

Angelika schaute ihre Tochter an. Auf einmal wirkte sie unendlich müde. „Versteh mich nicht falsch, Anna. Ich liebe dich und David. Für nichts auf der Welt hätte ich euch beide hergeben wollen! Aber besonders in den ersten Jahren war das Leben mit dir und deinem Bruder unsagbar anstrengend. Ich hätte nicht gedacht, dass ein Mensch mit so wenig Schlaf auskommen kann. Zeit für mich selbst hatte ich überhaupt keine mehr, geschweige denn für deinen Vater. Da kommt die Romantik schon mal zu kurz."

Anna riss die Augen auf. „Nimmst du ihn etwa in Schutz?!" Sie musste an sich halten, nicht laut zu werden.

„Nein." Angelika schüttelte den Kopf. „Ich war damals einfach nur froh, wenn ich meinen Alltag auf die Reihe kriegte. Claus Jürgen gab beruflich Vollgas, so dass ich mich zu Hause allein um alles kümmern musste. Glaub mir, sobald du kleine Kinder hast, hat ein potenziell untreuer Ehemann nicht die Relevanz wie du im Moment denkst. Zumal dein Vater das Geld rangeschafft hat."

Angelikas Mund wurde schmal, als sie weitersprach: „Meine Eltern waren in den ersten Jahren nicht sonderlich begeistert von ihrem Schwiegersohn, insbesondere dein Opa. «Wenn du ihn heiratest, sieh zu, wie du mit ihm klarkommst!»“ Sie grinste schief. „Ich war nicht sicher, ob sie mich unterstützen würden, sollte ich mich trennen wollen. Ich hatte zwar eine stolze Summe mit in unsere Ehe eingebracht, doch das Geld hatte Claus Jürgen fest angelegt. Da kam ich nicht ran. Ich war auf ganzer Linie am Limit. Finanzielle Sorgen wollte ich mir nicht auch noch machen müssen.“

„Also hast du weggesehen“, fasste Anna zusammen.

„Nein“, widersprach ihre Mutter. „Ich habe hingesehen. Ganz genau. Bei dir und deinem Bruder. Euch ging es gut. Das war alles, was mir zu dem Zeitpunkt wichtig war.“

„Aha.“

Schweigen.

Kati brachte das Wasser und räumte die Schnapsgläser ab. „Möchten Sie schon bestellen?“

Angelika lächelte freundlich. „Geben Sie uns noch zwei Minuten?“

„Gerne.“ Schon war Kati wieder weg.

Anna trank einen Schluck Wasser. Sie wusste nicht, was sie von den Worten ihrer Mutter halten sollte.

Es klingt, als hätte sie damals keine Wahl gehabt.

Angelika drückte ihre Hand. „Die Sache mit Anke kann nicht lange gelaufen sein. Vielleicht einen Winter? Im Frühjahr darauf wurde alles anderes. Claus Jürgen erzählte mir, dass seine Assistentin gekündigt hätte und er nun einen jungen Mann einstellen würde. Er war wieder mehr zu Hause, brachte mir ab und zu Blumen mit und spielte sogar regelmäßig mit euch beiden. Was wollte ich mehr?“

Mama konnte nicht mal kämpfen. Alles, was sie machen konnte, war durchhalten. Aushalten! Sie wusste ja nicht, wie es ausgehen würde. Wie stark muss sie sein, um das zu ertragen?

Unmerklich schüttelte Anna den Kopf. „Wusstest du, dass Anke und er ein Kind haben?“

„Nein.“ Ihre Mutter sah ihrer Tochter ins Gesicht. „Und auch nicht, dass Claus Jürgen seinen Sohn später eingestellt hat. Er hat nie von Lasse Berends gesprochen.“

Anna runzelte die Stirn. „Hat Paps denn keine Alimente gezahlt?“

„Bis 1994 kann ich das nicht sagen“, räumte Angelika ein. „Als ihr klein wart, hat Claus Jürgen sich um unsere Konten gekümmert. Erst, als er Storm Energie gegründet hat, habe ich unsere privaten Finanzen übernommen. Und da gab es keine verdächtigen Zahlungen – die wären mir aufgefallen.“

„Und vorher?“, bohrte Anna nach. Sie hatte das Bedürfnis, ihren Vater festzunageln. „Hast du die alten Auszüge noch?“

„Leider nicht.“ Ihre Mutter zuckte entschuldigend mit den Achseln. „Als es bei Storm Energie rund lief, haben wir unser Haus gebaut. Vor dem Umzug wurde kräftig ausgemistet.“ Sie schaute Anna nachdenklich an. „Ich habe mich um die Kindersachen gekümmert und er sich um die Versicherungs- und Finanzunterlagen. Wenn ich es recht erinnere, war ich damals überrascht, wie wenige Ordner übrig geblieben sind. Du kennst ja deinen Vater. Er ist wie ein Hamster und trennt sich äußerst ungern von solchen Papieren.“

„Pah!“, zischte Anna. „Paps hat Beweise vernichtet.“

„Das könnte sein“, erwiderte Angelika mit eisiger Miene. „Viel schlimmer finde ich allerdings, dass Lasse all die Jahre nichts von seinem Vater wusste, oder meinst du, er kennt die Wahrheit?“

Anna schüttelte den Kopf. „Das kann ich mir nicht vorstellen. Dann wäre das mit der Kündigung anders gelaufen, wetten?“

„Stimmt.“

Auf einmal wurde ihre Mutter blass und hob die Hand vor den Mund. Man konnte in ihren Augen sehen, wie die Erkenntnis mit all ihren Konsequenzen in ihr wuchs.

„Emilia! O mein Gott! Lasses Tochter ist Claus Jürgens Enkelin!“

„Genau. Und Paps weigert sich, sich bei DKMS registrieren zu lassen.“

„Oh, das WIRD er!“, knurrte Angelika unerbittlich. „Dafür sorge ich. Noch heute!“

Anna grinste. Bei Storm Energie war ihr Vater der unangefochtene Chef, doch zu Hause hatte seine Frau die Hosen an.

Das Unwetter auf meinem Bootsbild ist ein laues Lüftchen gegen den Sturm, der nachher über Paps hereinbrechen wird! Ohauaha!

Mitleid hatte sie keines mit ihm. Im Gegenteil, es war überfällig, dass Claus Jürgen sich endlich seiner Verantwortung stellte.

Weltuntergang in Sicht

Für den Rest des Arbeitstages wurde Anna nur unwesentlich produktiver. Ständig kreisten ihre Gedanken um ihre Eltern, Lasse und Emilia.

Wie wird Paps reagieren? Gibt er alles zu oder leugnet er es?

Das Eingestehen von Fehlern war nicht unbedingt die Paradedisziplin ihres Vaters. Meist wand er sich irgendwie raus.

Aber Vollzugriff ist eine feine Sache und unser Archiv ist auch nicht übel.

Anna lächelte. Da sie sich eh nicht auf ihre Aufgaben konzentrieren konnte, hatte sie die alten Finanzdaten von Storm Energie unter die Lupe genommen. Und siehe da, in den Anfängen hatte es mehrere Privatentnahmen gegeben, die nicht auf den Konten ihrer Eltern, sondern bei der Sparkasse in Meldorf gelandet waren. Insgesamt handelte es sich um 120.000 Euro.

Immerhin hat Paps finanziell für seinen Sohn gesorgt.

Angelika befand am Telefon, dass das das Mindeste war, was ihr Mann hätte tun müssen.

Tja, Paps! Diesmal gibt es kein Entrinnen. Mama hat dich in der Hand!

Vorsorglich, quasi als Gesprächsgrundlage, hatte Anna

alle relevanten Daten abfotografiert und zusammen mit den Aufnahmen aus dem GroWiAn-Bildband an ihre Mutter geschickt.

„Das wird ein heiliges Donnerwetter geben“, murmelte Anna. Sie hoffte nur, dass sie ihrem Vater bis zum Feierabend nicht mehr über den Weg lief.

Falls doch, garantiere ich für nichts!

Sie ballte die Fäuste.

Ich habe einen Halbbruder und eine Nichte, die todkrank ist. Und ich wusste nichts davon!

Anna wollte Lasse und Emilia beistehen und das nicht nur mit der Organisation einer Registrierungsaktion.

Nein, da muss mehr gehen.

Ob sie Kontakt zu der Familie aufnehmen sollte? Oder war das in diesen Tagen zu viel des Guten?

Weiß Lasse überhaupt, dass Jochen Berends nicht sein leiblicher Vater ist?

Wenn nicht, dann hatte sie kein Recht, diese Wahrheit aufzudecken.

Ich sollte vorher mit Anke Berends reden.

Anna seufzte. Sie musste behutsam vorgehen. Die Familie hatte mit der Krankheit der kleinen Emilia schon genug zu tragen. Die besten Absichten halfen nichts, wenn man mit unbedachten Äußerungen Welten zum Einsturz brachte.

Auf alle Fälle werde ich das Gespräch zwischen meinen Eltern abwarten. Mama hat versprochen, mich heute Abend anzurufen und Bericht zu erstatten. Danach bin ich hoffentlich schlauer!

Annas Sichtfeld wurde schwarz, ihr Monitor war in den Stromsparmodus gefallen.

Boa! Das ist schon das dritte Mal in Folge!

Resigniert ruckelte sie an der Maus und der Bildschirm erwachte zu neuem Leben. Es war 15:05 Uhr.

Jetzt prökel ich schon über eine Stunde an den Winddaten herum und bin immer noch nicht weiter. Nee! Das hat heute keinen Zweck mit mir.

Sie speicherte und schloss das Programm.

„Feierabend! Morgen ist auch noch ein Tag."

Gerade als sie den Rechner herunterfuhr, klingelte ihr Smartphone.

Ob das Mama ist?! Hat sie etwa noch was ausgegraben?

Annas Magen sackte ins Bodenlose. Beklommen linste sie aufs Display.

Erik!

Ihr Herz machte einen Freudensprung und brachte den Magen wieder auf Kurs. Sie atmete auf.

Mein Ritter ist die beste Ablenkung der Welt.

Genau das, was sie an einem aufwühlenden Tag wie diesem brauchte. Sie ging ran.

„Moin, Ritter Kunibert."

„Elfenprinzessin ...“, erwiderte er ehrerbietig und Anna sah seine angedeutete Verbeugung vor ihrem geistigen Auge. Sie kicherte; das befreite. Auf Erik war in jeder Not Verlass.

Lächelnd erkundigte sie sich: „Was kann ich für dich tun?"

„«Ja» sagen“, antwortete er ebenfalls mit einem Lächeln in der Stimme.

„Ja", sagte Anna.

„Perfekt! Danke. Dann bis Samstag.“

„Was?", rief sie. „He! Halt! Wozu habe ich ja gesagt? Und was ist Samstag?"

Erik lachte. *„Ach, und ich wollte mich grad schon freuen, dass es so einfach war.“*

„Ist es nicht", widersprach Anna. „Ich brauche zumindest ein paar Eckdaten."

„Eckdaten kann ich: Samstag, 13 Uhr, Grillen bei meinen Eltern, Juli und ihr Freund kommen auch.“

„Oh. Ein Familienessen.“

Anna wurde erneut flau im Magen. Mit Julia hatte sie seit Ewigkeiten keinen Kontakt mehr gehabt. Ihre Schulfreundin hatte nicht mal auf der Gästeliste für die Hochzeit mit Olli gestanden.

Sie schluckte. *Was wird das? Will Erik mich offiziell seinen Eltern vorstellen? Wir sind doch kein Paar!*

Sie hatte keine Ahnung, ob sie da hingehen wollte. Oder sollte.

„Familienessen? Ohauaha!“, brummte er. *„So, wie du das sagst, hört es sich nach einer steifen Pflichtveranstaltung mit Krawatte und Sakko an. Ich dachte eher an eine lustige Grillschlacht, so wie früher. Also T-Shirtmäßig. Fietes Wetterfax verspricht fürs Wochenende Sonnenschein und milde Temperaturen. Und ausnahmsweise schneit meine sabbelige große Schwester mit ihrem Freund bei uns rein. Wenn du einen Pott selbstgemachte Kräuterbutter mitbringst, lassen wir die guten alten Zeiten wieder aufleben.“*

„Aha.“ Anna grinste erleichtert. „Und als Nachtisch macht Juli Himbeerjoghurteis und wir spielen Uno, oder wie?“

„Darauf baue ich fest“, feixte Erik. *„Und ihr lasst mich gewinnen – alles wie damals.“*

„Nix da!“, protestierte Anna. „Du bist zwar immer noch der Lütte, aber aus dem Welpenschutzprogramm bist du definitiv rausgewachsen.“

„Oha! Du meinst, ich sollte mich besser warm anziehen?“

„Ja, solltest du. Pullimäßig. Mindestens.“

„Dann kommst du also?“

Anna zögerte.

„Mama macht Tomatensalat", lockte Erik. *„Und Juli freut sich garantiert ein Loch in den Bauch, wenn sie dich endlich mal wieder zu Gesicht bekommt. Sie weiß übrigens noch nichts von ihrem Glück. Komm schon, Elfenprinzessin, ich möchte mein Schwesterherz endlich mal sprachlos erleben."*

„Na gut." Anna gab sich einen Ruck. „Ich bin dabei. Und die Kräuterbutter ist notiert."

Auf dem Heimweg grübelte Anna darüber nach, was es bedeuten könnte, falls die Sache mit ihrem Halbbruder offiziell werden würde. Sie wusste, dass es ein ungelegtes Ei war, doch ihre Gedanken interessierte das nicht die Bohne! Sie sprangen kreuz und quer von Krankenhausbesuchen bei Emilia zu einem gemeinsamen Weihnachtsfestessen hin zu einer großen Familienzusammenführungsparty mit David und seinen drei Mädels. Dabei ignorierten sie die Tatsache, dass Anna keinen Schimmer hatte, ob Lasse überhaupt Kontakt haben wollte, komplett.

Seufzend trat sie in die Pedalen.

Ein neuer Bruder ist eine ganz neue Welt. Alles ist voller Optionen.

Es war ein blödes Gefühl, nichts Genaues zu wissen und nicht planen zu können.

Oh Mann! Hoffentlich ruft Mama bald an. Vielleicht bin ich danach schlauer.

Sie nahm die Hand vom Lenker und warf einen Blick auf ihre Armbanduhr. 20 nach drei. Bis ihre Mutter sich melden würde, vergingen noch Stunden! Das bedeutete endlos Zeit für fruchtlose Spekulationen.

Und was, wenn am Ende doch alles anders ist?

Vielleicht zauberte ihr Vater eine simple Erklärung aus seinem Hut und Lasse war gar nicht ihr Bruder?

„Meine Herren, der Tag wird lang", schnaufte Anna. Sie passierte die Grundschule. Gleich kam der Kreisel, bei dem es zur Sparkasse und zum Edeka abging.

Fürsorglich schlug ihr Bauch vor, den Nachmittag mit Filmen, literweise Eiscreme und reichlich Schokoladenkeksen zu verbringen, doch darauf ließ Anna sich nicht ein.

Als sie schließlich die Treppen zu ihrer Dachgeschosswohnung hinaufstieg, klingelte ihr Handy.

Ist das etwa schon Mama?

Es war eigentlich viel zu früh, trotzdem machte ihr Magen einen auf Achterbahn.

Hektisch fummelte Anna das Smartphone aus ihrem Rucksack und sah, dass es Robert war. Das bescherte ihrer Bauchachterbahn eine Haltestelle.

Boa. Mir ist schon ganz schlecht vor Aufregung. So kann das nicht weitergehen. Vielleicht sollte ich Erik, Robert und Mama unterschiedliche Klingeltöne zuweisen …

Später. Erstmal ging sie ran.

„Moin, Robert."

„Moin, Anna." Er klang nervös und seine Stimme hallte, als befände er sich in einem unmöblierten Raum. *„Ich wollte fragen, ob ich dich überfallen darf?"*

Anna verzog den Mund. Hatten Ritter und Knappe sich etwa abgesprochen? Zum Glück war sie lernfähig.

„Überfallen? Womit?"

„Der Maler ist heute fertig geworden", verkündete Robert. *„Arne und ich haben gerade die Abnahme gemacht."*

„Prima!" Inzwischen war Anna oben angekommen und schloss ihre Wohnungstür auf. „Ich bin echt neugierig."

Durch den Stress der letzten Wochen hatte sie es nicht geschafft, Arne beim Streichen zu besuchen, so, wie sie es vorgehabt hatte. Schade eigentlich.

„Und ich erst! Hast du vielleicht Lust, heute früher Feierabend zu machen und gucken zu kommen?"

Während er redete, streifte Anna im Flur ihre Schuhe ab, ging ins Schlafzimmer und schaute aus dem Fenster. Amüsiert stellte sie fest, dass in Roberts Wohnung ebenfalls jemand am Fenster stand und telefonierte.

„Ja, habe ich", antwortete sie und winkte.

„Oh! Du bist schon zu Hause!"

„Offensichtlich", seufzte Anna und ließ ihren Arm sinken.

„Das ist früh für deine Verhältnisse", stellte Robert fest. Besorgnis schwang in seiner Stimme mit. *„Ist alles gut bei dir?"*

„Geht so."

„Was ist passiert?"

„Wir schnacken gleich", meinte Anna. Ob sie ihm von der Lasse-Paps-Sache erzählen sollte? Es fühlte sich irgendwie verkehrt an. „Ich kümmere mich nur kurz um Carlo und dann komme ich rüber, okay?"

„Ja, gern. Bis gleich."

„Bis gleich."

Zehn Minuten später suchte Anna am Hauseingang nach dem richtigen Klingelknopf. Sie wurde schnell fündig, denn alle Schildchen bis auf eines waren mit schlichten, schwarzen Druckbuchstaben versehen. Das Oberste hingegen war noch ein Provisorium und stach königsblau hervor. «R. Wieck» stand dort in Roberts schwungvoller Handschrift.

Anna klingelte und in der nächsten Sekunde ertönte der Summer.

Er hat auf mich gewartet!

Ein Lächeln huschte über ihre Lippen.

Ding!

Im schicken Foyer öffnete sich der Fahrstuhl. Robert musste ihn für sie heruntergeschickt haben. Das war nett, aber sie nahm lieber die Treppe.

Als sie oben ankam, stand er in der offenen Wohnungstür und blickte ihr lächelnd entgegen. „Hey, wie schön, dass du hier bist."

Oha! Heute mal nicht mit Schlips und Kragen, sondern in Jeans und T-Shirt. Was für ein ungewohnter Anblick.

„Moin!", grüßte Anna zurück. „Toll, dass ich gucken darf."

„Immer doch! Komm rein." Robert deutete einladend in seine Wohnung.

„Danke."

„Du hast heute ja sehr früh Schluss gemacht", kam er auf das Telefonat zurück und warf ihr einen besorgten Blick zu. „Ist was passiert?"

„Ach", winkte sie ab. „Nur Familienchaos."

„Oh je!" Robert schloss die Wohnungstür hinter ihr. „Das hört sich nicht gut an. Ist dein Vater mal wieder über die Stränge geschlagen?"

„Heute nicht", wich Anna aus. Sie musste die Halbbruder-Nummer erstmal für sich selbst klarkriegen, bevor sie mit irgendwem außer ihrer Mutter darüber sprach. Vor allem brauchte sie Gewissheit, ob ihre Schlussfolgerungen korrekt waren.

Tapfer setzte sie ein Grinsen auf, aber damit konnte sie Robert nicht täuschen.

Er schaute ihr aufmerksam ins Gesicht. „Du weißt, dass du mich jederzeit anrufen kannst, oder?"

Sie nickte.

Roberts Blick wurde intensiv, er kribbelte auf Annas Haut. „Das habe ich nicht bloß so dahingesagt. Wirklich jederzeit!"

„Na, du bist mutig“, neckte sie ihn. „Du würdest dich bedanken, wenn ich dich um drei Uhr nachts aus dem Bett klingle!“

„Das würde ich tatsächlich“, behauptete er, im Graugrün seiner Augen schimmerten Wahrheit und Zuneigung.

„Zu der Tageszeit ruft man nämlich nur die Menschen an, denen man hundertprozentig vertraut.“ Er griff nach ihrer Hand. „Von dir nachts um drei aus dem Bett geklingelt zu werden, wäre mir eine Ehre!“

Robert meinte das absolut ernst.

Anna schluckte. Dort, wo seine Finger die ihren berührten, breitete sich eine angenehme Wärme aus und floss wohlig ihren Arm hinauf.

Erst jetzt fiel Anna auf, dass sie vor lauter Anspannung den ganzen Tag über nervös kalte Hände gehabt hatte.

Er ist wie die Frühlingssonne an einem eisigen Februartag.

Sehnsucht breitete sich in Anna aus. Am liebsten hätte sie sich an seine Brust gekuschelt und sich von ihm umarmen lassen. Aber das konnte sie nicht machen, sonst würde der Ritter des Knappen sein Schwert ziehen.

Argh!

Hilflos blieb sie stehen.

Robert nickte zur Bekräftigung seiner Worte, dann drückte er ihre Hand und die Zärtlichkeit in seinen Augen verwandelte sich in Aufregung.

„Komm mit! Ich bin so gespannt, was du zu Arnes Arbeit sagst!“

„Und ich erst“, murmelte Anna. Sie bedauerte, dass der innige Moment vorbei war.

„Fangen wir im Bad an“, schlug er vor und zog sie mit sich. „Ich gebe zu, ich habe Angst vor deinem Urteil.“

„Wieso? Ich beiße nicht“, beschwerte sie sich. Ihre

Stimme klang verräterisch belegt. Sie genoss es, dass er weiterhin ihre Hand hielt.

„Stimmt. Aber deine Kommentare können bissig sein. Auch wenn ich vielleicht nicht so aussehe: Ich bin ein sensibler Mann."

Er zwinkerte und fasste sich mit der freien Hand theatralisch ans Herz. „Das «Pieschgrün» hat mich schwer getroffen – obwohl du selbstverständlich recht hattest."

Anna kicherte, woraufhin Robert glücklich grinste.

Schwungvoll öffnete er die Tür zum Badezimmer. „Und? Was sagst du jetzt?"

Das Badezimmer war umwerfend. Genau wie der Fitnessraum, das Gästezimmer, das Schlafzimmer, die Ankleide, die Diele und das Arbeitszimmer. Selbst die Garderobe und den Abstellraum hatte Arne sich vorgeknöpft und beides in einen geschmackvollen «Schöner Wohnen»-Traum verzaubert. Das absolute Highlight war jedoch das Wohnzimmer: Die Metalleffekttechnik ließ die Wand changierend grau-blaugrün leuchten.

„Wow!", staunte Anna und strich fasziniert über die glatte Oberfläche. „Da hat Arne sich selbst übertroffen."

„Das hat er", bestätigte Robert. „Ich bin überrascht, wie sehr Farbe einen Raum verändern kann. Das hätte ich nicht gedacht. Diese Wohnung ist ein echter Hingucker geworden. Dank dir!"

„Ach was", winkte Anna ab. „Arne hat doch gestrichen, nicht ich."

„Stimmt. Aber ohne dich hätte ich unseren armen Malermeister vermutlich mit den Farbkumpels von meinem Pieschgrün beauftragt. Vielleicht Schnulli-orange oder Babyblau?"

„Keine Chance.“ Anna drehte sich zu ihm um und schmunzelte. „Da hätte Arne sich geweigert, wetten?“

„Tse, tse, tse!“ Robert schüttelte übertrieben tadelnd den Kopf. „Was ist bloß aus dem guten alten «Der Kunde ist König» geworden?“

„Tja“, stichelte Anna, „im Gegensatz zu euch Nordfriesen sind wir Steinburger stur und unbestechlich. Wir halten nicht damit hinterm Berg, wenn etwas hässlich ist.“

„Nee, das tut ihr weiß Gott nicht!“ Robert lachte. „Auf alle Fälle ist dort“, er zeigte stolz auf die metallisch schillernde Wand, „jede Menge Platz für die Werke der Elfenprinzessin. Wie ich hörte, bist du mit dem ersten Großformat schon fertig.“

Ein aufgeregtes Kribbeln flatterte durch Annas Bauch, als sie sich vorstellte, dass eine von ihr bemalte Leinwand an dieser anbetungswürdigen Wand hängen durfte. Schnell verscheuchte sie es mit einer lockeren Bemerkung: „Oha! Hat mein treuloser Ritter etwa gepetzt?“

„Nein, wo denkst du hin“, widersprach Robert. „Im Gegenteil! Ritter Kunibert hat seinen Knappen zum Rapport befohlen und war so freundlich, seinem Untergebenen selbst ein paar Info-Brotkrumen zukommen zu lassen.“

Na, sieh mal einer an! Die beiden stecken also wieder ihre Köpfe zusammen.

„Jedenfalls“, fuhr Robert fort, „soll deine auslaufende Segeljacht sehr beeindruckend sein.“

„Die Segeljacht ist vollkommen unspektakulär“, entgegnete Anna trocken. „Lediglich der Himmel darüber hat es in sich. Da bekomme sogar ICH eine Gänsehaut, wenn ich ihn anschaue. Sorry, Robert, aber das Bild werde ich dir nicht für dein Wohnzimmer geben.“

Verdutzt guckte er sie an. „Willst du es behalten?“

„Bloß nicht!“ Anna hob abwehrend die Hände. „Das tue ich mir nicht an.“

„Wie jetzt?“ Robert hob irritiert beide Brauen.

„Der Ritter hat dir nur die halbe Wahrheit erzählt.“ Sie grinste. „Mir gegenüber meinte er nämlich am Montagabend, als ich mit dem Acryl fertig war – ich zitiere ihn mal: «Ohauahauaha! Dein Sturm ist Bedrohung pur. Wenn man diese Wolken betrachtet, bricht einem nach fünf Minuten der Angstschweiß aus und ‘ne halbe Stunde später fühlt man sich so bedeutend wie eine Schlammamöbe.»“

„Oh. Wie nett. Was habe ich nur für eine einfühlsame Obrigkeit“, witzelte Robert.

Anna zuckte mit den Schultern. „Erik ist Steinburger wie ich.“

„Und?“ In Roberts Augen funkelte es. „Hat er recht mit seinem Urteil?“

„Ja“, seufzte Anna. „Das Bild kann man unmöglich in ein Wohnzimmer hängen, es sei denn, die Bewohner sollen einen Herzkasper bekommen.“

„So schlimm?“

„Schlimmer.“ Nachdenklich sah sie zu ihm auf. „Hmm. Vielleicht sollte ich Paps die auslaufende Jacht für sein Büro unterjubeln.“

Annas Mundwinkel hoben sich von selbst.

Hehe! Der Gedanke ist super!

„Also hat dein Vater doch was ausgefressen!“, kombinierte Robert und ließ sie nicht aus den Augen.

Mist! Er hat mich.

Schweigen.

Sein Blick umarmte sie und schien ihr Halt geben zu wollen.

Er würde mich auf Händen tragen, wenn ich ihn ließe.

Und es würde sich gut anfühlen, daran bestand kein Zweifel!

Genau wie bei Erik. Verdammt!

Anna schluckte, die Situation überforderte sie.

Um abzulenken, zeigte sie ungeschickt auf den Campingtisch und die zwei Klappstühle, die verloren mitten im riesigen Wohnzimmer standen, und wechselte das Thema.

„Wie ich sehe, waren deine Möbelpacker schon da."

„Jo", ging er auf ihren Scherz ein. „Mein Bett war ihnen allerdings zu unhandlich. Es liegt noch unten in meinem Auto."

Im Porsche. Ja klar.

Anna grinste dankbar. „Ach, komm, sei mal bescheiden. Tisch und Stühle sind doch die halbe Miete."

„Absolut", bestätigte Robert. „Eigentlich wollte ich dich mit Käse und Gemüsedip überraschen, aber du warst schneller hier, als ich das Zeug einkaufen konnte. Wenn du Lust hast, können wir das gemeinsam nachholen."

„Lust habe ich." Anna warf einen Blick auf die Uhr. Es war Viertel vor fünf.

Bis Mama anruft, vergehen noch Stunden. Und allein gehe ich zu Hause die Wände hoch oder plündere mein Eisfach. Beides ist blöd.

Sie lächelte. „Und Zeit habe ich auch. Zumindest ein oder zwei Stunden. Also auf zu Frauen!"

Anna schlug vor, den Weg zum Laden zu Fuß zurückzulegen. „Es ist nicht mal ein Kilometer. Ich nehme mein Rad mit, dann können wir die Einkäufe in den Fahrradkorb legen und müssen nicht schleppen."

Auf der Rücktour hielten sie bei Annas Wohnung an, um Geschirr, Brettchen und Messer mitzunehmen.

Robert beobachtete schmunzelnd, wie Anna zwei Teller und zwei Gläser in ein Geschirrhandtuch einwickelte. „Wir hätten Pappteller und Plastikbecher nehmen sollen. Jetzt müssen wir hinterher noch spülen."

„Das macht nichts", erwiderte Anna. „So haben wir weniger Müll."

„Zu Fuß zum Einkaufen und nicht mal Einweggeschirr", fasste Robert zusammen, während er Besteck für beide aus der Schublade holte. „Dir ist es echt ernst mit dem Umweltschutz, was?"

Anna nicke. „Ja. Als ich klein war, war das ein großes Thema bei uns zu Hause. Ich möchte meinen Beitrag leisten."

„Sehr löblich." Er grinste, doch sein Blick war skeptisch. „Glaubst du, das bringt was? Die Chinesen interessieren sich nicht für die Reduzierung des CO2-Ausstoßes oder Plastikvermeidung. Global betrachtet hat Deutschland einen verschwindend geringen Anteil an den Umweltproblemen der Welt."

„Richtig", stimmte Anna zu. „Beim CO2-Ausstoß waren es 2016 läppische 2,23%."

„Du kennst also die Zahlen." Robert schaute sie verwundert an. „Es gibt Nationen, die belächeln uns Deutsche für unseren Umweltpioniergeist und all die Verordnungen, die wir um Tüten und Abgasgrenzwerte stricken. Wir 80 Millionen sind viel zu unbedeutend, als dass wir die Welt verändern könnten. Selbst alle europäischen Länder zusammen sind in Bezug auf den CO2-Ausstoß ein Witz gegen China und die USA."

„Das Argument kenne ich", erwiderte Anna gelassen.

„Aber du teilst es nicht?"

Neugier huschte über seine Miene.

Sie schüttelte ihren Kopf. „Kein Stück. Auf China und die USA habe ich keinen Einfluss, auf mich allerdings schon. Veränderung beginnt im Kleinen, nicht im Großen. Tatsächlich fängt sie in den Köpfen einzelner Menschen an.“

„Und du willst so ein Mensch sein.“ Er lächelte versöhnlich und rollte das Besteck in zwei Servietten ein.

Anna konnte spüren, dass sie ihn nicht überzeugt hatte.

Hmmm. Will ich das mit ihm ausdiskutieren?

Robert war ihr wichtig und das Thema war es ebenso. Wenn sie es recht bedachte, war es nur fair, die Karten in dieser Sache offen auf den Tisch zu legen.

Sie seufzte. „Ich will nicht so ein Mensch sein, ich MUSS es.“

Robert schaute sie aufmerksam an. „Wie meinst du das?“

„Ich gehe mit offenen Augen durch die Welt, ich höre Nachrichten, ich lese Zeitungen“, begann Anna und überlegte, wie sie am besten auf den Punkt bringen sollte, was sie beunruhigte.

„Das tue ich auch“, hakte er stirnrunzelnd ein. „Deswegen ist mir klar, dass wir als Privatperson so gut wie nichts ausrichten können. Industrie und Handel sind die Hauptemissionsverursacher.“

„Richtig. Und die wollen mich als Kunden!“, konterte Anna. „Es ist unstrittig, dass wir Probleme mit der Umwelt haben. Aktuell gibt es ein nie dagewesenes Artensterben, den Klimawandel, Plastik in den Meeren und, und, und. Mit der Art, wie wir auf unserem Planeten hausen, zerstören wir unsere Lebensgrundlage. Falls wir nicht selbst sterben wollen wie die Fliegen, müssen wir handeln.“

„Wir als Menschheit?“, hakte Robert nach und kratzte

sich am Kinn. „Wow. Das ist ambitioniert.“

„Das wäre natürlich optimal, aber so viel Hoffnung habe ich nicht. Du brauchst ja nur nach England zu schauen: Die Politiker bekommen nicht einmal einen Brexit hin, wie soll sich die Menschheit da bei finanzintensiven Themen wie dem CO2-Ausstoß einigen?“

Anna grinste schief. „Nein, das ist illusorisch. Ich fürchte, wenn wir auf die große Lösung durch die Weltpolitik warten, sind wir verloren. Unterhalte dich mal mit einem Artenforscher: So viel Zeit haben wir nicht. Wir können nicht auf Gesetze warten, die in zehn Jahren das verbieten, was heute die Insekten tötet. Falls es dumm läuft, gibt es in zehn Jahren keine mehr, die wir schützen können.“

Robert sah sie betroffen an. „Mann, Anna, das ist ein tiefschwarzes Szenario, was du da an die Wand malst. Glaubst du das wirklich?“

„Ich weiß nicht, was ich glauben soll.“ Sie lächelte traurig. „Ich hoffe, die Forscher irren sich. Aber glaubst DU das? Ich meine, das sind schlaue Leute und sie haben die Daten der letzten Dekaden ausgewertet. Da dürfte es wenig Interpretationsspielraum geben. Googel einfach mal den Begriff «Artensterben».“

„Davor habe ich mich bisher gedrückt“, gab Robert zu.

„Das habe ich auch eine Weile. Die Berichte zu den Treffern lesen sich wie ein Endzeithorrorroman. Ich habe echt Angst bekommen, als ich mir die Studien reingezogen habe.“

In der kleinen Küche breitete sich ein beklommenes Schweigen aus.

Anna spürte, dass Robert sich auf ihre Argumentation einließ. Sie stellte das Handtuch-Teller-Gläser-Paket auf den Küchentisch und klopfte Robert aufmunternd auf den Oberarm. „Eines ist klar: Wegzusehen rettet niemanden und Weltuntergangsszenarien lähmen meine Gedanken.“

Sie zwinkerte, wurde jedoch gleich darauf wieder ernst. „Einige Fachleute sagen, dass uns noch ein paar Jahre bleiben, um das Ruder herumzureißen. Ich habe nicht vor, auf die große Lösung der Weltpolitik oder von Industrie und Handel zu warten. Ich fange lieber schon mal bei mir selbst an und gucke, was ich in meinem Alltag besser machen kann.“

„Und wenn sich die Experten täuschen und alles falscher Alarm ist?“

Anna zuckte mit den Schultern. „Dann habe ich nichts verloren. Es kann sicher nicht schaden, achtsam mit der Umwelt umzugehen.“

Robert schüttelte den Kopf. „Du bist krass, Anna.“

„Ich bin nicht krass“, korrigierte sie, „sondern bloß bemüht. Entsprechend habe ich beschlossen, dass es für mich keinen Sinn macht, zum Shoppen für einen Tag nach Paris zu fliegen. Mir reicht es, mit der Bahn einen Nachmittag nach Elmshorn zu fahren.“

„Du schränkst dich ein, während alle anderen weitermachen wie bisher?“

„Ich schränke mich nicht ein“, erklärte Anna grinsend. „Ich wäge ab. Und ganz ehrlich: Wenn es Bindfäden regnet oder ich mir eine Kiste Wasser holen möchte, dann nehme ich meinen Corsa.“

„Ist das nicht inkonsequent?“ Robert runzelte skeptisch die Stirn.

„Nein. Das ist realistisch.“ Sie nahm ihm die Besteck-Rollen aus der Hand und legte sie zum Geschirr. „Ich bin Teil dieser Gesellschaft und bin nicht perfekt. Ich kann nicht von heute auf morgen alles umstellen. Es ist wie eine Nulldiät – das würde ich nicht durchhalten. Aber“, Anna hob triumphierend ihren Zeigefinger, „ich kann viele kleine Entscheidungen treffen."

Sie deutete auf das verpackte Besteck und die Gläser. „Ich kann das Einwegzeug im Laden lassen und stattdessen meinen Kram zu dir tragen und hinterher abspülen. Zack, schon habe ich einen Punkt auf meiner Gut-Gemacht-Liste. Ich kann mit dem Rad fahren, ich kann mich für Mehrwegpfand statt für Einwegpfand entscheiden, und so weiter. Das ist alles nicht aufwändig und kostet mich keinen Cent. Und falls es morgen früh schüttet, kann ich auch mal mit gutem Gewissen das Auto für den Weg zur Arbeit nehmen."

Robert nickte langsam. „Verstehe. Die Einzelentscheidung ist unwichtig, aber in der Summe kommt was zusammen."

„Jep. Auch Kleinvieh macht Mist." Sie strahlte ihn an. „Ist wie in der Wirtschaft. Und wenn das nicht nur ich allein mache, sondern vielleicht auch du, Erik, meine Mama … und irgendwann halb Glückstadt, ein Drittel Schleswig-Holsteins oder – ich träume jetzt mal – ein Zehntel von Deutschland, dann können wir eben doch etwas bewegen. Und vielleicht folgen Industrie und Handel unserem Beispiel. Auch ohne Vorschriften von oben."

„Okay", murmelte Robert zögerlich, „also macht jeder, was er kann."

„Genau. Konzentrieren wir uns auf das Positive. Ich kenne Landwirte, die auf die nicht zu bewirtschaftenden Randstreifen Blumensamen werfen. Dazu hat sie niemand per Gesetz gezwungen. Sie haben das einfach gemacht, weil sie es gut fanden. Jetzt haben sie eine Insektenweide. Wer weiß, wie viele kleine Krabbler diese Bauern über den Sommer bringen werden?" Sie grinste breit. „Jeder kann was tun. Halten wir uns nicht mit Perfektion auf, sondern fangen einfach an! Jeder kleine Schritt in die richtige Richtung zählt. Wie gesagt, Veränderungen beginnen im Kleinen. Dafür braucht man keine Politik, sondern einfach bloß offene Augen."

„Anna, du faszinierst mich." Roberts Miene war voller Anerkennung. „Dir sitzt der Weltuntergang im Nacken und trotzdem tanzt du mit zuversichtlicher Leichtigkeit durchs Leben und schaust nach vorn. Wow!"

Anna lachte. „Na, die Vergangenheit kann ich ja schlecht ändern."

Er nickte und warf einen fragenden Blick zur Fensterbank. „Sind Kerzen erlaubt? Ich meine, die Teelichter sitzen ja in Aluschalen …"

„Hey, veräpple mich nicht!" Sie boxte ihm spielerisch auf den Arm.

„Mach ich nicht." Er sah ihr offen ins Gesicht. „Ich stelle nur mein eigenes Verhalten auf den Prüfstand und versuche abzuwägen."

Anna krauste die Nase.

Hmm. Er scheint es wirklich ernst zu meinen …

Schließlich nickte sie. „Die Teelichter sind okay. Die habe ich vor Ewigkeiten gekauft, das Aluminium ist ohnehin schon produziert. Also können wir sie auch abbrennen, oder nicht?"

„Sehr schön!" Robert strahlte sie an. „Dann können wir es uns jetzt ja drüben gemütlich machen, einverstanden?"

Anna strahlte zurück. „Ja, bitte!"

Kerzenschein mit Aussicht

Zusammen weihten Anna und Robert seine neue Küche ein. Sie putzten und schnibbelten Seite an Seite Gemüse und richteten den Käse auf einem von Annas Holzbrettern an.

Das gemeinsame Arbeiten war eine neue Erfahrung für Anna. Es hatte was von dem Blick durch ein Schlüsselloch.

Hmm. Könnte so der Alltag mit ihm aussehen: Abends kochen wir beide?

Das fühlte sich gut an. Die Atmosphäre war ungezwungen und nebenbei unterhielten sie sich über alles Mögliche.

Anna lächelte. Sie mochte Roberts Nähe. Unauffällig linste sie zu ihm herüber, während er mit dem Messer routiniert einer Paprika zu Leibe rückte.

Sieh an! Das macht er nicht zum ersten Mal. Offensichtlich ist er kein verwöhntes Millionärssöhnchen, das von vorn bis hinten betüdelt wurde.

Ein angenehmer Schauer kribbelte über Annas Rücken.

Kurz sah er von seinem Brett auf und ihre Blicke trafen sich.

Synchron wurde aus dem zweifachen Lächeln ein Strahlen.

Das innige Graugrün seiner Augen machte Anna nervös und verwandelte das Kribbeln in ein aufregendes Prickeln.

Ich könnte hier ewig mit ihm Gemüse schneiden.

Bedauerlicherweise war nichts mehr da, was noch geschält oder zerkleinert werden musste.

„Fertig!“, verkündete Robert und grinste breit. „Jetzt kommt der gemütliche Teil.“

„Genau“, erwiderte Anna. Sie musste sich räuspern, so rau klang ihre Stimme. „Ich wusste gar nicht, dass du kochen kannst.“

„Ach“, meinte er und trug das Käsebrett zum Campingtisch. „Meine Mutter ist etwas überkandidelt. Ihr war es sehr wichtig, dass ich die Grundlagen der Nahrungszubereitung beherrsche.“ Er schmunzelte. „Sie hatte Angst, dass ich nach dem Ausziehen nur Fertiggerichte futtern würde.“

„Gesunde Ernährung ist doch nicht überkandidelt.“ Anna kam mit dem Gemüse hinterher. „Sie wollte halt nicht, dass du krank wirst.“

„Falsch“, entgegnete Robert. „Die Gesundheit ist für Elfriede bloß ein nebensächliches Abfallprodukt. Sie wollte lediglich verhindern, dass ich dick werde.“ Er verstellte die Stimme. „Kind! Was sollen denn unsere Freunde von uns denken?!“

„Oha!“ Anna verzog das Gesicht. „Immer schön den Schein wahren, was?“

„Unbedingt.“ Er nickte vergnügt. „Aber ich will mich nicht beschweren. Wenigstens kann ich heute kochen. Wenn ich genügend Zeit finde, mach ich das ganz gerne mal.“

„Also bist du nur ein Gelegenheitskochlöffel-schwinger“, neckte sie ihn.

„Erwischt.“ Robert langte nach dem Marmeladenglas,

das Anna in ihrer Wohnung als provisorisches Windlicht mit Sand und einem Teelicht dekoriert hatte, und zündete die Kerze an. „Kochen kostet Zeit. Man muss vorher auch noch einkaufen und meistens bin ich erst spät zu Hause.“

„Also gibt es unter der Woche doch Fertigfutter bei dir?“

Robert schüttelte den Kopf. „Nee, das Zeug schmeckt mir nicht. Für meine Villa in Husum habe ich mir einen Koch engagiert.“

„Na, da wird deine Mutter aber froh sein“, stichelte Anna und füllte die Gläser am Küchenwasserhahn mit Leitungswasser.

Er grinste. „Das ist sie.“

Aha, ein eigener Koch! Pfft. Mein Herr Wieck lebt in einer anderen Welt.

Der Gedanke, dass in dieser Proll-Bude andere Leute arbeiten würden, kam ihr befremdlich vor.

Robert schien zu erraten, was in ihrem Kopf vorging. „Für diese Wohnung werde ich niemanden einstellen. Die Privatsphäre ist mir wichtiger. Außerdem gibt es in der Stadt ja noch den Kleinen Heinrich, nicht wahr?“

„Angeber“, schimpfte Anna gutmütig und stellte die Gläser ab. „So, ich glaube, nun haben wir alles.“

„Das sieht gut aus“, lobte Robert und rückte ihr mit einem galanten Lächeln den Klappstuhl zurecht. „Bitte sehr, Frau Storm.“

„Dankeschön, Herr Wieck.“

Anna setzte sich. Sie war sehr froh, dass es mit dem Abnehmen bereits so gut geklappt hatte.

Vor einem Jahr hätte ich mich nicht auf so ein Stühlchen setzen mögen.

Heute war es kein Problem mehr, obwohl sie gern noch weitere Pfunde loswerden wollte.

Robert nahm gegenüber Platz und seufzte glücklich. „Ach, ich mag meine neue Wohnung jetzt schon. Was für ein herrlicher Ausblick!“

Er strahlte sie an.

Anna nickte nach rechts zur großzügigen Fensterwand und meinte spöttisch: „Die Elbe fließt da drüben, Herr Nachbar.“

Roberts Kopf bewegte sich keinen Millimeter.

„Wer braucht die Elbe, wenn er dich ansehen kann?“

Die grünen Sprenkel funkelten im Grau seiner Augen wie weit entfernte Sterne.

Anna schluckte. Das Sternenfunkeln wirbelte in ihrem Bauch ein goldglänzendes Flirren auf. Sie wusste nicht, was sie darauf erwidern sollte.

Seine Augen leuchteten weiter, so dass Anna fast glauben konnte, dass er sie schön fand.

Ich muss was sagen.

Warum verweigerte ihr Hirn ausgerechnet in solchen Momenten seinen Dienst?

Bevor das Schweigen unangenehm wurde, deutete Robert lächelnd auf Gemüse und Käse. „Ladies first.“

Dankbar griff Anna nach einem Stück Paprika und biss hinein.

Robert nahm ebenfalls einen Paprikastreifen und stippte ihn in die Granatapfel-Lauch-Frischkäse-zubereitung. „Auf die bin ich schon seit dem Laden gespannt.“

„Und?“ Neugierig beobachtete Anna ihn beim Kauen.

Robert schloss die Augen. Kurz darauf wisperte er: „Göttlich.“

„Sag ich doch.“

„Ja, das hast du. Mit dir sollte ich öfter einkaufen gehen.“

„Gern.“ Sie lachte. „Aber wie soll das gehen, wenn

dein Terminkalender lediglich mickrige Verzehr-Blöcke für den Kleinen Heinrich herausgibt?"

„Stimmt." Seine Stirn runzelte sich unwillig. „Ich muss da echt was ändern."

Anna schüttelte den Kopf. „Behauptet man nicht immer, dass Geld frei machen würde? Du müsstest megafrei sein!"

„Da täuscht «man» sich leider", widersprach Robert. „Viel Geld bedeutet auch viel Verantwortung – zumindest im Fall meiner Familie."

„Hm." Anna krauste die Nase. „Dann seid ihr Wiecks also Sklaven der Euros?"

Er lächelte schief. „Sklaven vielleicht nicht. Mein Vater vergleicht es gern so: Wir sind wie Schäfer, die sich bemühen, ihre Schäfchen beisammen zu halten und zu mehren. Je größer die Herde, desto mehr hat man um die Ohren."

„Hört sich anstrengend an."

„Das ist es."

Anna nahm sich ein Stück Gurke und zog es ebenfalls durch den Granatapfel-Lauch-Frischkäse. Sie legte den Kopf schief und schaute Robert in seine graugrünen Augen. „Ich frage mich nur: Wozu solche Unmengen an Schafen? Du könntest bis an dein Lebensende Lammlachse essen und trotzdem würdest du deine Euroherde nicht merklich dezimieren." Sie grinste. „Wie wäre es mit weniger Schafen und dafür mehr Leben?"

„Netter Vorschlag", meinte Robert, „aber lass den lieber nicht meinen Vater hören."

Er zwinkerte und erklärte mit verstellter Stimme: „Sohn, ich habe das alles mit meinen eigenen Händen aufgebaut."

„Echt?" Anna hob die Brauen. „So ein großes Vermögen in zwei Generationen?"

„Ach, mein alter Herr vergisst gern, dass sein Vater und ebenso der meiner Mutter bereits zwei ansehnliche Herden hatten.“

„Väter!“ schnaubte sie.

„Du sagst es.“ Er angelte sich mit leidender Miene ein Stück Karotte und probierte den Honig-Senf-Feige-Dip.

Anna schaute ihn erwartungsvoll an, während er genüsslich kaute. „Und?“

„Auch Hammer! Verdammt. Ich muss da wohl öfter einkaufen.“

Sie lachte. „Nützt nix, oder?“

„Nee, keine Chance.“

„Geld macht nicht glücklich“, kam Anna wieder aufs Thema zurück. „Wenn es dir nicht mal Freiheit bringt, wozu der Stress?“

Robert trank einen Schluck Wasser. „Ich vertrete die Ansicht: Wer Vermögen hat, hat Verantwortung. Seit mein Vater mir die ersten Summen zugeteilt hat, investiere ich in Nachhaltigkeit und Innovationen, die ökologisch und sozial verträglich sind. Storm Energie gehört zu meinen ersten Beteiligungen. Ich musste richtig dafür kämpfen, um mich bei euch engagieren zu dürfen. Vermutlich fühle ich mich deswegen so mit euch verbunden.“

„Dein Vater war dagegen?“ Anna bekam große Augen.

„Anfangs schon“, bestätigte Robert. „Mein alter Herr glaubte damals eher an die Beständigkeit von Boden, Immobilien oder auch Krieg. «Diese Dinge zählen, seit es Menschen gibt. Daran wird sich nie etwas ändern!»“

Ein Schauer kroch über Annas Rücken, doch Robert fasste nach ihrer Hand und vertrieb mit seiner Berührung das Unbehagen.

Er lächelte selbstsicher. „Zum Glück ging es mit der Windenergie in den ersten Jahren steil nach oben. In jenen Tagen habe ich mit meinem «modernen Ökoschnickschnack» mehr Gewinne eingefahren als er. Da hat er mich machen lassen." Sein Lächeln wurde stolz. „Mehr noch. Er hat sich selbst neu orientiert. Vor drei Jahren konnte ich ihn überzeugen, die letzten Aktien aus dem Bereich der Waffentechnologie abzustoßen."

„Du hast die Herde auf eine neue Weide getrieben", flüsterte Anna beeindruckt.

„Hübsches Bild." Er grinste. „Es war nicht immer einfach, und als Storm vor einigen Jahren die Krise hatte, musste ich mir einiges anhören und doppelt so hart arbeiten. Ich konnte einfach nicht zulassen, dass das Geld wieder in U-Boote und Raketen fließt." Er feixte. „Dann lieber keine Zeit fürs Kochen. Zur Not geht auch mal Tiefkühlpizza oder McDonalds."

Anna nickte. „Also bist du ein Weltverbesserer?"

„Ich tue, was ich kann", bestätigte Robert. Seine Bescheidenheit wirkte echt. „In ein paar Jahren wird mein Vater mir das Ruder ganz überlassen. Wenn es soweit ist, kann ich mich neu aufstellen."

Er verschränkte seine Finger mit denen von Anna. Sie waren wunderbar warm und wieder verursachte seine Haut ein herrliches Kribbeln auf der ihren.

Er schaute ihr tief in die Augen, die grünen Sprenkel leuchteten. „Wer weiß? Vielleicht verkleinere ich meine Herde oder suche mir einen Hilfsschäfer?"

Sein Daumen malte kleine Kreise auf die Seite ihres Zeigefingers. Die Berührung ließ Anna schweben.

Bitte hör nicht auf damit!

„Auf alle Fälle hast du recht", sinnierte Robert. „Das Geld bringt nichts, wenn man keine Zeit mehr zum Leben hat. Noch muss ich da durch, aber daran werde ich arbeiten. Es sind nur noch wenige Jahre."

Es klang wie ein Versprechen.

In seinen Augen stand die unausgesprochene Frage, ob sie zusammen mit ihm durchhalten wollte.

Anna schluckte. Ein Teil von ihr schrie begeistert «Ja!».

Ich muss ehrlich zu mir sein. Freundschaft allein reicht mir nicht.

Sie wollte mehr von Robert. Kuscheln, Küssen und was eine Nacht sonst noch so hergab. Nackte Haut und verschlungene Körper wirbelten durch ihre Gedanken und färbten ihre Wangen rosa. Sie spürte seine Zärtlichkeit auf ihrer Hand überdeutlich.

Ich will ihn!

Heiße Sehnsucht prickelte durch Annas Mitte. Am liebsten würde sie ihren Verstand ausschalten und sich vom Moment treiben lassen.

Aber dann bin ich nicht besser als Paps.

Unerbittlich zeigte ihr Verstand einen blonden Strubbelkopf mit Fischerhemd und verschmitztem Sommersprossen-Grinsen. Von dem wollte sie auch mehr als nur unschuldige Freundschaft.

Kann ich Erik aufgeben?

Der andere Teil von Anna, der Robert nicht angehimmelt hatte, verneinte empört.

Ich will sie beide. Oh Mann! Ich bin unmöglich. Warum kann ich mich nicht endlich entscheiden?!

Es nützte nichts. Zwei Typen waren indiskutabel. Sie brauchte Zeit.

Sie wollte Roberts Hand nicht loslassen und doch zwang sie sich, ihre Finger vorsichtig aus den seinen zu entflechten. Die fehlende Berührung fühlte sich falsch und richtig zugleich an. Sie hinterließ Einsamkeit.

„Mehr Zeit zum Leben kann nicht schaden“, drosch Anna mit rauer Stimme eine Phrase. „Apropos leben …“, sie räusperte sich und schaute sich demonstrativ im leeren Penthouse um. „Wann wird daraus wohnen? Hast du schon einen Termin für die Möbel?“

Enttäuschung bewölkte die grünen Funkelsprenkel in Roberts Augen, dennoch schenkte er ihr ein geduldiges Lächeln.

„Die ersten Sachen kommen nächste Woche.“

„Das geht ja fix!“, meinte Anna betont fröhlich.

Robert nickte. „Ich habe ein paar Schafe für meine Ungeduld geopfert. Bei Möbeln funktioniert das.“

Bei mir nicht.

Anna fühlte sich schuldig.

„Aber wie ich vorhin bereits sagte“, fuhr Robert zwinkernd fort, „mein Bett liegt im Auto.“

„Im Porsche?“ Anna schüttelte ungläubig den Kopf. „Du verarschst mich.“

„Ich doch nicht.“ Er grinste. „Ich habe morgen früh einen Termin mit deinem Vater. Ich dachte, ich spare mir die 200 Kilometer Hin- und Rücktour und verbringe einfach die erste Nacht in meiner Wohnung mit Isomatte und Schlafsack.“

„Sowas besitzt ein Robert Wieck?“ Anna krauste die Nase.

„Klar!“

Er lehnte sich lässig auf seinem Klappstuhl zurück. „Ich habe Freunde, die auf minimalistische Outdoor-Touren stehen. Zahnbürste und Wechselklamotten habe ich auch am Start, also bin ich ausgerüstet.“

„Wow! Respekt.“

„Nicht wahr“, bestätigte er stolz, bevor er den Mund verzog. „Blöderweise habe ich beim Einkaufen vergessen, mir Frühstück zu besorgen. Hast du einen Tipp, wo ich morgen um Viertel nach sechs was zu Futtern bekomme?“

„Viertel nach sechs? Oha. Das ist früh.“ Anna schnitt

sich ein Stück Karamellkäse ab. „Wann sollst du denn bei Paps sein?“

„Um Sieben.“

„Sieben Uhr?“, rief Anna. „Ha! Den Termin kann unmöglich mein Vater abgemacht haben!“

Robert schmunzelte. „Er hatte keine Wahl. Herr Storm wollte kurzfristig mit mir sprechen, da muss er mit den Randzeiten vorliebnehmen, die mein Kalender hergibt.“

Sieben Uhr? Nicht bei Paps! Da ist etwas im Busch.

Sie kaute und schluckte den Käse hinunter. „Was will er?“

„Keine Ahnung.“ Robert zuckte mit den Schultern. „Aber morgen werde ich es erfahren.“

Anna nickte. *Da sollte ich nachforschen. Vielleicht weiß Olli ja was.*

„Und?“, hakte er nach. „Wo kann man in Glückstadt gut frühstücken?“

„Um Viertel nach sechs bleibt dir bloß die Tankstelle“, meinte Anna. „Oder du kommst auf einen ungesüßten Joghurt mit Haferflocken und Obst zu mir rüber.“

„Naturjoghurt. Das klingt deutlich kalorienärmer als ein Tankstellencroissant.“ Robert lachte und klopfte sich amüsiert auf seinen Bauch. „Meine Mutter wäre begeistert.“

„He!“, protestierte Anna. „Der ist gar nicht so schlimm, wie es sich anhört. Außerdem habe ich frische Blaubeeren und Kaffee.“

„Mit dem Kaffee hast du mich.“ Seine Augen leuchteten hoffnungsvoll. „Und das Joghurtzeug werde ich probieren. Wer weiß, vielleicht komme ich ja auf den Geschmack?“

Die Art, wie er Anna ansah, ließ keine Zweifel daran, dass er ihr Frühstück lieben würde.

Der Rest des Abendbrots verlief entspannt. Robert erzählte lustige Geschichten aus seiner Jugend und machte Anna Komplimente, doch er verzichtete darauf, sie in irgendeiner Weise zu bedrängen.

Es war ein Essen unter Freunden, sehr guten Freunden! Das tat Anna gut und ließ sie ihre Familienprobleme vergessen. Sie fragte sich, wie es sein würde, wenn er dauerhaft in ihrer Nachbarschaft wohnte. Ob sie sich dann täglich sehen würden? Vermutlich nicht, dafür hatte er zu viel zu tun, aber öfter als jetzt auf alle Fälle. Die Vorstellung fühlte sich verlockend an.

Eines war klar: Anna wollte nicht, dass Robert hier wieder wegzog.

Irgendwann, als alles Gemüse weggeknabbert und vom Käse nur winzige Stückchen verloren auf dem Holzbrett ausharrten, klingelte Annas Smartphone.

Sie zuckte zusammen.

Prompt beschleunigte sich ihr Puls und als sie sah, dass es ihre Mutter war, die anrief, machte ihr Bauch einen auf Fallschirmsprung.

Mit einem Schlag war die ganze Halbbruderkatastrophe widerlich präsent und die todkranke Vielleicht-Nichte lag nach dem wohlig leichten Abendbrot ungleich schwerer in ihrem Magen, als es noch am Nachmittag der Fall gewesen war.

Es ist Viertel vor neun. Sie wird mit Paps gesprochen haben.

Beklommen griff Anna nach dem Telefon und warf Robert einen entschuldigenden Blick zu. „Ich muss da ran gehen."

Er nickte verständnisvoll und sie nahm ab.

„Moin, Mama."

„Moin, Anna."

Eigentlich war es unmöglich, doch das eklig nervöse

Pochen in ihrem Magen nahm zu, als sie die müde Stimme ihrer Mutter hörte.

Anna spürte Roberts Blick auf ihrem Gesicht. Sie stand auf und entfernte sich ein paar Schritte vom Tisch. „Ich bin gerade nicht zu Hause. Kann ich dich in ein paar Minuten zurückrufen? Dann können wir in Ruhe sprechen."

„Ja, mach das." Angelika bemühte sich um ein Lächeln. *„Ich habe heute nichts mehr vor."*

„Okay. Bis gleich." Anna legte auf und schaute zu Robert. „Ich muss leider los."

„Sehr schade", seufzte er. „Wenn du möchtest, darfst du auch gern hier telefonieren." Er grinste schief. „Mein Arbeitszimmer hat eine Lärmschutztür, du hättest also deine Privatsphäre. Und ich würde in der Zeit das Spülen übernehmen."

Er möchte, dass ich bleibe.

„Das ist lieb von dir." Anna lächelte geschmeichelt, schüttelte aber dennoch ihren Kopf. „Für das Telefonat muss ich nach Hause."

„Dein Familienchaos?"

Sie nickte. „Ich fürchte, danach ist alles anders."

„So schlimm?" Robert stand besorgt auf und kam zu ihr herüber.

„Ja."

Mehr brachte Anna nicht heraus.

Die Leichtigkeit der letzten Stunden hatte sich mit dem Klingeln von ihrem Handy in Nichts aufgelöst.

Seine Miene war gequält. „Du bist ganz blass. Ich mag dich so gar nicht nach Hause gehen lassen."

Ich muss da allein durch.

Sie holte tief Luft. „Ich schaffe das schon."

„Mein Kram ist eh noch im Auto", erklärte Robert. „Lass mich dich wenigstens bis zu deiner Tür bringen."

Anna gab sich geschlagen. „Okay."

Schweigend verließen sie das Haus und liefen die Königstraße hinunter. Robert ließ es sich nicht nehmen, sie hinauf bis zur Wohnungstür zu bringen.

Als Anna ihren Schlüssel im Schloss herumdrehte, bat er: „Schick mir eine Nachricht, wie es dir geht, bevor du schlafen gehst, ja? Ich mache sonst die ganze Nacht kein Auge zu."

Sie öffnete die Tür. „Mach ich."

„Dann bis später." Er lächelte. „Ich drücke dir die Daumen, dass alles gut wird, was immer es auch sein mag."

„Danke."

Ihr Hals wurde ganz eng. *Egal, was Mama mir erzählt, da kann nichts gut werden.*

„Anna", murmelte Robert zögerlich, „wenn es irgendwas gibt, das ich tun kann, lass es mich bitte wissen."

„Dabei kann keiner helfen", seufzte sie.

Robert nickte unglücklich. „Ich möchte nur, dass du weißt, dass ich für dich da bin. Egal, was du brauchst, ich …" Er brach ab und zwinkerte. „Du sagst ja selbst, dass ich zu viele Schafe habe. Melde dich einfach, falls ich was für dich tun kann."

Genug ist genug

Anna saß in ihrem Wohnzimmer auf dem Sofa und starrte ihr Smartphone an. Von Kater Carlo war keine Spur zu sehen.

Kein Wunder! Wenn ich könnte, würde ich mich auch verziehen.

Aber das brachte nichts.

Ein Seufzer kroch ihre Kehle empor. Sie fühlte sich, als würde sie beim Zahnarzt im Wartezimmer sitzen und darauf warten, dass sie zu einer Wurzelbehandlung aufgerufen wurde.

Mit dem Unterschied, dass ich selbst bestimme, wann die Behandlung beginnt.

Anna schluckte. Sie hatte Angst vor dem Gespräch mit ihrer Mutter, doch gleichzeitig musste sie endlich wissen, wie ihr Vater reagiert hatte. Was, wenn er alles abgestritten hatte?

Sich weiter zu drücken, macht es nicht besser.

Anna verdrehte die Augen über ihr Zögern.

Und vor allem ändert es nichts an den Tatsachen. Los jetzt, du Schisser!

Resigniert holte sie ihr Smartphone aus dem Energiesparmodus und drückte auf den grünen Hörer hinter dem Namen ihrer Mutter, deren Kontaktdaten sie schon vor einer gefühlten Ewigkeit aufgerufen hatte.

Das Gerät wählte und schon nach dem ersten Klingeln hob Angelika ab.

„Storm.“

Anna schloss die Augen und hob das Telefon ans Ohr. „Hallo Mama. Ich bin’s.“

„Hallo Anna. Warte kurz.“

Sie hörte, wie am anderen Ende der Leitung eine Tür geschlossen wurde. Dann klirrten Gläser und gleich drauf plätscherte Wasser. Offenbar war Angelika in der Küche und holte sich ein Glas Leitungswasser. Danach würde sie sich auf die Eckbank setzen.

Seit Anna denken konnte, leitete ihre Mutter durch dieses Ritual wichtige Telefonate ein.

„Wollen wir uns vielleicht lieber treffen?“, schlug Anna vor.

„Hmm.“ Die Eckbank knarrte, als Angelika sich darauf niederließ. *„Nein. Ich fürchte, ich bin zu erschöpft, um jetzt noch zu dir zu fahren.“*

„Ich kann kommen.“

„Dein Vater ist im Haus. Er hat sich zwar in sein Arbeitszimmer verkrümelt, aber ...“, ihre Mutter brach ab.

„Okay. Telefonieren wir.“ Anna wollte ihm weder vor noch nach dieser Unterhaltung über den Weg laufen. Das ging einfach nicht. Sie holte Luft.

„Und? Was hat … er dazu gesagt?“

Den Namen ihres Vaters auszusprechen, war ihr unmöglich, und noch weniger, ihn «Paps» zu nennen. Mehr als ein «er» war in Anbetracht der Lage nicht drin.

Angelika seufzte tief.

„Nicht viel. Zumindest am Anfang. Du kennst ihn ja. Er hat sich alles mit versteinerter Miene angehört und sich die Bilder angesehen.“

„Das war alles?“, zischte Anna. Zorn keimte in ihrem Bauch.

„Nein, natürlich nicht“, widersprach Angelika. Sie lachte freudlos. *„Obwohl ich glaube, dass er tatsächlich am liebsten gegangen wäre, als ihm klar wurde, dass er aus der Nummer nicht rauskommt.“*

Anna konnte förmlich sehen, wie ihre Mutter müde den Kopf schüttelte.

„Und dann?“

„Hat er genickt. Und alles zugegeben.“ Plötzlich klang Angelikas Stimme bewegt. *„Er hat sogar geweint.“*

Anna krauste die Nase. *Geweint?!*

Schweigen. Es rauschte in der Leitung.

O Gott! Mein Vater weint nie! Niemals!

Sie hielt den Atem an.

„Ich denke“, fuhr ihre Mutter fort, *„Claus Jürgen war erleichtert, dass das Versteckspiel ein Ende hat. ... Er hat sogar selbst vorgeschlagen, sich bei DKMS zu registrieren.“*

„Was? Echt jetzt? Einfach so?“

„Ja. Ich hatte am Mittwoch ein paar der Registrierungskits mitgenommen – für Nachbarn und Bekannte, weißt du? Den Wangenabstrich haben wir vorhin direkt gemacht. Morgen gehen die Unterlagen in die Post.“ Zögerlich setzte sie hinzu: *„Ich hatte den Eindruck, er war froh, dass er das tun konnte. Er meinte, er hätte darüber nachgedacht, sich heimlich registrieren zu lassen.“*

Hoffnung erstickte die Wut in Annas Bauch. Emilia würde die Chance bekommen, die sie verdiente!

„Wir sollten mit David sprechen, ob sich seine Mädchen ebenfalls registrieren können“, sinnierte sie laut.

„Das habe ich auch überlegt.“ Angelika trank einen

Schluck Wasser. *„Ich werde morgen bei DKMS anrufen und das klären. Die beiden sind ja noch sehr jung. Außerdem wollte ich Tante Gerda und deine Cousins ansprechen."*

„Gute Idee!"

Gerda war die Schwester von Claus Jürgen. Weitere direkte Verwandte gab es von der Seite nicht. Mehr konnten sie nicht für Emilia tun.

„Die kleine Maus ist tatsächlich meine Nichte", flüsterte Anna. „Und ich habe einen Halbbruder. Wow!"

Obgleich sie es bereits geahnt hatte, traf die Wahrheit sie doch überraschend heftig. „Weiß Lasse, wer ich bin? Wer Claus Jürgen ist?"

„Nein, das weiß er nicht", erklärte Angelika und Anna konnte hören, wie sie eine missbilligende Miene aufsetzte. *„Du hattest recht mit den Zahlungen. Claus Jürgen hat Anke finanziell unterstützt, aber dafür musste sie den Mund halten. Soweit er weiß, hat sie niemals jemandem gesagt, dass er der Vater ist."*

„Wie grausam!", stöhnte Anna. „Jeder Mensch hat ein Recht darauf zu erfahren, wer seine Eltern sind!"

„Das sehe ich wie du", pflichtete ihre Mutter bei. *„Und Lasse wird es erfahren, wenn er es denn möchte. Ich werde morgen mit Anke telefonieren und um ein Treffen bitten."*

„Du? Wieso holst du für ihn die Kastanien aus dem Feuer?", empörte sich Anna. „Sollte er das nicht gefälligst selbst tun?"

„Bei seinem Fingerspitzengefühl?" Angelika lachte trocken. *„Hältst du das wirklich für sinnvoll?"*

„Stimmt", brummte Anna. „Familie Berends hat aktuell genügend Sorgen wegen Emilia."

„Eben. Ich kenne Anke noch von früher. Ich glaube, wir Frauen werden eine Lösung finden." Sie hielt kurz

inne. *„Vielleich möchte sie auch keinen Kontakt. Ich könnte es ihr nicht verübeln."*

Anna dachte an das Gespräch im Supermarkt. „Ich vermute, dass Anke sich freuen würde. Die Frage ist eher, wie Lasse darauf reagiert? Immerhin hat er jahrelang, ohne es zu wissen, in der Firma seines Vaters gearbeitet. Und der hat ihn dann am Ende einfach rausgeschmissen! Als es seiner Familie richtig schlecht ging! Sowas macht kein Vater – sowas machen nur Arschlöcher."

„Anna!", rief ihre Mutter tadelnd.

„Nee, nicht «Anna»! Ich habe recht und das weißt du."

Wieder wurde sie wütend. Die Art, wie Claus Jürgen Storm mit seinem Sohn umgesprungen war, ging gar nicht. Wenn sie Lasse wäre, würde sie ihrem Erzeuger den Hals umdrehen!

„Ja, du HAST recht", räumte ihre Mutter ein. *„Und genau über diese Dinge möchte ich mit Anke reden. Sie wird am besten wissen, was Lasse braucht."*

„Gut", knurrte Anna.

Erneut wurde es still in der Leitung. Angelika schluckte hörbar am anderen Ende und ihr Wasserglas klapperte auf dem Küchentisch.

„Wie geht es dir denn?", erkundigte Anna sich leise.

„Mir? Ach, ich bin müde", seufzte Angelika. So klang sie auch.

„Das kann ich verstehen."

Anna wünschte, sie könnte etwas für sie tun. Es war unglaublich, wie souverän und abgeklärt ihre Mutter mit der Situation umging – stets die Gesamtsituation und das Wohl der anderen im Blick.

Als ich begriffen habe, dass ER mir eine Absage untergeschoben hat, bin ich zusammengebrochen. Ohne Erik und Robert wäre ich aufgeschmissen gewesen und hätte wohl kaum einen kühlen Kopf bewahren können. Woher nimmt Mama nur diese Stärke?

Ein Gedanke formte sich in ihrem Kopf.

„Wirst du ihn verlassen?"

Schweigen.

„Nein", antwortete Angelika zögerlich. *„Nicht, wenn er gewillt ist, seine Fehler wiedergutzumachen."*

„Was? Wie soll man den Mist denn gutmachen können?" Anna sprang vom Sofa auf. „Also echt, nach der Nummer hättest du jedes Recht der Welt, deinen Mann zum Mond zu schießen!"

„Ach, Anna", ächzte Angelika und diesmal klang ihre Stimme noch erschöpfter als zuvor. *„Ohne mich bekommt dein Vater das alles nicht geregelt. Lasse und Emilia haben es aber verdient, dass Claus Jürgen das auf die Reihe bekommt."*

„Und was ist mir dir?", protestierte Anna. „Du darfst dich nicht immer für alle anderen aufopfern. Denk endlich mal an dich, Mama!"

„Keine Sorge, mein Kind, das tue ich. Trotzdem vielen Dank, dass du auf meiner Seite stehst."

Anna hörte ihre Mutter lächeln.

„Warum setzt du diesen Idioten nicht vor die Tür, so, wie er es verdient hat? Geht es dir um das Ansehen der Firma?"

Sie wusste nicht, ob ihre Loyalität so weit gehen würde. Nicht bei der Tragweite!

„Nein, Storm Energie hat damit nichts zu tun."

„Aha." Anna verstand ihre Mutter nicht. „Was ist es dann?

„Weil nichts gut werden würde, bloß, weil ich deinen Vater verlasse", erklärte Angelika gelassen. *„Aufzugeben ist im ersten Moment verlockend. Es erscheint leicht, aber es holt dich irgendwann ein. Das ewige*

«Hätte-Ich-Nicht-Vielleicht-Doch» zerfrisst einen mit der Zeit.“

„Wow. Du willst deinem Mann verzeihen, dass er eine Affäre hatte, als du seine Kinder durch die Gegend geschleppt hast?“, entrüstete sich Anna. „Dass er jahrzehntelang sein uneheliches Kind vor dir versteckt hat? Dass er sich GEWEIGERT hat, seiner Enkelin zu helfen?“

Mit jeder Frage war sie lauter geworden.

„Ja, Anna.“ Ein wissendes Lächeln schwang in der Stimme ihrer Mutter mit. *„Verzeihen ist schwer. Es kostet Überwindung, denn dafür musst du loslassen und Frieden schließen. Am Ende belohnt dich dieser Weg allerdings mehr, als es Wut und Verachtung je könnten.“*

Frieden schließen? Mit IHM!

Anna war sprachlos.

Angelika holte tief Luft und ergänzte leise: *„Erstmal habe ich vor, mir selbst zu verzeihen, dass ich von alledem nichts bemerkt habe. Sobald mir das gelungen ist, versuche ich, Claus Jürgen zu vergeben.“*

„Du meinst das wirklich ernst?“

„Ja.“

Stille.

„Weißt du, Anna, manchmal verrennt sich Claus Jürgen in seinen Entscheidungen. Dann kommt er da nicht mehr raus, selbst wenn er sieht, dass der eingeschlagene Weg in eine Sackgasse führt. Dein Vater hat seine Fehler, aber er ist kein schlechter Mensch.“

Das sah Anna nach den Enthüllungen der vergangenen Wochen anders. Sie schnaubte.

„Claus Jürgen war nicht immer so, wie du ihn heute kennst“, fuhr ihre Mutter unbeeindruckt fort. *„Eigentlich war er eher wie du oder wie David: voller Idealismus und Engagement.“*

„Aha“, brummte Anna, „und wo sind diese Eigenschaften hin, bitteschön?“

„Er hat sie beim GroWiAn gelassen.“ Angelika trank erneut einen Schluck Wasser und seufzte: *„Claus Jürgen war damals voller Enthusiasmus. Er stand hundertprozentig hinter der Idee der Windenergie und wollte damit die Welt ein Stückchen sicherer machen.“*

„Und dann?“, fragte Anna genervt.

„Kamen die Probleme. Am laufenden Band. Er arbeitete Tag und Nacht, doch nichts lief glatt. Er ...“

„So ist das nun mal bei Pilotprojekten“, unterbrach Anna.

„Nein, du verstehst nicht“, widersprach ihre Mutter. *„Es war nicht einfach nur die Anlage, die nicht so lief, wie sie sollte. Es war vor allem das Umfeld. Die Auftraggeber und die Geldgeber.“*

„Was war denn mit denen?“ Anna runzelte die Stirn. „Wurden die ungeduldig? Konnte er nicht schnell genug Ergebnisse liefern?“

„Nein. Im Gegenteil. Seine Ergebnisse waren zu gut.“

„Hä? Das verstehe ich nicht.“

„Ach, Anna. Zu der Zeit war die Windenergie nicht gerade bei allen willkommen. In den Siebzigern hat sich das Bundesministerium bloß dem Druck der Öffentlichkeit gebeugt und die Entwicklung großer Windkraftwerke mit Forschungsprojekten geprüft. Die Energieversorger hatten KEIN Interesse daran. Im Gegenteil, die großen Konzerne hatten solche Projekte über Jahre hinweg blockiert. Im Klartext hieß das: Keiner von denen hatte die Windenergie gewollt und trotzdem hatten sie den GroWiAn an der Backe.“

Davon hörte Anna zum ersten Mal. „Nicht dein Ernst!“

„Doch. Ich weiß noch genau, wie sauer Claus Jürgen damals auf RWE war. Irgend so ein Vorstandsmitglied

hatte behauptet, dass sie den GroWiAn lediglich bräuchten, um zu beweisen, dass es nicht geht.“

Angelika schnaubte. *„Die Worte von diesem Knilch haben sich bei mir eingebrannt. Der Mann besaß die Arroganz zu behaupten, «dass GroWiAn so etwas wie ein pädagogisches Modell sei, um Kernkraftgegner zum wahren Glauben zu bekehren.» Pah! Und der damalige Finanzminister war auch nicht besser. «Wir wissen, dass es nichts bringt. Aber wir machen es, um den Befürwortern der Windenergie zu beweisen, dass es nicht geht.» So sah es damals aus! Eine erfolgreiche Windanlage war das letzte, was sie wollten.“*

„Was?“, knurrte Anna und ließ sich aufs Sofa fallen. „Und heute machen die alle einen auf Ökostrom, oder wie?“

„Ja, heute schon! Aber in den Achtzigern haben sie deinem Vater Knüppel zwischen die Beine geworfen, wo sie nur konnten.“

Konnte das angehen? Anna stand wieder auf und wanderte unruhig durch ihr Wohnzimmer. „Warum hat er nicht gekündigt?“

„Weil er an die Windenergie geglaubt hat“, entgegnete ihre Mutter stolz. *„Er hat für seine Überzeugung gekämpft. Gegen Energieversorger und Ministerien. Die waren sich nämlich einig, was beim GroWiAn herauskommen sollte. Es hatte was von David gegen Goliath.“*

Anna schluckte. Wenn das stimmte, waren die Gegner ihres Vaters tatsächlich übermächtig gewesen. „Wie konnte er gewinnen?“

„Wie ich vorhin im Kleinen Heinrich beim Essen erzählt habe, hat Claus Jürgen damals all seine Kraft in das Projekt gesteckt.“ Ihre Stimme wurde traurig. *„Es war ein Kampf gegen Windmühlen – im wahrsten Sinne des Wortes. Von Desinteresse über Schlamperei bis hin*

zu Sabotage war alles dabei.“

„Was für eine Schweinerei!“, empörte sich Anna.

„Oh ja! Das war es.“ Honigsüß ergänzte Angelika: *„Öffentlich haben die Konzerne und unser Staat selbstverständlich alles abgestritten und sind nie müde geworden, ihre Aufgeschlossenheit gegenüber den alternativen Energieformen zu betonen.“*

Anna starrte gedankenverloren aus dem Fenster. „Die haben Paps verarscht.“

„Sie haben ihn und seine Leute bereitwillig aufgerieben“, korrigierte ihre Mutter. *„Claus Jürgen wusste natürlich nicht, wer falsch spielte.“*

Angelika seufzte tief. *„Ich glaube, damals hat dein Vater sein Vertrauen in andere Menschen verloren. Er war ständig auf der Hut, ja, fast schon paranoid. Kein Wunder. Er musste sich ständig verteidigen und beweisen, dass er richtig lag. Schwächen oder Fehler konnte er sich nicht leisten. Die hätten ihn seinen Kopf gekostet.“*

„Das hört sich an wie im Krieg.“

„Ich fürchte, so hat es sich für deinen Vater auch angefühlt“, stimmte Angelika zu. *„Er war mehrfach kurz davor aufzugeben, doch ihn ließ die Windenergie nicht los. Er wollte Strom ohne radioaktiven Müll. Für dich und David und für eure Kinder.“*

„Deswegen hat er Storm Energie gegründet“, murmelte Anna.

„Genau. Er hätte es nicht ertragen, noch einmal von Konzernen oder dem Staat abhängig zu sein. Er wollte frei sein und einfach nur das Richtige tun.“

„Und Paps hatte Erfolg!“ Anna ertappte sich bei einem Lächeln. „Heute redet ihm niemand rein.“

„So ist es“, entgegnete ihre Mutter. *„Aber für die Lehrstunde musste dein Vater bezahlen. Der GroWiAn*

hat ihm seine Offenheit genommen. Früher war Claus Jürgen weder so verbissen noch hat er sich dermaßen unfehlbar dargestellt wie heute. Er war ein Teamspieler. Der Nervenkrieg gegen Konzerne und Staat hat ihn zum Einzelkämpfer gemacht. Irgendwann ließ er sich von niemandem mehr in die Karten gucken. Nicht einmal von mir.“

„Warum habt ihr uns davon nie erzählt?“

„Als es passierte, wart ihr noch viel zu klein“, erklärte Angelika. *„Und später? Was hätte es gebracht, die alten Wunden wieder aufzureißen? Claus Jürgen wollte nach vorn schauen und etwas bewegen.“*

Darüber musste Anna nachdenken.

Gibt Paps deswegen nichts aus der Hand? Trifft er wegen damals alle Entscheidungen allein – selbst die, die ihn eigentlich nichts angehen, so wie meine Hochzeit?

Es passte alles zusammen. Plötzlich begriff sie, warum ihr Vater so war, wie er war.

Reicht das, um ihm zu verzeihen? Kann das sein Verhalten mir gegenüber und besonders auch Lasse oder Emilia gegenüber entschuldigen?

Ihr Bauch stimmte für «Nein».

Eine Pause entstand. Erneut klapperte das Wasserglas auf dem Küchentisch ihrer Eltern.

„Wie ich sagte: dein Vater ist kein schlechter Mensch“, fasste Angelika müde zusammen. *„Es ist bloß so, dass er noch immer kämpft und dabei manchmal zu den falschen Mitteln greift.“* Sie seufzte. *„Vermutlich hätte ich schon längst einschreiten müssen. Aber das habe ich nicht getan. Ich habe es toleriert.“*

Ein hässlicher Verdacht beschlich Anna. Ihr Hals wurde eng und sie fröstelte.

„Wusstest du, dass er damals die Zusage von der

Kunstakademie abgefangen hat und mir stattdessen eine Absage in die Hand gedrückt hat?"

Das Telefon in Annas Hand zitterte. Sie betete, dass ihre Mutter nichts damit zu tun hatte.

Bitte nicht! Das würde ich nicht ertragen!

„Was für eine Zusage?", fragte Angelika verwirrt. *„Wie meinst du das?"*

„In seinem Tresor liegt eine Zusage für mich von der Hochschule für bildende Künste in Hamburg. Die Absage, die Claus Jürgen mir vor meinem Abi in die Hand gedrückt hat, muss er gefälscht haben", antwortete Anna und erzählte von dem unbeabsichtigten Aktenerdrutsch, der sich anderthalb Wochen zuvor zugetragen hatte. Außerdem berichtete sie ihrer Mutter, wie Claus Jürgen Petra wegen der DKMS-Aktion anfangs zur Schnecke gemacht hatte.

„Mama, das sind keine Einzelfälle. Das hat Methode. Und ganz ehrlich: Ich glaube nicht, dass Claus Jürgen sich ohne dein Gespräch freiwillig registriert hätte. Ich denke, seine Angst davor, dass seine Vaterschaft rauskommt, war größer als der Wunsch, seiner Enkelin zu helfen. Dass die familiengenetischen Zusammenhänge bei der Analyse gar nicht untersucht werden, hat er dabei offensichtlich vollkommen übersehen."

Einen Moment lang blieb es still am anderen Ende der Leitung. Anna spürte, wie ihre Worte im Kopf ihrer Mutter arbeiteten.

Schließlich holte Angelika tief Luft. *„Du hast recht: Es reicht! Genug ist genug."*

Anna schluckte beklommen. „Lässt du dich jetzt doch von ihm scheiden?"

Finanziell wäre das kein Problem, denn Angelika besaß genau wie Anna drei Prozent der Anteile von Storm Energie, welche einem Wert von 30 Millionen

Euro entsprachen.

„Nein“, knurrte ihre Mutter, *„aber ich hätte gern den Claus Jürgen zurück, den ich damals geheiratet habe.“*

„Meinst du, den gibt es noch?“

„Das hoffe ich.“

Schweigen rauschte durch den Telefonlautsprecher. *„Anna, wenn ich ehrlich bin, bemerke ich schon seit Jahren, dass der Job deinen Vater verändert. Ich habe immer gehofft, dass er mit dem Alter gelassener wird und irgendwann wieder Vertrauen fasst – wenigstens zu uns und seinen engsten Mitarbeitern. Doch da habe ich mich getäuscht. Das, was du eben berichtest hast, zeigt mir, dass er sich mehr denn je in die Ecke gedrängt fühlt. Mir war nicht klar, wie sehr. Anscheinend raubt ihm die Verantwortung für Storm Energie den Verstand. Das muss ein Ende haben. Wir müssen einen Weg finden, Claus Jürgen zum Aufhören zu bewegen.“*

Anna hob die Brauen. „Glaubst du etwa, dass du Paps überreden kannst, freiwillig abzutreten?“

„Nein, dazu ist er viel zu stur.“ Angelika lachte freudlos. *„Ich habe keine Ahnung wie, aber wir werden ihn dazu zwingen müssen. Tun wir es nicht, fährt er sich und das Unternehmen an die Wand.“*

Gewagte Spekulationen

Am nächsten Morgen fiel es Anna nur unwesentlich leichter, sich auf ihre Arbeit zu konzentrieren. Zum Glück war Freitag und die Woche damit so gut wie zu Ende.

Gedankenverloren starrte Anna aus dem Fenster. Die Maisonne hatte sich heute den ganzen Tag noch nicht blicken lassen. Stattdessen zogen dicke Wolken über den norddeutschen Himmel und erinnerten an eine eng zusammengedrängte Schafherde.

Bah. Fehlt nur noch, dass sie blöken.

Ihr Verstand kringelte sich.

Hihi. Und überhaupt? Wo ist bloß ihr Schäfer?

Anna seufzte. Nicht nur ihr Halbbruder und seine Tochter, sondern auch ein gewisser Herr Wieck mogelten sich immer wieder ungefragt in ihre Gedanken und lenkten sie von ihrer Exceltabelle ab.

Das gemeinsame Frühstück mit Robert war nett gewesen. Er hatte brav seinen Joghurt mit Blaubeeren und Haferflocken aufgegessen und behauptet, dass er die Mischung gar nicht mal so übel fand. Und natürlich hatte er sich nach Annas Familienchaos erkundigt.

„Dem Chaos geht es super“, war sie seiner Frage ausgewichen. „Und mir so lala.“

Wie hätte ich ihm auch die Wahrheit sagen können?

Immerhin wollte er sich direkt nach dem Frühstück mit ihrem Vater treffen. Robert war zwar reflektiert und Anna kannte ihn nur mit kühlem Kopf, doch die Nummer mit Claus Jürgen und seiner blutkrebskranken Enkelin konnte einen aus der Bahn werfen, was sicher keine gute Basis für ein geschäftliches Meeting war.

Es fühlte sich falsch an, es Robert zu sagen. Ich werde das wann anders nachholen.

Außerdem war es eh besser, erstmal das Gespräch zwischen Angelika und Anke abzuwarten.

Wer weiß? Vielleicht möchte Familie Berends ja gar nicht, dass das offiziell wird.

Anna verzog den Mund. Draußen klatschten ein paar Regentropfen gegen ihr Bürofenster.

Wenn Lasse von uns nichts wissen will, werde ich das respektieren.

Was es für Storm Energie bedeuten würde, falls die verheimlichte Vaterschaft ans Licht kam, wagte Anna sich nicht auszumalen.

Besonders in Verbindung mit der todkranken Emilia und Paps Weigerung bei der DKMS-Registrierung.

Ihr wurde flau im Magen.

Boa. Dagegen ist meine gefakte Absage Pillepalle. Dieser Mist kann Storm Energie richtig um die Ohren fliegen!

Kein Zweifel, es würde vieles einfacher machen, wenn Claus Jürgen seinen Vorstandsposten aufgab. Aber wie wahrscheinlich war das?

Ob meinem Vater klar ist, wie viel Schaden er mit seinem Geheimnis anrichten kann?

Hoffentlich war Lasse nicht nachtragend. Falls er seine Kündigung so persönlich nahm, wie ihr Vater sie gemeint hatte, konnte das schlimm für Storm Energie ausgehen.

Speziell in diesen Tagen!

Der geplante Offshore Park war nicht gerade billig. Für dieses Projekt benötigte Storm Energie 200 Millionen Euro. Das Kapital sollte in Form von zusätzlichen Aktien aufgebracht werden. Bevor diese Papiere allerdings Neuanlegern angeboten wurden, erhielten die Altaktionäre Gelegenheit, sich am Offshore Park entsprechend ihrer bisherigen Anteile zu beteiligen. Wer also bisher zum Beispiel drei Prozent an Storm Energie hielt, würde dies nach der Kapitalerhöhung immer noch tun, wenn er die Aktien für Storm Offshore mitzeichnete. Auf diese Weise veränderte sich nichts an den Stimmenanteilen der Aktionäre.

Ich muss sechs Millionen Euro einzahlen.

Anna verzog den Mund. Auf ihrem Dividendenkonto hatten sich in der letzten Dekade sogar zehn Millionen angesammelt.

Warum Olli und ich mit einem Teil vom Rest nicht unser neues Haus finanzieren sollten, begreife ich bis heute nicht!

Der Regen hörte auf, an die Fensterscheibe zu klopfen. Resigniert wandte Anna sich ihrem Bildschirm zu.

Oha. Schon wieder schwarz! Meine Herren, so oft wie in den letzten beiden Tagen fällt mein Monitor sonst im ganzen Jahr nicht in den Energiesparmodus.

Sie rollte mit den Augen und rüttelte an der Maus, um die Winddaten aus ihrem Dornröschenschlaf zu holen.

„Na los jetzt!“, rief sie sich selbst zur Ordnung. „Von nix kommt nix und es ist bereits acht Uhr.“

Neben der Tastatur räkelte sich ihr Smartphone und fing Annas Blick ein.

Robert hatte nach der Sitzung kurz bei ihr angerufen und erzählt, dass Claus Jürgen ihm angeboten hätte, über das Mitzeichnen seiner eigenen Anteile hinaus noch weitere Aktien zu erwerben.

„Ich hatte den Eindruck, Storm Energie braucht Geld“, hatte er gesagt. „Und das nicht zu knapp. Was ist da los? Ziehen einige eurer Anleger bei der Kapitalerhöhung nicht mit?“

Davon hatte Anna bislang nichts gehört. Im Gegenteil, Olli war sehr zufrieden mit der Reaktion der Anleger. Das passte nicht mit dem Angebot für Robert zusammen.

Blöderweise hatte er vorhin keine Zeit, Paps richtig auf den Zahn zu fühlen.

Anna furchte die Stirn und griff nun doch nach ihrem Handy, um nachzusehen, ob Olli ihr vielleicht schon zurückgeschrieben hatte. Sie öffnete das Chatprogramm.

Keine Antwort. Schiet.

Wenigstens waren die Häkchen hinter ihrem Text nun endlich hellblau. Das war vor zehn Minuten noch nicht der Fall gewesen.

Hoffnungsvoll linste Anna zum oberen Rand der App, aber dort schrieb kein Olli. Funkstille!

Naja gut. Um diese Uhrzeit ist mein lieber Herr Ex-Verlobter normalerweise auch nicht zu verbaler Kommunikation fähig.

Genervt legte sie ihr Smartphone wieder weg und wandte sich den Winddaten zu.

Jemand klopfte an ihre geöffnete Bürotür.

„Moin, Anna.“

„Olli?!“

Verwirrt warf Anna einen Blick auf ihre Monitoruhr: 8:07.

Hä? Zieht mein Rechner sich die falsche Zeit aus dem Netz?

Nein. Ihr Smartphone zeigte ebenfalls acht Uhr sieben an. Sie schaute hoch.

„Was machst du denn schon hier?“

Olli grinste. „Claus Jürgen hatte mich kurzfristig für ein Treffen mit Herrn Wieck herbeordert. Ich habe deine Nachricht gesehen und dachte, ich komme kurz längs.“

„Ähm. Ja. Danke“, erwiderte Anna verdattert. „Wie lief es?“

„Ging so.“ Er zuckte mit den Schultern. „Wieck hatte nur wenig Zeit. Er ist direkt wieder losgefahren.“

„Robert musste Viertel nach acht in Hamburg sein“, bestätigte sie, woraufhin ihr Ex-Verlobter lauernd eine Braue hob. Sie kannte ihn lange genug, um zu wissen, dass es in seinem Kopf arbeitete.

Nicht verunsichern lassen, beschwor Anna sich und machte ihren Rücken gerade. „Welcher Aktionär zeichnet den Offshore Park nicht mit?“

„Hast du mit ihm telefoniert?“

Sie nickte. „Robert wollte wissen, was bei uns los ist. Also, wer ist raus? Oder sind es mehrere Anleger?“

Olli ging nicht darauf ein. „Er hat bei dir gefrühstückt, oder?“

Das war keine Frage, sondern ein Vorwurf.

Stures Schweigen.

Innerlich rollte Anna mit den Augen. Ihr Ex-Verlobter setzte gerade seine Vergiss-Es!-Ich-Sag-Gar-Nichts-Miene auf und startete das Info-Gegen-Info-Spiel.

Mist. Das beherrscht er aus dem Effeff.

Sie versuchte es trotzdem. „Wer zeichnet das Offshore Kapital nicht mit?“

Olli grinste hinterhältig. „Haben Herrn Wieck deine Blaubeeren geschmeckt?“

„Das geht dich zwar nichts an“, belehrte Anna ihn pikiert, „ aber ja, er mochte das Frühstück.“

Mann, ey! Wieso hat Robert ihm das unter die Nase gerieben? Er predigt mir doch immer, Berufliches und

Privates zu trennen. Aber selbst ... Pfft!

Das Gesicht ihres Ex-Verlobten entgleiste für eine Sekunde, danach schimmerte Betroffenheit in seinen geweiteten Augen. „Er hat bei dir übernachtet!“

„Nein, das hat er nicht“, motzte Anna. „Er hat in SEINER Wohnung gepennt und ich in MEINER.“

Im Gegensatz zum gemeinsamen Frühstück hatte der feine Herr Aufsichtsrat Olli das mit dem Schlafsack und der Isomatte offensichtlich nicht gesteckt.

Na ganz toll!

Egal. «Lass dir die Butter nicht vom Brot nehmen», empfahl der schlafsackunterschlagende Robert in ihrem Geist. Das hatte Anna nicht vor.

Sie verschränkte die Arme vor ihrer Brust. „Also, was ist nun mit unseren Anlegern? Wer fällt aus?“

Ollis Miene entspannte sich. Mit einem erleichterten Lächeln auf seinen Lippen schloss er die Bürotür und lehnte sich lässig an Annas Schreibtisch.

„Dein Vater“, verkündete er.

Hä?!

Sie verstand kein Wort. „Mein Vater – was?“

„Dein Vater fällt aus“, erklärte Olli. „Er ist es, der die Kapitalerhöhung nicht mitzeichnet.“

Diese Worte ergaben keinen Sinn. Verständnislos schüttelte Anna ihren Kopf.

„Das kann nicht sein.“

Olli hob die Brauen. „Also hat Claus Jürgen es euch nicht gesagt?“

Mitgefühl flutete sein Gesicht.

„Was hat er uns nicht gesagt?“ Sie stand immer noch auf dem Schlauch.

„Na, dass er nicht mitzeichnen wird!“

„Das ist Blödsinn!“, polterte sie. Was war heute Morgen nur mit ihrem Ex-Verlobten los? Und was war mit Robert? Spielten die Männer denn alle verrückt?

Hilflos versuchte Anna, ihre Verunsicherung abzuschütteln. „Natürlich zeichnet mein Vater mit. Das Offshore Projekt plant er, seit ich denken kann! In dem Sektor wollte er schon immer mitmischen."

„Stimmt", meinte Olli. „Trotzdem wird er die Kapitalerhöhung nicht mitgehen."

„Und warum nicht? Das ist doch absurd!"

„Dein Vater kann nicht."

Langsam riss Anna der Geduldsfaden. „Was kann Paps nicht? Komm mal auf den Punkt!"

Stille.

Schließlich staunte Olli: „Claus Jürgen hat es euch tatsächlich nicht gebeichtet." Sein Mitgefühl tränkte den Raum. „Dein Vater hat seine ihm privat ausgezahlten Überschüsse verspekuliert."

Unmöglich!

Annas Mund klappte auf, doch das Wort traute sich nicht über ihre Zunge.

„Ja, so habe ich mich auch gefühlt, als er mir heute früh davon erzählt hat." Olli schüttelte den Kopf. „Wenn ich ehrlich bin, kann ich es noch immer nicht glauben."

Betäubtes Schweigen.

„Aber", krächzte Anna, „das kann gar nicht sein! Wir haben unsere Dividendenkonten. Da geht keiner von uns ran." Sie nickte nachdrücklich. „Das ungeschriebene Gesetz der Storms lautet: «Verpulvere deine Überschüsse nicht, sondern spare sie, damit du später neu ins Unternehmen investieren kannst. Tust du das nicht, siehst du im Falle einer Kapitalerhöhung alt aus.»"

Sie schaute ihren Ex-Verlobten hoffnungsvoll an. „Du weißt selbst, wie oft Paps mir das eingetrichtert hat! Das KANN er also gar nicht gemacht haben. Es geht einfach nicht!"

„Die schlechtesten Schuhe hat immer der Schuster selbst, oder?“

Darauf konnte Anna nicht antworten.

„Ich weiß, was dein Vater dir vorgebetet hat.“ Olli lächelte mitleidig. „Und seit heute ist mir klar, warum er das getan hat.“

Das konnte alles nicht wahr sein! Sie musste im falschen Film sein.

Genau. Ex-Olli verarscht mich. Er nimmt mich hoch wegen der Frühstücksnummer. Ha! Bestimmt glaubt er mir nicht, dass Robert in seiner Bude gepennt hat. Ja. So muss es ein!

Gleichwohl hörte sie sich tonlos flüstern: „Warum hat Claus Jürgen mir das denn vorgebetet?“

„Wie ich sagte: er hat seine Dividenden verspekuliert.“ Olli schloss kurz seine Augen. Als er sie wieder ansah, konnte sie die Fassungslosigkeit in seinem Blick sehen. „Dein Vater hat von 2000 bis 2008 massiv in den Schiffsmarkt investiert. Durch die Finanzkrise 2008 stürzte von heute auf morgen alles in sich zusammen. Erträge brachen weg, Anteile wurden wertlos. Kurzum: Claus Jürgen verlor alles.“

„Was?“, flüsterte Anna. Sie erinnerte sich dunkel an das Entsetzen ihres Vaters während der Finanzkrise. In jenen Tagen hing er anfangs ständig vor dem Fernseher oder im Internet, bloß um wenige Wochen später nicht mal das Radio laufen zu lassen, sobald über die Verluste und Insolvenzen berichtet wurde.

Aber das ist zehn Jahre her!

Misstrauisch sah sie zu Olli auf. „Selbst wenn er alles in den Sand gesetzt hätte – die Überschüsse, die nach 2008 ausgeschüttet wurden, müsste er doch haben!“

Sie überschlug die Zahlen im Kopf. „Das dürften mehr als 150 Millionen sein! Er hält 51 Prozent an Storm

Energie. Damit er die Kapitalerhöhung mitgehen kann, braucht er doch «nur» bummelig 100 Millionen. Das reicht also locker."

Ihr wurde übel, als sie die Summen aussprach.

Kann das restliche Geld wirklich weg sein?!

Ihr Ex-Verlobter schenkte Anna einen mitfühlenden Blick. „Die 100 Millionen hätte er, wenn er vor der Finanzkrise nicht so gierig gewesen wäre."

Das konnte ja wohl nicht wahr sein! Anna starrte ihn an, aber Olli zuckte nicht mal mit einer Wimper.

„Was soll das heißen?", würgte sie hervor.

„Dass dein Vater neben seinen eigenen Mitteln zusätzlich noch unvernünftig hohe Beträge an Fremdkapital in den Schiffsmarkt gesteckt hat. Er hat lediglich eine Art «Notgroschen» übrig behalten, damit Angelika nicht auffiel, was er gemacht hat."

Ihr Ex-Verlobter seufzte tief. „Ansonsten hat Claus Jürgen mit den Überschüssen der letzten zehn Jahre ausschließlich seine Kredite bedient, um die Fehlinvestitionen auszubügeln. Erst seit ein paar Monaten ist er wieder halbwegs gerade vor."

„Ich fasse es nicht!", stöhnte Anna.

„Exakt das dachte ich auch." Olli holte tief Luft. Seine Betroffenheit war echt. „Claus Jürgen wollte den Offshore Park anscheinend schon viel früher und deutlich größer bauen. Da die Schiffsbeteiligungen anfänglich gut liefen, ist er leichtsinnig geworden. Es ist wie so oft: Gier macht blind."

„Hat er ...", Anna brach ab. Sie konnte die Frage nicht zu Ende stellen. Ihre Gedanken rasten. Ollis Erklärung passte perfekt zu Claus Jürgens Knauserigkeit der letzten Jahre. Kein Wunder, dass ihr Vater sie und ihren Bruder nach der Schule finanziell so kurz gehalten hatte!

Pah! Das hatte nichts mit der Bescheidenheit zu tun,

die er uns angeblich lehren wollte, sondern bloß mit der Tatsache, dass er selbst seinen Hals nicht voll genug bekommen konnte!

Anna war viel zu entgeistert, um wütend zu sein. Sie konnte es einfach nicht glauben.

Plötzlich fiel ihr etwas ein.

Ha! DESWEGEN konnte er sich die Proll-Bude hinterm Deich nicht kaufen! Jetzt hat Robert die Wohnung.

Kopfschüttelnd schaute sie zu Olli auf. „Hat mein Vater wenigstens seine eigenen Storm-Anteile behalten oder musste er einen Teil davon veräußern?"

„Keine Panik, die sind alle noch da", beruhigte ihr Ex-Verlobter. „Claus Jürgen hält wie gewohnt 51 Prozent von Storm Energie. Er war sogar fest entschlossen, die Kapitalerhöhung mitzugehen. Das Geld dafür wollte er sich von der Bank leihen – dann hätte niemand was gemerkt."

„Aber?" Anna sah ihn auffordernd an.

Olli zuckte mit den Schultern. „Offenbar hat er sich gestern endgültig mit seinem Kreditberater überworfen. Da musste er die Reißleine ziehen."

„Ach?!" Sie verdrehte die Augen. „Warum überrascht mich das jetzt nicht?"

Bodenloses Schweigen sickerte durch das kleine Büro.

In Annas Gedanken wirbelten die Informationen durcheinander. Plötzlich wurde ihr kalt. „Hat er … ich meine, ist mein Vater an die Firmenkonten …?"

Sie konnte die Frage nicht zu Ende stellen.

Ihr Ex-Verlobter schüttelte den Kopf. „Nein, die Firmenkonten hat dein Vater nicht angerührt. Storm Energie ist nicht betroffen. Der Firma geht es gut. Claus Jürgen war verantwortungsvoll genug, um ausschließlich mit seinem privaten Kapital zu spekulieren."

„Verantwortungsvoll?!“ Anna schnaubte, so langsam wich ihre Fassungslosigkeit und eine kalte Wut schlich sich an. „So würde ich das nicht gerade nennen!“

„Tja, jeder macht Fehler“, murmelte Olli.

Stimmt. Sie presste ihre Lippen aufeinander. *Aber normale Menschen machen sie nicht in solchen Ausmaßen! Das kann offensichtlich nur mein Vater.*

Er zuckte mit den Achseln und zwinkerte. „Sieh es mal positiv: Nach der Kapitalerhöhung beläuft sich der prozentuale Anteil von Claus Jürgen an Storm Energie lediglich noch auf 42,5 Prozent.“

Olli grinste schief. „Falls du mal eben hundert Millionen rumliegen hast, kannst du an seiner Stelle investieren. Wenn du dann eine Allianz mit deiner Mutter, David und Herrn Wieck schmiedest, könnte es fast für die Aktienmehrheit reichen.“

„Witzbold“, schimpfte Anna. Ex-Olli wusste genau, dass sie nicht mal ansatzweise so viel Geld besaß. Wenn sie die zehn Millionen komplett einsetzte, würde sich ihr Firmenanteil gerade mal von 3,0 auf 3,33 Prozent erhöhen.

Das ist ein Tropfen auf den heißen Stein.

Olli seufzte und klopfte ihr versöhnlich auf die Schulter.

„War ja bloß ein Scherz.“ Er stieß sich vom Schreibtisch ab. „Na, denn lasse ich dich erstmal den Schock verdauen, was?“

„Danke auch“, brummte Anna. Wie sollte sie mit der Info klarkommen?

„Bitte.“ Er lächelte sie mitfühlend an. „Ich war der Meinung, du solltest das wissen.“

Anna nickte. Er hatte recht, doch innerlich hatte sie genug. Mehr als genug!

Es reicht mir. Eine gefälschte Absage, ein Halbbruder

und jetzt das! Kann mit den Leichen in Paps' Keller bitte endlich mal Schluss sein?!

Sie fröstelte. Ihr war, als hätte sie jemand im luftleeren Raum ausgesetzt. Orientierungslose, schwarze Kälte, wohin sie sich wandte. Von dem strahlenden Heldenbild, welches sie noch vor einem halben Jahr von ihrem Vater gehabt hatte, war heute nichts mehr übrig.

Was ist das für ein Mensch, zu dem ich jahrelang aufgesehen habe?

Sie musste endlich einsehen, dass es diesen Menschen nie gegeben hatte. Sie hatte lediglich ein Trugbild verehrt.

Olli runzelte die Stirn und fragte leise: „Tust du mir den Gefallen und hältst mit den neuen Infos Claus Jürgen gegenüber erstmal hinter dem Berg?"

Anna nickte. Erst jetzt wurde ihr bewusst, wie deutlich Olli sich mit diesem Gespräch auf ihre Seite gestellt hatte.

Warum tut er das?

„Ach, eines noch …" Olli hatte die Türklinke schon in der Hand. „Du darfst dir nicht so leicht in die Karten gucken lassen."

Sie verstand nicht. „Wie meinst du das?"

Er schmunzelte. „Na, die Sache mit dem Frühstück von Robert und dir."

„Was ist damit?"

Anna war immer noch sauer, dass Robert das ausgeplaudert hatte.

„Ich habe bloß ins Blaue geschossen", erklärte Olli. „Herr Wieck hat den Imbiss abgelehnt, den ich für ihn besorgt hatte. Stattdessen hat er was von Naturjoghurt, Blaubeeren und Haferflocken gefaselt. Mehr nicht."

„Du hast geblufft?"

Empört stemmte Anna die Fäuste in die Hüften.

„Klar." Ihr Ex-Verlobter grinste frech. „So läuft das, wenn man sehen will, was für ein Blatt die Mitspieler haben."

Er betrachtete sie anerkennend. „Ich muss sagen, du bist schon viel besser geworden, Anna, doch da geht noch was." Augenzwinkernd öffnete er die Tür. „Aber das lernst du, da habe ich keinen Zweifel."

Auch an diesem Tag machte Anna früh Feierabend. Sie kaufte fürs Wochenende ein, und nachdem sie die Kräuterbutter für die Grillparty am nächsten Tag zubereitet hatte, verkroch sie sich in ihr Atelier und begann mit einem neuen Bild.

Es lag ihr schwer im Magen, dass sie Robert zugetraut hatte, ihrem Ex-Verlobten das gemeinsame Frühstück unter die Nase zu reiben.

Ich habe das nicht mal ansatzweise in Frage gestellt. Und dazu die angebliche gemeinsame Nacht ... Warum hatte ich ausschließlich Zweifel an Roberts Integrität und keine an der Sache?

Außerdem drückte Anna die von Olli enthüllte Wahrheit über ihren Vater aufs Gemüt und verknotete ihre Gedanken. Noch immer konnte sie es kaum glauben, doch Angelika hatte es am Telefon bestätigt: Claus Jürgen hatte die Dividenden der letzten zwei Jahrzehnte in den Sand gesetzt, oder besser gesagt: gründlich im Schiffsmarkt versenkt. Die Titanic war greifbar gegen seine Millionen.

Anna seufzte. Ihre Mutter hatte vorhin keine Zeit gehabt, aber sie wollte sie später im Atelier besuchen. Dort würden sie in Ruhe reden können.

Was dann wohl noch ans Licht kommt?

Darüber wollte Anna lieber nicht nachdenken. Fröstelnd stellte sie eine mittelgroße Leinwand auf die

Staffelei und verdünnte einen Klecks graues Acryl mit so viel Wasser, dass sie mit dem flüssigen Gemisch die Konturen des Glückstädter Marktplatzes hauchzart vorskizzieren konnte.

Der Pinsel in ihrer Hand erdete sie. Nach und nach wuchsen das Rathaus, die Kirche und diverse historische Häuser auf der Leinwand empor, und auch der fünfflammige Kandelaber in der Mitte des Platzes nahm Gestalt an. Mit jedem Fenster, jedem Giebel und jeder Tür entspannte sich Anna und ihre Gedanken sortierten sich langsam.

Mama meint, dass Paps das alles nur gut gemeint hat. «Claus Jürgen glaubt an die Windenergie. Er wollte das Geschäft unbedingt offshore erweitern.»

Darum war ihr Vater voll ins Risiko gegangen. Die Summe, die er verspekuliert hatte, war riesig, aber wenn Anna es nüchtern betrachtete, war die Höhe irrelevant. Es war und blieb «bloß» Geld. Verglichen mit dem Schicksal der kleinen Emilia erschien ihr das bedeutungslos.

Außerdem war Paps so schlau, das, was er und Mama zum Leben brauchen, nicht anzutasten. Sie grinste ironisch. *Gut, große Sprünge waren nicht mehr drin, aber mal ganz ehrlich: Sein Vorstandsgehalt ist nicht gerade bescheiden und wer braucht schon ein Penthouse am Deich?*

Robert vielleicht.

Prompt flatterten Schmetterlinge durch Annas Bauch und zauberten ein Lächeln auf ihre Lippen. Allerdings landeten die Viecher sofort wieder.

Ollis scherzhaft dahingesagte Bemerkung, die Aktienmehrheit mit einer Allianz an sich zu reißen und damit ihren Vater zu entmachten, rumorte in ihrem Hirn.

Beklommen runzelte Anna die Stirn. Sie hatte sich von

ihrem Ex-Verlobten das Register mit den Stimmenanteilen besorgt. Aktuell war die Situation wie folgt:

Storm Energie 100% (Wert: 1.000 Mio.)

51 %	(510 Mio.)	Claus Jürgen
3 %	(30 Mio.)	Angelika
3 %	(30 Mio.)	David
3 %	(30 Mio.)	Anna
30 %	(300 Mio.)	Robert Wieck und
10 %	(100 Mio.)	Diverse

Ihre Familie hielt gemeinsam 60 Prozent der Aktien von Storm Energie.

Wenn Paps für den Offshore Park nicht mitzeichnen kann und falls Mama, David und ich nicht nur die benötigten sechs Millionen, sondern unsere kompletten Dividenden investieren würden, sähe es so aus:

Storm Energie + Offshore 100% (Wert: 1.200 Mio.)

42,5 %	(510 Mio.)	Claus Jürgen
3,3 %	(40 Mio.)	Angelika
3,3 %	(40 Mio.)	David
3,3 %	(40 Mio.)	Anna
30,0 %	(360 Mio.)	Robert Wieck und
17,5 %	(210 Mio.)	Diverse

Nach der Kapitalerhöhung würde ihre Familie lediglich 52,5 % der Firmenaktien halten. Falls sich nur einer von ihnen ausklinkte, war die Stimmenmehrheit dahin.

Spaßeshalber hatte Anna die Verteilung ausgerechnet, sofern Robert sich mit ihr, David und Angelika zusammenschloss.

Dabei kommen hübsche 40 Prozent Stimmenanteile heraus. Das sind nur 2,5 weniger, als mein Vater besitzt.

Sie lächelte grimmig. Was, wenn Robert tatsächlich noch ein paar Milliönchen mehr in den Windpark stecken würde?

Er müsste statt der eingeplanten 60 Millionen bloß schlappe 181 Millionen Euro raushauen.

Diese Zahl hatte sich wirklich wunderbar in ihrer Exceltabelle gemacht. Sie grinste ironisch.

Vor allem kämen wir «Rebellen» dann gemeinsam auf 50,1 Prozent der Stimmenanteile.

Claus Jürgens Tage wären gezählt.

Königsmord!

Hehe.

Annas Mundwinkel zuckten amüsiert.

„Hach, 181 Millionen sind ja auch nur eine Million mehr als das Dreifache von Roberts normalem Anteil. Das sind Peanuts!"

Ihr Sarkasmus schlug Purzelbäume. Sie prustete los und ihr überreiztes Lachen hallte von den Wänden des Ateliers wider.

Endlich löste sich der Knoten in ihrem Kopf. Das tat verdammt gut!

Kichernd legte Anna Pinsel und Pappteller beiseite und wischte sich mit dem Handrücken die Lachtränen aus den Augen.

„Schade eigentlich. So viel Schotter hat nicht mal Robert."

Anna seufzte tief. „Aber man wird ja wohl mal träumen dürfen."

Was für ein schnuckeliger Floh, den Olli ihr heute Morgen ins Ohr gesetzt hatte. Er würde garantiert noch ein paar Wochen neben ihr her hüpfen.

Ich brauche Geld. Viel Geld. Hmm. Ob ich selbst spekulieren sollte?

Schiffsbeteiligungen schieden aus.

Wieder lachte sie.

„Meine Herren, ich denke schon genauso verquer wie Paps."

Sogar für riskante Investitionen war die Zeit bei Weitem zu knapp. Bis zum Ende der Zeichnungsfrist blieb gerade mal ein Monat.

Kopfschüttelnd quetschte Anna einen Tupfer braunes Acryl auf einen neuen Pappteller und daneben eine Portion Türkis.

„So, genug Irrsinn", entschied sie und warf einen kurzen Blick auf das Marktplatzfoto in der Galerie ihres Smartphones. „Jetzt bekommt erstmal der Kirchturm sein Dach."

Die schmale Turmspitze war vor etlichen Jahren neu mit Kupfer gedeckt worden und schimmerte dunkelbraun. Die breit gewölbte Krempe darunter war hingegen erheblich älter, hier leuchtete die typisch türkisgrüne Patina.

Eine ganze Ecke besser gelaunt als vor einer Stunde pinselte Anna drauflos. Vielleicht bekam sie noch ein paar Häuser der Stadtansicht fertig, bis ihre Mutter eintraf.

„Wow", staunte Angelika wenig später. „Das hast du großartig hinbekommen!"

„Ich habe doch gerade erst angefangen."

Anna strahlte. Das Lob ihrer Mutter tat gut.

„Ich liebe es jetzt schon", erwiderte Angelika anerkennend. „Allerdings muss ich zugeben, dass mir der Kirchturm damals besser gefallen hat, als er noch vollständig mit dem Grünspan bedeckt war." Sie zuckte mit den Schultern und Melancholie glänzte in ihren Augen. „Tja, es ist schade, dass wir die Zeit nicht zurückdrehen können.“

Ihre Mutter bezog diese Worte nicht nur auf das Dach des Kirchturms, das spürte Anna deutlich. Es gab so vieles, was in den letzten Jahren schiefgelaufen war.

Sie lächelte Angelika verwegen an und schnappte sich den Pappteller mit dem türkisfarbenen Acryl. „Ach, auf meinem Bild kann ich das. Schau her: Einmal die Zeit zurück für Mama! Bitte sehr.“

Mit geschickten Pinselstrichen färbte sie die Kirchturmspitze um.

„Na, besser so?“

Angelika nickte. „Viel besser.“ Dann seufzte sie tief. „Wenn doch bloß alles so leicht wäre.“

Anna blickte über ihre Schulter in das Gesicht ihrer Mutter. „Machst du dir Sorgen wegen eurem Vermögen?“

„Nein, zum Leben haben wir mehr als genug. Das ist es nicht.“ Angelika lächelte matt. „Es ist im Moment einfach … sehr viel.“

Das konnte Anna zu gut verstehen. „Mir geht es wie dir.“

Angelika grinste schief. „Wir Storm-Frauen haben gerade einiges zu verdauen, was? Ich bin nur froh, dass Claus Jürgen mir gestern nach unserem Telefonat von sich aus reinen Wein eingeschenkt hat, was seine faulen Schiffsbeteiligungen angeht. «Keine Geheimnisse mehr, Angi!», das hat er mir versprochen.“ Sie seufzte abermals. „Naja, mal sehen, wie weit mich diese Brücke trägt.“

„Echt? Das hat er gesagt?“

Anna hob überrascht die Brauen. „Also habt ihr auch über die Nummer mit der Kunsthochschule gesprochen?“

„Das nicht.“ Ihre Mutter lachte freudlos. „Hätten wir alle Altlasten ausgegraben, dann würden Claus Jürgen und ich wohl jetzt noch in unserer Küche sitzen.“

„Das glaube ich sofort. Ich hatte heute auch eine «Unterhaltung» mit Paps“, erklärte Anna.

„Dazu hatte ich ihm geraten.“

„Ah, das erklärt einiges“, brummte Anna. Sie stellte ihren Pappteller auf den langen Arbeitstisch vor dem Fenster und machte sich daran, ihre Pinsel auszuwaschen. „Unterhaltung war gelogen. Monolog trifft es eher.“

Angelika setzte eine Miene auf, als hätte sie auf eine Zitrone gebissen. „Oha. So schlimm?“

Anna nickte. „Zusammengefasst hat er mir Folgendes um die Ohren gehauen.“ Sie verstellte ihre Stimme: „Anna, ich habe einen Fehler gemacht. Dazu muss ich stehen und das werde ich. Falls du als meine Tochter ein Problem damit hast, kann ich das nicht ändern. Lass die Firma da raus oder such dir einen neuen Job.“

Das Zitronenlächeln ihrer Mutter wurde noch saurer. „SO hatte ich mir das nicht vorgestellt.“

„Offenbar steht Paps mit dem Rücken zur Wand.“ Anna zuckte mit den Schultern. „Ich gebe allerdings zu, dass ich erleichtert bin, dass er diese «Entschuldigung» nicht auf die getürkte Absage bezogen hat. DAS hätte ich persönlich genommen.“

Angelika schüttelte resigniert den Kopf. „Gestern Abend war Claus Jürgen völlig am Ende. So sehr, dass ich Hoffnung hatte, er würde alles hinschmeißen.“

„Aber das hat er nicht.“ Anna trocknete ihre Hände ab. „Stattdessen hat er sich berappelt und Olli angerufen. Gemeinsam haben die beiden Robert angeboten, die Kohlen für Paps aus dem Feuer zu holen.“

Ihre Mutter schaute sie verwundert an. „Das heißt?"

„Robert soll für Paps finanziell einspringen und noch mehr Anteile kaufen. Ich habe es ausgerechnet: Unserem Vorstand fehlen 102 Millionen Euro für das Offshore Projekt. Das ist bummelig die Hälfte der benötigten Summe. Wenn wir die nicht auftreiben, können wir das Projekt einstampfen. Mal ganz abgesehen von den Verpflichtungen unseren Anlegern gegenüber sind die Infrastrukturkosten für den Offshore Park so hoch, dass es sich nicht rechnet, lediglich die Hälfte der Anlagen aufzustellen."

„Das sagte er mir gestern", bestätigte Angelika, „aber nicht, dass er Robert mit ins Boot holen will." Sie schaute ihre Tochter nachdenklich an. „Was ist das eigentlich zwischen Robert und dir?"

Jetzt war es an Anna, abgrundtief zu seufzen. „Ach, Mama, ich habe keine Ahnung."

„Oje", schmunzelte Angelika. „Hört sich an, als wäre das ein Thema für einen Deichspaziergang."

„Stimmt! Aber der könnte dauern." Anna grinste schief. „Wie viel Zeit hast du denn?"

Autsch!

Anna und Angelika spazierten auf dem Deich vom Hafen bis zur Stör. Eine frische Brise trieb vereinzelte Wolken über den blauen Himmel und die Schafe trotteten blökend mit ihren Lämmern über das maigrüne Gras. Daneben die Elbe, deren Wellen funkelnd in der Sonne glitzerten. Malerisch! Es juckte Anna regelrecht in den Fingern, sich mit ihrem Zeichenblock auf eine Bank zu setzen und den Bleistift über das Papier tanzen zu lassen. Aber das Gespräch mit ihrer Mutter war wichtiger. Es war viel zu lange her, dass sie beide so ausführlich miteinander geschnackt hatten.

Anna genoss die dreieinhalb Kilometer neben ihrer Mutter. Sie erzählte von Robert und von Erik und davon, wie sehr sie die beiden Männer mochte. Angelika war eine aufmerksame Zuhörerin. Natürlich entging ihr nicht, dass es ihrer Tochter unmöglich war, sich für einen der beiden zu entscheiden.

„Es ist nicht einmal zwei Monate her, dass du deine Verlobung zu Olli gelöst hast", beruhigte Angelika. „Warum willst du jetzt schon eine neue Beziehung übers Knie brechen?"

Die Frage war berechtigt, fand Anna. Niemand zwang sie dazu, von ihrer eigenen inneren Unruhe und der

Sehnsucht nach mehr als nur Freundschaft mal abgesehen.

Vielleicht sollte sie einfach mal den Fuß vom Gas nehmen. Der Gedanke war befreiend, zumal im Moment in ihrer Familie so viel Chaos herrschte, dass ein ganzes Jahr nicht zum Verdauen reichen würde.

Angelika berichtete, dass sie am Vormittag mit Anke telefoniert hatte. Lasses Mutter war überrascht gewesen, aber auch offen. Vor allem war sie froh, dass das Versteckspiel nach den drei Dekaden nun endlich ein Ende finden konnte. Trotzdem bat sie um einige Tage Bedenkzeit, wie sie mit Claus Jürgens Eingeständnis umgehen sollte und wollte.

Anna konnte es kaum glauben, dass Anke niemals jemandem erzählt hatte, wer Lasses leiblicher Vater war. Offenbar war das Bestandteil des Deals gewesen: absolutes Schweigen gegen das Geld ihres Vaters. Es grenzte an ein Wunder, dass Ankes Mann das all die Jahre mitgemacht hatte. Jochen hatte Anke kurz nach Lasses Geburt kennen- und lieben gelernt. Bei der Hochzeit hatte er den Jungen adoptiert, damit alle drei denselben Namen tragen konnten.

Angelika erzählte kopfschüttelnd, dass es bei der kleinen Familie finanziell häufig so knapp gewesen war, dass die Wahrheit keine Option gewesen sei, obwohl das insbesondere in der Pubertät zu Zoff zwischen Mutter und Sohn geführt hatte.

Dieser Aspekt machte Anna wütend. Wie konnte ihr Vater seinem Sohn bloß so etwas antun? Jeder Mensch hatte ein Recht darauf zu erfahren, von wem er abstammte.

Angelika war ebenfalls sichtlich aufgewühlt, dennoch hielt sie an ihrem Vorsatz fest, diesen Teil seiner Vergangenheit mit Claus Jürgen durchzustehen.

Am Ende des Telefonats hatte Anke sich unter Tränen für das Engagement der Storms in Bezug auf Emilia bedankt, besonders für die Bemühung, dass sich alle Blutsverwandten bei DKMS registrieren ließen.

Anna ahnte, dass es die todkranke Enkelin sein würde, die über Claus Jürgens Verhalten hinwegzusehen half und nun vielleicht beide Familien zusammenbringen würde. Sie hoffte sehr, dass das gelang.

Nach zwei Stunden und etwas mehr als sieben Kilometern kamen Anna und ihre Mutter wieder bei der Deichtreppe hinter der Docke an.

Angelika deutete auf die Neubauten. „Und dort hat sich Robert ein Penthouse gekauft?“

„Genau“, bestätigte Anna. „Es ist gleich das erste.“

Die Sonne leuchtete so schräg in die Wohnungen der obersten Etage, dass man von der Deichkrone aus durch die Fenster hineinschauen konnte.

„Oh, das unmöblierte mit den farbigen Wänden?“

„Jo!“

Ihre Mutter zwinkerte vergnügt. „Na, wer da wohl seine Finger im Spiel hatte …“

„Schuldig im Sinne der Anklage“, bekannte Anna und lachte. „Arne hat in der Proll-Bude gestrichen. Es ist toll geworden.“

„Daran habe ich keinen Zweifel.“ Angelika bedachte ihre Tochter mit einem liebevollen Blick und zog sie in ihre Arme. „Ach, du! Der Nachmittag mit dir war wunderbar.“

„Das finde ich auch, Mama“, flüsterte Anna und genoss die ungewohnte Nähe. „Das sollten wir viel öfter machen und nicht erst, wenn Land unter ist.“

„Unbedingt!“ Angelika ließ sie los und lächelte. „Auf alle Fälle sehen wir uns am nächsten Wochenende, oder?“

„Warum? … Ach, ja. Ich habe Geburtstag."

Ihre Mutter nickte und Anna machte eine Schnute. „Hmm. Ich weiß nicht. Ich fürchte, bei allem, was passiert ist, habe ich gar keine Lust auf eine Feier."

Aber ganz allein am Geburtstag ist auch blöd.

Einsame Traurigkeit tropfte in ihr Gemüt.

Trotzdem! Mit Paps an einer Kaffeetafel sitzen und so tun müssen, als wäre nichts – nee, das kann ich nicht!

Angelikas Miene umwölkte sich wissend, doch gleich darauf legte sie ihren Kopf schief. „Und wenn ich deinen Vater zu Hause lasse? Darf ich dann auf eine Tasse Tee bei dir reinschauen?"

Wohlige Geborgenheit breitete sich in Anna aus. Egal, ob sie zwölf oder 32 war, ihre Mutter wusste, wie es in ihr aussah.

„Darüber würde ich mich freuen." Anna lächelte dankbar. „Apropos Tee! Ich mache uns jetzt auch gern noch einen Becher, falls du Lust und Zeit hast."

„Das hört sich prima an!"

„Nicht wahr?" Beschwingt wandte Anna sich zur Treppe um und stieg die flachen Stufen herab. „Ich habe Kräutertee, Grünen, Marzipantee und seit heute Nachmittag ganz neu «Spanische Orange»." Sie drehte sich nach oben zu ihrer Mutter um, während sie weiter deichabwärts ging. „Und eine Packung Kekse habe ich ebenf…"

Plötzlich trat Annas rechter Fuß ins Leere und sie stürzte abrupt nach vorn. Adrenalin schoss tausend Stecknadeln gleich durch ihre Adern, ihre linke Hand ruderte durch die Luft und versuchte hilflos, das Stahlgeländer zu erwischen.

Anna schrie auf, als ihr Fuß eine ganze Ecke tiefer hart auf der übernächsten Stufe aufprallte und wegknickte.

Scheiße! Ich bin noch fast ganz oben!

Vor ihrem geistigen Auge sah Anna sich die elendig lange Waschbetontreppe hinunterkullern und unten zerschunden gegen das Fußgängertor knallen.

Nein, nein, NEIN!

In diesem Moment erwischten ihre Finger das Geländer und sie griff zu. Der Zug riss ihr fast die Schulter aus dem Gelenk, aber sie ließ nicht los.

Anna keuchte.

Ihr Herz raste; es wummerte unrund gegen ihren Brustkorb. Die Waschbetonplatten wirbelten gemeinsam mit dem maigrünen Gras und einigen erschrocken davonspringenden Schafen durch ihren Kopf, doch dann begriff Anna, dass sie nicht mehr fiel.

Boa! Ein Glück.

Ihr wurde heiß und kalt.

Schon war Angelika an ihrer Seite. „Geht es dir gut? Hast du dich verletzt?“

Anna musste sich erstmal sortieren. „Ich weiß nicht genau.“ Sie zitterte am ganzen Körper.

„Setz dich lieber hin“, riet ihre Mutter und stützte sie am rechten Arm. „Gut so. Und nun lass vorsichtig deine Schulter kreisen.“

Anna tat wie ihr geheißen. Ihr Arm fühlte sich an, als wäre er auf der Streckbank gewesen. „Geht halbwegs.“

„Prima.“ Angelika drückte erleichtert die Hand ihrer Tochter. „Und was ist mit deinen Beinen?“

„Ich weiß nicht“, krächzte Anna erneut. Sie wippte erst mit dem linken Fuß – „Der ist okay.“ – danach mit dem rechten.

Ein stechender Schmerz schoss in ihren Knöchel.

„Der nicht“, würgte Anna hervor und zog scharf Luft durch ihre zusammengebissenen Zähne ein. „Autsch!“

„Du bist umgeknickt.“ Angelika schaute sie mitfühlend an. „Hoffentlich ist der Fuß nur verstaucht.“

„Och Mann! So was Blödes“, ächzte Anna. „Aber ich habe ja selbst Schuld. «Augen auf beim Treppenlauf» oder wie war das?“

Ihre Mutter lachte erleichtert. „Na, den Humor hast du zumindest nicht verloren. Komm, ich bringe dich nach Hause. Dort schauen wir weiter.“

Am nächsten Morgen konnte Anna kaum auftreten und musste sich an den Wänden abstützen, um überhaupt ins Bad humpeln zu können. Ihre Zähne putzte sie notgedrungen im Sitzen auf der Toilette und die Dusche ließ sie ausfallen. Als sie endlich am Frühstückstisch saß, pochte es in ihrem Fuß, als würden dort kleine Männchen mit irgendwelchen bescheuerten Hämmerchen rumklopfen.

Missmutig rührte Anna in ihrem Joghurt und begrub neben einer Handvoll frischen Himbeeren auch ihre Pläne für den Vormittag. So konnte sie auf keinen Fall im Atelier stehen.

„Ich bin echt zu blöd“, schimpfte sie. „Mama wollte mich gestern direkt ins Krankenhaus fahren, aber ich war oberschlau und wollte nicht.“

Anna war ihre Dusseligkeit mega peinlich gewesen. Außerdem hatte sie gehofft, dass es am nächsten Morgen schon wieder etwas besser wäre.

„Pustekuchen!“

Die Männchen in ihrem Fuß waren überaus fleißig. Stöhnend zog Anna sich einen zweiten Stuhl heran und legte ihren rechten Fuß auf die Sitzfläche. Das schien die Männchen zu besänftigen.

„Pah! Garantiert machen die bloß Pause.“

Es nützte nichts, sie musste zum Arzt gehen.

Gehen? Pfft. Wohl eher kriechen.

„Mau!“

Kater Carlo hatte sich in die Küche geschlichen und schaute vorwurfsvoll von seinem leeren Napf zu seinem Frauchen auf.

„Na toll", ächzte Anna. „Ich Esel habe vergessen, dich zu füttern. Sorry, Kumpel."

Mühsam hievte sie ihr verletztes Bein vom Stuhl und stemmte sich am Küchentisch hoch. Sofort hantierten die Männchen wieder mit ihren verflixten Hämmerchen.

„Alter Schwede! Allein mit meinem Auto ins Krankenhaus fahren, kann ich vergessen. Aber sowas von!"

Zauberhaft. Natürlich war Wochenende! Da hatten alle Ärzte in Glückstadt zu. Es blieben nur die Kliniken in Elmshorn oder Itzehoe.

„Mist."

Anna hüpfte einbeinig zur Arbeitsplatte hinüber und missbrauchte diese als Geländer, um zum Regal mit dem Katzenfutter zu humpeln.

Boa. Wie können so kurze Wege bloß so lang werden?

Zu allem Überfluss zog es in ihrem linken Arm und ihr Rücken schmerzte ebenfalls.

„Carlo, ich bin ein Wrack!"

Wenn sie wenigstens einen Krückstock hätte, so wie Fiete … Aber nein, nichts dergleichen befand sich in ihrer Wohnung.

Ein Glück, dass ich in den letzten Monaten abgespeckt habe. Mit den 25 Kilo mehr auf den Rippen, so wie vor einem halben Jahr, würde ich gar nicht mehr hochkommen.

Doch es reichte auch so schon. Frustriert schleppte sich Anna an der Arbeitsplatte zurück zu Carlos Futterplatz. Währenddessen arbeiteten die Männchen in ihrem Knöchel Akkord.

„So ein Scheiß!"

„Mau."

„Ja, ja. Ich weiß, das sagt man nicht“, brummte Anna und füllte Carlos Napf.

Als sie endlich wieder auf ihrem Stuhl saß und den vermaledeiten Fuß hochgelegt hatte, war sie schweißgebadet und den Tränen nahe.

Ich sollte Mama anrufen. Vielleicht kann sie mich nach Itzehoe fahren.

Das würde erst gegen Mittag was werden, denn Angelika hatte sich zum Frühstück mit einer alten Schulfreundin in Hamburg verabredet.

Bestimmt ist sie bereits unterwegs.

Egal. Unstrittig war, dass sie die Grillparty bei Familie Niehuus knicken konnte.

„Menno. Und alles nur, weil ich eine Sekunde nicht aufgepasst habe.“

Ich Töffel!

Immerhin lag ihr Handy auf dem Küchentisch, so dass sie sich nicht noch einmal hochquälen musste.

Anna schaute auf die Uhr, es war halb neun.

Erik kann ich anrufen. Vermutlich ist er eh bei Fiete im Laden und bastelt an seinem Gerümpel.

Das Gerät wählte.

Mit jeder Ziffer wurde ihr Herz schwerer. Sie ahnte, wie enttäuscht ihr Ritter sein würde.

„Moin moin, Prinzessin!“, grüßte Erik fröhlich.

„Moin, Erik“, würgte Anna hervor. Sie fühlte sich mies.

„Oha!“, seufzte er. *„Ich merke schon, du willst mich versetzen.“*

„Ich WILL nicht“, jammerte Anna. „Ich MUSS.“

Ihr Hals war zugeschnürt und ihre Stimme klang weinerlich. Sie war so eine Memme.

„Hey, was ist passiert?“

Anna konnte die besorgte Miene ihres Ritters durchs

Telefon hören.

„Ich Dussel habe mir den Fuß verstaucht. Vielleicht ist es auch ein Bänderriss. Keine Ahnung.“ Sie seufzte tief. „Auf alle Fälle tut es schweineweh.“

„Warst du schon beim Arzt?“

„Nein“, murmelte Anna. „Gestern habe ich noch gehofft, es würde so gehen, aber heute Morgen kann ich nicht mal mehr auftreten. Ich muss schauen, wie ich ins Krankenhaus komme.“

„Soll ich dich fahren?

„Musst du nicht im Laden arbeiten?“

„Theoretisch ja. Warte kurz.“

Anna hörte Erik mit Fiete sprechen.

„Ich könnte in fuffzehn Minuten bei dir vorm Haus stehen. Wäre das okay?“

Prompt hatte sie ein schlechtes Gewissen. „Das wäre großartig, aber kommt Fiete denn klar?“

Erik wandte sich amüsiert an seinen Opa. *„Sie will wissen, ob du klarkommst.“*

„Können Möwen fliegen?“, meckerte der alte Seebär dumpf. *„Bin erst 72. Steh voll im Saft.“*

„Das heißt dann wohl «ja»“, fasste Erik zusammen. Anna konnte sein verschmitztes Grinsen förmlich sehen. *„Soll ich raufkommen oder schaffst du es allein nach unten?“*

Bei dem Gedanken an das Treppenhaus wurde Anna übel. „Raufkommen wäre super.“

„Mach ich. Bis gleich.“

Pünktlich eine Viertelstunde später schellte die Klingel in der kleinen Dachgeschosswohnung. Anna schleppte sich durch den Flur und öffnete die Wohnungstür.

„Na, Prinzessin, bereit, über die Schwelle getragen zu werden?“, erkundigte sich Erik augenzwinkernd.

„Moin!“ Anna grinste. „Irgendwie hatte ich mir das mit der Schwelle immer anders vorgestellt. Romantischer.“

„Ach, Romantik kann ich auch.“ Strahlend hielt er ihr Fietes Krückstock unter die Nase und imitierte die Stimme des alten Brummelkopfs. „«Sie braucht ihn mehr als ich.»“

„Oh!“ Anna war baff. „Aber das geht nicht. Er kann selbst nicht ohne!“

„Doch, kann er. Nimm ruhig“, forderte Erik. „Eine höhere Auszeichnung als diese gibt es nicht. Das Bundesverdienstkreuz ist nichts dagegen.“ Er zwinkerte abermals. „Außerdem hat der alte Seebär noch einen Ersatzkrückstock. Zumindest meinte er, der müsste irgendwo im Laden rumfliegen.“

„Na denn.“

Andächtig griff Anna nach der Gehhilfe. „Danke.“

„Bitte.“ Erik lächelte. „Hast du alles? Telefon, Portemonnaie und Krankenkassenkarte?“

„Jo, alles am Start.“ Sie hielt ihre Handtasche hoch.

„Gut. Die trage wohl besser ich“, verkündete er, nahm Anna die Tasche aus der Hand und hängte sie sich über Kopf und Schulter. „So, und jetzt darfst du dich bei mir einhaken, Elfenprinzessin.“

„Danke sehr, Herr Ritter.“

Gemeinsam wagten sie sich an den Abstieg. Anna hielt sich mit der linken Hand am Treppengeländer fest und stützte sich mit dem Stock in der rechten auf der jeweils nächsten Stufe ab. Erik stand neben ihr und umfasste behutsam ihre Taille, was ihr zusätzlichen Halt gab.

Er hatte seine Hand unter ihre offene Jacke geschoben, damit er nicht versehentlich abrutschen konnte. Sein Griff war fest und sanft zugleich. Die Wärme seiner Finger strahlte durch den dünnen Stoff des T-Shirts und ließ Annas Haut unter seiner Berührung angenehm kribbeln.

„Geht doch halbwegs, oder?“ Er grinste zuversichtlich auf sie herab.

„Ja, ganz zauberhaft“, seufzte Anna und hoffte, dass er das Raue in ihrer Stimme als Anspannung interpretierte. Tatsächlich genoss sie seine Nähe sehr.

Stufe für Stufe ging es nach unten.

„Warte“, brummte Erik einen halben Meter vor dem ersten Treppenabsatz. „Ich spiele den Fahrstuhl für dich.“

„Okay?“, murmelte Anna fragend. Was hatte er vor?

Erik ließ sie los und ging bis zur Plattform voraus.

Schon vermisste Anna seine Wärme.

„Guck nicht so enttäuscht“, neckte er sie. Beiläufig nahm er ihr den Krückstock ab und stellte ihn beiseite.

„Ich doch nicht!“

Anna streckte ihm die Zunge raus, so, wie sie es früher immer gemacht hatte, woraufhin Erik sein schönstes Klein-Kunibert-Trotzgesicht aufsetzte. „Wohl!“

Anschließend fasste er sie mit beiden Händen unter den Armen am Brustkorb und raunte: „Stütz dich bei mir ab.“

Die Aufforderung beschleunigte Annas Herzschlag und pumpte auf einmal jede Menge Schmetterlinge durch ihren Köper. *Verräter!*

Sie schluckte und sah ihm in die Augen. Das Augustblau darin strahlte verheißungsvoll.

„Na los, trau dich“, flüsterte er. „Ich pass schon auf dich auf.“

Daran hatte Anna keinen Zweifel. Aufgewühlt legte sie ihre Hände auf seine Schultern.

„Perfekt.“ Er lächelte sie an, die Sommersprossen tanzten über seine Nase. „Denn komm man in meine Arme, Prinzessin.“

Dort gehörte sie hin.

Tue ich das?

Ihr Ritter war stark. Er hob sie wie ein kleines Mädchen von der Stufe und zog sie zärtlich an seine Brust.

Ja.

Seine Nähe überwältigte sie. Der vertraute Geruch von Messingpolitur gemischt mit Eriks typischem Duft stieg Anna in die Nase. Herrliche Geborgenheit flutete ihren Körper und strömte bis in die letzte Zelle hinein.

Noch nie in ihrem Leben hatte sich etwas so richtig angefühlt wie das hier.

Er trägt mich ... wie ein echter Ritter.

Anna versuchte den Moment festzuhalten, doch viel zu schnell stellte Erik sie wieder auf dem Treppenabsatz ab und ließ sie los.

Ein sehnsüchtiger Schauer rollte über ihren Rücken.

Sie fröstelte. Seine Arme nicht mehr um sich herum zu spüren, schmerzte Anna mehr als die klopfenden Männchen in ihrem Knöchel.

„Geht es?“, erkundigte sich Erik. Die Besorgnis stand ihm ins Gesicht geschrieben. Behutsam hob er seine Hand und strich mit dem Daumen über ihre linke Wange.

Oh. Ich weine?

Anna tastete verwirrt mit der rechten Hand über die andere Wange. *Tatsächlich. Meine Haut ist nass.*

Sie schluckte.

Was passierte hier gerade? In ihrem Kopf herrschten Leere und Chaos zugleich, so dass sie keinen klaren Gedanken fassen konnte.

„Vielleicht sollten wir den Fahrstuhl weglassen“, schlug Erik vor. „Ich will dir nicht wehtun.“

„Das tust du nicht“, wisperte sie. Ihr Herz quoll über.

„Der Fahrstuhl ist super."

„Okay", erwiderte er zögerlich. Seine Stirn legte sich in Falten. Es war offensichtlich, dass ihn ihre Antwort nicht überzeugte. „Beim nächsten Mal werde ich vorsichtiger sein, versprochen!"

Anna nickte stumm. Sie konnte nichts sagen.

Als Erik ihr Fietes Krückstock in die Hand drückte und seine linke Hand unter ihrer Jacke an ihre Taille schob, spürte Anna keine Schmerzen mehr in ihrem klopfenden Fuß, sondern sehnte sich nur noch nach dem nächsten Treppenabsatz.

Viel zu schnell waren alle Stufen und Absätze überwunden und das Erdgeschoss erreicht. Anna hatte es aufgegeben verstehen zu wollen, was in diesen Minuten zwischen ihr und Erik geschah. Einerseits rieselte aufregende Lebendigkeit durch ihren Körper, so wie sonst bloß beim Malen, andererseits fühlte sie sich merkwürdig deplatziert, als befände sie sich in einer bezaubernd fremden Welt: Ihr Inneres schwebte – leuchtend vor Glück!

Worte waren überflüssig. Es gab nur Blicke, Berührungen und grenzenloses Vertrauen.

Als Erik sie ansah, kurz bevor er sie zum letzten Mal in seine Arme zog, versank Anna rettungslos im Augustblau seiner faszinierenden Augen.

Sie wollte den Moment festhalten, doch da hob er sie schon von ihrer Stufe.

Seufzend schloss Anna die Lider und kuschelte sich an seine Brust.

„Hey", wisperte er zärtlich in ihr Ohr, „wir haben es geschafft. Du bist unten, Prinzessin."

Seine Lippen streiften ihre Wange und sein blonder Bart kitzelte neckend ihre Schläfe. Nichts konnte sich besser anfühlen.

Das leuchtende Glück erbebte und strahlte gleißend hell. Annas Augen wurden feucht.

Sie zitterte und schaute auf in sein wunderbares Gesicht. Ihre Blicke verhakten sich ineinander. Nun gab es kein Entkommen mehr.

Das hier war richtig.

Erstaunen flutete Eriks Miene. Der nächste Herzschlag brachte bange Ungläubigkeit, gefolgt von träumerischer Hoffnung. Fragend hob er seine Brauen.

Das gab Anna den Rest. Ihre Knie lösten sich auf, doch seine Arme hielten sie. Sicherer konnte sie nirgends sein.

Anna lächelte und nickte stumm.

Fassungsloses Glück schwemmte alle Zweifel aus seinem Antlitz und grub ein zärtliches Lächeln fundamenttief unter seine Sommersprossen.

Die Zeit stand still.

Erik umarmte seine Prinzessin fester und beugte sich zu ihr herab.

Plötzlich verteilten eine Million Schmetterlinge Tonnen von Funkelstaub in ihrem Bauch und füllten ihn mit erwartungsfrohem Kribbeln.

Nichts wollte Anna so sehr wie diesen Kuss. Ihr Herz klopfte wild. Sie schloss die Augen und hob ihre Lippen den seinen entgegen.

Hinter ihnen öffnete sich eine Tür. Das geräuschvolle Klappen torpedierte die schillernde Zeitblase.

Plib!

Kaputt.

Abrupt wurde Anna aus dem magischen Moment gerissen.

„Moin moin, Anna“, schnackte ihre Vermieterin drauflos. „Wie geht es dir?“

Die freundliche Stimme der alten Dame wirkte heute

so angenehm wie eine Maurerbütt mit Eiswasser. Ertappt zuckten Erik und Anna zusammen.

Ob er SIE losließ oder sie Abstand zu IHM suchte, konnte Anna nicht sagen. Auf alle Fälle drehten sich beide schuldbewusst zu Frau Lessing um.

Die im Schachbrettmuster verlegten schwarzweißen Fliesen drehten sich unter Annas Füßen. Sofort war Eriks Arm an ihrer Taille und stützte sie.

„Ähm, ja", stammelte Anna mit belegter Stimme. Sie musste sich räuspern. „Es … geht so."

Erik fing sich schneller und erklärte höflich: „Frau Storm hat sich den Knöchel verknackst."

„Ja, auf der Deichtreppe, nicht wahr?", erkundigte sich die alte Dame redselig. „Das erzählte mir Angelika gestern Abend. Sowas ist schnell zu, nech, mien Deern? Da kannst du manchmal gar nicht für aufpassen, was?"

Anna nickte stumm. Sie schwebte noch halb im Beinahekuss.

„Leider ist es über Nacht nicht besser, sondern schlimmer geworden", sprang Erik für sie ein. „Ich fahre Frau Storm jetzt ins Krankenhaus."

„Du?" Die Augen der Vermieterin wurden groß unter ihrer Hornbrille. „Hast du denn schon einen Führerschein?"

Bäm!

Also, hör mal! So jung sieht Erik nun echt nicht aus!

Auch wenn Frau Lessing es nicht böse gemeint hatte, das ging zu weit. Endlich drehten sich die Rädchen in Annas Hirn wieder.

„Den hat er seit fünf Jahren", verteidigte sie ihren Ritter. „Oder?" Fragend schaute sie zu ihm auf.

„Jo." Erik grinste. „Mit 17 habe ich die Prüfung abgelegt."

„Na, denn ist ja gut", plauderte Frau Lessing. „Sie

sehen so jung aus."

„Der Bart ist wohl noch nicht lang genug", brummte Erik und rieb sich über den selbigen.

Die Vermieterin hatte das nicht gehört. Sie hob eifrig ihren Zeigefinger. „Passen Sie mir gut auf Anna auf, ja?"

„Mach ich." Erik hakte seine Prinzessin unter und nickte der alten Dame höflich zu. „Wir müssen los. Freut mich, Sie kennengelernt zu haben."

„Mich auch!", erwiderte die Vermieterin gutmütig. „Sie haben ausgezeichnete Manieren, junger Mann. Wissen Sie, das ist nicht selbstverständlich bei der heutigen Jugend."

„Danke sehr." Er schmunzelte. „Ich hatte allerdings keine Wahl. Da hat mein Opa für gesorgt."

„Schön, schön." Frau Lessing nickte begeistert, dann wandte sie sich an Anna. „Soll ich mich vielleicht um deine Katze kümmern? Man weiß ja nie, wie lange es im Krankenhaus so dauert, nech?"

„Das wäre nett. Allerdings …", Anna verzog den Mund und deutete auf ihren angeschwollenen Fuß, den sie vorhin gerade mal in einen Badelatschen hatte zwängen können. „Ich fürchte, ich kann Ihnen Carlo heute nicht runterbringen."

„Ich auch nicht." Erik warf einen Blick auf seine Armbanduhr. „Es tut mir leid, doch wir werden erwartet."

„Ach, das schaffe ich schon." Die alte Dame drückte resolut ihren Rücken durch. „Ich habe Zeit. Aber ihr beiden nicht." Sie wedelte mit der Hand, als wolle sie die jungen Leute zur Tür scheuchen. „Na los! Raus mit euch. Und dir gute Besserung, Anna!"

Erfolg ist Definitionssache

Zwei Minuten später hatte Erik Anna in Fietes betagten Firmenwagen bugsiert und selbst neben ihr hinter dem Steuer Platz genommen.

„Normalerweise ist Frau Lessing Fremden gegenüber nicht so aufdringlich“, entschuldigte sich Anna. „Du hast offenbar ordentlich Eindruck auf sie gemacht.“

„Und sie auf mich.“ Er grinste breit. „Ich hätte Carlo gern für sie heruntergeholt, doch wir werden in Itzehoe erwartet und sind ziemlich spät dran.“

Anna krauste die Nase. „Dann war das nicht geflunkert?“

„Nö.“

„Oha! Jetzt bin ich neugierig: Wer wartet auf uns? Und wo? Ich hab keinen Termin im Krankenhaus. Hab ja nicht mal dort angerufen.“

„Och, ein Kumpel von mir macht in der Klinik eine Ausbildung als Krankenpfleger“, entgegnete Erik und startete den Wagen. „Zufällig ist Björn diesen Monat in der Unfallchirurgie und hat heute sogar Dienst. Er will uns am Wartezimmer vorbei schleusen.“

Beiläufig schaute Erik über die Schulter nach hinten, setzte den Blinker und fuhr los. „Dafür müssen wir aber bis halb zehn da sein.“

„Aha.“

Die analoge Uhr am Armaturenbrett zeigte an, dass es kurz vor neun war.

So, wie ich Fiete kenne, geht die auf die Minute genau!

Anna furchte die Stirn. „9:30 … hmm. Das wird knapp.“

„Eben.“

Nervös strich Erik sich durch seine blonden Haare, so dass sie mal wieder kreuz und quer abstanden. Anna liebte seine Strubbelfrisur.

„Zumal wir vom Parkplatz aus noch ein Stückchen laufen müssen und du, Fräulein Elfenprinzessin“, er schenkte ihr ein verschmitztes Lächeln, „bist heute leider eine lahme Schnecke.“

„Da hast du recht“, bestätigte Anna. „Tut mir leid.“

„Ach was!“

Er grinste. Es sollte locker aussehen, doch das tat es nicht.

Er ist aufgewühlt.

Anna schluckte. Auch wenn eben im Treppenhaus faktisch nichts geschehen war, so war trotzdem etwas zwischen ihnen passiert.

Fast hätten wir uns geküsst.

Prompt flatterten wieder unzählige Schmetterlinge durch Annas Bauch und verteilten prickelnden Funkelstaub mit ihren Flügeln.

Eriks Berührungen hatten sich verdammt gut angefühlt.

Echt.

Und richtig.

Hmm. Und jetzt?

Verunsichert linste Anna zu Erik rüber.

Der setzte gerade den Blinker, um nach links in die Straße «Am Kommandantengraben» einzubiegen, und konzentrierte sich auf den Verkehr von rechts. Dabei streifte sein Blick den ihren.

Sie lächelten beide. Befangen.

Fietes peinlich sauberer Kastenwagen füllte sich mit luftanhaltender Stille.

Er spürt es auch.

Erneut schluckte Anna. Die Magie des Moments war verflogen und weder er noch sie wusste, wie man dort anknüpfen sollte.

Zu allem Überfluss fingen die ollen Männchen in ihrem Fuß wieder mit dem lästigen Gehämmere an.

Abermals fuhr sich Erik durch die Haare. Dann grinste er schief. „Und? Wie ist das mit deinem Knöchel passiert?“

Reden ist besser als schweigen, dachte Anna und schnaubte spöttisch.

„Ach, ich Dösbaddel war zu blöd, den Deich runterzulaufen. Bin auf der Treppe ins Leere getreten und wäre fast nach unten gekullert.“

„Autsch!“ Er verzog sein Gesicht.

„Du sagst es!“, seufzte sie, bemüht, die gemeinsame Basis wiederzufinden. „Ich konnte mich grade noch am Geländer abfangen. Meinen Fuß hat es trotzdem erwischt.“

„Tja“, frotzelte er, „Augen auf beim Treppenlauf.“

He, das waren meine Worte!

Annas Mundwinkel zuckten amüsiert. „Stimmt. Passiert mir auch kein zweites Mal. Aber hinterher ist man immer schlauer, oder?“

„Jo.“ Erik warf ihr einen prüfenden Blick zu. „Und sonst? Ist außer deinem Knöchel alles gut?“

Unvermittelt wirbelte Lasse mit seiner Tochter durch Annas Gedanken und ein mit fetten Geldbündeln beladenes Schiff versank im Ozean. Ihr Herz wurde schwer.

„In meinem Arm zieht es ein bisschen“, wich sie aus. „Und mein Rücken ist verspannt. Mama behauptet, das würde vom Schreck kommen.“

„Beides ist bestimmt in ein paar Tagen vergessen.“ Er lächelte aufmunternd. „Doch das meinte ich nicht.“

„Nicht?“

Noch ein kurzer Blick.

In Eriks Augen lag eine wissende Ruhe. Anna kannte diesen Ausdruck. Er würde ihr Problem aufspüren, wie ein Trüffelschwein die begehrten Knollen.

„Nein.“ Er schaute gelassen auf die Straße. „Seit Mittwochabend bist du komisch. Was ist passiert?“

„Nichts“, log Anna und seufzte.

„Soso. Das «Nichts» kann man dir an der Nasenspitze ansehen.“

Boa! Es ist aussichtslos, ihm was vormachen zu wollen. Er wird bohren, bis ich es ausspucke.

„Nicht «man»“, schimpfte sie, „nur DU, Herr Ich-Wittere-Jedes-Geheimnis Ritter.“

„Wer kann, der kann.“

Entspannt grinsend bog Erik beim Freibad am Fleth nach links Richtung Wasserturm ab. Dann wurde er ernst.

„Dich belastet etwas. Das konnte ich in den letzten Tagen am Telefon hören. Außerdem waren die Emojis in deinen Textnachrichten auffällig.“

„Echt jetzt?“, stöhnte Anna. „Die bekloppten Piktogramme haben mich verraten?“

„Nicht die Emojis selbst“, präzisierte er. „Vielmehr deren Abwesenheit.“

Krass. Auf sowas achtet er? Olli ist es nicht mal aufgefallen, wenn ich gar nicht geschrieben habe.

Ihr Herz wurde ganz leicht. Eriks Aufmerksamkeit erschien ihr wie das Sicherheitsnetz unter einem

Drahtseil. Ihr Ritter passte auf, dass seiner Prinzessin bei einem Absturz nichts passieren konnte.

„Wenn das so ist, schick ich dir noch ein paar Bildchen“, witzelte Anna.

„Zu spät. Ich habe schon Lunte gerochen.“ Er steuerte Fietes Wagen in den Kreisel an der Bürgerschule und wieder trafen sich ihre Blicke für einen Moment. In seinen Augen schimmerte Anteilnahme. „Also, was ist los?“

Claus Jürgens Leichenkeller drückte auf Annas Seele.

Wie gern würde ich ihm alles erzählen!

Die Vorstellung fühlte sich verlockend an.

Und richtig.

Verwundert stellte Anna fest, dass sie Erik gegenüber nicht dieselben Bedenken hatte wie bei Robert.

Hmm. Hätte ich am Donnerstag meinen Ritter besucht und nicht dessen Knappen, hätte ich ihm das mit meinem Halbbruder dann erzählt?

Ihr Bauch antwortete mit einem eindeutigen «Vielleicht», was prompt zu einem schlechten Gewissen führte.

Naja, Robert ist als Aufsichtsrat und Großaktionär auch viel dichter an Storm Energie dran und damit an meinem Vater.

Genau! Man sollte Berufliches und Privates nicht vermischen.

Daran musste es liegen.

Ein Praktikum für eine Abschlussarbeit zählte nicht.

Und bei Erik wäre mein Geheimnis sicher.

Anna wand sich innerlich. Es würde ihr guttun, sich den Mist von der Seele zu reden.

Er würde mich verstehen!

Sie konnte sich im Leben nicht vorstellen, dass Erik so gelassen und verständnisvoll reagieren würde wie ihre

Mutter.

Plötzlich sehnte sie sich danach, in seinem Gesicht den aufrichtigen Zorn zu sehen, den sie selbst gegenüber ihrem Vater empfand.

Oh ja!

Rationalität und Umsicht waren gut und schön, doch manchmal hatte Anna das Gefühl, an dieser gezügelten Besonnenheit zu ersticken.

Der ganze Scheiß muss mal raus!

Sie dachte an Lasse und stellte sich vor, wie es für ihn als Kind gewesen sein musste, zu wissen, dass seine Mutter seinen leiblichen Vater kannte, ihm aber nichts von ihm erzählte.

Ich wäre ausgerastet! Und dann die Sache mit Lasses Tochter ...

Wütend ballte Anna die Fäuste. Sie konnte es noch immer nicht fassen, dass Claus Jürgen seiner eigenen Enkelin die Hilfe hatte verweigern wollen. Emilia war ein unschuldiges Baby! Sie würde sterben, wenn sich kein Spender fand.

Die verspekulierten Millionen sind mir egal, aber DAS geht gar nicht!

Tränen stiegen in ihr auf.

Am liebsten möchte ich Paps packen und kräftig durchschütteln.

Egal, was ihre Mutter ihr über die schwere Zeit beim GroWiAn erzählt hatte, sie verstand nicht, wie ihr Vater bei der Blutkrebsdiagnose hatte tatenlos zusehen können.

Annas Herz schlug aufgebracht gegen ihren Brustkorb und die Männchen in ihrem geschwollenen Knöchel hämmerten im selben Takt. Langsam wurde es unangenehm, den Fuß unten halten zu müssen.

In diesem Moment passierten sie die Bahnschranken. Der alte Kastenwagen wurde durchgerüttelt, was die

Männchen mit noch ärgerlicherem Klopfen quittierten.

Grimmig biss Anna die Zähne aufeinander. Der physische Schmerz passte prima zu dem, was sie wegen ihrer kranken Nichte empfand. Man konnte das dumpfe Pochen nicht verdrängen. Es tat weh und zermürbte.

Erik wird mich verstehen.

Das tat er auch ohne Worte, wie er zweifelsohne im Treppenhaus bewiesen hatte.

Ungefragt verteilten die Schmetterlinge erneut leuchtenden Glücksstaub in Annas Bauch und katapultierten ihre Emotionen in prickelnde Höhen.

Ich bin aus dem Gleichgewicht.

Sollte sie in diesem Zustand über solche Dinge sprechen?

Verunsichert schloss Anna die Augen.

„Du musst es mir nicht erzählen", murmelte Erik in ihr Schweigen hinein. Seine Stimme klang weich. „Aber falls du was loswerden möchtest, bin ich für dich da."

„Danke." Anna lächelte ihn von der Seite an.

„Gern." Er lächelte zurück. Dann nickte er grinsend Richtung Armaturenbrett. „Musik?"

„Ja bitte", seufzte Anna, ihr war jede Ablenkung recht.

„Ich kann aber nur mit Welle Nord dienen." Erik stellte das Radio an. „Wenn ich den Sender verstelle, reißt mir der alte Seebär den Kopf ab."

„Welle Nord passt schon", meinte Anna.

Gerade lief Bruce Springsteen mit «I'm on fire». Sie mochte das Lied.

„Fiete hat mir übrigens angeboten, den Laden zu übernehmen", erzählte Erik beiläufig.

„Was?" Anna schaute ihn mit großen Augen an. „Wann?"

„Gestern", schmunzelte Erik. „Es kam ziemlich überraschend für mich."

„Das glaube ich sofort“, erwiderte Anna. „Wow!“

„Genau.“ Er lachte. „Das habe ich auch gesagt.“

„Und?“ Gespannt beobachtete sie sein Gesicht. „Was hast du ihm geantwortet?“

Er grinste stolz von einem Ohr zum anderen. „«Na klar!»“

„Oh!“ Das hätte sie nicht gedacht. „Wann soll es denn losgehen mit der Übergabe?“

„Ach, später“, beschwichtigte Erik und hielt an der Ampel beim Glückstädter Krankenhaus.

In Annas Kindheit war das eine reguläre Klinik gewesen.

Eigentlich schade, dass sie den Betrieb eingestellt haben, ansonsten müsste ich jetzt nicht ganz nach Itzehoe eiern.

Heute gab es in dem Gebäude nur noch Belegbetten und normale Facharztpraxen.

„Kennst ja Fiete“, kam Erik auf die Übergabe zurück. „Erst soll ich meinen Abschluss als Maschinenbauer machen und zusätzlich besteht er darauf, dass ich einen «ordentlichen»“, mahnend hob er seinen Zeigefinger vom Steuer, „Buchhaltungskurs belege. Außerdem will Fiete, dass ich für den Laden einen Online-Shop einrichte.“ Nun imitierte er die Stimme des Alten. „«Jung, geh mit der Zeit! Kümmere dich um das IT-Gedöns», hat er gesagt.“ Er schnaubte amüsiert. „Ich muss sogar ein Excelseminar besuchen. Word auch, wegen der Serienbriefe.“

„Oha!“ Anna kicherte. „Ich hätte nicht gedacht, dass Fiete überhaupt weiß, was das ist.“

„Tja, daran bin ich wohl selbst schuld.“

„Wie das?“

Verlegen lächelnd fuhr sich Erik durch die Haare. „Ich habe ihm unbedingt auf die Nase binden müssen, wie talentiert eine gewisse Anna Storm in ihrem Job ist. Da wollte er natürlich auch wissen, was du machst."

„Oje! Und jetzt hast du den Salat."

„Danach sieht es aus."

„Ich kann dir gern was zeigen", bot Anna an. „Meinst du, Fiete lässt eine Bestätigung von mir gelten?"

„Na logen."

Die Ampel sprang auf Grün. Erik grinste und fuhr los. „Der alte Brummelkopf leiht dir sogar seinen Stock. Von dir lässt er alles gelten."

„Na, denn ist ja gut."

„Das ist es." In seiner Miene spiegelte sich eine tiefe Zufriedenheit. „Ich denke, in ein bis zwei Jahren wird aus der Bootsausrüstung Sievers die Bootsausrüstung Niehuus."

Anna krauste die Nase. „Dann willst du keinen Master im Maschinenbau machen?"

„Nö."

„Du könntest sicher einen guten Job in einer von Roberts Firmen bekommen oder bei uns. Jemanden wie dich können wir brauchen."

„Ich weiß, aber nein danke."

„Hmm." Anna runzelte die Stirn. „Willst du denn keinen Erfolg?"

So ein Mann war ihr bisher noch nicht untergekommen.

„Erfolg ist Definitionssache", konterte Erik trocken. „Meinst du damit sowas wie Mitarbeiterverantwortung, viele Überstunden und Visitenkarten mit wichtig klingendem Stellenbezeichungskauderwelsch auf Englisch, von dem kein Schwein weiß, was es bedeuten soll?"

Anna nickte zögernd. „So ungefähr. Diese Jobs werden in der Regel überdurchschnittlich bezahlt."

„Das Geld würde ich zur Not noch nehmen.“ Er grinste spitzbübisch. „Auf den Rest kann ich verzichten.“

„Warum?“ Anna hatte ihn anders eingeschätzt. „Ich dachte, du willst was bewegen. In so einer Position könntest du es.“

„Oh, bewegen will ich jede Menge“, widersprach Erik und sein Gesicht wurde ernst. „Doch in einer großen Firma bin ich lediglich ein kleines Rädchen im Getriebe.“

Sie schüttelte den Kopf. „Nicht zwangsweise. Wenn du gut bist, kommst du ganz nach oben.“

„An die Spitze?“

„Genau.“

„Da ist es einsam.“ Erik verzog den Mund. „Und sofern man sich dort behaupten will, geht es plötzlich nicht mehr um die Sache an sich, sondern vor allem um Politik. Dieses Paktieren und Taktieren ist nicht mein Ding.“

Das wiederum konnte Anna verstehen. Sie dachte an ihren Vater.

Was, falls Paps sich damals gegen den Job beim GroWiAn entschieden hätte? Wenn er nicht gegen den Staat und die Energieriesen hätte kämpfen müssen?

Er wäre ein anderer Mensch. Vielleicht einer ohne Leichenkeller?

Ach, keine Ahnung!

Fakt war, dass Claus Jürgen für seinen «Erfolg» jede Menge Opfer hatte bringen müssen. Man war übel mit ihm umgesprungen.

Tut er deswegen heute dasselbe mit seinen Mitmenschen?

Im Laufe der Jahre hatte ihr Vater etliche moralische Grundsätze über Bord geworfen und anderen Leuten wehgetan.

Ich würde das nicht wollen. Damit würde ich nicht klarkommen.

Plötzlich fiel es ihr wie Schuppen von den Augen. Ihr Vater hatte nicht nur ihre Mutter, sie und Lasse verletzt, sondern ebenfalls sich selbst.

ER muss mit seinen Taten leben.

Und das konnte er nicht, wie sich bei seiner «Entschuldigung» gestern nur allzu deutlich gezeigt hatte.

Von der Seite habe ich es noch gar nicht gesehen!

Gleichgültig, wie gut man es auch meinte, der Zweck heiligte eben NICHT die Mittel.

„Ich will nicht an irgendeine Spitze“, erläuterte Erik. „Ich habe mit dem Laden alles, was ich brauche. So kann ich meinen Kunden mit ihren Booten und dem Drumherum helfen und gleichzeitig habe ich ausreichend Zeit, um an meinem renovierten Gerümpel rumzubasteln. Das gefällt mir.“

Er zwinkerte. „Höher, schneller, weiter ist nichts für mich. Es reicht mir völlig, wenn auf meiner Visitenkarte «Inhaber» steht.“

Anna konnte ihm ansehen, wie ernst ihm seine Worte waren.

„Außerdem“, ergänzte Erik, „wirft der Laden genug ab, um eine Familie zu ernähren.“ Er schaute kurz zu ihr herüber, das Augustblau strahlte selbstbewusst aus seinen Augen. „Was braucht ein Mann schon mehr?“

Obwohl Eriks Freund Björn Wort gehalten hatte, brauchten sie dennoch mehr als zwei Stunden im Krankenhaus. Die Unfallchirurgin ließ zur Sicherheit ein MRT anfertigen. Glücklicherweise war keines der Bänder gerissen, sondern alle lediglich stark überdehnt.

„Das passt zu den Symptomen“, erklärte die Ärztin.

„Ein Riss tut meist weniger weh als die Überdehnung. Björn wird Ihnen einen Kompressionsverband anlegen. Wenn Sie den Fuß eine Woche schonen, wird das Schlimmste vorüber sein."

Grinsend betrachtete die Medizinerin Fietes Krückstock. „Sehr stylisch, dieses alte Stück, aber ich schreibe Ihnen trotzdem ein paar Krücken auf. Damit kommen Sie leichter und vor allem gefahrloser in ihre Dachgeschosswohnung."

Bei der Erinnerung an den Abstieg mit Eriks Hilfe reckten die Schmetterlinge in Annas Bauch zaghaft ihre Flügel.

Ich brauche keine Krücken, ich brauche nur ihn!

Abzuheben trauten sich die Flatterviecher allerdings nicht, denn während Anna ins MRT geschoben worden war, hatte Erik draußen mit der Krankenschwester herumgealbert.

Ich konnte ihr Lachen hören. Und als sie mich hinterher wieder herausgeholt hat, war ihr Strahlen nicht zu übersehen.

Ja, ihr Ritter war ein freundlicher Mensch, der meistens gute Laune hatte. Doch war so viel Spaß normal? Davon hatten er und die Frau jede Menge gehabt. War das schon ein Flirt gewesen?

Egal. Er gehört nicht mir.

In Annas Kopf arbeitete es.

Ich habe Erik nie gefragt, ob er eine Freundin hat. Ich habe es bloß vermutet. Er ist ein attraktiver junger Mann! Was, wenn er einfach nur nett zu mir ist wegen früher?

Tatsächlich hatte er nie ausgesprochen, dass er mehr von ihr wollte als Freundschaft.

Vielleicht habe ich mir das nur einbildet.

Sie war immerhin zehn Jahre älter als er! Und obwohl

sie in letzter Zeit einiges abgenommen hatte, war sie trotzdem noch füllig.

«Einen Besseren als Olli wirst du nicht finden!» Es war albern, aber Claus Jürgens Worte spukten hartnäckig in ihrem Kopf herum.

Was, wenn Paps recht hat?

Sie sollte ehrlich mit sich sein. Wie wahrscheinlich war es, dass jemand wie Erik wirklich etwas von so einer dicken, alten Schachtel wollte?

Habe ich sein Mitleid mit Liebe verwechselt?

Ihr wurde schlecht.

Meine Menschenkenntnis ist nicht gerade die Beste.

Wie sehr sie sich täuschen konnte, hatte sie erst kürzlich bei Olli und bei ihrem Vater unter Beweis gestellt.

Hmm. Kann ich aus der Tatsache, dass Claus Jürgen ein Arsch ist, schließen, dass seine Behauptungen falsch sind?

Erfahrungsgemäß lag ihr Vater mit seinen Prognosen richtig. Ansonsten wäre er mit Storm Energie nicht so erfolgreich gewesen.

Ach, verdammt! Ich weiß gar nichts mehr!

Annas Unsicherheit vermischte sich mit dem penetranten Schmerz in ihrem Knöchel. Mit jeder Stunde, die sie auf den Beinen war, pochte es fieser in ihrem Fuß. Unter dem zermürbenden Klopfen der Hammer-Männchen brannten sich die Zweifel in ihren Gedanken fest.

Als Anna schließlich mit den neuen Krücken vom Sanitätshaus zum Auto humpelte, fühlte sie sich elend.

Eriks Emotions-Radar funktionierte wie eh und je.

„Gleich hast du es geschafft“, meinte er aufmunternd, öffnete die Beifahrertür für sie und streckte ihr seine Hand hin.

Die vertraute Wärme seiner Finger ließ Annas Haut prickeln, doch diesmal konnte sie es nicht genießen. Stöhnend ließ sie sich auf den Sitz sinken und murmelte: „Meine Herren, bin ich froh, wenn ich zu Hause bin."

Tür zu und Decke über den Kopf!

„Das kann ich verstehen", stimmte Erik zu. Seine Stimme klang besorgt. „Ich bringe dich wohl besser direkt nach Hause."

Hoffnungsvoll sah Anna zu ihm auf. War das Enttäuschung auf seinem Gesicht?

Sie traute ihrem Urteil nicht.

„Du solltest auf alle Fälle die Kräuterbutter mitnehmen", erwiderte sie matt. „Die wartet seit gestern Nachmittag fix und fertig in meinem Kühlschrank."

„Das kann ich tun."

Boa! Ich bin echt zu blöd!

Erik schaute ihr nachdenklich ins Gesicht, so als wolle er noch etwas sagen. Aber dann nickte er bloß und schloss wortlos die Tür.

Auf der Rückfahrt wollte kein richtiges Gespräch zwischen ihnen aufkommen. Beim Ortsschild Dägeling gab Anna es auf und schloss erschöpft die Augen.

Das Klopfen in ihrem Fuß fühlte sich mittlerweile so laut an, dass es eigentlich das Motorengeräusch von Fietes altem Kastenwagen übertönen müsste, doch außer der Welle Nord aus dem Radio war nichts zu hören.

Annas Gedanken drehten sich zur Musik im Kreis und ließen sie nicht aussteigen. Sie fühlte sich immer jämmerlicher.

Irgendwann tanzte auch noch Robert durch ihren Geist und meinte: „Bau keine Luftschlösser! Bevor du dich irgendwelchen Spekulationen hingibst, sorge dafür, dass du alle Infos hast, an die du herankommen kannst."

Ob das ebenso für Beziehungen galt?

Vermutlich schon.

Anna gab sich einen Ruck.

Ich sollte mit Erik sprechen. Ansonsten drehe ich durch, wenn ich nachher allein in meiner Bude hocke!

Sie öffnete ihre Augen und stellte überrascht fest, dass Erik in diesem Moment in die Königstraße einbog.

„Na, Prinzessin", brummte er, „geht es dir ein bisschen besser?"

„Ich habe nicht geschlafen", krächzte Anna.

„Schade." Erik grinste schief. „Ich hatte gehofft, dass dir ein Nickerchen guttun würde und ich dich doch noch zum Grillen mitschnacken könnte."

Ob Anna es gefiel oder nicht, seine Worte weckten die Flatterviecher in ihrem Bauch.

Verräter!

„Ich würde dir auch einen zweiten Stuhl hinstellen", versprach Erik, während das Auto vor ihrer Wohnung an dem Kantstein parkte. „Dann kannst du deinen Fuß hochlegen."

„Sehr fürsorglich", antwortete Anna abwesend.

Ich sollte meine Fragen klären.

Erik stellte den Motor aus und drehte sich mit einem gewinnenden Lächeln zu ihr um. „Und du darfst mich jederzeit für ein frisches Kühlpack in den Keller scheuchen."

„Klingt verlockend."

Innerlich verdrehte sie die Augen, denn all diese Bemühungen konnte man ebenfalls als mitleidigen Freundschaftsdienst verbuchen.

Ich darf mich nicht einlullen lassen!

„Ich bediene dich, wie es sich für eine Prinzessin gebührt!", trumpfte Erik auf. „Deine Füße werden den Boden gar nicht berühren müssen. Besser kannst du deinen Knöchel zu Hause auch nicht schonen. Im

Gegenteil. Bei uns bekommst du sogar noch was Leckeres zu essen."

„Hmm. Weiß nicht." Anna krauste die Nase. Wo sollte sie mit ihren Fragen beginnen?

Oder soll ich den Zirkus lassen und einfach mit zu Familie Niehuus gehen?

Es war halb eins. Das Essen sollte um 13 Uhr starten und Hunger hatte sie nach der Krankenhaustour definitiv.

Sich mit Krücken Essen zu kochen, ist garantiert kein Bringer.

Erik setzte eine mitleidige Miene auf. „Juli dreht mir den Hals um, wenn ich dich nicht anschleppe."

„Ich dachte, sie weiß nichts von meinem Kommen", konterte Anna verwundert.

„Tut sie auch nicht." Er grinste und griff zur Geheimwaffe: dem ultimativ unschuldigen Klein-Kunibert-Kann-Kein-Wässerchen-Trüben-Blick. „Aber glaubst du wirklich, Mama wird ihr nichts sagen?"

„Nee. Hast recht." Anna konnte den geschwisterlichen Schlagabtausch förmlich vor sich sehen und seufzte tief. Sie vermisste ihre Freundin.

Na los, Mädchen!, spornte sie sich an. *Du willst Juli treffen. Sei kein Waschlappen, sondern kläre das mit Erik!*

Ihr Ritter sah sie bittend an: „Also, was ist? Kommst du mit?"

„Ich …" Anna zögerte. „Kann ich dich vorher etwas fragen?" Sie wurde ernst.

„Oha!" Erik hob die Brauen. „Klar. Was immer du willst."

Ihr Puls beschleunigte sich. Nervös knetete sie ihre Hände.

Jetzt gibt es kein Zurück!

Anna holte tief Luft und sah ihrem Freund in die Augen. „Du meintest vorhin, dass Fietes Laden genug abwerfen würde, um eine Familie zu ernähren …“

„Jaa“, bestätigte er gedehnt und runzelte die Stirn. „Fiete hat mir seine Bücher gezeigt. Storm Energie wirft bestimmt mehr ab als die Bootsausrüstung, aber der Laden läuft seit Jahren stabil. Er sagt: «Da ist kein Porsche drin, doch es reicht locker für ein normales Kleinstadtleben mit Frau und Kind.»“

Das Blau seiner Augen wurde ozeantief. „Warum fragst du?“

Anna schluckte, nun musste sie Farbe bekennen. Unbeholfen räusperte sie sich.

„Ähm … also … Hast du denn schon jemanden im Blick?“

Schweigen.

Puddingknie und absolute Stille bei der Hammer-Männchen-Fraktion in ihrem Fuß. Anna wagte es nicht, zu atmen, aber dafür raste ihr Herz. Ein Formel-1-Rennwagen auf dem Nürburgring war ‘ne lahme Ente dagegen.

Erik schaute sie an.

Voller Furcht erwiderte sie seinen Blick.

Was, wenn er «ja» sagt und er eine andere liebt?

Das glockenhelle Lachen der MRT-Schwester hallte in ihren Ohren.

Anna betete darum, dass dem nicht so war, und ihr Splitterherz klirrte bang.

„Ja, ich habe jemanden“, erklärte Erik und fuhr sich nervös durch die Haare. Das Blau seiner Augen schien noch intensiver als sonst zu leuchten und ließ Annas Herz stolpern.

O Gott! Bitte nicht!

Sie konnte sich nicht dazu überwinden zu fragen, ob

sie die Frau kannte.

Seine Lippen verzogen sich zu dem spitzbübischen Lächeln, das Anna nicht mehr missen wollte.

„Ich habe jemanden“, wiederholte er rau und ließ das Lenkrad los. Der Zug um seine Augen wurde zärtlich. „Sie …“

… sitzt direkt vor mir!, ergänzte ihr Hirn unaufgefordert und Anna wusste, wie armselig das war. Sie hatte das Gefühl, als würde ihr Herz mit einem Brieföffner bearbeitet werden: Jeder Stich tat höllisch weh und hinterließ ein tiefes Loch.

Kann so ein Schweizer-Käse-Herz überhaupt noch seinen Job machen?

Anna hoffte nicht, denn dann hätte dieser peinliche Albtraum bald ein Ende.

Plötzlich veränderte sich Eriks Miene. Belustigung ließ seine Sommersprossen über die Wangen tanzen und er verdrehte betont genervt die Augen.

Nein!!!

Auf diese Art und Weise hatte er sie noch nie angesehen. Zeigte er nun sein wahres Gesicht?

Anna glaubte, sterben zu müssen. Sie hatte recht gehabt. Er liebte sie gar nicht!

Die Welt brach zusammen und jetzt pochte es hörbar in Fietes altem Kastenwagen. Obwohl Anna keinen Schmerz in ihrem Knöchel spürte, waren die Hammer-Männchen offensichtlich zurück.

Sieh an! Ich drehe durch.

„Sie macht mich wahnsinnig“, knurrte Erik.

So genau wollte Anna das gar nicht wissen. Ihre Stimme reichte allenfalls für ein kratziges: „Aha.“

„Damals war sie eine Nervensäge“, erklärte er viel zu laut. „Aber das hat sich im Laufe der Jahre geändert.“

Er liebt das Mädchen.

Annas Kehle schnürte sich zu. Sie wünschte, sie könnte sich in Luft auflösen.

Derweil schaute Erik träumerisch an ihr vorbei aus dem Fenster und verkündete äußerst liebenswürdig: „Heute ist sie die Pest!“

Hä?!

Anna begriff gar nichts mehr. Sie schien auf dem Hauptbahnhof in München zu stehen. Überall fuhren Züge ein und aus, und sie hatte keinen Plan, was das sollte.

Zu allem Überfluss hörte sie in ihrem Nacken ein aufgekratztes Lachen.

Erik schüttelte missbilligend seinen Kopf und meckerte Richtung Hauseingangstür: „Sie ist schlimmer als eine Schmeißfliege. Egal, von wo auf der Welt, irgendwie kommt sie immer wieder nach Glückstadt zurück.“

„Anni!“, quietschte es nun vergnügt auf dem Bürgersteig.

Juli?

Perplex drehte Anna sich um und tatsächlich, dort stand Julia Niehuus, klopfte an die Autoscheibe und winkte übermütig.

Was? Hat sie etwa die ganze Zeit dort gestanden?

„Verdammte Axt!“, motzte Erik überlaut. „Das Timing meiner Schwester ist immer noch genauso beschissen wie damals!“

„Beschissen?“, rief Julia und öffnete die Beifahrertür. „Wieso beschissen? Wenn hier Geheimnisse ausgetauscht werden, komme ich gerade richtig.“

Schwerfällig sortierten sich die Gedanken in Annas Hirn. Es dauerte mehrere Atemzüge, bis sie begriff, dass ihr Ritter in der letzten Minute nicht mit ihr, sondern mit seiner aufgedrehten Schwester gesprochen hatte. Sie rekapitulierte Eriks Worte.

Er hat nicht über die Frau gesprochen, die er liebt, sondern über Juli! Oder vielmehr MIT ihr.

Ein tonnenschwerer Felsbrocken krachte von Annas durchlöchertem Herzen.

Dass Erik nicht mehr dazu gekommen war, ihre Frage nach seiner Liebsten zu beantworten, war ihr in diesem Moment schnurzpiepegal!

Er könnte auch mich gemeint haben.

Frühlingswarme Hoffnung ließ den Eisklumpen in ihrem Bauch antauen.

Boa! Mir war nicht klar, wie viel er mir bedeutet!

Ein Frösteln kroch durch Annas Körper und eine hinterhältige Stimme in ihrem Inneren wollte wissen, ob ihr das mit Robert genau so ging.

„Geheimnisse?“, schnaubte Erik. „Das ist mal wieder typisch große Schwester!“

„Klar habt ihr zwei Geheimnisse.“ Julia kicherte. „Weshalb guckt Anni sonst wie ein verschrecktes Reh aus der Wäsche?“

„Ach was! Wir reden hier bloß über Kräuterbutter“, log Erik ohne mit der Wimper zu zucken. „Die hat Anna nämlich zum Glück schon vor ihrem Sturz fertig gemacht.“

Dann legte er behutsam seine Hand auf ihre zitternden Finger. „Also, was meinst du, Prinzessin, darf ich dich zum Grillen zu uns entführen?“

Die Art, wie er Anna ansah, war ihr himmlisch vertraut. Er lächelte. „Wenn du mir deinen Wohnungsschlüssel gibst und mir verrätst, in was für einer Schüssel du die Butter aufbewahrst, kann ich sie für dich aus dem Kühlschrank holen. Denn brauchst du dich nicht ganz ins Dachgeschoss zu quälen.“

Stille.

„Äh, ja“, stammelte Anna nach einer viel zu langen

Pause.

Erik drückte mitfühlend ihre Hand. „Ich kann dich natürlich auch hoch bringen, falls es dir nicht gutgeht und du dich lieber ausruhen möchtest.“

„Stimmt, Mama hat mir das mit deinem Fuß eben erzählt“, kommentierte Julia von der Seite. „Ist es echt so schlimm?“

Schweigen.

„Es ist eine amtliche Verstauchung“, erklärte Erik an Annas Stelle. „Im Krankenhaus haben sie sogar ein MRT gemacht. Nur nebenbei: Natascha arbeitet da – weißt du, Juli? Die, mit der wir früher ab und zu gesegelt sind.“

„Ah“, kommentierte seine Schwester. „Du meinst die Ulknudel?“

Er nickte „Genau die.“

Er kennt die MRT-Schwester?

Der Felsbrocken, der von Annas Herz gekracht war, zerbröselte zu Staub und wurde von einer lauen Brise davongetragen.

„Jedenfalls“, fuhr Erik fort, „haben sie Anna Krücken verschrieben und eine Woche Ruhe angeordnet.“

„Och nö“, jammerte Julia und hockte sich neben ihre Freundin. „Anni, das kannst du mir nicht antun. Ich bin bloß heute in Glückstadt. Morgen früh müssen Tim und ich schon wieder los.“

Tim?

Irritiert schaute Anna sich um und bemerkte erst jetzt den Mann, der schräg hinter Julia stand. Er war groß, dunkelhaarig und vermutlich Mitte dreißig. Der Typ winkte ihr freundlich zu.

Alterstechnisch passen die zwei perfekt zueinander, seufzte Anna stumm und winkte zurück. „Moin, Tim.“

„Moin!“

„Ach, komm schon!“, bettelte Julia. „Wir stellen dir einen zweiten Stuhl an den Tisch, damit du dein Bein hochlegen kannst. Und Klein-Kunibert muss dir die Kühlpacks aus dem Keller holen und dich bedienen, damit wir Mädels endlich mal einen ausschnacken können!“

„Das mit dem Stuhl und den Kühlpacks habe ich ihr bereits vorgeschlagen“, brummte Erik und zwinkerte Anna verschwörerisch zu.

„Siehst du!“, jubelte seine Schwester. „Jetzt musst du einfach «ja» sagen! Wir haben uns doch EWIG nicht gesehen!“

„Stimmt.“ Anna nickte und horchte in sich hinein.

Die Männchen in ihrem Knöchel hatten ihr Gehämmere eingestellt.

Bagaluten. Nicht mal auf die bekloppten Männchen ist Verlass!

Was sollte sie tun? Keine Schmerzen – kein Grund zur Absage. Alles andere wäre feige.

Obwohl sie noch immer verwirrt und ziemlich neben der Spur war, murmelte Anna gedehnt: „Okay, ich komme mit zu euch.“

Auf Eriks Gesicht ging die Augustsonne auf und Julia umarmte sie stürmisch von der Seite.

„Jo, jo, jo! Wir werden sooo viel Spaß haben, Anni! Das wird wie früher.“

Dem wagte Anna nicht zu widersprechen. Sie krauste ihre Nase und meinte verhalten: „Ja, wahrscheinlich, Juli.“

Ihre Freundin überhörte ihren mangelnden Enthusiasmus. „Hach! Das wird so cool!“

Dann richtete Julia sich auf und forderte mit befehlsgewohnter Stimme: „Der junge Ritter Kunibert möge die Butter aus den Gemächern der Elfenprinzessin holen, während Tim und ich nachschauen, ob die Elbe noch da ist!“ Sie nickte in Richtung der Deichtreppe am Ende der Königstraße. „Dorthin waren mein Verlobter und ich nämlich gerade unterwegs, als wir hier über euch gestolpe…“

„Wie? Verlobter?!“, unterbrach Erik.

„Jaaaa!“, quietschte seine Schwester. „Ist das nicht aufregend!“

„Ja. Suuuper“, spottete Erik so begeistert, als hätte man ihn dazu verdonnert, sich nackt im Schlick des Hafenbeckens zu wälzen. Mitleidig schaute er durch die geöffnete Autotür zu Tim hoch. „Echt jetzt?“

Der Verlobte hob grinsend seinen rechten Daumen.

„Na, das kann ja heiter werden“, grunzte Erik sarkastisch. „Prinzessin Juli wird Königin für einen Tag. Juchu.“

„So ist es!“, flötete seine Schwester. Sie strahlte von einem Ohr zum anderen.

Ihre Miene war das komplette Gegenteil von Eriks übertrieben finsterem Unmut.

Ha! Feuer und Wasser. Genauso war es schon damals zwischen den beiden!

Anna konnte nicht anders als lachen.

Sie kramte ihren Schlüssel aus der Handtasche und streckte ihn Erik entgegen. „Wohlan, edler Recke! Die Kräuterbutter findest du in der grünen Dose im mittleren Fach.“

„Dein Wunsch ist mir Befehl, Elfenprinzessin!“, brummte er, wobei seine tiefe Stimme in Annas Bauch vibrierte.

Sie schaute ihm in die Augen.

Endlich wieder wolkenloses Augustblau!

Sein Blick hielt sie fest – innig, aufmerksam und wertschätzend. Es fühlte sich an wie eine zärtliche

Umarmung, die Annas durchlöchertes Herz heilte.

Ist das Liebe oder bloß Freundschaft?

Sie war sich nicht sicher.

Erik nahm den Schlüssel aus ihrer Hand und streifte dabei hauchzart ihre Finger. Die Berührung jagte ein Kribbeln über ihre Haut, so dass Anna der Atem stockte und ihr Magen zu schweben begann.

Na prima. Jetzt stehen die Flatterviecher also auch wieder auf der Matte!

Ja, der Nachmittag würde garantiert heiter werden! Die Frage war nur, für wen?

Himbeereis zum Nachtisch

Von emotionalen Achterbahnen hatte Anna für heute genug und so beschloss sie, ihre Frage an Erik zu vertagen und das Grillen bei Familie Niehuus einfach zu genießen.

Die Eltern, Beate und Holger, begrüßten Anna, als wäre ihr letzter Besuch erst eine Woche her und nicht mehr als zehn Jahre. Aber so waren die beiden schon immer gewesen: offen und unkompliziert.

Im Haus hatte sich ebenfalls kaum etwas verändert, lediglich den kleinen Innenhofgarten erkannte Anna fast nicht wieder. Beate berichtete stolz, dass es Eriks Idee gewesen war, ihn mit zahllosen Kübeln und Kästen in eine blühende Insektenweide zu verwandeln – und das bereits vor drei Jahren.

Das Essen war göttlich, auch das war wie früher! Erik kümmerte sich aufmerksam um seine Prinzessin und brachte ihr Miniportionen von allem, was sie mochte. Dennoch hatte Anna viel zu schnell das Gefühl, platzen zu müssen, und gab notgedrungen auf.

Bei der Stuhlwahl hatte Julia ihren Bruder mit den Worten „Du hast meine Anni seit Monaten um dich, jetzt bin ich mal dran!“ verscheucht und sich neben ihre Freundin gesetzt. Auf der anderen Seite fand der verstauchte Fuß Platz und erst dahinter Erik.

Es erstaunte Anna, wie nahtlos Julia und sie an ihre Freundschaft anknüpfen konnten. Sie hatten einander viel zu erzählen – kein Wunder, denn schließlich mussten sie mehr als zehn Jahre aufholen. So sprangen sie in ihren Leben hin und her: Ausbildung, Umzüge, Reisen, Verlobungen, abgesagte Hochzeiten, Jobs, Heimat, Träume und Zukunftspläne – nichts ließen sie aus.

Anna freute sich mit Julia über ihre Verlobung. Tim schien ein netter Kerl zu sein, der seine Zukünftige ehrlich liebte. Dieses Glück gönnte sie den beiden von Herzen.

Noch eine Sache war beim Alten geblieben: das Gekabbel der Niehuus-Geschwister. Sie ließen keine Gelegenheit aus, einander über den Kopf des Gastes hinweg zu necken. Bei genauerem Hinsehen bemerkte Anna jedoch, dass Erik lediglich aus Jux auf die Sprüche seiner Schwester einstieg und ihr ganz bewusst dieselben Vorlagen und Schnuten anbot wie in seiner Kindheit. Julia fiel das nicht auf. Offensichtlich war an ihr vorbeigegangen, dass aus ihrem Bruder inzwischen ein erwachsener Mann geworden war.

Von Stichelei zu Stichelei spürte Anna es deutlicher: Für sie war Erik schon lange nicht mehr das Nesthäkchen Klein-Kunibert. Nein, sie begegnete ihm auf Augenhöhe.

Als Julia schließlich ihr selbstgemachtes Himbeerjoghurteis servierte, musste Anna sich eingestehen, dass ihr das herablassende Gefrotzel ihrer Freundin auf den Keks ging.

„Hier, Kunibert, ich besteche dich jetzt“, seufzte Julia und stellte theatralisch ein besonders volles Eisschälchen vor ihrem Bruder ab. „Wenn Tim und ich kein Kind fürs Blumenstreuen in der Kirche finden, wirst du den Job

übernehmen müssen."
„Super Idee!", mischte Anna sich ein. „Da mach ich mit!"
Ihre Freundin hob überrascht die Brauen. „Du? Aber du bist schon 32!"
„Na und? Dein Bruder ist 22", konterte Anna. „Im Gegensatz zu ihm bin ich lütt. Das dürfte die zehn Jahre Altersunterschied locker ausgleichen."
Sie strahlte Erik an. „Hach, als kleines Mädchen habe ich mir immer gewünscht, wenigstens bei einer einzigen Hochzeit Blumen streuen zu dürfen. Leider ist nie was draus geworden. Bitte, bitte, bitte, darf ich Julia an deiner Seite Blütenblätter vor die Füße werfen?"
„Es wäre mir eine Ehre, Prinzessin!" Ihr Ritter stand auf und deutete eine Verbeugung an, wobei er äußerst zufrieden grinste. „In dem Fall steht dir aber auch die Hälfte der Bestechungseiscreme zu."
Behutsam hob er Annas verletztes Bein ein Stückchen an, nahm auf dem nun freien Stuhl Platz und legte sich den bandagierten Fuß auf den Schoß. Dann schob er das Eisschälchen in die Mitte zwischen sich und Anna und erklärte augenzwinkernd: „Die Portion reicht locker für drei, oder? Vielleicht sollten wir Robert fragen, ob er ebenfalls mitmachen will. Er ist ja erst 42."
Das saß.
Für den Rest des Nachmittags hielt sich Julia mit ihren Sprüchen auffällig zurück.

Gegen vier brachte Erik Anna nach Hause. Wie schon am Mittag parkte er Fietes alten Kastenwagen direkt am Bürgersteig vor ihrer Wohnung. Lächelnd meinte er: „Vielen Dank noch mal für deine Schützenhilfe mit meiner Schwester. Meine Herren, so sprachlos habe ich Juli noch nie erlebt."

„Ich auch nicht.“ Anna kicherte. „Ich finde, es wurde höchste Zeit, nicht wahr?“

„Absolut! Sogar große Schwestern müssen mal in ihre Schranken gewiesen werden.“ Er seufzte. „Ich fürchte, für sie werde ich trotzdem auf ewig Klein-Kunibert bleiben.“

„Was soll ich denn sagen?“, scherzte sie. „Ich werde tatsächlich nie groß!“

„Quatsch, deine Größe ist perfekt.“ Er lächelte und seine Augen schienen sagen zu wollen, dass er nicht nur ihre Körpermaße ziemlich klasse fand.

„Charmeur.“

Gemütlich sattes Schweigen breitete sich im Auto aus, so dass Anna gar keine Lust hatte auszusteigen.

Plötzlich veränderte sich die Stimmung, als würde Zuckerwatte Igelstacheln bekommen.

„Du, Anna?“ Erik fuhr sich zögerlich durch die blonden Haare.

Oha! Er ist nervös. Was kommt nun?

Sie grinste. „Ja, Erik?“

„Wegen der Frage …“, druckste er herum, „… von heute Morgen …“

Er lächelte schief und brach ab.

O Gott! DIE Frage!

Anna gefror das Grinsen in ihrem Gesicht. Ihre Augen weiteten sich und die Gedanken rasten. Aufgrund der Rosafärbung seiner Wangen stand außerfrage, dass es sich bei «der Frage» um die Frage bezüglich seines Beziehungsstatus handelte.

Argh! Bitte nicht DIESE Frage! Nicht jetzt.

Ihr rutschte das Herz in die Hose.

Dieser Tag mit all seinen Höhen und Tiefen hatte Anna deutlich gemacht, wie dringend sie Erik in ihrem Leben haben wollte.

Was, wenn er eine andere liebt?

Und was, wenn nicht?

In ihrer Brust machte jemand verräterische Freudensprünge beim Blut-Durch-Die-Adern-Pumpen und klopfte spürbar gegen die Rippen.

Was, wenn es mit uns nicht funktioniert?

Die zehn Jahre Altersunterschied mochten beim Blumenstreuen keine Rolle spielen, aber im Alltag?

Noch mehr Fragen, und jede einzelne machte Anna verrückt. Ihr Magen drehte sich freiwillig durch die Mangel.

Falls es mit Erik und mir nicht funktioniert, ist unsere Freundschaft hinüber.

Das ging nicht! Sie waren ein Dreamteam und das nicht nur beim Uno-Spielen gegen Julia und Tim – da hatten sie vorhin nämlich haushoch gewonnen.

UNWICHTIG!

Anna versuchte krampfhaft, sich zu konzentrieren.

Ich darf unsere Freundschaft nicht riskieren.

Hinterhältig mogelte sich der Beinahekuss in ihre Gedanken und schloss ihre Gefühle kurz.

Oder darf ich das doch? MUSS ich das vielleicht sogar?

Zu viele Fragen – zu wenig Antworten. Das brachte sie nicht weiter. Zu allem Überfluss nahmen die bescheuerten Hammer-Männchen ihre Arbeit wieder auf. Die Situation überforderte Anna. Was sollte sie tun?

Aaaaaargh!

Innerlich schrie sie auf, doch in Wahrheit grinsten ihre schockgefrosteten Lippen noch immer stumm vor sich hin.

„Also“, hob Erik an, „du wolltest …“

„Stimmt!“, unterbrach Anna. Ihr Gehirn spuckte das Erstbeste aus, was halbwegs Sinn ergab und von DER

Frage ablenkte: „Du hattest recht, ich stand die letzten Tage echt neben mir.“ Sie lachte unbeholfen. „Tja, da kann ich nur sagen: Familienchaos!“

Ihr Gesicht spendierte noch ein gekünsteltes Grinsen und die Schultern ein amtliches Zucken.

Großartig!, spottete Anna ironisch. *DAS wird er mir garantiert abkaufen.*

Schweigen.

Natürlich entging ihrem Ritter ihr Ablenkungsmanöver nicht – *Wie auch? Er ist ja nicht blöd!* – trotzdem schien er ihren Wunsch, das Thema Beziehungsstatus vertagen zu wollen, zu respektieren

„Soso“, brummte Erik. „Familienchaos also …“

„Ähhm … ja“, stammelte Anna mit piepsiger Stimme.

„Aha.“

„Ja.“

„Und?“ Er runzelte demonstrativ seine Stirn. „Spendierst du noch ein paar Details?“

„Äh …“

„Wenn nicht, komme ich auf DEINE Frage zurück“, meinte er und lächelte unschuldig.

„Klar spendiere ich Details!“, rief Anna eine Spur zu laut.

Eriks Mundwinkel zuckten. „Na, denn.“

Verdammt! Er weiß genau, was Phase ist. Ganz toll gemacht, Anastasia.

Egal! Anna holte tief Luft. „Olli hat mir gesteckt, dass mein Vater die Kapitalerhöhung für Storm Offshore nicht mitzeichnen kann.“

Der Punkt würde in den nächsten Wochen eh ans Licht kommen.

„Oh!“ Erstaunen vertrieb die Belustigung aus Eriks Miene.

„Genau.“ Anna lächelte freudlos. „Unterm Strich

bedeutet das, dass sein Anteil an der Firma von 51 auf 42,5 Prozent fallen wird.“

Erik zog scharf Luft ein. Das Katz-Und-Maus-Spiel war beendet. „Krass!“

Sie konnte ihm ansehen, wie es in seinem Kopf arbeitete.

„Aber …“, er hob eine Braue, „das bedeutet, dass er die absolute Mehrheit verliert!“

Sie nickte. „Korrekt.“

„Dann könnten Robert und der Rest deiner Familie an seiner Stelle mitzeichnen. Revolution!“

Begeistert reckte Erik seine rechte Faust in die Höhe. “Ha! Ihr könnt ihm den Chefsessel unter seinem diktatorischen Hintern wegziehen. Mensch, Anna! Darauf hast du doch die letzten Wochen gewartet!“

„Theoretisch, ja“, erwiderte sie nüchtern. „Praktisch wird es leider nicht funktionieren.“

„Warum?!“ Erik legte seine Stirn in Falten.

„Weil ich ausnahmsweise keine 180 Millionen bei mir rumliegen habe“, erklärte sie. „Du etwa?“

„Ich?“, schnaubte er. „Schön wär‘s!“

„Tja, zu schade.“

Anna ließ ihre linke Hand wie eine Seifenblase durch die Luft schweben und öffnete sie abrupt. „Puff! Wunschtraum zerplatzt.“

„He! Nicht so schnell, Prinzessin!“

Die Stirn des Ritters wurde glatt und seine Mundwinkel hoben sich verwegen. „Ich bin vielleicht ein armer Schlucker, aber ich kenne jemanden, der hat Geld wie Heu. Und ganz zufällig ist dieser Jemand dir treu ergeben.“

„Robert hat garantiert auch keine 180 Millionen rumliegen!“, widersprach Anna. „Wenn man es genau nimmt, brauchen wir sogar 181.“

„Na und?“ Erik fummelte sein Smartphone aus der Gesäßtasche. „Seine Anteile mitzeichnen wird er ja wohl können.“

Verwirrt starrte Anna ihren Freund an. „Das reicht nicht. Dann fehlen uns immer noch 120 Millionen!“

„Macht nichts“, schmunzelte Erik. „Die kriegen wir schon zusammen.“

„Wie denn, bitteschön?“, rief sie. Langsam nervte sein Enthusiasmus. „Robert hat keine geheime Schatzkammer voller Goldtaler bei Gringotts, oder weißt du mehr als ich?“

„Ich weiß, dass mein Knappe ein feiner Pinkel ist.“ Er grinste breit. „Und feine Pinkel kennen in der Regel haufenweise andere feine Pinkel. Ich wette, diese Herren ticken alle gleich: In Zeiten von Negativzinsen suchen sie händeringend nach Möglichkeiten, ihre Kohle irgendwo gewinnbringend zu parken.“

Anna wurde flau im Magen. Diese Option war ihr gar nicht in den Sinn gekommen.

Währenddessen entsperrte Erik sein Handy und warf Anna einen finsteren Blick zu. „Ich meine, er ist Robert Wieck! Er hat bessere Beziehungen als der Vorstand der Deutschen Bank. Mann, Mann, Mann! Ein feiner Freund ist unser «feiner Herr»! Dem erzähle ich jetzt erstmal ein paar Takte. Dich so hängen zu lassen, geht gar nicht.“

„Er hat mich nicht hängen lassen“, flüsterte Anna. „Er weiß nichts davon.“

„Nicht?! Oh Mann, Anna!“ Erik schüttelte den Kopf und drückte auf den grünen Hörer hinter dem Eintrag «Knappe». „Dann wird es aber höchste Zeit, dass er davon erfährt!“

Zwei Stunden später saß Anna auf dem Sofa und schonte ihren kaputten Fuß. Erik wuselte derweil fröhlich pfeifend durch ihre Wohnung. Gerade kam er mit einem Tablett in den Raum, das mit Tellern, Gläsern und Besteck beladen war. Er stellte es zu den Wasserflaschen auf den Tisch.

„Lass mich wenigstens beim Aufdecken helfen“, nörgelte Anna und setzte sich auf.

„Okay, aber nur solange dein lahmer Knöchel oben bleibt.“ Erik warf ihr einen strengen Blick zu. „Die Ärztin hat angeordnet, dass du das Bein hochlegen sollst, insbesondere in den ersten Tagen.“

„Ja, ja, Herr Doktor.“

Insgeheim war Anna ihm dankbar für seine Fürsorge, denn als sie zehn Minuten zuvor auf die Toilette gehumpelt war, hatten die Hammer-Männchen prompt wieder Radau gemacht.

Sie lächelte zu ihm auf. „Sag mal, was treibst du da eigentlich die ganze Zeit in meiner Küche?“

„Reste verwerten.“ Er grinste. „Mein Vater kauft immer viel zu viel ein, wenn wir grillen wollen. Wir hätten heute Mittag problemlos eine ganze Fußballmannschaft satt bekommen.“

„Stimmt“, schmunzelte Anna. „Das hat sich seit damals nicht geändert.“

Erik lachte. „Das wird sich NIE ändern!“

„Und?“ Sie runzelte amüsiert die Stirn. „Was hast du in der letzten Stunde mit den «Resten» angestellt?“

„Ich war kreativ.“

„Kreativ?“, echote Anna. „Was bedeutet das für meine Küche? Ich meine, du hast länger als eine Dreiviertelstunde rumgewerkelt. Und einmal hat es laut gescheppert.“

„Ach, keine Sorge“, beschwichtigte er, „Ich habe die Flecken von deinem Hafenpanorama fast vollständig wieder abbekommen. Die Farben sind kaum verlaufen.“

„Was?!!!“

Anna richtete sich borstenpinselgerade auf und schaute sich hektisch nach ihren Krücken um.

„He, alles gut!“ Feixend hob Erik seine Hände. „Das war nur ein Scherz.“

„Ein Scherz?! Mit meinem Wandbild macht man keine Scherze! Da habe ich wochenlang dran rumgepinselt.“

Endlich fand sie die Krücken. Sie waren schräg hinter ihr an der Armlehne des Sofas abgestellt.

Es hat vorhin wirklich laut gescheppert!

„Ich mache einen Kontrollgang“, beschloss Anna, schnappte sich die Gehhilfen und sortierte Stöcke und Beine, um aufzustehen.

„Nicht nötig“, versuchte Erik sie zu beruhigen. Er kam um den Couchtisch zu ihr herum. „Ich gebe zu, das war ein schlechter Scherz.“

„Ein ganz schlechter!“, betonte sie. „Mann ey! Wie soll ich dir das denn glauben, nachdem du mich so hochgenommen hast?“

„Das schaffst du schon.“ Augenzwinkernd hob er ihren bandagierten Fuß zurück aufs Sofa und hockte sich neben seiner Prinzessin auf die verbleibende Sitzfläche. „Können diese Augen lügen?“

„Ja!“, beschwerte sich Anna. „Offensichtlich.“

„Jetzt auch?“ Er legt seinen Kopf schief und schaute sie mit aufrichtiger Miene an.

Kein Schalk in seinem Nacken und keine Belustigung im Augustblau, dafür aber jede Menge zärtlicher Sommerwärme und ein leicht zerknirschtes Lächeln.

Boa! Weiß er eigentlich, wie süß er ist?

Falsch. «Süß» traf es nicht annähernd. Er war viel mehr!

Die Stimmung kippte und sorgte bei Anna für einen beschleunigten Puls und Puddingknie.

Schon wieder?!, jammerte sie, doch das änderte nichts daran, dass es zum x-ten Mal an diesem Tag sehnsüchtig in ihrem Bauch kribbelte.

„Na, was sagst du?“, hakte er leise nach. „Vertraust du mir?“

„Vielleicht“, antwortete sie und ärgerte sich darüber, dass ihre Stimme belegt klang.

„«Vielleicht» lasse ich gelten.“ Vorsichtig nahm er die Krücken aus ihren Händen und stellte sie, ohne den Blick von Anna abzuwenden, wieder an der Sofalehne ab.

Sein Gesicht war aufgewühlt und aus seinen Augen sprach eine neue Entschlossenheit.

„He“, flüsterte Anna. Tapfer ignorierte sie die Schmetterlingshorde in ihrem Magen. „Wie soll ich denn jetzt in die Küche kommen?“

„Gar nicht.“ Erik griff nach ihren Händen. „Vergiss die Küche. Ich habe nachgedacht.“ Sein Blick wurde intensiv.

O Gott!

Anna sank zurück in die Sofakissen. Hilflos murmelte sie: „Und ich dachte, du hast Reste verwertet.“

Darauf ging er nicht ein, sondern rutschte näher an sie heran. „Ich schulde dir eine Antwort.“

„Ja?“

Flieh!, japste ihr Verstand, doch ihr Herz stimmte vehement fürs Kuscheln mit dem Ritter. Das Ergebnis war, dass Anna sich keinen Millimeter rührte.

„Robert wird in zehn Minuten hier sein.“ Eriks Finger wanderten ihre Arme hinauf. Seine Wärme strahlte durch den dünnen Stoff ihres Pullis und hinterließ eine sinnlich brennende Spur auf ihrer Haut. „Mir ist klar, dass ich versprochen habe, dir Zeit zu geben, aber bevor mein Knappe dir seine Millionen in die Taschen steckt, muss ich es dir sagen."

Was?

Ihre Frage war überflüssig. Anna wusste, was er sagen wollte. Eigentlich wusste sie es schon lange. Sie hatte sich nur nicht getraut, daran zu glauben. Jetzt tat sie es.

Ihr Verstand strich die Segel, nun hatte ihr Herz freies Spiel.

Lächelnd schaute sie in seine herrlich vertrauten Augen und konnte es kaum erwarten, die alles verändernden Worte endlich aus seinem Mund zu hören.

Eriks Finger strichen ihr zärtlich eine blonde Strähne aus dem Gesicht. „Anna, ich …"

Es schellte.

Drei kurze Male.

Das konnte nur Robert sein!

Nein! Bitte nicht jetzt!

„Mist", wisperte Erik, presste die Lippen aufeinander und schloss die Augen. Für ein paar Herzschläge lehnte er seine Stirn gegen ihre.

Keiner von beiden wollte den Moment aufgeben, doch irgendwann hauchte Anna: „Das wird Robert sein."

„Ich weiß."

Ihr Ritter gab sie frei. Mehr Widerwillen konnte es in keiner Miene geben. Sein Blick klammerte sich an sie.

Anna schluckte. Dort, wo seine Hände gerade noch ihre Arme berührt hatten, wurde es nun einsamkalt.

Sie fröstelte. Ja, das Wort beschrieb es perfekt.

Abermals drängelte die Wohnungsklingel.

„Wir müssen ihm aufmachen", wisperte Anna.

„Leider."

Beide blieben sitzen.

Sie schluckte. „Ich kann gehen."

„Nein, Prinzessin, du bleibst hier schön auf dem Sofa. Ich erledige das."

Erik grinste schief. „Bei der Gelegenheit kann ich auch mein viel zu kreatives Fingerfood holen."

Kein Zweifel: Er bereute es, dass er so lange in der Küche gestanden hatte.

Volle Kraft voraus

Eine halbe Stunde später scrollte Robert durch die Exceltabelle, in der Anna die Aktienanteile von Storm Energie vor und nach der Kapitalerhöhung aufgelistet hatte.

Fragend schaute er zu Anna auf. „Und dein Vater wird wirklich überhaupt nicht mitzeichnen können?“

Sie schüttelte den Kopf. „Nein, er hat alles verspekuliert. Die Finanzkrise, weißt du?“

„Bist du sicher?“ Robert runzelte die Stirn. „Ich habe 2008 auch Federn gelassen, aber bei weitem nicht in dem Maße.“

„Paps ist wohl sehr risikobereit gewesen und hat damals zusätzlich fremdes Geld eingesetzt. Mit der Rückzahlung war er noch bis vor Kurzem beschäftigt.“

„Verstehe.“ Robert strich sein Poloshirt glatt. „Dann wird ein Schuh daraus, dass ich mich stärker bei euch engagieren «darf».“

„Genau.“ Anna angelte sich einen Tomate-Mozzarella-Puten-Spieß und legte ihn auf ihren Teller. „Wir müssen die Summe der Kapitalerhöhung vollständig aufbringen, ansonsten wird das nichts mit Storm Offshore.“

„Logisch.“ Robert schaute ihr ins Gesicht. In diesem Augenblick war er ganz Aufsichtsrat. „Woher hast du die Informationen? Hat Claus Jürgen es dir persönlich erzählt?“

„Nein“, schnaubte Anna. „Ich bin doch bloß seine Tochter. Nee, Olli hat mir das gestern früh gesteckt. Und Mama hat es am Abend bestätigt.“

„Ehefrauen zählen nicht.“

„Wieso das denn nicht?“, meckerte Erik.

Robert grinste. „Weil der Wahrheitsgehalt der Finanzinformationen eines Mannes stark mit dem Zustand seiner Ehe zusammenhängt: Kurz vor einer Scheidung sind die Konten am besten leer.“ Er guckte Anna an. „Du hast in den letzten Tagen von «Familienchaos» geredet. Ist da was bei deinen Eltern im Busch?“

„Nicht, dass ich wüsste.“ Innerlich murrte sie: *Mama ist Paps treuer, als er es verdient hat!*

„Gut. Ganz traue ich dem Frieden trotzdem nicht“, meinte Robert. „Claus Jürgen Storm ist ein harter Hund und immer für eine Überraschung gut.“ Er sah Anna an. „Kann dein Vater noch was aus dem Hut zaubern? Vielleicht einen Kredit von der Bank? In dem Fall könnten wir unseren Plan vergessen.“

Anna zuckte mit den Schultern. „Olli sagt, dass Paps mit dem Rücken zur Wand steht.“

„Hmm.“ Nachdenklich rieb er sich das Kinn. „Könnte es sein, dass die beiden dich an der Nase herumführen?“

„He“, protestierte Erik. „Anna ist doch nicht blöd.“

„Auf keinen Fall“, stimmte Robert zu. „Aber Storm und Weber sind mit allen Wassern gewaschen und Anna steht noch am Anfang, was ihr Verhandlungstalent angeht.“

„Nett formuliert“, stichelte Anna. „Aber du hast vollkommen recht.“

Davon, dass sie ihrem Ex-Verlobten mit der

Frühstücksfinte auf den Leim gegangen war, erzählte sie lieber nichts.

„Okay“, murmelte Robert gedehnt und zückte sein Smartphone. „Dann fühlen wir Herrn Weber mal auf den Zahn.“

Nach einigen Minuten legte Robert auf und pfiff beeindruckt. „Meine Güte, es ist tatsächlich so, wie du berichtest hast.“ Er bedachte Anna mit einem langen Blick. „Das hätte ich nicht gedacht.“

„Was?“, murrte Erik spöttisch. „Dass sie die Wahrheit sagt?“

„Nein“, erwiderte Robert, „dass Herr Weber seine Hoffnungen in die Ex-Verlobte setzt. Denn das tut er zweifelsohne, wenn er ihr so eine Information zuspielt und mich hinterher freiwillig in seine Karten gucken lässt. Oliver Weber sägt an dem Stuhl des Vorstands, und zwar kräftig.“

Erik runzelte die Stirn. „Was hat er davon? Die Firma gehört doch nicht ihm. Er besitzt ja nicht mal Anteile, oder?“

„Richtig“, bestätigte Anna. „Die Aktien, die Paps ihm für die Verlobung überschrieben hatte, hat er an David verkauft und das Geld gespendet.“

Eriks Augen wurden schmal. „Will er selbst auf den Chefsessel?“

„Das wollte er immer“, meinte Anna gelassen. „Er will führen und ich denke, er würde es gut machen.“

„Wow. Suuuper Masche!“, schnaubte der Ritter ironisch. „Der König ist tot, es lebe der König, oder wie?“

Robert grinste. „Diese Strategie ist so aktuell wie sie alt ist.“ Er schaute zu Anna und seine Miene wurde ernst. „Was Herr Weber möchte, ist mir egal. Für mich zählt nur, was du willst."

„Ich?"

„Ja, du." Er lächelte.

Anna zuckte mit den Schultern. „Nach der gefakten Absage hast du mir geraten, auf eine günstige Gelegenheit zu warten. Das hier wäre doch eine – sofern wir das Geld irgendwie zusammenbekommen können."

„Die 181 Millionen sind eine Herausforderung, zumal derzeit gar nicht so viele Anteile auf dem Markt sind."

„Hä?", unterbrach Erik. „Wie meinst du das?"

„Jeder Anleger von Storm Energie", erklärte Robert, „hat das Recht, die Kapitalerhöhung zu zeichnen, sprich neues Geld für den Offshore Park in das Unternehmen zu stecken, damit seine prozentualen Anteile vor und nach der Erhöhung identisch bleiben. Sofern das alle Aktionäre tun, ändert sich nichts an der Stimmverteilung in der Hauptversammlung. Üblicherweise können oder wollen jedoch nicht alle Anleger zusätzliche Mittel investieren. Die nicht gezeichneten Papiere werden nach Ablauf einer Frist offen angeboten und können von anderen Leuten übernommen werden."

„Ja, verstanden." Erik nickte. „Und wo liegt jetzt das Problem?"

„Nehmen wir einmal an, dass ich zusätzlich zu meinen Anteilen auch die von Claus Jürgen übernehme – das wären 60 plus 102 Millionen, macht 162 Millionen. Sofern Anna, ihr Bruder und Angelika wie vorgesehen mitgehen, nämlich jeder mit 6 Millionen, würden wir bei einer Allianz gemeinsam auf 47 Prozent kommen. Das sind 8 Prozent mehr als vor der Kapitalerhöhung, aber immer noch 3,1 Prozent zu wenig, um in der Hauptversammlung den Ton anzugeben und zum Beispiel den Vorstand entlassen zu können." Er seufzte. „Wir brauchen also nicht nur 21 Millionen mehr, sondern auch noch Anleger, die entweder ihre Aktien verkaufen oder uns ihr Recht abtreten, die Erhöhung an ihrer Stelle mitzuzeichnen."

„Ahaa!" Erik grinste. „Du möchtest mir mit deinem Fachchinesisch sagen, dass du so viel Asche haben kannst, wie du willst. Die nützt dir nichts, wenn du keinen findest, der dir seine Anteile verkauft."

„Korrekt."

„Tja, schade auch."

Im Gegensatz zu seinen Worten klang Erik kein bisschen betrübt. Tatsächlich meinte Anna, so etwas wie Genugtuung in seinen Augen funkeln zu sehen.

War klar, dass ihm das gefällt!

„Hmm", brummte sie. „Laut Olli haben wir bislang nur wenige Ausfälle."

„Ja, so habe ich die Storm Energie Aktionäre auch eingeschätzt." Robert lächelte schief. „Diese Tatsache spricht für das Unternehmen, kann uns aber einen Strich durch die Rechnung machen."

Das Funkeln in Eriks Augen erlosch. „Was heißt das genau?"

Robert holte tief Luft. „Das heißt, dass ich nicht nur jede Menge «Asche»", der Knappe zwinkerte seinem Ritter amüsiert zu, „zusammenzukratzen habe, sondern wir auch Bündnisse schmieden müssen. Einige Anleger kenne ich persönlich – vielleicht reicht das schon."

Anna krauste die Nase. „Hast du denn so viel Geld?"

„Nein, nicht flüssig." Er grinste lässig. „Aber wir haben noch einen Monat, bis die Zeichnungsfrist endet. Außerdem kenne ich ein paar Leute, die immer für eine gute Investition zu haben sind."

„Ha!", rief Erik und strahlte Anna an. „Habe ich es dir nicht gesagt?"

Sie lächelte zurück. „Hast du."

„Wir dürfen eh nicht offen vorgehen", schmunzelte Robert. Als er weitersprach, bekam seine Miene etwas Lauerndes. „Wenn Claus Jürgen Storm von unserem Vorhaben Wind bekommt, wird er Himmel und Hölle in Bewegung setzen, um die Übernahme zu verhindern. Offiziell werde ich mich also lediglich moderat engagieren. Der Rest muss über andere Investoren oder Strohmänner laufen."

„Wir fädeln also eine Verschwörung gegen Absagen-Fälscher Storm ein", freute sich Erik.

Robert nickte nüchtern. „So könnte man es ausdrücken."

„Endlich!" Erik fuchtelte mit einem Würstchen-Paprika-Gurken-Spieß durch die Luft, als wollte er Claus Jürgen erdolchen.

Die Mundwinkel des Knappen zuckten, woraufhin der Ritter unschuldig grinsend die Gurke vom Spieß naschte. „Lecker!"

„Na, dann nehme ich mir wohl auch mal einen", meinte Robert und griff zu.

Kauendes Schweigen breitete sich unter den Dachschrägen der kleinen Wohnung aus.

Anna schaute zwischen ihren Jungs hin und her. Tag und Nacht: Überschwängliche Begeisterung traf auf emotionslosen Geschäftssinn.

Das ist nicht alles.

Sie sah genauer hin.

Hmm. Robert hält was zurück.

Durch Annas Bauch schwappten gemischte Gefühle und sie rutschte unruhig auf dem Sofa hin und her.

„Es ist also wirklich möglich, meinen Vater zu entlassen", fasste sie zusammen.

Darauf schien der Aufsichtsrat gewartet zu haben. „Es würde ein hartes Stück Arbeit werden, aber ja, es wäre möglich."

„Hä?! «Würde»? «Wäre»?", nuschelte Erik und spülte seinen Bissen mit einem großen Schluck Mineralwasser herunter. „Machst du Sprachübungen oder willst du etwa einen Rückzieher machen? Ich dachte, wir haben einen Plan!"

„Den haben wir", bestätigte Robert. „Die Frage ist allerdings", nun schaute er Anna an, „ob du ihn tatsächlich umsetzen möchtest?"

Sein Blick fixierte die Unternehmerstochter forsch und unnachgiebig. Sie wagte kaum zu atmen.

„Wie meinst du das?", hakte Erik an ihrer Stelle nach.

„Du hast die Wahl", entgegnete Robert an Anna gewandt. Das Graugrün seiner Augen hielt sie weiter gefangen. Es schnitt wie ein Samuraischwert durch Papier. „Falls du diesen Weg gehen willst, musst du dir darüber im Klaren sein, dass du am Ende keinen Vater mehr haben wirst." Er seufzte und Mitgefühl verdrängte einen Teil der Schärfe aus seinem Blick. „Anna, ich kann mir beim besten Willen nicht vorstellen, dass Claus Jürgen noch mit dir redet, wenn du ihn aus seiner eigenen Firma rauswirfst. Storm gehört nicht zu den Menschen, die einem so etwas verzeihen."

Damit hat er sicher Recht!

Erst jetzt wurde Anna die Tragweite des Vorhabens richtig klar. Sie fröstelte.

Stille.

Nicht einmal Erik kaute.

Robert ließ sie noch immer nicht vom Haken. Leise fragte er: „Hat dich die gefälschte Absage so sehr verletzt, dass du deinen Vater vernichten willst?"

Traut er mir das zu?

Ihr Herz gefror.

„Das glaube ich nicht", beantwortete Robert seine

Frage selbst und schüttelte kaum merklich den Kopf. Keine Geste könnte energischer sein. „So bist du nicht."

Tauwetter.

Erleichtert atmete Anna auf, doch dann prasselten die aufgestauten Emotionen und Bilder der letzten Tage auf sie ein.

Monsun:

Der ungewollte Sohn, der von Claus Jürgen ungesehen und ungeliebt blieb. Die kranke Enkelin, deren Tod er bereitwillig in Kauf genommen hatte. Dazu noch Angelikas Berichte über die Intrigen beim GroWiAn und über den Mann, der ihr Vater einst gewesen war.

Sogar Olli meint, dass Paps mit dem Rücken zur Wand steht.

Claus Jürgen war am Ende.

Aber er ist niemand, der aufgibt. Er kämpft bis zum Schluss – egal, wie bitter es auch für ihn wird. Lieber fährt er Storm Energie an die Wand, als dass er seinen Stuhl räumt.

Das durfte sie nicht zulassen.

Angelika hatte gesagt, dass man ihn da rausholen musste und das glaubte Anna ihr.

„Ich will ihn nicht vernichten", wisperte sie. „Ich will ihn retten."

„Hey, Prinzessin …" Erik stand auf und kam zu ihr herüber. „Du weinst ja!"

Mit zitternder Hand wischte Anna sich über die rechte Wange. Tatsächlich, ihre Haut war nass.

Boa! Jetzt heul ich auch noch!

Robert schaute sie einfach nur an. Das Wort «Familienchaos» schwamm im Graugrün seiner Augen.

Natürlich! Er hat den letzten Donnerstag nicht vergessen.

Stumm reichte er ihr ein Stofftaschentuch.

„Was ist denn los?“, flüsterte Erik und strich über ihren rechten Arm. Die tiefe Sorge in seiner Stimme war nicht zu überhören.

Am liebsten hätte Anna sich alles von der Seele geredet – ihre Jungs waren die besten Zuhörer und verschwiegen obendrein. Aber es ging hier nicht um ihre Geheimnisse.

„Mein Vater hat noch mehr Leichen im Keller“, würgte sie hervor. Ihre Finger bebten, als sie sich die Tränen mit dem edlen Taschentuch abtupfte.

„Wenn ich dich so ansehe, muss er Dinos verscharrt haben“, knurrte Erik und ballte die Fäuste. Seine Augen blitzten zornig. „Was hat der feine Herr Storm diesmal getan? Hat er jemanden umgebracht?“

Fast. Anna dachte an Emilia und krächzte: „Ich kann nicht darüber reden. Noch nicht.“

Ihr Ritter nickte und ließ das Trüffelschwein für heute im Stall.

„Mau!“

Klammheimlich hatte sich Kater Carlo ins Wohnzimmer geschlichen und guckte Erik auffordernd an.

Der lächelte gerührt.

„Siehst du, Prinzessin! Sogar unser getigerter Kumpel kommt zum Trösten vorbei. Also rauf mit dir, altes Haus!“

Behutsam hob Erik ihn aufs Sofa, wo sich der Vierbeiner sofort neben seinem Frauchen einrollte und zu schnurren begann.

„Trost ist gut“, murmelte Robert, „doch leider hilft er uns bei dem Vorhaben nicht weiter.“ Er seufzte und blickte Anna prüfend ins Gesicht. „Besteht die Gefahr, dass die neuen «Leichen» deines Vater Storm Energie in Schutt und Asche legen?“

Erik versteifte sich. „Hast du etwa Angst um deine

Kohle?“

„Auch“, räumte Robert ein. „Vor allem aber habe ich Angst um Anna.“ Er schaute von ihm zu ihr. „Es ist die eine Sache, eine Verschwörung ins Rollen zu bringen. Eine ganz andere ist es, die Verantwortung für die daraus resultierenden Konsequenzen zu tragen.“

Wieder einmal fixierte sein Blick Annas Gesicht. „Ich muss nicht wissen, was dein Vater getan hat, sondern bloß, ob es das Unternehmen in den Abgrund reißen kann.“

Anna schluckte. Es war unmöglich Robert auszuweichen.

Seine Frage ist berechtigt. Kann es der Firma gefährlich werden?

„Falls ja“, fuhr Robert fort, „solltest du genau überlegen, ob du das tun willst.“

Langsam schüttelte Anna den Kopf. „Ich glaube nicht, dass Paps‘ Leichen Storm Energie schaden werden. Zumindest nicht, wenn er seinen Stuhl geräumt hat, bevor sie öffentlich werden.“

„Das reicht mir.“ Robert schenkte ihr ein kleines Lächeln, woraufhin ihre Anspannung ein bisschen nachließ.

Carlo stupste mit seinem Köpfchen die Hand seines Frauchens an und schnurrte noch lauter, als Anna ihn endlich zu streicheln begann. Sein weiches Fell und das sanfte Vibrieren unter ihren Fingern waren wie eine Massage für ihre Seele.

„Dann habe ich eine letzte Frage an dich“, sagte Robert. Wieder wurde sein Blick raubkatzenlauernd. „Wer wird der nächste Vorstand?“

Anna schwieg erschrocken und ihr Kater stellte das Schnurren ein.

Ha! Vor ein paar Tagen habe ich mit dem Gedanken

gespielt, mich selbst auf Paps' Thron zu setzen, aber jetzt ...?

Jetzt kam ihr das absurd vor.

Ich auf dem Chefsessel? Das ist Größenwahn.

«Schuster, bleib bei deinem Leisten!», hallte Claus Jürgens Stimme durch Annas Geist, zwar leiser als vor einem halben Jahr, doch trotzdem deutlich hörbar.

Paps hat recht. Ich kann das unmöglich schaffen.

Robert ließ sie nicht aus den Augen. Ihre Kehle wurde eng. Sie fühlte sich überfordert. Überfordert mit der Situation, mit den Leichen ihres Vaters, mit der angedachten Verschwörung, mit ihren eigenen, hochtrabenden Wünschen und erst recht mit den graugrünen Augen, die sie manchmal so liebevoll warm ansehen konnten und sie jetzt so unerbittlich berechnend auf dem Sofa festtackerten.

Anna schluckte. Was sollte sie nur sagen? Die Zukunft machte ihr Angst.

Carlo fauchte.

Mir wird das zu viel.

Hilflos wischte sie über ihre Wangen.

Mist. Schon wieder feucht.

„Nun lass aber mal gut sein", schimpfte Erik. „Das muss doch nicht alles heute entschieden werden!"

„Findest du?" Robert grinste falsch. „Ich persönlich halte es für ziemlich unklug, einen Piloten vom Steuer wegzuzerren, wenn man nicht weiß, wer es an dessen Stelle übernehmen kann. Besonders, falls das Flugzeug auf Turbulenzen zusteuert. Storm Offshore ist ein sinnvolles Projekt, doch es ist kein Selbstläufer. Das erfordert Führung!"

„Bla, bla", spottete Erik. „«Rom wurde nicht an einem Tag erbaut.» Siehst du, ich kann auch mit Bildern um mich werfen. Gönn uns mal 'ne Pause."

„Pause? Für das Leben gibt es keine Pausentaste!“ Roberts Augen wurden schmal. „Unser Plan ist kein Computerspiel, sondern echte Realität. Davon hängen mehr als 200 Jobs ab und die Existenzen einiger Investoren. Falls wir es vermasseln, stürzen wir etliche Familien ins Unglück.“

O Gott. Er hat recht!

Annas Hals schnürte sich zu.

„Wir tragen die Verantwortung für unser Tun“, fuhr Robert fort. „Ich habe oft genug erlebt, dass sich solche Pläne verselbstständigen, sobald sie ins Rollen gebracht wurden. Wenn Informationen durchsickern, verliert man die Kontrolle. Ab da kann man nur noch zusehen.“

„So wird es sein, du bist der Experte“, erwiderte Erik gelassen. „Aber denk auch mal an Anna.“

„Das tue ich ja!“, zischte Robert. „Ich habe nicht vor, Anna blind in die Sache hineinstolpern zu lassen. Steht sie erst knietief im Scherbenhaufen, ist es zu spät. Ich kann dir versichern: Mit dem Wissen, für so einen Haufen verantwortlich zu sein, schläft es sich nicht gut.“

„Vielleicht sollten wir das Ganze lieber abblasen“, wisperte Anna. Sie hatte das Gefühl, kaum mehr atmen zu können.

„Na bravo.“ Erik presste die Lippen aufeinander und warf Robert einen vorwurfsvollen Blick zu.

„So habe ich das nicht gemeint“, ruderte Robert zurück. Er sah Anna zerknirscht an und das Graugrün in seinen Augen wurde weich. „Es tut mir leid. Manchmal schieße ich bei solchen Themen übers Ziel hinaus. Erik hat recht: lassen wir es für heute gut sein. Es genügt, dass du eine Antwort darauf hast, wenn wir loslegen.“

„Ohauahauaha!“, frotzelte Erik. „Was war das denn?“ Er zwinkerte Anna vergnügt zu. „Eine Entschuldigung aus dem Mund des großen Meisters. Hätte ich nicht gedacht, dass mein Knappe sowas überhaupt beherrscht. Du etwa?"

„Nein", schniefte sie. Seine Leichtigkeit nahm ihr die erdrückende Last von den Schultern.

Erik beugte sich zu ihr herüber und flüsterte viel zu laut hinter vorgehaltener Hand: „Manchmal ist er wie eine Dampfwalze, oder? Er macht einfach alles platt."

„Oje, jetzt ist es raus", nahm Robert sich selbst aufs Korn. „Das war es dann wohl mit meinem makelkosen Image, was?" Betont seufzend fuhr er sich durch die dunklen Haare. „Tja, schade auch. Aber Fingerspitzengefühl kann man sich für Geld leider nicht kaufen."

Anna schmunzelte. Ihre Jungs waren einmalig, jeder auf seine eigene Art und Weise.

Sie zerreißen sich förmlich für mich!

Wärme vertrieb die Angst aus ihrem Körper. Mit den beiden an ihrer Seite konnte ihr nichts passieren.

„Nimm lieber noch ein Häppchen", schlug Erik vor und hielt Robert den Teller unter die Nase. „Mit vollem Mund kannst du dich nicht mehr um Kopf und Kragen reden."

„Ja, besser ist das", brummte Robert. Er angelte sich einen Puten-Spargel-Kartoffelecken-Spieß, biss hinein und nuschelte: „Lecker."

„Geht doch!", freute sich Erik.

Anna kicherte. Jetzt konnte sie wieder denken.

Robert hat recht. Wir dürfen nicht einfach alles in Scherben schlagen. Wir müssen genau überlegen, was wir tun.

Sie machte ihren Rücken gerade. „Das hier ist wirklich kein Spiel. Ich denke … Olli wäre ein guter Vorstand. Er kennt das Unternehmen, die Prozesse und alle wichtigen Geschäftspartner. Wenn ich ihn geheiratet hätte, hätte Paps ihm in wenigen Jahren alles übergeben."

„Aber du heiratest ihn nicht“, murmelte Robert kauend.

„Hervorragender Einwand“, lobte Erik.

Trotzig reckte Anna ihr Kinn vor. „Den Job macht er trotzdem gut.“

Offenbar war das die richtige Antwort gewesen, denn nun erreichte Roberts Lächeln auch seine Augen. Er trank einen Schluck und erklärte: „Ja, das sehe ich auch so. Allerdings ist Storm Energie, wie der Firmenname deutlich macht, ein Familienunternehmen. Entsprechend wäre es gut, wenn sich ein Storm in der Führung finden würde. Oder sagen wir lieber EINE Storm.“

Anna hob abwehrend die Hände. „Das kann ich nicht!“

„Noch nicht!“, erwiderten Ritter und Knappe im Chor.

„Noch nicht“, bekräftige Robert. „Aber du hast das Potenzial. Niemand kennt sich so gut mit der Datenlage des Unternehmens aus wie du, und von Frau Karsten und den Mädels aus Eurer Poststelle mal abgesehen hat wohl niemand einen so guten Draht zu den Mitarbeitern wie du.“ Er holte tief Luft. „Anna, du bist intelligent, kompetent – Mann, du hast sogar einen Master in BWL! Außerdem hast du im Gegensatz zu Leuten wie Herrn Weber oder mir Fingerspitzengefühl und Herz für Zehn!“

Das Graugrün seiner Augen sah plötzlich nach Sommer aus und seine Stimme wurde weich. „Sowas kann man nicht lernen, das hat man oder man hat es nicht.“

Erik grinste an ihrer Seite spitzbübisch in seinen Bart. „Da muss ich unserem miesepetrigen Aufsichtsrat ausnahmsweise mal zustimmen. Du musst ja nicht schon nächsten Monat den Laden schmeißen. Lass dich von Ex-Olli unter die Fittiche nehmen. Und wenn er endlich kapiert, dass er bei dir nicht mehr landen kann, dann macht ihr in ein paar Jahren eine Doppelspitze.“

Er hielt Robert seine Faust hin und der stieß mit seiner dagegen. „Ausgezeichnete Idee, Herr Ritter. Hör auf den Mann, Prinzessin. Er hat den Bogen raus.“

„Nicht wahr?“ Erik reckte sich stolz. „So, genug gesabbelt. Jetzt ist Zeit für Nachtisch. Ich habe noch selbstgemachtes Himbeereis im Froster. Na, wer will ‘ne Kugel?“

Verschwörerische Käse-Sahne-Torte

Die folgende Woche hatte Robert zur Sondierungswoche erklärt. Die Aufgabe lautete: Lasst uns herausfinden, wie wahrscheinlich eine reibungslose Umsetzung des geschmiedeten Übernahmeplans ist und an welchen Stellen mit Problemen gerechnet werden muss.

Er selbst machte einen Kassensturz. 80 Millionen würde er problemlos beisteuern können, weitere 20 Millionen waren realisierbar, wenn er sich aus anderen Projekten zurückzog, und vermutlich würde er seinen Vater ebenfalls zu einem Engagement in Höhe von 40 Millionen überreden können. Für die dann noch offenen 41 Millionen Euro mussten sie neue Investoren an Land ziehen oder Allianzen mit anderen Anteilseignern eingehen. Welche Aktionäre dafür in Frage kamen, prüften Anna und Robert gemeinsam mit Hilfe des Registers von Storm Energie. Leider stellte sich dieser Teil als schwierig heraus, denn beide kannten lediglich die Leute persönlich, die sich regelmäßig auf den Hauptversammlungen sehen ließen.

An der Front der Neuinvestoren sah es bloß geringfügig besser aus, da Robert bei seinen Bekannten im ersten Schritt nur vorsichtig vorfühlte und noch keine konkreten Angaben machte.

Die geschäftlichen Details besprachen Anna und Robert unter vier Augen, doch was die grobe Richtung betraf, hielten sie Erik auf dem Laufenden. Und als Robert Anna am Donnerstag besuchte, brachte der Knappe den Ritter einfach mit.

Das erstaunte Anna. Ob Robert Angst hatte, sie zu überfordern und Erik als «Aufpasser» dabei haben wollte? Sie konnte es nicht sagen, war aber froh, nicht auf ihn verzichten zu müssen.

Und seine Anwesenheit zahlte sich aus. So war es Eriks Vorschlag, Olli schon jetzt mit ins Boot zu holen.

„Wenn einer die lichtscheuen Aktionäre aus eurem Register kennt, dann Claus Jürgens rechte Hand", meinte er, nachdem sie ihm den Stand der Dinge präsentiert hatten. „Aktuell ist Ex-Olli eh die erste Wahl als neuer Vorstand. Soll er mal was für den Posten tun."

Insgesamt gewöhnte Anna sich mit jedem Tag mehr an den Gedanken, ihren Vater tatsächlich vom Thron zu stoßen. Einerseits fand sie es nach wie vor widerlich und furchteinflößend, andererseits hatte sie das Gefühl, keine Alternative zu haben.

Ihre Mutter bestärkte sie in ihrem Weg und versprach, mitzumachen und ebenfalls sowohl nach Investoren als auch nach Aktionären für ihre Rebellenallianz zu suchen. Annas Einwand, sie würde ihrem Mann damit in den Rücken fallen, ließ Angelika nicht gelten.

„Ich schütze ihn nur vor sich selbst. Er hat sein Augenmaß verloren, wie sein Umgang mit Emilias Krankheit beweist. Da werden seine Entscheidungen in der Firma kaum menschenfreundlicher sein. Mach dir keinen Kopf, wir tun das Richtige!"

Das hoffte Anna sehr. Doch sicher war sie keineswegs.

Besser lief es in Sachen Familienzusammenführung. Angelika hatte sich bereits zwei weitere Male mit Anke getroffen und sogar Lasse persönlich kennengelernt. Die Freude von Seiten der Berends war verhalten, aber grundsätzlich bestand Interesse an der anderen Familie und das Engagement für Emilia baute Brücken. Angelika und Anke waren sich einig, dass man es langsam angehen sollte, doch beide hatten keinen Zweifel daran, dass der alte Graben überwunden werden konnte.

Anna freute sich darauf, ihren Halbbruder irgendwann besser kennenzulernen. Sie hatte Lasse einen Brief per Post geschickt, in dem sie sich kurz vorstellte und ihrem Mitgefühl für Emilias Schicksal Ausdruck verlieh.

„Ich hoffe so sehr, dass Deine Tochter einen geeigneten Spender findet!“, hatte sie geschrieben. „Die sechs Wochen, die DKMS für die Analyse der Speichelproben braucht, kommen mir wie Folter vor. Wie schlimm muss das erst für Euch sein?! Wenn ich irgendwas tun kann, sagt bitte Bescheid.“

Mehr Kontakt als den handschriftlichen Brief wagte Anna fürs Erste nicht, weil sie sich der Familie nicht aufdrängen wollte.

Ansonsten schien es entgegen Roberts Behauptung für ihr Leben doch eine Pausentaste zu geben, denn sowohl er als auch Erik gingen vom Gas, was romantische Treffen anging. Es war nicht so, dass ihre Jungs sie allein ließen, nein, das nicht, aber sie trafen sich nun wieder vermehrt zu dritt. Dafür war Anna dankbar. Ihr Kopf war voll genug mit Lasse, Emilia und mit der Rebellenoperation «Der-König-Ist-Tot!-Es-Lebe-Der-König». Da war kein Raum für eine neue Beziehung.

Eine weitere Sache bereitete Anna Kopfzerbrechen: Roberts finanzielles Engagement bei Storm Energie. Die 140 Millionen von ihm und seinem Vater waren kein Pappenstiel. Gleichgültig ob ihr Plan aufging oder nicht, was war, wenn es mit Storm Offshore nicht gut lief?

Eine von Roberts Grundregeln lautete: «Vermische nie Geschäftliches mit dem Privaten.» Als Anna ihn darauf ansprach, schaute er sie gelassen an und meinte: „Es gibt Menschen, bei denen verliert diese Regel ihre Bedeutung. Du bist so ein Mensch für mich. Und mach dir keine Gedanken wegen des Geldes. Ich investiere, weil ich von Storm Energie überzeugt bin."

Darauf wusste sie nichts zu entgegnen.

Am Wochenende nach der Sondierungsphase hatte Anna Geburtstag. Am liebsten hätte sie den Tag ausfallen lassen, aber da der 13. Mai diesmal auf einen Sonntag fiel, konnte sie sich nicht einmal mit «zu viel Arbeit» rausreden. Angelika hätte das eh nicht akzeptiert – besonders nicht in diesem Jahr! Stattdessen bot sie an, eine zuckerreduzierte und damit diättaugliche Käse-Sahne-Torte zu backen und gemeinsam mit Annas Jungs und dem Ex-Verlobten ein konspiratives Treffen abzuhalten.

„Das Angenehme mit dem Nützlichen verbinden", nannte Angelika es, doch irgendwie wurde Anna das Gefühl nicht los, dass ihre Mutter einfach neugierig war, wie sich Robert und Erik an der Seite ihrer Tochter verhielten.

Am Sonntagnachmittag gegen zehn vor drei schellte die Klingel in der kleinen Dachgeschosswohnung und Anna öffnete Erik die Tür.

„Moin."

„Moin!"

„Schön, dass du da bist."

„Herzlichen Glückwunsch zum Geburtstag, Prinzessin!"

„Danke dir." Anna grinste. „Komm rein. Du bist früh dran."

„Jo." Erik fuhr sich durch die blonden Haare und

zwinkerte. „Man weiß ja nie, wie der Verkehr so ist, nicht wahr?“

„Spacken!“ Lachend schloss sie die Tür hinter ihm. „Du wohnst nur zweieinhalb Straßen weiter und das hier ist Glückstadt.“

„Eben! Man weiß ja nie. Aktuell wird in der Stadt viel gebaut“, erwiderte er unschuldig. „Außerdem wollte ich dir mein Geschenk überreichen, bevor Robert mit seinem Proll-Präsent alles andere in den Schatten stellt.“

Er zog ein winziges Päckchen aus seiner Jackentasche. „Das ist für dich, Elfenprinzessin. Ich wünsche dir alles Gute für dein neues Lebensjahr!“

„Danke.“ Mit klopfendem Herzen nahm Anna das Geschenk entgegen. Es war in edles hellblaues Papier gewickelt, dessen Perlmuttschimmer perfekt mit dem glitzernden Dunkelblau der zarten Chiffonschleife harmonierte. „Das ist fast zu hübsch zum Auspacken!“

„Aber nur fast! Hoffe ich.“ Er grinste schief.

„Klar. Ich packe es im Wohnzimmer aus.“ In Annas Magen kribbelte es.

Das Ding hat Schmuckkästchenmaße. Was da wohl drin ist?

Sie hängte Eriks Jacke an die Garderobe und wartete, bis er seine Schuhe ausgezogen hatte. Keiner von ihnen sagte ein Wort, was Annas Aufregung zusätzlich schürte.

„Ähm … ich bin nicht noch ganz fertig mit Tischdecken“, erklärte sie, um das Schweigen zu brechen.

Erik lächelte. „Dann war das Frühstück mit Petra und deinen Kolleginnen im Café am Museum also nett?“

„Ja, sehr“, freute sich Anna. „Wir haben uns festgeschnackt, so dass ich mich ordentlich sputen musste. Den Kaffee habe ich auch noch nicht aufgesetzt.“

„Ich helfe dir. Aber erst NACH dem Auspacken.“ Erneut fuhr er sich durch die Haare, so dass diese typisch strubbelig abstanden.

„Einverstanden." Anna zog an dem Schleifenband und faltete behutsam das schicke Papier auseinander. Darunter kam tatsächlich ein Schmuckkästchen zum Vorschein.

„Oha!", flüsterte sie. „Etwas vom Juwelier Sieburger. Oder ist das eine «recycelte» Verpackung?"

„Die ist original." Er zuckte mit den Schultern. „Diesmal habe ich nicht selbst gebastelt. So etwas Filigranes bekomme ich nämlich nicht hin."

Annas Herz pochte noch schneller. Mit zitternden Fingern öffnete sie die Schachtel.

„Wow! Wie cool ist das denn?"

Auf einem kleinen weißen Kissen lag eine feingliedrige Kette. Der Anhänger bestand aus einem silbernen Ring, in dessen Innerem sich ein roséfarbenes Bäumchen und mehrere Diamanten tummelten.

„Ich sah den Lebensbaum und musste sofort an dich denken", sagte Erik leise. „«Sei unerschütterlich verwurzelt, aber strecke deine Wünsche wie Äste in den Himmel aus, hoch zu den Sternen.» Das wünsche ich dir."

„Wie wunderschön", wisperte Anna. Ihre Kehle wurde eng vor Rührung.

„Die Kette gefällt dir?"

„Ja, sehr!" Sie blickte zu ihm auf. Sein Lächeln war erleichtert und die Augen leuchteten.

„Das habe ich gehofft. Schau mal", er zeigte in die Schachtel, „die Steinchen in dem Ring liegen unbefestigt zwischen zwei Glasscheiben. Sie können sich frei bewegen."

„Oh, wie cool." Anna schüttelte das Kästchen und tatsächlich rutschte der glitzernde Inhalt neben dem Bäumchen hin und her. „Hammer. Also, die Idee könnte auch von dir sein!“

„Ach was“, winkte Erik ab, doch das Augustblau strahlte vor Stolz. „Mir gefiel der Gedanke der Freiheit, und das Funkeln der kleinen Zirkoniasteinchen passt so schön zu deinen Augen, Prinzessin.“

„Charmeur“, flüsterte sie mit belegter Stimme.

„Nur ein kleiner.“ Er grinste. „Dafür ist der Ring des Anhängers nicht aus Silber, sondern aus robustem Stahl.“ Sein Grinsen wurde breiter. „Das passt wiederum zu MIR – ist nicht so überkandidelt, sondern ehrlich und bodenständig.“

„Ich liebe das Stück jetzt schon. Es ist perfekt.“ Mit zitternden Fingern holte Anna die Kette aus dem Schmuckkästchen. „Bindest du sie mir um?“

„Gern.“

Tanzende Sommersprossen und ein Blick zum darin Abtauchen.

Mühsam riss Anna sich los. Sie drehte ihrem Ritter den Rücken zu und fasste ihre langen blonden Haare mit beiden Händen zu einem Pferdeschwanz zusammen.

„Ohauaha! Ganz schön fummelig, so ein Verschluss“, murmelte Erik und legte ihr die Kette um. Seine warmen Finger streiften ihre Haut und hinterließen eine herrlich prickelnde Spur auf Hals und Nacken. „So, fertig.“

Schade. Nicht fummelig genug, seufzte Anna stumm. Sie liebte das Gefühl, wenn er sie berührte – es war immer viel zu schnell vorbei. Bedauernd ließ sie ihre Haare los und drehte sich wieder zu ihm.

„Und? Wie sehe ich aus?“

„Zauberhaft.“ Erik schaute ihr lächelnd in die Augen.

„Du wieder!“, schimpfte Anna. „Ich meine, mit der Kette.“

Sie deutete mit beiden Zeigefingern auf das Schmuckstück.

„Ach so.“ Augenzwinkernd trat er einen Schritt zurück und betrachtete sie ausführlich von oben bis unten. „Immer noch zauberhaft. Gefällt mir sehr.“

Anna lachte. Dann griff sie mit der linken Hand nach dem Anhänger und sagte andächtig: „Vielen Dank für dein Geschenk. So einen Glücksbringer kann ich im Moment echt gut brauchen.“

„Das war mein Gedanke.“

Erik lächelte zufrieden.

Für einen Atemzug verhakten sich ihre Blicke ineinander.

Doch bevor die Schmetterlinge in Annas Bauch das große Flattern bekamen, seufzte Erik und nickte Richtung Sitzecke: „Ich den Tisch, du die Getränke?“

„Super Idee!“

Eine halbe Stunde später saßen alle gemeinsam im Wohnzimmer, tranken Kaffee und aßen Angelikas köstliche Käse-Sahne-Torte.

Anna linste zum Sideboard neben dem Fernseher, wo sie ihre Geschenke aufgebaut hatte. *Hach, so viele tolle Sachen!*

Von ihrer Mutter hatte sie das Buch über Aquarelltechnik bekommen, mit dem sie schon seit Wochen geliebäugelt hatte, aber wofür sie bislang immer zu geizig gewesen war.

Selbst Olli hatte sich für seine Verhältnisse beachtenswert viele Gedanken gemacht und ihr eine Minikaffeemaschine geschenkt. „Du hast mir so begeistert von dem Gerät in deinem Atelier erzählt, dass ich dachte, da kann eine zweite für deine Wohnung nicht schaden. Und der Kaffee ist zwar kein Kopi Luwak, aber diese Röstung soll ebenfalls sehr mild sein.“

Den Vogel schoss allerdings Robert ab. Er überreichte

Anna einen Umschlag mit zwei Eintrittskarten für die Hamburger Kunsthalle, inklusive einer Privatführung von einem renommierten Dozenten der Hochschule für bildende Künste. „Wenn ihr beiden euch gut versteht, würde er sich auch gern mal deine Werke hier in Glückstadt ansehen."

Anna wollte gar nicht wissen, was er dafür hatte hinblättern müssen, doch Robert erklärte: „Als ich deinen Namen nannte, wusste der Professor sofort, wer du bist. Er hat wohl damals deine Bewerbung bearbeitet und war sehr enttäuscht über deine Absage."

Dieser Satz war das größte Geschenk für Anna. Ihre Bilder hatten bleibenden Eindruck bei einem Kenner hinterlassen.

Das ist unbezahlbar!

Stolz mischte sich unter das Glück in Annas Bauch.

Neben Roberts Umschlag stand eine Klappkarte mit knallbunten Luftballons und einem «Happy Birthday»-Schriftzug darauf. Ihre Mutter hatte sie ihr beim Reinkommen mit der Bemerkung in die Hand gedrückt: „Ich bin nur der Bote. Er hatte deine Adresse nicht."

Wärme füllte Annas Herz, denn die Karte war von Lasse.

Moin Anna!

Herzlichen Glückwunsch zum Geburtstag.

Meine Frau und ich wünschen Dir ein tolles neues Lebensjahr!

Lasse

P.S.: Ja, das Warten auf die Ergebnisse für Emilia ist die Hölle. Aber zu wissen, dass Menschen wie Du mit einem mithoffen, macht es uns leichter. Danke!

Beim Lesen hatte Anna eine Gänsehaut bekommen. Sie konnte kaum in Worte fassen, was ihr diese Zeilen bedeuteten.

Vielleicht wird ja doch noch alles gut …

„Wie kommt es eigentlich, dass Claus Jürgen heute nicht dabei ist?“, erkundigte sich Erik im Sessel neben ihr. „Also nicht, dass ich Sehnsucht hätte, aber immerhin hat Anna Geburtstag.“

„Wir sind ein Damenkränzchen“, erläuterte Angelika würdevoll. „Da wollte er uns nicht stören.“

„Wie rücksichtsvoll.“ Robert grinste undefinierbar und schob sich eine Kuchengabel Käse-Sahne-Torte in den Mund.

„Ach, das hat weniger mit Rücksicht als viel mehr mit seiner Abneigung gegen die typisch «weiblichen» Gesprächsthemen zu tun: Frisuren, Mode, Kinder, Beziehungen – das ist nichts für ihn.“

Sie lachte verschmitzt. „Über solche Dinge reden wir in meinen Runden zwar eher selten, aber es hat Vorteile, Claus Jürgen in dem Glauben zu lassen.“

„Auf alle Fälle ist der Kuchen köstlich“, lobte Olli, der gemeinsam mit Angelika auf dem Sofa saß. Er schob seinen leeren Teller Richtung Torte. „Kann ich noch etwas davon bekommen?“

„Klar“, rief Anna und schnitt ihm ein großzügiges Stück ab. „Alles, was du heute isst, kann mich morgen nicht mehr verführen.“

„Oha, Anna!“ Er lächelte zu ihr herüber. „Immer noch auf Diät? So langsam hast du das wirklich nicht mehr nötig.“

„Stimmt“, antworteten Robert und Erik synchron.

Angelika schaute zufrieden von einem zum anderen. „Also, wo die Herren recht haben …“

„Soso!“, stichelte Anna. „Haben sich meine Gäste etwa

verschworen?“

In Wahrheit freute sie sich über die Reaktion. Während der letzten drei Wochen hatte sie nochmals kräftig abgenommen, so dass ihre Waage sich derzeit zwischen 67 und 69 Kilo einpendelte. Damit konnte sie prima leben.

„Apropos verschworen.“ Angelika stellte ihren leeren Kuchenteller ab und guckte in die Runde. „David möchte gern bei der Besprechung dabei sein. Hat jemand etwas dagegen, wenn ich ihn übers Handy dazu hole?“

Kollektives Kopfschütteln.

„Wunderbar!“ Sie zückte ihr Smartphone und wählte.

„So, mein lieber Sohnemann. Wir sind versammelt!“ Angelika hielt das Gerät so, dass die anderen den Bildschirm sehen konnten.

Allgemeines Grüßen und Winken.

„Erst einmal herzlichen Glückwunsch zum 33., Schwesterherz!“, rief David. *„Gut schaust du aus.“*

„Danke dir“, gab Anna zurück und grinste in die Selfiekamera. Sie hatte seit letztem Samstag noch gar nicht mit ihrem Bruder geschnackt. Was würde er zu den Plänen sagen?

Die Antwort kam sofort.

„Also Leute“, David holte Luft, *„ich will gar nicht um den heißen Brei rumreden. Ich weiß, dass Paps kein Unschuldslamm ist. Er hat einiges auf dem Kerbholz und das, was er sich neuerdings geleistet hat – versteht mich nicht falsch – das geht gar nicht!“*

„Was hat er sich denn «neuerdings geleistet»?“, murmelte Erik aus dem Sessel rechts neben Anna. „Das heißt, falls ich fragen darf?“

War ja klar – das Trüffelschwein ist wieder unterwegs!

„Du darfst“, erwiderte Angelika freundlich, „aber bitte sieh es mir nach, wenn ich darauf vorerst keine Auskunft gebe. Es geht nicht nur um uns oder Claus Jürgen. Zu gegebener Zeit werden die Details öffentlich."

Die Freundlichkeit ihrer Mutter stand ihrer Bestimmtheit in nichts nach. Bei der Frau konnte sich das schnuppernde Schwein gern den neugierigen Rüssel verrenken. Es würde nichts aus ihr herausbekommen.

Zum ersten Mal im Leben fiel Anna auf, dass nicht nur ihr Vater gut verhandeln konnte, sondern ihre Mutter ebenfalls. Obwohl sie zu anderen Mitteln griff als ihr Ehemann, ließ Angelika sich die Butter genauso wenig vom Brot nehmen.

Ha! Von Mama sollte ich mir mal 'ne Scheibe abschneiden! Vielleicht ... hmmm. Ja, vielleicht muss ich ja gar nicht Robert nacheifern ...

Mit dem Gedanken sollte sie sich später dringend noch einmal beschäftigen.

Vom Stuhl links neben ihr meldete sich Robert zu Wort: „Wenn die neue Angelegenheit nur halb so brisant ist wie die gefälschte Absage für Annas Kunststudium, dann genügt mir das als Aussage."

Sein Gesicht strahlte Gelassenheit aus, doch das Funkeln in den graugrünen Augen strafte sie Lügen. Es bestand kein Zweifel: Robert taxierte Angelika und David.

Sieh an – das Trüffelschwein hat einen Bruder!

„Sie ist brisanter", erklärte Angelika gefasst und dabei wirkte ihre Miene angespannt.

„Da kann ich nicht widersprechen", stimmte David zu. *„Trotzdem ist euer Vorhaben krass. Mein Vater hat Storm Energie mit seinen eigenen Händen aufgebaut. Es ist SEIN Lebenswerk. All seine Verfehlungen sind privater Natur. Selbst das verspekulierte Geld war sein eigenes und hatte nichts mit der Firma zu tun."* Er seufzte. *„Versteht mich nicht falsch, Leute. Ich weiß, wie*

unangenehm Claus Jürgen als Chef sein kann – das war einer der Gründe, warum ich damals im Süden geblieben bin. ... Also, ja, er hat Dreck am Stecken, aber ist das Geschäft wirklich die richtige Spielwiese für einen privaten Rachefeldzug?"

„Es geht nicht nur um Privates", widersprach Olli. „Wenn Claus Jürgen so weitermacht wie im letzten Jahr, schadet er dem Unternehmen nachhaltig."

Er ließ die Worte wirken.

„Bla bla bla", murmelte Erik und warf Olli einen abschätzigen Blick zu. „Tschuldigung, aber so richtig glaubwürdig kommt dein unkonkretes Gesabbel nicht bei mir rüber. Das ist doch Gummibandgelaber. Und DU bist der Mann, der es sich hinterher auf dem Chefsessel gemütlich machen möchte."

„Wo Kunibert recht hat ..." David grinste. *„Kannst du Fakten liefern?"*

„Selbstverständlich!" Gereizt richtete Oliver sich auf dem Sofa auf. „Allerdings würde ich diese Internas nur ungern vor Klein-Kunibert ausbreiten."

„Vor Erik!", verbesserte Anna. Sie war es leid, dass alle in ihrem Freund bloß einen kleinen Jungen sahen, den man nicht ernst zu nehmen brauchte.

„Von mir aus auch «Erik»", nörgelte Olli. „Er ist Praktikant! Diese Dinge gehen ihn nichts an."

„Immer locker bleiben, X-O." Erik erhob sich amüsiert. „Der Kaffee ist eh alle. Ich gehe neuen kochen." Er zwinkerte Anna zu. „Der perfekte Praktikantenjob, oder?"

„Nee!"

Auf ihrer anderen Seite lachte Robert leise in sich hinein.

Olli schaute mit säuerlicher Miene zu ihm herüber: „Sehen Sie das etwa anders, Herr Wieck?"

„Nein, alles gut“, erwiderte Robert. „Wenn man es allerdings genau nimmt, gehen mich diese Internas als Aufsichtsrat genau so wenig an wie den Praktikanten.“

„Aber Sie haben vor Millionen zu investieren!“, protestierte Olli.

„Stimmt.“ Robert stand auf und warf Anna einen anerkennenden Blick zu. „Vorstandsinternas benötige ich dafür nicht. Mir genügt das aufsichtsratkompatible Urteil dieser bezaubernden Controllerin.“ Die hellgrünen Sprenkel in seinen Augen leuchteten. „Ich schau mal, ob ich Erik mit dem Kaffee helfen kann. Oder er mir.“

Er verließ das Wohnzimmer.

Aus Angelikas Smartphone lachte es lauthals.

„Alter Schwede, Schwesterchen! Die beiden hast du volle Kanne um den Finger gewickelt. Wie hast du es hinbekommen, dass sie sich nicht untereinander die Köpfe einschlagen?“

„DAS sind Internas, die große Brüder nichts angehen“, antwortete Anna und versuchte dabei die freundliche Bestimmtheit ihrer Mutter zu kopieren.

Es funktionierte.

„Schade, schade!“ David seufzte belustigt. *„Aber gut. Denn leg man lieber los, Olli, bevor die beiden Kavaliere den Kaffee fertig haben.“*

„Okay“, brummte Olli.

Anna rückte auf den Sessel neben ihm auf und Angelika drehte das Handy so, dass sich ihr Sohn und ihre Tochter sowie deren Ex-Verlobter direkt miteinander unterhalten konnten.

Olli und Anna berichteten abwechselnd von den unangemessenen Kündigungen der Wartungstechniker, vom unfairen Verhindern eines Betriebsrates und von den beinahe gescheiteren Verhandlungen mit dem Offshoreanlagen-Hersteller und noch einigen anderen

Dingen. Wo es ging, belegte Olli die Argumente mit Zahlen und Fakten.

Schließlich fasste Anna zusammen: „Du siehst also, dass Paps keineswegs nur im Privaten miese Entscheidungen trifft. Storm ist ein mittelständisches Unternehmen. Wir tragen die Verantwortung für über 200 Angestellte und für unsere Aktionäre. Ich bin der Ansicht, dass wir uns nicht davor drücken dürfen, auch wenn das bedeutet, dass es für unsere Familie ungemütlich wird."

„Oh Mann!", stöhnte David. *„Paps war immer krass drauf, aber ich habe nicht gewusst, dass es so schlimm ist!"*

„Früher fielen einige Dinge nicht so stark ins Gewicht", meinte Anna, „aber durch die veränderte Lage auf dem Arbeitsmarkt können wir mittelfristig ernsthafte Probleme bekommen."

„Außerdem muss ich ehrlich zugeben", ergänzte Olli, „dass sich Claus Jürgen in den letzten ein bis zwei Jahren verändert hat. Sein Geschäftsgebaren ist einfach nicht mehr zeitgemäß. Es schadet Storm Energie."

Schweigen.

Angelika drehte das Handy zu sich. „Gut, Sohnemann. Nun hast du alles gehört. Ich für meinen Teil hätte gern meinen alten Claus Jürgen zurück. Er muss raus aus der Firma. Also, was sagst du?"

„Mist." David wischte sich über das Gesicht. *„Ich sage: Holt die Jungs mit dem frischen Kaffee aus der Küche und fangt an zu sägen."* Er lachte freudlos. *„Ich schau mal, ob ich selbst auch noch ein paar Investoren auftreiben kann. Aber eines muss euch klar sein: ICH will Vaters Stuhl nicht."*

„Kein Problem, David." Olli lächelte. „Anna und ich werden den Job gemeinsam übernehmen."

Cinderella

Damit war die Entscheidung gefallen und die Operation «Der-König-Ist-Tot!-Es-Lebe-Der-König» begann. Angelika, David und Robert suchten primär nach neuen Investoren, während Anna und Olli sich gemeinsam darum kümmerten, Storm Energie Aktionäre für ihre Sache zu gewinnen.

Letzteres stellte sich als schwierig heraus. Erstens durften sie nicht mit der Tür ins Haus fallen, schließlich sollte Claus Jürgen nichts von ihrer Aktion mitbekommen. Und zweitens genoss der Firmenchef großes Ansehen bei den Anlegern, da er das Unternehmen seit der Gründung erfolgreich geführt hatte. Hinzu kam, dass zwar alle Anleger im Register hinterlegt waren, doch nicht immer war ersichtlich, wer – beziehungsweise welche Gruppen – sich hinter den Bezeichnungen verbargen. Die Kontaktdaten halfen nur bedingt weiter, denn viele der Namen waren weder Anna noch Olli bekannt, und einfach dort anrufen oder einen Brief schreiben konnten sie aufgrund der Brisanz ihres Vorhabens nicht. «Die jungen Wilden» gaben ihnen ein besonderes Rätsel auf. Diese Gruppe – zumindest nahmen Anna und Olli an, dass es sich dabei um eine solche handelte – hielt Anteile in einem Wert von ca. einer Million Euro an

Storm Energie. Sie war auf einen gewissen P. Petersen in Brunsbüttel registriert, und der kommunizierte ausschließlich per Brief über ein Postfach.

David erinnerte sich dunkel, dass «Die jungen Wilden» schon zu seiner Zeit dabei gewesen waren, woraufhin Anna sich durchs Archiv grub und herausfand, dass die Wilden tatsächlich bereits bei der Gründung investiert hatten. Seitdem hatte sich an Anschrift und Kommunikationsverhalten nichts geändert. P. Petersen war in all den Jahren nie persönlich in Erscheinung getreten oder hatte eine Vertretung geschickt. Dennoch wurde jede Kapitalerhöhung von den Wilden mitgezeichnet und auch jetzt würden sie wieder investieren.

Da die Stimmenanteile der Gruppe relevant waren, spielte Anna mit dem Gedanken, den mysteriösen P. Petersen in Brunsbüttel ausfindig zu machen, doch allein im Telefonbuch standen sieben Petersens, deren Vornamen mit P begannen. Bei welchem Eintrag sollte sie anfangen? Und vor allem, was sollte sie den Leuten sagen?

Vermutlich war die Kontaktaufnahme eh keine gute Idee, denn wenn P. Petersen Spaß an einem Austausch gehabt hätte, wäre er sicher irgendwann mal bei Storm Energie vorbeigekommen.

Vorerst schob Anna das Problem nach hinten. Sie war froh, dass sie den Rebellenkram während der Arbeitszeit erledigen konnte. Da sie offiziell kein klar umrissenes Aufgabenfeld hatte und außer der Chefetage niemandem unterstand, fiel es nicht auf, dass sie sich seit Tagen mit anderen Dingen beschäftigte – eine Tatsache, die Anna erschreckte und gleichzeitig traurig machte.

An der Neu-Investorenfront lief es relativ erfolgreich, was dazu führte, dass Claus Jürgen ausgesprochen gute Laune im Unternehmen versprühte.

Am Donnerstag nach ihrem Geburtstag kam er in

Annas Büro, rieb sich vergnügt die Hände und verkündete: „Dein Techtelmechtel mit dem Wieck hat sich ausgezahlt, Töchterchen."

„Welches Techtelmechtel?", fragte Anna und tat pikiert. In Wahrheit hatte sie Mühe, ihr schlechtes Gewissen zu verbergen, hatte sie doch erst zehn Sekunden zuvor eine Nachricht an ihre Mutter mit dem Namen des soeben für ihren Aufstand gewonnenen Anlegers geschickt.

Bei Angelika liefen alle Daten zusammen. Um nicht versehentlich aufzufliegen, hatte Robert für jeden ein neues Handy besorgt. Die Rebellenkommunikation fand ausschließlich über diese Geräte statt, ebenso wie die Gespräche mit den Allianz-Aktionären.

„Jetzt tu nicht so, Kind!" Claus Jürgen lachte. „Deine Mutter hat mir erzählt, dass Wieck dir im Proviantshaus ein Atelier eingerichtet hat. Ich bin nicht blöd. Da läuft was zwischen euch!"

„Tut es nicht." Unauffällig schob Anna das verräterische Smartphone zur Seite. „Wir sind nur Freunde."

„Aha. So nennt ihr jungen Leute das heute! Na, mir soll es recht sein."

Erneut rieb ihr Vater sich die Hände. „Jedenfalls wird Wieck nicht nur mitzeichnen, sondern zusätzlich 20 Millionen drauflegen."

„Herzlichen Glückwunsch!", sagte Anna.

Boa. Hoffentlich hört Paps meinen Sarkasmus nicht raus.

„Danke, danke!" Claus Jürgen grinste. „Es läuft. Ich habe vorhin auch noch zwei Anfragen von verschiedenen Großinvestoren auf meinen Tisch bekommen."

„Das ist ja schön", freute sie sich und zauberte ein unechtes Lächeln auf ihre Lippen.

Es ist wirklich furchtbar! Und er merkt nicht mal was.

Das, was wir hier tun, kann unmöglich legal sein.

Und selbst wenn! Moralisch gesehen war der Aufstand ganz sicher bedenklich.

„Das ist es, Töchterchen. Sogar sehr schön!“

Pling!

Das Rebellenhandy hatte eine neue Nachricht bekommen, woraufhin sein Display zwei Sekunden lang wie ein amerikanischer Weihnachtsbaum blinkte.

Mist! Ich muss das abstellen. Umgehend!

Zu spät.

Claus Jürgen kam neugierig näher: „Oh, du hast ein neues Smartphone? Das Modell kenne ich ja noch gar nicht.“

Pah! Kannst du auch nicht.

Anna schloss kurz die Augen.

Robert hatte für sie alle das Flagschiff des großen Koreanischen Elektronikherstellers besorgt. Offiziell war es erst seit zwei Tagen auf dem Markt. Inoffiziell hatte Anna es seit Montag.

„Nicht ducken. Gegenangriff!“, forderte Roberts Stimme in ihrem Kopf.

Also setzte sie tapfer ein honigsüßes Lächeln auf. „Herr Wieck hat mir das Gerät geschenkt.“ Das war nicht gelogen. „Ich hatte Sonntag Geburtstag.“ Und das genauso wenig.

Sofort bewölkte sich die Miene ihres Vaters schuldbewusst. „Richtig. Herzlichen Glückwunsch nachträglich.“

Sie ließ ihn auflaufen. „Danke.“

„Ähm … ja“, druckste er. „Ich hoffe, deine Mutter hat meine Grüße ausgerichtet.“

„Hat sie.“

Anna zog die Mundwinkel ein Stückchen tiefer.

Paps hat mich nicht mal angerufen! Er darf sich ruhig mies fühlen.

„Denn ist ja gut“, wischte Claus Jürgen ihren Ehrentag vom Tisch und nickte Richtung Handy. „Und wie ist das Teil so?“

„Neu“, antwortete sie. Ihr war klar, dass er bloß von ihrem Geburtstag ablenken wollte.

So leicht kommt er mir nicht davon!

Ihr Vater lächelte einnehmend. „Darf ich es mir vielleicht einmal ansehen?“

Schiet!

Die Nummer ging nach hinten los. Anna hatte es übertrieben, nur deswegen sah sich Claus Jürgen gezwungen, die Karte «Geheucheltes-Interesse-Zwecks-Wiedergutmachung» auszuspielen.

„Klar“, meinte Anna einen Tick freundlicher. „Es hat einen Fingerabdrucksensor, aber der zickt irgendwie rum.“

Sie legte ihren Finger demonstrativ aufs Display, wobei sie peinlich genau darauf achtete, so wenig zu drücken, dass die Rillen ihres Daumens nicht ausgelesen werden konnten.

Prompt erschien die rettende Fehlermeldung und Anna drehte den Bildschirm zu ihrem Vater.

„Siehst du, Paps? Funktioniert nicht. Ich werde mich nach Feierabend noch mal genauer damit auseinandersetzen müssen.“

Sie schob ihm das Gerät herüber und zuckte mit angedeuteter Gereiztheit die Schultern. Nur leicht, bloß nicht zu viel! Nicht, dass sich Claus Jürgen womöglich verpflichtet fühlte, sie weiter aufzumuntern.

„Tja“, seufzte ihr Vater und betrachtete das Telefon auf dem Schreibtisch. „Schick sieht es ja aus. Aber so ist das mit der modernen Technik. In der Praxis ist nicht alles so toll, wie es sich in der Werbung anhört, was?“

„Du sagst es.“

Anna nickte versöhnlich und zog das Handy wieder zu sich. Die Gefahr war gebannt.

Trotzdem muss ich ihn loswerden. Wenn er auf die Idee kommt zu fragen, was ich heute und in den letzten Tagen gemacht habe, bin ich am Arsch!

Die Wahrheit – nämlich: eine Rebellion angezettelt – konnte sie ihm schlecht unter die Nase reiben, und ansonsten hatte sie nichts vorzuweisen.

Pseudointeressiert schaute sie zu Claus Jürgen auf und erkundigte sich höflich: „Und? Wie weit ist deine ausgefallene Summe für Storm Offshore gedeckt? Ich werde natürlich meine Dividenden komplett investieren."

Claus Jürgens Miene versteinerte sich.

Buff!

Ja, das war ein hübscher Schuss vor den Bug des Egos ihres Vaters.

Hui, wie herrlich.

Anna krauste die Nase und klimperte naiv besorgt mit den Augen. „Laufen wir noch Gefahr, das Projekt einstampfen zu müssen, Paps?"

„Nein", brummte Claus Jürgen düster.

Sie wusste haargenau, wie sehr er es hasste, eigene Fehler eingestehen zu müssen. Und dieser Fehler war satte 102 Millionen Euro schwer.

Zauberhaft.

Tja, so was verdaute sich nicht so schnell. Anna unterdrückte mit Mühe und Not ein schadenfrohes Grinsen.

„Ich könnte Robert ja mal fragen", bot sie an, „ob er vielleicht …"

„Nicht nötig", kanzelte ihr Vater sie ab. „Zu viele Aktien in einer Hand sind nicht gut."

Noch ein harmloser Augenaufschlag. „Warum?"

„Weil …", Claus Jürgen zögerte.

„Hast du etwa Angst vor Robert? Das musst du nicht, Paps. Er ist soo nett! Ehrlich."

Nachdenkliches Schweigen.

Anna biss sich auf die Zunge, um nicht laut loszuprusten und ihre Unschuldsmiene aufrecht zu erhalten. Innerlich mahnte sie sich zur Ordnung. Es stand einiges auf dem Spiel; sie sollte lieber vorsichtig sein.

„Davon verstehst du nichts", seufzte ihr Vater schließlich. „Mädchen wie du sind einfach zu … gut für diese Welt."

Gut? Pah! Sein «gut» hört sich mehr nach «dumm» an. Na warte! Wenn du wüsstest ... Hehe!

Anna nickte freundlich. „Armer Paps. Aber mach dir man keine Sorgen. Wir kriegen das Geld bestimmt irgendwie zusammen." Sie schenkte ihm ein Lächeln. „Und dann bauen wir unseren Offshore Park!"

„Das tun wir, Töchterchen, das tun wir." Claus Jürgen bedachte sie mit einem Blick, den er sonst nur kleinen Hunden zuwarf.

Nicht mehr lange!

„Denn ist ja gut", antwortete Anna und nickte zu ihrem Monitor herüber. „Nun muss ich aber weiterarbeiten, sonst bekommt Olli seine Daten erst morgen."

„Oh, da störe ich nicht länger."

Wie rücksichtsvoll.

„Tschüß, Paps! Und viel Erfolg mit den Großinvestoren auf deinem Schreibtisch."

Anna hob die linke Hand zum Abschiedsgruß.

Bestimmt hat Robert diese Leute organisiert.

„Ach", meinte Claus Jürgen großkotzig, „die Herren habe ich so gut wie in der Tasche."

„Klasse!"

Jo. Darauf verwette ich meinen Hintern!

Wenn Anna noch mehr Bewunderung heucheln

müsste, würde sie auf ihre Tastatur kotzen. „Dann bis morgen, Paps."

„Ja, bis morgen!" Er nickte großzügig. „Und vielen Dank für das gute Gespräch."

„Gerne doch!"

Als er endlich die Glastür hinter sich schloss, gefror Annas Lächeln.

Boa! Was für ein Sumpf! Mal ehrlich – lange halte ich diese Scharade nicht durch.

Bis zum Ende der Zeichnungsfrist waren es noch zwei Wochen und zwei Tage.

Ein Glück, die Zeit ist endlich! Und egal, wie unsere Rebellion ausgeht, solche Spielchen sind für mich danach Geschichte.

Anna wollte auch weiterhin ohne Brechreiz in den Spiegel schauen können.

Seufzend schnappte sie sich das verräterische Handy, entsperrte es mit ihrem Daumenabdruck und stellte als erstes die Benachrichtigungen ab. So etwas wie eben würde ihr kein zweites Mal passieren.

Anschließend guckte Anna nach, was es Neues an der Rebellenfront gab.

11:53

Robert:

Moin, Anna! Es läuft besser als gedacht, aber nicht so gut wie gehofft. Wir müssen noch eine Schippe drauflegen und dafür brauche ich dich! 😎 Ich hoffe, Du kannst tanzen. 🕺 ♬ ♫ 🤔

„Tanzen?", murmelte sie. „O Gott! Wo will ER denn drauf los?"

Kopfschüttelnd öffnete sie Roberts Kontakt und wählte

seine Nummer.

„Moin, Anna."

Die Freude in seiner Stimme war unüberhörbar.

„Moin, Robert", ächzte sie. „Mann, deine Nachricht hätte uns eben fast einen Strick gedreht!"

In wenigen Worten gab sie die Begegnung mit ihrem Vater wieder.

„Gut reagiert", lobte Robert. *„Aber du hast recht: Die Benachrichtigungen sollten wir umgehend abstellen."*

„Schon erledigt. Und bei Mama fahre ich vorbei, sobald ich Feierabend habe."

Anna seufzte. „Nun zu deiner Nachricht: Was meinst du mit «tanzen»?"

„Gesellschaftstanz", schmunzelte Robert. *„Übermorgen gibt es einen exklusiven Wohltätigkeitsball in Hamburg. Meine Eltern wollten eigentlich mit ihren Bekannten hin, aber jetzt ist die Frau unpässlich und da dachte meine Mutter gleich an uns."*

„Du meinst an dich", korrigierte sie.

„Nein, an uns." Robert wurde ernst. *„Meine Eltern würden dich gern kennenlernen, Anna."*

„Mich?", krächzte sie heiser.

Oooha!

Anna hatte das Gefühl, gleichzeitig in Eiswasser und heiße Milch getaucht zu werden. Ein Schauer zog ihr Inneres zusammen.

„Natürlich, wen denn sonst?" Er lachte. *„Ich habe den beiden von dir erzählt. Außerdem haben sie Bilder von meiner frisch gestrichenen Wohnung gesehen und sind genauso begeistert wie ich. Das wird keine große Sache. Carl und Elfriede sind einfach bloß neugierig auf dich."*

„Aha." Sie räusperte sich befangen. Ob er recht hatte? Vielleicht waren seine Eltern ja so locker wie Beate und Holger Niehuus.

Hmm. Aber ein Wohltätigkeitsball?

Sie holte tief Luft. „Da sind doch garantiert tausend wichtige Leute."

„So wichtig sind die gar nicht." Robert grinste. *„Sie sind vor allem eines, nämlich reich. Und genau das macht die Veranstaltung für uns so attraktiv: Der Ball ist das optimale Parkett, um nebenbei noch ein paar Investoren für Storm Energie an Land zu ziehen."*

Ein Ballsaal voll mit der High Society.

Und ich dazwischen.

Annas Hände wurden feucht.

Und dazu noch seine Eltern!!!

Sie schluckte beklommen und der Bürostuhl, auf dem sie saß, schien sich auch ohne ihr Zutun zu drehen. Ihr wurde schwindelig.

„Hey, Kleines, atmest du noch?"

„So gerade eben", murmelte sie.

„Dann bin ich beruhigt. Also, was sagst du? Schwingen wir zwei ein wenig das Tanzbein?"

„Hmm ..."

Das würde garantiert zehnmal pompöser als ihre geplante Hochzeit werden. Vor Annas geistigem Auge erwuchs ein königlicher Ballsaal. Zig runde Tische waren mit makellos weißem Damast eingedeckt. Um jeden Teller rankte sich ein Heer von Messern, Gabeln und Löffeln, welches dem Gast obszön mit einer Vielzahl von Menügängen drohte. Die Gläserarmada daneben glänzte aufreizend. Das machte es nicht gerade besser. Den prolligen Eindruck konnte auch das bescheidene Windlicht in der Mitte des Tisches nicht wettmachen. Von der Decke hingen überbordend funkelnde Kronleuchter und tauchten den Festsaal in sanftes Licht, welches die Falten in den Gesichtern der Schönen und Reichen problemlos kaschierte, so dass sie noch schöner und reicher aussahen.

Und ich dazwischen?!

In Jeans und Pulli konnte sie auf keinen Fall hingehen. Und selbst das schicke Kostüm, das sie vor einigen Wochen gemeinsam mit Petra geshoppt hatte, war nicht festlich genug.

Scheiße. Anna fröstelte. *Ich muss mir ein Ballkleid kaufen!*

Das letzte Mal hatte sie für ihre Hochzeit nach so einer Robe gesucht. Das war echt furchtbar gewesen.

Plötzlich stakste Panik durch Annas Adern. Sie wog wieder 92 Kilo und stierte den Tüllkürbis im Spiegel an. Irgendein Sadist hatte sie in ein weißes Wurst-In-Pelle-Hochzeitskleid gezwängt, lediglich der Brautschleier fehlte.

Das will ich nicht!

Anna konnte die mitleidig angewiderten Blicke der wohltätigen Ballbesucher schon jetzt auf ihrem Körper spüren, woraufhin nicht nur ihr Herz bleischwer wurde.

Ich kann das nicht.

Das Selbstbewusstsein, das sie nur wenige Minuten zuvor ihrem Vater gegenüber an den Tag gelegt hatte, löste sich in nichts auf.

Ich soll Investoren an Land ziehen? ICH?! ... Das ist lächerlich.

Vor ihrem geistigen Auge strandete ein Blauwal im Schlick des Ebbe-Elbstrandes vor Bielenberg. Passenderweise trug er ein viel zu enges Hochzeitskleid und lange blonde Haare. Was für eine schaurige Attraktion! Vom Deich strömten Paparazzi heran und ihre Kameras blitzten gierig.

Anna wurde übel. Hilflos wisperte sie: „Was soll ich den Leuten denn überhaupt erzählen?“

„Ach, das schaffst du. Herr Weber und ich werden dich

vorher briefen, keine Sorge", entgegnete Robert, es knackte in der Leitung. *„Entschuldige, die Verbindung wird schlechter. Ich bin gerade mit dem Auto unterwegs. Kann ich meinen Eltern zusagen?"*

Prompt betrieben auch Elfriede und Carl «Whale Watching».

Bloß nicht!

Das Knacken der Verbindung wurde lauter.

„Der Ball ist schon übermorgen, oder?", rief Anna hektisch.

„Richtig."

„Das geht nicht. Für so einen Ball habe nichts anzuziehen!"

„Kein Problem", widersprach Robert. *„Ich habe bei der Boutique «La Belle» angefragt. Der Laden gehört einer Bekannten von mir. Sie kümmert sich um dich."*

«La Belle» war eines der exklusivsten Modegeschäfte in Hamburg. Und vor allem eines der teuersten.

„Aber mein Konto ist leer", protestierte Anna. „Bei «La Belle» kostet ein Kleid ein halbes Vermögen!"

„Stimmt. Dafür ist der Service super." Er klang amüsiert. *„Mach dir keinen Kopf. Du lässt auf meinen Namen anschreiben – das ist bereits geklärt. Außerdem habe ich mit Frau Karstens gesprochen. Sie hat sowohl Zeit als auch Lust dazu, mit dir Shoppen zu gehen."*

„Prima", meckerte sie. Das war ganz klar eine Verschwörung, trotzdem gingen ihr die Ausreden aus.

„Gibt es noch weitere Bedenken?", erkundigte sich Robert.

JA!, ächzte Anna stumm, doch ihre Lippen spuckten ein „Nein" ins Smartphonemikro.

Was sollte sie auch sonst sagen? Dass sie Schiss vor den reichen Bonzen hatte? Oder davor, sich auf dem Tanzparkett zu blamieren?

„Keine Sorge, Anna“, meinte Robert, als hätte er ihre Gedanken gelesen, *„du wirst das großartig machen, schließlich kennst du Storm Energie wie deine Westentasche. Und deinem zauberhaften Charme können sich die Leute genauso wenig entziehen wie ich.“*

„Glaubst du?“

Anna war sich da keineswegs sicher.

„Auf jeden Fall!“ Robert lachte. *„Ganz ehrlich: Wer es wagt, Claus Jürgen Storm die Stirn zu bieten, der muss sich um so einen läppischen Ball keine Sorgen machen.“*

Verflixt, gegen diese Schlussfolgerung konnte sie nichts einwenden. Sie wollte ihren Vater an die Wand nageln, dann durfte sie sich hierbei nicht zieren.

„Also gut“, murmelte Anna gedehnt. „Ich gehe mit Petra shoppen. Du kannst deinen Eltern zusagen.“

Stumm verdrehte sie die Augen.

Ausgerechnet «La Belle»!

Schicker ging es nicht. Ihre Vorfreude aufs Einkaufen strebte gegen Null, aber zumindest Petra würde ihren Spaß haben.

Am Samstagnachmittag herrschte im Wohnzimmer der kleinen Dachgeschosswohnung in der Königstraße reges Treiben. Olli ging mit Anna die letzten Strategiedetails bezüglich der Anwerbung neuer Investoren durch, während Petra Annas blonden Haare zu einer märchenhaften Frisur auftürmte und ihrem Gesicht ein balltaugliches Makeup verpasste.

Nach einer halben Stunde ordnete die Sekretärin eine Briefing-Pause an und entführte Anna ins Schlafzimmer, um ihr dort mit dem sündhaft teuren Kleid zu helfen.

„Hach, meine Süße, diese Robe ist wie für dich gemacht“, flötete Petra und zog den Reißverschluss im

Rücken ihrer Freundin hoch. „Du siehst wie eine Prinzessin aus.“

„So fühle ich mich auch“, flüsterte Anna und betrachtete andächtig ihr Spiegelbild. Sie erkannte sich kaum wieder. Die Frau, die ihr entgegenschaute, war wunderschön.

Entgegen ihrer Befürchtungen hatte sich das Shoppen als großartiges Erlebnis entpuppt. Robert behielt recht, der Service im «La Belle» war ausgezeichnet. Die Inhaberin, Monique Mahn, hatte vorab einige Kleider für sie herausgesucht und dabei ein erstaunliches Händchen bewiesen.

Ich hätte mit jedem davon zum Ball gehen können! Da war kein einziger Wurstfummel dabei.

Im Gegenteil, Anna hatte sich schon in der ersten Robe wohlgefühlt und Vertrauen zu der Verkäuferin gefasst. Monique schien es nicht allein ums Geschäft zu gehen, sondern darum, ihre Kunden glücklich zu machen. Sie war ehrlich und redete nicht um den heißen Brei herum.

„Wir müssen Ihrer Taille etwas Luft lassen“, hatte sie erklärt und damit den Nagel auf den Kopf getroffen.

Anna lächelte. Ja, sie hatte kräftig abgespeckt – fast 30 Kilo seit Februar. Heute Morgen hatte ihre Waage sogar lediglich 64 Kilo angezeigt und darauf war sie stolz. Trotzdem bedeutete es bei einer Größe von 1,57, dass sie noch immer leicht übergewichtig war. Außerdem hatte die Schokolade in den vergangenen zehn Jahren ihre Spuren hinterlassen, denn die Haut an ihrem Bauch war nicht mit den überschüssigen Kilos geschrumpft und nun etwas faltig.

Egal! Davon sieht man in diesem Kleid nichts.

Der zarte, geschickt drapierte Chiffon umschmeichelte ihren Körper auf vorteilhafte Art und Weise und ließ sie überraschend schmal wirken. Die Farbe des Stoffes, ein in Milch getauchtes Petrolblau, unterstrich das Leuchten in ihren Augen, welches mit den unzähligen aufgenähten Strasssteinchen um die Wette funkelte.

„Wie sagt Erik noch gleich? «Du bist die Elfenprinzessin!»“ Petra lachte und umarmte sie kurz von hinten. „Recht hat er. Ich freue mich so für dich.“

„Danke!“

Anna lächelte ihre Freundin über den Spiegel an. „Diese Monique muss Zauberkräfte haben.“ Sie drehte sich hin und her und der Rock schwang federleicht um ihre Beine. „Dieses Kleid ist der Wahnsinn!“

„Das ist es“, bestätigte Petra. „Vor dem Abnähen war ich schon überzeugt, aber seit sie es geändert haben, ist es unvergleichlich.“

Anna nickte. „Heftig, dass die Näherin extra für uns bei der Anprobe vor Ort war, oder? Sie wussten ja nicht einmal, ob wir überhaupt etwas kaufen.“

„Ach“, winkte ihre Freundin ab, „das hat dein Robert so organisiert. «Ich möchte, dass der Einkauf für Frau Storm ein rundum angenehmes Event wird», hat er mir eingeschärft. Da wird er Monique nichts anderes gesagt haben. Du hast das Wunschlos-Glücklich-Paket bekommen.“

„Oha. Deswegen also die kalorienarmen Häppchen“, murmelte Anna.

„Genau. Und statt Champagner gab es Mineralwasser.“ Petra kicherte. „Aber ich muss gestehen, dass mir der Sprudel aus den edlen Gläsern fast genauso gut geschmeckt hat!“

„Mir auch.“ Anna grinste. „Ich habe mich wie im Film «Pretty Woman» gefühlt.“

„Nein, Süße!“ Ihre Freundin schüttelte energisch den Kopf. „Das hier ist viel besser.“ Ihr Blick wurde weich. „Das hier ist real und dein Märchenprinz echt. Robert

Wieck legt dir seine Welt zu Füßen."

„Das tut er wirklich", hauchte Anna bewegt. Allein dieses Kleid war ein Beweis dafür.

„Du müsstest ihm nur einen winzigen Wink geben, dann gehört er für immer dir." Petra zupfte beiläufig einige Strähnen der eleganten Hochsteckfrisur zurecht.

„Ich weiß", seufzte Anna.

Unwillig hob ihre Freundin eine Braue. „Worauf wartest du noch?"

Anna betrachtete den Lebensbaumanhänger, der auf ihrem Dekolleté glänzte, und prompt schob sich Erik in ihre Gedanken. Hilflos zuckte sie mit den Schultern.

„Ich fasse mal für dich zusammen", setzte Petra an und zählte an ihren Fingern ab. „Erstens. Robert Wieck ist ein Gentleman mit geschliffenen Umgangsformen und gutem Aussehen. Zweitens. Herr Wieck ist bodenständig – das kann ich beurteilen, ich kenne ihn seit Jahren! Wer eine einfache Sekretärin wie mich mit so viel Wertschätzung behandelt, kann kein arroganter Arsch sein! Drittens. Er respektiert dich und sieht deine wahren Talente wie kein anderer! Er hat von Anfang an an dich geglaubt und dir Rückenwind im Job gegeben."

Petra lächelte bedeutsam. „Meine Güte, immer wieder hat er deine Analysen gelobt, wenn er die Unterlagen bei mir abgeholt hat! Hundert Mal öfter als dein Ex-Verlobter."

Für eine Sekunde wurde Petras Lächeln grimmig, bloß um gleich darauf erneut zu einem warmen Strahlen zu werden.

„Viertens. Er vergöttert deine Bilder! Fünftens. Er öffnet dir Türen, wo er nur kann. Für Storm Energie, aber auch für deine Kunst. Sechstens." Grinsend wechselte sie die Hand. „Er ist großzügig. Ich sage nur drei Worte: Atelier. Geburtstagsgeschenk. Traumkleid. Hach, wie sehr bedaure ich es, dass mein Budget nicht mal für eine Bluse aus der Boutique «La Belle» reicht! Egal. Siebtens. Deinetwegen hat er sich bei DKMS registrieren lassen. Nicht alle Leute sind freigiebig mit ihren Speichelproben, und die Reichen sind meiner Erfahrung nach besonders knauserig damit. Achtens. Er ist aufmerksam und liest dir jeden Wunsch von den Augen ab."

Petra seufzte entzückt. „Allein dafür muss man diesen Mann lieben! Neuntens. Er investiert Millionen in euer Unternehmen. MILLIONEN! Und er interessiert andere Investoren für die Firma. Zehntens. Er ist geduldig und lässt dir Zeit, damit du von selbst erkennst, dass dein Ritter nicht seine Kragenweite hat."

Die Sekretärin schaute Annas Spiegelbild ernst ins Gesicht. „Mal ehrlich, Süße, was willst du denn noch? Männer wie Robert Wieck wachsen nicht auf Bäumen."

„Ich weiß", jammerte Anna. „Robert ist ein Traummann!"

„Das ist er zweifellos." Petra wackelte demonstrativ mit ihren zehn Aufzählungsfingern. „Lass ihn nicht zu lange zappeln, sonst wendet er sich einer anderen zu. Willst du das?"

„Nein", stöhnte Anna. Ihre Freundin hatte auf ganzer Linie recht.

Ich muss endlich mit dem Zaudern aufhören und eine Entscheidung treffen.

„Wunderbar, Aschenputtel! Das beruhigt mich." Petra zwinkerte vergnügt. „Ich war drauf und dran, an deinem Verstand zu zweifeln, aber so kann ich dir ja einen schönen Ball wünschen." Sie setzte eine strenge Miene auf. „Du sagst es ihm heute Abend, oder?"

Heute schon?!

Anna rutschte das Herz in den märchenhaften Rocksaum. „Öhm … Ich …"

Die Türklingel rettete sie davor, antworten zu müssen.

„Ich mach auf", rief Olli aus dem Wohnzimmer. Kurz darauf erklang das typische Knarren der Eingangstür.

„Das … äh … das wird Robert sein", stammelte Anna und lächelte beklommen.

„DEIN Robert, ganz genau!" Petra griff zum Haarspray, doch ihr Blick war weiterhin eindringlich. «Vermassle es nicht mit ihm!», schienen ihre Augen sagen zu wollen. „Heute Abend wird es ernst."

„Stimmt, wir müssen neue Aktionäre gewinnen", wich Anna aus.

Eines nach dem anderen. Wenn ich jetzt auch noch über meine Beziehung zu Robert nachdenken soll, breche ich zusammen.

Während die plaudernden Männerstimmen aus dem Wohnzimmer gedämpft zu ihnen herüberdrangen, machte sich Petra an den Feinschliff von Frisur und Makeup.

Anna schluckte. Mit jedem Strassstein, den ihre Freundin in ihre Haare klipste, und jedem Pinselstrich auf ihrer Haut krabbelten mehr Ameisen durch ihren Magen.

Selbst ohne Beziehungschaos steht heute Abend einiges auf dem Spiel.

Sie war sich nicht sicher, ob ihr die Schuhe passen würden, in die sie firmenpolitisch zu schlüpfen gedachte. Außerdem sollte das Parkett der High Society ziemlich glatt sein, wie sie gehört hatte. War sie gut genug, um auf dem Wohltätigkeitsball punkten zu können?

Oh Mann, was bin ich bloß für ein Schaf? Erst zettle ich eine Rebellion an und dann bekomme ich kalte Füße, weil ich auf einen Ball gehen soll. Das ist bescheuert.

Für Zweifel war es eh zu spät. Hoffnungsvoll lächelte Anna die Frau im Spiegel an, und ihr perfekt gestyltes Ich lächelte zurück.

Sie grinste. Was ihr Äußeres anging, brauchte sie sich

heute zumindest nicht zu verstecken.

Ich bin Cinderella und Monique und Petra sind meine guten Feen. Jetzt habe ich keine Ausreden mehr: Ich muss liefern.

Ausreden …

Hmm.

Das Wort kroch dumpf durch ihren Kopf und zog ein merkwürdiges Gefühl hinter sich her.

Anna dachte an die Kürbis-Braut bei der Hochzeitskleid Anprobe vor einigen Monaten.

Kein Vergleich zu meinem Cinderella-Ich.

Damals hätte sie sich weder diesen Ball noch die Rebellion gegen ihren Vater zugetraut.

Wie auch? Mich hat ja eh niemand ernst genommen. Nicht einmal ich selbst. Ich war bloß die kleine dicke Tochter des Vorstands Claus Jürgen Storm. Mich hat keiner beachtet – von Mama und meinen wenigen Freunden einmal abgesehen.

Erst jetzt wurde ihr bewusst, dass sie förmlich unsichtbar gewesen war. Es schien, als hätte sie sich seit der Absage der Kunsthochschule einen fetten Schutzschild angefuttert. Mit jedem Stück Schokolade und jeder Praline, die sie während der vielen Jahre in sich hineingestopft hatte, war ein Stück ihres Selbstbewusstseins verschwunden.

Was habe ich mir nur angetan?!

Entsetzt starrte sie ihr Spiegelbild an. Die Augen der Schönheit weiteten sich.

Ich habe mir eingeredet, dass ich glücklich bin und dass ich mich wohlfühle in meiner Haut. Das war gelogen!

Diese Aussage mochte für andere Menschen zutreffen, aber nicht für Anna.

Wenn ich ehrlich bin, wollte ich nie ein Controlling-

Kürbis sein. Ich hatte bloß Angst davor, verletzt zu werden!

War man unsichtbar, wurde man nicht wahrgenommen. Dann erwartete auch keiner was von einem.

Keine Erwartungen – keine Absagen – keine Enttäuschungen. Ich war sicher vor allem und jedem.

Die Frau im Spiegel war das nicht. Sie hatte keinen Schutzpanzer, der sie verbarg. Im Gegenteil, Kleid, Frisur und Lebensbaumanhänger funkelten mit ihren feuchten Augen um die Wette.

Heute Abend wird mich jeder sehen!

Plötzlich fühlte sie sich nackt und angreifbar.

„Hey!“, schimpfte Petra. „Keine Freudentränen, Frau Storm. Dein Makeup ist zwar wasserfest, abe…“

„Das ist nicht wahr!“, rief Robert laut im Wohnzimmer und riss Anna vollends aus den Gedanken. Seine Stimme klang so aufgewühlt, wie sie sich fühlte.

Olli erwiderte etwas Eindringliches, doch er sprach so leise, dass sie ihn nicht verstehen konnte.

„Oha. Die Herren haben Meinungsverschiedenheiten.“ Petra schaute mit schiefem Grinsen über Annas Schulter, trat neben sie und tupfte mit einem Kleenex geschickt die unvergossenen Tränen vom unteren Lidstrich. „Ein Glück, nichts passiert. Ich denke, wir sind hier fertig.“ Sie tätschelte Annas Schulter. „Na komm, machen wir die beiden Streithähne sprachlos.“

Tatsächlich verstummten die Männer, als die Frauen das Wohnzimmer betraten. Olli blieb der Mund offen stehen und seine Augen wurden groß wie der Vollmond, wenn er knapp über dem Deich stand.

Robert hingegen strahlte von einem Ohr zum anderen. „Ich Glückspilz!“, murmelte er und ging auf sie zu. „Du siehst umwerfend aus, Kleines!“

Nicht jede Kutsche ist ein Kürbis

Kurz bevor Anna und Robert aufbrechen wollten, klingelte es erneut an der Wohnungstür. Es war Erik.

„Ich wollte dir viel Erfolg wünschen." Er fuhr sich mit der Hand durch die Haare. „Du siehst übrigens … Wow! Da fehlen mir glatt die Worte, Prinzessin."

Robert trat hinter Anna und prompt bewölkte sich die Miene des Ritters.

„Dein Smoking ist ganz passabel", stichelte Erik, „aber mit ihr kannst du nicht mithalten. Da hilft auch das farblich abgestimmte Einstecktuch nichts."

Echt jetzt?

Überrascht drehte Anna sich zu Robert um, und wirklich, aus seiner Brusttasche blitzte ein milchig petrolblaues Tüchlein hervor. Die Krawatte passte farblich ebenfalls perfekt zu ihrem Kleid.

„Gehört alles mit zum Service von «La Belle»", meinte Robert gelassen. „Und mit Anna mithalten zu wollen, habe ich aufgegeben."

Er griff nach ihrer Hand und hauchte einen Kuss darauf. „Sie ist bezaubernd, doch das liegt nicht am Kleid."

Eine Gänsehaut kribbelte Annas Arm hinauf.

„Pass mit deinem Knöchel auf", brummte Erik und wandte sich vorwurfsvoll an Robert. „Ihre Verstauchung ist erst zwei Wochen her, da ist eine flotte Sohle auf dem Tanzparkett vielleicht keine so gute Idee."

„Ich passe auf sie auf. Sei unbesorgt, bei mir ist sie in den besten Händen." Robert legte seinen Arm um ihre Schultern, woraufhin in Eriks Augen ein bittersüßer Schmerz trat.

Sturmblau!

Anna schluckte. Sie schenkte ihrem Ritter ein Lächeln und lüftete den Rocksaum. „Schau, ich habe mir für heute extra ein Paar flache Ballerinas gekauft."

Pumps hatte sie aufgrund ihres Gewichts in den vergangenen Jahren kaum getragen. Sie wusste gar nicht, ob sie noch auf solchen Schuhen tanzen konnte und dies war kein Abend, um es auszuprobieren.

Aufmunternd zwinkerte sie Erik zu. „So bleibe ich zwar klein, aber dafür sind meine Knöchel sicher."

Der Ritter erwiderte ihr Lächeln. „Klug und vorausschauend, wie es sich für eine Elfenprinzessin gehört."

Anna nickte und dann breitete sich ein unangenehmes Schweigen im kleinen Flur der Dachgeschosswohnung aus.

„Ich … ich muss denn auch wieder", murmelte Erik schließlich. „Hab noch Arbeit in der Werkstatt liegen." Sein Blick huschte resigniert zwischen Anna und Robert hin und her. „Ihr seht toll aus zusammen. Das Paar des Abends! Viel Spaß … euch beiden."

Ohne ein weiteres Wort drehte er sich um und verließ die Wohnung. Es wirkte wie eine Flucht.

Er hat aufgegeben.

Annas Kehle schnürte sich zu vor Kummer. Sie konnte ihm nicht einmal ein „Danke" hinterherrufen.

Robert ließ ihre Schulter los und bot ihr den Arm an. „Wollen wir, Frau Storm?"

Ob sie wirklich wollte, wusste Anna nicht. Aber es war

Zeit aufzubrechen, also nickte sie stumm und hakte sich bei ihm unter.

Unten auf der Straße sah Anna sich nach dem Porsche um, doch statt des silbernen Flitzers stand lediglich ein nachtblauer Toyota vor der Haustür. Zielstrebig ging Robert auf das fremde Auto zu.

„Wo ist denn dein 911er?“, wunderte Anna sich.

„Der steht in Husum in der Garage.“ Robert grinste. „Ich habe ihm eine Pause verordnet.“

„Aber du liebst deinen Porsche!“ Skeptisch krauste sie die Nase. „Toyota ist doch gar nicht deine Marke.“

„Stimmt.“ Galant hielt er ihr die Tür auf und reichte ihr eine Hand, damit sie bequem einsteigen konnte. „Dieser hier ist meine Premiere.“

Anna verstand die Welt nicht mehr. „Warum?“

„Ich honoriere Engagement. Und die Jungs waren die Ersten.“ Vorsichtig schloss Robert die Beifahrertür hinter ihr und trat um den Wagen herum.

Anna setzte sich zurecht und schnallte sich an. Der Sitz war bequem. Neugierig schaute sie sich um. Die Innenausstattung war dunkel gehalten und wirkte edel.

DAS passt zu ihm.

Die Fahrertür öffnete sich und Robert glitt neben ihr auf den Sitz.

„Die Ersten?“ Anna legte den Kopf schief. „Womit waren die Jungs von Toyota die Ersten?“

„Mit einem serienmäßigen Brennstoffzellenauto.“ Er schaute zu ihr herüber. „Jemand hat mal zu mir gesagt, dass jeder tun sollte, was er kann, um die Umwelt zu schonen. Das habe ich mir zu Herzen genommen. Der Mirai fährt mit Wasserstoff.“

„Wasserstoff? Oha. Ist das nicht gefährlich?“

„Quatsch“, winkte Robert ab. „Nicht gefährlicher als

andere Kraftstoffe. Der Porsche fährt mit Benzin. Das Zeug brennt auch und ist in einem bestimmten Mischungsverhältnis mit Luft hochexplosiv. Nur deswegen funktioniert ein Verbrennungsmotor."

Anna war nicht überzeugt. „Und was war mit der Hindenburg?"

Der mit Wasserstoff gefüllte Zeppelin war 1937 bei seiner Landung in New Jersey in Flammen aufgegangen. Das war das Ende dieser Luftschiffe gewesen.

„Ach", meinte Robert, „nach neuesten Erkenntnissen war nicht der Wasserstoff das Problem, sondern der damals neuartige Anstrich der Außenhaut. Der entsprach in seiner Zusammensetzung nämlich dummerweise Raketentreibstoff. Als der Blitz in die Hülle einschlug, brannte das Zeug wie Zunder."

Er zwinkerte. „Dieses Auto hat eine Metalliclackierung. Es kann dir bei mir also nichts passieren."

Das Graugrün seiner Augen funkelte und ein einladendes Lächeln lag auf seinen Lippen.

Anna hatte Mühe, sich ihm zu entziehen.

„Warum hast du kein Elektroauto genommen?", fragte sie und musste sich räuspern, weil ihre Stimme so belegt klang. „Die sind doch in aller Munde."

„Das sind sie", bestätigte er. „Meiner Meinung nach allerdings zu Unrecht." Er seufzte. „Ich habe mich mit der Elektromobilität auseinandergesetzt. Die Öko-Bilanz dieser Technik ist mies. Allein bei der Herstellung einer E-Auto-Batterie fallen 17 Tonnen CO2 an, und für die Gewinnung des benötigten Lithiums wird anderenorts, wie zum Beispiel in Argentinien, mächtig Raubbau betrieben."

Er schüttelte den Kopf. „Damit wir in Deutschland «sauber» fahren können, wird dort das Ökosystem regelrecht vergiftet. Ich habe einen Bericht darüber gesehen, bei dem mir schlecht geworden ist."

„Echt?" Anna schaute ihn ungläubig an. „Das kann nicht sein. Unsere Regierung förderte die E-Auto-Programme! Das würde sie nicht tun, wenn …"

„Ich fürchte, doch", unterbrach Robert. „Glaub mir, ich war genauso skeptisch wie du. Aber es ist wie so oft: Das, was nicht vor der eigenen Haustür passiert, interessiert kein Schwein. Da kann man ganz prima wegsehen. Wer weiß, welche Lobby für diese Entscheidungen die Fäden gezogen hat."

Betroffenes Schweigen füllte den Neuwagen.

Schließlich rang sich Robert ein Lächeln ab. „Es ist, wie du gesagt hast. Jeder sollte sich Gedanken machen und tun, was er kann. Deswegen fahre ich mit Wasserstoff. Es gibt zwar noch viel zu wenige Tankstellen für diesen Kraftstoff, doch da ich fast jeden Tag in Hamburg bin und die Reichweite bis zu 500 Kilometer beträgt, komme ich klar."

Wow! Er hat unser Gespräch neulich ernst genommen.

Anna erwiderte sein Lächeln und staunte: „Du hast MEINETWEGEN deinen heißgeliebten Porsche gegen dieses Auto ausgetauscht?"

Macht er das, um Eindruck bei mir zu schinden?

„So übel ist dieser Mirai gar nicht", schmunzelte Robert, nur um gleich darauf wieder ernst zu werden. „Und ich habe es nicht deinetwegen, sondern aus Überzeugung getan. Aber du warst es, die mich mit ihrem Öko-Vortrag zum Nachdenken angeregt hat."

Er hört mir wirklich zu. Den Punkt sollte ich zu Petras zehn Aufzählungsfingern hinzufügen.

Er deutete eine Verbeugung an. „Vielen Dank noch einmal dafür. Im Übrigen könnten diese Autos eine Lösung für die Energiespeicherung bei Storm Energie sein."

„Du meinst“, sinnierte Anna, „wir sollten die Windspitzen und den Nachtstrom für die Wasserstoffelektrolyse nutzen?“

Robert nickte. „Die ersten Mineralölkonzerne wie BP untersuchen bereits die Machbarkeit großer Anlagen. Ob so etwas tatsächlich sinnvoll ist, kann ich nicht abschätzen, doch es lohnt sich, mal darüber nachzudenken.“

„Auf alle Fälle. Ich werde am Montag gleich mit Olli darüber sprechen, oder weiß er schon davon?“

„Noch nicht.“ Robert startete lächelnd den Wagen. „Das wollte ich dir überlassen.“

„Sehr zuvorkommend, Herr Wieck!“ Anna neigte nun ihrerseits das Haupt.

„Ja, so bin ich.“

Mit dem leisen Säuseln eines in weiter Ferne angelassenen Flugzeugtriebwerks setzte sich der Mirai in Bewegung. Grinsend wendete Robert das Fahrzeug.

Die Geräuschkulisse war so dezent, dass man nebenher problemlos leise Musik hören konnte.

Ganz anders als mein Corsa! Und E-Autos haben auch einen anderen Sound.

Ob so die Zukunft klang? Aufbruchstimmung kribbelte durch Annas Körper.

Sie sah Robert von der Seite an. „Was kostet denn dieses Vehikel? Vielleicht wäre das was für mich …“

„80.000 musst du leider hinlegen.“ Er verzog sein Gesicht.

Anna pfiff beeindruckt. „Schade, dann werde ich wohl erstmal weiter Corsa fahren. Im Gegensatz zu einem 911er ist das Ding natürlich ein Schnäppchen.“

„Ja.“ Er lachte. „Das Problem sind wie gesagt die wenigen Tankstellen. Aber das ändert sich nur, wenn mehr Leute diese Autos fahren. Deswegen habe ich zugeschlagen.“

Robert bog am Proviantshaus nach rechts ab. „Wenn Storm Energie auf Wasserstoff setzt, habe ich vielleicht Glück und es wird bald eine Tankstelle in Glückstadt gebaut.“

„Na, DAS werde ich Olli umgehend vorschlagen“, witzelte Anna. „Er wird sicher begeistert sein, seinem Lieblingsaufsichtsrat diesen kleinen Gefallen tun zu dürfen.“

„Das hoffe ich.“

„Apropos Olli“, meinte sie gedehnt. „Was war da vorhin eigentlich bei euch los? Hattet ihr Streit?“

„Nur eine kleine Meinungsverschiedenheit“, wiegelte Robert ab.

„Darf ich fragen, worum es ging?“, hakte Anna nach. „Hatte er Bedenken wegen unserer Strategie für heute Abend?“

„Nein, keine Sorge. Was den Ball betrifft, sind wir uns einig.“

Schweigen.

Worum ging es dann?

Robert sagte nichts, sondern steuerte den Toyota auf die Straße «Am Hafen». Die Spätnachmittagssonne glitzerte auf den Wellen.

Anna ignorierte das mulmige Gefühl in ihrem Bauch und beschloss, ihm seine Privatsphäre zu lassen.

„Wohin fahren wir eigentlich? Du hast mir noch gar nicht erzählt, wo genau der Ball stattfindet.“

„Im Süllberg.“ Er lächelte dankbar. „Das ist ein nettes Hotel in Hamburg Blankenese.“

„Blankenese, wo auch sonst?“, stichelte Anna. „Sankt Pauli kommt für euch feine Pinkel nicht in Frage, was?“

„Nein.“ Robert schüttelte grinsend den Kopf. „Eher nicht.“

„Und dort treffen wir deine Eltern?“

Der Gedanke machte Anna nervös.

„Richtig“, bestätigte er. „So, wie ich meine Mutter kenne, werden die beiden überpünktlich eingetroffen sein und sehnsüchtig auf unsere Ankunft warten – zumindest Elfriede.“

„Aha.“ Sie schaute ihn prüfend von der Seite an. „Muss ich irgendwas über deine Eltern wissen? Ich möchte nicht gleich bei unserem ersten Treffen ins Fettnäpfchen treten.“

„Das wirst du nicht“, erwiderte er und warf ihr einen liebevollen Blick zu. „Sei einfach du selbst, das genügt vollkommen.“

„Okay.“ Die Antwort half Anna nicht weiter. „Wie sind sie denn so? Ich weiß fast nichts von ihnen.“

„Du lässt nicht locker, oder?“

„Nein.“ Sie schüttelte nachdrücklich den Kopf. „Immerhin wissen die beiden einiges von mir – zumindest gehe ich davon aus, denn sonst wäre deine Mutter wohl kaum auf die Idee gekommen, mich zu diesem Ball einzuladen.“

„Dem kann ich nicht widersprechen“, gab Robert zu und seufzte. „Also gut, einmal die Familie Wieck in Kurzform: Meinen Vater Carl würde ich als Workaholic bezeichnen. Er ist streng mit sich, schläft nie mehr als sechs Stunden und hat ein hervorragendes Zahlengedächtnis. Bei Verhandlungen rechnet er alles im Kopf mit, so dass es unmöglich ist, ihn übers Ohr zu hauen.“

Anna grinste. „Gibt es eine Eigenschaft, die er dir nicht vererbt hat?“

„Ja.“ Robert lachte. „Ab und zu halte ich es auch mal länger in meinem Bett aus.“

„Soso! Und deine Mutter?“ Anna legte neugierig den Kopf schief. Petra hatte ihr auf dem Weg zum Einkaufen damit in den Ohren gelegen, wie wichtig die Schwiegermutter für eine Beziehung war.

„Meine Mutter … also …“ Er brach ab. „Du wirst sie ja gleich erleben. Nur so viel: Meine Großeltern mütterlicherseits genossen in den Kreisen meines Vaters kein besonders hohes Ansehen, im Gegenteil. Trotzdem ist es Elfriede gelungen, sich perfekt an die feine Gesellschaft anzupassen.“

Robert sah kurz zu Anna herüber. „Eltern kann man sich nicht aussuchen, das weißt du selbst am besten.“

Oha! Sie krauste die Nase. *Das klingt abenteuerlich, fast schon finster.*

„Jedenfalls“, fuhr er fort, „sind meine Eltern auch nur Menschen. Sie atmen Luft und kochen mit Wasser.“

He! Er weicht mir aus.

„Aber genug von meiner Sippe.“ Robert wechselte das Thema. „Mich interessiert viel mehr, wie dir das Shoppen gefallen hat. War es im «La Belle» okay für dich, oder muss ich Monique auf die Finger klopfen?“

„Musst du nicht“, antwortete Anna. Anscheinend wollte er nicht mehr von seinen Eltern preisgeben. *Warum nur? Was verbirgt er?*

Sie hatte keinen Schimmer, doch da sie die beiden in weniger als einer Stunde persönlich kennenlernen würde, ließ sie es vorerst dabei bewenden und erklärte begeistert: „Monique ist besser als eine gute Fee! Sofern ich nicht bezahlen muss, gehe ich da gern wieder shoppen.“

„Sehr schön!“ Robert grinste zufrieden. „DAS sollten wir hinbekommen.“

Eine knappe Stunde fuhren sie über die A23 und durch Halstenbek nach Hamburg Blankenese. Schließlich tauchte zwischen den Häusern ein unspektakuläres Rondell auf, wo Robert mit dem Toyota hielt. Dahinter erhob sich ein Hügel, auf dem ein großes Gebäude thronte. Moderne und alte Bausubstanz war stimmig miteinander kombiniert und hervorragend in Schuss.

Was wollen wir hier?

Anna schaute sich suchend um. Auf den ersten Blick konnte sie keinen Eingang finden, der zu einem exklusiven Hotel passen würde. Es gab lediglich eine breite Treppe, die sich auf den Hügel hinauf schlängelte.

Robert stellte den Motor ab. „So, meine Liebe, wir sind da."

„Oh!" Anna krauste die Nase. „Dürfen wir hier denn einfach parken? Wir stehen mitten im Weg."

„Das Parken wird einer der beiden jungen Herren dort für uns übernehmen."

Erst jetzt bemerkte Anna die Pagen, die hinter einem Pult standen und ihnen erwartungsvoll entgegen blickten.

Oha!

Robert ging um seinen Wagen herum und übergab dem größeren Mann den Autoschlüssel, während der kleinere dienstbeflissen die Beifahrertür für Anna öffnete.

Nun aber fix! Ich sollte wohl besser mein Kleid sortieren.

Der Rock war bodenlang und wenn sie nicht aufpasste, trat sie beim Aussteigen auf den Saum.

Bloß nicht! Ich will mich nicht schon vor dem Reinkommen blamieren.

Hektisch raffte sie die milchig petrolblauen Stoffbahnen zusammen.

„Immer locker bleiben, Anna." Robert reichte ihr galant seine linke Hand. „Die Veranstaltung hat erst vor zwanzig Minuten begonnen."

„Was?", ächzte sie. „Wir sind zu spät?! Warum hast du denn nichts gesagt? Dann hätte ich mich mehr beeilt."

„Meine Mutter hat mir eingeschärft, dass man Damen nicht hetzen darf, wenn sie sich schön machen", erwiderte Robert gelassen. „Außerdem sind wir nicht zu spät. Wir sind genau richtig."

Anna griff nach seiner Hand und ließ sich aus dem Wagen helfen. „Aber der Ball hat doch schon angefangen."

„Richtig", schmunzelte er. „Wir werden wohl die Letzten sein."

„Aber … äh …" Anna strich nervös das Kleid glatt und klemmte sich die Clutch unter den linken Arm. Die kleine Handtasche war aus demselben Stoff wie ihre Robe. Die Schneiderin hatte sie aus den durchs Abnähen und Kürzen anfallenden «Resten» gezaubert. „Eine Aufmerksamkeit des Hauses", hatte Monique beim Abholen erklärt.

Robert hielt ihr lächelnd seinen Arm hin und sie hakte sich ein.

„Wenn wir die Letzten sind", machte Anna einen neuen Versuch, „bekommt das jeder Gast mit."

„Korrekt", freute sich Robert. Ganz offensichtlich hatte er kein Problem damit, Aufsehen zu erregen.

„Die werden sich alle nach uns umdrehen!", jammerte Anna. Sie hasste solche Situationen. Erfahrungsgemäß steckten die Leute hinterher die Köpfe zusammen und fingen mit fiesen Lästereien an. Allein bei dem Gedanken daran wurde ihr heiß und kalt.

Hoffentlich gibt es hier einen unauffälligen Nebeneingang.

„Darauf baue ich", konterte Robert. „Entspann dich, Kleines. Das ist Teil des Plans."

„Ach ja?", piepste sie. Wie konnte schlechtes Benehmen zum Plan gehören? «Pünktlichkeit ist eine Zier! Dazu rate ich dir.» Diese Ansicht vertrat sogar ihre Oma.

Robert blieb stehen und fasste mit beiden Händen nach den ihren. „Schau mich an."

Sie tat wie ihr geheißen.

„Bleib locker, Anna. Alles ist gut.“ Er sah ihr eindringlich in die Augen. Das Graugrün war beruhigend unaufgeregt wie nebliges Novemberwetter. „Wir gehen gleich durch den Haupteingang, und ja, jeder wird uns sehen. Das ist hervorragend, denn dann weiß jeder, dass ich da bin und du zu mir gehörst. So, wie ich meine Mutter kenne, wird sie schon jetzt jedem erzählt haben, dass dir halb Storm Energie gehört …“

„Aber das stimmt doch gar nicht“, protestiere Anna.

„Noch nicht. Aber bald schon – zumindest politisch gesehen, sofern wir heute einen guten Job machen.“ Er lächelte zuversichtlich. „Jedenfalls wissen die Menschen wer du bist und können dich auch später noch genau zuordnen, wenn ich mal nicht neben dir stehe. Das ist ein nicht zu unterschätzender Vorteil.“

„Du bist …“ Anna starrte Robert an. „Also … du bist echt …“

„Gerissen?“, schlug er grinsend vor.

„Gefährlich!“

„«Gefährlich» ist auch super. Meine Mutter sagt immer: «Sei alles, nur nicht gewöhnlich!»“

Mit einer übertriebenen Geste deutete Robert auf die lange Treppe. „Darf ich bitten, Prinzessin? Wir wollen meine Eltern doch nicht warten lassen, oder?“

„Bagalut“, zischte Anna, hakte sich allerdings trotzdem bei ihm ein, als er ihr erneut seinen Arm anbot. Gemeinsam erklommen sie die geschwungene Treppe.

Gläserne Schuhe und eine Kürbiskutsche schlichen sich in Annas Gedanken.

Ha! Und wenn die Uhr Mitternacht schlägt, ist der Zauber vorbei, oder was?

Ob sie sich lieber beeilen sollte, alles Wichtige bis dahin zu erledigen?

Prinzessin für eine Nacht

Was Robert unter einem «netten Hotel» verstand, begriff Anna, als sie an seiner Seite den Festsaal betrat. War die Ausstattung der Lobby bereits exquisit gewesen, toppte dieser Raum das bei Weitem: Kronleuchter zogen Annas Blick nach oben zur reich verzierten Stuckdecke. Schmale Säulen trugen eine Balustrade, die sich in luftiger Höhe an die Wände des Raumes schmiegte.

Auf der Tanzfläche unterhielten sich Herren in Smokings mit Damen in exklusiven Abendkleidern an Stehtischen in cremeweißen Hussen. Die Gespräche vermischten sich mit der Musik eines kleinen Orchesters zu einem geschäftigen Summen. Üppige Blumengestecke in weiß, hellblau und violett rundeten das Bild ab und rangen mit den teuren Roben der Damen um Aufmerksamkeit.

Unter der Balustrade säumten runde Tische die Tanzfläche. Hier erhoben sich riesige Sträuße in schlanken Vasen derart über die Köpfe der sitzenden Gäste, dass diese sich unter den ausladenden Blumenkronen problemlos anschauen und miteinander plaudern konnten und man dennoch das Gefühl hatte, im Grünen zu sitzen.

Wow! Ein Meer aus Blüten!

Dazu cremeweiße Stuhlhussen, cremeweißer Damast, violette Servietten und noch viel mehr funkelnde Gläser und Besteck, als Anna befürchtet hatte.

Die Wände des Saals bestanden sowohl unten als auch oben bei der Balustrade vor allem aus Fenstern, so dass der Raum vom frühen Abendlicht geflutet wurde.

Großartig!

Die feine Gesellschaft schien nichts von alledem zu beeindrucken, sie nippte an Champagnerschalen oder Sektgläsern mit farbenfrohem Inhalt.

Robert drückte Annas Hand und flüsterte ihr ins Ohr: „Die Aussicht beim Essen wird dir gefallen. Von unserem Platz aus können wir direkt auf die Elbe gucken."

Bevor Anna etwas erwidern konnte, zerriss ein freudiges „ROBERT!" das geschäftige Summen der Gäste und ließ die Hintergrundmusik des Orchesters lautstark in den Vordergrund treten. Verloren hingen die Klänge einer Geige in der Luft.

Oha! Jetzt geht es los.

Die Leute schwiegen, Köpfe flogen herum, Hälse wurden verrenkt.

Prompt beschleunigte Annas Herz die Schlagfrequenz und in ihrem Magen marschierten Ameisen.

Eine Frau in Roberts Alter löste sich aus der Menge und schritt mit ausgebreiteten Armen auf ihn zu. „Ich freue mich so, dass du es geschafft hast!"

Wer ist das?

Die Dame trug ein geschmackvolles Cocktailkleid in nachtblau, welches kurz über den Knien endete und ihre schlanke Figur betonte. Die kastanienbraunen Haare wirkten lässig hochgesteckt, doch dank Petra wusste Anna, wie viel Arbeit so eine Frisur machte. Die Frau hatte weder Perlen noch Funkelsteinchen im Haar, aber dafür umso beeindruckenderen Schmuck an Ohren, Hals und Handgelenken. Das Makeup war perfekt auf Anlass und Kleid abgestimmt und ihr Lächeln wohldosiert.

Die Dame ließ ihren Blick prüfend über Anna wandern.

„Und heute in Begleitung, wie erfreulich!"

Entgegen dieser Aussage spürte Anna, dass die Frau mit ihrem Kommen gerechnet hatte.

Um sie herum brandete Getuschel auf und befreite die arme Geige aus ihrer Einsamkeit.

Trotz der betonten Wärme in der Stimme erreichte das Lächeln der Dame nicht ihre Augen. Anna schluckte.

Verdammt, wer ist das?

Robert drückte noch einmal ihre Hand, bevor er sie losließ und seinerseits die Arme ausbreitete. „Mutter."

Anna traf der Schlag.

DAS sollte Elfriede Wieck sein?!

Sie sieht nicht aus wie eine Elfriede!!!

Mutter und Sohn umarmten sich flüchtig. Küsschen links, Küsschen rechts, Küsschen links.

Ich muss mich verhört haben! Die Frau ist maximal 45 Jahre alt.

Da Robert 42 war, musste seine Mutter mindestens 60 sein, wenn nicht gar 70. Das ging also nicht.

Robert lächelte Anna an und dann Elfriede. „Mutter, ich möchte dir Anastasia Storm vorstellen." Er blickte zurück zu Anna. „Anna, das ist Elfriede Wieck, meine Mutter."

Boa, den Jungbrunnen gibt es wirklich!

„Warum so förmlich?", flötete Elfriede. „Wir sind hier unter uns." Sie lachte zurückhaltend. „Bitte nennen Sie mich einfach Ally!" Sie sprach die Abkürzung sehr amerikanisch aus. „Ich freue mich, Sie endlich kennenzulernen, Anastasia!"

„Danke … ähm … Ally“, erwiderte Anna mit klopfendem Herzen. „Die Freude liegt ganz auf meiner Seite. Und bitte sagen Sie Anna zu mir.“

„Anna?“ Elfriede hob skeptisch eine Braue. „Das klingt so gewöhnlich. Nach dem, was Robert mir erzählt hat, sind Sie alles andere als gewöhnlich.“ Sie lachte kurz auf und erklärte einschmeichelnd: „Anastasia ist doch so ein schöner Name!“

„Das ist er“, kam Robert zu Hilfe, „aber jeder darf selbst bestimmen, wie er genannt werden möchte, nicht wahr, Elli?“ Er sprach das «Ally» betont deutsch aus und dabei pirschte ein Panther durch seine Stimme.

„Natürlich, mein Sohn!“ Elfriede lächelte einlenkend. „Also, dann bleibe ich bei «Äna», einverstanden?“

Amerikanischer geht es nicht.

Dennoch nickte Anna.

„Herzlich willkommen!“ Elfriede breitete ihre Arme aus, hauchte der Begleitung ihres Sohnes drei Küsschen auf die Wangen und trat gleich darauf wieder einen Schritt zurück. „Was für ein bezauberndes Kleid Sie tragen, Äna! Ist das Versace?“

„Nein, das ist von Rubin Singer“, entgegnete Anna perplex. Petra hatte nach dem Shoppen dermaßen von dem Designer geschwärmt, dass sie sich den Namen gemerkt hatte.

„Singer, sehr schön!“ Elfriede nickte anerkennend. „Es steht Ihnen ausgezeichnet, Äna. Und was für eine interessante Kette.“ Sie deutete auf den Lebensbaumanhänger. „Ist das Platin?“

„Ja“, sagte Robert und Anna erklärte gleichzeitig: „Der Ring ist aus Edelstahl.“

„Edelstahl? Oh. Wie rustikal!“, murmelte Elfriede.

Für eine Sekunde hatte Anna das Gefühl, ihr würde ein ekliges Insekt um den Hals baumeln, doch schon im nächsten Moment strahlte Elfriede wieder.

„Ach, du Dummerchen“, wisperte sie in Roberts Richtung. „Warum hast du der armen Äna für heute Abend denn keinen ordentlichen Schmuck besorgt?“

„Das habe ich, Mutter“, seufzte Robert. „Er liegt im Auto.“

„Warum?“ Elfriede furchte unwillig ihre makellose Stirn.

Er hat mir Schmuck besorgt?

Verwundert sah Anna zu ihm auf.

„Ganz einfach.“ Robert lächelte Anna an. Das Graugrün in seinen Augen schimmerte warm und raubtierfrei und beruhigte ihr aufgeregt flatterndes Herz. „Sie liebt diese Kette. Ihr bester Freund hat sie ihr als Glücksbringer geschenkt. Wer bin ich, ihr an so einem Abend die guten Wünsche ihrer Freunde zu versagen?“

„Naja“, lenkte Elfriede ein, „immerhin ist diese Edelstahl-Glas-Kombination originell. Schön, schön.“

Sie lachte kurz und legte ihrem Sohn vertraulich die Hand auf den Unterarm. „Ihr seid spät dran, Kinder. Wie kommt es?“

„Das tut uns leid, aber Anna“, er betonte die deutsche Aussprache, „und ich hatten noch einige geschäftliche Dinge zu klären, die keinen Aufschub duldeten. Da Anna voll berufstätig und für Storm Energie unverzichtbar ist, stelle ich mich gern hinten an. Ich möchte nämlich genau so wenig wie der Vorstand auf ihre Expertise verzichten.“

Wow! DAS ist mal dick aufgetragen!

Unsicher schaute sie zu Elfriede und bemerkte erstaunt die Mischung aus Sehnsucht und Bewunderung, die für einen Wimpernschlag in der perfekt geschminkten Augenpartie der Frau aufblitzte.

„Dann noch der Verkehr in Hamburg …“ Robert hob

scheinbar hilflos die Hände. „Aber wem erzähle ich das, nicht wahr, Elli?“

„So ist es.“ Elfriede nickte versöhnlich. „Immerhin seid ihr hier. Ihr müsst am Verdursten sein, Kinder!“ Sie winkte beiläufig einen Kellner heran. „Kommt, nehmt euch einen Drink und dann stellen wir Äna deinem Vater vor. Carl“, sie sprach auch diesen Namen amerikanisch aus, „kann es kaum erwarten, die junge Unternehmerin endlich kennenzulernen.“

«Kaum erwarten» war hoffnungslos übertrieben, doch mit Carls norddeutscher Reserviertheit kam Anna prima klar. Er begrüßte sie höflich, nannte sie «Anna» und machte ihr ein, zwei unverfängliche Komplimente zum Aussehen.

Als Robert das Gespräch auf Storm Energie lenkte, verschwand die Nüchternheit aus seinen Augen und er stellte interessiert Fragen zum Unternehmen, ohne dabei indiskret zu werden. Trotz ihrer Nervosität konnte Anna jede einzelne davon beantworten und wurde von Satz zu Satz souveräner. Das Briefing von Olli half ihr zusätzlich, so dass sie das Gefühl hatte, sich mit Roberts Vater auf Augenhöhe zu unterhalten.

Cool! Ich bin so richtig in meinem Element. Das hätte ich nicht gedacht.

Strahlend legte sie Carl dar, wie sich die Windgeschwindigkeiten in einem normalen Jahr in Bezug auf die Monate verhielten.

„Die größeren Erträge erwirtschaften wir in den Wintermonaten“, erklärte sie, „deswegen erledigen wir zeitraubende Wartungsarbeiten nach Möglichkeit in den weniger windintensiven Sommermonaten.“

„Spannend!“ Carl schaute ihr freundlich ins Gesicht. „Ich hätte erwartet, dass der Wind im Herbst und

Frühjahr am stärksten ist."

„Das geht den meisten Menschen so", meinte Anna und lächelte. „Ich vermute, es liegt daran, dass wir Menschen in diesen Jahreszeiten den Wind besser sehen können, denn immerhin sind dann viele Büsche und Bäume belaubt, so dass sich deren Äste und Zweige deutlich bewegen. Im Winter ist alles kahl – da rührt sich selbst bei einem Sturm wenig."

„Ein schlüssiges Argument", lobte Carl. „Und wie entwickeln sich die Windgeschwindigkeiten bezogen auf den Abstand zum Erdboden? Wo bläst der Wind am …?"

„Carl, ständig denkst du bloß ans Geschäft!", unterbrach Elfriede. Offenbar hatte sie genug davon, an ihrem Champagner zu nippen. „Ihr Männer! Redet immer nur über Daten und Fakten! So geht das nicht. Nun lass die arme Äna endlich diesen Abend genießen. Robert, sag doch auch mal was!"

Der grinste breit. „Anna ist Controllerin, also die Königin der Daten und Fakten." Er lächelte voller Stolz zu ihr herab. „Niemand stöbert Anomalien so schnell auf wie sie und analysiert dann fundiert deren Hintergründe."

„Das glaube ich sofort", pflichtete Carl ihm bei.

Annas Wangen wurden heiß und ihre Lippen entblößten ihre Zähne ungefragt in einem Strahlen.

„Das mag ja alles sein", schimpfte Elfriede, „aber wo bleibt denn da das Vergnügen?"

Also, MIR machen Daten und Fakten Spaß, dachte Anna, hütete sich jedoch davor, diesen Gedanken laut auszusprechen, um Roberts Mutter nicht in den Rücken zu fallen.

Die schaute anklagend zwischen Ehemann und Sohn hin und her.

„Fürs Vergnügen haben wir ja dich“, brummte Carl, sah dabei aber maximal mäßig vergnügt aus.

„Ein Glück“, plusterte Elfriede sich auf. „Dort drüben stehen die Noldes, die haben wir heute noch gar nicht begrüßt.“

„Himmel, was für ein Versäumnis“, ächzte Carl halblaut und zwinkerte Anna zu. „Ich nehme an, das werden wir umgehend nachholen, oder?“

Elfride machte ihren Rücken noch gerader als er ohnehin schon war. „So ist es.“

Daraufhin grinste ihr Mann. „Das schaffen wir auch allein, nicht wahr? Gönnen wir Robert und Anna eine Minute zu zweit, damit unser Sohn seine bezaubernde Begleitung über die gefährlichsten Fische in diesem Haifischbecken aufklären kann.“

„Wenn es unbedingt sein muss“, erwiderte Elfriede schnippisch. Offensichtlich wollte sie viel lieber mit Robert bei den Bekannten angeben.

„Es muss, Liebes!“ Carl lächelte geduldig zu ihr herab. „Erinnere dich an deinen ersten Ball …“

„Stimmt“, flüsterte sie und plötzlich wurde ihre Miene weich. Sie lächelte Anna warmherzig an und zum ersten Mal wirkte ihr Lächeln echt. „Wir sehen uns später beim Essen, nicht wahr, Kinder?“

„Na? Feuerprobe überstanden?“, flüsterte Robert, als seine Eltern abgezogen waren. Beruhigend strich er Anna über den Arm.

„Was deinen Vater betrifft, ja. Er ist nett.“ Sie lächelte. „Aber ich fürchte, deine Mutter mag mich nicht.“

„Das glaube ich nicht“, widersprach Robert. „Meine Mutter ist einfach bloß anders.“

„Anders?“ Anna krauste die Nase. Sie musste an die Begegnung mit ihrer ehemaligen Schulkameradin

Victoria und deren Freund Bill denken. Der Typ, der seine langen schwarzen Haare anstatt mit einem Zopfgummi mit einem Kabelbinder gebändigt und abstruses Zeug geredet hatte.

DER ist anders gewesen! Aber «Ally»? Die ist einfach nur anstrengend.

„Ja, anders", bekräftigte Robert. Er schaute sich unauffällig um und fuhr dann leise fort: „Meine Mutter hatte es in den ersten Jahren nicht gerade leicht in dieser Gesellschaft. Wie ich auf der Fahrt bereits andeutete, genossen ihre Eltern kein hohes Ansehen. Tatsächlich war es so schlecht, dass meine Großeltern väterlicherseits gegen die Heirat waren."

Er grinste schief. „Carl hat sich davon nicht beeindrucken lassen und Elfriede gegen den Willen seiner Eltern geheiratet. Danach begann für meine Mutter ein Spießrutenlauf, denn sie wurde von vielen geschnitten und gemobbt."

„Das hört sich ja furchtbar an", antwortete Anna gedämpft.

„So muss es auch gewesen sein. Du siehst, Familienchaos gibt es nicht nur bei den Storms." Er zwinkerte und wurde gleich darauf wieder ernst. „Meine Eltern haben nicht aufgegeben. Vaters Position war stark und Geld bedeutete schon damals Macht. Mutter hat gekämpft und hart an sich gearbeitet." Er seufzte. „Sie hat sogar eine Benimmschule besucht, um ihre Umgangsformen aufzupolieren. Styling und Modeberatung kamen hinzu, ebenso wie Konversation. Sie hat unsere Schicht der Gesellschaft regelrecht studiert, um nicht länger anzuecken. So wurde aus einer unscheinbaren jungen Frau «Ally»."

„Puh, das klingt sehr anstrengend", meinte Anna.

„Ja, aber die Strategie hatte Erfolg." Robert prostete ihr

mit seinem Champagner zu. „Meine Mutter bot keine Angriffsfläche mehr, und nach und nach wurden die Sticheleien weniger. Ich denke, das war, als die feinen Damen begriffen haben, dass sich mein Vater nicht scheiden lassen würde. Er war die beste Partie seiner Generation – neben den Ressentiments gegen Elfriedes Familie war zusätzlich garantiert einiges an Eifersucht mit im Spiel."

Anna schüttelte unwillig den Kopf. „Meinte Carl DAS mit den gefährlichen Fischen im Haifischbecken?"

„Auch." Robert nickte. „Vor einigen Menschen sollte man sich in Acht nehmen. Doch ich denke, solche Typen gibt es überall."

„Da hast du recht."

Er lächelte. „Lange Rede, kurzer Sinn: Ich glaube nicht, dass meine Mutter dich nicht mag. Ich vermute eher, dass sie sich an damals erinnert fühlt."

„Oha", brummte Anna. „Fällt es so sehr auf, dass ich nicht hierher gehöre?"

„Du bist zauberhaft, so, wie du bist." Robert schaute sie eindringlich an. „Lass dir von niemandem etwas anderes einreden. Das hast du nicht nötig."

Er meinte jedes Wort exakt so, wie er es sagte.

„Und bitte", fuhr Robert fort, „komm nicht auf die Idee, irgendetwas an dir zu verändern, denn ich ..." Er brach ab, seine Stimme klag rau.

«… liebe dich» hing unausgesprochen zwischen Geige und Cello.

Annas Knie wurden weich. Sie versank im zärtlichen Graugrün seiner Augen. Würde er den Satz zu Ende führen? Und was dann?

Was soll ich tun? Ihn küssen? Vor all diesen Menschen?

Ihr Magen verknotete sich.

Robert lächelte, quälende Sehnsucht schwamm im Graugrün. „... dann wärst du nicht mehr meine Anna. Eine Äna würde ich nicht wollen."

Erleichterung flutete ihren Bauch. Ein Klecks Bedauern dümpelte darin.

„Wie ...", krächzte Anna und musste sich räuspern. „Wie kam es eigentlich dazu, dass sich deine Mutter «Ally» genannt hat?"

„Das kann ich nicht genau sagen." Robert schien sie mit seinem Blick festhalten zu wollen. „Ich erinnere mich nur, dass es anfing, als ich in die Schule kam. Damals fing sie auch mit dem «Carl» an." Er sprach den Namen amerikanisch aus.

„Aber dich nennt sie ganz klassisch Robert?", hakte Anna nach. Die Art, wie er sie ansah, fühlte sich wie eine Umarmung an. Es war, als würde er ihr zärtlich den Rücken hinaufstreicheln. Ein herrlicher Schauer kribbelte ihre Wirbelsäule hoch und kroch den Nacken rauf unter ihre Frisur.

O Gott! Wie macht er das?!

Am liebsten würde sie jetzt genießerisch die Augen schließen.

„Ja, das tut sie." Robert grinste. „Elli hat es mit «Rrobbat» versucht, allerdings nur einen Tag lang."

Die Lachfältchen um seine Augen vertieften sich und die grünen Sprenkel tanzten.

„Und dann?", wisperte Anna.

„Dann habe ich anstatt «Mama» «Elfriede» zu ihr gesagt. Vor ihren Freundinnen! Damals begriff ich den ganzen Hintergrundzirkus zwar noch nicht, aber es zeigte Wirkung." Noch mehr sympathische Fältchen in seinem Gesicht. „Jedenfalls durfte ich danach «Robert» sein und sie «Ally»."

Er lächelte verschmitzt.

Hinter Anna rief plötzlich eine dunkle Männerstimme: „Wieck, du Lump! Tauchst hier mit einer reizenden jungen Dame auf und stellst sie mir nicht vor!"

„Nun geht es los mit der Arbeit", zischte Robert Anna zu. „Bereit?"

Sie nickte beklommen. Das angenehme Kribbeln in ihrem Rücken wich pieksiger Anspannung.

„Hansen!" Robert schaute den Mann abschätzig an.

Der grunzte: „So geht das nicht. Willst du sie etwa vor uns verstecken?"

„Vor Bagaluten wie dir, Christian?" Robert grinste lauernd. „Immer! Aber gut, da du ja eh keine Ruhe geben wirst … Anna, ich möchte dir Christian Hansen vorstellen, Aufsichtsrat beim größten Kaffee- und Teeimporteur Deutschlands. Christian, das ist Anna Storm. Storm Energie ist dir bestimmt ein Begriff, oder?"

Bis zum Essen führten Anna und Robert vier Gespräche. Die Unterhaltungen liefen alle ähnlich ab: Robert wurde auf seine Begleitung angesprochen, stellte Anna vor und schon waren sie beim Windpark und den Besonderheiten dieses Geschäftes. Nach einigen Fakten und ein wenig Plauderei ließ einer von ihnen eine Bemerkung zum geplanten Offshore Park fallen und zack! - wie auf Bestellung kam vom Gesprächspartner in drei von vier Fällen die Frage nach Investitionsmöglichkeiten. Offenbar sorgte die drohende CO2-Steuer trotz suboptimalem Netzausbau für ein gesteigertes Interesse an den regenerativen Energien.

Anna wurde von Gespräch zu Gespräch sicherer und jonglierte souverän mit Daten und amüsanten Anekdoten. Storm Energie war ihr Zuhause – sie kannte die Firma wie ihre Westentasche und endlich konnte sie dieses Wissen mal an den Mann bringen.

Mir war gar nicht klar, was ich alles über unser Unternehmen weiß! Paps hat immer behauptet, dass diese repräsentativen Aufgaben nichts für mich sind, aber das stimmt nicht. Es macht Spaß, den Menschen die Windenergie näherzubringen.

Und das tat sie. Die Zuhörer schienen ehrlich interessiert und konnten kaum genug von Annas Ausführungen bekommen.

Beim vierten Gespräch mit einem Ehepaar in den Fünfzigern stand Robert fast nur noch stumm daneben und lächelte wohlwollend. Lediglich zweimal gab er Anna ein unauffälliges Zeichen, damit sie ein Thema nicht weiter vertiefte. Die Frau war beeindruckt von der Höhe der Windenergieanlagen und den mutigen Technikern und ihr Mann von den erwirtschafteten Strommengen. Es lief!

Die abschließende Frage nach der Möglichkeit finanziell bei Storm einzusteigen beantwortete Anna bewusst zurückhaltend. Laut Robert stellte der Empfang nicht den passenden Rahmen für harte Euros dar und außerdem waren Olli und er sich einig, dass in der Exklusivität der Schlüssel zum Erfolg lag. Also ließ sich Anna ganz schön bitten, bevor sie zögerlich eine Spezialvisitenkarte herausrückte. Angelika hatte diese extra für die Rekrutierungsmaßnahmen drucken lassen. Auf schlichtem Recyclingkarton waren neben dem Storm Energie Logo Ollis Rebellenkontaktdaten aufgedruckt, so dass diese Geschäfte an Claus Jürgen vorbeiliefen.

Nachdem die Lessings stolz mit der Visitenkarte abgezogen waren, grinste Anna und flüsterte Robert zu: „Ich komme mir vor wie eine Prinzessin, die Hof hält."

Euphorie strömte durch ihre Adern. „Geht das den

ganzen Abend so weiter? Meine Herren, die belauern uns ja regelrecht!"

„Ich sag ja, der Ball ist eine gute Idee", feixte er und schaute kurz auf seine Uhr. „Gleich gibt es erstmal Essen, da bekommen wir eine Pause. Aber danach geht es in die zweite Runde. Du schlägst dich übrigens hervorragend. Zwei haben wir garantiert am Haken." Er deutete eine Verbeugung an.

„Dankeschön!", erwiderte Anna stolz.

„Wir müssen trotzdem aufpassen, dass wir nicht übermütig werden."

„Nein, lieber nicht", stimmte sie zu.

„Bedauerlicherweise gibt es hier nämlich ein paar Miesepeter, die uns ganz schön in die Suppe spucken könnten", seufzte Robert. „Bei denen muss jedes Wort sitzen."

„Vielleicht sollten wir ein Codewort vereinbaren?", überlegte Anna. „Dann weiß ich, dass ich dir das Reden überlassen sollte."

„Du meinst, wie bei James Bond?"

„So ungefähr." Anna lachte. „Wenn du «Zitronenlimonade» sagst, halte ich die Klappe."

„Dann lieber «Gin Tonic»", witzelte Robert. „Das bekomme ich leichter runter."

„Abgemacht!"

Schon ertönte das nächste «ROBERT» hinter Annas Rücken.

„Ach, Äna, die Götter sitzen doch immer im Olymp!", kommentierte Elfriede wenig später Annas Staunen über die traumhafte Aussicht auf die Elbe. Sie lachte wohldosiert. „Hier oben auf der Balustrade hat man den besten Überblick – sowohl über das Geschehen im Saal als auch über das Treiben da draußen. Wie schön, dass es dir gefällt."

„Was meine Mutter damit zum Ausdruck bringen möchte, ist", Robert schob Anna galant den Stuhl an den Platz, „dass sich nur wenige Familien diese Plätze leisten können oder wollen."

„Aha." Anna wusste nicht, was sie sonst dazu sagen sollte, doch Carl, der schräg gegenüber von ihr Platz genommen hatte, zwinkerte ihr verschmitzt zu.

„Was ein großes Glück für mich ist! Immerhin gibt es nur wenige Tische hier oben und diese wenigen sind bloß winzige Vierertische. Nicht auszudenken, wenn wir keinen abbekämen."

Es war offensichtlich, dass Carl seine Worte ironisch meinte.

„Ihr zwei seid unmöglich!", schimpfte Elfriede.

Robert ging nicht darauf ein, sondern setzte eine schuldbewusste Miene auf. „Ich kenne den Preis. Anna würde diesen Platz als «Proll-Tisch» bezeichnen." Er sah sie an. „Bleibst du trotzdem?"

„Klar."

Ihr Blick wurde vom Fenster magisch angezogen. Im frischen Maigrün des herabfallenden Süllbergs blitzten gepflegte Dächer und Wege hervor. Unten, am Fuße des Hügels, funkelte die Elbe in der Abendsonne wie ein diamantenbesetztes blassblaues Tuch. Es war geschmückt mit Schiffen verschiedenster Art, die sanft schaukelnd flussauf- und -abwärts über die Wellen glitten.

„Diese Stimmung … diese Farben", wisperte Anna andächtig. „Manche Dinge können Kameras nicht einfangen. Ich wünschte, ich hätte Papier und Stift dabei."

„Oh!", flötete Elfriede. „Robert erzählte, dass Sie sich fürs Zeichnen begeistern."

„Ich sprach vor allem von Annas großem Talent, Mutter“, korrigierte Robert.

„Ja, ja.“ Elfriede machte eine wegwerfende Bewegung. „Ich bin ein Fan von Picasso, van Gogh, Munch und Klimt!“

Anna nickte freundlich, rollte innerlich aber mit den Augen, denn die Werke dieser Künstler zählten zu den teuersten Gemälden der Welt. *Ob sie deren Bilder tatsächlich schätzt oder lediglich ihren Wert?*

„Wem eifern Sie nach, Äna?“

„Ich …“, sie stockte. Worum es ihr beim Zeichnen ging, würde eine «Ally» vermutlich nie verstehen. Egal. Anna gab sich einen Ruck: „Ich liebe die Bilder von Monet – sie sind herrlich sanft. Und für Franz Marks farbenfrohe Dynamik begeistere ich mich ebenfalls …“

„Aber?“, hakte Elfriede nach und hob skeptisch eine Braue.

Wie soll ich jemandem wie ihr meine Sicht vermitteln?

Hilflos sah sie zu Robert herüber. Der lächelte aufmunternd und erklärte: „Anna hat ihren eigenen Kopf, was die Kunst betrifft.“

Ein Kellner kam an den Tisch und für einen Moment ruhte das Gespräch. Der junge Mann brachte vier lachsfarbene Aperitifs mit je einer Himbeere und einem Minizweig Rosmarin. Außerdem servierte er jedem ein Zwei-Euro-Münze kleines Stückchen Pumpernickel mit einer Lachs-Frischkäserolle darauf.

Als er fortging, schmunzelte Elfride. „Also, Äna, das klingt ja fast rebellisch.“ Sie erhob ihr Glas. „Auf die Kunst!“

„Auf die Kunst!“, erwiderten Carl, Anna und Robert.

Alle tranken gemeinsam.

Ui! Das Zeug ist lecker!

Kein Zweifel, in dem Drink war reichlich Alkohol.

Schmeckt nach Sekt und Gin. Oha. Ich muss aufpassen, dass ich nicht zu viel trinke – ich brauche einen klaren Verstand!

Elfriede ließ noch immer nicht locker. Sie schaute Anna direkt ins Gesicht. „Ich bin neugierig: Was bedeutet es, wenn man «seinen eigenen Kopf hat, was die Kunst betrifft»?"

Sie wird es eh nicht begreifen! Anna konnte sich gerade zusammenreißen, nicht genervt ihr Gesicht zu verziehen. Sie holte tief Luft und meinte: „Ich gehe mit offenen Augen durch die Welt. Und die Welt … also … die «spricht» mit mir. Ich weiß nicht, wie ich es besser ausdrücken soll."

Sie zuckte mit den Schultern und suchte an der verzierten Stuckdecke nach Worten. „Ich … sehe etwas und plötzlich packt es mich. Ich kann mich dem nicht entziehen – vor meinem geistigen Auge tanzen Formen und Farben und schon brauche ich dringend Papier und Stift, um die Idee wenigstens in einer Skizze festhalten zu können. Dagegen ist das Kopieren großer Werke sterbenslangweilig für mich."

Als Annas Blick auf Elfriede zurückfiel, funkelte in deren Augen Verstehen.

Wow! Das habe ich nicht erwartet.

Ein zurückhaltendes Lächeln ließ die Frau wahrhaftig wirken.

„Das kenne ich", murmelte Elfriede. „Wenn dichter Nebel über der Nordsee liegt, ruft mich das Meer. Dann muss ich an den Deich und dort spazieren gehen."

„Stimmt", brummte Carl betont leidend. „Das kann ich bestätigen."

„Ach, ich weiß ja selbst, wie verrückt das ist!" Elfriede kicherte und wirkte mit einem Mal wie ein junges Mädchen. „Das wattige Weiß hat es mir angetan. Es ist nass und kalt und trotzdem lässt es meine Fantasie überschäumen.“ Sie beugte sich vertraut über den Tisch und wisperte: „Als Kind habe ich mir vorgestellt, hinter dem Nebel lägen fremde Welten voller Fabelwesen!“ Sie seufzte. „Tja, als ich Carl heiratete, hörte der Zauber auf. Aber Nebel mag ich noch immer. Er macht etwas mit mir.“

Anna krauste die Nase. *Ist das echt oder eine exzentrische Show?* Sie war sich nicht sicher, doch ihr Bauch stimmte für echt.

Zum zweiten Mal an diesem Abend schoben sich Victoria und Bill in ihre Gedanken.

Vielleicht ist Elfriede gar nicht so oberflächlich? Was, wenn sie einfach nur anders ist, so wie dieser merkwürdige Kabelbinder-Typ?

Die Worte ihrer Schulkameradin hallten durch Annas Kopf: «Wenn jemand nicht der Norm entspricht, dann eckt er an. Wir Menschen sollten uns um mehr Offenheit bemühen, sonst verpassen wir das Beste.»

Recht hat Vici! Ich muss aufhören, so arrogant zu sein, und lieber versuchen, hinter Allys Maske zu schauen. Vielleicht ist Roberts Mutter ja nett …

Anna gab sich einen Ruck und sah Elfriede zum ersten Mal wirklich in die Augen. „Ich mag es auch, wenn sich der Frühnebel über den Gräben der Felder erhebt. Man könnte fast glauben, dass Feen darin tanzen, oder?“

„Ganz genau!“ Elfriedes Miene entspannte sich. „Endlich mal jemand, der mich versteht!“

Sie griff nach ihrer silbernen Handtasche und holte daraus ein abgegriffenes rotes Notizbuch mit passendem Bleistift hervor. Lächelnd schlug sie das Büchlein auf und schob es, vorbei an Blumendeko und Windlicht, zu Anna herüber. „Nicht, dass der Blick vom Süllberg verlorengeht.“

„Danke."

Das rote Buch wollte so gar nicht zur durchgestylten Ally passen. Ob es eine besondere Bedeutung für sie hatte?

Unsicher guckte Anna zu Robert.

Überhaupt! Gehört es sich, während der Vorspeise zu zeichnen?

Der nickte nur grinsend. „Na los – ich sehe es dir an der Nasenspitze an, dass es dir in den Fingern juckt!"

„Echt?"

„Ja, ist nicht zu übersehen."

„Na denn …"

Als der Bleistift in ihrer Hand lag, rieselte prompt der herrlich vertraute Diamantstaub durch Annas Adern. Sie nahm den Blick aus dem Fenster in sich auf, schloss für einen Moment die Augen und ließ dann den Stift über das an den Ecken bereits vergilbte Papier flitzen.

Auf einmal fühlte sie sich trotz all der reichen Menschen und trotz des pompösen Luxus zu Hause.

Nach wenigen Minuten zückte sie ihr Handy, fotografierte die Skizze ab und schob das Büchlein zurück zur Eigentümerin. „Dankeschön, Ally!"

Sie meinte es ehrlich.

„Sehr gern." Neugierig beäugte Elfriede die Zeichnung. „Oh, die ist zauberhaft! Robert hatte recht mit Ihrem Talent. Aber das Original müssen Sie behalten, Äna!" Sie trennte die Skizze sorgfältig aus dem alten Büchlein und reichte sie Anna.

„Danke! … Ähm … dürfte ich das Notizbuch vielleicht noch für eine zweite Skizze haben?"

„Selbstverständlich."

Erneut schob Elfriede das rote Büchlein über den Tisch.

Anna lächelte und ließ abermals den Bleistift tanzen.

Wenig später zierte eine Marschlandschaft die freie Seite: Vereinzelte Bäume und Büsche und ein schnurgerader Graben, der nach wenigen Metern im aufsteigenden Nebel verschwand. Das wattige Weiß erhob sich wabernd hüfthoch über das üppige Gras einer angrenzenden Wiese. Es schien regelrecht lebendig zu sein.

Anna signierte die Zeichnung. „Das ist für Sie, Ally."

Die starrte mit großen Augen auf ihr Notizbuch. „Umwerfend, Anna! Ich bin sprachlos."

Sie zeigte das Bild ihrem Mann. „Carl, ich denke, wir müssen zu Hause demnächst mal umdekorieren. Ich brauche Platz für diese Skizze!"

Wem der Schuh passt …

Das Essen war unfassbar lecker. Es gab sechs Gänge plus Nachtisch und dazu unterschiedliche Weine. Anna war froh, dass die Portionen winzig waren, trotzdem konnte sie von Gang Nummer fünf und sechs nur noch probieren. Den Wein rührte sie kaum an, sondern trank, genau wie Robert, vor allem stilles Wasser.

Die Nebelskizze hatte das Eis zwischen den Frauen gebrochen. Beim Nachtisch erkundigte sich Elfriede: „Sagen Sie mal, Äna, ist es nicht furchtbar ermüdend, jeden Tag zur Arbeit zu gehen und sich dort durch Tabellen voller Zahlen zu wühlen? Es ist doch immer das Gleiche, oder nicht?“

Im Gesicht von Roberts Mutter stand echtes Interesse und keine Überheblichkeit. Die Frage war ernst gemeint.

Anna schüttelte lächelnd den Kopf. „Nein, für mich ist das nicht ermüdend. Im Gegenteil, ich mag meinen Job.“

„Deswegen sitzt sie jeden Morgen bereits um sieben Uhr an ihrem Schreibtisch“, erklärte Robert neben ihr.

„Sieben? O Gott!“ Elfriede schlug die Hand vor den Mund. „Dann müssen sie ja um sechs aufstehen! Himmel, ist das früh.“

„Och, das macht mir nichts aus.“ Anna grinste. „Häufig geistern mir die Dinge, die ich an dem Tag erledigen möchte, schon beim Frühstück durch den Kopf. Oder mir kommt unter der Dusche eine Idee, wie ich das eine oder andere Problem lösen könnte.“ Sie zuckte mit den Achseln.

„Aber Sie zeichnen doch so zauberhaft!“, rief Elfriede. „Wollen Sie ihre Tage nicht lieber in dem Atelier verbringen, das Robert für sie eingerichtet hat?“

„An manchen Tagen würde ich das wirklich gern, besonders, wenn ich mit einem neuen Bild begonnen habe.“

„Warum tun Sie es dann nicht?“

„Zum einen, weil ich meinen Lebensunterhalt verdienen muss“, meinte Anna. „Die Dividenden meiner Storm Energie Anteile werde ich komplett reinvestieren, damit der Offshore Park gebaut werden kann. Mehr habe ich nicht.“

Carl nickte anerkennend.

„Noch nicht!“, widersprach Elfriede und warf ihrem Sohn einen vielsagenden Blick zu. „Das könnte sich in Kürze ändern.“

„Mutter!“, stöhnte Robert, aber Anna legte ihm die Hand auf den Arm.

„Ich weiß nicht, ob ich meinen Job aufgeben würde, selbst wenn ich es mir finanziell erlauben könnte.“ Sie lächelte. „Meine Arbeit ist ein Teil von mir. Die Kollegen sind nett, ich fühle mich wohl dort. Außerdem stehe ich hinter dem, was wir machen. In Sachen Umweltschutz können wir mit den Windenergieanlagen echt etwas bewegen. Es macht mich stolz, dass meine Analysen dazu beitragen, dass alles rund läuft.“

„Ah.“ Elfride nickte verstehend.

„Und Robert“, Anna schenkte ihm ein dankbares Lächeln, „hat mich auf den Geschmack gebracht, was es heißt, zu gestalten. Zusammen mit meinem Ex-

Verlobten möchte ich an der Zukunft des Unternehmens mitwirken. Dabei geht es mir nicht um mich, sondern vor allem um Mitarbeiter, Kunden und natürlich um unsere Aktionäre. Vielleicht ist es utopisch, aber ich träume von einem Miteinander, bei dem alle Seiten gewinnen."

„Visionen sind für eine Unternehmerin unerlässlich", stimmte Carl zu.

„Was denn, Vater?", stichelte Robert. „Bringst du an dieser Stelle sonst nicht immer dein Lieblingszitat von Helmut Schmidt? «Wer Visionen hat, sollte zum Arzt gehen.»"

„Stimmt." Carl schmunzelte. „Das hängt allerdings damit zusammen, dass die Visionen meist aus den Mündern von raffgierigen, narzisstischen, alten Männern kommen und nicht von einer bezaubernden jungen Frau, der ich ihre Träume abnehme."

„Danke sehr." Annas Herz schlug schneller bei diesem Lob. „Der Kuchen ist groß genug. Ich glaube wirklich daran, dass es möglich ist, ihn gerecht zu verteilen. Dafür möchte ich mich einsetzen."

„Ihr Leben ergibt einen Sinn", flüsterte Elfride mit sehnsüchtiger Miene. „Wenn Ihre Utopie wahr wird, werden Sie den Menschen etwas von Bedeutung hinterlassen – nicht nur eine Kunstsammlung."

Anna schluckte. In den Augen von Roberts Mutter schimmerte leises Unglück, plötzlich wirkte sie eher wie sechzig.

„Jeder kann etwas hinterlassen", sagte Anna und blickte die ältere Frau aufmunternd an. „Ihr Sohn hat mir klargemacht, dass jeder selbst entscheidet, wer er sein möchte."

„Tja, mein Sohn war schon immer schlauer als ich", seufzte Elfriede und lachte. „So, genug der schwermütigen Gedanken. Wir sind auf einem Ball!“ Sie klatschte grazil in die Hände. „Gleich beginnt der Tanz, da sollten wir uns amüsieren!“

Robert war ein hervorragender Tänzer, der Anna zu den Klängen des Orchesters behände über das Parkett führte. Er schien wirklich Spaß daran zu haben, ganz im Gegensatz zu Olli. Der hatte nämlich bloß aus firmenpolitischen Gründen einem Hochzeits-Tanz-Kurs zugestimmt.

Anna fühlte sich sicher und pudelwohl in Roberts Armen. Es kam ihr fast vor, als würde sie schweben. Am liebsten hätte sie den ganzen Abend nur mit ihm getanzt, doch die Rebellion erforderte weitere Gespräche mit potenziellen Investoren, und so ergab sich Anna ihrem Schicksal und ließ sich auch von anderen Herren auffordern.

Sie war froh, dass sie die Gesprächstaktik während des Empfangs gemeinsam mit Robert erproben konnte und schlug sich nun ziemlich gut auf dem glatten Parkett der High Society.

Zweimal rettete Robert sie mit einem Gin Tonic vor einem Tänzer, wobei sich der Drink hinterher als Mineralwasser mit Gurkendeko herausstellte.

Anna war bei ihren Gesprächen stets auf der Hut, dennoch überraschte es sie, wie leicht es ihr fiel, mit den gut betuchten Menschen zu sprechen. Sie brachte Storm Energie nicht auf Krampf ins Spiel, sondern warf den Leuten nur einen Brocken hin. Sofern sie anbissen, erzählte sie von der Firma, und wenn nicht, redete sie über andere Dinge. Auf diese Weise bekam sie einen interessanten Einblick in das Leben der Schönen und Reichen.

In den Musikpausen geleiteten die Herren ihre

Tanzpartnerin zur Bar und spendierten ihr einen Drink, an dem Anna aber lediglich nippte. Meist gesellte sich Robert wenige Minuten später zu ihnen. Dafür war sie ihm sehr dankbar, denn einige der reichen Kerle waren ziemlich gruselig. Die Rekrutierungsmaßnahmen hatten definitiv auch ihre Schattenseiten.

Es war bereits weit nach Mitternacht, als wieder einmal die letzten Noten des Orchesters verklangen. Annas Tanzpartner, ein freundlicher Herr Anfang fünfzig, führte sie an die Bar. Nachdem er zwei Drinks geordert hatte, wandte er sich ihr zu, doch plötzlich klingelte sein Handy.

Oha! Wer ruft einen denn zu so später Stunde an?

„Bitte entschuldigen Sie, Frau Storm, da muss ich kurz nachschauen. Wissen Sie, ich werde in diesen Tagen Großvater …"

Ein hoffnungsvolles Strahlen erfüllte seine Augen, während er sein Smartphone aus der Innentasche seines Jacketts zog.

„Selbstverständlich." Anna strahlte zurück. „Was für ein bedeutendes Ereignis, Herr Pahl!"

„Oh! Es ist tatsächlich mein Schwiegersohn", freute er sich. „Darf ich so unhöflich sein und Sie hier allein zurücklassen?"

„Die Familie geht immer vor." Sie nickte energisch. „Ich drücke Ihnen die Daumen!"

„Danke sehr." Er lächelte. „Ich mache es bei Gelegenheit wieder gut, versprochen."

„Nun gehen Sie endlich ran, Herr Pahl!", schimpfte Anna lachend. „Ich komme klar."

Der Herr nickte und verschwand Richtung Terrasse. Grinsend schaute sie ihm hinterher.

Der war ja echt sympathisch! Hoffentlich hat bei der Gebur…

„Sie sind mit Robert hier, nicht wahr?“

Anna drehte sich um. Eine Frau hatte sich zu ihr gesellt und rührte gelangweilt mit dem Strohhalm in ihrem Getränk.

Hmm. Wir wurden einander noch nicht vorgestellt.

Die Dame war chic gekleidet, perfekt geschminkt und so um die Vierzig, soweit sich das bei den Lichtverhältnissen abschätzen ließ.

Hmm ... wenn ich da an Ally denke ... Egal!

Lächelnd streckte sie der Fremden die Hand entgegen. „Ja, das bin ich. Mein Name ist Anna Storm.“

„Ich weiß.“ Die Frau verzog den Mund und ignorierte die Hand. „Anna Storm, von Storm Energie. Und du willst einen Offshore Park bauen.“

„Ähh ... Ja.“ Verwirrt starrte sie die Fremde an. „Wir werden tatsächlich demnächst unser Geschäft erweitern.“

„Glückwunsch!“, zwitscherte die Dame in bester Ally-Manier. „Das dürfte inzwischen auch der größte Depp in diesem Saal mitbekommen haben.“

„Wie bitte?“ Anna krauste die Nase. „Was ...?“

„Das ist so erbärmlich!“ Die Frau nippte an ihrem Trinkhalm und schüttelte sich angewidert. „Wie kann man sich nur dermaßen ranschmeißen?“

Hä? Was will sie?

Ja, Anna hatte an diesem Abend gefühlt mit tausend Leuten geredet, aber rangeschmissen hatte sie sich an niemanden.

„Ich verstehe nicht, was Sie meinen“, erwiderte sie tapfer. Schließlich hatten die Menschen SIE angesprochen, oder Robert hatte sie miteinander bekannt gemacht.

Und wenn jemand keine Lust auf das Thema Storm Energie hatte, haben wir über andere Dinge gesprochen.

Wir haben uns nicht aufgedrängt!

Trotzdem fühlte sie sich mies.

„Du musst es ja wirklich nötig haben, kleine Anna von Storm Energie!", ätzte die Fremde und warf ihr einen herablassenden Blick zu. „Aber gut, was soll man auch von einem Provinzmädchen erwarten?" Sie lachte falsch. „Wie sagt man so schön? Man kriegt das Mädel aus dem Dorf, aber das Dorf nicht aus dem Mädel!"

Noch mehr unechtes Lachen.

„Wer sind Sie?", fragte Anna überfordert.

„Ich?" Die Frau wurde abrupt ernst. „Ich bin nicht deine Kragenweite. Bauerntrampel bleibt Bauerntrampel."

Mit so einem Angriff hatte Anna nicht gerechnet.

Ich habe ihr nichts getan!

Tränen der Hilflosigkeit stiegen in ihr auf. „Was wollen Sie von mir?"

„Ich möchte dich warnen, kleines Fräulein Storm." Sie lächelte, als wären sie beste Freundinnen, und legte Anna vertraut die Hand auf den Arm. „Das hier ist nicht dein Revier. Du fischst in verbotenen Gewässern. Kriech lieber ganz schnell zurück in das Dorf, aus dem du gekommen bist."

„Ach, Nicole, du Dummerchen!", flötete eine vertraute Frauenstimme schräg hinter Anna. „Lass mich dir kurz auf die Sprünge helfen: Glückstadt ist kein Dorf, sondern eine auf dem Reißbrett geplante Stadt, die 1617 vom Dänischen König Christian gründet wurde."

Ally!

Erleichtert schaute Anna sich um.

Elfriede trat an ihre Seite und lachte wohldosiert, doch ihre Augen blieben kühl. „Glückstadt hat königlichen Glanz. Das ist mehr, als du von Husum behaupten kannst. Das Stadtrecht hat unserem Ort nämlich lediglich ein kleiner Herzog verliehen, meine Liebe!“

Nach Liebe klang das nicht gerade, sondern vielmehr nach Zickenkrieg. Anna zog unwillkürlich den Kopf ein.

„Da hast du natürlich recht, Ally“, ruderte Nicole zurück. Sie musterte abfällig Annas Halskette und seufzte überbetont. „Ach, ich weiß auch nicht. Wahrscheinlich vermisse ich einfach bloß Silke. Jemand mit Klasse ist heutzutage so schwer zu finden, nicht wahr?“

„Redest du von Silkes Klasse?“, erkundigte sich Elfriede liebenswürdig.

„Ja, unbedingt, Ally!“ Nicole lächelte ebenso gewinnend wie falsch und betrachtete Anna mit mitleidiger Miene. „Es ist so wichtig, dass die Klasse in unseren Kreisen gewahrt bleibt!“

„Oh ja, das ist es“, stimmte Roberts Mutter zu, woraufhin sich Nicole ein wenig entspannte.

„Ich bin allerdings verwundert“, fuhr Elfriede fort, „wie du Klasse definierst, liebe Nicole.“ Sie schüttelte scheinbar verwirrt den Kopf. „Mit seinem Fitnesstrainer ins Bett zu steigen, während man mit meinem Sohn verheiratet ist, ist «Klasse» für dich?“

Sie klimperte harmlos mit den Augenlidern, doch ihr Blick erinnerte Anna an einen Raubvogel kurz bevor er auf seine Beute herabstieß.

„Nein, natürlich nicht!“ Nicole wurde blass. „Ich wollte damit nur …“

„Schade“, unterbrach Elfride scheißfreundlich. „Ich hatte eigentlich mehr Stil von dir erwartet, aber so kann man sich täuschen.“

„Ähm. Das war ein Missverständnis, Ally“, winselte Nicole.

Elfride ging nicht darauf ein, sondern tippte sich nachdenklich an die Stirn. „Wirklich bedauerlich! Doch, du hast natürlich recht, die Klasse in unseren Kreisen sollte gewahrt bleiben. Es nützt nichts, ich muss dich leider von der Gästeliste meiner nächsten Gartenparty streichen."

„Das ist nicht nötig", rief Nicole panisch.

Elfride ignorierte das Flehen und wandte sich demonstrativ Anna zu.

O Gott! Was nun?!

Spätestens jetzt wollte sie sich am liebsten in Luft auflösen.

„Liebe Äna, ich brauche dringend Ihre fachkundige Unterstützung bei der Planung." Elfriede hakte sich freundschaftlich bei Anna unter und zog sie von Nicole fort. Für alle Umstehenden laut hörbar, flötete sie: „Äna, Sie haben Geschmack! Welche Farben soll ich für mein Frühlingsmotto wählen? Eigentlich geht jede, doch es soll ja nicht nach Kindergeburtstag aussehen, nicht wahr?" Sie lachte wohldosiert.

Kaum waren sie ein paar Meter entfernt, ließ Elfriede die Scharade fallen und flüsterte: „Keine Sorge, Nicole wird es nicht wagen, sich Ihnen noch einmal in dieser Form zu nähern."

„Oh, da bin ich aber sehr froh!", wisperte Anna zurück. „Ich wusste kaum wie mir geschah."

„Das denke ich mir!" Elfriede lachte und nun strahlten auch ihre Augen. Sie tätschelte verschwörerisch Annas Hand. „Ich werde es zu verhindern wissen, dass die grässlichen Nebelkrähen mit Ihnen so umspringen wie mit mir damals. Ach, Kind, auf den Schrecken brauche ich erstmal einen Schnaps!"

In diesem Moment eilte Robert auf sie zu. „Es tut mir leid, Anna! Eine Bekannte hatte mich in ein Gespräch verstrickt."

„Wer?", hakte seine Mutter nach.

„Joani. Sie wollte wissen, ob …"

„Joani?!“ Elfriedes Gesichtsausruck wurde eisig. „Dann war das eben ein abgekartetes Spiel!“

„Das kann ich mir nicht vorstellen.“ Robert runzelte die Stirn. „Vielleicht hat Nicole einfach zu tief ins Glas geguckt. Ich habe mich vor ein paar Stunden noch sehr gut mit ihr unterhalten. Sie hat sogar ihre Bewunderung für Anna zum Ausdruck gebracht.“

„Natürlich hat sie das. Sie hat dich ausgehorcht!“, schnaubte Elfriede spöttisch. „Mein Sohn, du magst ein Näschen fürs Geschäft haben, für die Intrigen von Frauen hast du keines! Nicoles Aktion war vorhersehbar.“

„Für mich nicht“, widersprach Robert. „Ich kenne Nicole seit Jahren. Sie war immer nett.“

„Eben!“, knurrte seine Mutter. „Die falsche Schlange war Silkes «Busenfreundin». Das habe ich ihr NIE abgenommen. Sie war hinter dir her, bevor du Silke kennengelernt hast, und nun wittert sie ihre zweite Chance.“

Elfriede setzte eine zitronensaure Miene auf. „Wenn du mich fragst, war das all die Jahre nur Show! Nicole wollte lediglich an dir dranbleiben. Tja, heute hat sie zu hoch gepokert!“

„Das hat sie zweifelsohne.“ Robert seufzte tief, dann schenkte er seiner Mutter ein Lächeln. „Danke dir, Mutter, dass du Anna gerettet hast.“

„Gerne doch.“ Elfriede nickte hoheitsvoll. „Etwas anderes hätte Äna nicht verdient.“

Wenig später betrat Anna an Roberts Seite die baumumstandene Terrasse des mondänen Hotels. Es war halb vier und der Ball hatte sich bereits merklich geleert, aber noch immer wurde getanzt, geschnackt und getrunken. Auch auf der Terrasse plauderten Menschen in kleinen Gruppen miteinander und ließen die Nacht auf dem Süllberg ausklingen. Zahlreiche Fackeln und Windlichter tauchten elegante Stehtische in einen heimelig warmen Schein; in der ruhigsten Ecke luden Loungemöbel zum Verweilen ein. Die Mainacht war sternenklar und die Aussicht auf die nun schwarze Elbe atemberaubend.

„Wow“, flüsterte Anna. Sie stellte ihren Gin Tonic auf einem Stehtisch ab und deutete auf das Ufer unter der Terrasse. „Sieht aus, als wäre ein großer Schwarm Glühwürmchen unterwegs, oder? Überall funkelt und leuchtet es – selbst auf dem Wasser. Das ist zauberhaft.“

„DU bist zauberhaft.“ Robert verzog schuldbewusst das Gesicht. „Bist knapp der Schlangengrube entkommen und genießt schon wieder die Aussicht. Wie machst du das?“

„Ich öffne die Augen“, scherzte Anna.

„Genau das liebe ich an dir.“ Er schaute sie an. „Egal, wo du bist, du siehst immer das Schöne!“

„Ich bin Künstlerin.“ Sie grinste. „Außerdem hat mich deine Mutter ja gerettet.“

„Du meinst «die Königin der Schlangen»“, brummte Robert zwinkernd und schüttelte gleich darauf seinen Kopf. „Das mit Nicole hätte nicht passieren dürfen. Es tut mir leid, dass ich dich so lange allein gelassen habe.“

„Halb so wild.“ Anna prostete ihm mit dem Gin Tonic zu. Nach dem Vorfall hatten sie beschlossen, dass es mit den Rekrutierungsmaßnahmen für heute reichte, und so war der Drink diesmal nicht gefakt, sondern enthielt Alkohol. „Ich bin nicht aus Glas.“

„Zum Glück.“ Robert erhob sein Mineralwasser und beide nippten an ihrem Getränk.

Hui, der ist stark! Anna musste fast husten. *Heieiei … aber lecker.*

Schmunzelnd fasste Robert nach ihrer freien Hand. „Trotzdem wollte ich, dass unser erster Ball schön wird. Ich wollte einen unvergesslichen Abend für dich.“

„Oh, das ist er!“ Anna lachte. „Das Essen, die Gespräche und besonders das Tanzen mit dir waren schön. Sehr schön sogar. Und die Nummer mit Nicole werde ich bestimmt nicht vergessen. Ziel erreicht, Herr Wieck.“

Sie trank einen weiteren großen Schluck. Der Gin Tonic prickelte herrlich frisch ihren Hals hinunter.

„Ach, du weißt, was ich meine“, seufzte Robert und streichelte mit seinem Daumen ihren Handrücken.

„Ja, das weiß ich.“ Anna genoss seine Berührung.

Der Alkohol verströmte eine angenehme Wärme in ihrem Bauch und ließ die Anspannung des Tages von ihr abfallen. Sie nahm noch einen Schluck.

Mhhh. An Gin Tonic könnte ich mich gewöhnen!

Sie lächelte. „Wenn ich es recht bedenke, ist alles super, so, wie es war. Der perfekte Abend!“

„Ach ja?“ Robert runzelte skeptisch die Stirn.

„Na klar“, bekräftigte Anna. „Ich habe quasi das Komplettpaket bekommen – einmal «feine Gesellschaft mit alles».

Victoria hatte behauptet, dass man mit seinem Partner auch dessen Umfeld mitheiratete. Dank Nicole hatte sie nun eine Ahnung, was in Bezug auf Robert auf sie zukommen konnte.

„«Mit alles?» Wie an der Dönerbude?“ Er lachte.

„Jo!“ Anna nickte energisch und nippte erneut an ihrem Glas.

„Na, da hat sich meine feine Gesellschaft ja nicht gerade mit Ruhm bekleckert, was?“

„Ach“, winkte sie ab. Ein gelöstes Kichern kullerte ihre Kehle hinauf. „Wie sagt Fiete so schön? «Die Arschlochdichte ist bei den feinen Pinkeln so hoch wie beim Fußvolk – bloß dass die Bonzen sich gewählter ausdrücken, wenn sie sich ans Bein pieschern.»“

„So was sagt Fiete?“ Robert verzog scheinbar tadelnd

sein Gesicht. „Das passt gar nicht zu ihm.“

„Stimmt.“ Pseudonachdenklich kratzte Anna sich an der Schläfe. „Ich glaube, in Wahrheit sagte er: «Die Arschlochdichte ist bei euch feinen Pinkeln MINDESTENS so hoch wie bei uns Fußvolk.» Doch … das waren seine Worte.“

„Jetzt passt es!“, feixte Robert. „Der alte Kauz legt immer wieder eine erfrischend ehrliche Lebensweisheit an den Tag.“

„Das tut er.“ Sie grinste. „Unterm Strich bedeutet sein Schnack, dass es auch eine Normalo-Tussi hätte sein können, die mich mobbt. Zindy von der Tanke oder so.“

Sie sprach den Namen bewusst assig aus.

„Oha!“

„Ja.“ Anna trank noch einen Schluck Gin Tonic und genoss die Leichtigkeit, die der Alkohol in ihre Gedanken spülte.

Hihi! Ich habe einen Glimm.

Sie lächelte glücklich. „Vielleicht wäre diese Zindy sogar handgreiflich geworden. Ich sollte also froh sein, dass es bloß die Busenfreundin deiner Ex war. Und wie gesagt, deine Mum hat mich gerettet.“

„Meine Mum hat einen Narren an dir gefressen. Genau wie Carl.“ Robert schüttelte amüsiert den Kopf. „Du hast meine Eltern verzaubert, so, wie du mich verzaubert hast.“

Bei den letzten Worten klang seine Stimme belegt. Er schaute ihr tief in die Augen, hob ihre Hand und hauchte einen Kuss darauf.

Obwohl Robert mit seinen Lippen ihre Haut nicht berührt hatte, breitete sich unter den Kusskoordinaten ein wohliges Prickeln aus und kribbelte Annas nackten Arm hinauf.

Hach, himmlisch!

Sie seufzte genießerisch und schloss die Augen. Eine Gänsehaut folgte dem Prickeln und ließ ihren Körper erschaudern.

„Ich bin ja ein feiner Gentleman", murmelte Robert rau. „Die Nacht ist frisch und ich zerre dich in diesem Kleid auf die Terrasse. Dir ist ja ganz kalt."

Er ließ ihre Hand los.

Och nö!

Enttäuscht öffnete Anna die Augen. Robert war weg.

Wo …?

Dann spürte sie, wie sie jemand von hinten umarmte.

„Besser so?", wisperte Robert und seine Lippen kitzelten ihr linkes Ohr.

Ihr Herz machte Freudensprünge und pumpte Wackelpudding in die Knie.

„Oh ja", flüsterte Anna. Sie kuschelte sich an seine breite Brust. „Du bist warm."

Er lachte leise und rieb sanft ihre kühlen Arme.

„Mein Vater war übrigens voll des Lobes von dir. Er sagt, dass du mächtig Eindruck auf seine Freunde gemacht hast."

Ich? Auf die Freunde vom großen Carl Wieck?

Das waren lauter wichtige Geschäftsleute. Es erschien ihr unwahrscheinlich.

Ha! Nicole hatte darauf eine andere Sicht!

Annas beschwipstes Hirn filterte nicht mehr zuverlässig nach Gesprächstauglichkeit und so plapperte ihr Mund: „Böse Schlangen behaupten, ich hätte mich den Männern an den Hals geworfen."

„Diesen Schuh solltest du dir nicht anziehen." Robert drehte sie in seinem Arm, so dass sie Bauch an Bauch standen.

Sie sah zu ihm auf. Sein Blick war eindringlich.

„Er passt dir nicht. Glaub mir, Kleines, meine Eltern

kann man nur schwer für sich einnehmen. Du hast es an einem einzigen Abend geschafft."

Kein Zweifel, sie hatte heute geredet und geredet wie noch nie in ihrem Leben. All die Worte schwirrten plötzlich, einem nervösen Bienenstock gleich, durch ihren Geist. „Bist du sicher?"

„Ja, bin ich." Sein Lächeln vertiefte die sympathischen Lachfalten um seine grauen Augen. „Mein Vater hat regelrecht von dir geschwärmt. Das hat er bislang bei keinem meiner Mädchen getan."

„Oh!" Anna grinste glücklich. Sie fühlte, dass Robert vorsichtig seine Hände hinter ihrem Rücken verschränkte.

„Ja, das dachte ich auch, als Carl mich vorhin zur Seite genommen hat und mir seinen Segen für un…"

SEGEN?!

Das Wort schrillte wie eine Alarmglocke in Annas Ohren. Unwillkürlich versteifte sie sich in seinen Armen.

Robert brach ab und lockerte seinen Griff. Er wirkte verunsichert.

Hat er wirklich «Segen» gesagt?!

Ihre Gedanken hatten Kaugummikonsistenz. Der Gin Tonic haute ganz schön rein.

„Segen?", krächzte sie. „Wofür?"

Die Fackeln spiegelten sich in Roberts Augen. Das Flackern der Flammen sah heiß aus.

Er lächelte harmlos. „Carl hat mir seinen Segen für unsere Investition bei euch gegeben."

Das war es NICHT, was er eben sagen wollte.

Darauf würde sie ihren beschwipsten Hintern verwetten.

„Soso!", brummte Anna und krauste die Nase. „Hatte er das nicht schon letzte Woche?"

Verdammt, der Alkohol macht meine Zunge langsam

schwer.

Die Leichtigkeit in ihrem Kopf wurde wattig.

„Stimmt." Robert ließ sie nicht aus den Augen. Das orangegelbe Feuer züngelte sinnlich im Grau. „Heute Abend hat er es noch mal ganz offiziell bestätigt."

„Oha. Offiziell also", echote Anna rau. Die Flammen in seinen Augen gefielen ihr. Sie gaben ihm etwas sinnlich Verwegenes.

„Genau. Offiziell", murmelte Robert. Seine Hände wurden wieder mutiger. Er schluckte, dann flüsterte er: „Du hast dich übrigens großartig geschlagen."

„Danke", wisperte sie zurück.

„Ist bloß die Wahrheit."

Seine Finger strichen warm über ihren Rücken und jagten kribbelige Schauer über ihre Haut.

Mehr!

Tapfer unterdrückte Anna ein Stöhnen. Stattdessen raunte sie: „Ich hatte einen hervorragenden Lehrer."

„Danke." Er zog sie näher zu sich heran.

„Ist bloß die Wahrheit", hauchte Anna.

Eine Brise strich über die Terrasse, die Fackeln flackerten auf, aber das sehnsüchtige Pochen in Annas Mitte ließ sie die Kälte der Mainacht nicht mehr spüren.

Oh, ich liebe dieses Feuer!

Sie wünschte sich, dass er sie küsste.

Als könne er Gedanken lesen, beugte Robert sich zu ihr herab.

„Charmeurin."

„Ja?"

Erwartungsvoll schloss Anna ihre Augen und reckte ihm ihre Lippen entgegen.

Eigentlich sollte der Himmel in diesem Moment voller Geigen hängen, doch stattdessen rief eine aufdringliche Frauenstimme: „Herr Wie-hieck?!"

Nein!, protestierte Annas Sehnsucht, aber Robert flüsterte: „Einfach ignorieren."

Das penetrante Frauenzimmer gab allerdings nicht auf. „Herr Wie-hieck! Wo sind Sie?"

Anna öffnete die Lider. In Roberts Augen flackerte kontrollierte Begierde.

„Merk dir, wo wir waren, ja?", brummte er resigniert und richtete sich auf.

Als er sie losließ, schwankte Anna. Sofort war sein Arm wieder an ihrer Taille.

Prüfend schaute er ihr ins Gesicht und dann zum Gin Tonic Glas, welches fast leer auf dem Stehtisch stand. Seine Augen weiteten sich vor Erkenntnis.

„Du verträgst nicht viel, oder?", raunte er.

Anna schüttelte den Kopf. „Nee. Nicht wirklich."

„Herr Wie-hieck!", nervte die Frau. „Ah, endlich! JETZT habe ich Sie gefunden."

Notgedrungen wandte sich Robert der Dame zu. „Frau Nissen! Was kann ich für Sie tun?"

Es klang nicht danach, dass er auch nur den kleinen Finger für die Tante rühren wollte.

„Oh, wie lieb, dass Sie fragen", zwitscherte Frau Nissen. „Uns fehlt noch Ihre Spende." Sie lächelte entschuldigend.

„Selbstverständlich." Robert zog ein dünnes Buch und einen Stift aus seinem Jackett. „Für wen sammeln Sie heute?"

„Für die Kinderkrebshilfe", säuselte die Frau. „Die armen Kleinen haben es ja wirklich schwer genug."

Prompt geisterte Emilia durch Annas Kopf.

„Da haben Sie recht", seufzte Robert. Er öffnete seinen Füllerfederhalter und legte das Scheckbuch auf dem Tisch zurecht.

Frau Nissen lächelte Anna an. „Möchten Sie ebenfalls

etwas spenden, Frau Storm?“

„Ähh. Ja.“

Anna wurde heiß und kalt. Himmel, sie hatte kein Scheckbuch mit.

Wie auch?! Ich habe ja nicht mal eins! Was mache ich denn jetzt?

Roberts Hand legte sich beruhigend auf ihren freien Rücken. „Wäre es für dich in Ordnung, wenn ich für uns beide spende?“

Seine Miene legte Frau Nissen nahe, dass Anna durchaus mit „Nein“ antworten könnte.

„EIN Scheck ist einfacher für das Orga-Team als zwei“, versuchte Robert zu überzeugen.

Anna nickte. „Okay, danke.“

Was sollte sie sonst auch tun?

Prompt wuchs der Petra in ihren Gedanken noch ein weiterer, wackelnder Aufzählungsfinger.

„Dann wollen wir mal nicht knauserig sein“, sagte Robert und füllte das Papier schwungvoll mit seiner sauberen Handschrift aus.

Als Anna die Nullen hinter der drei zählte, wurde ihr schwindelig. Die Krönung war allerdings, WOMIT er unterzeichnete:

Robert Wieck (mit Anastasia Storm)

Annas Knie wurden weich und der Schwindel nahm zu, so dass sie sich am Tisch abstützen musste.

Robert riss den Scheck aus dem Büchlein heraus und reichte ihn Frau Nissen. „Bitte sehr.“

Die bekam große Augen. „Oh, vielen Dank, Herr Wieck! Sie sind zu großzügig.“

„Bedanken sie sich bei Frau Storm.“ Gelassen legte er

seinen Arm um Annas Taille. „Sie ist es gewesen, die mich für dieses Thema sensibilisiert hat. Sie hat bei Storm Energie sogar eine große DKMS Registrierungs-aktion gestartet."

„Ist das so? Wie interessant." Frau Nissen lächelte gelangweilt. „Vielen Dank für Ihr Engagement, Frau Storm."

Kurzes Schweigen.

Frau Nissen sah sich um. „Bitte entschuldigen Sie, mein lieber Herr Wieck, ich muss noch weiter."

Robert nickte ihr verständnisvoll zu. „Selbstverständlich, Frau Nissen. Viel Erfolg."

„Ach, dank Ihnen war ich schon sehr erfolgreich."

Daran habe ich keinen Zweifel, wenn ich an «unsere» Summe denke!

„Einen schönen Abend noch für Sie!" Winkend und Hüften schwingend zog die Geldeintreiberin des Orga-Teams ab.

„Danke", flüsterte Anna. „Ohne dich hätte ich eben ganz schön alt ausgesehen."

„Ach was", winkte er ab. „Das war gar nichts."

„Für mich bedeutet es viel."

Robert lächelte. Unschlüssig schaute er sie an. Sein Blick wanderte zum fast leeren Gin Tonic Glas und dann zu seiner Armbanduhr. „Es ist gleich vier. Was meinst du, wollen wir unsere Zelte hier abbrechen?"

Anna nickte langsam.

Gemeinsam suchten sie ihre Sachen zusammen, verabschiedeten sich von seinen Eltern und traten durch die Lobby in die Nacht hinaus.

Anna holte tief Luft und schaute nach oben. Die Sterne funkelten wie Diamanten am Himmelszelt.

Zauberhaft.

„Die Sterne leuchten wunderbar, oder?", flüsterte

Robert und hielt ihr galant seinen Arm hin, damit sie sich bei ihm einhaken konnte.

Anna tat das zu gern. „Ja, ich liebe dieses Glitzern. Was für eine herrliche Nacht!"

„Das ist sie."

Sehnsucht schwang in Roberts Stimme mit, als sie Seite an Seite die breite Treppe hinabschritten.

Anna legte immer wieder den Kopf in den Nacken und schaute in den Himmel. „Daran kann ich mich nie sattsehen, und du?"

„Ich auch nicht."

Annas nächster Schritt ging ins Leere. „Huch!"

Sie hatte das Ende eines der vielen Treppenabsätze übersehen und strauchelte. Roberts Arm verhinderte, dass sie stürzte, aber der linke Schuh glitt von ihrem Fuß.

Boa, ich Dösbaddel lerne einfach nicht dazu!

„Hoppla! Nicht so stürmisch."

Er lachte und blieb zwei Stufen tiefer stehen. „Alles gut bei dir?"

„Ja." Verlegen drehte sie sich um. „Ich habe da nur was verloren."

Annas petrolblauer Ballerina stand einsam auf dem letzten Absatz.

„Nicht doch, Cinderella!" Robert legte ihre Hand aufs Geländer. Dann holte er ihren Schuh und kniete sich vor ihr hin. „Darf ich …?"

Sie nickte zerknirscht, raffte den Rock ihres Kleides und präsentierte ihren nackten Fuß.

Bevor sie das Gleichgewicht verlieren konnte, schob er den Schuh an seinen Platz.

„Passt wie angegossen." Er strahlte sie an, das Sternenlicht funkelte in seinen Augen. „Ich glaube, ich habe meine Prinzessin gefunden."

Das Zünglein an der Waage

Anna saß mit geschlossenen Augen neben Robert. Im Radio lief leise Musik, untermalt vom undefinierbar technischen Summen des Wasserstoffantriebs. Ansonsten war es still.

Eigentlich müsste ich todmüde sein.

Das war sie auch, aber schlafen konnte sie trotzdem nicht, denn ihre Gedanken fuhren mal wieder Karussell: Robert hatte keinen zweiten Annäherungsversuch gestartet, nachdem ihm klar geworden war, dass sie einen Glimm hatte.

Mag er es nicht, wenn Frauen angetüdelt sind?

Sie war nicht besoffen, sondern lediglich beschwipst.

Und der Abend an sich hat mich viel mehr berauscht als der eine Gin Tonic am Schluss. Der hat mich bloß entspannt.

So sehr, dass sie nicht einen Gedanken an Erik verschwendet hatte.

Ich hätte Robert geküsst!

Was bedeutete das?

Habe ich mich entschieden?

Erik hatte sie auch schon mal fast geküsst. Mehrfach sogar. Sie dachte an ihren Beinahekuss im Treppenaus zurück. Und an den in ihrem Wohnzimmer.

Prompt wirbelten Schmetterlinge durch ihren Bauch. Die Flatterviecher ließen keinen Zweifel daran, dass sie es genossen hätte.

Ganz toll. Und jetzt?

Sie wusste es nicht, doch mit jedem Kilometer, den sie Glückstadt näher kam, ebbte die Wirkung des Alkohols in Annas Kopf weiter ab.

Angelika hatte betont, dass sie sich mit einer neuen Beziehung Zeit lassen sollte, weil ihre Entlobung erst zwei Monate her war.

Mein Verstand gibt ihr recht. Eine Hochzeit sagt man nicht mal eben ab.

Annas Bauch sah das anders und scheuchte protestierend frische Schmetterlinge auf.

In Olli war ich nie so verliebt, wie ich es nun in Erik und Robert bin.

Nein, es gab keine Beziehung, deren Ende sie verdauen musste. Die Entlobung war eine Befreiung gewesen. Sie war bereit für etwas Neues.

Hätte Robert mich auf der Terrasse geküsst, wäre ich mit ihm in der Kiste gelandet.

Prompt gesellte sich ein pochendes Sehnen zu den Schmetterlingen und machte Anna deutlich, dass sie heute Nacht viel lieber einen Kerl statt ihres Katers im Bett haben wollte.

Oh Mann, ich vermisse den Sex!

Das Sehnen wurde schlimmer und ihre Wangen heiß. Ein Glück, dass es im Wagen dunkel war.

Wenn ich mich entscheide, kann ich alles haben.

Die Frage war nur von wem.

Oh verdammt!, stöhnte sie stumm. *Es muss endlich Schluss sein mit dem Zaudern.*

Die Petra in Annas Geist nickte und wackelte energisch mit ihren zwölf Aufzählungsfingern. Nummer neun war besonders groß und zappelig. Er stand für die Millionen, die Robert in Storm Energie stecken würde, um Claus Jürgen stürzen zu können.

Das tut er für mich. Weil er mich liebt.

Hatte sie eigentlich noch eine Wahl? Robert legte ihr seine Welt zu Füßen. Er gab ALLES für sie.

Ich kann ihn unmöglich diese Summen bei Storm Energie investieren lassen und mich dann für Erik entscheiden.

Sie fröstelte. Nein, das ging gar nicht!

Beklommen atmete sie ein.

Ist das meine Antwort?

Sie hielt die Luft an.

Robert. Und nicht Erik?

Der Lebensbaum über ihrem Herzen wurde schwer. Finger Nummer neun war schuld. Die Millionen hinterließen einen üblen Nachgeschmack.

Bin ich wie Paps?

Innerlich schüttelte sie den Kopf. Nein, das war sie nicht.

Ich wollte Robert schon vor der Rebellion.

Sie dachte an die vielen Momente, die sie in den vergangenen Monaten mit ihm verbracht hatte.

Ich bin einfach gern mit Robert zusammen. Petra hat recht: Er ist ein Traummann!

Die Investition war maximal das Zünglein an der Waage.

Ein winziges Zünglein.

Die Waage kippte zu Roberts Gunsten.

Ich sollte ihn wählen.

Annas Puls beschleunigte sich.

Okay.

Das war es. Haken dran, fertig.

Wow! Ich habe mich entschieden. Endlich.

Stille.

Keine Geigen, dafür aber jede Menge Ameisen, denn nun musste sie etwas tun, damit Robert wusste, woran er war.

Mit klopfendem Herzen öffnete Anna die Augen und gähnte demonstrativ.

Gerade passierten sie das Ortsschild von Glückstadt bei der Ziegelei. Draußen dämmerte bereits der neue Morgen.

Robert lachte leise. „Na, ausgeschlafen, Kleines?“

„Ja.“ Sie schaute zu ihm herüber. Das fahle Licht gab seinem Profil Kontur. Er war ein gutaussehender Mann.

Wie sag ich es ihm?

Die Ameisen wurden unruhig und krabbelten überall durch ihren Körper.

Nervös räusperte Anna sich. „Ähm …“

Mist!

Ihr fehlten die Worte. Wie peinlich!

Robert warf ihr einen kurzen Blick zu. Er schien verwundert. „Ja?“

„Also … “, druckste sie herum.

Ihn vorhin zu küssen wäre einfacher gewesen als das hier.

Noch ein Seitenblick von ihm. Diesmal mit Stirnrunzeln.

Boa, mach schon!, drängelte Anna sich selbst und holte tief Luft. „Hast du noch Lust auf einen Kaffee?“

Innerlich verdrehte sie die Augen.

Ich Lusche. Origineller ging es wohl nicht!

Robert lächelte. „Ja, sehr.“

Konzentriert setzte er den Blinker und bog beim Krankenhaus rechts ab.

Ahh! Er hat «ja» gesagt!

Seine Antwort beschleunigte Annas Puls noch weiter.

Ihre Wangen wurden heiß. „Bei mir oder bei dir?"

„Bei …"

Robert dachte nach und warf ihr erneut einen kurzen Blick zu. „Das ist mir egal …" Er stockte, gab sich einen Ruck und fügte mit zerknirschter Stimme hinzu: „… solange es nicht heute ist."

Wie? Ich muss mich verhört haben!

Anna hatte das Gefühl unter einer kalten Dusche zu stehen. Was hatte sie falsch gemacht?

Ihre Gedanken rasten. Lag es am Gin Tonic?

„Ich bin wieder nüchtern", erklärte sie heiser und starrte durch die Windschutzscheibe.

„Vermutlich." Robert schien Mühe zu haben, sich auf die Straße zu konzentrieren, denn er überquerte den Bahnübergang beim Janssenweg ungewöhnlich schnell.

Was ist nur los?

Anna spürte, wie sich ihr Magen verknotete und dabei die zeternden Ameisen zermalmte. Ihr wurde übel. „Stimmt etwas nicht?"

„Alles gut", erwiderte er und bremste ab. „Ich … ach, lass uns reden, wenn wir da sind."

DAS hörte sich nicht danach an, dass alles gut war!

Nee! Anna schluckte betroffen. *Hier ist etwas überhaupt nicht gut.*

Sie schaute zu ihm rüber. Er wirkte angespannt, als würde er einen Kampf mit sich ausfechten.

Will er mich doch nicht?

Das graue Morgenlicht wurde mit jeder Minute heller. Roberts Miene ließ keinen Zweifel daran, dass er erst sprechen würde, wenn er den Wagen abgestellt hatte.

O Gott! Das muss was Schlimmes sein.

Beharrliches Schweigen klirrte zwischen ihnen.

Noch nie war Anna die Strecke bis zu ihrer Wohnung so endlos vorgekommen. 900 Gedanken passten in die

900 Meter und jeder übertraf seinen Vorgänger an Bedrohlichkeit.

Als Robert endlich das Auto in der Königstraße parkte, fühlte Anna sich elend. Ihr Hals war so zugeschnürt, dass sie kein Wort herausbekam.

Ihm schien es nicht viel besser zu gehen, denn sein Lächeln war gequält. „Es liegt nicht an dir. Ich würde nichts lieber tun, als jetzt mit dir … einen Kaffee zu trinken."

„Warum tust du es nicht?", krächzte Anna.

„Weil es nicht beim Kaffee bleiben würde." Robert seufzte und griff nach ihrer Hand.

Verwundert schaute sie auf die ineinander verschlungenen Finger. Seine Berührung war warm und zärtlich und vertrieb die finsteren Befürchtungen aus Annas Gedanken.

Etwas mutiger fragte sie: „Was wäre falsch dran, wenn wir …?"

„Nichts." In seinen Augen flackerte Leidenschaft auf. „Ich will dich, Anna. Und das nicht erst seit dieser Nacht." Frustriert presste er seine Lippen aufeinander und sah aus dem Fenster. Er rang mit sich.

Sie verstand ihn nicht. Hilflos drückte sie seine Hand. „Was ist es dann?"

„Olli."

Er wandte sich ihr zu.

Verwirrt schüttelte Anna den Kopf. „Was ist mit ihm?"

Stille.

„Zwischen ihm und mir läuft nichts mehr", schob sie hinterher.

„Ich weiß."

„Da wird auch nie wieder was laufen."

Plötzlich dämmerte Anna etwas. Empört richtete sie sich auf. „Hat er das etwa heute Nachmittag behauptet?"

Was bildet mein Ex sich ein? Der hat ja wohl 'ne Vollmeise!

„Nein, hat er nicht", widersprach Robert. „Aber Olli hat recht."

„Womit?", fragte Anna verzweifelt. „Mann, rede endlich mit mir!"

„Mit seinem Vorwurf."

Robert holte tief Luft. „Herr Weber wirft mir vor, dass ich dich manipulieren würde."

„Aber das tust du nicht!" Anna krauste die Nase.

Schweigen.

„Oder?" Sie schaute ihm prüfend ins Gesicht.

„Nicht absichtlich", seufzte Robert. „Trotzdem hat dein Ex-Verlobter recht. Er sagt, ich sei nicht besser als dein Vater und würde mir deine Liebe kaufen."

„Nein!" Anna schüttelte energisch den Kopf.

„Doch. Er sagt, wenn du die Rebellion gegen Claus Jürgen durchziehen willst, kannst du das nur mit meinem Geld."

Das Zünglein an der Waage.

Anna wurde blass. *Scheiße!*

Robert nickte langsam. „Er liegt also richtig."

„Glaubst du wirklich, dass ich hinter deinem Geld her bin?", keuchte Anna und ließ seine Hand los.

„Nein!" Er schüttelte den Kopf. „Dazu bist du nicht der Typ und so habe ich das nicht gemeint. … Olli übrigens auch nicht. Sein Vorwurf ging gegen mich und nicht gegen dich. «Sie stopfen Anna mit Geld zu, bis sie sich Ihnen gegenüber verpflichtet fühlt. Dann entscheidet nicht mehr Annas Herz über die Liebe, sondern ihr Verstand.»"

Robert grinste freudlos. „Wegen dieser Anschuldigung bin ich heute Nachmittag laut geworden. Mir war nicht klar, welche emotionalen Konsequenzen meine Investition haben könnte, denn das ist nicht der Grund, warum ich sie tätigen werde."

Zärtlich griff er mit beiden Händen nach Annas rechter und sah ihr in die Augen. „Lass mich dir eines ganz deutlich sagen: Mein Engagement bei Storm Energie hat nichts damit zu tun, ob du mich wählst oder Erik. Ich bin davon überzeugt, dass mein Geld bei euch gut angelegt ist und ebenso davon, dass dein Vater seinen Posten räumen muss. Anderenfalls würde ich mich nicht an der Aktion beteiligen."

Robert lächelte traurig. „Erik ist dir wichtig. Dein Gesicht leuchtet, wenn du sein Geschenk berührst." Behutsam tippte er mit dem linken Zeigefinger auf den Lebensbaum an ihrer Brust und Schmerz legte sich über seine Miene. „Da ist etwas zwischen dir und ihm."

„Ich kenne ihn seit seiner Geburt", erklärte Anna aufgewühlt.

Robert nickte. „Vielleicht ist es nur das, vielleicht ist es mehr." Er schloss für einen Moment die Augen und sprach danach weiter: „Auf alle Fälle gebe ich Olli recht: Geld sollte deine Entscheidung nicht beeinflussen, nicht mal am Rande. Sowas rächt sich irgendwann – damit kenne ich mich aus. Wenn du jetzt aussteigen und zu Erik gehen möchtest, wird das nichts an meinem Engagement in eurer Firma ändern, das verspreche ich dir."

Sein Händedruck wurde fester.

Er meint es wirklich so!

Eine Last rutschte von Annas Herz.

„Danke."

Robert war noch viel gradliniger und großzügiger als die Wackel-Finger-Petra ahnte.

„Gern." Er lächelte. „Etwas anderes hast du nicht verdient … und ich auch nicht."

„Nein, du erst recht nicht“, wisperte Anna und erwiderte sein Lächeln. Langsam beruhigte sie sich wieder.

„Und … wo wir gerade beim Ausräumen von Missverständnissen sind“, hob Robert an. „Olli hat noch etwas gesagt.“

Seine Mundwinkel hoben sich und das sorgte für Frühling im Auto: Die angespannte Stimmung zwischen ihnen taute auf.

„Oha! Was kommt jetzt?“

„Herr Weber meint, du würdest jede einzelne Dachschräge in deiner kleinen, engen Wohnung lieben.“

„Das stimmt.“ Endlich kehrte die Leichtigkeit zwischen ihnen zurück. Anna schaute pseudoschuldbewusst drein. „Schlimm?“

„Nein, natürlich nicht. Sie ist gemütlich. Aber …“, Robert ächzte, „ich mag meine Proll-Bude auch, genau wie die Villa an der Nordsee. Und meinen Porsche. Und mein Boot. Und die Tatsache, dass ich mir einen Koch leisten kann. Und, und, und.“ Ein scheuer Schalk kletterte in seinen Nacken. „Ich KANN ohne Luxus leben, doch mir gefällt es MIT deutlich besser.“

Zart streichelte er über ihre Finger. „Dir mal eben ein Atelier einrichten zu können, macht mich glücklich. Und ich genieße es, dich zum Shoppen zu schicken. Besonders, wenn dabei so etwas Atemberaubendes herauskommt.“

Er verzog den Mund. „Lange Rede, kurzer Sinn: Ich mag meinen Lebensstil.“

Anna schmunzelte. „Ja, das ist nicht zu übersehen.“

„Nicht wahr?“ Amüsiert drückte er ihre Hand. „Dir zuliebe würde ich den Proll-Faktor senken, aber ganz aufgeben – puh! Ich fürchte, das würde mir sehr schwer fallen.“

„Das glaube ich sofort." Sie strich ihm mit der rechten Hand über die heute glattrasierte Wange. „Ein bisschen Proll-Kram ist zumutbar, selbst für mich."

Beide lachten.

Als die Heiterkeit verklang, füllte erleichtertes Schweigen den Wagen.

„Ach, Anna", seufzte Robert. „Ich liebe es, mit dir zu lachen. In deiner Gegenwart ist die Welt so echt und bunt. Deine Freundschaft ist etwas, worauf ich nicht mehr verzichten möchte."

„Das geht mir bei dir genauso!", antwortete Anna ernst. „„… und bei Erik."

„Das habe ich vermutet." Wieder schwamm Schmerz in seiner Miene.

Sie legte den Kopf schief: „Willst du trotzdem noch einen Kaffee haben? Ich kann uns einen machen."

„Vielleicht später." Robert lächelte gequält. „Mit dir zu Tanzen – dir so nahe zu sein, hat mich berauscht. Du siehst einfach bezaubernd aus."

„Charmeur."

„Leider nicht."

Plötzlich lauerte Begierde in seinen Augen und er fügte rau hinzu: „In deiner Wohnung gibt es keine Frau Nissen, die dich vor mir retten kann. Ich will unsere Freundschaft nicht für ein erotisches Abenteuer aufs Spiel setzen, aber ich bin auch nur ein Mann."

„Okay", murmelte Anna gedehnt.

Er beugte sich zu ihr herüber und hauchte einen Abschiedskuss auf ihre Wange. „Schlaf eine Runde, lass diesen Abend sacken und denk darüber nach, was ich dir eben erzählt habe." Er zwinkerte. „Wenn du danach immer noch in diesem Kleid einen Kaffee mit mir trinken willst und nicht mit Erik, ruf mich an. Ich bin in einer Stunde bei dir."

„Du fährst nach Husum?“

Robert nickte. „Mein Bett wurde noch nicht geliefert.“ Frech grinsend fügte er hinzu: „Den Kaffee sollten wir gegebenenfalls also bei dir trinken. Es sei denn, du möchtest nur den Blick auf die Elbe genießen. Ich bin für alles offen.“

Die Hauseingangstür fiel hinter Anna ins Schloss. Von der Straße drang gedämpft das Geräusch des startenden Wasserstoffantriebs von Roberts Toyota herein.

Jetzt ist er weg.

Stöhnend lehnte Anna sich mit dem Rücken gegen die Tür. Die Kälte des Glasausschnittes drang durch ihr Schultertuch und bildete einen Kontrast zu Annas erhitztem Inneren. Aufgewühlt starrte sie die Treppe, die nach oben zu ihrer Wohnung führte, hinauf, was prompt das Kopfkino auf den Plan rief. Dort startete der Streifen «Ritter Kunibert rettet die Elfenprinzessin». In Saal zwei lief parallel dazu «Cinderella tanzt mit ihrem Märchenprinzen».

„Menno!“

Da hatte sie sich endlich zu einer Entscheidung durchgerungen und dann DAS!

Wie kann ein Mann soo ... so ... so verdammt anständig sein?

Robert war ritterlicher als jeder Ritter! Aber half ihr das weiter?

Nee. Ich wusste schon vorher, dass er so ist, wenn es um mich geht.

Sie konnte es drehen und wenden, wie sie wollte: Das Zünglein an der Waage fehlte.

Und nun?

Noch mal alles von vorn: Entscheidung 2.0!

Na super!

Anna schloss die Augen und ließ ihren Kopf nach hinten gegen die Tür fallen.

Pock. Eine Haarnadel spielte Biene.

Autsch!

Petra hatte die Biester am Nachmittag großzügig in ihrer Frisur verteilt. Wer schön sein wollte, musste eben leiden.

Genervt rieb Anna sich den Hinterkopf und wandte sich zur Treppe.

„«Schlaf eine Runde» sagt er zu mir. Pah!“ Schnaubend raffte sie ihre Robe. „Als würde ich jetzt schlafen können!“

Garantiert würde sie sich bloß im Bett herumwälzen. Das brachte sie kein Stück weiter. Im Gegenteil, das machte sie verrückt.

Boa! Ich bin selbst schuld, weil ich zu blöd bin, mir einen von den beiden auszusuchen!

«Wenn du dich nicht entscheiden kannst, lass dir den Wind um die Nase wehen», hatte ihr Oma Ingeborg immer geraten.

Ja, genau! Ich brauche frische Luft. Zumindest einmal auf die Elbe gucken.

Bis zum Deich waren es nur ein paar Meter und es war trocken.

Muss ich mich dafür umziehen? Hmm ... Nee, das geht auch kurz im Abendkleid.

Anna nickte, ließ den Stoff fallen und drehte sich um. Mit großen Schritten ging sie zurück zur Tür.

Wenig später stand sie auf der Kuppe des Deiches. Noch lag die Welt im dunstigen Grau der Dämmerung, doch es war längst hell genug, um die Umgebung klar erkennen zu können.

Eine sanfte auflandige Brise bauschte den milchig

petrolblauen Chiffon von Annas Robe und zupfte verspielt am Schultertuch und an den blonden Strähnen, die sich beim Tanzen aus ihrer Frisur gelöst hatten.

Anna atmete tief durch. Der typische Schlickduft der Elbe war das Parfüm ihrer Heimat. Sie liebte diesen Geruch. Er erdete sie und beruhigte ihren aufgewühlten Geist.

Besser.

Dankbar ließ sie den Blick schweifen. Wie an jedem anderen Tag im Jahr umfloss der graubraune Strom die Rhinplate und würde später in die Nordsee münden. Heute waren seine Wellen gelassen und unaufgeregt. Fast, als würde die Elbe murmeln: „Hey, Mädchen, komm mal wieder runter."

Anna schaute einem kleinen Fischerboot hinterher, das Richtung Fähranleger tuckerte, wo bereits reger Betrieb herrschte.

Die erste Fähre nach Wischhafen müsste gleich ablegen.

Sie lächelte. Rechts von ihr lag eingedeicht die Docke. Um diese Uhrzeit waren der Spielplatz und das Skatergelände natürlich verwaist. Früher hatte es dort mal ein Sägewerk gegeben.

Anna schaute über ihre Schulter zurück zur Stadt. Die Häuser und Türme reckten sich dem rosa schimmernden Himmel entgegen, so, als könnten sie es nicht erwarten, dass die Sonne endlich aufging und ihre Dächer streichelte. Munteres Vogelgezwitscher untermalte die Postkartenansicht. Was für ein herrlicher Morgen!

Herrlich, aber frisch.

Anna fröstelte und zog das Schultertuch enger um sich. Dennoch taten ihr Wind und Weite gut.

Oma hatte den Durchblick.

Grinsend wandte sie sich wieder der Elbe zu. Die

Wellen schwappten gemütlich ans nass glänzende wattgraue Ufer. Es war ablaufend Wasser.

Als Annas Herz nach einer Weile im Einklang mit den Wellen schlug, war sie bereit, den Ball Revue passieren zu lassen.

Kunstvolle Blumendeko, elegante Stuckdecken, funkelnde Gläser und ein opulentes Festessen, wie Anna bislang keines gegessen hatte. Diese Location war jeden ihrer fünf Sterne wert.

Und dann die Gäste: luxuriös gekleidet und top gestylt wie auf den Klatschseiten einer Society-Zeitschrift. So viel teuren Schmuck hatte Anna noch nie in einem Raum gesehen.

Unwillkürlich tastete ihre Hand nach dem Kettenanhänger an ihrem Hals. Man hatte ihr ansehen können, dass sie nicht dazugehörte.

Trotzdem habe ich mich gut geschlagen.

Die Gespräche in Sachen Storm Energie waren hervorragend gelaufen. Robert war sicher, dass Ollis Telefon in den nächsten Tagen ordentlich klingeln würde.

Falls ich Paps erzähle, mit wem ich in der letzten Nacht alles gesprochen habe, wird er mir kein Wort glauben!

Wenn sie ehrlich war, konnte sie es selbst kaum glauben. Entweder waren die Leute stinkreich oder bedeutend gewesen. Viel wichtiger war allerdings, dass sie Elfriede und Carl kennengelernt hatte.

Die Erinnerung an das Essen mit Roberts Eltern zauberte ein Lächeln auf Annas Gesicht.

Meine Angst, sie könnten mich nicht mögen, war unbegründet.

Naja, fast. Anfangs war Elfriede ziemlich skeptisch gewesen.

Überhaupt. Ally ist ... anders.

Anna grinste, als der Zwischenfall mit Nicole durch ihren Geist flackerte. *Meine Herren, Ally hat sie einfach plattgemacht, aber sowas von!*

Kein Zweifel, Roberts Mutter sollte man sich lieber nicht zur Feindin machen.

Annas Gedanken wanderten weiter. Das Schönste am Ball war die Zeit mit Robert gewesen.

Er tanzt wie ein Gott!

Ein wohliges Kribbeln bemächtigte sich ihres Körpers.

Hach, mich in seinen Armen durch den Festsaal zu drehen, fühlte sich an, als würde ich schweben. Es war ein Traum.

Oh ja, der ganze Abend war traumhaft gewesen! Wie ein Märchen: funkelnd, glänzend und aufregend mondän.

Der verlorenen Schuh auf der Treppe kam Anna in den Sinn. Sie kicherte.

Hihi. In der letzten Nacht war ich tatsächlich Cinderella.

„Und du könntest es wieder sein“, wisperte eine leise Stimme in ihr. „Für immer.“

Stöhnend schloss Anna die Augen. Robert wollte sie. Sie brauchte ihn nur anzurufen und er würde zu ihr eilen.

Zum Kaffeetrinken.

Sie schmunzelte. Wenn sie das Kleid anbehielt, würden sich danach noch ganz andere Dinge ergeben. Am Ende würde Robert ihr einen Ring an den Finger stecken, das spürte sie.

Petra hatte recht, Robert war ein Traummann. Er würde sie auf Händen tragen und jeden Weg für sie ebnen. An seiner Seite gab es nichts, was unmöglich war.

Nicht einmal eine Rebellion gegen meinen Vater.

Sie schluckte aufgewühlt.

Robert tut ALLES für mich! Warum zum Teufel kann ich nicht einfach «JA!» zu ihm sagen?

Augustblaue Augen strahlten sie an, darunter kräuselten sich spitzbübisch verzogene Lippen.

„Ich weiß!“, schimpfte Anna der Brise entgegen und riss die Lider wieder auf.

Vielleicht sollte sie keinen von den beiden nehmen und doch Olli heiraten.

Dann hätte das Theater wenigstens ein Ende! Von wegen abwarten und Teetrinken ...

Sie grübelte und überlegte und wog ab – wieder und wieder und wieder! Und? Hatte sie das einer Entscheidung näher gebracht? NEIN! In den vergangenen Wochen war es nicht besser, sondern bloß schlimmer geworden. Dieses Sich-Ums-Verrecken-Nicht-Festlegen-Können zermürbte sie.

Sie WOLLTE sich ja entscheiden, aber sie KONNTE es nicht. Beide Männer waren ihr unfassbar wichtig.

Tränen traten in ihre Augen, ihre Kehle wurde eng.

Allein der Gedanke, einen von ihnen zu verlieren, bringt mich um!

Resigniert schloss Anna die Lider. Auf einmal fühlte sie sich unendlich erschöpft.

Die Grübelei auf dem Deich brachte rein gar nichts. Außerdem war dieser Tag, oder vielmehr die Nacht, verdammt lang gewesen.

Meine Füße tun mir weh. Und die Schultern.

Auf Dauer wurde das Kleid nämlich ganz schön schwer. Und eng – zumindest am Brustkorb. Das störte, sobald sie tief Luft holen wollte.

Davon hat Cinderella nichts erzählt!

Und im Knöchel, den sie sich vor zwei Wochen verstaucht hatte, zog es ebenfalls unangenehm.

Wenn sie es mal kritisch betrachtete, war der Märchenball unterm Strich gar nicht so märchenhaft gewesen, sondern vor allem anstrengend, nervenaufreibend und ermüdend.

Wen interessieren die Hundegeschichten von Frau Schneider – außer Frau Schneider? Die Dame hatte eine Viertelstunde lang ohne Punkt und Komma von ihren drei Rauhaardackeln gesprochen.

Robert und sie hatten nur dagestanden und genickt.

Blasen an den Ohren kommen also auch noch dazu.

Anna seufzte.

Aber ich selbst war ja nicht besser. Ich glaube, ich habe hundertmal dasselbe über Storm Energie erzählt. Vom vielen Sabbeln habe ich Fusseln an den Lippen.

Ja, der Ball war traumhaft. Aber wie würde sie das beim zehnten Wohltätigkeitsball empfinden?

Matt schüttelte sie den Kopf.

Am schlimmsten war allerdings die Gefühlsachterbahn in Roberts Auto. «Ja», «nein», «vielleicht später». Oder doch gar nicht? ... Was denn nun, Frau Storm?!

Das Chaos mit ihren Männern machte Anna fertig. Noch mehr Tränen quollen unter ihren geschlossenen Augenlidern hervor.

Ich kann nicht mehr. Und ich will auch nicht!

Der Wind streichelte behutsam über ihre nassen Wangen und spielte mit ihrem Kleid.

„Oha!“, brummte plötzlich eine Seebärenstimme neben ihr.

Was?!

Herz über Kopf

Anna blinzelte. Durch den Tränenschleier erkannte sie Fiete. Der Alte hielt ihr ein fein säuberlich zusammengelegtes Stofftaschentuch unter die Nase und grunzte auffordernd.

„Oh!", schniefte sie und griff perplex nach dem karierten Taschentuch. Es fühlte sich frisch gestärkt an. „Danke."

Fiete grunzte abermals und schaute ihr prüfend ins Gesicht. Sorge schimmerte in seinen Augen.

Ich dachte, ich wäre allein.

Peinlich berührt tupfte Anna ihre Tränen von den Wangen und hoffte, dass ihr Makeup tatsächlich so wasserfest war, wie Petra es versprochen hatte.

Der alte Seebär nickte zufrieden, zog seine Pfeife aus dem Mund und guckte auf die Elbe.

Vertrautes Schweigen breitete sich zwischen ihnen aus, doch nur kurz, denn Fiete knurrte: „Soll ich den feinen Pinkel mal besuchen?"

„Warum?"

Anna schaute ihn von der Seite an.

Drohend runzelte der Alte die Stirn – ein Acker in der Marsch hatte weniger Furchen als die wettergegerbte Haut des Seebären. „Man KANN zu Frauen charmant sein, aber Anstand ist ein MUSS."

„Was …?"

Irritiert krauste Anna die Nase. Fiete schien echt sauer zu sein.

Offenbar lag sie richtig, denn nun hob er aufgebracht seinen Krückstock. „Mein Freund hier könnte ihm auf die Sprünge helfen in Sachen «Wo-Die-Romantik-Aufhört»."

Jetzt dämmerte Anna, worauf er hinauswollte. „Du denkst, dass Robert mir an die Wäsche gegangen ist?"

Fiete nickte mitfühlend. „Manche Kerls wissen nicht, wann Schluss ist. Die brauchen 'ne Lektion."

„Oh … du meinst, dass er … Nein!" Sie schüttelte energisch den Kopf. „Robert hat mir nichts angetan."

„Nicht?", murrte der Seebär. Die Furchen in seinem Gesicht zeigten, dass er ihr nicht glaubte. „Von sowas kann man sich nicht freikaufen."

Anna hob abwehrend die Hände, das Stofftaschentuch flatterte wie ein kariertes Fähnchen in der Brise. „Nein, du verstehst nicht."

„Nee. Tu ich nicht." Der Alte senkte den Krückstock und schob seine Pfeife zurück in den Mund. „Würde ich aber gern."

„Ach, Fiete …" Sie seufzte tief. „Robert WAR anständig zu mir. Sehr sogar. Wenn ich ehrlich bin, deutlich mehr als mir lieb ist."

„Soso."

Stirnrunzelnd deutete der Seebär mit dem Krückstock auf die nahestehende Bank und hielt Anna den Arm hin, damit sie sich bei ihm einhaken konnte. „Kann ein Kerl zu anständig sein? Bei so einer schmucken Deern?"

„Kann er. Zumindest Robert", ächzte sie, raffte den Rock der Robe und ging mit dem alten Mann zur Bank.

Vielleicht hätte ich mich doch umziehen sollen, bevor

ich hierher kam ... ach, was soll's.

Aktuell lagen eh nur vereinzelt getrocknete Schafsköttel auf der Deichkrone und das Gras war kurz gefressen.

Anna sortierte die Stoffbahnen des Kleides sowie ihr Schultertuch und dann setzten der Seebär und sie sich gemeinsam auf die Bank.

„Der feine Pinkel ist ein Dussel“, murrte Fiete und tätschelte tröstend ihre Hand.

„Im Gegenteil, er ist ein echter Gentleman“, widersprach sie leise und begann zu erzählen.

Zwei Containerschiffe passierten Glückstadt langsam hinter der Rhinplatte Richtung Nordsee, bis Anna schließlich mit den Worten endete: „Du siehst also, dass er mich gerade NICHT mit seinem Geld kaufen will. Robert ist mehr als anständig.“

„Jo“, räumte Fiete unwillig ein, in seiner Miene schimmerte Anerkennung.

„Ach, Mann!“, jammerte Anna und legte ihre Hände in den Schoß. Mit der linken hielt sie sich noch immer am inzwischen zerknitterten Stofftaschentuch fest. „Nicht ER ist der Dussel, sondern ICH. … Ich liebe sie beide. ICH bin das dumme Huhn, das sich einfach nicht für einen entscheiden kann!“

Erneut rollte eine Träne über ihre Wange. Hilfesuchend schaute sie in die Augen des alten Mannes. „Was soll ich nur tun? Man kann doch nicht zwei Typen lieben.“

„Doch, geht.“ Der Seebär grinste schief. „Zwei Frauen auch.“

„Aber …?“

„Gehen tut alles“, beharrte der Alte. „Sogar gleichzeitig. Die Frage ist bloß“, nun zog er seine Pfeife zwischen seinen Lippen hervor und zeigte mit dem Mundstück auf sie, „willst du das?“

„Ich? Zwei Männer auf einmal?“ Anna sah erschrocken in Fietes Gesicht.

Der nickte gelassen. „Jo.“

„Nein!“, rief sie. „Ich bin ja mit einer Beziehung schon überfordert.“

„Gut.“

In den Augen des Seebären funkelte es amüsiert.

„Nee, nicht gut“, protestierte Anna. „Ich halte das nämlich nicht länger aus.“

„Oha!“ Die Pfeife verschwand wieder zwischen den faltigen Lippen des Alten.

„Genau. Ich habe das Gefühl, die beiden hinzuhalten.“ Hilflos hob sie die Hände. „Aber das will ich gar nicht. Ihretwegen nicht, und meinetwegen erst recht nicht. Olli habe ich längst abgehakt. Tatsächlich möchte ich endlich einen neuen Freund.“

„Ohauaha!“ Fiete nickte verstehend.

„Du sagst es.“

Erschöpft ließ Anna die Schultern hängen.

Einiges Schweigen.

Doch still war es nicht, denn auf dem Fluss tuckerte das Fischerboot, das sie vorhin bereits gesehen hatte, zurück zum Hafen. Und hinter ihnen gaben die Singvögel der Stadt ein munteres Morgenkonzert.

Ihre Misere vor Fiete auszubreiten, hatte Anna gutgetan, auch wenn sie noch immer keine Lösung gefunden hatte.

Eriks Opa ist ein Unikat. Harte Schale, weicher Kern. ... Und einen Riecher hat er ... Hmm. Nur ... wieso ist er eigentlich um diese Uhrzeit auf dem Deich?

Verwundert hob sie eine Braue. „Gehst du häufig so früh spazieren?“

„Ab und an“, brummte Fiete. „Mit dem Schlaf ist das im Alter so eine Sache ... und letzte Nacht hat bei mir ein verliebter Kater Radau gemacht.“ Er zuckte mit den Achseln.

Plötzlich wirkte die Miene des Alten gequält.

Oder bilde ich mir das ein?

„Gegen die Liebe kannst nix machen.“ Der Seebär räusperte sich und fügte ungewöhnlich redselig hinzu: „Wach im Bett ist Schiet. Nee, nee, da halte ich lieber meine olle Nase in die Morgenbrise.“ Er schmunzelte verschmitzt. „DAS kann nie schaden, weil der Wind das Oberdeck einmal durchpustet.“

Er tippte sich mit der Pfeife an die rechte Schläfe und zwinkerte.

„Stimmt.“ Anna lächelte. *Oma Ingeborg und er hätten sich sicher prima verstanden.*

Der Seebär grinste. „Und? Schon schlauer?“

„In Bezug auf was?“

„Ihn und ihn.“

„Nee.“ Sie schüttelte den Kopf und schaute Fiete nachdenklich an. „Was würdest du denn an meiner Stelle machen?“

„Ich?“ Er furchte die Stirn.

„Ja, du“, beharrte Anna.

„Ich bin parteiisch“, winkte der Alte ab.

„Egal.“ Sie seufzte abgrundtief. „Weißt du, ich habe so viel nachgedacht und so viele Pro- und Kontra-Listen gemacht, dass ich vor lauter Bäumen gar kein Holz mehr erkennen kann. Ich komme einfach nicht weiter.“

„Und die Brise reicht nicht?“ Der Seebär nickte hoffnungsvoll zum Himmel.

„Nee. Ich brauche einen neuen Blickwinkel.“

„Ohauaha.“

„Eben.“

Anna ließ ihn nicht vom Haken. Schließlich kratzte sich der Alte mit der Pfeife unter seiner Schiffermütze und verkündete: „Ich mag es kommood, also bequem."

Schweigen.

Das ist alles?

Sie sah ihn fragend an. „Das heißt?"

„Womit liegst du lieber auf dem Sofa? Abendkleid", Fiete zeigte mit einer ausladenden Bewegung auf ihre Robe, „oder Jogginghose?"

„Natürlich mit der Jogginghose", antwortete Anna.

„Siehste." Er grinste. „Ich auch."

Na toll! Das ist sein Rat?

„Mein Motto", er beugte sich zu ihr herüber und flüsterte verschwörerisch: „Ich bin ich. Denn «Ist der Ruf erst ruiniert, lebt's sich völlig ungeniert.»"

„Aha." Das überzeugte sie nun gar nicht.

„Jo." Fiete schaute ihr neugierig in die Augen und nickte zur Bekräftigung seiner Worte.

Nein, das geht nicht. Ich brauche einen tadellosen Ruf für meinen Job bei Storm Energie! Besonders jetzt in der Rebellion.

Der Seebär schien zu spüren, dass sie seine Meinung nicht teilte, und schob noch hinterher: „Alltag! Das ist der größte Teil des Lebens, mien Deern."

„Ich weiß", seufzte Anna.

Erneutes Schweigen.

Was will er mir sagen?

Sie schüttelte den Kopf. „Fiete, ich habe die ganze Nacht geredet und getanzt. Ich fürchte, ich habe heute Morgen eine ziemlich lange Leitung. Worauf willst du hinaus?"

„Darauf." Er schmunzelte. „Ab dem zehnten Bonzen-Ball ist so ein Tanztee lästig und langweilig. Das gilt auch für Treffen mit «wichtigen» Persönlichkeiten oder den Besitz von Villen, Autos und so 'n Zeug."

Er nickte zur Bekräftigung. „So seh' ich das."

Diese Gedanken kamen Anna vertraut vor. Hatte sie sich vorhin nicht genau dasselbe gefragt?

„Kommood ist fein!“, fasste Fiete zusammen. „Sich verbiegen ist Tüdelkram, das tu‘ ich nich‘ ma‘ an Fasching.“ Er zuckte mit den Schultern. „Aber ich bin bloß ein alter Mann.“

„Jaaa“, murmelte Anna unschlüssig.

Irgendwie hatte er recht. Sie dachte an Ally und an Nicole. Die waren reich bis zum Abwinken, doch waren sie glücklich?

«Kommood» wirkten die Leute da alle nicht so wirklich. Außer Robert.

Fiete schaute entspannt auf die Elbe und nuckelte an seiner Pfeife. Offensichtlich war er fertig mit seinem Vortrag.

Super. Innerlich verdrehte Anna die Augen. *Fiete ist gegen Robert, weil der Schotter hat! Pfft. Das ist nicht neu.*

Aber jemanden NICHT zu wählen, weil er Geld hatte, war genauso bescheuert, wie sich wegen der Kohle FÜR ihn zu entscheiden.

Das will ich ja gerade NICHT! Sie seufzte. *Und Robert will das auch nicht.*

Neben ihr beobachtete Fiete die Fähre, die in diesem Moment nach Wischhafen ablegte. Als hätte er ihre Gedanken gehört, brummte er: „Das Geld ist schietegal. Wichtig ist bloß, wie man leben will.“ Er kicherte. „Also du, mien Deern.“

„Ich?“

„Jo.“

Nun guckte er sie doch an. Sein Blick hatte die Qualität von Röntgenstrahlen – vor ihm konnte keiner was verbergen.

„Hmm.“ In Annas Kopf drehte sich wieder einmal das

Gedankenkarussell, und zu allem Überfluss kochte ihr Bauch sein eigenes Süppchen.

Erik kenne ich von klein auf. Er tickt wie ich. Obwohl ... er hat viel von seinem Opa! Mein Leben würde zweifelsohne kommood werden.

Und mit Robert?

Auf alle Fälle anders.

Das Atelier und seine Proll-Bude zogen durch ihren Geist. Dazu noch sein neuer Toyota.

Unbequem ist das auch nicht gerade. Ich würde mir nie Sorgen ums Finanzielle machen müssen. Und seine Eltern sind nett. Sie stehen zu mir, wie Ally heute Nacht bewiesen hat.

Eriks Eltern waren allerdings genauso nett! Wenn nicht sogar noch netter.

Naja, ich kenne sie eben länger.

Das Karussell nahm Fahrt auf. Immer mehr «Pros» und «Kontras», «Fürs» und «Widers» stiegen zu, drehten sich im Kreis und verschwammen zu einer matschig bunten Sauce, die Annas Gedankengänge zukleisterte. Sie fühlte sich blind und überfordert.

„Boa“, stöhnte sie und stand auf. „Das hilft mir nicht weiter. Ich kann das nicht! Es macht mich ganz verrückt, Fiete!“

„Seh ich.“

Der Alte hievte sich ebenfalls von der Bank und deutete mit dem Mundstück seiner Pfeife auf ihr Herz. „DAMIT muss du wählen, Mädchen. Nicht HIERMIT.“ Das Mundstück wanderte zu ihrer kunstvoll hochgesteckten Frisur.

„Ich weiß“, jammerte Anna. „Das versuche ich ja schon seit Wochen. Aber mein dummes Herz ist genauso blöd wie mein Hirn. Kaum hat einer ein Argument für den einen, kommt der andere mit einem Punkt für den anderen um die Ecke! Ping, Pong! Immer hin und her. Wie beim Tennis. Nur bei mir geht das ENDLOS WEITER!“

Die letzten Worte hatte sie geschrien, so verzweifelt war sie.

„Oha“, meinte Fiete gelassen. „Die Kerls sind gleichauf.“

„Ja“, wisperte Anna und sank entkräftet zurück auf die Bank.

„Glückwunsch, mien Deern. Denn kannst ja nix verkehrt machen.“

Aufgewühlt starrte sie den Seebären an.

Meint er das ernst?

Offensichtlich schon. Er nuckelte nämlich äußerst entspannt an seiner Pfeife.

Anna schwieg und starrte auf die Elbe. Inzwischen war die Sonne in ihrem Rücken aufgegangen und die goldenen Strahlen glitzerten auf den Wellen.

Hat er recht?

Verunsichert schaute sie in das wettergegerbte Gesicht des Seebären. „Denkst du wirklich, es ist egal, für wen ich mich entscheide?“

Fiete drehte sich zu ihr und nahm die Pfeife aus dem Mund.

„Jo“, behauptete er, aber seine Augen sagten was anderes. „Wirf ‘ne Münze.“

„Eine Münze?“, echote Anna.

Skeptisch beobachtete sie, wie der alte Mann ein Fünfmarkstück aus seiner Jackentasche hervorkramte und sich zu ihr auf die Bank setzte.

„Der Heiermann hier“, er drehte das silberfarbene Geldstück hin und her, „hat sich bewährt.“

„Das ist dein Ernst?!“ Anna krauste alarmiert die Nase.

„Jo.“ Fiete zuckte gelassen mit den Schultern. „Wer ist

Adler, wer Fünf?“

Das ging ihr zu schnell. „Ähm … ich weiß nicht …“

„Ohauaha“, stichelte der Seebär. „Kannst dich wieder nicht entscheiden?“

Seine Augen sahen sie durchdringend an, ja, sie nagelten sie förmlich an der Deichbank fest.

„Das ist was anderes“, versuchte Anna ihren Kopf aus der Schlinge zu ziehen. „Ich kann doch nicht einen Heiermann über mein Leben entscheiden lassen.“

„Naja“, brummte Fiete, „entweder DU wählst, oder die Münze.“ Sein Blick schien unbeteiligt, aber in seinem Nacken lauerte ein Schalk.

„Ich WILL mich ja entscheiden!“, jammerte Anna. „Ich weiß nur nicht wie. Das ist ja mein Problem!“

„Hier ist die Lösung“, drängelte Fiete und präsentierte das Geldstück auf seinem Handteller. „Da ja keiner von den Jungs sein Näschen vorn hat …“, der Alte grinste harmlos, wobei das Funkeln in seinen Augen von Unschuld ungefähr so weit entfernt war wie der Teufel üblicherweise vom Weihwasser, „… spricht doch nichts dagegen, oder?“

„Keine Ahnung, ich …“, druckste sie.

„Los, Mädchen.“ Er schnippte den Heiermann in die Luft und fing ihn wieder auf. „Ein «Hopp»! Und du hast es hinter dir.“

Du liebe Güte! So forsch kenne ich ihn ja gar nicht.

Aber rein logisch betrachtet hatte er recht. Annas Puls beschleunigte sich.

Ich kann ihn das olle Ding zumindest werfen lassen. Was danach kommt, liegt ja bei mir.

Der alte Mann ließ sie nicht aus den Augen, bis Anna schließlich nickte.

„Und?“ Fiete hielt ihr den Adler unter die Nase. „Wer ist das?“

„Robert“, bestimmte sie. „Die Fünf ist Erik – er ist ein Tüftler und studiert Maschinenbau.“

„Jo, passt.“ Der Seebär drückte ihr die Münze in die rechte Hand. „Denn man tau.“

„Gut“, murmelte Anna. Das silberne Geldstück war warm und fühlte sich anders an als die Euros.

„Du spürst es, nicht?“, krächzte Fiete, seine Augen leuchteten. „Die Münze ist verhext: Sie verlässt deine Hand, sie fliegt, sie landet. Die Seite, die danach offengelegt wird, ist dein Los – ob du willst oder nicht.“

„Waaaas?“, keuchte Anna ungläubig. Ein eiskalter Schauer kroch über ihren Rücken. *So ein Blödsinn!*

Doch eine fiese Stimme in ihr fragte: „Was, falls der Spökelkram stimmt?!“

Wenn jemand einen verhexten Heiermann besitzen konnte, dann Fiete. Wer konnte schon sagen, was für abstrusen Gestalten der Seebär in seinem langen Leben begegnet war?

„Och …“, der alte Mann lachte meckernd, „das ist nur Seemannsgarn.“ Abrupt verstummte sein Lachen. „Oder auch nicht!“

Er verpasste Annas Hand von unten einen perfekt bemessenen Schlag, so dass der Heiermann in die Luft schnellte.

Entsetzt beobachtete Anna, wie die Münze sich höher und höher schraubte und sich dabei funkelnd in der Sonne drehte.

Was, wenn die olle Münze DOCH verhext ist?!

Annas Herz raste, die Zeit dehnte sich.

Eine Flut von Bildern und Emotionen ergoss sich in ihren Geist und enthüllte ihr eine mögliche Zukunft:

Graugrüne Augen, luxuriöse Riesenhochzeit, Autos, Villen, haufenweise exquisite Kleider. Noch ein weiteres Atelier, alles vom Feinsten, Annas Bilder in der

Kunstgalerie, Stolz! Auf Händen getragen. Anna als Vorstand von Storm Energie, viel Arbeit, Ally ungeschminkt und traurig, ein Käfig aus Gold, hundert Nicoles mit tausend Gesichtern. Robert, der sie in allen Lebenslagen schützt. Musical- und Opernbesuche, rauschende Ballnächte, Schweben übers Parkett, Händeschütteln mit bedeutenden Persönlichkeiten und doch einsam unter Fremden. Noch mehr Arbeit. Zickenkrieg, Tränen. Storm ganz oben, feierliche Eröffnung des Offshore Parks. Designerkinder, Kindermädchen, Putzfrau, Pralinen und zu viel Arbeit bei Robert und Anna. Mehr Büro als Bett. Einsamkeit, Zwänge, eine gigantische Schafherde und Tonnen von Schokolade. Süßer Erfolg, heruntergespült mit Kopi Luwak, der bitter schmeckt. Teure Restaurants, allein in der Proll-Bude. Der Blick in einen goldumrahmten Spiegel zeigt, dass ihr Gesicht jeden Morgen mehr dem ihres Vaters ähnelt.

Anna konnte nicht atmen, ihr Herz fühlte sich an wie in einem Schraubstock! Paralysiert starrte sie auf den funkelnd rotierenden Heiermann.

Jetzt erreichte die Flugbahn des Fünfmarkstücks ihren Scheitelpunkt und dann fiel die Münze zurück nach unten.

Als säße sie in einer Achterbahn, wurde Anna weitergerissen. Noch mehr Bilder und Emotionen von dem, was kommen könnte:

Augustblau und blonde Bartstoppeln, Miniwohnung, knapp bei Kasse, kleine Brötchen, Spagat zwischen Laden und Firma, spontanes Picknick am Hafenkopf. Klopfender Regen am Fenster, in Jogginghose auf dem Sofa, Mikrowellen-Popcorn und Kuscheln, Deichspaziergänge bei Nieselregen oder Sturm, ehrliche Meinung, unverstelltes Leben, renoviertes Gerümpel und leuchtende Windlichter. Skizzen von Erik beim Werkeln, hitziger Streit und zärtliche Versöhnung. Herumtobende Kinder – eine ganze Meute beim Rodeln am Deich und Papa Erik mittendrin, Schneeballschlacht, heißer Tee. Gnadenlose Offenheit. Fehler, die verziehen werden. Normal ist perfekt. Sommer, die Meute wälzt sich bei Ebbe im Schlick. Riesenspaß! Die Leute tuscheln – scheiß drauf! Freiheit. Anna zeichnet ihre dreckverkrusteten Liebsten. Bild gerahmt und aufgehängt in Eriks Laden gegenüber der Kasse. Der Blick in einen angestoßenen Spiegel zeigt, dass Annas inzwischen faltiges Gesicht jeden Morgen mehr dem der Elfenprinzessin von damals ähnelt.

Unaufgeregtes Glück ließ ihr Herz überfließen.

Die Münze war fast unten angekommen, aber noch bewegte sie sich in Zeitlupe.

Endlich arbeiteten Annas Herz und Verstand Hand in Hand und puzzelten die Bilder und Emotionen zu einem großen Ganzen zusammen.

Roberts Lebensstil bedeutete, dass er diversen Zwängen unterlegen war. Kleidung, Umgangsformen, Veranstaltungen, sehr viel Arbeit und, und, und. Die Liste war endlos. Er selbst ertrug diese Tatsache mit Fassung und hatte nie einen Hehl daraus gemacht, dass er oft fremdgesteuert war.

Doch was wird das mit mir machen?

War Anna nicht gerade erst den Zwängen ihres Vaters und denen von Olli entkommen? Hatte sie nicht gerade erst begonnen, zu sich selbst zurückzufinden?

Werde ich an seiner Seite zu einer «Äna»?

Robert würde das nie von ihr verlangen, aber konnte sie dem Druck der Nicoles standhalten?

Mit Erik würde alles anders laufen. Er war weder so kontrolliert noch so überlegt wie Robert, doch dafür war er frei! «Kommood», wie Fiete sagte. Er war er und sie würde sie sein können.

Der alte Mann hatte recht: Die Frage war nicht, wen sie mehr liebte – Nein! – denn beide Männer waren großartig und würden sie auf Händen tragen. Die Frage war, wie sie LEBEN wollte. Genauer gesagt, WER sie in Zukunft sein wollte.

Die Pfeife segelte in Zeitlupe ins Gras, als der Seebär sie achtlos fallen ließ. Mit einer erstaunlichen Geschicklichkeit fischte Fiete den Heiermann aus der Luft und klatschte ihn mit der rechten Hand auf den Rücken seiner linken.

Patsch!

Das Geräusch zerschmetterte die Zeitlupe.

Abrupt wurde Anna aus ihren Gedanken gerissen. Sie keuchte und ihr Herz raste.

„Na …“ Der alte Mann hielt ihr seine Hände unter die Nase. „Bereit?“

„Stopp!“, ächzte sie. „Nicht aufdecken. Ich weiß, wen ich will.“

„Joa?“, knurrte Fiete. Es hörte sich an wie: «Bist du sicher?»

Anna nickte energisch. „Ja!“

„Wirklich?“, bohrte der Alte nach und lüftete leicht seine rechte Hand.

„JA!“, rief sie und presste seine Hände wieder aufeinander.

Was, wenn das Teil doch verhext ist und der Adler oben liegt? O Gott! Ich will Erik!

„Schön.“ Fiege grinste unschuldig. „Denn kann ich den Heiermann ja wegstecken.“

„Bitte“, stimmte Anna bebend zu.

Ohne nachzuschauen, was oben lag, verstaute der alte Mann das Geldstück in seiner Hosentasche, stützte sich auf seinen Krückstock und angelte schnaufend seine Pfeife aus dem Gras.

Wie betäubt starrte Anna den Seebären an.

Ich habe mich tatsächlich entschieden!

Fiete grunzte und deutete mit seiner Pfeife auf das zerknüllte Stofftaschentuch in ihrer linken Hand.

Was …?

Erst jetzt bemerkte Anna, dass sie am ganzen Körper zitterte und Tränen über ihr Gesicht liefen.

Oh!

Aufgewühlt tupfte sie sich die Wangen ab und flüsterte: „Was ist das für eine Münze? Ist sie tatsächlich verhext?"

„Nee." Der Alte lachte gutmütig. „War geflunkert. Hab damals vergessen, sie zu tauschen."

Anna lächelte. „Trotzdem, es hat funktioniert."

„Jo, weiß ich. Ist 'n Trick von den Psycho-Heinis." Er schürzte gewichtig seine Lippen. „Gibt sogar Bücher dazu!"

„Soso", schmunzelte Anna.

„Joaaa", meinte Fiete, es klang nach «Schön hier, oder?»

Er schaute entspannt auf die Elbe, als wäre nichts geschehen.

Dabei hat er mit seiner Münze mal eben all mein Chaos geordnet. Das ist verrückt! Sie konnte es kaum fassen. *Ich will Erik!*

Der Gedanke ließ neue Unruhe in Anna keimen. Sie schaute auf ihre Armbanduhr: Es war kurz vor sechs.

„Ab wann ist Erik heute eigentlich im Laden?", erkundigte sie sich bemüht beiläufig. Sie musste ihn unbedingt sehen. Vielleicht konnte sie vor seiner Arbeit noch kurz bei ihm vorbeischauen.

„Och, als ich ging, war er in der Werkstatt."

„Um fünf?“, staunte Anna und krauste die Nase. „Dann ist er ja ganz schön früh dran!“

Fiete grinste. „Nee, eher spät.“

„Das verstehe ich nicht. Habt ihr so viel zu tun?“

Der Seebär schüttelte den Kopf und kratzte sich mit dem Mundstück seiner Pfeife unter der Schiffermütze. „Nee. Aber wie ich sagte: Der verliebte Kater hat die ganze Nacht Radau gemacht.“

Anna bekam große Augen. „Der «Kater» ist Erik? Er war die ganze Nacht wach?“

„Nicht nur wach!“, motzte der Alte. „Er hat da rumrumort, geschimpft und gehämmert. Vor allem gehämmert.“ Er lächelte schief und schaute zu ihr rüber. „Liebe vernebelt einem den Bregen.“

Unvermittelt marschierte ameisenmäßige Nervosität durch Anna Körper. „Ist er noch da?“

„Wer?“

„Erik!“

„Wo?“

„Na, in der Werkstatt!“, rief Anna. „Oh Mann, Fiete!“

Der feixte sich einen. „Jo, vermutlich.“

Ich muss zu ihm! Sofort.

Anna sprang von der Bank auf und raffte ihr Kleid, doch der milchig petrolblaue Chiffon schien gewachsen zu sein. Mehrfach rutschten ihr die Stoffbahnen aus den zitternden Händen.

„Ohauahauaha! Noch eine mit rosa vernebeltem Hirn“, murmelte der Seebär in seinen Bart. „Willst du in dem Feststaat durch Glückstadt rennen?“

„Vor allem will ich Erik nicht verpassen!“, rief Anna hektisch und machte einen weiteren Anlauf.

„Tust du nicht.“

Gelassen zog Fiete sein Seniorenhandy aus der Jackentasche und hielt es auf Armeslänge von sich. „Hab meine Guckgläser nicht dabei, aber geht schon."

Seine Zungenspitzte lugte zwischen seinen Lippen neben der Pfeife hervor, als er das Gerät entsperrte und zweimal auf den grünen Hörer drückte.

„Warte …"

Als Fiete das Handy ans Ohr hob, gab Anna es auf, mit dem Kleid zu kämpfen.

Es klingelte vier Mal, dann nahm jemand ab. Sie meinte, Eriks Stimme zu erkennen.

„Jo, ich bin das", brummte der Seebär.

Erik antwortete etwas, doch Anna konnte nicht verstehen, was er sagte.

„Nee", knurrte Fiete, „ich bin nicht mucksch, sondern auf dem Deich. Bist du noch da?"

Pause.

„Jo, genau. Hör zu: Es k…"

Pause.

„Nee. Bleib da. Sperr …"

Pause. Offenbar wurde Fiete von Erik unterbrochen.

„Ist mir egal!", meckerte der Seebär schließlich. „Ich bin auch müde! Du bleibst da und sperrst den Laden auf. Da kommt gleich jemand."

Pause.

„Ja, in …", Fiete legte den Kopf schief und betrachtete Anna, „… in 'ner Viertelstunde."

Pause.

„Doch, das willst du!", polterte er. „Sie will dich nämlich sehen!"

Pause.

„Jo, genau. Anna."

Danach nahm der Seebär das Telefon vom Ohr. Anna konnte hören, wie Erik aufgeregt etwas fragte, aber Fiete drückte mit einem breiten Grinsen auf die große Taste mit dem roten Hörer.

„Soo“, grunzte er selbstgefällig. „Der geht da nicht weg. Nun hast du Zeit zum Umziehen, mien Deern.“

16 Minuten später drückte Anna in Jeans, Bluse und mit einer Hochsteckfrisur, in der unpassend viele Strasssteinchen die Morgensonne funkeln ließen, die Klinke von Fietes Bootsausrüstung. Die Messingglocke bimmelte und sogleich stieg der herrlich vertraute Geruch des Ladens in Annas Nase.

Zu Hause!

Sie schloss die Tür und ging mit klopfendem Herzen Richtung Klamottenecke. Gerade konnte sie den Vorhang sehen, der das Geschäft von der Werkstatt trennte, da schwang er zur Seite und Erik trat hervor.

Beide stockten, blieben stehen und schauten einander an.

Atemlose Stille.

Erik wirkte abgeschlagen. Er war blass unter den Sommersprossen und seine Frisur noch zerzauster als üblich. Dunkle Ringe unter den Augen und ein Augustblau, das man heute Morgen allenfalls als Novembergrau bezeichnen konnte, verliehen ihm ein verzweifeltes Aussehen. Am Schlimmsten war jedoch die Qual in seinem Blick.

O Gott!

Sein Schmerz schnürte Annas Hals zu und machte ihr Herz bleischwer. Ungewollt rollte ein Schluchzen ihre Kehle hinauf.

Er sieht aus, als hätte er die ganze Nacht gegen Dämonen gekämpft.

Bebend hob Anna ihre Hand vor den Mund, Tränen drängten in ihre Augen.

Erik starrte sie an wie einen Geist. Ungläubig irrte sein Blick über ihre Kleidung, die Frisur und verharrte schließlich bei ihrer Kette.

Annas Hand wanderte von selbst zum Lebensbaum, der warm und glatt auf der Haut über ihrem flatternden Herzen lag.

„Hast du …“, würgte Erik heiser hervor und brach gleich wieder ab. „Ich meine … seid ihr … du und Robert …?“

„Ob Robert und ich zusammen sind?“, wisperte Anna und stolperte mit unsicheren Schritten auf Erik zu.

Er nickte stumm, der Schmerz in seinen Augen uferte ins Grenzenlose aus. Sein Anblick brachte Annas Tränen zum Überlaufen.

„Nein“, hauchte sie, „sind wir nicht.“

„Nicht?“, krächzte Erik. Skepsis versteinerte seine Miene, er schien ihr nicht zu glauben. „Robert legt dir seine Welt zu Füßen. Er kann dir ALLES bieten.“

Ein unausgesprochenes «Ich nicht.» schlich sich verloren hinterher.

„Ich will aber nicht alles“, erwiderte sie. „Ich will DICH!“

„Mich?“ Er keuchte.

Noch zwei Schritte.

„Ja, dich.“ Endlich stand Anna vor ihrem Ritter. „Ich will dich, Erik.“

Fassungslosigkeit spülte die Verzweiflung aus seiner angespannten Miene. Aufgewühlt fuhr er sich durch die Haare. „Du willst mich?“

„Ja.“ Anna lachte unter ihren Tränen und schlang die Arme um seine Taille.

„Mich“, flüsterte Erik. Hoffnung vertrieb das Novembergrau aus seinen Augen.

Sie nickte wortlos und schaute zu ihm auf.

Das Glück in dem kleinen Laden am Hafen in Glückstadt schwoll an, und obwohl es in dem verwinkelten Raum still war, hing die Luft plötzlich voller Geigen.

„Komm her“, raunte Erik. Mit beiden Händen fasste er ihr Gesicht und beugte sich zu ihr herab.

Anna schloss die Augen.

Endlich!

Dann berührten seine Lippen die ihren, so zart und behutsam, als hätte er Angst, sie zu verschrecken. Sein Bart kitzelte angenehm, woraufhin die unhörbaren Geigen lauter jauchzten und ein scheues Kribbeln Annas Körper durchrieselte.

Wow!

Sie küsste ihn zurück und er wurde mutiger.

Ein forschendes Liebkosen, staunend und intensiv zugleich.

Seine Haut auf ihrer zu spüren – es fühlte sich an, als wären sie füreinander gemacht worden. Nichts in Annas Leben war so richtig wie das hier.

Noch eine sanft drängende Berührung, danach löste Erik sich mit einem Seufzen von ihr.

Auf einmal fehlten seine Lippen. Die Leere schickte einen Schauer über Annas Rücken.

He. Nicht aufhören!

Protestierend öffnete sie die Augen. „Was …?“ Doch das leuchtende Augustblau ließ sie verstummen.

Er grinste schief und murmelte: „Ich musste noch mal nachsehen, ob ich nicht träume und du wirklich da bist.“

„Bin ich“, wisperte sie. „Und ich hätte gern mehr davon.“

„Mehr?“ Erik lachte leise. „Kannst du haben.“

Er hob sie auf seine Arme, als wöge sie maximal so viel wie ein Päckchen Schrauben, und trug sie in seine Werkstatt. Dort setzte er sie vorsichtig auf der Werkbank ab.

„Hier kommt der Nachschlag", brummte er und bedeckte ihre sehnenden Lippen mit einem leidenschaftlichen Kuss, während seine Hände ihre Hüften umfassten und sie an sich zogen.

Stöhnend schmiegte Anna sich an seine breite Brust, seine Nähe und sein Duft überwältigten sie.

Im nächsten Moment berührten sich ihre Zungen mit gieriger Zärtlichkeit und ließen das Glück zwischen Hämmern und renoviertem Gerümpel explodieren.

Jung und wild

Anna schob die Beichte bei Robert nicht auf die lange Bank, sondern verabredete für den Sonntag noch ein Treffen in seiner Wohnung. Es fiel ihr unendlich schwer, ihm von ihr und Erik zu erzählen. Sie fand kaum Worte und hatte Mühe, ihre Tränen zurückzuhalten, doch Robert reagierte gefasst, denn natürlich ahnte er schon seit ihrem Anruf, was sie ihm sagen wollte.

Den Schmerz in seinen Augen konnte er trotz aller Haltung nicht vor ihr verbergen. Seine Qual erinnerte Anna an Eriks waidwunden Blick vom Morgen und zeigte ihr, wie übel ihn ihre Entscheidung traf.

Es zerriss ihr fast das Herz, aber so gern Anna ihren Freund trösten wollte, ihr war klar, dass SIE nichts für ihn tun konnte.

Robert hielt sich tapfer. Beim Abschied umarmte er sie freundschaftlich und flüsterte: „Ich beneide Erik zutiefst. Blöderweise schätze ich ihn selbst viel zu sehr, als dass ich sauer auf ihn sein könnte. Ich wünsche euch alles Glück der Welt.“

Er bestand sogar darauf, unter vier Augen mit «seinem Herrn Ritter» zu sprechen, was die beiden noch am selben Tag taten. Worum es bei der Unterhaltung ging, erfuhr Anna nicht. „Männerkram“ war das einzige, was sie aus ihnen herausbekam.

Von Roberts Leid abgesehen, fühlte Anna sich, als würde sie auf Wolken wandeln.

Erik und sie verbrachten jede freie Minute miteinander. Kuscheln, reden, essen, küssen, gemeinsam am Deich spazieren gehen, nebeneinander einschlafen oder *miteinander* schlafen – es war wie im Traum. Wenn Anna bloß an den Sex *dachte*, bekam sie rote Ohren. Erst jetzt fiel ihr auf, wie «technisch» es bei Olli und ihr im Bett zugegangen war. Mit Erik war es anders. Weder seine Neugier noch seine Fantasie kannten Grenzen und das, obwohl man Maschinenbauern im Allgemeinen ja eher rationale Nüchternheit zuschrieb.

Trotzdem war es nicht der Sex, der Anna schweben ließ – gut, der auch – aber viel unerwarteter traf sie die Tiefe der Beziehung. Dass sie Erik seit dem Säuglingsalter kannte, war nicht länger befremdlich, sondern führte zwischen ihnen zu einer so innigen Vertrautheit, dass Anna sich wunderte, wie sie überhaupt jemals einen anderen Mann als Erik hatte in Betracht ziehen können. Unfassbar! Es fühlte sich so an, als wären sie schon immer füreinander bestimmt gewesen.

Ihr Verstand wisperte: „Das sind bloß die Hormone! In ein paar Monaten hört der Zauber wieder auf.“ Doch der Bauch glaubte das nicht. Die Welt war rosarot, voll mit Schmetterlingen, und Anna im Rausch.

Am liebsten hätte sie Urlaub genommen, um noch mehr Zeit mit Erik verbringen zu können, aber das war ausgeschlossen, da sie gerade jetzt in Sachen Storm Energie enorm viel zu tun hatte. Ihre Gespräche vom Wohltätigkeitsball zeigten nämlich Wirkung: Olli bekam so viele Anrufe, dass es schwierig wurde, diese vor Claus Jürgen zu verbergen, zumal so ein Telefonat deutlich länger als fünf Minuten dauerte. Als der

Vorstand begann, misstrauisch zu werden, zog sein Stellvertreter die Reißleine. Gemeinsam beratschlagten die Rebellen, was sie tun konnten. Robert hielt sein Versprechen und engagierte sich weiterhin. So war er es, der vorschlug, dass Anna einen Teil der Beratungsgespräche übernehmen sollte.

Im ersten Moment blockte Anna ab – sie konnte doch unmöglich so wichtige Unterhaltungen mit dermaßen wichtigen Leuten führen, bei denen vielleicht sogar schon Entscheidungen getroffen wurden! – aber Robert ließ nicht locker. „Wenn du den Stuhl von Claus Jürgen haben willst, darfst du dich nicht länger verstecken. Komm raus aus deiner Komfortzone, du kannst das!"

Damit hatte er recht. Nach einem kurzen Intensivtraining durch Olli und Robert übernahm Anna einige der weniger komplizierten Gespräche und war erstaunt, wie gut diese liefen. Wieder einmal stellte sie fest, dass ihr Wissen über Storm Energie größer war, als sie dachte. Dazu die Tipps der Männer, ein ordentlicher Schuss Mut und der Rettungsanker, sich für Detailfragen jederzeit an Olli wenden zu können, und es brachte ihr sogar Spaß.

Nach dem dritten erfolgreichen Abschluss dämmerte Anna, wie klein sie sich in den vergangenen Jahren hatte reden lassen. Selbstverständlich musste sie noch verdammt viel lernen, wenn sie das Unternehmen führen wollte, doch langsam glaubte sie daran, dass sie es eines Tages tatsächlich schaffen konnte.

Am Ende der ersten Woche nach dem Ball verkündete Angelika, bei der alle Daten zusammenliefen, dass die Rebellion in greifbare Nähe rückte. Noch galt es, einige Aktionäre auf ihre Seite zu ziehen, aber bis zum Ende der Zeichnungsfrist blieb ihnen eine weitere Woche. Danach „lag das Blatt", wie Robert sich ausdrückte, und dann mussten sie mit den Karten spielen, die sie hatten.

Obwohl Angelika stets betonte, dass es gut für ihren Mann war, wenn er nicht mehr die Verantwortung für die Firma tragen musste, hatte Anna ein schlechtes Gewissen ihrem Vater gegenüber. Sie überlegte nach jeder Begegnung mit ihm, ob das, was sie vorhatten, richtig war. Sobald sie sich allerdings die Argumente in Erinnerung rief, die sie zur Rebellion veranlasst hatten, verschwanden die Zweifel zum Glück wieder.

Dennoch zerrte die Situation an Annas Nerven. Als sie mit ihrer Mutter darüber sprach, nahm die sie lächelnd in den Arm. „Ach, Kind, das zeigt, dass du ein Mensch mit Herz bist. Es ist gut, dass du unsere Pläne in Frage stellst – genau dieses Überdenken ist deinem Vater mit den Jahren abhandengekommen. Er überprüft seine Entscheidungen nicht mehr – er setzt sie nur noch unreflektiert um und verteidigt sich hinterher verbissen, wenn etwas schief läuft. Das ist der Grund, warum er da weg muss."

Anna hatte Herzklopfen, als sie ihrer Mutter berichtete, dass sie mit Erik zusammen war, doch das befürchtete Stirnrunzeln blieb aus. Angelika drückte sie fest und erklärte: „Du strahlst aus jedem Knopfloch, also muss er der Richtige sein. Und dass du glücklich bist, ist alles, was für mich zählt."

Im Gegensatz zu ihrer Mutter äußerte ihr Ex-Verlobter Unverständnis: „Was willst du bloß mit dem Grünschnabel? Er ist Praktikant! Vielleicht guckt er ja ganz niedlich, aber er ist zu jung, zu unerfahren und zu unvermögend. Mann, Anna! Du hättest dir den Wieck angeln können!" – Oder mich – letzteres sagte Ex-Olli zwar nicht laut, doch seine Augen schrien es förmlich heraus. „Ich hätte diesen mittellosen Jungspund auf keinen Fall Robert Wieck vorgezogen!"

„Dann ist es ja gut, dass ICH die Entscheidung

getroffen habe", erwiderte Anna spitz, „und nicht du!"

Ollis skeptisch verzogener Mund verursachte trotzdem ein mulmiges Gefühl in ihrem Bauch. Anna machte sich keine Illusionen: Das, was ihr Ex-Verlobter gesagt hatte, war das, was mindestens halb Glückstadt über sie und Erik denken würde.

Die Schmetterlinge interessierte das Gelaber allerdings kein Stück. Es genügte ein Erinnerungsfetzen an den vergangenen Abend und prompt vertrieb ihr sehnsüchtiges Flattern alles Unbehagen.

Robert freute sich mit Anna und versuchte weiterhin, unbefangen mit ihr umzugehen und sie nach Kräften zu unterstützen. Offensichtlich war es ihm ernst mit seiner Freundschaft zu ihr, wofür Anna ihm sehr dankbar war. Dennoch entging ihr der Schmerz in seinem Blick nicht, wann immer ein Thema in Eriks Richtung ging.

Er tut mir so leid! Und durch die Rebellion haben wir täglich miteinander zu tun, so dass wir nicht einmal für eine Atempause auf Abstand gehen können.

In einer ruhigen Minute sprach sie ihn darauf an und Robert räumte gequält ein: „Es fällt mir schwerer, als ich es vermutet habe. Aber das ist unwichtig, Anna. Ich würde es mir nie verzeihen, jetzt zu kneifen, bloß, weil ich den Kürzeren gezogen habe. Nein, du kannst dich auf mich verlassen." Dann drohte er ihr mit dem Zeigefinger. „Und wehe, du rufst mich nicht an, wenn du Fragen hast oder Hilfe brauchst! Du weißt schon – auch nachts um drei! Tust du es nicht, werde ich ernsthaft sauer."

Tja, Robert Wieck hatte mehr Rückgrat, als ihm guttat. Er hielt sogar an seinen Umzugsplänen fest, was Petra schlichtweg für masochistisch hielt. Die Sekretärin konnte die Entscheidung ihrer Freundin nicht nachvollziehen, freute sich aber von Herzen über Annas Glück.

So vergingen die zwei Wochen nach dem Ball wie im Fluge. Vor lauter Verliebtheit, Arbeit und Verschwörungsvorbereitungen wusste Anna manchmal gar nicht, wo ihr der Kopf stand. So war sie fast schon froh, dass Erik am Samstag bei Fiete im Laden arbeiten musste und sie endlich mal wieder Zeit zum Malen hatte. Den ganzen Tag verbrachte sie in ihrem Atelier und fand zwischen Acryl und Leinwand Ruhe und damit zurück zu sich selbst.

Als sie am späten Nachmittag ihre Pinsel auswusch, war sie rundum zufrieden. Sie hatte heute viel geschafft und fühlte sich trotzdem merkwürdig erfrischt.

Glücklich ließ sie ihren Blick über das großformatige Marktplatzpanorama schweifen.

Hach – es ist genau so geworden, wie ich es mir vorgestellt habe!

Besonders gut gefiel ihr das Dach des Kirchturms. Auf Wunsch ihrer Mutter hatte sie sich über die Realität hinweggesetzt und es komplett türkisgrün angemalt. Nun erstrahlte die Kupferpatina hell und frisch vor einem düsteren Himmel.

Der Kontrast gefällt mir – er bringt Dynamik in die Stadtansicht.

Versonnen stellte sie fest, dass es schon vier Wochen her war, dass sie mit dem Bild begonnen hatte.

Tja, in letzter Zeit habe ich echt wenig gemalt. Kein Wunder, dass mir der Kopf schwirrte. Erik hat recht: Ich brauche die Kunst wie ein Segelschiff das Wasser unterm Kiel.

Sie grinste und verstaute die Zeichnungen, die sie für Fietes Laden angefertigt hatte, in einer Mappe. Der Seebär und sein Enkel würden schon dafür sorgen, dass sie es nicht wieder vergaß.

Wenig später spazierte Anna mit der Mappe unterm

Arm am Hafen entlang. Das Juniwetter war herrlich warm und lockte die Menschen ins Freie. Auf dem Wasser herrschte reger Verkehr und auch bei den Booten, die an den zahlreichen Stegen vertäut waren, wurde gewerkelt, gescherzt und gelacht.

So fühlt sich Sommer an!

Passend dazu verstreute die Sonne großzügig blitzende Funkellichter auf den Wellen und ließ alle Farben intensiv leuchten.

Der Anblick führte Anna in Versuchung, sofort wieder zu Pinsel und Acryl zu greifen. Prompt breitete sich ein Rieseln in ihrem Körper aus und ein Lachen kullerte durch ihre Brust.

Hmm. Gehe ich zurück in mein Atelier?

Doch dann dachte sie an Erik. Der Laden schloss in einer halben Stunde.

Nein, für heute hatte ich genug Kunst.

Sie grinste. Fiete sagte immer: «Zu viel von einer Sache tut nicht gut.» Er ließ nur eine Ausnahme gelten: «Die Liebe. Sie ist das einzige Rauschmittel der Welt, von dem man keinen Kater bekommt. Aber süchtig macht sie trotzdem.»

Genau. Ich bin süchtig nach Erik!

Kichernd beschleunigte sie ihre Schritte. Kein Zweifel, von ihm konnte sie nicht genug bekommen – weder vom Reden noch vom Kuscheln und erst recht nicht von seinen Küssen!

Wenn ich ihm beim Rahmen der Bilder helfe, können wir vielleicht pünktlich Feierabend machen und noch ein bisschen an der Mole in der Sonne sitzen.

Kurz darauf bimmelte die Messingglocke über Annas Kopf, ein wohliger Schauer kribbelte über ihren Rücken.

Hach, wie ich dieses Geräusch liebe!

Fiete stand mit einem Kunden in der Klamottenecke

und erläuterte die Vorzüge der Funktionsjacken.

„Moin, Anna!“, begrüßte der alte Mann sie. „Gut, dass du kommst. Ich habe schon zwei Vorbestellungen für deine Bilder.“ Er nickte Richtung Farben-Und-Lacke-Ecke. „Frau Vetter wartet.“

„Oha!“, rief Anna. „Warum habt ihr denn nicht angerufen?“

„Ich hätte“, murrte Fiete. „Aber der verliebte Kater meinte, ich soll dich in Ruhe lassen. «Anna muss mal Luft holen»“, imitierte er Eriks Stimme und grunzte unwillig.

Anna grinste. „Ohauaha!“

Ihr war der verständnisvolle Ausdruck in seinen Augen nicht entgangen.

„Jo!“, meckerte der Alte und zog seine Pfeife aus dem faltigen Mund. „Und, mien Deern? Bist fertig mit Luftholen?“

„Bin ich. Und mit Zeichnen auch.“ Fröhlich winkte sie mit der Mappe. „Wenn Frau Vetter möchte, kann sie sich gleich ein Motiv aussuchen.“

„Gut“, brummte Fiete. „Erik ist hinten und bereitet die Rahmen vor.“

Als Anna wenig später mit der Hafen-In-Der-Abendsonne-Zeichnung, die Frau Vetter sich aus der Mappe ausgesucht hatte, die Werkstatt betrat, beschleunigte sich ihr Puls voller Vorfreude.

Erik polierte die Glasscheiben der Rahmen und sah von seiner Arbeit auf.

„Hey, Prinzessin.“

Sein Gesicht leuchtete vor Zuneigung und spiegelte genau das wider, was Anna fühlte.

„Hey, Herr Ritter.“

Sie legte die Zeichnung beiseite und Erik ließ sein Mikrofasertuch auf die Scheiben fallen. Schon lagen sie einander in den Armen, ihre Lippen fanden sich wie von selbst.

Ein wundervolles Prickeln flutete Annas Adern. Davon würde sie nie genug bekommen, denn seine Nähe war Geborgenheit pur. Ihr Herz floss über vor Glück.

Endlich wieder vollständig.

„Ich habe dich vermisst", wisperte er zwischen zwei Küssen und zog sie fester an sich. Sein Duft wogte zu ihr herüber und durch das T-Shirt konnte sie seine Muskeln spüren.

Das wohlige Prickeln in Annas Körper wurde sinnlich.

„Ich dich auch", antwortete sie rau. Erik fühlte sich gut an – ohne Klamotten sogar noch besser.

Vielleicht sollten wir das mit dem An-Der-Mole-In-Der-Sonne-Sitzen auf wann anders verschieben.

Sie schaute in sein Gesicht. Seine blauen Augen waren so lustverhangen wie das Kribbeln in ihrem Bauch. Sehnsüchtig stellte sie sich auf die Zehenspitzen und küsste Erik abermals.

Pling!

In Annas Gesäßtasche vibrierte das Rebellensmartphone.

Och nööö! Nicht jetzt.

Sie ignorierte die Nachricht und schlang ihre Arme um Eriks Hals.

Nun rappelte auch dessen Telefon auf der Werkbank.

„Einfach nicht hinhören", murmelte Erik ohne dabei innezuhalten, ihre Lippen zu liebkosen.

Pling!

Rappel!

Pling!

Rappel!

Kurze Pause.

Pling!

Rappel!
Pling!
Rappel!
Pling!
Rappel! Pause.

Anschließend näherten sich mehrere Tock-Schlurfs aus dem Laden.

„Was piept denn hier so?“, meckerte Fiete.

Erik hörte auf, Anna zu küssen, doch er ließ sie nicht los. Stattdessen vergrub er sein Gesicht genüsslich seufzend in ihren Haaren und wisperte: „Sieh an. Da hat einer seinen Flüsterheini auf Horchposten.“

„Schaut ganz danach aus“, schmunzelte Anna.

Pling!

Rappel.

„Erik! Piept das bei dir?“

Es folgte das Geräusch des Vorhangs, wenn er mit einem Krückstock zur Seite gezogen wurde.

„Ohauahauaha!“, schnaufte der Seebär. „Hier ist ja alles rosarot.“

„Ach was. Das ist maximal minimal“, brummte Erik und drückte Anna demonstrativ einen lauten Schmatzer auf den Mund.

„Ha!“, zeterte Fiete. „Frau Vetter wartet. Erst rahmen, dann knutschen!“

„Sklaventreiber“, ächzte Erik. Er gab seiner Liebsten in aller Ruhe einen letzten zärtlichen Kuss und löste seine Arme von ihr.

Daraufhin stampfte der alte Mann empört mit seinem Krückstock auf, knurrte: „Also wirklich!“, und grinste von einem Ohr bis zum anderen. „Als ich so alt war wie du, Jungchen, hab ich nicht so schnell aufgegeben. Die Jugend von heute … also, die hat einfach keinen Biss mehr!“

Er zwinkerte Anna fröhlich zu und schlurfte zurück in seinen Laden.

„Dauert noch einen Moment, Frau Vetter!“, erklärte Fiete dort. „Wird mit viel Liebe gemacht.“

Erik lachte leise und drückte Anna einen Kuss auf die Haare.

Kichernd schaute sie zu ihm auf. „Dein Opa muss damals ja echt ein schlimmer Finger gewesen sein, was?“

„Jo. Es heißt, er hat nichts anbrennen lassen. Jung und wild! Bis er Oma traf. Da wurde er zahm.“

Er warf ihr einen sehnsüchtigen Blick zu. „Wir sollten denn wohl mal weitermachen. Ich die Rahmen, du den Rebellenkram?“

„Einverstanden“, seufzte Anna und zückte ihr Handy. Sie hatte sieben neue Nachrichten.

16:46

Angelika:

Moin moin!
Die Zeichnungsfrist endet zwar erst Montag, aber so gut wie alle Aktionäre haben sich schon entschieden, ob sie mitzeichnen wollen oder nicht.
Außerdem war der Fischzug von Robert und Anna auf dem Ball ein voller Erfolg - Storm Energie hat mehr interessierte Investoren, als Aktien ausgegeben werden können.

Olli hat mir gestern am späten Abend noch einmal die aktuellen Daten geschickt - vielen Dank dafür! Die Auswertung hat Folgendes ergeben:

Das Geld für den Offshore Park haben wir zusammen.

Wegen der vielen neuen Investoren hat Claus Jürgen kein neues Geld auftreiben müssen. Sein Stimmenanteil liegt ab Montag bei 42,5%.

Die meisten Neuinvestoren stehen auf unserer Seite.

Bei den alten Investoren sieht es nicht so rosig aus.

Derzeit fehlen unserer Allianz für die absolute Mehrheit Stimmenanteile in einer Höhe von 0,08%. Das hört sich wenig an, entspricht aber Aktien im Wert von ca. einer Million Euro.
Leute, da muss etwas machbar sein! Ich weigere mich, so kurz vor dem Ziel aufzugeben. Her mit Euren Vorschlägen!

„Neues an der Rebellenfront“, verkündete Anna und las Erik die Nachrichten vor. Bevor sie fertig war, kamen schon neue Nachrichten.

16:49

Robert:

Danke für die Auswertung, Angelika.
Wir sollten uns treffen und das Register durchsehen.
Du hast recht: Da MUSS was gehen!!!
Wo und wann treffen wir uns?

16:50

Oliver:

So knapp?! Verdammt! Ich hatte gehofft, es reicht.
Treffen hört sich gut an. Bin grade noch in der Firma (wegen der Anwerbetelefonate ist bei mir viel liegen geblieben). Um 18:00 muss ich zurück in HH sein.

16:50

Robert:

Dann jetzt gleich! Ich bin in Glückstadt (auf dem Weg zum Bootsausrüster – brauche dringend eine neue Seekarte wegen der Elbvertiefung. Dieses elendige

Gebagger in der Fahrrinne sorgt an anderen Stellen für Verschlickung und Verlandung. 😒)
Wo steckt der Rest?

16:50

Anna:

Erik und ich sind noch bei Fiete im Laden. In 10 Minuten ist hier Feierabend.
Sollen wir Dir die Seekarte mitbringen, Robert?

Sie hörte, wie Fiete im Laden den Jacken-Kunden verabschiedete und die Messingglocke bimmelte.

Plötzlich kamen zwei Antworten zeitgleich:

16:51

Robert:

Nein, danke, Anna. Ich muss auch noch nach Tauen, Ölzeug, etc. gucken.

16:51

Angelika:

Auf keinen Fall können wir uns bei mir oder bei Anna treffen! Claus Jürgen hat vorhin davon geredet, mit Anna und mir essen gehen zu wollen. Jetzt, wo der Druck nachlässt, ist er in Feierlaune ... 🙈

Anna schnaubte: „Oh Mann. Das ist so typisch! Paps will feiern. Wetten, dass er beim Essen ununterbrochen damit angibt, wie nachhaltig seine Unternehmenspolitik der letzten Jahre doch war? Pah! Dabei waren WIR es, die die neuen Investoren an Land gezogen haben!“

„Stimmt.“ Erik zwinkerte ihr spitzbübisch zu und verschloss sorgfältig die Rückseite des Rahmens. „Aber lieber so, als wenn er wüsste, warum die Leute alle bei euch einsteigen wollen, oder?“

„Auch wieder wahr“, stöhnte Anna. „Trotzdem geht es mir gegen den Strich.“

„Ist ja nicht mehr lang.“

„Na, hoffentlich“, murrte sie. „Noch reicht es blöderweise nicht.“

16:51

Oliver:

Ich habe heute nur 40 Minuten. Anna, wäre es ok, wenn wir uns in dem Laden treffen?

Anna schaute zu Erik herüber. „Olli fragt, ob wir uns hier treffen können.“

„Das geht bestimmt klar. Wir schließen ja eh gleich.“ Er hob das fertig gerahmte Bild von der Werkbank und nickte Richtung Verkaufsraum. „Ich sag Fiete eben Bescheid.“

16:53

Erik:

Fiete gibt grünes Licht. Kommt man alle längs.

16:53

Angelika:

Passt perfekt. Ich klemme mir die Unterlagen unter den Arm und mache mich sofort auf den Weg.

16:53

Oliver:

👍 mein Rechner fährt schon runter.

Vorsorglich räumte Anna die restlichen Rahmen beiseite, damit ihre Mutter auf der Werkbank Platz für Notebook und Co. hatte. Gerade als sie einen säuberlichen Stapel gebildet hatte, klingelte die Messingglocke im Laden.

„Moin, Robert“, begrüßte Erik den Neuankömmling. Er klang angespannt.

Oha. Ob das gutgeht?

Annas Magen zog sich nervös zusammen. Es war das erste Mal, dass die beiden seit ihrem Vieraugengespräch nach dem Ball aufeinander trafen.

„Moin moin, Herr Wieck!“

Fiete?!

Irritiert runzelte Anna die Stirn. Der alte Grummelkopf hatte Robert noch NIE mit seinem Namen angesprochen. Und schon gar nicht in einem so freundlichen Tonfall.

Ohauaha! Was geht da denn ab? Das muss ich mir angucken.

„Moin moin!“ Robert Stimme klang gelassen.

„Auf Wiedersehen und vielen Dank für das tolle Bild!“, verabschiedete sich Frau Vetter.

Anna schob den Vorhang zur Seite und trat in die Klamottenecke. Die drei Männer im Eingangsbereich schüttelten einander die Hände.

Boa! Fiete reicht einem feinen Pinkel die Hand! Freiwillig!!!

Sie hätte nicht gedacht, dass sie so etwas je erleben würde.

Robert lächelte. „Ich brauche eine Seekarte von der Elbe.“

Der alte Mann schlurfte mit seinem Krückstock zum Tresen, langte zielsicher in den Ständer daneben und zog den «NV.Atlas Elbe» heraus.

Währenddessen warfen sich Ritter und Knappe

scheinbar beiläufige Blicke zu, doch Anna konnte sehen, dass sie den anderen in Wahrheit taxierten.

Hätte mich gewundert, wenn es nicht so wäre.

Fiete kam zurück und drückte Robert die Karte in die Hand. „Geht aufs Haus."

Überrascht hob Robert die Brauen. „Danke. Aber das ist doch nicht nötig."

„Weiß ich", murrte Fiete. „Bin schon alt. Muss wohl bregenklöterig sein heute."

Was?!

Anna konnte es nicht glauben. Der Seebär mochte Vieles sein, aber eines war er garantiert nicht: verwirrt.

Und Großzügigkeit gegenüber feinen Pinkeln gehört normalerweise auch nicht zu seinen Charakterzügen!

So eine Karte kostete 50 Euro.

„Was du sonst noch brauchst, musst du bezahlen, Herr Wieck." Der Alte grinste breit. „Und nenn mich man Fiete."

Ohauahauaha! Mehr Anerkennung geht nicht!

Langsam dämmerte Anna, dass ihr Gespräch auf dem Deich am Morgen nach dem Ball viel weitreichendere Folgen hatte als vermutet.

Bis Angelika eintraf, hatte Robert bereits die Hälfte seines Einkaufs zusammen.

Mit jedem Tau, jeder Schwimmweste und jeder Flasche Petroleum, die Erik für ihn raussuchte, entspannte sich das Verhältnis zwischen ihnen zusehends – eine Tatsache, die Anna sehr erleichterte.

„Prima, das Wichtigste habe ich", freute sich Robert. „Für den Rest komme ich nächste Woche wieder."

„Ach was", widersprach Erik. „Das machen wir nachher noch. Ich weiß doch, wie viel du zu tun hast."

Von der Kasse aus stimmte Fiete zu: „Jo, der Kunde ist

König."

Du meine Güte! So viel Harmonie ...

Anna verkniff sich ein Lachen und begrüßte ihre Mutter, die gerade die Eingangstür hinter sich schloss.

„Moin, Mama! Na, konntest du dich wegschleichen, ohne dass Paps es merkt?"

„Moin moin, alle zusammen!" Angelika schaute in die Runde und dann zu Anna. „Wegschleichen war nicht nötig. Ich muss noch einen Gutschein in der Bücherstube besorgen und man wird sich bei Frau Meyer ja wohl mal auf einen Kaffee festschnacken dürfen, oder?" Sie zwinkerte fröhlich.

Die Messingglocke bimmelte erneut, diesmal war es Olli.

Während Fiete den Laden zusperrte und mit der Tagesabrechnung begann, versammelten sich die Rebellen in der Werkstatt, wo Angelika den Stand der Dinge präsentierte.

„Das Problem sind die Altaktionäre", beendete sie ihren Vortrag. „Viele von denen halten Claus Jürgen die Treue. Sollte es uns nicht gelingen, die absolute Stimmenmehrheit hinter uns zu bringen, wird mein Mann nicht zurücktreten."

„Und wenn wir bluffen?", überlegte Anna und blätterte durch die bereits unterschriebenen Absichtserklärungen der Rebellenallianzmitglieder. „Ich meine, es sind nur 0,08%, die uns fehlen. Glaubst du, Paps merkt das?"

„Aber sicher merkt er das", prophezeite Robert. „Ein Claus Jürgen Storm lässt sich nicht mal eben die Butter vom Brot nehmen. Bevor er zurücktritt, wird er jede einzelne Unterschrift prüfen."

„Garantiert", bestätigte Olli. „In solchen Dingen ist er gründlich. Haben wir auch nur einen Wackelkandidaten, wird er nicht freiwillig gehen, sondern bis zur nächsten

Hauptversammlung Stimmung gegen uns machen. Erst recht, falls der Aufsichtsrat ihn entlassen sollte. Das würde nach hinten losgehen. Wie du sagst, Angelika, hat Claus Jürgen treue Anhänger – besonders unter den Kleinanlegern aus der Region. Für die ist er DER Macher, der das Unternehmen seit der Gründung erfolgreich leitet. Wenn wir ihn rauswerfen, würde er über die Mehrheit in der Hauptversammlung einen neuen Aufsichtsrat bestimmen und wir wären raus. Nein, Anna, ein Bluff kommt nicht infrage."

„Mist!" Anna schnappte sich das Register. Die mehrseitige Liste hatte fast die Stärke eines Schulheftes und sah mitgenommen aus. Die Ecken der Seiten waren verknickt und viele Einträge mit handschriftlichen Bemerkungen oder Farbmarkierungen versehen. „Hmm. Bei wem haben wir unser Glück noch nicht versucht? Wen können wir noch überzeugen?"

„Nimm diese Liste." Angelika klickte auf ein anderes Registerblatt und ging zur Seite, damit alle auf das Display sehen konnten. „Ich habe hier alle Anleger reinkopiert, die wir bislang nicht angesprochen haben. Es sind vor allem Aktionäre mit kleinen Beträgen, jeder von ihnen investiert durchschnittlich um die zehntausend Euro."

„Verdammt", stöhnte Olli. „Insgesamt brauchen wir eine Million, oder?"

Angelika nickte. „Korrekt."

„Dann kann ich meine Segeltour für morgen wohl vergessen", scherzte Robert und scrollte durch die Liste. „Puh! Ausgedruckt sind das mindestens zehn Seiten. Woher weiß ich, welches die großen Fische sind?"

„Schiet!" Angelika verzog das Gesicht. „Ich hätte die Investitionsbeträge mit rüberkopieren sollen."

„Ach, das ist kein Problem", meinte Anna. „Lass mich

mal ran. Ich ziehe die Zahlen eben mit einem S-Verweis hinter die Namen. So können wir gleich absteigend sortieren.“ Sie schrieb eine Formel in die zweite Spalte, klickte ein paar Male und murmelte: „Die Kontaktdaten setze ich ebenfalls gleich dahinter, einverstanden? Oh. Und Datenbalken – besser ist das … Zack. Fertig.“

„Perfekt!“, freute sich Robert. „Dann können wir uns die Leute sinnvoll aufteilen.“

„Mhmm.“

Anna starrte auf die dunkelblauen Balken in der Betragsspalte, aus denen ein Wert deutlich herausstach, und krauste die Nase. „«Die jungen Wilden» sind auch noch in der Liste?“

„Ja“, brummte Olli. „Ich habe mich nicht getraut, diesen P. Petersen anzuschreiben. Was, wenn er zu den Claus Jürgen Fans gehört und dem unser Vorhaben steckt? Mehr als ein Postfach hat Storm Energie nicht von der Gruppe, anrufen ging also nicht. Und die Wilden sind seit der Gründung dabei. Claus Jürgen wird sie damals persönlich betreut haben.“

Annas Blick blieb am Investitionsbetrag hängen: 1.004.457 Euro. „Falls wir die auf unsere Seite ziehen könnten, wären wir fertig.“

„Ja, FALLS!“, murrte Olli. „Aber falls nicht, können wir womöglich den ganzen Plan vergessen. Meine Erfahrung der letzten Tage sagt: Je früher die Aktionäre ihre Papiere gezeichnet haben, desto größer sind ihre Sympathien für den amtierenden Firmenchef. «Die jungen Wilden» gehörten zu den allerersten. Sie waren die dritten, die sich an Storm Energie beteiligt haben. Die Summe ist zwar echt nett, doch …“

„Du willst also lieber 100 Kleinanleger abtelefonieren?“, fragte Anna ungehalten. „Oder eher 200 – die machen nie im Leben alle mit, nur weil wir so lieb mit ihnen schnacken!“

„Die Quote liegt wohl eher bei eins zu zwei.“ Robert rieb sich das Kinn und starrte auf den Bildschirm. „Das wären dann 300 Telefonate. Bis Dienstag. Das ist nicht machbar.“

„Eben.“ Anna machte ihren Rücken gerade. „Ich fahre morgen nach Brunsbüttel. Ich klingle einfach bei allen Petersens, die ich im Telefonbuch finden kann, und rede mit denen.“ Sie schaute in die Runde. „Jetzt guckt nicht so skeptisch! Das ist sinnvoller, als 300 Kleinaktionäre anzurufen. Wie viele P. Petersens kann es in Brunsbüttel schon geben?!“

„P. Petersen?“, echote Erik von hinten. Bislang hatte er sich aus dem Gespräch rausgehalten und sein Werkzeug aufgeräumt. „Aus Brunsbüttel?“

„Ja.“ Anna nickte düster. „Er ist als Kontakt der Gruppe «Die jungen Wilden» angegeben. Blöderweise nur mit Postfach.“

Erik legte seinen Kopf schief. „«Er»? Bist du sicher, dass P. Petersen ein «Er» ist?“

„Keine Ahnung“, antwortete sie achselzuckend. „Wieso? Kennst du eine P. Petersen aus Brunsbüttel?“

„Ich nicht. Aber Fiete.“ Er tippte sich an die Schläfe. „Zumindest trifft er sich alle paar Monate mit einer Paula Petersen auf einen Tee im Torhaus bei den Kanalschleusen, angeblich zum «Schiffe gucken».“ Er grinste. „Immer an einem Freitag – dann muss ich hier allein den Laden schmeißen.“

Schweigen.

Alle starrten Erik an, bis der sich verlegen durch die Haare fuhr, so dass sie kreuz und quer abstanden.

„Tee. … Soso!“ Robert grinste lauernd, ein ausgehungerter Löwe war ein Schmusekätzchen gegen ihn. „Vielleicht unterhalten wir uns mal mit Herrn Sievers über die gute Paula."

„Das übernehme ich", bestimmte Erik und setzte sich in Bewegung. „He Fiete, ich brauche mal deine Hilfe!"

Auf der anderen Seite des Vorhangs rührte sich nichts.

„War ja klar", nörgelte Erik. „Er hat seinen Flüsterheini schon ins Wochenende geschickt." Seufzend trat er in den Laden.

In der Werkstatt schauten sich Anna, Angelika, Robert und Olli mit großen Augen an und spitzten die Ohren.

„Fiete", sagte Erik drüben, „mach dein Hörgerät an!"

„Seid ihr fertig, mien Jung?", erkundigte sich der Alte.

„Nein. Mach deinen Flüsterheini an!"

„Warte, ich verstehe dich nicht. Mein Flüsterheini hat schon Wochenende."

„Ich weiß", stöhnte Erik. Offenbar biss er die Zähne zusammen.

„So, nu' is' er an", erklärte Fiete. „Was gibt es denn?"

„Wir suchen Paula."

Pause.

„Hat das was mit Windrad-Aktien zu tun?", erkundigte sich der Seebär zögerlich.

„Wäre es schlimm, wenn?", fragte Erik zurück.

Der Alte grunzte misstrauisch. „Was willst du von Paula?"

„Anna möchte mit ihr reden."

„Anna?", Fietes Stimme wurde geringfügig freundlicher, bloß um gleich wieder skeptisch zu werden. „Oder meinst du Herrn Weber?"

„Anna", beharrte Erik. „Sie sucht die Kontaktperson einer Anlegergruppe, die sich «Die jungen Wilden» nennt. Für P. Petersen ist ein Postfach angegeben. In Brunsbüttel. Klingelt da was bei dir?"

Unentschlossene Stille.

„Fiete, was ist los?"

„Nix", meckerte der. „Es gibt mehrere Petersens in Brunsbüttel. Such dir deinen eigenen."

„Vergiss es." Eriks Antwort klang drohend: „Alter Mann, ich habe keine Ahnung wie, aber du hast da deine Finger im Spiel. Rück raus mit der Sprache!"

Sturköpfiges Schweigen.

Vor ihrem geistigen Auge konnte Anna förmlich sehen, wie ihr Ritter die Fäuste in die Hüften stemmte und seinen Großvater ärgerlich anfunkelte, während dieser trotzig mit verkniffenem Mund an seiner Pfeife nuckelte.

„Gut! Ich finde deine Paula auch ohne dich", behauptete Erik. „Mit den sozialen Medien ist sowas heute ein Klacks! Hier, schau! Ich poste die Frage nach Paula Petersen einfach in die Gruppe «Meine Stadt Brunsbüttel» – zack! Das dauert keine fünf Minuten und irgendwer schreibt mir, wo ich sie finde."

Boa. Anna schlug sich mit der flachen Hand gegen die Stirn. *Auf die Idee hätte ich Dussel ja auch mal kommen können!*

Das Schnaufen von Olli und Robert legte nahe, dass die beiden Ähnliches dachten.

Hinter dem Vorhang herrschte noch einen Moment störrisches Schweigen, dann brummte Fiete schließlich: „Nee, lass das man mit dem Posten. Ich bin genauso jung und wild."

„Du?" Erik schnaubte. „Vor fünfzig Jahren vielleicht."

„Nicht frech werden, Jungchen!", knurrte der Alte. „94 war ich besonders jung und wild."

94 hat Paps Storm Energie gegründet.

Anna schluckte nervös.

„DU hast bei Storm investiert?" Eriks Stimme überschlug sich fast. „Eine Million?!!"

„Nicht allein", wiegelte Fiete ab. „Zusammen mit 'n

paar Freunden. Damals waren wir zehn – sind aber bloß noch acht von übrig."

„Eine Million?!!! Ich fasse es nicht!"

„Reg dich ab. 94 hat jeder von uns dreiunddreißigtausend Mark eingezahlt. Hat sich entwickelt."

„Entwickelt?", keuchte Erik.

„Joa. Eine Million durch zehn eben. Macht bummelig hunderttausend."

Anna schüttelte den Kopf und flüsterte: „Unglaublich. Fiete ist Aktionär!"

Hinter dem Vorhang erklärte Erik halb lachend, halb anklagend: „Mit einhunderttausend Euro bist du ein feiner Pinkel – das ist dir klar, oder?"

„Nur auf‘m Papier", beschwichtigte Fiete. „Claus Jürgen Storm ist ein Idiot, aber wirtschaften kann der Mann. Mensch, Jung, denn muss ich dir später nicht auf der Tasche liegen, wenn du die Bootsausrüstung übernimmst."

Stille.

Anna lächelte gerührt. *Der alte Brummelkopf will seinen Enkel entlasten.*

„Und was ist mit damals?", wollte Erik wissen.

„Du meinst die Zeit, als deine Eltern mein Geld mal wieder in ihrem Klamottenladen versenken wollten?", murrte der Seebär.

„Ja, genau!"

„Ich wollte lieber die Welt verbessern – für deine Schwester. Dich gab es 94 ja noch nicht." Fiete seufzte. „Die Atomkraftwerke Brokdorf und Stade sind direkt bei Glückstadt nebenan. Ich habe gesehen, was Tschernobyl angerichtet hat! Das wollte ich weder für meine Tochter noch für meine Enkel. Storm hat uns eine risikofreie Technik versprochen. Das schien mir das sinnvollere Geschäft, als den ollen Klamotten-Gaul totzureiten."

Pause.

„Darüber reden wir später“, meinte Erik und holte tief Luft. „Zurück zum Thema: Rückst du Paulas Nummer raus?“

„Weiß nicht“, murrte der Seebär. „Was wollt ihr denn von Paula?“

„Mit Hilfe der jungen Wilden Claus Jürgen vom Chefsessel schubsen.“

Echt jetzt? Fiete wusste es nicht? Anna runzelte die Stirn.

„Feine Vorstellung“, griente der Alte. „Ich hab‘ den Storm fast so gern wie meine Prostataprobleme. Der Kerl hat das Feingefühl einer Dampfwalze. Grmpf! Würde ihn zu gern mal mit meinem Krückstock frisieren.“ Er lachte meckernd.

Offenbar nicht, staunte Anna. Erik hatte dichtgehalten und seinem Opa nichts von ihren Plänen erzählt. Diese Diskretion rechnete sie ihm hoch an.

„Also …?!“

„Ich sag‘ ja“, fuhr der Alte nun deutlich skeptischer fort, „Storm ist ein Idiot. ABER der Mann versteht sein Geschäft. Falls meine Aktien in die Grütze gehen, musst DU mir die Rente zahlen. Wer kümmert sich um meine Windräder, wenn Claus Jürgen nicht mehr in seinen Chefsessel furzt?“

„Anna und Olli“, erwiderte Erik.

Schweigen.

„Ich mag Anna, mien Jung“, seufzte Fiete. „Sie hat das Herz am rechten Fleck …“

Ein unausgesprochenes «ABER» hing deutlich hörbar in der Luft des Ladens.

„Versteht sie denn was von Unternehmensführung?“ Der Alte ächzte. „Weißt du, als Chef kannst du nicht immer nur nett sein …“

„Das weiß ich. Ich kenne ja dich“, konterte Erik. „Im Ernst: Anna hat einen Master in BWL. Robert ist überzeugt, dass sie und Olli es hinbekommen.“

„Du meinst den Robert, der deine Anna nicht vernascht hat, als er die Gelegenheit dazu hatte?“

„Jo. Genau den.“

„Pah! Charakterliche Größe ist gut und schön, aber wo bleibt der Riecher für‘n Abschluss?!“

Annas Wangen wurden heiß. Peinlich berührt schaute sie Robert in die Augen, doch der zwinkerte ihr entspannt zu.

„Oh, da täusch dich man nicht, Fiete!“, widersprach Erik hinterm Vorhang. „Robert weiß genau, was er tut. Er ist nicht auf schnelle Gewinne aus, sondern setzt auf Nachhaltigkeit.“

Daraufhin grinste Robert so zufrieden von einem Ohr zum anderen, dass Anna ein Kichern unterdrücken musste.

„Außerdem“, fuhr Erik fort, „investiert Robert mehr Asche in Storm als jeder andere. Deine Hunderttausend sind ein lauer Läusepups dagegen.“

„He!“, krächzte Fiete empört.

„Wenn es dich beruhigt, alter Mann, dann zahl ich dir die Rente, falls Storm pleite macht.“

„Hand drauf?“

„Hand drauf!“

Ein trockenes Spucken, danach ein Händeklatschen.

Erik atmete auf. „Kriege ich jetzt Paulas Nummer?“

„Nee, die ruf ich selbst an“, murrte Fiete, „aber du kannst den Komplott-Bagaluten in deiner Werkstatt sagen, dass wir jungen Wilden bei der Meuterei mit von der Partie sind.“

Im Netz

Anna betrat den Flur, der zu dem kleinen Besprechungsraum bei Storm Energie führte. Sie lächelte, doch ihre Eingeweide hatten sich unangenehm im Bauch verknotet und ihre Finger waren seehundnasenkalt.

Gleich wird es ernst.

Ihr Herz klopfte furchtsam und verteilte Stecknadeln in ihren Adern. Unsicher drückte sie die Mappe mit den Sitzungsunterlagen fester an sich.

Ich darf mich von ihm nicht einschüchtern lassen!

Das sagte sich leicht, aber die Realität sah anders aus, denn Anna fühlte sich in diesem Moment genauso klein und verloren, wie sie heute Morgen vor dem Spiegel in ihrem Jackett gewirkt hatte.

Das liegt nur an der falschen Größe!, machte sie sich Mut. *Vor sieben Wochen, als Petra und ich das Kostüm für den Musicalabend mit Robert gekauft haben, passte es perfekt.*

Nun könnte es ein bis zwei Nummern kleiner sein. Der Rock war inzwischen so weit, dass er ihr tief auf die Hüfte rutschte und Anna ihn notgedrungen gegen eine ihrer neuen Jeanshosen tauschen musste.

Ob ich das Jackett lieber ausziehen sollte?

Besser nicht. Der Anlass war ernst und die weiße Bluse

zu leger.

Am liebsten hätte ich mir eine Krawatte umgebunden!

Stattdessen hatte sie ihre langen blonden Haare im Nacken zu einem seriösen Knoten festgesteckt und trug den Lebensbaum um ihren Hals.

„Er wird dir Glück bringen“, hatte Erik heute Morgen beim Frühstück versprochen und ihr aufmunternd zugezwinkert. „Nicht, dass du Glück nötig hättest – schließlich seid ihr perfekt vorbereitet.“ Dann hatte er sie geküsst und umarmt. „Du schaffst das, ich weiß es!“

Vorhin, um halb sieben, hatte Anna auch noch daran geglaubt. Doch nun, wo ihre Schritte von den Flurwänden widerhallten und sie dem verflixten Besprechungsraum immer näher kam, war ihre Zuversicht jämmerlich zusammengeschrumpelt wie ein Luftballon mit Loch.

Warum habe ich bloß «Ja» gesagt, als Robert vorgeschlagen hat, dass ICH Paps die Pistole auf die Brust setzen soll?

Klar, logisch betrachtet machte das Sinn, da sie hinterher den Laden schmeißen wollte, aber konnte sie das wirklich schaffen?

Der Flur schien zu wachsen. Von beiden Seiten glotzten die repräsentativen Windenergieanlagenfotos aus ihren edlen Angeberrahmen auf die Unternehmerstochter herab und prahlten hinterhältig mit den großartigen Erfolgen des Vaters.

„Und was hinterlässt du, Klein-Anastasia?“, höhnten sie.

Scheiß auf die Logik!

Anna unterdrückte ein Stöhnen und den dringenden Wunsch, auf dem Absatz kehrtzumachen. In diesem Moment fühlte es sich so an, als wären ihr die Schuhe ebenfalls zwei Nummern zu groß. Mindestens.

Super. Das habe ich mir ja ganz toll überlegt.

Hilfesuchend tasteten ihre Finger nach dem Kettenanhänger, der warm und glatt auf ihrer Brust lag.

„Du schaffst das!“, echoten Eriks Worte durch ihren Geist und tatsächlich wurde sie ruhiger.

Anna nickte entschlossen. Die anderen hatten Recht: Sie musste es selbst machen. Nur so würde sie sich freischwimmen können.

Wir tun das Richtige! Das weiß ich. Ich brauche bloß ich selbst zu sein und für meine Überzeugung einzustehen. Mehr nicht.

Entschieden drückte sie ihren Rücken durch und spürte, wie ihr Lächeln an Souveränität gewann.

Noch drei Schritte, dann lag die Glastür des kleinen Besprechungsraums direkt vor ihr. Sie sah, dass bereits alle versammelt waren. Normalerweise kam Anna nie als letzte, doch Robert hatte ihr geraten, sich heute ein paar Minuten zu verspäten.

„Ein Chef wartet nicht auf seine Leute“, lautete seine Devise, „sondern sie auf ihn. Immerhin ist die Zeit des Firmenoberhaupts die teuerste … Außerdem kannst du so selbst bestimmen, wann du bereit bist loszulegen.“

Bin ich bereit?

Nervös ließ sie ihren Blick durch den Raum hinter der Glastür schweifen. Ihre Mutter stand plaudernd mit Olli an der Fensterfront und Robert unterhielt sich einen Meter weiter angeregt mit David, der extra für diesen Termin aus Friedrichshafen angereist war. Ihr Vater schenkte sich am Tisch einen Kaffee ein und grinste honigkuchenpferdmäßig über das ganze Gesicht.

Er scheint wirklich nichts von der Rebellion zu ahnen.

Anna schluckte. Offenbar glaubte ihr Vater, dass sie bei diesem Treffen lediglich die erfolgreiche Kapitalerhöhung für den Offshore Park feiern wollten.

Tja, Paps, falsch gedacht!

«Vater!» korrigierte sie sich sofort, denn sie hatte sich vorgenommen, ihn für die Dauer der Sitzung nicht «Paps» zu nennen. Das klang viel zu sehr nach dem kleinen Mädchen, das sie als zukünftiger Vorstand nicht mehr sein durfte.

Gerade als sie die Hand nach der Türklinke ausstreckte, schaute Claus Jürgen auf. Ihre Blicke trafen sich und prompt rutschte Anna das Herz in die Jeans.

Ihr Vater verzog den Mund, sah auf seine Armbanduhr und schüttelte tadelnd den Kopf.

Blödmann. Es sind doch nur fünf Minuten!

Tatsächlich hatte sie nicht erwartet, dass er bereits hier sein würde, aber Robert hatte genau das vorhergesagt. Mit einem lauernden Grinsen hatte er ihr gestern erklärt: „Ich habe ihm den Hintern gerettet, was den Offshore Park angeht. Er wird mich nicht warten lassen."

Der Punkt geht jedenfalls schon mal an Robert.

Solcher Kinderkram würde zukünftig zu ihren Werkzeugen gehören, auch wenn ihr das nicht sonderlich gut gefiel.

Was soll's? Ich will was bewegen, also muss ich mitspielen.

Und das würde sie!

Anna setzte ein entschuldigendes Lächeln auf, wappnete sich innerlich gegen die Sprüche, die Claus Jürgen zweifelsohne gleich ablassen würde, und drückte die Klinke.

„Tut mir leid, hat etwas länger gedauert bei mir."

„Hast du wieder Picasso gespielt?", erkundigte sich ihr Vater freundlich, aber in seinen Augen funkelte genervte Überheblichkeit.

„Ein wenig." Anna nickte unschuldig in Roberts Richtung. „Ich dachte, es ist in deinem Sinne, wenn die

Zahlen des Abschlussberichts zur Feier des Tages mit allen Schikanen aufbereitet sind."

„Na, dann will ich mal nicht meckern", gab Claus Jürgen gnädig zurück. Er rieb sich die Hände und erhob seine Stimme: „Angelika, meine Herren! Ich bitte, Platz zu nehmen."

Die Gespräche verstummten.

Anna machte schnell die Runde, um alle persönlich zu begrüßen.

„Heieiei, Schwesterherz!", rief ihr Bruder, der als letztes an der Reihe war. „Hervorragend schaust du aus! Ich hätte dich fast nicht wiedererkannt." Er umarmte sie herzlich und flüsterte: „Du packst das. Wir stehen alle hinter dir."

Bevor sie antworten konnte, unterbrach ihr Vater das Zwiegespräch mit einem lauten Schnipsen: „Anna, Verdunklung!"

„Danke, David." Sie löste sich lächelnd aus der Umarmung.

Der Schalter für die Verdunklung befand sich auf der anderen Seite des Konferenztisches, alle anderen standen näher als Anna.

Das war so klar!

Vor einem halben Jahr hätte sie sich noch nichts dabei gedacht, wäre treudoof um den Tisch herumgetrottet und hätte persönlich auf den Schalter gedrückt, doch heute begriff sie, dass der olle Schalter mehr war als ein simpler Verdunklungsschalter, nämlich eine Gelegenheit für Claus Jürgen, seine Tochter auf ihren Platz zu verweisen.

Ha! Offensichtlich will er mich für meine Verspätung abstrafen.

Das konnte er vergessen. Anna wandte sich an ihren Ex-Verlobten, der auf der anderen Seite des Tisches direkt neben dem Teil stand. „Olli, würdest du …?“

„Gern, Anna.“

Breit grinsend betätigte ihr Ex den Schalter, woraufhin ihr Vater irritiert, aber vor allem verärgert die Stirn furchte.

Tja, auch ich kann die Puppen tanzen lassen!

Sie warf Olli eine Kusshand zu und Robert ihr einen warnenden Blick, der unmissverständlich sagte: „Übertreib es nicht!“

Recht hat er.

Sie nickte leicht.

Währenddessen schritt Claus Jürgen ans Kopfende des Konferenztisches und machte Anstalten, sich zu setzen.

„Vielleicht sollten wir Ihrer Tochter heute diesen Platz überlassen“, schlug Robert vor. Sein Lächeln war harmlos, das Funkeln in seinen Augen dagegen raubtierhaft. „Oder präsentieren Sie die Auswertung?“

„Nein, das ist Annas Job“, erwiderte der Firmenchef leicht verschnupft, als wäre es eine Zumutung, sich durch die Register zu klicken.

„Genau“, schmunzelte Robert. „Und von hier muss sie sich nicht ihren hübschen Hals verrenken, um auf die Projektionsfläche sehen zu können.“

Die bittersüße Zärtlichkeit, die dabei über seine Miene huschte, war so echt, dass ein gieriges Leuchten Claus Jürgens Augen erhellte.

Der Firmenchef lachte gönnerhaft. „Warum nicht. Machen wir mal eine Ausnahme.“

Kein Zweifel – mein Vater glaubt, Robert sei noch im Rennen!

Anna schluckte. Wie traurig war das? Erik und sie waren bereits mehr als zwei Wochen zusammen und ihr Vater hatte keinen blassen Schimmer davon!

An mir liegt das nicht! Aber sein Kalender war ja

immer sooo voll, dass er nicht mal Zeit hatte, sich danach zu erkundigen, wie mein Ball war.

Aus taktischen Gründen hatte Angelika darauf verzichtet, ihrem Mann von der neuen Beziehung ihrer Tochter zu erzählen.

Genau das nutzte Robert nun aus und rückte ihr galant den Stuhl zurecht. „Bitte sehr, meine Liebe!"

Dann nahm er zu ihrer Linken Platz.

Claus Jürgen setzte sich rechts von ihr hin und winkte David neben sich.

„Ich habe den Rechner schon für dich hochgefahren, Anna", erklärte Olli. Er und Angelika wählten die beiden Stühle neben Robert.

„Dankeschön." Anna holte das Computersystem aus dem Standby und meldete sich an. Nach und nach baute sich ihre Benutzeroberfläche auf.

„Wunderbar", murrte Claus Jürgen. In seiner Miene war ablesbar, wie wenig ihm Ollis Bemühungen um seine Tochter gefielen.

Auf sein Nicken hin positionierte Angelika die Teller mit den exquisiten Besucherkeksen so, dass alle gut herankamen und begann damit, Kaffee zu verteilen, welchen Anna jedoch ablehnte.

Mein Herz rast auch so schon genug!

Obwohl alle in der Runde lächelten, spürte sie die unterschwellige Anspannung überdeutlich. Ihr Vater taxierte die anderen Männer im Raum, Misstrauen lag in der Luft. Offenbar schien er zu fühlen, dass hier irgendetwas im Gange war.

Er begreift nur noch nicht, worauf es hinausläuft. Oh Mann! Wir sind so hinterhältig!

Annas Hände zitterten, als sie die Tastatur in Position schob.

Von links berührte Robert beruhigend ihren Arm. „Du

magst heute bestimmt lieber ein Wasser, oder?“

„Ja, bitte.“

Tatsächlich war ihr Hals vor Aufregung ganz trocken.

Robert öffnete eine Flasche stilles Wasser, goss ihr ein halbes Glas ein und drückte es ihr direkt in die Hand. Dankbar trank Anna ein paar Schlucke.

Der vertraute Umgang befeuerte das gierige Leuchten in Claus Jürgens Gesicht weiter. Er rieb sich die Hände und schaute anschließend stolz von David zu Olli und dann zu seinem „Hoffentlich-Bald-Schwiegersohn“ Robert.

„Meine Herren, wir haben es geschafft!“, verkündete er und breitete seine Arme in theatralischer Geste aus. „Storm Offshore wird kommen! Jetzt ernten wir die Früchte unserer harten Arbeit. Wie nachhaltig unsere Unternehmenspolitik in den letzten Jahren war, beweist allein die Tatsache, dass fast alle Aktionäre die Kapitalerhöhung mitgezeichnet haben.“

Ha! Er spricht von «uns» und «wir», doch er meint nur sich.

„Storm Energie ist ein Name, der Vertrauen bei den Anlegern schafft – großes Vertrauen!“ Claus Jürgen rieb abermals seine Hände und gluckste fast. „So konnten wir mit unserem tadellosen Ruf in den vergangenen Wochen etliche Neuinvestoren für unser Unternehmen begeistern.“ Er schnipste. „Anna, die Daten!“

Chauvinist! Olli hat verdammt recht!

Lächelnd schluckte sie ihre Wut herunter. „Gern, Vater.“

Viel lieber hätte Anna allerdings mit den Augen gerollt und spöttisch gelacht, denn die Federn, die ihr Erzeuger hier mit aufgeblasener Brust präsentierte, hatten Robert, Olli, Angelika und sie selbst in mühevoller Arbeit aufgelesen. Sogar David hatte mitgeholfen. ALLE, nur nicht ER!

Claus Jürgen runzelte irritiert die Stirn.

Na, sieh mal einer an! Ist ihm meine neue Anrede doch aufgefallen. Fein!

Anna öffnete die Tabellenkalkulation und rief die vorbereitete Datei vom Server ab.

Die Rebellen hatten beschlossen, dass es besser war, nicht plump mit der Tür ins Haus zu fallen, sondern die Datenlage ausführlich vor Claus Jürgen auszubreiten, und genau das würde sie jetzt tun.

„Ich starte mit der Ausgangslage", begann Anna und zeigte eine geclusterte Pivot-Auswertung der Stimmenanteile vor der Kapitalerhöhung. Selbstverständlich hatte sie die Kernaussage mit Datenbalken und Kreisdiagrammen hervorgehoben, was Claus Jürgen ebenso selbstverständlich mit einem abfälligen Nasenrümpfen quittierte.

„Ach, Anna, ich liebe deine Auswertungen!" seufzte Robert. „Keiner bringt die Fakten so elegant auf den Punkt wie du!"

Prompt zierte ein dünnes Lächeln die Lippen ihres Vaters.

Gier macht blind!

Nur so konnte es Anna sich erklären, dass der Vorstand das gefährliche Lauern in den graugrünen Augen des Aufsichtsrats übersah.

Oder hält er es für Verliebtheit?

Wie auch immer, es stand außer Frage, dass Robert es genau darauf anlegte und Claus Jürgen ihm auf den Leim ging.

Was tun wir hier eigentlich?

Die Anspannung in Annas Körper nahm zu: noch mehr Knoten in den Eingeweiden und noch mehr Stecknadeln im Blut. Ihr wurde übel.

Im Augenwinkel sah sie, dass Ollis Mundwinkel schadenfroh zuckten. Ihm gegenüber lehnte David sich lässig in seinem Stuhl zurück und grinste seine Schwester unverwandt an, Vorfreude glänzte in seinen Augen.

Alter Bagalut! Er genießt die Show.

Sein Grinsen legte lang vergessene Erinnerungen bei Anna frei. Ihr feiner Herr Bruder hatte exakt denselben Gesichtsausdruck wie damals, als er Tante Gerda an deren Geburtstag ein anonymes Überraschungsgeschenk mit schleimigen Kröten und Regenwürmern untergejubelt hatte. Der gellende Schrei ihrer Tante hallte noch heute in Annas Ohren wider.

„Jeder kriegt, was er verdient", hatte David behauptet und auf die Rechtschreibübungshefte verwiesen, die Tante Gerda ihm wenige Monate zuvor unter den Weihnachtsbaum gelegt hatte. „Ich finde Kröten und Würmer mindestens so toll wie sie diese Ekelhefte!"

Die Erinnerung kräuselte Annas Lippen, woraufhin ihr Bruder zwinkerte. Offenbar hatte er denselben Gedanken.

Ja, jeder kriegt, was er verdient.

Davids Gerechtigkeitssinn hatte sie schon als Kind bewundert. «Wenn dich jemand mies behandelt, musst du das nicht hinnehmen. Du darfst dich wehren!»

Dieser Gedanke löste die letzten Zweifel in Anna auf und endlich FÜHLTE sie, was ihr Kopf schon längst wusste: Das Maß war voll. Claus Jürgen musste gehen.

In diesem Moment erfasste sie eine tiefe Ruhe.

Ich darf mich wehren.

Sie würde ihrem Vater weder Kröten noch Würmer unterjubeln, sondern ihm hier und heute beweisen, dass sie genauso gut Fäden ziehen konnte wie er.

„Worauf wartest du, Kind?", drängelte ihr Vater und

zeigte ungeduldig auf die Projektionsfläche.

„Auf nichts." Anna lächelte, trank einen Schluck Wasser und legte mit ihrer Analyse los.

In den nächsten zwanzig Minuten erläuterte sie die Zusammensetzung der verschiedenen Anleger-Cluster vor und nach der Kapitalerhöhung. Sie arbeitete die Ursachen der Unterschiede heraus, verwies auf Tendenzen und machte auf mögliche Probleme in der Zukunft aufmerksam. Des Weiteren präsentierte Anna Stand und Budget des Offshore Projektes sowie einen Kurzüberblick über das aktuelle Wirtschaftsjahr von Storm Energie.

Ihre Mitstreiter hatten die Daten natürlich bereits vorab bekommen und stellten während Annas Vortrag gezielt Fragen, um den einen oder anderen Aspekt besonders hervorzuheben.

Alles klappte wie geplant. Die Rebellen hatten ihr Spinnennetz aufgespannt und Anna thronte in der Mitte.

Lächelnd schloss sie mit den Worten: „Zusammenfassend kann ich sagen, dass die Kapitalerhöhung problemlos vollzogen wurde, das Offshore Projekt nach Plan läuft und die Geschäftszahlen des laufenden Jahres erfreulicherweise leicht über dem Soll sind."

Kurze Atempause, danach klopften alle anerkennend mit den Fingerknochen ihrer Fäuste auf die Tische, sogar Claus Jürgen.

„Danke, Anna, für diese überaus anschauliche und ausführliche Analyse", setzte der Firmenchef salbungsvoll an. „Sie untermauerte meine Eingangsworte: Unsere Firmenpolitik der letzten Jahre trägt Früchte. …"

Ach nee. Wenn ich ihm beim Selbstbeweihräuchern helfe, taugt meine Arbeit was!, dachte sie spöttisch.

Dann wurden ihre Hände feucht und ihr Puls beschleunigte sich. Jetzt war der Zeitpunkt gekommen, an dem sie schießen musste, und zwar scharf.

Anna wollte das nicht, doch sie wusste, dass sie keine Alternative hatte. Mit heftig pochendem Herzen schöpfte sie Atem.

„…Wir haben alles richtig gemacht“, freute sich Claus Jürgen. „Und das werd…“

„Haben wir nicht!“, widersprach Anna mit fester Stimme.

Erstauntes Schweigen. Ihr Vater warf den Kopf zu ihr herum und Fragezeichen purzelten durch seine Miene, als habe er sie nicht verstanden. „Ähm … Wie bitte?“

„Ich sehe das anders“, sagte Anna und setzte sich kerzengerade auf ihren Stuhl. „Ich bin der Meinung, dass wir NICHT alles richtig gemacht haben, Vater.“

Fassungsloser Unmut furchte die Stirn des Firmenchefs. Widerspruch war er nicht gewohnt.

Schon gar nicht von mir!

Anna lächelte und bot ihm die Stirn. Sie hatte keinen Zweifel daran, dass er nachforschen würde, wie genau sie das meinte.

Ja, bitte! Frag nach!

Gelassen rief sie eine zweite Datei vom Server ab und öffnete diese.

Währenddessen huschte Claus Jürgens Blick empört zwischen seiner Tochter, Robert und den anderen am Tisch hin und her.

Anna grinste. *Genau! Was soll meine Bemerkung in so einer Runde? Na los, frag endlich!*

Ärgerlich wandte er sich an seine Tochter. „Was soll das?“

Schade, das war nicht ganz die Frage, auf die Anna gehofft hatte. Egal, sie konnte auch mit dieser arbeiten.

„Du wolltest von mir eine Analyse, wie Storm Energie aktuell dasteht, Vater. Das eben war nur der erste Teil.

Ich habe noch einen zweiten."

„Einen zweiten?", echote er. „Und was soll überhaupt dieses «Vater»?"

„Gut, dann halt Claus Jürgen."

Er würde in diesem Raum von ihr kein einziges «Paps» mehr zu hören bekommen.

„Die erste Analyse greift zu kurz", fuhr Anna fort, als ihr Vater sie sprachlos anstarrte. „Olli und ich haben uns in den vergangenen Wochen intensiv ausgetauscht und einige Risiken für unser Unternehmen aufgedeckt."

„Aber … ihr habt euch ENTLOBT!"

„Korrekt", bestätigte sie. „Seitdem klappt es mit der Zusammenarbeit noch besser. Also …"

„Das … das geht nicht!", stammelte Claus Jürgen dazwischen.

„Doch. Geht", meinte Olli gelassen. „Sehr gut sogar."

Ihr Vater starrte nun zwischen ihr und seinem Ex-Schwiegersohn hin und her, was zur Folge hatte, dass er seinen Kopf wie beim Ballwechsel eines Tennismatches hin- und herdrehen musste.

Seine Ungläubigkeit war zum Piepen. Am liebsten hätte Anna laut gelacht, aber ihr war klar, dass jeder Heiterkeitsausbruch ihrer Sache schaden würde.

Sich zu wehren ist okay. Jemanden niedermachen geht gar nicht. Ich will nicht zerstören – ich möchte retten.

Anna rief sich die Argumente in Erinnerung, warum sie das tun wollte und wartete geduldig, bis Claus Jürgen mit der Halsverdreherei fertig war.

Schließlich schaute er sie konzentriert an, wenngleich seine Augen zornig zusammengekniffen waren.

„Uns ist die Zukunft von Storm Energie wichtig, Vater", erklärte Anna ruhig. „Deswegen haben Olli und ich uns Gedanken darüber gemacht, wie das Unternehmen aufgestellt sein muss, damit wir die kommenden

Jahre ebenso erfolgreich bestreiten können wie die vergangenen.“

„Das ist MEINE Aufgabe“, kanzelte der Firmenchef seine Tochter ab und funkelte seinen Stellvertreter wütend an.

Genau, dachte Anna traurig, *aber du tust nichts. Auch dann nicht, wenn wir dich auf Probleme hinweisen.*

Sie holte tief Luft, doch überraschenderweise glättete sich Claus Jürgens Stirn von einem Moment zum anderen.

Oh!

Sein Blick tastete die Bilder sowie die oberen Ecken des Raumes ab und seine Mundwinkel zuckten amüsiert. „Okay“, seufzte er absurd gut gelaunt, „denn lasst mal hören!“

Hä?!

Mit so einer Reaktion hatte Anna nicht gerechnet. Verwirrt schaute sie zu ihren Mitverschwörern, die genauso perplex aus der Wäsche guckten wie sie.

„Ich … habe …“, setzte sie verunsichert an, „die relevanten Daten in einer zweiten Datei zusammengefasst.“

„Schön!“, rief ihr Vater und sah sich abermals suchend im Raum um. „Her damit! Verbesserungsvorschläge sind mir immer willkommen.“

„Ja. Also …“

Claus Jürgen strahlte seine Tochter dermaßen fröhlich an, dass sie abbrach.

Was zum Teufel läuft hier?!!

So hatte sie sich das Gespräch mit dem Bald-Ex-Vorstand nicht vorgestellt! Nein, wirklich nicht. Nun fuchtelte der Mann beschwingt vor Annas Nase herum. „Na los, mach man! Ich warte.“

Auf was?

Ihr Vater schaute überall hin, nur nicht auf die Daten, die sich auf der Projektionsfläche als aufmüpfig rot leuchtende Säulen in die Höhe reckten.

Soll ich jetzt weitermachen?, überlegte Anna hilflos. *Er hört mir ja gar nicht zu.*

„Was denn? Habe ich euch die Überraschung verdorben?“ Claus Jürgen rieb seine Hände und guckte vergnügt in die Runde. „Ach, kommt schon! Ihr seid selbst schuld!“

Lachend deutete er mit dem Daumen auf seine Tochter, ohne diese dabei anzusehen. „Ihr habt es übertrieben! Anna als Lockvogel ist so dermaßen unglaubwürdig, dass auch ein Aufsichtsrat am Tisch – entschuldigen Sie, Wieck! Ist nicht persönlich gemeint – das nicht rausreißen kann. Ihr seid aufgeflogen! Ruft ihn rein!“

Erschrockene Stille.

Als erstes regte sich David.

„Wen sollen wir reinrufen?“

„Na, Kurt Felix!“, rief Claus Jürgen. „Oder wer die Sendung sonst heute macht!“ Er lachte überheblich.

„Du glaubst, wir sind bei «Die Versteckte Kamera»?“, keuchte Anna.

„Hieß das nicht «Verstehen Sie Spaß?»?“ Ihr Vater runzelte amüsiert die Stirn und kicherte. „Nichts für ungut, Mädchen. Für eine Sekunde hätte ich es dir fast abgenommen, aber seien wir mal ehrlich: DU kannst niiiiiemals …“

„STOPP!“ Anna wollte nicht hören, was sie seiner Meinung nach niemals konnte. ER würde sie nicht mehr kleinreden. NIE WIEDER!

Gerechter Zorn fegte alle Zurückhaltung aus ihrem Geist.

Anna stand auf, stemmte die Hände in die Hüften und zischte: „Hier gibt es keine Kamera und auch keinen

Kurt Felix oder sonst wen. Hier gibt es nur UNS."

Sie deutete mit einer energischen Bewegung in die Runde.

„Und was soll dann dein Affentheater?"

„Affentheater?", echote Anna. *War klar. Er nimmt mich nicht für voll.*

Da es keine Kamera gab, ging Claus Jürgen ohne Umschweife zum Gegenangriff über. „Das ist MEINE Feierstunde. Wenn du was zu sagen hast, komm in die Puschen, Mädel!"

Sein «Mädel» klang noch abfälliger als das «Mädchen».

„Also gut!" Anna setzte sich wieder auf ihren Stuhl und wandte sich der Datei zu. „Wir haben hier zusammengetra…"

„Pah! Du vergeudest bloß meine Zeit!", unterbrach er herablassend.

Nun stand Robert auf, um sich einzumischen, aber Anna hob abwehrend die linke Hand.

„Okay, dann eben die Kurzfassung." Sie starrte ihren Vater an und erklärte mit fester Stimme: „WIR entbinden DICH von deinem Vorstandsposten, Vater. DU. BIST. RAUS!"

Postapokalyptisches Schweigen.

Claus Jürgen fielen fast die Augen aus dem Kopf.

Nimmt er mich jetzt endlich ernst?!

Unnachgiebig fixierte sie ihren Vater mit ihrem Blick. Sie hatte nicht mit der Tür ins Haus fallen wollen, doch er hatte ihr keine Wahl gelassen.

Bleib ruhig!, beschwor sie sich selbst. *Lass ihn den Schock verdauen. Danach kannst du mit den Argumenten kommen.*

„Sie scherzt!", zischte Claus Jürgen scharf und stierte in die Runde.

Zufrieden bemerkte Anna die Unsicherheit, die in seinen Augen zu flackern begann, als niemand lachte.

„Nein, Paps“, entgegnete David, „das ist kein Scherz, sondern unser aller Ernst. Die anderen Aufsichtsräte haben wir gestern getroffen. Sie stehen hinter unserer Entscheidung. Du bist raus.“

„Ihr wollt mich entlassen?!“, höhnte Claus Jürgen. „Pah! Hast du denn gar nichts bei mir gelernt, Sohn? Bei der nächsten Hauptversammlung wird ein neuer Aufsichtsrat gewählt, und dann bestimme ICH, wer da drin sitzt.“

Er warf den Anwesenden einen vernichtenden Blick zu. „Diese Leute werden mich im Handumdrehen als neuen Vorstand bestimmen! ICH bin Storm Energie! DAS IST MEINE FIRMA.“

„Seit heute nicht mehr“, widersprach Anna und wechselte zur ersten Datei zurück. Dort klickte sie auf das Register mit der aktuellen Stimmenverteilung. Im Moment waren alle Anleger nach «Storm Familie» und «Rest» geclustert und das zugehörige Tortendiagramm zeigte an, dass die Familie gemeinsam auf eine Mehrheit von 52,5% kam.

„Wir haben eine neue Allianz geschmiedet.“ Mit der Maus zog Anna das Attribut «R» in die erste Spalte der Pivot-Tabelle und schon teilten sich die Aktionärscluster in zwei neue Gruppen auf: «Rebellen» und «Rest» und das Tortendiagram attestierte den Rebellen einen Stimmenanteil von 50,01%.

„Ha! Das soll es gewesen sein?!“, polterte Claus Jürgen. „Ja, Kind, du kannst gaaanz toll mit Excel umgehen! Hübsche Bildchen verändern die Realität aber nicht. Das sind doch alles Taschenspielertricks!“

„Sind es nicht.“ Anna schaute ihren Vater ruhig an und schob die Mappe mit den unterschriebenen Absichtserklärungen zu ihm herüber. „Du kannst diese Kopien mitnehmen und bis morgen Mittag durchsehen. Rechne es gern nach: Unsere Allianz hat die Mehrheit der Stimmen.“

Claus Jürgen blätterte schweigend durch die ersten Zettel, dann schnaubte er: „Das da“, er deutete auf die Unterlagen, „sagt gar nichts!“ Verächtlich klappte er die Mappe zu. „Ich kenne die meisten Aktionäre PERSÖNLICH! Die Leute glauben an MICH! Bis zur nächsten Hauptversammlung habe ich meine Mehrheit zurück!“

Seine Kiefermuskulatur war angespannt und die linke Schläfe pochte, als würde er Marathon laufen. Der Firmenchef befand sich ganz klar im Kampfmodus.

Anna schluckte. So wütend hatte sie ihren Vater noch nie gesehen.

Aber ich bin gut vorbereitet! Ich lasse mich nicht einschüchtern.

„Dass du die Mehrheit zurück bekommst, bezweifle ich“, entgegnete Anna. Äußerlich gelassen zog sie die Absichtserklärungen zu sich heran, öffnete die Mappe und tippte auf den ersten Namen.

„Hier. «Die jungen Wilden».“ Sie sah ihren Vater fragend an. „Du denkst, du bekommst deren Stimme?“

Claus Jürgen grinste siegesgewiss. „Selbstverständlich!“

„Das können wir sofort überprüften.“ Anna grinste kühl zurück und zückte ihr Rebellensmartphone. „Ich hatte erst am Wochenende ein sehr nettes Pläuschchen mit Paula Petersen aus Brunsbüttel. Soll ich sie anrufen?“

Ihr Vater wurde blass, woraufhin sie honigsüß lächelte. „Ach, wusstest du eigentlich, dass Fiete – also Eriks Opa – auch zu den jungen Wilden gehört? Nein?“

Stille.

Anna lachte. „Du glaubst ja gar nicht, wie viele der Kleinanleger der alte Mann sonst noch so kennt! Und wie gut er sich mit den Leuten versteht. Besonders mit den alten. Ich kam am Samstag aus dem Staunen gar nicht mehr heraus. Wollen wir die Liste mal durchgehen? Nein?"

Claus Jürgen starrte seine Tochter fassungslos an.

„Gut, dann vielleicht lieber die Neuinvestoren", schlug sie vor und deckte die nächste Erklärung auf. „Carl Wieck ist, wie du ja bestimmt schon vermutet hast, Roberts Vater." Sie strahlte. „Ein toller Mann! Auf dem Wohltätigkeitsball habe ich nicht nur mit ihm getanzt, sondern mich auch hervorragend mit ihm und seinen Freunden über die Chancen und Risiken der Windenergiebranche unterhalten. Das waren soo interessante Gespräche. Die Herren haben mir regelrecht Löcher in den Bauch gefragt!"

„Ihre Tochter ist brillant, Storm", unterstrich Robert. „Beeindruckend, was sie alles über das Unternehmen weiß und wie gut sie Zusammenhänge erklären kann."

Anna ging nicht auf das Lob ein. Sie blätterte lieber die folgenden 13 Erklärungen einzeln um und murmelte beiläufig: „Hach, das sind alles so nette, intelligente Geschäftsleute, Vater! Und finanzstark, sage ich dir! Du kannst es dir vielleicht nicht vorstellen, aber wie du siehst, waren sie Feuer und Flamme von dem Programm, was Olli und ich ausgearbeitet haben."

Beim nächsten Blatt stieß sie ein entzücktes und wohldosiertes „OH!" aus, welches sie sich bei Ally abgeguckt hatte. „Diese Truppe ist mir besonders sympathisch: «Die Weltverbesserer»!" Sie strahlte Robert an. „Toller Name, toller Mann! Nicht wahr, Herr Wieck?!"

Süffisant blickte sie zu Claus Jürgen zurück. „Tja, Investitionen über Strohmänner sind schon eine feine Sache …“

Schweigen.

Anna klappte die Mappe zu und schob sie demonstrativ zu ihrem Vater herüber. „Rechne nach und versuch von mir aus, die Leute umzudrehen. Lass es mich wissen, falls es dir gelingt, auch nur einen davon auf deine Seite zu ziehen. Während du dir an unserer Allianz die Zähne ausbeißt, arbeiten Olli und ich daran, den «Rest» von der neuen Firmenpolitik zu überzeugen.“

Claus Jürgens linke Schläfe pochte noch immer wie wild, doch sein Gesicht war so fahl, dass er begriffen haben musste, dass er verloren hatte. Zumindest hoffte Anna das.

Ob er aufgegeben hat?

Ihr Vater räusperte sich. Schmallippig knurrte er: „Du meine Güte, Anna! Du musst ja wirklich sauer sein, wenn du wegen der lächerlichen Absage der Kunstakademie von vor zehn Jahren heute so einen überdimensionierten Rachefeldzug vom Zaun brichst.“

Nö. Aufgegeben hat er nicht! Er steht mit dem Rücken an der Wand und beißt blind um sich.

Erneut schoss heiße Wut durch Annas Adern. Am liebsten hätte sie volles Rohr zurückgefeuert, aber wenn sie in dieser Runde von verspekulierten Millionen, unehelichen Kindern oder krebskranken Enkeln anfing, wäre sie keinen Deut besser als er.

Ich will nicht zerstören!

Mühsam würgte sie ihren Zorn herunter.

Unterdessen schaute Claus Jürgen Beifall heischend von David zu Olli und schließlich zu Robert. „Das Mädchen kennt kein Maß, nicht wahr?“

„Blödsinn!“, widersprach Olli und ballte seine Fäuste.

„SIE kennt es sehr wohl!“

„Danke, Olli.“ Anna schenkte ihm ein Lächeln. Für diese Reaktion verdiente er einen Orden. Auch Robert, David und ihre Mutter waren auf Zinne und schienen sich zumindest verbal vor sie werfen zu wollen, doch Anna gab den anderen mit einem Wink zu verstehen, dass sie das selbst regeln wollte.

„Nein, Vater, ich bin nicht «sauer» wegen deiner gefakten Absage. «Sauer» trifft es nicht mal ansatzweise! Aber …“, sie seufzte bedauernd, „… eine private Schlammschlacht ist unter meinem Niveau. So etwas würde Storm Energie bloß schaden und das will ich nicht. Kommen wir lieber zurück zu den Fakten. Wie bereits erwähnt, habe ich eine zweite Analyse vorbereitet.“

Sie wechselte die Datei. „Die Fakten sind nämlich das, was den Aufsichtsrat dazu bewegt hat, einstimmig unserer Empfehlung zu folgen und deiner Entlassung zuzustimmen.“

Und dann präsentierte sie ihre Berechnungen zum Thema demographischer Wandel in Bezug auf die Personalsituation und die jüngsten Kündigungen bei Storm Energie. Sie sprach über Mitarbeiterzufriedenheit, verhinderte Betriebsratswahlen und, und, und.

Keine einzige Silbe kam während Annas Ausführungen über die zusammengepressten Lippen ihres Vaters, doch sie meinte ab und zu Erkenntnis oder stummes Entsetzen in seinen Augen aufflackern zu sehen.

Als sie nach einer Viertelstunde alle von ihr und Olli zusammengetragenen Missstände aufgezeigt und potenzielle Lösungen angerissen hatte, endete sie mit folgenden Worten: „Uns ist die Zukunft von Storm Energie wichtig. Nur deswegen haben wir uns zu diesem drastischen Schritt durchgerungen.“

Anna schaute ihren Vater eindringlich an. „Ja, du hast das Unternehmen aufgebaut und groß gemacht. Dafür danken wir dir. Wirklich.“ Sie schloss für einen Atemzug ihre Augen und nickte nachdrücklich. „Aber ob du es nun einsiehst oder nicht: DU bist derjenige, der in den letzten Jahren das Maß verloren hat. Die Frage ist nicht, ob du deinen Posten als Vorstand verlierst – denn das wirst du! – die Frage ist, ob du dein Gesicht wahren möchtest und freiwillig zurücktrittst.“

Dann stapelte Anna alle Unterlagen und schob sie mit beiden Händen zu ihrem Vater herüber. „Guck dir alles in Ruhe an. Du hast Bedenkzeit bis morgen Mittag, zwölf Uhr.“

Claus Jürgen starrte seine Tochter fassungslos an. Er öffnete den Mund, schloss ihn wieder und öffnete die Lippen erneut. Ein Karpfen auf dem Trockenen hatte mehr Sexappeal als er.

Oha. Und dieser Mann war mal mein Held ...

Was war er jetzt?

Anna seufzte: „Falls etwas unklar sein sollte, ruf mich an oder wende dich an Mama. Sie weiß über alles Bescheid.“

Betäubt wanderte Claus Jürgens Blick zu seiner Frau und zurück zu seiner Tochter.

Als diese aufstand, kam Bewegung in Claus Jürgen. Ungläubig schüttelte er seinen Kopf und krächzte: „Wer bist du? Wo ist mein kleines Mädchen?“

Ja, nee. War klar: Er hat mich nie wirklich gesehen.

Anna entschied, nicht darauf zu antworten.

„Was denn?!“, stichelte David und rieb sich genüsslich die Hände. Offensichtlich hatte er die Show in vollen Zügen genossen. „Erkennst du deine Gene etwa nicht wieder? Anna hat den gleichen Biss wie du, Paps!

Kannst stolz auf sie sein. Sie wird das Unternehmen garantiert weit bringen.“

„Hört, hört“, rief Robert und klopfte anerkennend auf den Tisch.

Alle außer Claus Jürgen folgten seinem Beispiel.

Anna deutete eine Verbeugung an. „Vorschusslorbeeren bitte erst im nächsten Jahr. Hat noch irgendjemand Fragen oder Anmerkungen?“

Schweigen.

„Gut. Dann schließe ich die Sitzung“, bediente sie sich der Standardworte ihres Vaters, griff nach ihrer Handtasche und ging hoch erhobenen Hauptes Richtung Ausgang. Robert hatte ihr eingeschärft, nach der Veranstaltung AUF GAR KEINEN FALL irgendwelche Tassen, Gläser, Flaschen oder Kannen abzuräumen. Maximal einen frech stibitzten Abschiedskeks hatte er ihr zugestanden.

Als könnte ich jetzt etwas runterkriegen!

In ihrem Rücken hörte sie ihren Bruder scherzen: „Mensch, Olli! Mit meinem Schwesterchen ist nicht zu spaßen, sei bloß vorsichtig, sonst bist du der Nächste.“

„Keine Sorge“, konterte ihr Ex-Verlobter. „Ich weiß, wo mein Platz ist, und mit dem bin ich vollauf zufrieden.“

Annas Herz machte einen Freudensprung. Beschwingt öffnete sie die Tür und trat in den Flur.

Diesmal schwiegen die repräsentativen Windenergieanlagenfotos in ihren Angeberrahmen. Das Beste jedoch war, dass Erik zehn Meter weiter an der Wand lehnte, sie anstrahlte und zwei kleine Flaschen hochhielt. „Sekt oder Selters?“

„Sekt!“, sagte Anna und strahlte zurück.

Wahnsinn! Ich habe es tatsächlich geschafft!

Endlich fiel die Anspannung von ihr ab.

„Na denn: herzlichen Glückwunsch, Frau Storm!“ Erik breitete seine Arme aus und schlenderte auf sie zu.

Er ist hier! Glück gluckste durch Annas Körper. *Er ist extra gekommen und hat auf mich gewartet.*

„Danke!“

Euphorie flutete ihr Hirn und die Sehnsucht nach seiner Nähe schlug voll zu.

Da außer ihnen beiden niemand im Flur war, warf Anna ihr Vorstandsbenehmen über Bord und lief ihrem Freund übermütig entgegen.

„Oha!“ Erik schloss seine Prinzessin in die Arme, wirbelte sie herum und küsste sie anschließend zärtlich auf den Mund.

Das schmetterlingssinnliche Kribbeln, das sich daraufhin in ihren Adern ausbreitete, ließ die Euphorie noch höher lodern.

Wow! Ich bin berauscht.

Als Erik sie wieder auf dem Boden abstellte, hörte Anna die schweren Schritte ihre Vaters und dann sein entsetztes Keuchen.

„SIE mit IHM! Er ist PRAKTIKANT! Was will meine Tochter MIT KLEIN-KUNIBERT?!“

Die letzten Worte brüllte Claus Jürgen durch den Flur; sie kamen einer kalten Dusche gleich.

Anna schloss die Augen. Genervt betete sie für Selbstbeherrschung.

Im nächsten Moment löste sie sich aus Eriks Armen und drehte sich zu ihrem Vater um.

„«Kunibert» ist erwachsen.“

Barsch reckte Anna ihr Kinn und stolzierte auf ihren Vater zu. „Das ist ERIK. Erik Niehuus, mein Freund. Wir sind seit zwei Wochen zusammen.“

„Zwei Wochen?! Ihr spinnt ja!“ Claus Jürgen schüttelte entgeistert den Kopf. „Was ist mit Wieck?! Ich dachte, der und du …?“

„DAS war schon immer dein Problem, Vater!“ Anna stemmte ihre Fäuste in die Hüften und starrte ihn von unten an. Zum ersten Mal in ihrem Leben war es ihr schnurzpiepe, dass sie so klein war. „Du DENKST zu viel und INTERESSIERST dich zu wenig für das, was deine Mitmenschen wollen!“

„Kunibert kannst du vergessen!“, polterte Claus Jürgen. „Der Wieck hat Millionen!“

„Wohl eher Milliarden“, korrigierte Robert trocken von hinten.

„HÖRST DU!“ Ihr Vater schaute aufgelöst zwischen seiner Tochter und dem Aufsichtsrat hin und her.

„Sie weiß es.“ Robert grinste schief. „Geld interessiert Anna nicht.“

„Das … ähh …“, stammelte Claus Jürgen aufgebracht. „Für Erwin werde ich dir NICHT meine Zustimmung geben!“

„Er heißt Erik.“

„Dann eben für Erik! Das ERLAUBE ICH NICHT!“

„Ach, echt?“ Anna lachte.

Ihr Vater hatte einen Knall, aber sowas von! Offenbar war er tatsächlich der Meinung, er könnte weiterhin über ihr Privatleben bestimmen.

Den Zahn muss ich ihm ziehen, sonst wird er nie Ruhe geben.

Sie drehte sich auf dem Absatz um und ging zurück zu Erik, der noch immer die Pikkoloflaschen mit Sekt und Selters in seinen Händen hielt. Als sie fast bei ihm war, warf Anna ihrem Vater einen mitleidigen Blick über die Schulter zu.

„Tja, so ein Pech, Claus Jürgen! Ich habe nicht vor, dich um Erlaubnis zu bitten.“

Strahlend sah sie ihrem Freund in die herrlich blauen

Augen.

„Ich liebe dich, Erik!"

„Und ich DICH, Anna."

Rebellischer Übermut funkelte im Augustblau. „Soll ich …?", schien er stumm zu fragen und Anna nickte aufgekratzt.

Es folgte ein filmreifer Kuss, danach sank Erik vor seiner Angebeteten auf die Knie.

„He, Prinzessin! Heiratest du mich?"

„Na logen." Sie grinste frech. „Mach ich!"

Falls ihr Vater es jetzt nicht begriffen hatte, war ihm nicht mehr zu helfen.

Erik stand wieder auf und lächelte sie innig an. Einen Herzschlag später spülten die flapsig dahingesagten Worte unerwartetes Glück durch Annas Körper.

Am anderen Ende des Flurs ächzte Claus Jürgen.

Aufgewühlt schaute Anna zu ihrem Vater. Der Ausdruck in seiner Miene war unbezahlbar.

Ha! Er wird mich nie wieder kleinkriegen.

Endlich war Anna wirklich FREI!

Epilog

Jahre später:

Lasse starrte auf seine Halbschwester herab. „Was? Im Ernst? Erik hat dir seinen Antrag in der Firma gemacht? An dem Tag, als ihr Claus Jürgen rausgeworfen habt?"

„Jo. Genauso war es."

Anna nickte vergnügt und angelte ihre Mütze aus der Jackentasche, um sich das Ding über die Ohren zu ziehen. Es war Herbst und ganz schön pustig, aber die Sonne schien, und so hatten Lasse Berends und sie beschlossen, mit den Kindern ein letztes Mal in dieser Saison zum Buddeln an den Strand nach Kollmar zu fahren. Zwei Stunden waren sie bereits hier und langsam sank die Sonne tiefer.

„Eigentlich war der Antrag ja bloß Jux, aber …", Anna rückte schulterzuckend ihre Mütze gerade, „… irgendwie hat es mir gefallen, mit ihm «verlobt» zu sein. Außerdem haben Mama, David und ich Paps zu gern damit aufgezogen."

„Na, DAS glaube ich sofort!", prustete Lasse.

„Eben." Anna ließ sich im Windschutz der Weiden in den trockenen Sand sinken. „Ein halbes Jahr später war uns eh klar, dass wir heiraten wollen. Und noch ein Jahr drauf war Fiete schon unterwegs."

Ihr Herz quoll über vor Liebe, als sie zu ihrem zweijährigen Sohn hinüber schaute. Der kleine Mann schaufelte seit einer Viertelstunde Elbsand in einen roten Eimer, wobei er seine Tätigkeit andächtig mit heulenden Motorengeräuschen untermalte.

Lasse plumpste neben seine Halbschwester und lächelte sie versonnen an. „Es hat damals ordentlich Gerede über euch in Glückstadt gegeben. Hattest du nie Zweifel?"

„An Erik?"

„An eurer Beziehung."

Anna schüttelte den Kopf. „Nein, nie. Als ich ihn zum ersten Mal geküsst habe, WUSSTE ich, dass er der Richtige für mich ist." Sie grinste schief. „Gezweifelt habe ich bloß an der geistigen Gesundheit der ollen Lästerbacken. Mann ey! Manchmal glaube ich echt, die Leute sind nicht ganz dicht."

„Wo darf ich unterschreiben?" Amüsiert legte Lasse seinen Arm um Annas Schultern und seufzte: „Ach, Schwesterchen, wir zwei lassen uns von sowas doch nicht unterkriegen, oder?"

„Nee, wir nicht!" Sie legte ihren Kopf auf seine Schulter und genoss den Blick auf die heranrollenden Wellen. In der Ferne zog ein Kreuzfahrtschiff vorbei Richtung Hamburg.

„Wie ist das eigentlich, wenn der Ehemann zehn Jahre jünger ist als man selbst?" erkundigte sich Lasse. „Merkt man das im Alltag?"

„Hmmm. Weiß nicht." Anna runzelte die Stirn und horchte in sich hinein. „Nein, für Erik und mich spielt das keine Rolle, zumindest aktuell nicht. Die zehn Jahre Unterschied interessiert bloß die anderen – besonders die Tatsache, dass ER der Jüngere ist und nicht ich."

Hätte sie sich damals für Robert entschieden, hätte die Differenz wohl für deutlich weniger Wirbel gesorgt.

„Das war auch einer der Gründe, warum wir relativ schnell geheiratet haben“, erklärte Anna. „Wir wollten es offiziell machen, damit das Getratsche ein Ende findet.“

„Och“, schmunzelte Lasse. „Wo bleibt denn da die Romantik! Das hört sich ja voll nach nüchterner Strategie an.“

„Die Romantik bleibt im Schlafzimmer.“ Anna zwinkerte ihrem Halbbruder zu. „Ich bin Geschäftsfrau, Strategie ist mein zweiter Vorname.“

„Und ich dachte, der sei Elisabeth!“

„Klugscheißer!“ Sie knuffte ihn in die Seite. „Dann eben mein dritter.“

„Mama!“, rief Fiete und schwenkte energisch seine grüne Kindergießkanne. „Wassa!“

Lächelnd wandte sich Anna ihrem Sohn zu. „Oha! Brauchst du Wasser?“

„Ja!“ Der kleine Junge nickte. „Viel Wassa! Viel, viel!“

„Ach, mein Süßer!“, schnaufte Anna. „Ich bin so dick wie ein Wal. Kannst du Opa fragen?“ Sie zeigte zur Elbe, wo ein Mann gemeinsam mit einem kleinen Mädchen angeschwemmtes Treibgut nach Schätzen durchsuchte.

Fiete strahlte, drehte sich um und rannte auf wackeligen Beinen den beiden anderen entgegen. „Opa! Opa Jüjü! Wassahhhh!“

Der Großvater winkte fröhlich und ging in die Hocke, um seinen Enkel aufzufangen, wusste er doch haargenau, wie sehr der Kleine es liebte, von ihm durch die Luft gewirbelt zu werden.

„Opa, ich will auch ein Flugzeug sein!“, rief das Mädchen begeistert.

„Na klar willst du das!“, erwiderte der Großvater. „Ihr seid beide Flugzeuge! Hier landet lütt Fiete!“ Der Mann machte beeindruckende Propellergeräusche und stellte den Jungen behutsam auf seine Füße zurück. „Und nun startet die unvergleichliche Emiliaaaaaa!“

„Jaaaa!“, jauchzte das Mädchen und stellte sich mit dem Rücken vor ihren Opa.

Der verschränkte seine Hände vor dem Bauch der Kleinen und drehte sich anschließend mit ihr um die eigene Achse im Kreis, so dass ihre rotblonden Zöpfe lustig durch die Luft segelten.

Annas Augen wurden feucht. Gerührt flüsterte sie: „Hättest du das jemals für möglich gehalten, Lasse?“

„Ich? Nein. Nie!“ Er schüttelte den Kopf und drückte den Arm seiner Halbschwester. Bei den nächsten Worten klang seine Stimme rau. „Dass die Stammzellen von deinem Cousin für Emilia gepasst haben und sie den Kampf gegen den Krebs gewonnen hat, ist schon ein Wunder.“

„Absolut!“, Anna lächelte. „Bis zu unserer DKMS-Aktion war mir nicht klar, dass die Stammzellen meistens ambulant aus dem Blut des Spenders gewonnen werden können.“

„Das wissen viele nicht“, bestätigte Lasse. „Die Blutspende deines Cousins hat meiner Tochter das Leben gerettet. Das werde ich ihm nie vergessen.“ Er schluckte schwer und betrachtete den Mann am Wasser. „Aber eigentlich ist das größere Wunder dein Vater. Er hat sich um 180 Grad gedreht.“

Inzwischen hatte Claus Jürgen seine Enkelin ebenfalls wieder am Strand abgesetzt und ließ sich rückwärts in den Sand fallen. „Opa kann nicht mehr, Opa ist der Sprit ausgegangen!“

„Gutt!“, quietschte Fiete. Er schwenkte seine kleine

Gießkanne und wackelte den Wellen entgegen. „Ich Wassa. Prit Opa Jüjü. Weiter Brrrrrrrrrbrrr!!"

„Nein!" Claus Jürgen sprang auf und hechtete hinter dem Jungen her, bevor dem das Elbwasser in die gelben Gummistiefel laufen konnte.

Anna lachte und nun liefen ihr die Tränen über die Wangen. „Mama sagt, dass das der ECHTE Claus Jürgen ist. Der Mann, in den sie sich damals verliebt hat."

Lasse nickte langsam. „Deine Mutter muss eine Engelsgeduld mit ihm gehabt haben."

„Das hat sie. Immer. Aber vor allem nach dem erzwungenen Rücktritt. Da hat Paps sich nämlich monatelang in seinem Arbeitszimmer zu Hause eingeschlossen und vor sich hingebrütet. Mama war so stur! Sie hat ihn einfach nicht aufgegeben."

„Angelika ist eben eine starke Frau", bestätigte Lasse bewundernd. „Ich bin ihr sehr dankbar für ihre Hartnäckigkeit. Emilia liebt ihren Opa Jürgen über alles."

„Und er vergöttert deine Tochter." Anna wischte sich die Tränen mit dem Handrücken von den Wangen und schaute ihren Halbbruder von der Seite an. „Hast du ihm eigentlich mittlerweile verziehen?"

Lasse verzog seinen Mund. „Was genau meinst du? Dass er all die Jahre nichts von mir wissen wollte? Dass er mich gekündigt hat? Oder dass er uns hängen lassen wollte, als es um die DKMS-Registrierung ging?"

Anna zuckte mit den Schultern. „Alles?"

„Nein", murmelte er. „Und ich weiß auch nicht, ob ich ihm diese Dinge jemals verzeihen werde."

Verstehend drückte Anna seine Hand.

„Aber!" Lasse reckte seinen linken Zeigefinger in die Höhe und erklärte versöhnlich: „Ich erkenne an, dass er sich um Emilia kümmert." Er grinste schief. „ICH wollte das eigentlich nicht, doch Steffi hat nicht locker gelassen. «Vergiss deinen Dickschädel und denk an unsere Tochter!», hat sie gesagt. «Für dich waren deine Wurzeln ewig eine Blackbox. Soll das für Emilia genauso sein?» Steffi hat darauf bestanden, dass Emilia selbst entscheidet." Er schaute zu Claus Jürgen, der nun mit seinen beiden Enkeln Fangen spielte. „Und sie HAT sich entschieden."

„Tja, wir Mädels haben halt den größeren Dickschädel."

„Oh jaaaa!" Lasse lachte. „Das würde ich ebenfalls unterschreiben."

Das Gelächter wurde lauter. Claus Jürgen kam mit seinen Enkeln den Strand herauf und winkte Anna und Lasse zu: „Wir sind fertig mit buddeln. Und haben einen Bärenhunger!" Er schaute die Kleinen nacheinander an. „Oder, ihr zwei?"

„JAAAAAAAA!"

„Ihr hört es." Opa Jüjü grinste. „Ich glaube, wir müssen nach Hause."

„Du, Opa …" Emilia schaute ihren Großvater erwartungsvoll an. „Kannst du bei UNS Abendbrot essen? Oma Angelika soll auch kommen."

„Heute leider nicht, mein Schatz." Claus Jürgen hockte sich hin, damit er auf Augenhöhe mit seiner Enkelin sprechen konnte. „Heute braucht mich Tante Anna." Er lächelte seine Tochter an.

„Warum das denn?" Emilia runzelte verwundert die Stirn. „Tante Anna ist doch schon groß!"

„Stimmt!", schmunzelte Claus Jürgen. „Aber Tante Anna hat heute Abend ein wichtiges Geschäftsessen mit dem Aufsichtsrat. Sie hat mich gefragt, ob ich ausnahmsweise mal mitkommen kann, um meine Idee zum Thema Wasserstoffanlagen zu erläutern."

„Und das machst du?“ Das Mädchen bekam große Augen.

„Klar!“ Er lächelte. „Wenn Anna mich fragt, immer!“

„Mama weg?“, schniefte Klein-Fiete und schob seine Unterlippe vor.

„Ja, ich gehe heute Abend aus.“ Anna zog ihren Sohn zärtlich in die Arme. „Mit Papa. Der hat immer so gute Ideen, wenn es um Maschinen geht.“

Fiete legte seinen Kopf schief. „Roro?“

Ein hoffnungsvolles Funkeln breitet sich auf seinem Kindergesicht aus.

„Nein, dein Patenonkel Robert geht zusammen mit uns aus“, widersprach Anna und drückte ihrem Sohn einen Kuss auf die Wange. „Aber weißt du, wer heute Abend auf dich aufpasst?“

Fiete schüttelte den Kopf.

„Urgroßopa Fiete!“, verkündete Anna und beobachtete, wie sich unbändige Freude in den Augen ihres Sohnes ausbreitete.

„FIFI!!!!“, jauchzte der Kleine und klatschte begeistert in seine sandigen Hände.

„Ja, da kann ich nicht mithalten“, brummte Claus Jürgen und tat betrübt.

„Bei Fifi kann KEINER mithalten“, konterte Anna trocken. „Fifi und der kleine Mann hier sind nämlich die dicksten Kumpels!“ Sie kitzelte ihren Sohn, bis der glucksend lachte.

„Na, denn lasst uns man aufbrechen. Nicht, dass die Chefin sich verspätet.“ Claus Jürgen streckte ihr die Hand entgegen, um ihr beim Aufstehen zu helfen.

„Ach, ich bin im neunten Monat schwanger“, winkte Anna ab und hievte sich ächzend hoch. „Ich DARF zu spät kommen. Außerdem ist Olli ja auch noch da.“

„Mag sein. Aber Olli ist kein Storm, so wie Erik und

du es seid.“ Claus Jürgen zwinkerte seinem Sohn entschuldigend zu. „Er ist nicht mal ein Berends.“

Lasse schnaubte verächtlich, doch das Grinsen auf seinen Lippen wirkte entspannt.

Bei dem Anblick der beiden breitete sich leises Glück in Anna aus. Es hatte Jahre gedauert, aber langsam kam sie dahinter, was ihre Mutter mit dem Spruch meinte: «Vergebung hat nichts mit Vergessen zu tun, sondern viel mehr mit Hinsehen und Loslassen.»

Sie hat verdammt recht damit.

Aus eigener Erfahrung wusste Anna zu gut, wie sehr es einen ausbremsen konnte, wenn man sich an den negativen Dingen seines Lebens festklammerte.

Der Mist bringt mich nicht vorwärts. Nein, er behindert mich wie einbetonierte Füße. Pfft. Dabei kann ich an der Vergangenheit eh nichts mehr ändern ... Nur an der Zukunft. Die habe ich selbst in der Hand.

Versonnen betrachtete Anna ihren Sohn, Emilia, Lasse und ihren Vater und das Herz ging ihr auf: Ihre Zukunft würde prima werden, daran hatte sie keinen Zweifel.

Was außerdem geschah …

Nach Claus Jürgens Rauswurf führten Anna und Olli Storm Energie als Doppelspitze weiter. Die Einarbeitung dauerte Jahre und stellte sich als ein Stück harte Arbeit heraus, doch weil sich beide einig waren und voll reinhängten, glückte das Vorhaben. Die neue Position veränderte Annas Aufgabenbereich nachhaltig. Fortan war sie stark mit der strategischen Neuausrichtung des Unternehmens und dessen Repräsentation beschäftig, so dass sie ihren Controllerjob schweren Herzens aufgeben und ihre eigene Stelle nachbesetzen musste.

Fietes Geburt veränderte den beruflichen Alltag nochmals einschneidend: Anna halbierte ihre Stundenzahl und arbeitete als erste Teilzeitvorständin der Branche. Da sowohl Olli als auch Erik diese Entscheidung mittrugen, klappte der Spagat zwischen Karriere und Familie erstaunlich gut. Das Teilzeit-Führungskraft-Model machte Schule beim Windparkbetreiber und ein Jahr später wurde Storm Energie als familienfreundlichster Betrieb Norddeutschlands ausgezeichnet.

Die Kunst steht bei Anna derzeit etwas hintenan, was Erik nicht daran hindert, seine Frau regelmäßig in ihr Atelier zu scheuchen. Etliche Werke der «Elfenprinzessin» hängen in Roberts Immobilien und haben bereits Interesse bei verschiedenen Freunden und Galeristen geweckt und zu mehreren hochpreisigen Verkäufen geführt.

Erik schloss sein Maschinenbaustudium erfolgreich mit dem Bachelor ab und stieg anschließend im Laden seines Großvaters ein. Er fand, dass «Storm» hervorragend zu einem zukünftigen Bootsausrüstungsinhaber passte, und nahm bei der Hochzeit den Namen seiner Frau an. Fietes Geburt konnte Erik kaum erwarten. Er ist stolz wie Bolle auf seinen Sohn und liebt es, seine Zeit mit dem kleinen Mann zu verbringen.

Erik und Robert blieben gute Freunde. Noch heute werkeln sie oft gemeinsam an Roberts Boot herum – derzeit meist unterstützt durch Klein-Fiete und dessen Spielzeughammer.

Robert Wieck und Petra Karstens übernahmen die Patenschaft von Fiete Junior. Bei gemeinsamen Ausflügen, Geburtstagen und Weihnachtsfesten kamen sie einander näher und wurden schließlich ein Liebespaar.

Elfriede Wieck begriff schnell, dass sie von ihrem Sohn und seiner neuen Frau aufgrund deren Alters keine Enkelkinder zu erwarten hatte. Deswegen bestimmte sie kurzerhand, dass Roberts Patensohn ihr Patenenkel sei.

Der kleine Fratz genießt Narrenfreiheit bei «Oma Ally», wie sie sich selbst nennt, und durfte ihr sogar Möhrenbrei auf die Designerklamotten kotzen.

Vor einem Jahr hat Fiete Senior sein Geschäft an Erik übergeben, damit er – nach eigenen Worten - «endlich mehr Zeit für seinen Urenkel hat!». Fifi und Fiete sind unzertrennlich. Die beiden lieben es, gemeinsam in Eriks Werkstatt herumzuhämmern oder anderen Blödsinn zu verzapfen. Zum zweiten Geburtstag hat Opa Fifi Fiete eine Schiffermütze geschenkt. Neuerdings sitzen die beiden nach dem Mittagsschläfchen gern nebeneinander auf der Bank im Laden, nuckeln auf Holzpfeife und Schnuller herum und schauen Erik bei der Arbeit zu.

Klein-Fietes „Joaaa" hört sich fast schon so sehr nach „Schön hier, oder?" an wie das des Seniors. Besonders dann, wenn Anna neue Bilder im Laden vorbeibringt. Ganz ehrlich: Niemand entknittert das Gesicht des alten Seebären so gründlich wie der kleine Fiete.

«Ein Boot mit gebrochenem Mast kann man nicht segeln. Wirf den Schrott über Bord und mach neu, sonst kommst du nie aus der Werft.»

Fiete Senior

Für Fritz,

den besten Schwiegervater, Vater und Opa der Welt.
Du wirst uns so unfassbar fehlen!

Moin moin, lieber Leser!

Vielen Dank, dass Du mich beim zweiten Teil von Annas Reise nach Glückstadt begleitet hast. Für diesen Roman habe ich mir im vergangenen Sommer noch einmal viele Ecken ganz genau angesehen und dabei ist mir wieder bewusst geworden, wie schön Glückstadt ist. Für manche vielleicht schwer vorstellbar, aber beim typischen Schlickgeruch der Elbe geht mir tatsächlich das Herz auf – daran hängen so viele glückliche Kindheitserinnerungen. Und wenn ich an der Mole sitze und sich die Abendsonne in den Wellen spiegelt, ach, was ist das für ein herrlicher Anblick! Das alles ist Heimat für mich.

Aber ich schnacke und schnacke und lasse Dich gar nicht zu Wort kommen. Du möchtest wissen, ob es noch einen dritten Glückstadt-Roman von mir geben wird? Darauf kann ich mit einem klaren «JA!» antworten. Ich weiß allerdings noch nicht, wann es soweit sein wird, da ich mich nun erst einmal wieder der Nebelsphäre zuwenden werde.

Falls Du mir einen Gefallen tun möchtest und ein paar Minuten übrig hast, würde ich mich sehr über eine Leserbewertung auf Amazon freuen. Als unabhängige

Autorin habe ich keinen Verlag, der mich mit Reklame unterstützt. Dafür brauche ich Dich! Die beste Werbung sind Mundpropaganda und positive Rezensionen – ein paar Sätze darüber, was Dir besonders an der Geschichte gefallen hat, genügen schon.

Und sonst? Hast Du Wünsche, Lob oder Kritik? Oder möchtest Du einfach nur Hallo sagen? Dann freue ich mich über eine Mail. Selbstverständlich bekommst Du eine Antwort von mir.

Falls Du die Wartezeit auf den nächsten Glückstadt-Roman überbrücken möchtest, schau Dir gern meine Lübeck-Reihe an. Die Nebelsphäre spielt ebenfalls in unserer Zeit in Norddeutschland, aber ich muss Dich warnen: hier gibt es Drachen, Magie, Action und dazu einen Hauch Erotik.

Schön, dass Du dabei warst und herzliche Grüße aus Glückstadt!

Johanna

Falls Du den Tüdelkram vermisst, der kommt gleich – ebenso wie das Nachwort mit einigen Links zum Inhalt.

Kontakt: info@johanna-benden.de
via PN über Facebook & Instagram

Aktuelles: www.johanna-benden.de
bei Facebook & Instagram

Johannas Newsletter
Du möchtest vier bis sechs Mal im Jahr erfahren, was bei mir so los ist? Dann melde Dich zum Newsletter an: www.johanna-benden.de/Kontakt. Ich freu mich!

Tüdelkram

Johanna tippte in ihrem Büro am Tüdelkram für ihren neuen Glückstadt-Roman, als es an der Haustür klingelte. *Nanu? Es ist 9:30 Uhr. Wer will um diese Uhrzeit etwas von mir?*

Stirnrunzelnd stand sie auf, lief durch Wintergarten, Wohnzimmer sowie den Flur und öffnete.

„Johanna!“, rief Erik freudestrahlend. „Ich bin zum zweiten Mal Papa geworden. Es ist ein Mädchen!“

„Wow! Herzlichen Glückwunsch!“ Die Autorin umarmte den jungen Mann. „Komm rein! Magst du einen Kaffee oder lieber einen Sekt?“

„Kaffee klingt prima.“ Er zwinkerte. „Ich will den lütten Fiete gleich beim Senior abholen, damit er seine Schwester kennenlernen kann.“

„Also sind Mutter und Kind wohlauf?“

Glücklich nickte Erik. „Ja, das sind sie.“

Johanna ging voraus in die Küche und holte die Filtertüten aus dem Schrank. „Und? Wie heißt die kleine Maus?“

„Ingeborg! Anna hat ihre Oma geliebt. So wird sie nicht vergessen.“ Er lächelte. „Außerdem klingt Inge Storm super, findest du nicht?“

„Auf alle Fälle!“ Die Schriftstellerin erwiderte sein

Lächeln und häufte Kaffeepulver in den Filter. „Ein sehr schöner Name."

„Ich bin gespannt, was Fiete zu seiner kleinen Schwest… oh!" Verdutzt hielt Erik inne. „Da … ähm. Da steht ein Mann auf dem Feld. Der war eben noch nicht da! Wo kommt der plötzlich her?"

„Bestimmt hat du ihn nur übersehen", meinte Johanna leichthin. „Kein Wunder – du bist heute Morgen Vater geworden. Das ist eine aufwühlende Angelegenheit." Sie schob die Glaskanne mit dem befüllten Filter in die Kaffeemaschine. „Das ist übrigens Grimmarr."

Irritiert hob Erik die Brauen. „Dein Nachbar?"

„So ungefähr", seufzte Johanna und holte eine Dose mit Chilipulver aus dem Gewürzregal.

„Du hast komische Nachbarn. Der Typ latscht im Nadelstreifenanzug über den Acker! Wer macht denn sowas?"

„Grimmarr." Die Autorin zuckte mit den Schultern.

„Ist er mit diesem merkwürdigen Bill verwandt? Du weißt schon, der Kerl, den ich beim letzten Mal bei dir getroffen habe."

„Irgendwie schon", überlegte Johanna, dann zwinkerte sie. „Aber lass ihn das lieber nicht hören."

„Warum?"

Die ersten Tropfen Kaffee plätscherten in die Glaskanne und ein herrlicher Duft breitete sich in der Küche aus.

„Er ist da etwas eigen", wich die Schriftstellerin aus und öffnete das Terrassenfenster zum Feld heraus. „Moin, Grimmarr! Willst du auch 'nen Kaffee?"

„Ja. Bitte", antwortete der Neuankömmling.

„Mit Chilimilch?"

„Unbedingt." Grinsend machte Grimmarr einen Satz über den Graben, die Überböschung zum Grundstück der Bendens hinauf.

„Wow. Der ist fit“, murmelte Erik. „Und groß!“

„Das ist er beides ohne Zweifel.“ Johanna holte eine Tüte Milch aus dem Kühlschrank.

Grimmarr kam beim Haus an und machte Anstalten einzutreten, doch die Autorin verstellte ihm mit strengem Blick den Weg.

„Was?!“, knurrte der Neuankömmling.

Johanna schaute demonstrativ auf die vollgematschten Schuhe. „Zieh die aus, ja?“

Grimmarrs Augen wurden schmal. Unwillig furchte er sein vernarbtes Gesicht.

„Du brauchst mich gar nicht so anzusehen“, wies ihn die Schriftstellerin zurecht. „Wenn meine Kinder nicht mit ihren Dreckklaboggern durchs Haus laufen dürfen, wie kommst du auf die Idee, ich würde es DIR erlauben? Weißt du eigentlich, was für eine Sauerei die Marscherde macht?!“

„Aber ich bin der K…“

„Du könntest der Kaiser von China sein, mir egal!“ Johanna stemmte die Fäuste in die Hüften. „Schuhe aus oder du kannst den Kaffee draußen trinken.“

Abfällig grunzend bückte sich Grimmarr und machte sich an den Schnürsenkeln seiner Halbschuhe zu schaffen.

„Geht doch.“ Die Autorin wandte sich lächelnd zum Becherschrank um, hielt dann aber inne.

Erik war in die andere Ecke der Küche zurückgewichen und starrte den Fremden mit großen Augen an.

„Ähm … ich … äh, wenn ich es recht bedenke, muss ich los.“

„Ja, verstehe. Warte, ich bringe dich zur Tür.“

Erik flüchtete fast aus dem Raum. Johanna folgte ihm mit ruhigen Schritten. Bei der Haustür blieb der junge Mann stehen, schaute die Schriftstellerin besorgt an und flüsterte: „Soll ich die Polizei rufen? Dieser Grimmarr … also, bist du sicher, dass ich dich mit dem allein lassen kann? Ich dachte fast, der bringt dich um, als du von ihm verlangt hast, seine Schuhe auszuziehen!“

„Ach“, winkte Johanna ab, „du weißt doch, wie das ist: Hunde die bellen, beißen nicht.“

Er hob die Brauen. „Bist du ganz sicher?“

Die Autorin nickte. „Hundertprozentig.“ Sie umarmte Erik. „Grüß mir Anna ganz herzlich, ja?“

„Das mach ich.“ Er warf einen letzten skeptischen Blick in die Küche. „Ich rufe dich nachher an. Falls du nicht rangehst, schicke ich Fifi mit seinem Krückstock längs.“

„Ohauaha!“ Johanna lachte und öffnete die Haustür. „Fiete Senior könnte es mit Grimmarr aufnehmen! Aber mach dir man keine Sorgen. Kümmere dich lieber um deine Mädels und den Lütten. Und alles Gute für euch.“

„Danke dir!“

Erik winkte zum Abschied und ging zu seinem Auto.

Johanna seufzte innerlich.

Oh Mann! Irgendwann bringen mich die Jungs aus der Nebelsphäre noch mal in Teufels Küche …

Sie schloss die Tür und lief zurück in die Küche. Ihr Besucher stand auf Strumpfsocken vor der Kaffeemaschine und beobachtete, wie das schwarze Getränk durchlief.

„Also, Grimmarr, was gibt es? So lecker kann mein Chili-Milch-Kaffee echt nicht sein, dass du zu mir kommst, anstatt bei Albert in Kiel vorbeizuschauen.“

„Stimmt.“ Grimmarr grinste. „Ich bin einfach nur neugierig, wie weit du mit deinem Roman bist.“

Ein lauernder Ausdruck trat in seine grauen Augen.

Johanna schnaubte spöttisch. „Willst du das Buch etwa lesen?“

„Nein, so viel Zeit habe ich nicht“, erwiderte der Nadelstreifenanzugträger ausgesucht freundlich, wobei seine Miene etwas bedrohlich Raubtierhaftes bekam. „Ich möchte lediglich sicherstellen, dass du danach mit dem richtigen Genre weitermachst. Immerhin hieß es, du würdest EINEN Glückstadt-Roman schreiben, bevor es mit der Nebelsphäre weitergeht. Das hier ist schon der ZWEITE, oder irre ich mich?“

„Na und?“ Die Autorin spürte genau, dass ihr Gegenüber sie unter Druck setzen wollte. „Sofies Geschichte sollte auch nur ein Buch werden. Nun sind es VIER.“

„Tja“, Grimmarr lächelte scheinbar milde, „du kannst eben nicht kurz.“

„Nee, kann ich nicht.“

Seine Miene hatte die Wirkung einer fest angedrehten Daumenschraube. *Boa, dieses arrogante Wiesel!* Verärgert goss Johanna Milch in einen Becher und häufte drei Teelöffel Chilipulver hinein.

„He!“ Er verzog sein vernarbtes Gesicht. „Sei nicht so knauserig.“

„Wie viel?“

„Das doppelte.“

„Wenn du meinst …“ Kopfschüttelnd spendierte die Schriftstellerin noch drei weitere Teelöffel, rührte um und stellte das Gemisch anschließend in die Mikrowelle.

Währenddessen brodelte das letzte Wasser geräuschvoll durch die Kaffeemaschine.

„Verstehe mich nicht falsch, Johanna. Gegen lang hat ja keiner was“, meinte Grimmarr scheißfreundlich, „solange es die RICHTIGE Geschichte ist, kann es gar nicht lang genug sein.“

„Ach!“ Die Autorin verdrehte genervt die Augen. „Und was ist bitteschön falsch an den Glückstadt-Romanen?“

„Falsch klingt so hart.“ Grimmarr grinste. „Ich würde es lieber so ausdrücken: zu viel Schnulz, zu viel Friede, Freude, Eierkuchen, aber dafür viel zu wenig Zimt und vor allem zu wenig von UNS!“ In seinen Augen funkelte es gefährlich.

„Ha!“, schnaubte sie. „Vici und Bill sind drin! Also hör auf zu jammern, du Riesenbaby.“

Bing! Die Mikrowelle war fertig. Johanna schnappte sich die dampfende Chilimilch und kippte Kaffee drauf.

„Vici und Bill reichen nicht“, knurrte Grimmarr.

„Du willst mehr?“ Johanna hielt ihrem Gast den randvollen Kaffeebecher vor die Brust.

„Ja“, erwiderte Grimmarr. Er nahm ihr das Getränk ab und ließ die Autorin nicht aus den Augen. „Viel mehr! Das volle Programm eben.“

Dann schüttete er sich einen großen Schluck Kaffee in den Rachen und ächzte gleich darauf: „Heiiiiiß!“

„Ach, ehrlich? Wie kann frischer Kaffee bloß heiß sein, hm?“ Johanna lächelte süffisant.

Grimmarr hustete und klopfte sich auf die Brust. „Die Temperatur ist nicht das Problem“, japste er. „Bei der Sphäre! Was ist das für ein dämonischer Chili?“

„Das? Das ist Dragon’s Breath.“ Johanna strahlte. „Das Zeug hat 2,48 Millionen Scoville und ist damit eine der schärfsten Chilisorten der Welt. Brennt alles weg. Lecker, oder?“

„Grenzwertig“, stöhnte Grimmarr. „Seit wann hast du den Chili?“

„Seit der gute Bill mir gesteckt hat, dass du ungeduldig wirst. Tja, mein Lieber, das kommt davon, wenn man den Hals nicht voll genug kriegen kann.“

Johanna klopfte ihm schmunzelnd auf den Arm. „Vielleicht solltest du mich einfach mal machen lassen. Könnte nicht schaden.“

Nachwort

So, Ihr Lieben, jetzt geht es inhaltlich ans Eingemachte. **DKMS** gibt es wirklich. Allerdings sind Registrierungen dort normalerweise nur in einem Alter von 17 bis 55 möglich. Um Claus Jürgen besser unter Druck setzen zu können, habe ich diese Regelung für meine Geschichte außer Kraft gesetzt. Wer selbst Leben retten möchte, kann sich hier informieren:
https://www.dkms.de/de.

Ob es beim **GroWiAn** tatsächlich zu Sabotage oder Ähnlichem gekommen ist, kann ich nicht sagen. Fakt ist jedoch, dass sich sowohl der Staat als auch die Energieversorger nicht aus eigenem Interesse, sondern lediglich auf Druck der Öffentlichkeit hin mit dem Projekt befasst haben. Angelikas Anschuldigungen, dass mit dem GroWiAn bloß gezeigt werden sollte, dass die Windenergieerzeugung mit Großanlagen wirtschaftlich nicht sinnvoll ist, entspricht der Wahrheit, wie Ihr gern bei Wikipedia nachlesen könnt:
https://de.wikipedia.org/wiki/Growian
Die Zitate vom RWE-Vorstand und dem Finanzminister habe ich dort entnommen.

Im Gegensatz zu meinem Roman steht die Windenergie aktuell in der Krise, was ich sehr bedauerlich finde. Für mich ist es schwer nachvollziehbar, dass sich diese Branche in Zeiten, wo für CO2-Reduktion gekämpft wird, nicht durchsetzen kann. Ich begreife nicht, warum der Netzausbau nicht stärker vorangetrieben wurde und wieso das Problem der Energiespeicherung nicht längst angegangen wurde. Ist das wirklich alles so kompliziert oder haben da irgendwelche Lobbyisten ihre Finger im Spiel? Hmm. Ich kann das nicht beurteilen – vielleicht bin ich aber auch einfach zu blauäugig.

Die Infos über das **Hindenburgunglück** habe ich aus dem Video: „Sind Wasserstoff-Autos die Zukunft?" (ARD, MOMA vom 24.06.2019)
https://www.daserste.de/information/politik-weltgeschehen/morgenmagazin/videos/wasserstoffschalte_0107nl_-100.html

Über die **schlechte Öko-Bilanz der Batterien in Elektroautos** hat die ARD im Juni 2019 berichtet. Der Focus fasste die Fakten am 06.06.2019 auf seiner Webseite zusammen.
https://www.focus.de/auto/ueber-elektromobilitaet-tv-doku-entlarvt-das-maerchen-vom-emissionsfreien-autofahren_id_10789038.html

Dass ein **Münzwurf** tatsächlich eine anerkannte Methode sein kann, um Entscheidungen zu treffen, kann man in der Zeit nachlesen:
https://www.zeit.de/studium/studienfuehrer-2015/entscheidungshilfe-entscheidungen-treffen-studium

Die Chili «Dragon's Breath», die Grimmarr eben zum Schwitzen gebracht hat, ist übrigens nicht ausgedacht, die gibt es wirklich! Passt wie die Faust aufs Auge, oder nicht?

https://pepperworld.com/dragons-breath-chili/

Zu guter Letzt möchte ich noch einmal betonen, dass ich Glückstadt in diesem Roman aus meiner ganz persönlichen Sicht beschrieben habe. Natürlich gibt es mehr als ein Restaurant im Ort und auch mehr als einen Juwelier, aber die auf diesen Seiten beschriebenen sind mir einfach die Liebsten. Und damit kein falscher Eindruck entsteht:

Ich bezahle meine Essen im Kleinen Heinrich immer selbst – oder lasse meinen lieben Mann zahlen. Und die Kette, die ich bei Sieburger fürs Cover erstanden habe, habe ich natürlich ebenfalls ordnungsgemäß gekauft. Meine Unabhängigkeit ist mir wichtig.

Danke!

Häufig werde ich gefragt, ob und wie man bei mir Testleser werden kann. Theoretisch ist außer dem Interesse an meiner Geschichte und der Bereitschaft zu ehrlichem und ausführlichem Feedback nichts vonnöten, aber realistisch betrachtet, ist mein Team voll. Ich schätze mich sehr glücklich, dass meine lieben Helfer mir allesamt so treu sind, dass die meisten schon seit Jahren Teil der Benden-Crew sind! Ob das vor allem am leckeren Essen liegt, was es bei jeder Buchbesprechung gibt, oder doch an den Geschichten, kann ich nicht sagen. Was ich aber sicher weiß, ist, dass jeder einzelne von ihnen einen guten Job macht und mich dessen Feedback weiterbringt, so dass ich auf niemanden verzichten kann und möchte.

Als Niklas in diesem Sommer bei mir anfragte, musste ich trotzdem eine Ausnahme machen, da er einige Eigenschaften mitbrachte, die ich bis dato nicht oder nur selten in meinem Team hatte:

1. männlich (bislang war mein Mann Hahn im Korb)

2. jung (ich brauchte dringend jemanden, der mir sagen konnte, ob Eriks Verhalten/Ausdruck seinem Alter

angemessen ist, denn mit 43 ist man schon verdammt weit von der 22 entfernt!)

3. Experte für Zeichensetzung (ich würde die Kommas am liebsten mit einem Salzstreuer verteilen)

Eigentlich wollte Niklas nur bei der Nebelsphäre testlesen, aber ich schätze mich glücklich, dass ich ihn ebenfalls zu meinem Glückstadt-Roman überreden konnte.

Das hier ist meine aktuelle Crew:

Maik von Drathen: Plotting, Feedback, Krönchen richten, wenn es mal nicht ganz rund läuft
Gabriela Anwander: Scheibchenleserin, Erstfeedback, Feuerwehr: unsichere Szenen, Titelfinderin
Niklas de Sousa Norte: Scheibchenleser, Erstfeedback, die Sicht der jungen Leute, Kommaexperte
Christine Westphal: Scheibchenleserin, Erstfeedback, Korrektorat
Ute Brandt: Batzenleserin, technische Details, Grafikberatung, moralische Instanz
Melanie Scharfenberg-Uta: Lektorat, Stilkorrektur, Korrektorat
Rita Kenntemich: Lektorat und Korrektorat
Ebba Okkens-Theuerkauf: Batzenleserin, Mehrfach-Korrektorat
Elisabeth Schwazer: Am-Stück-Leserin, Mehrfach-Korrektorat
Annika Lüttjohann: Am-Stück-Leserin, Schwerpunkt: Action, Klappentext-Meisterin
Marion Schlüter: Am-Stück-Leserin, Schwerpunkt: Romantik
Corinna Kahl: Final-Leserin und Meister-Fehlerfinderin
Susanne Paulus: Am-Stück-Leserin

Volker Bellin: Beratung Thema Aktiengesellschaften
Lutz Pape: IT-Support der Webseite, Bilder von der Elbe aus auf Glückstadt

Ich danke Euch für Euren Einsatz, Eure Ausdauer und für Eure ehrliche Meinung! Genau die interessiert mich.

In diesem Buch sollte Anna endlich wieder malen. Leider habe ich davon keinen Plan. Da Kunst aber von «Können» und nicht von «keine Ahnung» kommt, habe ich mir bei der talentierten Elmshorner Malerin **Manuela Kase** Rat geholt. Ich durfte sie sogar in ihrem Atelier besuchen, mir alles ansehen und erklären lassen, ihr Löcher in den Bauch fragen und stundenlang mit ihr schnacken. Faszinierend fand ich die Parallelen, die zwischen der Schriftstellerei und der Malerei bei diesem Gespräch zu Tage traten: Romane sind quasi Bilder aus Worten. Hach, mir gefällt der Vergleich! Nach meinem Besuch hat es mir direkt in den Fingern gejuckt, selbst einmal den Pinsel zu schwingen, aber wie so oft, hat mich mein Alltag viel zu schnell wieder eingeholt. Geblieben ist jedoch die Inspiration. Vielen herzlichen Dank, liebe Manuela, dass Du Dein Schaffen und Wirken mit mir geteilt hast. Du hast Annas Passion echtes Leben eingehaucht.

Herzlichen Dank auch an die Juwelierin **Karen Sieburger** für die geduldige und ausführliche Beratung bei der Kette, die Erik Anna schenken sollte, und die nun die Rückseite der Prints ziert. Sie haben genau verstanden, was ich suche, ohne dass mir das klar war.

Danke an die Inhaberin **Katrin van Weelden** vom Kleinen Heinrich, dafür, dass ich mich in aller Ruhe im

Restaurant umsehen und Fotos machen durfte und für die Beratung, was die regionalen Schnäpse angeht. An dieser Stelle auch ein dickes Dankeschön an **Kati**, die ich für die Strichzeichnung in der Privaten Edition bei der Arbeit ablichten durfte.

Danke an das ganze Team vom Kleinen Heinrich: bei Euch ist es immer lecker und gemütlich!

Auch bei der **Bootsausrüstung Klingbeil** möchte ich mich diesmal wieder bedanken. Ich finde es großartig, dass ich für Detailfragen einfach reinschneien darf und ebenso, dass meine Leser bei Euch stöbern dürfen. Den Rückmeldungen entnehme ich, dass meine Fans vom Laden und der Beratung genauso begeistert sind wie ich.

Ein besonderer Dank muss an dieser Stelle an **Conny** gehen: Deine Echtzeitberatung via Chat während des Schreibens beim Kapitel «Jung und wild» war hammermäßig. Deinetwegen wird niemand bemerken, dass ich absolut keinen Schimmer vom Segeln habe. Du hast mir echt den Mors gerettet!

Vielen Dank auch an **Denise** von **MADSS** (Klein Karstadt) in Krempe und an das Team von der **Bücherstube am Fleth**. Es bedeutet mir viel, dass Ihr meine Romane bei Euch im Sortiment habt und Euren Kunden empfehlt!

Und an **Inke** von der **Bücherstube**: Keiner macht den Cappuccino so gut wie Du! Kleiner Insider-Geheimtipp für alle: Neben Büchern bekommt man in der Bücherstube den besten Kaffee Glückstadts. Netten Klönschnack und einen selbstgebackenen Keks gibt es gratis dazu. Das wirkt bei mir jedes Mal wie eine Gute-Laune-Dusche.

Das dickste Dankeschön geht diesmal allerdings an meine Leser, also an DICH!

Danke fürs Mitfiebern, fürs Feedbackgeben, für die begeisterten Nachrichten, Mails und Briefe! Danke fürs Rezensieren, fürs Weiterempfehlen, fürs Nicht-Abwarten-Können bis zum nächsten Buch und besonders für Deine Treue!

Deinetwegen kann ich es mir erlauben, auch weiterhin Geschichten zu schreiben!

Danke

So, Ihr Lieben, das war es jetzt endgültig. Ich freue mich sehr, wenn Ihr beim nächsten Roman wieder mit von der Partie seid! Euch bis dahin eine gute Zeit!

Johanna

Du möchtest mehr von Johanna Benden lesen?

Dann schau Dir doch mal Johannas Nebelsphäre an! Das ist romantische Fantasy, die in unserer Zeit in Norddeutschland spielt (Kiel, Lübeck, Steinburg, Travemünde, Hamburg, Hohenlockstedt, z.T. sogar in Glückstadt).

romantisch, fantastisch & humorvoll

Printed in Poland
by Amazon Fulfillment
Poland Sp. z o.o., Wrocław

52904634R00324